闽南师范大学"文化诗学理论与实践"重点项目成果

本丛书得到闽南师范大学出版基金资助

闽南师范大学文化诗学研究丛书

# 文本内外——文化诗学实验报告

林继中 著

中国社会科学出版社

**图书在版编目(CIP)数据**

文本内外：文化诗学实验报告／林继中著 . —北京：中国社会科学出版社，2016.4
ISBN 978-7-5161-7627-6

Ⅰ.①文… Ⅱ.①林… Ⅲ.①诗学—研究—中国 Ⅳ.①I207.2

中国版本图书馆 CIP 数据核字(2016)第 032681 号

| | |
|---|---|
| 出 版 人 | 赵剑英 |
| 责任编辑 | 冯春凤 |
| 责任校对 | 张爱华 |
| 责任印制 | 张雪娇 |

| | |
|---|---|
| 出　　版 | 中国社会科学出版社 |
| 社　　址 | 北京鼓楼西大街甲 158 号 |
| 邮　　编 | 100720 |
| 网　　址 | http://www.csspw.cn |
| 发 行 部 | 010 - 84083685 |
| 门 市 部 | 010 - 84029450 |
| 经　　销 | 新华书店及其他书店 |

| | |
|---|---|
| 印　　刷 | 北京君升印刷有限公司 |
| 装　　订 | 廊坊市广阳区广增装订厂 |
| 版　　次 | 2016 年 4 月第 1 版 |
| 印　　次 | 2016 年 4 月第 1 次印刷 |

| | |
|---|---|
| 开　　本 | 710×1000　1/16 |
| 印　　张 | 31.5 |
| 插　　页 | 2 |
| 字　　数 | 517 千字 |
| 定　　价 | 115.00 元 |

凡购买中国社会科学出版社图书,如有质量问题请与本社营销中心联系调换
电话:010 - 84083683

# 闽南师范大学文化诗学研究丛书

主　编：林继中

副主编：祖国颂（执行）　李春青

编　委：沈金耀　吕贤平　张嘉星　张则桐

　　　　张文涛　黄金明　孟　泽

记得物理学家普里高津说过大致如此的话：我们的时代是各种理念与方法相互冲突的时代，这些理念与方法各自经历了长期相互隔绝的发展过程之后，突然遭遇，便产生蔚为大观的进展。身处这个时代，我们目睹、亲证了这一奇观。中国传统文论蛰伏几多世纪之后，突然遭遇到西方现当代五花八门的种种理念与方法，一阵目眩之后并没有失去自我。一似大潮过后的海滩，并非一贫如洗，而是更加丰富。作为海滩游客，我的奢望是：拾几枚彩贝、几尾鲜活的小跳鱼。

——题词

# 目 录

## 传统文论之再认识与重组

## 在文化与文学互动中建构文学史

# 超越以史证诗

# 文化诗学的先驱者

# 丛书总序

　　"文化热"已多次被宣判"过时了"，但它总是在更多的领域顽强地冒出头来！它渗入各学科研究，且未有穷期。究其原因，就在于文化本是人类自身的影子，甩也甩不掉。无论是物质的，还是精神的，只要涉及人们的行为方式，都可归入"大文化"。这种海纳百川式的品格正是它的生命力之所在。也因为它的深、广、大，所以不可能被一次性地认识，因此它总是潮汐般时起时落，永不停息。潮汐过后，沙滩上似乎平白如故。然而，从长远看，它却不断地改变着大海与陆地的疆域。

　　自20世纪70年代末改革开放以来，西方各种文学思潮也相继涌入中国，可谓"你唱罢来我登场"，只是"各领风骚若干年"。不过即使在西方，各种思潮此起彼伏变动不居，也是常态。人们认识事物总要从具体、个别到整体，通过不断分析、归纳、综合，站上新高度俯瞰整体。从"分野中峰变，阴晴众壑殊"始，至"会当凌绝顶，一览众山小"终。是的，各种理论思潮激烈地碰撞、化合，需要一个更大的"力场"。文化，作为中介与互动、互构的攸关方，成为理想的力场。文化诗学高唱于形式主义、结构主义、解构主义、西方马克思主义、女权主义、后殖民主义、现代主义、后现代主义等五花十色的思潮交错横流时代的后期，并非偶然，它至少反映了学术界需要进行一次从外部研究到内部研究、微观研究到宏观研究的大整合的需求。文化诗学大有可为。居于这一认识，漳州师范学院（现已改名闽南师范大学）比较文学研究所决定改名为文化诗学研究所，并于2000年11月由《文艺理论研究》编辑部、山东大学《文史哲》编辑部和福建省漳州师范学院联合发起，漳州师范学院文化诗学研究所承办，在漳州召开了我国第一次文化诗学学术研讨会。此后，我所成员在《文学评论》、《文艺理论研究》、《文史哲》、《文艺报》、《福州大学学报》及本校学报发表了一系列论文。会后十五年来，人员或有变动，但队伍不散，目前仍有十来位研究员坚持本项研究工作。由于我们内部经常就某些主题切磋，并与兄弟院校多次进行交流，所以虽然尚未形成总体相对固定的理论框架，各种不同的专业话语也让人难免有"杂"的观感，合而未融，但已有了核心的共识。诚如首任所长刘庆璋教授所指出："我们认为，'文化诗学'在'诗学'前冠之以'文化'，首先在于突出这一理论的人文内核，或者说，在于表明：人文精神是文化诗学之魂。""同时，尽管'文化诗学'这一理论术语是美国学人最先提出来的，但它对于我们中国学人来说，倾心于此论，可以说是我们民族长期文化积淀形成的文化基因使然。因为，自'诗三百'起始的中国古代文化，就充满了诗性精神，诗与文化的联系之紧密达到了整个文化被诗化的境界。"① 我们进而又认识到：文学与文化系统之间是一种双向建构的关系，所建构的归根到底是人文，是人性。现在我们以丛书的形式发表我们初步的研究成果，以求教、就正于同道学人，以期推进本学科建设，诚盼读者诸君不吝赐教。是为序。

林继中
于闽南师大文化诗学研究所

---

① 刘庆璋《文化诗学学理特色初探——兼及我国第一次文化诗学学术研讨会》，《文史哲》2001 年第 3 期。

序

# 问题·方法·怀抱

## ——林继中先生和他的"文化诗学"

### （代序）

认识林继中先生，大约在十五年前，记得是在芜湖参加的一次古代韵文学研讨会上。人与名对上号后，我告诉他，我买过他的《文学史新视野》，读了有庄子所谓"逃空虚者，闻人足音跫然而喜"之感。

这一次见面后好几年，快相忘于江湖了，我将自己新鲜出炉的一册《王国维鲁迅诗学互训》寄给他，也许是他当时心情好，他极其没有保留地表扬了我对王国维和鲁迅的"互训"，并且从此引为可以和他说说话的小伙伴。于是，我得到了更多阅读他的书，更多接其謦欬的时候。

一、林先生以之名家的学问是唐诗，尤其在杜甫研究上独擅胜场。作于八零年代的《杜诗赵次公先后解辑校》，是他追随萧涤非先生时完成的博士论文，萧先生在简短的评语中盛赞该著"惨淡经营"，为"杜甫研究提供了一个至今为止最完善的赵注本"，其中，校刊部分"不但要求作者慎思明辨，剖析毫芒，作出判断，而且要求作者博涉群书，发现问题，付出巨大的工作量。""前言部分的综合研究，颇多独到的见解，如对赵次公其人其书的考证及其时代背景的考察，对复杂的宋人注杜所作的一些清源通塞的工作等，大都能做到无征不信，实事求是"，而辑佚部分之甲乙丙三帙的辑佚工作"尤属创造性劳动"，全书"卷帙虽庞大，但提挈有体，行文亦复明净"，"是一部有相当高价值的学术专著。"

对于此种九０年代以后越来越被业界视为学术正宗的"朴学"工夫，林先生并无太多自我嘉许，他甚至认为，在因为特殊的机缘而拥有了别人不太可能拥有的材料基础上，这不是很难的事情，关键是要下笨功夫，冷板凳要坐得住。自然，这样的说法，也只有对一个像林先生那样悟性极高且富于积累的人，才可以成立的。

　　与萧涤非先生当年让他从事基础性的学术训练相比，林先生似乎更感念导师的道德文章，给他带来的省悟；并感念他在厦门大学从周祖譔先生念硕士时广涉文献、泛览经史、痛读闻一多、钱钟书，以及通过西方文论不断扩张自己、启蒙自己的经历。他说：我自己的研究道路"是一面抓文献古籍，注重考据、义理、辞章，一面读钱钟书先生的《管锥篇》、《谈艺录》及西方文论，注重中西互证"，因为"东海西海，心理攸同"。

　　并不自限于古典文献学的视野与学力，让林先生在观察杜甫，观察唐代诗歌乃至整个文学史时，拥有了同辈古典文学学人少有的问题意识与思辨力，这才有他的"文学史大视野"、"文化建构文学史纲"以及"激活传统——寻求中国古代文论的生长点"等等对于中国古代文论与文学史，尤其是诗歌史的属于他个人的梳理、总结和发现，才有他对于李白"大雅正声"与杜甫"道德文章"鞭辟入里的辨析和论证。他非常钦佩闻一多研治古典文学的成就，认为闻一多的考论跟古人很不一样，比如说对《芣苢》的考论，闻一多以传注训诂之学与民俗学、神话学、社会学相结合，辨明了芣苢的象征意义，以及以现代人的妇女观观照那个时代妇女在生育问题上所承受的巨大压力。闻一多以现代学术意识为主导，将传注训诂纳入文化大视野，激活了这门古老的传统学科。这种"文献实证"与"文化考察"的结合，不仅将训诂学从伦理道德的传统束缚中解放出来，释放出空前的能量，还在"文学主体性"的回归中，既恢复了语境和诗意，并将之融入了现代学术。他说，这就是一种自觉的"中国文化诗学"。

　　林先生直言，当代中国的人文学术，最重要的其实就是回到民国那些大师，回到闻一多这样的学术路径上来，并以之为原点和起点，明白并且保守自己的身份，调整固化的甚至越位的立场，深化体验，发现问题。

　　没有问题意识，没有方法论的自觉，没有被那种基于个人的特殊领会而又可能覆盖文学史普遍事实的问题与方法所贯穿，文学与文学史就是一堆没有经纬、没有主脑的材料和碎片。按照稍稍"后现代"一点的理解，所谓历史，大半是书写者的历史，并没有一种本质性、一元性的存在，它

存在于阐释者的阐释中，存在于不同观念、不同趣味、不同视角的特殊观
照中，只有足够的没有休止的问题意识与不断的方法论上的自觉自新，才
有可能一步步接近魅力不竭的经典源泉与梦幻般迷乱的历史真相。对于林
先生而言，则让他近乎本能地意识到，他的理论研究与发明，并不就是
"绝对真理"，用他自己的话说，很多事情都不要想一次性解决，真理可
以无限逼近，但永远不可能到达其终点。很多东西不可能完美，所谓
"大成若缺，其用不弊"，而"文学史的视野永无边界"。任何方法指导下
的研究，都不免盲人摸象，等而下之的摸到大象的屁股，自然不如摸到象
牙的来得"本质"，但你不能说他完全不对题。有时候，只有"非理性"
可以打破条条框框，特别是对于艺术家来说，尤其要保持"非理性"的
能力。而人文世界，最美丽的一元最终也会是噩梦。

二、承认认知的有限性和真理的相对性，当然不意味着可以放下朝向
真理的努力，对于一个古典文学研究者而言，"还原语境"是一个没有止
境、没有尽头，必须不断俯仰投身的过程，而"重建诗意"则是为我们
荒芜的心灵和蛮荒的处境寻觅栖息之地和泊归之所，为此，我们寤寐思
之、上下求之。几年前，林先生集合身边一群年轻学者，成立了文化诗学
研究所，倡导通过"文化诗学"的路径研读历史，检阅现实，探寻民族
文化的主体性，按照林先生的说法：

文化诗学不是简单的将各个学科拼凑在一起，而是要将各学科知识方
法有机融合起来，既使其"化合一体"又保证其"多元个性"。"文化诗
学"的研究要重视实践，文化诗学的建构不只是为了回顾过去，而是希
望有一个更美好的未来。文化诗学的"诗意化"也是一样，通过对真相
的追寻（因为没有真，就无所谓善与美；其中这个"真"是我们中国古
代人"真性情"的"真"），使"真"与"善"结合成"美"。此外，我
还主张文化诗学的实地检验，比如找"艺术之乡"的诏安县，全面铺开
研究其历史、文化，并在文化考察中研究其文艺史、社会史或思想史，并
追究其建构过程。方法路径与"民族志"类似，但倾向与追求不同，我
更侧重于考察其审美趣味、审美经验的流变及其建构历程，并进一步研究
这种审美形态通过我们的理论研究可以引导到一个什么样的更高的社会层
面上去。

很显然，林先生心目中的"文化诗学"与斯蒂芬·葛林伯雷（Stephen Greenblatt）的 "the poetics of culture" 并不同义，也不同于时贤对于 "文化诗学" 的沿引和引申，而基本是 "林家铺子" 的特产。

自从林先生不厌其繁地向我阐述他的 "文化诗学" 观，我就一直试图跟上他的思路，也一直在琢磨，林先生的治学和思考，为什么会并不自足于他得心应手、轻车熟路的杜甫和杜诗，并不自足于盛唐诗歌与文化，甚至并不自足于他独出心裁的文学史与文论研究，而是再次出发，兴致勃勃地和他的学生及同道讲论起 "文化诗学" 来，而且 "一发不可收拾"？

获得方法论上的启发，从不同的学术思维，从更广阔的文化视域中，获得具有阐释力、洞察力的概念和路径，显然是目标之一，也就是他所说的 "要借用西方的水来反复冲洗我们的传统思维，积淀太深，太丰富了，需要'减肥'一下。"方法的自觉，某种意义上正是理论自觉、思想自觉的表征，由此可以提升受制于习惯、受制于下意识本能而并不一定具有开放性与真确性的直觉判断的品质和水准，也是思想者可以超越主流意识形态遮蔽和垄断的重要凭据。

但是，我感觉，这似乎还不是林先生揭橥 "文化诗学" 的全部动力，甚至不是最根本的动力。根本的动力也许在于，他试图拥有一种充分理解传统文学与文化的精神高度，一种具有普遍意义和价值的思想逻辑，并由此融贯中西，汇通古今，"我们心里头需要装着一个这样大的历史文化视野，正如王国维先生在《国学丛刊序》中所言：'中西二学，盛则俱盛，衰则俱衰，风气既开，互相推助。且居今日之世，讲今日之学，未有西学不兴而中学能兴者，未有中学不兴而西学能兴者。'"此种文化上的自觉，此种因为自觉而带来的心灵的自由与开放，或者说，因为心灵自由与开放而带来的文化自觉，才是林先生未必自觉的动机与动力，也使得他可以从唐诗，从李白、杜甫那里获得别开生面的同情与了解。此种自觉与自我超越，甚至不只是要重建语境，再现诗意，召唤盛唐，而别有期许。如此，方可以理解他对费孝通先生一个说法的认同，他说，他 "对费孝通先生'各美其美、美其所美、美美与共、天下大同'之'文化自觉'理论一接触就心向往之"，"'文化自觉'不仅是对民族文化的认识，还要将民族文化置于全人类文化里面，多元统一。正所谓'各美其美，美其所美，美美与共，天下大同'。""从长远看，保存民族文化并非我们的终极目的，构建全人类共同的新文化才是我们的高远目标。我们将拿出什么样的

'菜单'，以之贡献于人类新文化？"

只有这样创辟"新文化"的怀抱，才是他通过"文化诗学"的倡议所表达、所激发的学术壮心与热情所在。而他作为艺术家与思想者的无可羁束的心性，则成全了他宽阔而自由的审美，成全了他严肃而通达的思考。在林先生的手眼中，传统学术的"义理、考据、辞章、经济"之学，显示了崭新的含义：贯通"义理"，自然要在历史深处，包括在现实生活的纷扰中，发现人性的诗意的光辉，发现精神的同一性与心灵的同构；尊重"考据"，必须具有还原历史现场的学识、教养和方法；付诸"辞章"，则意味着获得特定心智条件下的思想力与表现力，而最终是一种明敏的感受力、想象力与创造力；"经济"，也不再是政治性社会性的事功，而是一种创造新文化的抱负与情怀，一种从日常生活境遇中感知"诗意"的敏锐、天真与单纯。由此出发，庶几可以接榫盛唐时代王维、李白的"大雅正声"，接榫杜甫的诗心，庶几可以造就新的"道德文章"。

如此"极高明而道中庸"的手眼，使得林先生几乎没有当代中国人文学术场域中那种狭隘而平庸的山头主义，那种以艰深文浅陋的伪专业主义的"领地意识"。他的治学也就如同一种源于内在生命需要的自我抒写，一种对于广大的人文世界的体认与洞彻，无须钦定，也少见功利性的自我限定，而有"万不得已者"在，他在《杜诗研究续貂》"自序"中说："况周颐《蕙风词话》云，吾听风雨，吾览江山，常觉风雨江山外有万不得已者在。此万不得已者，即词心也。余览杜诗，则有忧生忧世万不得已者自沉冥杳霭寂寞中来，此万不得已者，即杜之诗心也，此诗心诗意即之愈稀，味之愈浓，超越语言，超越个体之生命，与华夏文化同在，引我思，引我悟。"他还说："人有各种骄傲，就像跳高一样，想怎么跳就怎么跳，只要不是跳木马将别人按在底下。我自信，只要给我一支笔，一叠稿纸，一杯茶，就能写文章。我们搞文学不像搞物理、化学需要实验室，外面的大社会就是我的实验室。做学问不一定著作等身，蔡元培、赵元任对学术贡献大不大？你说他们有哪些巨著？但又为什么所有学人都将他们当丰碑，对不对？学问与学术贡献真不在于你在哪里和你有多少专著、论文，还包括其它很多东西。"

三、没有"明心见性"的澄明理性，不具备"知人论世"的能力和"自我抒写"的才具，自然无法懂得"万不得已者"何谓也，自然不能有如林先生这样"光风霁月"的洒落襟怀，不能有如此这般"予取予求"的豁达、自如与从容。夏虫不可以语冰，这样的豁达、自如与从容，甚至不是每一个同业者都可以理喻的。

记得去年到漳州参观林先生的书画展，似乎不经意的闲聊中，他嘲笑我总是以一些纠结得不行的人与现象作为观察对象与研究对象，结果不免把自己也弄得忧心忡忡，四顾茫然。他说，在一个物质化生存成为压倒性主题而不免窘迫的文化时代中，他很享受阔大的盛唐，他很庆幸自己可以接受盛唐文明与盛唐文化的长期浸染，他很高兴以唐诗为业，徜徉其间，这至少让他的精神世界不那么狭窄，不那么荒寒冷硬。

这不是林先生偶然的即兴说法，我曾经读到他九○年代出版的《诗国观潮》，《后记》中的一段话说："我赞成鲁迅的研究魏晋乱世与明清专制，从中找出'国民性'的病灶来，我也欣赏马斯洛的研究人类'不断发展的那一部分'的主张，我于是想在唐文化的研究中描画出我民族肌体曾经有过的健美，但我反对以任何影射的方式去处理历史上发生过的任何事情和现象，因为它并不'有趣'而近乎无聊；可我却又喜欢用现代人的眼光来观照古人古事，企盼能在今古之间发现一条时间的隧道……力图让'孤立'的现象在文化各因子错综复杂的大构架中找到合适的坐标。"

很显然，这段话所关涉的，不只是"术业"和"方法"的工具性选择，而事关一个人的心性、气质和风度，关乎一个人心灵深处的认同与服膺，关乎所谓"价值理想"与"人文精神"。

自从认识林先生，我总不免有点奇怪，在一个越来越制度化和规训化的学术语境中，花样百出的功利主义和蒙昧主义的目标，无孔不入的诱导性的或压抑性的力量，堂而皇之，大行其道，思想为犬儒放逐，常识被利益遮蔽，说得严重一点，真有如鲁迅曾经感慨过的，"没一处没有名目，没一处没有地主，没一处没有驱逐和牢笼"。因为失去了价值关怀，失去了人文的整体视野，也失去了对于自由对于真理的主动奔赴，人文学术往往弄成了浅薄的应景与艳俗的装饰，成为眩人耳目的花拳绣腿，成为没有是非没有好坏甚至没有廉耻的名利场，成为不学之徒的内部循环和内部供养。而作为出道得早，很早就卓有成就，因此在学术界占得一席之地的林先生，为什么似乎毫不在意他在古典文学领域的"名分"和"话语权"，而敢于在不同学科乃至不同行当之间任性地挪移迁徙？

他甚至早就告诉过我，做完手头的几件事情，他将不再写作学术文章，而用更多的精力写字、画画，顺带考察考察"文人画"，他把这看成是他乐于从事的"文艺实践"，看成是"生活化"的美学，其中有着一种常常让他难以拒绝的整全完满的境界。他说，当下大多弄诗文书画者，多以或一技术示人骄人，能贯通者很少，这个时代的教养或许只能达到这样。更根本的是，具有诗文书画的某种能力之后，是不是拥有一种真正的趣味和内涵，单项的技术固然可以让人叹为观止，但也可能仅仅是奇技淫巧而已，真正令人心仪的是那种出之以整体气象的圆融、浑厚与通透。

仔细想想，林先生的选择，林先生在学术上的"任性"，林先生对于"整体气象"的向往，或许正是一个人文学者本该有的当行本色，只是我们大部分人小才微善，还别有用心，以学术作为谋取一份"稻粱"的手段，活生生地把"人文"之学弄成了反人文的不学有术的"专业"。于是，"不知腐鼠成滋味，猜意鹓雏竟未休"，林先生和他的所作所为，反而成为了不可思议的怪物。

很多时候，遵循自心，固执自性，保守自由，不能不是一种冒险，一种自我放逐。然而，敢于"自由"，敢于冒险"实验"，不仅证明一种天性的不羁，也正是"实验"者旺盛的生命力和创造力的自供。林先生把他的新著命名为《文本内外：文化诗学实验报告》，我乐于认为，所谓"文本内外"，意味着著作者能够入内出外，突破习以为常的定势与模式，参透审美的乃至文化的隐秘与玄机，而他所称的"实验"，则不只是一个学者的自谦，更是他所认可的某种学术的"本质"乃至"人"的"本质"所在，黄宗羲曰"心无本体，工夫所至，即是本体"，此之谓欤！

孟　泽

乙未初秋，草成于长沙烂泥中

# 导言　不出不入，亦出亦入

有一则禅宗话头甚有味：

> 有讲僧来，问曰："未审禅宗传持何法？"师却问曰："座主传持何法？"主曰："忝讲得经论二十余本。"师曰："莫是师（狮）子儿否？"主曰："不敢。"师作嘘嘘声。主曰："此是法。"师曰："是什么法？"，主曰："师子出窟法。"师乃默然。主曰："此亦是法。"师曰："是什么法？"主曰："师子在窟法。"师曰："不出不入，是什么法？"主无对。（《五灯会元》卷三马祖条）

世上许多事物本是相互渗透、相互依存，乃至相互转化的关系，血渗入肉，筋连着骨；但语言以概念表述活生生的具体事物，难免要将事物生剐活剥，强分彼此，严重损害了事物间的有机联系，内容与形式二分便是一例。禅宗话语正是要人关切此类共存互动关系，纠正由语言到思维彼此一刀切的缺陷。譬如这"不出不入"，便道出事物之间往往存在的"灰色地带"，即你中有我、我中有你，即此即彼、非无非有、浑然一气的状态。"不出不入"也就是"亦出亦入"，它不是静止的，而是交流电也似的积极互动状态。对我来说，文化诗学的魅力就在于此——它发现了文学与文化系统、文学与历史语境之间这种互动的方式，它们之间有墙无墙、似隔非隔，存在着一条文本与当下、文本与历史对话沟通的"秘密通道"。葛林伯雷（又译作格林布拉特）《通向一种文化诗学》曾以原为好莱坞演员的美国总统里根为例，说明文本、审美与现实之间的互相渗透的关系。据说里根在政治的关键时刻常引用通俗电影的道白，"他不能或不愿把影片和外界现实区分开来。事实上，他的政治生涯一直依靠了这样一种能力：把他自己和他的观众投射进一个摹仿与现实无差别的境地。"①
这种境地就是"不出不入，亦出亦入"的境地。然而这不只是里根个人
的情结。是的，好莱坞是个"梦工厂"，建构并批量生产"美国梦"。它
与诸多新闻、小说、音乐、各类学校、各种娱乐活动、各种时尚，乃至麦
当劳的经营方式、可口可乐的口味，织成一个巨大的文化网络，从吃喝穿
着直至价值取向，从总统到平民百姓，无不受其影响乃至掌控，形成美国
所谓的"软实力"。作为网络时代的今人，我们不难体会虚拟世界是如何
改变现实世界里人们的行为模式。我们许多青少年沉浸在电脑、手机的虚
拟世界里，从金钱、美女、购物，到宠物、种菜、性幻想，此中应有尽
有，而且往往能"兑现"。文本内的世界与文本外的世界互相沟通几于
"无差别的境地"，已不再是难以理解的了。基于这一理解，我们有必要
重新定位文化系统与文学文本之间"不出不入，亦出亦入"的关系。

　　文化诗学又名新历史主义，顾名思义，是对旧历史主义的修正。诚如
路易斯·孟酬士所指出：新历史主义研究的与其说是文学与"同时代社
会制度以及其他非推论性实践"的联系，倒不如说是与某种有关的"文
化系统"的联系。② 咱中国是一个自古以来就重视书面历史的国度，"信
史"往往被视为历史的本相，问题似乎只在于史料的辩证，"二重证据"
自然也就成为判定"历史真相"的决定因素。无论对历史还是文学的研
究，都要一声断喝："拿证据来!"而"证据"当然是指那些"非推论
性"的"白纸黑字"或看得见摸得着的实物如碑版鼎铭器物之类。没人
怀疑这些东西的重要性，但仅仅靠这些历史碎片就想要编织出具有决定论
权威的因果之链的可能性，却是值得怀疑的。须知还有文化心态、价值取
向、集体人格、创作心理、审美趣味等等看不见摸不着的"推论性"实
践，都是历史语境中不可或缺的东西。好消息是：我们的先人并不笨，早
就有人关注到这一点了。《孟子·万章》曰："颂其诗，读其书，不知其
人，可乎？是以论其世也。是尚友也。"从文本出发，以意逆志（注意：
这已经涉足心理的方法），通过知人论世的语境重建，达到与作者对话的

　　① 斯蒂芬·葛林伯雷：《通向一种文化诗学》，收入张京媛主编《新历史主义与文学批
评》，北京大学出版社 1993 年版，第 8 页。
　　② 海登·怀特：《评新历史主义》，引自张京媛主编《新历史主义与文学批评》，第 96 页。

目的。虽然如何"知人论世"这一关键问题还语焉不详，却为后人留下极为广阔的讨论空间。其中作者与读者之间、心灵与行为之间，古与今之间、文本与语境之间、人与社会之间、内容与形式之间，镜镜相摄，已有"无墙有墙"的意思。我在本集所收《"知人论世"模式之流变》一文中已尝试作了分析。其自身的演进表明：传统文论与批评方法中有许多高明的东西仍可激活，以此为"母本"与西方文论中一些有生命力的"新芽"嫁接，可望生长出超越二者的新品种。这正是我在本书"传统文论之再认识与重组"一栏中所要探索的主要内容。

我对文化诗学"文学文本周围的社会存在与文学文本中的社会存在"双向建构的主张尤感兴趣——这种互动是在文化系统、文化心态中，或共时、或历时交互进行的。这是本书"在文化与文学互动中建构文学史"一栏的主要内容，也是我长期从事文学史教学与研究的心得所在，称得上是我进行"文化诗学实验"的平台。其中对"建构"二字感触尤深。文学与文化系统之间的相互作用推动文学史的演进，由此产生意义。凡是在互动中擦不出火花、产生不了新意义者，都会逐渐被边缘化。无论作家、作品，还是文体、风格，只要内涵不断丰富，不断消纳新理念，"考据、义理、辞章"仍然是研究古代文学的基本架构。对杜甫所做较为全面的个案考察使我坚信这一点。（"超越以史证诗"一栏的一些个案研究，算是对上一栏目的重要补充。）事实上，作者与阐释者在创作或阐释的过程中，都试图参与和建构未来的意义。这一特质来自诗学的基因。诗学的本质就是挑战现存的典范规则，对各色各样的"可能性"充满兴趣与期待，她要穿透历史而超越现实。诗好比天气预报，指向未来，对整个文化有提升的作用。就这点上讲，"文化诗学"的命名要比"新历史主义"更醒豁。必须提及的是：文化系统涉及面很广阔，而文化诗学跨学科的性质也很难驾驭，为避免搞成"大拼盘"，我是借助人类学家本尼迪克特的"文化整合"理论进行"整体"研究的。当然，"心向往之"是一回事，做得如何又是一回事，读者诸君必有以教我。由于收入集中的文章写作时间前后相距有二三十年之久，有些观点出现矛盾现象，好比旧相册，这次收入本集也姑仍其旧，还望读者诸君鉴原。

# 传统文论之再认识与重组

# 文化诗学刍议

文化诗学已悄然走近。

整体性研究是文化诗学生命之所在。

所谓整体性研究，体现在以宏阔的文化视野对文学进行全方位的审视，采用跨学科的方法，从人类学、美学、心理学、社会学、宗教学、民俗学、经济学等诸多学科的视角观照文学。然而更重要的还不在"跨"，而在"打通"，即必须将这些不同学科视为一个彼此联系的整体，以多种视角观照文学的目的，还在于尽量全面地对产生该文学文本的历史文化母体进行修复，探索其生命的奥秘。

我国传统的文学批评方法历来主张"文史不分家"，要"知人论世"，这正是接受文化诗学整体性研究的好基础。从思维方式的深层次看，强调事物间的联系与相互制约，即所谓的相生相克，是我国源远流长的思维定势，称得上是民族文化的强项。将文化诗学整体性研究方法嫁接在这一母本上，无疑将有优化的效果。事实上，我国现代的优秀学者已经不谋而合地朝这一方向迈出了坚实的脚步，如闻一多，如钱钟书。闻一多以人类学、语言学、考据学等多种方法研究古典文学已广为人知；而钱钟书不但以心理学之"通感"，语言学之"丫叉句法"、"比喻之二柄"等多种学科知识解读文学作品，且以多种语言、多种文化为参照系研究中国文学，将经、史、子、集与戏曲、小说，文学与非文学文本都打通。诚如郑朝宗先生所指出："《管锥编》的最大特色是突破了各种学术界限，打通了全部文艺领域。在这意义上，作者真像闹天宫的孙行者，一条金箍棒直从天上打到地下、海底，甚至打到妖精的肚子里去。"① 这种打通，才是真正

---

① 郑朝宗：《海夫文存》，厦门大学出版社 1994 年版，第 12 页。

意义上的"整体性研究"。由此可见,"跨学科"的"跨"不是目的,而是手段。目的还在于学科间的相互渗透,重构作品、作家、读者之间全新的语境,发现文本内外、作者与读者、读者与作品之间的互动关系。

双向建构由是成为文化诗学的基本方法。兹举其要:

一曰"内外",即新历史主义所主张的研究"文学文本周围的社会存在"和"文学文本中的社会存在"。形式主义将文学现象作为一个封闭体系来研究,只强调所谓的"自律";而更多的"他律"论者虽然将文学现象作为一个开放体系来研究,却往往忽略了文学自身的主体性。文化诗学则力图纠正二者的偏颇,将文学视为文化的产物,将文学置诸文化的总体格局中去考察,注重文学文本的历史语境,通过整体性研究,去阐释文学文本与外部世界的互动关系。在这里,我们可以寻找到文化诗学与我国传统文学批评之间的契合点。《文心雕龙·明诗》云:"人禀七情,应物斯感;感物吟志,莫非自然。""物"要通过"七情"的感发,才能成为"吟志"的对象进入艺术世界。《物色》篇又云:"是以诗人感物,联类不穷,流连万象之际,沉吟视听之区。写气图貌,既随物以宛转,属采附声,亦与心而徘徊。"心随物以宛转,物亦与心而徘徊,"心物交融"说已触及到心与物双向建构的问题。所以在传统文学批评中占主流地位的"知人论世"模式将知人、论世与读书并举,作品与人与世被视为息息相关的三要素,留下极大的可拓性空间,如能以文化诗学反观之,当能为这一古老的批评模式输入新的生命力。再如"境界",便是读者与作者共构的时空,是读者与作品互动的结果。遍照金刚《文镜秘府论》南卷"论文意"引盛唐王昌龄论曰:

> 夫作文章,但多立意。令左穿右穴,苦心竭智,必须忘身,不可拘束。思若不来,即须放情却宽之,令境生。然后以境照之,思则便来,来即作文。……犹如水中见日月,文章是景,物色是本,照之须了见其象也。

王氏从作者角度立论,指出"物色是本",而文章只是其水中印月式的反映,作者诗思如月光之下照也。如何才是"以境(心境)照之"、"照之须了见其象"?同卷又云:

> 诗贵销题目中意尽，然看当所见景物与意惬者相兼道。若一向言
> 意，诗中不妙及无味；景语若多，与意相兼不紧，虽理道亦无味。

"意"与"景"结合不紧，诗便"无味"。"所见景物与意惬"也就是"思与境偕"之意，是以心境"照"实景的结果。在这一环节上，王氏已体悟到外景要成为诗境，就必须通过作者的情感结构，形成统摄创作过程的情感意象。这是一个外部世界如何进入文学文本内部世界的命题，也正是文本内外双向建构的关键所在。要进一步深入阐释，并从读者角度补足这一命题的研究，则有待于王国维的"境界"说①。而王国维的成功，则与中西文论相互发明有关，容我至此转入下一个话题。

二曰"中西"。文化诗学既然将文学置诸全人类文化整体的大格局中来考察，就势必在承认人类多元文化模式并存的前提下，关注不同文化间的沟通，寻找各种文化间的契合点与生长点。中西文化、中西文论应当是对话的关系、互补的关系，也是双向建构的关系。当我们将文化诗学作为一种实践而不是一个理论体系来看待时，诚如有些学者所指出，它并非什么新东西，如孔子的"兴观群怨"，就是古已有之的文化诗学。然而当我们将文化诗学作为一种方法论来看待时，那么它就必然有其当代的意义。那就是：文化诗学应当是以全人类文化为参照系，有意识地融会各种文化，具有融贯古今中外的博大胸襟。李西建这段关于文学人类学的话也适用于文化诗学："文学人类学的研究，只有在阐释民族文化精神的基础上，不断捕捉和解读人类共同的时代精神与人类普遍的文化主题，这才谓之当代性。②"我很欣赏"只有在阐释民族文化精神的基础上"这一提法。要与世界文化接轨，同样有一个整理、阐释本民族文化的艰巨任务。只有将外来文化的优秀部分嫁接在健康的母本上，才能有好的结果。

三曰"古今"。陈寅恪《冯友兰〈中国哲学史〉上册审查报告》曾

---

① 林继中：《文学史新视野》第 2 章第 3 节，北京大学出版社 2000 年版。
② 叶舒宪：《文化与文本》，中央编译出版社 1998 年版，第 47 页。

提出："对于古人之学说，应具了解之同情"，"所谓真了解者，必神游冥想，与立说之古人，处于同一境界，而对于其持论所以不得不如是之苦心孤诣，表一种之同情，始能批评其学说之是非得失，而无隔阂肤廓之论。"这是对阐释语境的理解与复原，是与过去对话所必须具有的心态。陈氏又进一步指明：

> 但此种同情之态度，最易流于穿凿附会之恶习。因今日所得见之古代材料，或散佚而仅存，或晦涩而难解，非经过解释及排比之程序，绝无哲学史之可言。然若加以连贯综合之搜集及统系条理之整理，则著者有意无意之间，往往依其自身所遭际之时代，所居处之环境，所熏染之学说，以推测解释古人之意志。由此之故，今日之谈中国古代哲学者，大抵即谈其今日自身之哲学者也。所著之中国哲学史者，即今日自身之哲学史者也①。

陈氏所论已涉及到文本与历史之间互动的问题，并提出自己很好的见解。与历史对话，在很大程度上是与历史文献对话。陈氏既强调对历史文献整理的客观性与著者应有的"同情"心态，同时又承认整理阐释过程中著者的主体性与阐释必然具有的主观性。文化诗学同样有一个文史互动、今古互动的问题。与形式主义的封闭体系不同，文化诗学主张对过去文本的阐释应当成为对今天意义的敞开。它不仅重视产生文本时的语境的复原，更重视"描述一部作品如何变形而成为开放的、变异不居的、矛盾的话语"。文学作品在被接受的历史过程中，由于读者的"共谋"而产生"意义增殖"，即"经过这一历史与社会过程的积淀后，一个互文本的空间，就在历史意识情境中产生出新的意义。文学的历史就是聚集复杂的文化语码，并使文学与社会彼此互动的历史"②。正是在这种互动中，文学文本具有历史的与当代的双重意义。我们不妨换个角度来阐述这个问题。T. S. 艾略特在《传统与个人才能》中说：

---

① 陈寅恪：《金明馆丛书》二编，上海古籍出版社1980年版，第247页。
② 王岳川：《后殖民主义与新历史主义文论》第11章第3节，山东教育出版社1999年版，第184页。

这种历史意识迫使一个人写作时不仅对他自己一代了若指掌，而且感觉到从荷马开始的全部欧洲文学，以及在这个大范围中他自己国家的全部文学，构成一个同时存在的整体，组成一个同时存在的体系。……当一件新的艺术品被创作出来时，一切早于它的艺术品都同时受到了某种影响。现存的不朽作品联合起来形成一个完美的体系。由于新的（真正新的）艺术品加入到它们的行列中，整个完美体系就会发生一些修改。……于是每件艺术品和整个体系之间的关系、比例、价值便得到了重新的调整；这就意味着旧事物和新事物之间取得了一致①。

其中可包含三层意思：一是作品的历时性，好的作品往往是过去文学的体现；二是共时性，历史存在的与现存的不朽作品构成一个整体；三是变异性，当真正的新作品加入现存体系时，会引发原来体系的调整。双向建构的结果使文本中的"古"与"今"成为一种即此即彼的"共时"关系。我国古文论早有"正变"说，强调对立面的相互转化，有很大的合理性。《文心雕龙·通变》其赞云："文律运周，日新其业。变则其久，通则不乏。趋时必果，乘机无怯。望今制奇，参古定法。"刘勰将文学发展看成一部通变史，而所谓"通变"，就是"望今制奇，参古定法"。可见中国传统文论是将今与古、正与变视为一体两面，互相制约，互为转化。从唐人实践中看，他们"以复古为通变"，正是以恢复传统来整合新风，诚如殷璠《河岳英灵集·集论》所云："既闲新声，复晓古体；文质半取，风骚两挟，言气骨则建安为传，论宫商则太康不逮。"唐人正是在恢复建安传统的口号下整合了六朝讲究声律辞藻的新变，取得成功。然而中国传统文学批评往往点到辄止，不肯深入分析，如发明正变之间的辩证关系及其主导方向等，故而常难免要陷入循环论。文化诗学西来，对我们整理与重构传统文论应是件幸事。当然，这也是"双向建构"的。文化诗学不是一个新的理论体系，而更多的只是一种实践。这就难免会带来相当的模糊性与随意性，缺少一个自己应有的理论工作平台。譬如，跨学科，以多元文化为参照系，那么又如何将这诸多学科与参照系整合成一个

① 托·斯·艾略特：《艾略特文学论文集》，百花洲文艺出版社1994年版，第2—3页。

整体？文化诗学该不该有一个自己的文化模式？

　　但愿通过文化诗学与我国传统文学批评方法的嫁接，能为此作出某些贡献。

（原载《文史哲》，2001 年第 3 期）

# 放眼寻求传统文论的生长点

自张之洞提出"中学为体，西学为用"的原则以来，中西文化交流以何者为主体就一直是议论的焦点。它同样也是中西文论交融首先要关注的问题。

然而在讨论这一问题时，我们先要明确："主体"自身也是个变量。好比黄河，河水日逝而河岸也可以改道，黄河之所以还是黄河，只因为它一气连贯，有很强的传承性。传统文论也是在传统中不断通变着。以"情性"说为例，《毛诗序》云："国史明乎得失之际，伤人伦之废，哀刑政之苛，吟咏情性，以风其上，达于事变而怀其旧俗者也。"所谓情性，即人之自然属性，情亦性也，故《荀子·性恶》乃云："今人之性，饥而欲饱，寒而欲暖，劳而欲休，此人之情性也。"吟咏情性便有诗歌本源的意味，是以《汉书·艺文志》云："男女有所怨恨，相从而歌。饥者歌其食，劳者歌其事。"但既然这些欲求属"性恶"，自然要以"止于礼义"来加以限制。至齐梁，情性说颇受佛性论影响，又称"性灵"，强调人的天性与真情。然而所谓天性、真情，只是为了证明皇族与士族享受现世间世俗生活的合理性，在创作上将"诗缘情而绮靡"进一步推向娱乐性，强调"文章且须放荡，"使"情灵摇荡"。至宋代理学家，也倡"吟咏情性"，但与齐梁人相反，是用来反对情感的放纵。性与情被视为天理与人欲的对立，所以要"以性节情"、"性其情"云云。也许这可以视为"止于礼义"的汉儒"吟咏情性"的复归。无论如何，情性说的主体性寓于正变之中。明乎此，才不至于将"主体性"认作"永恒性"。事实上，传统文论的主体性并不在乎不变，恰恰相反，其主体性就在变而能通，而其生长点就在"变则通"这一关节上。也就是说，能使传统文论由"变"达成"通"，通向现在、未来者，才是我们所寻求的最富生命力的生长点。

刘勰论通变，注重继承与创新成张力。《文心雕龙·通变》乃云：

> 文律运周，日新其业。变则堪久，通则不乏。趋时必果，乘机无怯。望今制奇，参古定法。

"参古"不是"效古"，而"趋时必果"、"望今制奇"则强调矛盾积极的一方——"变"。传统的内涵经新变作出调整，新变被整合于传统，形成新传统，这就叫"望今制奇，参古定法"。而调整的手段是："斟酌乎质文之间，而檃栝乎雅俗之际。"其中，单"雅俗"二字，就为我们留下开阔的可拓展空间。

所谓"雅俗"，这对范畴历来应用广泛，具有多个层面。《毛诗序》："是以一国之事，系一人之本，谓之风；言天下之事，形四方之风，谓之雅。雅者，正也，言王政之所由废兴也。"雅有正统义、典则义；风有风俗义，普遍义。"雅"通过"风"可以正俗。随着社会日趋复杂，俗又有时俗、通俗、庸俗诸义。时俗，或称流俗、时尚，有强烈的时代性。与之相连接的是通俗。"阳春白雪"与"下里巴人"，不仅与受众面大小有关，还与受众所从属阶层的审美趣味有关。虽然刘勰未必然，而今日之读者未必不然。如《时序》篇对时尚的典范论述；《定势》篇云"情交而雅俗异势"，点明作品不同的雅俗体势与表现不同情感内容有关；《体性》篇指出典雅风格与学习经诰、儒学相关，新奇风格与摈弃传统、趣味庸俗相关等等，这些问题完全可以再展开。如果我们以今日之社会学、文化学、民俗学等眼光观照之、拓展之，给予现代阐释，则"雅俗"这对范畴于文学研究仍具鲜活的生命力。如朱自清《论雅俗共赏》，以社会变迁、阶级升降，语言大众化趋势等新问题极大地拓展了"雅俗"的内涵，激活了这一传统文论范畴的生命力。① 而比较文学专家乐黛云教授则将"雅俗"归于"文化外求"三种主要形式之一。② 这些范例都是着眼于传统文论之生长点，并不满足于比较异同，而能以包括西方文论在内的现代观点重新阐释之。这就好比输血，只要血型相同，就可被母体所接受，所以我们一

---

① 朱自清：《论雅俗共赏》，生活·读书·新知三联书店 1983 年版。

② 叶舒宪主编：《文化与文本》，中央编译出版社，序二。

方面要认识到由他种文化产生的文论未必切合我们本土文化中产生的创作实际，应从批评的视野审视之，不可生搬硬套；另一方面也要认识到人类各种文化之间是可以沟通的，诚如钱钟书《谈艺录》所指出："东海西海，心理攸同。"只要双方作出调整，互相包容，是会交融的。或者说，任何一套话语，往往只适用于一定的范围，但也往往可以抽绎出某些与他种话语互通、互补的东西。从各种话语中清理出这些带"基因"性质的范畴，是重组新体系的有效因素。我们比较古今、中西文论之异同，其目的还在于同中见异，异中见同，取长补短，"一生二，二生三"，产生出非此非彼却又即此即彼获得新生命的第三者。

海内外许多学者已意识到，中国传统文论与他种文论之间的历时性与共时性的交叉，特别是与某些现当代西方文论之间的暗合，并进行了大量的比较工作。如中国的神韵说与印度"韵"的理论之对比，《沧浪诗话》"别趣"、"别材"与克罗齐直觉论之对比等。然而我们尤感兴趣的还在于通过比较选取并输入相同"血型"的异质文论，用以拓展本土文论之内涵，激活之，使之产生飞跃。王国维"境界"说自是佳例。

唐人早就将佛家用语之"境"，引进文论。印度人本以此指心灵空间，境生自心，是外物"内识"的结果。而唐人使用时还是沿用传统的心与物之关系，指心物感应所产生的意象，但也兼用其心灵空间的原意。传王昌龄所著《诗格》，将诗归纳为"三境"：

> 一曰物境，欲为山水诗，则张泉石云峰之境极丽绝秀者，神之于心，处身于境，视境于心，莹然掌中，然后用思，故得形似。二曰情境，娱乐愁怨，皆张于意而处于身，然后驰思，深得其情。三曰意境，亦张之于意而思之于心，则得其真矣。

外物及诗人情志都可触物起兴成为心境，再外化为审美对象的诗境（物境、情境、意境）。这就使得王氏之论上与言志、缘情、比兴的传统诗论接轨，下又开创借助外来话语的"境"整体把握诗歌创作之新思路。王国维则借助叔本华的美学思想，进一步拓展了"境界"之内涵，提出"有造境，有写境"，"有有我之境，有无我之境"的境界说。王国维虽然自称其说与严沧浪兴趣说，王阮亭神韵说不同面目，但我们却认为面目或许不相类，而灵魂却是共一；境界说仍然是表达对生命的体验与感悟。王国维通过借助异种文化对传统文论的再阐释，而又保留其精神，经过对中国古典文学解读的检验，证明它已激活了传统文论。如果我们沿着同一思路，围绕最具中国特色的以感应论为基础的生命论诗学，清理相关的传统文论范畴，与现当代西方文论相连接，庶几可以达成通贯新学、旧学，使道术未裂的新体系。目前已有许多值得称道的局部成果，有待进一步整合。虽然任重道远，但我们并非从零开始。

从长远看，保存民族文化并非我们的终极目的，构建全人类共同的新文化才是我们的高远目标。我们将拿出什么样的"菜单"，以之贡献于人类新文化？这已是提上日程的新形势、新要求。就文学理论而言，中国传统文论像《文心雕龙》、《诗品》这样的专著并不多见，更多的是散落在诗话、笔记、评点乃至小说、戏曲、书信、语录等等繁杂的文献资料中，需要花费巨大的整理功夫。面对浩瀚的遗产，我们不能不有所选择。这也是笔者管见以为不妨优先将眼光投向那些在通变中较为连贯，已显出其生命力的传统文论的生长点上之理由。敬请批评。

（原载《学术月刊》，2006 年第 6 期）

# 在双向建构中激活传统

## ——从文化诗学说开去

　　2001 年我在《文史哲》发表了《文化诗学刍议》一文，建议将文化诗学嫁接（不是移植）在中国传统文化与诗学之上，通过实践，力求建构一个方法论的新平台。① 八年来文化诗学研究与实践在我国已有较大的进展，近来开始出现一些反思的文章。在反思中求超越，在实践中谋整合，本是学术进展必由之路，笔者愿就其中若干带有普遍性的问题略陈管见，求教于读者诸君。

　　我之所以用"嫁接"而不是用"移植"之喻，是因为它较切合文化诗学多元互动的品格 。当时我是这么说的：

　　　　我国传统的文学批评方法历来主张"文史不分家"，要"知人论世"，这正是接受文化诗学整体性研究的好基础。从思维方式的深层次看，强调事物间的联系与相互制约，即所谓的相生相克，是我国源远流长的思维定势，称得上是民族文化的强项。将文化诗学整体性研究方法嫁接在这一母本上，无疑将有优化的效果。

　　嫁接之妙，就在于通过本与末之间的互相渗透与交融，促成二者的"一体化"，"一生二，二生三"式地产生出兼有二者品格的新品种。就文化诗学而言，便是要通过对异质文化的吸纳，跨学科的沟通，古今中外的对话，激发传统文化与诗学的"通变"。

　　这里的"本末"与"中学为体，西学为用"中的"体用"有别。我

---

　　①　林继中：《文化诗学刍议》，《文史哲》2001 年第 3 期。

赞同传统"体用不二"的说法，如前辈所云：牛之体如何为马之用？而这里所谓本与末则只是对传统与异质的区分，本，只取其本土义，易适应也；末，取其异质，易变异也。之间并无谁是绝对主体的问题。王元化先生有云：

> 任何一个对中西文化有所了解的人，如果清醒地、理性地看中国文化问题，不能不说，在很多地方，中国传统的资源的确丰富，足以与西方相抗衡，如"道德主体"、"和谐意识"等等。在这些方面是可以以中学为主体的。但是，不能不说，另外也有很多地方，中国的传统资源又的确很贫乏，不可能成为重建中国文化的主体。我不赞成胡适说的什么中国早在几千年前就有了民主的观点。在这些传统资源十分贫乏的地方就不可能以"中学为体"。①

这才叫"优选法"。中学、西学，都是建构人类新文化的"资源"。反观我"将文化诗学整体性研究方法嫁接在这一母本上，无疑将有优化的效果"的说法，则未免考虑不周。就像西方一则幽默所说：如果让一位美女与智者结婚，却遗传了美女的愚昧与智者的丑陋，则只能产生不幸，而不是"宁馨儿"。所以"嫁接"首先要认真选好本末各自之优秀"基因"。这就要求选取者必须屏去腹诽意见——无论是"民族主义"的，还是"后殖民主义"的。在因所谓"失语"而急于要建立自家"现代话语"的当今，这是个很现实的问题。我的意见是：调好心态，先不必胸中横梗一个"谁当家"，中学、西学都是可利用的资源，大胆地让多元互动，互为参照系，在实践中互相检验与磨合，在双向建构中建立新的真正优化了的"主体"。

所谓多元互动，不仅是互补与打通，更重要的还在于双边的扬弃。所以王元化又强调说：

> 要真正吸取传统文化中的积极的合理因素，要真正把它们消融成为新体系中的质料，就得经过否定。……批判得愈深，才愈能区别精

① 王元化：《思辨随笔》，上海文艺出版社 1994 年版，第 17 页。

华与糟粕，才愈能使传统中的合理的积极的因素获得新的生命。①

对西方文化也一样。批判与否定是必需的。问题是知识结构是个活体，它不像剜烂苹果，可以明确地区分其精华与糟粕；它更像是人的肌肉，你能从活人身上挖一磅肉而不含血与水吗？所以它只能通过对客观现象进行阐释的实践，中学、西学互为参照系，互相发明，互相检验其普适性，进而互相渗透。所谓"借鉴"尚不能尽其义，它应当是嫁接式的互渗互动，是双向建构，在双向建构中催生一个更为优化的、更为合理的新生命。这应当是一个长期反复实验的过程，是一个不断实践、反思、调整、超越的前赴后继的无穷系列。

实践乃是这一系列的首要环节。实践乃是"普适性"的试金石。只有放手用西方文论来阐释中国的文学现象，才能检验出西方文论中哪些东西是属于有普适意义的。同一过程也能比较出中国文论中有哪些东西是更合理、更具生命力。由此选出嫁接的双方。没有实践，何以鉴别？兹以王国维带有经典性质的"境界说"为例，稍事说明。

在对待中学与西学的关系上，王国维有很高的立足点。他在写于1911 年的《国学丛刊序》中宣称："学问之事本无中西。"并说："余谓中西二学，盛则俱盛，衰则俱衰，风气既开，互相推助。且居今日之世，讲今日之学，未有西学不兴而中学能兴者，亦未有中学不兴而西学能兴者。"（《观堂别集》卷4）一个世纪后，"居今日之世"之我辈，更感到王国维的大气。由于具备这样广阔的学术胸怀，所以其"境界说"境界甚高，成为中西"化合"的典范。长期以来，诸多学人不同程度地发露其中西交融的精义，提供了许多成功的经验。然而，理念与实践未必一致。从这层意义上讲，揭示其中的矛盾更能推动学术的进步。

钱钟书《谈艺录补订》曾指出王国维断言《红楼梦》是"悲剧之悲剧"，是对叔本华哲学的附会，不合《红楼梦》的实际。② 而振甫《〈人间词话〉初探》，于批判王国维接受叔本华唯心主义观点之同时，还指出

---

① 王元化：《思辨随笔》，上海文艺出版社1994 年版，第19 页。

② 钱钟书：《谈艺录》，中华书局1984 年版，第349 – 351 页。亡友陈子谦《钱学论》（四川文艺出版社）第八章于此有详论，敬请参阅。

某些突破。如《人间词话》附录16"境界有二"条，对"常人之境界"的肯定，及与《人间词话》同期所作《文学小言》之七，认为天才"又须济之以学问，帅之以德性，始能产生真正之大文学"云云，是对叔本华天才观的突破。① 这些都有助于我们更清醒地接受王国维的新诗学。

对王国维境界说有很深入研究的叶嘉莹教授则从《人间词话》承袭旧形式与其新理论内容之间的矛盾入手，试图补足境界说与中国传统诗学之联系。在《〈人间词话〉境界说与中国传统诗说之关系》② 一文中，叶氏引用《人间词话》云：

> 《严沧浪诗话》谓："盛唐诸公（按当作人）唯在兴趣，羚羊挂角，无迹可求。故其妙处，透彻玲珑，不可凑拍（按当作泊），如空中之音、相中之色、水中之影（按当作月）、镜中之象，言有尽而意无穷。"余谓北宋以前之词亦复如是。然沧浪所谓"兴趣"，阮亭所谓"神韵"，犹不过道其面目，不若鄙人拈出"境界"二字为探其本也。

何以境界是本，兴趣、神韵是末？（王氏所说的"本"，当然与我"嫁接"之喻中的"本"不同，他是直指文学根本，是体现文学本质的东西。）叶氏在该文中先将中国传统诗说的"质素"归结为"兴发感动"，然后认为："沧浪之所谓'兴趣'，似偏重在感受作用本身之感发的活动；阮亭之所谓'神韵'，似偏重在由感兴所引起的言外情趣；至于静安之所谓'境界'，则似偏重在所引发之感受在作品中具体之呈现。"③ 由此形成从"感发"进入创作，再到"感受"在作品中显现，终于由"感兴"所引起的言外情趣。谨以下图示意：

**兴趣──→境界──→神韵**

境界便处于这一过程的"文学本体"的中心地位。所以《人间词话》乃云："有境界，本也；气质、神韵，末也。有境界，而二者随之矣。"

---

① 姚柯夫编《〈人间词话〉及评论汇编》，书目文献出版社1998，第115－118页。
② 此文收入叶嘉莹《迦陵论词丛稿》，上海古籍出版社1980年版，第285页。
③ 叶嘉莹：《迦陵论词丛稿》，第305页。

经叶氏的发明，境界说与传统诗说便接上轨，一气连贯。问题是将"兴发感动"视为传统诗说的质素是否合乎王国维的原思路？或者它只是叶先生合理的"误读"？这一点尚有待于进一步论证。从该文最后《中西诗论之比较及今后所当开拓的途径》一节看，叶氏并不认为王国维对传统兴发感动质素的继承是自觉、明晰的。她甚至认为《人间词话》对传统的词话形式的回归，是不能随时代以俱进的"一种认同混乱之矛盾心理"的显示。① 叶嘉莹正是通过对王国维的"一些重要概念以及他所努力的方向，略作系统化的分析"，从而对"境界说"作了重要的补充，丰富了境界说的内涵，为中西结合提供了新线索。

如果说叶嘉莹的批评是"柔性"的，那么罗纲教授《本与末》一文则是直截了当地揭示《人间词话》是以逻辑思维与形象思维二元对立的观点解读中国的传统文论与文学作品。② 他以唐圭璋、饶宗颐诸贤对王氏的批评为新起点，重新思考境界说与兴趣、神韵之关系。指出境界说的核心是叔本华的直观论。它与兴趣说、神韵说是两种不同性质的审美经验，并不存在"一线下来"的传承关系。文中对姜白石"疏影"一词做了深入的解读，指出其托物喻志的写法及其与比兴诗学传统之间的内在联系，而用"境界"、"隔与不隔"的观点是难以理解、欣赏此类作品的。罗氏认为，把"形象"视为诗歌本体并非中国古代诗学的基础，而是近代西方美学的产物。虽然我尚不能接受罗教授将王国维的"本末说"直接理解为以西学为本，以中学为末，乃至是西方文化在中国建立霸权的写照；但我欣赏这种更具冲击力的"刚性"批评，它更能发人深省，正视先驱者对中国传统诗学理解所存在的片面性。所谓"差之毫厘，失之千里"，如果不从源头上纠正这一偏差，势必愈来愈远离其中西"化合"之初衷。

将叶、罗二文合读，我认为二者似乎都忽视了"比兴"思维在其历史发展过程中的一个重要环节——情景说。事实上，对文学形象的认识，中国传统诗学自有其系统，与西方形象论异中有同，并非全然不可沟通。从魏晋玄学"言意之辨"中的"明象"，到刘勰"物色"之论，钟嵘

① 叶嘉莹：《迦陵论词丛稿》，第313页。
② 罗纲：《本与末——王国维"境界说"与中国古代诗学传统关系的再思考》，《文史哲》2009年第1期。

"直寻"之说，直至王昌龄的"意境"，殷璠的"兴象"，王夫之的"现量"，传统文论中有极其丰富的与文学形象相关的资源。与其将境界说与兴趣、神韵挂钩，不如与情景论接轨，重新调整比兴与直观之关系，进一步作磨合，也许更有利于境界说内涵的拓展，建构更合理的既是中西合璧、又是超越中西各自局限的形象论。

由以上经验看，即使是中学、西学功底俱深如王国维，要建立一个具有"普适性"的理论也谈何容易！唯有在实践中不断验证、调整，庶几有所进展。在实践中双向建构是中西"化合"的途径。

回到"中国文化诗学"的建构上来。闻一多未曾明诏大号要建构什么新理论，但他的实践却证明他是建构"中国文化诗学"的先驱者。文化诗学指向文化人类学，跨学科综合研究是其一脉相承的品格。要了解闻一多的相关研究，有必要回顾 20 世纪初文化人类学在中国的传播。赵沛霖《现代学术文化思潮与诗经研究》为我们提供了简明的线索。

赵文认为，法国著名汉学家葛兰言于 20 世纪初完成《中国古代的祭礼和歌谣》，用文化人类学方法研究《诗经》，立即在西方汉学界引起轰动，并不断扩大影响，传到中国。相当多的中国学者正是通过此书才认识文化人类学这门新学科。它强调"各民族"，即所有的民族，也就是全人类，打破民族与地域的局限。同时还强调文化的多方面内容。这一研究模式具有世界性的学术视野，也就是把研究问题放到世界文化和历史发展的平台上，在不同文化的会通和比较中重新进行审视。赵沛霖强调指出：归纳原理的普遍性是文化人类学研究方法的最基本要求，应引起高度注意。赵文还引用先驱者林惠祥先生的意见说：

> 这种研究始自一个原始民族的探讨，终则合众民族的状况而归纳出些通则或原理来，使我们得借以推测文化的起源并解释历史上的事实及现代社会状况，然后利用这种知识以促进现代的文化并开导现存的蛮族。①

林氏反对仅仅根据个别事例得出所谓的"通则"和"原理"，根本不

---

① 赵沛霖：《现代学术文化思潮与诗经研究》，学苑出版社 2006 年版，第 228 页。

具备普遍性的直观性不能作为推理的依据。多年来一些学者忽视这一点，舍弃繁复的归纳过程，仅仅根据个别例证就下结论，缺乏"归纳"的支持，所以得出些不可靠的结论。因此在这一研究方法的应用上，还应当注重文化的多元性与整体性，及其资料应用上充分的可比性与典型性。①

赵沛霖回到原点的反思为"中国文化诗学"的建构提供了有益的经验教训。所谓"中国文化诗学"，只能是具有世界普适性、而非西方专利的"文化诗学"的一个有机组成部分。闻一多的实践正是在这一层意义上为我们提供了中西双向建构的一个典范。

闻一多是自觉地运用文化人类学方法研究《诗经》，并促使其由中国走向世界的第一人。②闻先生跨学科综合研究的成就已引起学界的广泛注意，我这里只想就其以新学激活旧学说几句。

传注训诂，可以说是我国最传统的治学方法，闻一多对此十分重视，不惜花大力气，写下《周易义证类纂》、《诗经通义》、《庄子内篇校释》、《离骚解诂》等一系列在文字训诂上极具功力的文章。然而闻一多是以现代学术意识为主导，将传注训诂纳入文化视野，赋予它以多维度的文化阐释的功能，使"考据、义理、辞章"的旧框架内发生脱胎换骨式的革命，激活了这门古老的传统学科。③在《风诗类钞·序例提纲》中，闻氏表明，他要用考古学、民俗学、语言学的手段，"带读者到诗经的时代"，④并注意古歌诗特有的技巧，用诗的眼光读诗经。这里值得注意的是：考古学被纳入多维文化阐释整体，成为其中有机的一维，参与语境的重建。而注重诗特有的技巧，用诗的眼光读诗，则脱离传统将诗当"经"来读的误区，回归文学本体。这就将训诂学从封建伦理道德的束缚中解放出来，释放出空前的能量，使古老的学科焕发出青春，融入现代学术。而"以诗的眼光读诗"，不但是对"以经学眼光读诗"的旧学的批判，也是对西

① 以上有关观点参阅赵沛霖《现代学术文化思潮与诗经研究》，第七章《文化人类学与〈诗经〉研究》。

② 闻一多在《给臧克家先生》的书信中明确说："我又在研究以原始社会为对象的文化人类学"。《闻一多全集·书信》，上海开明书店1948年版，三联书店重印本，第3册，

③ 参阅赵沛霖《现代学术文化思潮与诗经研究》，第九章《现代学术意识与〈诗经〉传注训诂》。

④ 《闻一多全集》第四册，第7页。

方以文化人类学研究文学往往失去文学主体性的纠正。兹以《芣苢》为例稍事说明。

《芣苢》往往被认为是一首单调、缺乏诗意的"劣诗",但经闻一多以传注训诂之学与民俗学、神话学、社会学相结合,辨明了芣苢的象征意义,以及那个时代妇女在生育问题上所承受的巨大压力,乃至"薄言"二字所具有的迫切情调等等,使我们具备了读这首诗的资格,缩短了与数千年前的古代社会之间的距离,"悟入那完全和你生疏的诗人的心理",①在文化中酿出诗意。闻先生于是水到渠成地用下面这段散文诗般的文字为我们"导游":

> 现在请你再把诗读一遍,抓紧那节奏,然后合上眼睛,揣摩那是一个夏天,芣苢都结子了,满山谷是采芣苢的妇女,满山谷响着歌声。这边人群中有一个新嫁的少妇,正撚那希望的玑珠出神,羞涩忽然潮上她的脸辅,一个巧笑,急忙的把它揣在怀里了,然后她的手只是机械似的替她摘,替她往怀里装,她的喉咙只随着大家的歌声哼着歌声——一片不知名的欣慰,没遮拦的狂欢。不过,那边山坳里,你瞧,还有一个伛偻的背影。她许是一个中年的硗确的女性。她在寻求一粒真实的新生的种子,一个祯祥,她在给她的命运寻求救星,因为她急于要取得母的资格以稳固她的妻的地位。在那每一掇一捋之间,她用尽了全副的腕力和精诚,她的歌声也便在那"掇""捋"两字上,用力的响应着两个顿挫,仿佛这样便可以帮助她摘来一颗真正灵验的种子。但是疑虑马上又警告她那都是枉然的。她不是又记起以往连年失望的经验了吗?悲哀和恐怖又回来了——失望的悲哀和失依的恐怖。动作,声音,一齐都凝住了。泪珠在她眼里。
>
> 采采芣苢,薄言采之!采采芣苢,薄言有之!
>
> 她听见山前那群少妇的歌声,像那回在梦中听到的天乐一般,美丽而辽远。②

---

① 《闻一多全集》第一册,《匡斋尺牍》,第 342 页。
② 《闻一多全集》第一册,第 349 – 350 页。

闻先生为我们恢复的岂止是语境，更是诗意本身。这才是其跨学科综合研究的终点站。所以闻一多总结说：

> 汉人功利观念太深，把《三百篇》做了政治的课本；宋人稍好点，又拉着道学不放手——一股头巾气；清人较为客观，但训诂学不是诗；近人囊中满是科学方法，真厉害。无奈历史——唯物史观的与非唯物史观的，离诗还是很远。明明一部歌谣集，为什么没人认真的把它当文艺看呢！①

有没有重建语境、再现诗意的自觉追求，是新方法与旧方法的分水岭。这是"激活"的关键。

值得注意的还有闻氏对待古人与传统的态度：

> 至于当我为一个较新的观点申诉理由时，若有非难旁人的地处，请你也记住，我的目的是要扎稳我自己的立足点，我并不因攻倒前贤而快意。②

对古人具了解之同情，这才是传统与现代学术能否接上轨的立足点。正是这种态度与追求，使旧学与新学形成张力，执两用中，使其研究成果既厚实又空灵，新学、旧学相得弥彰，为我们提供了在双向建构中激活传统的成功经验。

事实上，刘勰《文心雕龙》早就注意到让古与今、继承与创新形成张力，促成"通变"。《通变》篇云：

> 文律运周，日新其业。变则堪久，通则不乏。趋时必果，乘机无怯。望今制奇，参古定法。

我曾在《放眼寻求传统文论的生长点》一文中作如下笺释：

---

① 《闻一多全集》第一册，第356页。
② 同上书，第357页。

　　"参古"不是"效古"，而"趋时必果"、"望今制奇"则强调矛盾积极的一方——"变"。传统的内涵经新变作出调整，新变被整合于传统，形成新传统，这就叫"望今制奇，参古定法"。而调整的手段是："斟酌乎质文之间，而櫽栝乎雅俗之际。"其中，单"雅俗"二字，就为我们留下开阔的可拓展空间。

　　所谓"雅俗"，这对范畴历来应用广泛，具有多个层面。《毛诗序》云；"是以一国之事，系一人之本，谓之风；言天下之事，形四方之风，谓之雅。雅者，正也，言王政之所由废兴也。"雅有正统义、典则义；风有风俗义、普遍义。雅通过风可以正俗。随着社会日趋复杂，俗又有时俗、通俗、庸俗诸义。时俗，或称流俗、时尚，有强烈的时代性。与之相连接的是通俗。"阳春白雪"与"下里巴人"，不仅与受众面大小有关，还与受众所从属阶层的审美趣味有关。虽然刘勰未必然，而今日之读者未必不然。如《时序》篇对时尚的典范论述；《定势》篇云"情交而雅俗异势"，点明作品不同的雅俗体势与表现不同情感内容有关；《体性》篇指出典雅风格与学习经诰、儒学相关，新奇风格与摈弃传统、趣味庸俗相关等等，这些问题完全可以再展开。如果我们以今日之社会学、文化学、民俗学等眼光观照之、拓展之，给予现代阐释，则"雅俗"这对范畴于文学研究仍具鲜活的生命力。如朱自清《论雅俗共赏》，以社会变迁、阶级升降，语言大众化趋势等新问题极大地拓展了"雅俗"的内涵，激活了这一传统文论范畴的生命力。①

　　结合上述王、闻二氏的经验教训，有三事值得关注。一是"今"作为双向建构中积极主动的一方，其激起的"新变"应当被整合于传统（"参古定法"），才能成为新传统，薪火不熄。关键还在要去激活。王国维、闻一多，乃至陈寅恪，他们的许多具体的观点、论述，也许会被当代学人所修正，甚至否定。然而谁也不能否认，他们都曾在他们的时代动手扔下石块，激起过文化巨澜。他们的眼光与手段，他们对旧传统大胆

───────────────

① 林继中：《放眼寻求传统文论的生长点》，《学术月刊》2006 年第 6 期。

的批判与续命，至今仍凛凛然有生气。在这一层意义上我赞成曹顺庆关于中国文化话语的重建不要零敲碎打、穷于应付，而应当从"意义生成和话语言说的文化规则"的根本上着力。如上引刘勰"通变"之论，就是来源于《易》中发展变易的"规则"。不过我并不主张回到"儒家'依经立义'的意义建构方式和'解经'话语模式"上去。恰恰相反，我主张从"文化规则"的深层去变革旧传统。上述闻一多对"以读经方法读诗"的批判便是一例，而马克思主义与中国实践相结合也并非意味着另立"中国马列"；中国化了的禅宗也只是佛教的一支，并非"化佛为儒"。这不是一个"从'西化'到'化西'"的问题，所以我又赞同陈伯海"立足于当代"的主张，即立足于"当代中国人的生存状况和生命体验（当然要放在全球现代化浪潮的大背景和中国历史未来发展的前景下加以观照和体认）。"① 这就使中西古今的双向建构有了一个明确的总体趋势——指向未来。诚如徐中玉先生在 1987 年所指出："现代意识应指对现代社会、现代广大人民具有改革、进步、发展意义的意识，而不是随便什么只要现代人具有的意识。"② 现实，应当包含着未来。"现实"决非"实用"，只要有利于未来的进步，就有现实意义。现实，也应包含着过去，只要有利当代与未来的东西，都应当吸纳。立足现实，瞻望未来，双向建构，才是"文化自觉"。

二是"激活"意味着"参与"。钱钟书《宋诗选注序》在说明去取的标准时有段妙喻：

> 当时传诵而现在看不出好处的也不选，这类作品就仿佛走了电的电池，读者的心灵电线也似的跟它们接触，却不能使它们发出旧日的光焰来。我们也没有为了表示自己做过一点发掘功夫，硬把僻冷的东西选进去，把文学古董混在古典文学里。假如僻冷的东西已经僵冷，一丝儿活气也不透，那末顶好让它安安静静的长眠永息。一来因为文学研究者事实上只会应用人工呼吸法，并没有还魂续命丹；二来因为

---

① 曹顺庆：《中国文学理论的话语重建》；陈伯海：《"原创性"自何而来》，均见《文史哲》2008 年第 5 期。

② 徐中玉：《激流中的探索》，华东师范大学出版社 1994 年版，第 287 页。

文学研究者似乎不必去制造木乃伊，费心用力的把许多作家维持在"死且不朽"的状态里。①

"激活"不是一厢情愿，传统中只有那些尚能参与古今对话的东西，才是激活的对象，也是传统继续延伸的生长点。如"和谐"、"双赢"、"和而不同"等"文化规则"，都已经成功地参与到人类新文化的构建之中。然而，这些"文化规则"都是在现当代剧烈的文化冲突中得以涅槃的"凤凰"，来之非易。"不打不相识"，冲突是特殊形式的融合。没有北方各民族文化近四百年的剧烈碰撞，岂有多元共荣的盛唐？自鸦片战争以来，中西文化的冲突更迫使我们以"他者"角度为参照反观自我，重新认知我们自己。"五四"新文化运动以偏颇的"反传统"形式对传统文化进行反思，出现了胡适、鲁迅为代表的一大批知识界精英，以"刮骨疗伤"的心态深度揭示了我民族文化的病灶。"反者道之动"，经过否定之否定"（尤其是对"文革"的否定），我们才真正认识到"和谐"、"双赢"、"和而不同"等等"文化规则"的价值。代价是沉重的，但换来的是文化自觉，并非包袱。

三是"文化自觉"。上面两点都可以放进"文化自觉"这个大题目里去。"中学为体，西学为用"、"文化霸权"与"文化割据"、"文化回归"、"大国心态"种种争议，都可以在这个大题目中逐渐澄清。费孝通先生以其近一个世纪的生命历程体悟出"文化自觉"这个大题目，功莫大焉。按我的理解，这种自觉，是自觉地批判继承民族文化传统，并在当代语境中找到民族文化之自我，重新定位，主动地参与多元共生的世界文化之建构。什么是当代语境的着眼处？我认为就是世界文化多元化的共存与重组的新格局。我们不能主动"出局"，只能主动参与。这种参与不是"加"和"减"，而是"乘"和"除"，是质的飞跃。"中国文化诗学"的建构也必将在双向建构中长入全人类共同的文化诗学。

（原载《文艺理论研究》，2009 年第 4 期）

---

① 钱钟书：《宋诗选注·序》，人民文学出版社 1982 年版。

# 诗可以兴

## ——古文论范畴的动态结构例说

毋庸讳言，中国古文论范畴的界定不如西方文论范畴的界定那么稳定、明确。然而，我们如果遵循中国自身的传统思维方式去体察，结合创作实践去体悟，则往往会发现它好比模糊数学，在动态中别具一种明晰与准确。以布封《关于文章风格的演说》所提出的著名论断"风格就是人本身"为例，就不如千年前我国的"文气"说具有某种动态的明晰与准确。曹丕《典论·论文》称：

> 文以气为主，气之清浊有体，不可力强而致，譬诸音乐，曲度虽均，节奏同检，至于引气不齐，巧拙有素，虽在父兄不能以移子弟。

"气"是我国先民对天人之际思考的产物，对先民而言，并无难解之处。但语境的变易，对深受西方文化影响的现代人来说，则属"另一种语言"，难免模糊不清。文化隔膜姑置勿论，上面这段话将风格与人的关系，直指创作个性与人的气质这一交接点上，显然要比"风格就是人本身"的表述确切得多。

此其小焉者。如果我们对中国诗学"兴"这一核心范畴在文学史中作一大范围的考察，就会认识到这是一个开放的、动态的、有很强生命力的结构。其形成、发展的过程，也正是中国诗歌特质及诗性思维显露并趋成熟的过程。大略言之，此过程可分三个阶段：由抒发的立场转向应用的立场，再转向审美的立场。容下文分说。

兴的本质是联想。闻一多《神话与诗》的研究表明，原始兴象的产生是与宗教生活相联系的，属主客混一的思维方式。如鱼这一兴象，其产生是由于在原始人类的观念里，婚姻具有繁衍种族的重大意义，故以此繁殖功能极强的"鱼"引发有关配偶的联想。循此思路进行研究的还有赵沛霖《兴的缘起》，通过对鸟类、鱼类、树木、虚拟动物诸兴象的微观研究，揭示了原始兴象与宗教观念之间的关系，及其向艺术形式积淀的过程。作者还指出，原始诗歌创作并非自觉的艺术创作，其口耳相传的流播方式形成由观念内容和物象之间的习惯性联想（或称"现成思路"），逐渐规范化为兴象的形式。随着历史的进展，兴象逐渐失去宗教观念内容，成为一般的抽象联想的模式，即"以他物引起所咏之词"的规范化的兴的形式。其图式为①：

$$物象 \rightarrow 观念内容 \rightarrow 习惯性联想 \xrightarrow{\nearrow 兴象}{\searrow 易象} 外化形式 \rightarrow 兴$$

理出兴的源头，就会对历来夹缠不清的有关界说有个较为明了通达的看法。

> 太师教六诗：曰风、曰赋、曰比、曰兴、曰雅、曰颂。（《周礼·春官》）
> 比见今之失，不敢斥言，取比类以言之。兴见今之美，嫌于媚谀，取善事以喻劝之。（郑玄注）

"六诗"即《诗大序》的"六义"，赋比兴与风雅颂并列，不排除指六种不同类型的诗歌形式的可能性。朱自清《诗言志辨》就认为："大概赋原来就是合唱"，比是"变旧调唱新辞"，而兴是"合乐开始的新歌"。② 以"国风"为例，风既指地域性民歌，又指讽喻的创作方法，以某种突出的艺术特征或创作方法为某种诗歌体制的指称，是有可能的。目前有的学者从礼仪功能的角度对此作进一步研究，我们期待着他们的新成果。但这种与文体夹缠的情况已经表明：兴尚未独立。

---

① 赵沛霖：《兴的缘起》，中国社会科学出版社 1987 年版，第 75 页。
② 朱自清：《朱自清古典文学论文集》上册，上海古籍出版社 1981 年版，第 263、265、268 页。

　　夹缠的原因还来自"诗教"与"美刺"说。自"五四"以来,以诗教及美刺解诗一直被认定是"汉儒"对比兴的曲解。自上海博物馆藏《战国楚竹书(一)》出版以来,许多学者从"孔子诗论"的一批竹简中意识到,《诗序》的精神是与"孔子诗论"的精神相通的,并非"汉儒"的杜撰,早在先秦就存在着一个"用诗"的时代。用诗者是站在特殊读者的立场,关注的不是诗的本义或文学性,而是与礼乐紧密相关的启发性、联想性。也就是说,这是一个特殊的参照系,是站在春秋用诗的立场上来阐释《诗经》的,"用诗的诗论既不是文学意义的本事诗论,也不是后来经学意义的政治论诗"。[①]"我们通常说的美刺理论,实质上只是针对献诗、采诗的理论,是这些活动的指导思想的理论化与系统化。"[②] 更深入的研究尚有待于这批竹简进一步准确的编联与考释,但无论如何,用诗者重视诗的启发性、联想性,还是接触到文学的特质,虽然他们真正关切的是诗的功用。

　　让我们回到传世文献上来。

　　　　诗可以兴,可以观,可以群,可以怨。(《论语·阳货》)
　　　　兴于诗,立于礼,成于乐。(《论语·泰伯》)

　　以上二则是孔子关于兴的话。"兴于诗,立于礼,成于乐"是一个使外在社会规范(礼)内化的全过程:育人当始于诗,从礼得到规范,而完成于乐。孔子重视的是诗的感发力量,这里的"兴",已不仅是用于发端以引发联想的具体手段,而是指诗中那股动情力。朱熹《四书章句集注》所谓"感发意志"庶几近之。朱注又云:

　　　　兴,起也。诗本性情,有邪有正,其为言既易知,而吟咏之间抑扬反复,其感人又易入。故学者之初,所以兴起好善恶恶之心而不能自已者,必于此而得之。

―――――――――――

　　① 傅道彬:《〈孔子诗论〉与春秋时代的用诗风气》,《文艺研究》2002 年第 2 期。
　　② 王小盾、马银琴《从〈诗论〉与〈诗序〉的关系看〈诗论〉的性质与功能》,同上,第46 页。

孔子看中的是诗那"感人又易入"的动情力，虽然是站在用诗者的立场，却理解诗的文学特质。他的贡献就在于将兴从原始宗教观念中解脱出来，与现实社会人事的政教挂钩，是走向文学自觉的前奏。后继者只知其一，不知其二，则偏离了兴的文学性质。《诗大序》云：

> 诗者，志之所之也。在心为志，发言为诗。情动于中而形于言，言之不足，故嗟叹之；嗟叹之不足，故永歌之；永歌之不足，不知手之舞之，足之蹈之也。……故正得失，动天地，感鬼神，莫近于诗。先王以是经夫妇，成孝敬，厚人伦，美教化，移风俗。

序中关于诗与情志之关系，及其美刺的功能的论述，应当说是上承先秦的诗论，并非杜撰。然而，序的作者将作诗与用诗的立场混同了，这也是比兴义界夹缠的根源。诚然，《诗经》中也有为美刺而作者，如《魏风·葛屦》篇云："维是褊心，是以为刺。"但不宜以偏概全，说诗三百都是为美刺而作。有人读《关雎》，得到启迪，联想到"后妃之德"，也未尝不可，却不可将联想坐实为本义。[①] 朱自清说得好："他们却据'思无邪'一义先给作诗人定下了模型，再在这模型里'以意逆志'，以诗证史，人情自然顾不到，结果自然便远出常人想象之外了。"[②] "人情顾不到"，就是抹去作者情感的丰富性，强归于美刺，失去"作者未必然，读者未必不然"的通达。如黄侃《文心雕龙札记比兴》所批评："虽当时未必不托物以发端，而后世则不能离言而求象。"以"用诗的立场"主张"诗无达诂"，不顾文本提供的兴象任意发挥牵扯，由是又造成"兴义的混乱"。用诗的立场毕竟不是作者或审美者的立场，从不同出发点言"兴"，难免要"聋子隔河喊话——各说各的"。回到作者、审判者立场言"兴"，有待"文学自觉时代"的到来。

魏晋是一个文学摆脱了两汉功利主义与经学思想束缚的时代。文人诗大量涌现，士大夫不再满足于"用诗"，而是以诗为抒一己之情的工具，

---

① 《论语》《关雎》"乐而不淫"；上海博物馆藏《战国楚竹书》第10简。"《关雎》以色喻于礼"，都是先于《诗大序》而相类似的"读后感"，却未坐实作者原意。

② 朱自清：《朱自清古典文学论文集》，上海古籍出版社1981年版，第260页。

成为作者。社会需求使诗论不能不回到作者、审美者的立场上来。晋挚虞《文章流别论》首称："赋者，铺陈之称也；比者，喻类之言也；兴者，有感之辞也。"这是从创作角度对赋比兴的再认识。"有感之辞"虽嫌宽泛，但与孔子重视诗的动情力量却是相通的。刘勰《文心雕龙·比兴》对此有明确的认识："兴者，起也……起情，故兴体以立。"问题是以什么为支点（或曰中介物）来"起情"？齐梁时代的刘勰与钟嵘，以其各不相同的方式探索这一问题。

刘勰《文心雕龙·物色》是与"兴"有关的重要篇章，有云：

> 春秋代序，阴阳惨舒，物色之动，心亦摇焉。……是以诗人感物，联类不穷。流连万象之际，沉吟视听之区；写气图貌，既随物以宛转；属采附声，亦与心而徘徊。

"诗人感物，联类不穷"，正是传统"引譬连类"的兴义。然而刘氏深刻之处在于：他指出心物之间是感应而互动的关系："物色之动，心亦摇焉"。或顺物推移（随物宛转），或用心驭物（与心徘徊），在双向建构中起情。故《明诗》篇又云："人禀七情，应物斯感，感物吟志，莫非自然。"显然，"感物吟志"已跳出传统"托物言志"的圈缋。或云，刘氏《比兴》篇对比兴的解说是："比则畜愤以斥言，兴则环譬以记讽。"仍沿用《周礼春官大师》郑玄注的旧说："比，见今之失，不敢斥言，取比类以言之；兴，见今之美，嫌于媚谀，取善事以喻劝之。"这只能说明刘氏对兴义的突破尚不够自觉，事实上他对兴的认识是建立在全新的感应论的认识基础上的。《物色》篇又云：

> 是以四序纷回，而入兴贵闲。……使味飘飘而轻举，情晔晔而更新。……物色尽而情有余者，晓会通也。若乃山林皋壤，实文思之奥府，略语则阙，详说则繁。然屈平所以能洞监风骚之情者，抑亦江山之助乎？赞曰：山沓水匝，树杂云合。目既往还，心亦吐纳。春日迟迟，秋风飒飒。情往似赠，兴来如答。

将感物起情称为"入兴"，之间关系是"情往似赠，兴来如答"，其审美效果是"物色尽而情有余",而以"味"加以形容。这些已经构成刘氏对兴的新义的系统认识,对兴义是实质性的突破。钟嵘《诗品》对兴的认识并未超出这一框架,然而更易引人注目的却是钟嵘的《诗品》。钟嵘在《诗品序》中单刀直入挑明新义曰:

> 故诗有六义①焉:一曰兴,二曰比,三曰赋。文已尽而意有余,兴也;因物喻志,比也;直书其事,寓言写物,赋也;弘斯三义,酌而用之,干之以风力,润之以丹彩,使咏之者无极,闻之者动心,是诗之至也。

钟嵘一反"赋比兴"的传统排列顺序,将兴放在首位,起统摄作用;且以审美效果"文已尽而意有余"定义兴,新意豁然。问题是,兴还是不是一种手法?从引文看,"文已尽"云云,与"使咏之者无极,闻之者动心"一样,都是"诗之至也",指整体的审美效果。所以"弘斯三义",看来似乎只剩"比、赋"二义。那么赋又如何达到兴的效果呢?日本学者铃木虎雄如是说:

> 由甲的成句本身看,是赋,而将其与乙的成句比照联系起来,则发挥出兴的作用。

例如《关雎》,铃木氏认为:"如果只从雎鸠句看,可以说是赋,而将其与淑女二句对照并联系起来,则构成兴了。"② 铃木氏的看法并非空穴来风。《诗经》孔颖达疏云:

> 司农(指郑众)又云:"兴者,托事于物。"则兴者,起也,取譬引类,起发己心,诗文诸举草木鸟兽以见意者,皆兴辞也。

---

① "六义",或作"三义",校异详曹旭《诗品集注》,上海古籍出版社1994年版,第39—40页。

② [日]铃木虎雄:《中国诗史》,许总译,广西人民出版社1989年版,第24页。

对景物进行描写是赋，但"举草木鸟兽以见意"，达到"起发己心"的效果，便是兴。这是赋与兴的转换关系。也就是说，兴仍可以看作是一种动情的手法，但它需要以赋来完成其前期的铺垫工作，赋是手法中的手法。大凡创造者的自觉意识往往会落后于自己的创造实践，未能及时地定义自己的成果。刘勰与钟嵘对兴的新义的自觉，多少也有这种情况。所以就像我们还要从《物色》篇去求索刘勰的新兴义一样，我们也还是要从《诗品》全体去求索钟嵘的新兴义。

玄学对中古文学最深刻的影响是："言意之辨"，使人重视言与意之间的中介环节——象。如上所述，刘勰对兴义的贡献在于发现了心与物之间的对话关系："情往似赠，兴来如答。"钟嵘杰出之处则在于提倡诗性直觉——"直寻"。对此笔者有专文论述（见本书"直寻、现量与诗性直觉"），这里只就其与"兴"义关系密切者撮要言之。钟嵘《诗品序》云：

> 气之动物，物之感人，故摇荡性情，形诸舞咏。……若乃春风春鸟，秋月秋蝉，夏云暑雨，冬月祁寒，斯四候之感诸诗者也。嘉会寄诗以亲，离群托诗以怨。至于楚臣去境，汉妾辞宫……凡斯种种，感荡心灵，非陈诗何以展其义，非长歌何以骋其情？……至乎吟咏情性，亦何贵于用事？"思君如流水"，既是即目；"高台多悲风"，亦唯所见；"清晨登陇首"，羌无故实；"明月照积雪"，讵出经史？观古今胜语，多非补假，皆由直寻。

"直寻"说显然与刘勰的"心物说"同样是建立在感应论的基础上，而钟氏之"物"不但指春花秋月之类的自然物，也指楚臣汉妾之类的社会人事。关键是"凡斯种种"，都必须是能"感荡心灵、摇荡性情"者。也就是说，"直寻"的目的还在于让心与物毫无遮蔽地面对面地相激而起情。在这一点上，钟嵘与刘勰"起情，故兴体以立"的看法是有内在的一致性的。不过钟氏更注重兴起的跳板——"象"，也就是"直寻"更重视内在感发力与外在的形象世界的碰撞，以及赋在触物起情中的作用。这也是钟嵘重视"形似"的重要原因。其"上品"评张协云："又巧构形似之言"；评谢灵运云："故尚巧似"。甚至认为五言诗之所以"居文词之要，是众作之有滋味者也"，也是因为"指事造形，穷情写物，最为详切"(《诗品序》)。对物象这一中介的重视是"尽意莫若象,尽象莫若言"的"言意之辨"在文论中的体现。事实上刘勰、钟嵘文论所反映的,正是当时诗歌创作的普遍追求。朱自清《诗言志辨》指出:

> 可是"缘情"的五言诗发达了,"言志"以外迫切的需要一个新目标。于是陆机《文赋》第一次铸成"诗缘情而绮靡"这个新语。……他还说"赋体物而浏亮",同样扼要的指出了"辞人之赋"的特征,也就是沈约所谓"形似之言"。从陆氏起,"体物"和"缘情"渐渐在诗里通力合作,他有意地用"体物"来帮助"缘情"的"绮靡"。[1]

正是五言诗缘情的大趋势及其丰富的创作实践,促使钟嵘提出"弘斯三义,酌而用之"的主张,并以"兴"统摄"三义",追求赋比兴通力合作,达到"文已尽而意有余"的整体效果。兴,不再为甲句引起乙句并置诸篇首的模式所限,它已经是如盐入水,整体地"摇荡性情",这就是"兴"的滋味。张伯伟《钟嵘诗品研究》曾敏感地指出:

> 《诗品》说"文已尽而意有余,兴也",则"兴"的位置就不必在开头,从字面上看,"文已尽"是指诗句的文字已尽。那么,或者可以说"兴"的位置乃出现在句尾。[2]

由于讲究整体的"滋味",所以句尾往往有余兴,于是由齐梁至唐代,则逐渐成为人们有意识的一种技巧了。李嘉言《篇终接混茫》将这种技巧叫作"以景结情",并认为:

> 《文赋》也说过:"诗缘情而绮靡,赋体物而浏亮。"赋本来不是专门描写景物的,但它为了铺陈,却堆砌了许多景物。从堆砌景物这一点来看,同南朝景有共同之点。其不同之点在于南朝景中有情,而

---

[1] 《朱自清古典文学论文集》,上海古籍出版社 1981 年版,第 223 页 。
[2] 张伯伟《钟嵘诗品研究》,南京大学出版社 1993 年版,第 98 页。

汉赋景中无情。南朝景中有情，用《文赋》的话来说，就是"体物"
与"缘情"相结合。①

　　有"情"、"无情"是关键，笔者认为正是兴义的突破，以物动情成
为新兴义，促成"情景交融"的审美意识，使之成为齐梁至唐代诗歌发
展的一个重要趋势。"情景"说的灵魂也还是"兴"。盛唐殷璠对此曾有
过明确的意见，他在《河岳英灵集》首倡"兴象"。从集中的具体评论，
我们可以明了，所谓兴象，是指诗人的情趣与实景的遇合，是"对景即
兴"的创作过程及其富有意味的效果。殷氏拈出"兴象"二字，既保留
了"兴"，又独立了"象"，强调之间的对话关系。可以说《文心雕龙·
比兴》所云"诗人比兴，触物圆览"、《诗品序》所云"文已尽而意有
余，兴也"，二家之说在"兴象"中圆融通贯焉。再由此跨前一步，便
至"意境"说。或者说，意境说乃脱胎于比兴说②。

　　兴，还有另一路走向。《文心雕龙·比兴》曰："楚襄信谗，而三闾
忠烈，依《诗》制《骚》，讽〔风〕兼比兴"。《骚》之兴，不在前后句
之间。如《离骚》中的鸾皇、云霓，它指什么？只有结合全篇来看，才
能体会其兴的意味。通过事物的整体性效果来达到讽喻与咏怀、寄托的目
的，是《骚》对"美刺"的一种改造。无论如何，它还是"言志"一
路。与"缘情"一路的区别，就在于所蕴含的对社会现实热切的关怀之
情。《比兴》篇云："日用乎比，月忘乎兴，习小而弃大"，正是对"巧构
形似之言"的不良倾向的批评。然而魏晋以来并非没有此类创作，阮籍
《咏怀》便是突出的例子。《诗品》将阮籍列在上品，评云：

　　其源出于《小雅》。无雕虫之功。而《咏怀》之作，可以陶性
灵，发幽思。言在耳目之内，情寄八荒之表。洋洋乎会于《风》、
《雅》，使人忘其鄙近，自致远大，颇多感慨之词。厥旨渊放，归趣
难求。颜延年注解，怯言其志。

---

① 李嘉言：《李嘉言古典文学论文集》，上海古籍出版社1987年版，第133页。
② 参看拙作《释"神来、气来、情来"说》，《古代文学理论研究》第十一辑。

何焯《读书记》云:"《咏怀》之作,…… 其源本诸《离骚》,而钟记室以为出于《小雅》。"这一批评是对的,阮作继承的是《骚》的比兴。不过钟氏是看出这种"兴"的,"言在耳目之内,情寄八荒之表",正符合其"文已尽而意有余,兴也"的标准。可惜这种"归趣难求"的兴作,不符合钟氏"三义"并作的审美理想。《诗品序》有云:"若专用比兴,则患在意深,意深则词踬。"由于缘情与言志日见分离是六朝的总体趋势,所以经阮籍发展的《骚》一路的"言志"型比兴,要到唐代才被重新发现。陈子昂《与东方左史虬修竹篇序》云:

> 汉魏风骨,晋宋莫传,然而文献有可征者。仆尝暇时观齐梁间诗,彩丽竞繁,而兴寄都绝,每以永叹。

"兴"与"寄"连用,与"兴"与"象"连用一样,都是意在扩大兴的内涵。支持"兴寄"说的是其《感遇》三十八首。这组诗内容丰富,或写边塞,或写侠客,或思亲友,或讽祥瑞,或直陈时事以明志,或愤世浊而思归隐,从不同时空、不同视角整体地展示了诗人丰富的内心世界。而这个内心世界是对外部大千世界的感应,其核心是积极用世。也就是说,他将个人之情与关怀社会现实之志结合起来,其兴发是动情,也是言志。情志合一正是盛唐人的特征,所以韩愈《荐士》诗称:"国朝盛文章,子昂始高蹈。"张九龄《感遇》十二首,李白《古风》五十九首,便是接武的杰作。杜甫一些《遣兴》、《写怀》之作,甚至《秋兴八首》,也不无"兴寄"的影响。当然,李、杜诗中意象要比陈诗更丰富生动有血肉,兴象结合更亲切,但毕竟是从子昂诗中汲取了营养,所以对陈诗更能理解,自然评价也高。如杜甫《陈拾遗故宅》诗云:"有才继骚雅,哲匠不比肩。公生扬马后,名与日月悬。…… 终古立忠义,感遇有遗篇。"知诗莫过杜甫,我们岂能无视这一评价?后人或以"诗教"温柔敦厚为标准,或以"正统"为判断,或以缘情为指归而求之,则无论褒贬,都忽略乃至抹杀了陈子昂"兴寄"说及其创作实践的巨大创造性。"兴寄"说促进"诗言志"与"诗缘情"合流,"兴象"说与"兴寄"说互用,强化心物对话关系中主体的心理形象,应是兴义内涵的再次扩展,是对美刺说、起情说、情景说的一次重大整合。杜甫对兴义的理解及其实践可为参照。

杜甫《同元使君春陵行序》称元结《春陵行》、《贼退后示官吏作》二首为"比兴体制，微婉顿挫之词"。但我们看这两首诗，形象鲜明，直陈时事，感情激愤，正是王夫之《唐诗评选》卷三指责陈子昂《感遇》"如戟手语"的类型。综观杜甫以沉郁顿挫为特征的诗，其沉郁，当来自面对社会现实激起的深沉的感情；其顿挫，正是这份激情的起伏。白居易《与元九书》首称杜甫，但又说"索其风雅比兴，十无一焉"，千余首中"亦不过三四十"而已。其失误当在死守兴的"美刺"旧义，而不能理解"兴寄"的新义所重在面对社会现实的那份感动。白居易的创作也因回到美刺的用诗立场去而逊色不少。当然，杜之"兴"，还饱含了"文已尽而意有余"的审美效果。杜在兴义的整合上似无理论建构，但"兴"的多层面意义在其诗歌实践中却得到综合的体现，具有兴义的巨大潜在内容，有待进一步总结。实际上不仅杜甫，还有许多优秀作家，在其创作实践中都按他们自己独特的理解突破兴义。如陶渊明，在《五柳先生传》中自称"常著文章自娱，颇示己志"、"酣觞赋诗，以乐其志"；《感士不遇赋》又称"导达意气，其唯文乎"，将"诗可以兴"中"言志"与"动情"因素结合，转化为对人生诗意化追求的理念，从眼前平凡而美好的事物中触起，在感发中得到审美升华，创构另一虚幻的文学之境。农村平实无奇之景由是与桃源缥缈理想之境仅一纸之隔。试将《桃花源记并诗》与《归园田居五首》、《归去来兮辞》对读，可谓现实通常之景物中有理想之境，理想之境中有现实的通常面貌，之间的感发关系至显。斯又一新兴义矣！兴义在创作实践中，真可谓炙之愈出。兴义演进大略如上所述，兹以简式示意如下：

非自觉的创作立场：重象征

↓

用诗的立场：重美刺

↓

审美的立场：重感发

本例说意在表明中国古代文论范畴具有一个开放的动态结构，只有在文学史运动中去把握它，结合创作实践去理解它，才会显得明晰而准确。

或者说，每一个重要的古文论范畴，都是一部微缩的文学史，存在着丰富的潜在内容，有待开发。

（原载《文艺理论研究》，2003 年第 3 期）

# 道德文章

视"道德文章"为一体，是中国传统文论一大特色。必欲摈"道德"于"文章"之外，无异乎抽中国古典文学之脊梁。别裁"道德文章"与"道德说教"，是继承与扬弃的关键。

## 一

人的基本属性有二，一为自然属性，一为社会属性，二者形影相随，互为存在的前提。大体说来，道家偏重前者，是所谓"知天不知人"者；儒家偏重后者，是所谓"知人不知天"者。然而创建儒学的孔、孟，是以自然属性为其"人性论"的出发点，即以亲子之情为基础的"孝"，"推己及人"至"泛爱众"的"仁"，其高明处就在于以自然属性的心理情感，"酶"也似的将外在的社会规范、伦理道德要求内化为人性自觉的道德情感。儒学对中国文学深远的影响，莫此为过。

子曰："兴于诗，立于礼，成于乐。"（《论语·泰伯》）孔子认为育人者，当首先感发于诗，从习礼得到规范，最终完成于乐——这意味着外在的社会秩序与内在的情感形式（似音乐的样式）已经取得某种共同的逻辑，是所谓的"和"。文学，因其动情功能被视为内化过程的良性导体，从而为儒学创始者所重视。故《毛诗序》有云：

> 《关雎》，后妃之德也，风之始也，所以风天下而正夫妇也。故用之乡人焉，用之邦国焉。风，风也，教也；风以动之，教以化之。
> 诗者，志之所之也，在心为志，发言为诗。情动于中而形于言，言之不足故嗟叹之，嗟叹之不足故永歌之，永歌之不足，不知手之舞

之，足之蹈之也。

情发于声，声成文谓之音。治世之音安以乐，其政和；乱世之音怨以怒，其政乖；亡国之音哀以思，其民困。故正得失，动天地，感鬼神，莫近于诗。先王以是经夫妇，成孝敬，厚人伦，美教化，移风俗。

这段权威论述将自然属性的"情"提升为社会属性的"志"（志与社会关怀之间的紧密联系已为许多论者所阐明）。早期儒学更多是从"用诗"的接受角度去看待文学的目的，所以"诗言志"重点还不在乎作者，而在乎接受者。孟子乃曰：

一乡之善士，斯友一乡之善士；一国之善士，斯友一国之善士；天下之善士，斯友天下之善士。以友天下之善士为未足，又尚论古之人。颂其诗，读其书，不知其人，可乎？是以论其世也，是尚友也。（《孟子·万章下》）

又云：

故说诗者，不以文害辞，不以辞害志；以意逆志，是为得之。（《孟子·万章上》）

"以意逆志"与"诗言志"配套，讲的正是上引孔子"兴于诗，立于礼，成于乐"的道理，也是以诗为媒介的修身方法。所以汉儒从《关雎》看出"后妃之德"，也是符合儒学"以意逆志"的精神的。近年出土的战国楚竹书"孔子诗论"第十六简释文或云：

孔子曰：吾以《葛覃》得祗初之志，民性固然，见其美必欲返一本，夫葛之见歌也，则……

有学者认为：所谓"返一本"，即《葛覃》序所云"后妃之本"的

"本"。这句的意思是:由《葛覃》可知其当初在母家之时躬俭节用的美德。① 如果上释无大误,则孔子的确是将道德修养与文学相沟通的。当汉儒从"用诗"的立场反转来要求于作者时,则将自然属性之"情"提升为社会属性的"志",自觉地接受社会规范的约束,也就顺理成章地成为儒家的创作论了。所以《毛诗序》又云:

> 国史明乎得失之迹,伤人伦之废,哀刑政之苛,吟咏情性,以风其上,达于事变而怀其旧俗者也。故变风发乎情,止乎礼义。发乎情,民之性也;止乎礼义,先王之泽也。

如何"发乎情,止乎礼义"?接下来几句是关键:

> 是以一国之事,系一人之本,谓之风;言天下之事,形四方之风,谓之雅。雅者,正也,言王政之所由废兴也。

儒学于此并未要求诗人作乡愿式的亦步亦趋,只是要求关心国事、天下事,"言王政之所由废兴"耳。孔颖达《毛诗正义》释云:

> 一人者,作诗之人。其作诗者道己一人之心耳。要所言一人心乃一国之心。诗人览一国之意以为己心,故一国之事系此一人使言之也。……诗人总天下之心、四方风俗以为己意,而咏歌王政,……必是言当举世之心,动合一国之意,然后得为风雅,载在乐章。

至是,"用诗"立场已转到"作诗"立场,即要求作者代表社会发言,"言当举世之心,动合一国之意",而且这种"言"还必须发自内心,也就是发自上述人性自觉的道德情感,或谓之出自"性情"。这就让人联想起 T. S. 艾略特非个性化的观点:

---

① 详见《新出土文献〈战国楚竹书·孔子诗论〉与先秦诗学研讨（笔谈）》,《文艺研究》2002 年第 2 期。

诗人把此刻的他自己不断地交给某件更有价值的东西。一个艺术家的进步意味着继续不断的自我牺牲，继续不断的个性消灭。①

不过，艾略特的"个性消灭"只是强调个性才能必须与传统文学的整体建立有机的联系："他必须知道欧洲的思想、他本国的思想——总有一天他会发现这个思想比他自己的个人思想要重要得多"（第 4 页），"诗人的任务并不是去寻找新的感情，而是去运用普通的感情，去把它综合加工成诗歌，并且去表达那些并不存在于实际感情中的感受"。（第 10 页）其非个性化是指向诗歌技巧和形式的创新，并非那"半伦理标准"。这就是艾略特与中国传统文论貌同心异之处。还是徐复观先生所论更贴近中国传统文论的"文心"：

> "要所言一人［之］心乃是一国之心"，这是说作诗者虽系诗人之一人，但此诗人之心乃是一国之心，即是说，诗人的个性即是诗人的社会性。诗人的个性何以能即是诗人的社会性？因为诗人是"览一国之意以为己心"，"总天下之心、四方风俗以为己意"。即是诗人先经历了一个把"一国之意"、"天下之心"，内在化而形成自己的心，形成自己的个性的历程。②

个性与社会性在诗中是熔铸为一气的：

> 真正好的诗，它所涉及的客观对象，必定是先摄取在诗人的灵魂之中，经过诗人感情的熔铸、酝酿，而成他灵魂的一部分，然后再携带着诗人的血肉（在过去，称之为"气"）以表达出来，于是诗的字句都是诗人的生命，字句的节律也是生命的节律。（第 1 页）

中国文论不是要"消灭个性"，而是要在个性中体现社会性。（广而

---

① 《艾略特文学论文集·传统与个人才能》，百花洲文艺出版社 1994 年版，第 5 页。下引只注页码。

② 徐复观：《中国文学精神》，上海书店出版社 2004 年版，第 2 页。本节下引只注页码。

言之，"存天理"也并非"灭人欲"，而是要在"人欲"中"存天理"，互相制约。）徐氏的论释摄取了中国传统文论之精神，也摄入西方文论如艾略特所论之重艺术形式的精神。

## 二

个性与社会性的一致，也就是人的自然属性与其社会属性取得某种程度的和谐。孔孟儒学独到之处便是在这种和谐性中突显个性，将道德情感化为个体的人格力量。《孟子·公孙丑上》乃云：

> 我善养吾浩然之气……，其为气也，至大至刚，以直养而无害，则塞于天地之间。其为气也，配义与道；无是，馁也。是集义所生者，非义袭而取之也。行有不慊于心，则馁矣！

孟子所谓"浩然之气"，是"集义所生"，它不是外在的"义"，而是内凝为道德情感所化生出的生命力量、人格力量：

> 子曰："三军可夺帅也，匹夫不可夺志。"（《论语·子罕》）
> 富贵不能淫，贫贱不能移，威武不能屈。（《孟子·滕文公下》）

曹丕将这种"气"导入文论，创"文气"说，强调了创作风格与创作主体的个性之间的直接联系："文以气为主，气之清浊有体，不可力强而致。……虽在父兄，不能以移子弟。"（《典论·论文》）重要的是，曹丕文气说保留了"浩然之气"那股生命力。《典论·论文》称"孔融体气高妙"，批评"徐干时有齐气（齐俗舒缓）"，而"应玚和而不壮"云云，由此可窥见该说重贞刚之气的倾向。后人讲究"气骨"、"风力"，沿的就是这个路子。应当说，这才是儒学对文学最具价值的正面影响，造就了中国文学崇尚内在气质的品格。

将情志、性情、修养、文气等因素综合起来，创构系统文论的是刘勰。《文心雕龙·体性》云：

　　若夫八体屡迁，功以学成，才力居中，肇自血气；气以实志，志以定言，吐纳英华，莫非情性。是以贾生俊发，故文洁而体清；长卿傲诞，故理侈而辞溢；子云沉寂，故志隐而味深……触类以推，表里必符，岂非自然之恒资，才气之大略哉！

　　刘氏描画出"文体"（文章体貌风格）形成的"路线图"。这是一个表里相符的过程："吐纳英华，莫非情性"。情性不但由先天禀赋的才性与气质构成，还深受后天的学识与习染的影响，"才自内发，学以外成"（《事类》），内外交应形成创作个性。结合对全文的理解，试作图示如下：

　　情性并不直达文体，它还要激发为气，这个"气"已不是原始的"血气"，而是创作时产生的"文气"。这股气来自平日养成的才、气、学、习，所以平日要注重人格修养与文学修养。《体性》又云："故宜摹体以定习，因性以练才"，根据个人的才性进行双修。值得注意的是，刘勰所重的修养，不仅是宗经、征圣，或练才、养气，且涉及社会实践。《时序》篇对"人人自谓握灵蛇之珠"而面目各异的建安群英，也指出其时代的共性："观其时文，雅好慷慨，良由世积乱离，风衰俗怨，并志深而笔长，故梗概而多气也。"将创作个性的形成与社会生活实践联系起来，实在只有一步之遥呵！纵览《文心雕龙》，刘氏所谓"气以实志，志以定言"，其实质乃在以"情志"为核心。也就是说，熔铸才、气、学、习的情性，在创作发动时必须凝集为文气，将情性提升为情志，使个性与社会性取得某种协调，形成创作激情，这才能指挥文辞，形成创作体貌。所以上引文评论贾谊，则云："贾生俊发，故文洁而体清。"首先发露其创作个性（即由情性转化而来的情志）是意气风发，再进而形诸文字，则表达斩截干净，表现出"清"的风格体貌。至如司马相如，其创作个性属狂放，故文理虚夸，滔滔不绝；扬雄性格内向，情志隐晦，故辞意深沉有味云云。贾生情性不只是意气风发一个方面，但作为创作个性，则突显了这一特征，其他类此。总之，个性须由文气输入作品，也就是由情性转换为创作中的情志，由此指挥文辞，"志以定言"，形成作品的总体风格。我们的分析与表述可能太逻辑化了，在刘勰，这是一气浑成的过程。可惜刘氏并未就道德情感转换为创作风格一事作专门描述，但道德情感的转换作为情志的一个重要内容，当同此理。所幸刘氏在心与物双向交流方面，有颇详尽的描述。王元化《文心雕龙讲疏》对此有段精要的概括：

> 刘勰在文学起源论中把"心"作为文学的根本因素，但是他在创作论中却时常提到"心"和"物"的交互作用。他比较充分地研究了"心""物"这一对范畴在艺术创作活动中的关系问题。《神思篇》揭示了"思理为妙，神与物游"的纲领，《物色篇》进一步阐明"情以物迁，辞以情发"的主旨。他说："是以诗人感物，联类不穷，流连万象之际，沉吟视听之区；写气图貌，既随物以宛转；属采附声，亦与心而徘徊。"篇末赞曰："目既往还，心亦吐纳"，"情往似赠，兴来如答。"在这里，刘勰阐明作为文学内容的情志，不是来自主观冥想，而是心与物接触的结果。①

"感物"，应包括对社会生活的感动。同时代的钟嵘《诗品·总论》论"物之感人"，就举有"楚臣去境，汉妾辞宫"、"负戈外戍"、"扬蛾入宠"诸有关人事的例子。诚如王元化所指出，后来王国维《人间词话》发展了刘勰的心物交融说②：

> 诗人对宇宙（一作"自然"）人生，须入乎其内，又须出乎其外。入乎其内，故能写之。出乎其外，故能观之。入乎其内，故有生气。出乎其外，故有高致。

一人一出，便是道德情感内化、提升、转换的过程。一个成功的作

---

① 王元化：《文心雕龙讲疏》，上海古籍出版社 1992 年版，第 65 页、101 页。
② 同上。

者，当从自然、社会的外部世界（"宇宙人生"）得到切实的感受，内化为情性，提升为情理融一的情志，因灵感而发兴为文气，直贯作品，"以志定言"形成整体风格，是为道德情感形成、转换之通衢也。经王国维发明的心物交融说，可以说是补出孔孟儒学关于道德修养与文学相沟通重要的中介环节。

三

中唐以后"新儒学"崛起，特别是宋人的理学，对"道德文章"又有新发明。

宋代科学技术有长足的进展，宋人重理性，是一大进步。论者以为，宋明理学与康德的伦理学颇有同异。其同者，咸主张以理性克抑感性，诚如陈来《宋明理学》所指出：

> 很明显，从孔子的"克己"，孟子的"取义"到宋明理学的天理人欲之辨，与康德的基本立场是一致的。宋明儒者所说的"存天理、去人欲"，在直接的意义上，"天理"指社会的普遍道德法则，而"人欲"并不是泛指一切感性欲望，是指与道德法则相冲突的感性欲望。①

就其不同者而言之，李泽厚《宋明理学片论》有云：

> 与康德由先验知性范畴主宰经验感性材料相比较，形式结构相仿，内容实质相反。宋明理学是由先验的"人欲"、"气质之性"以完成伦理行为。前者（康德）是外向的认识论，要求尽可能提供感性经验，以形成普遍必然的科学知识；后者（宋明理学）是内向的伦理学，要求尽可能去掉感性欲求，以履行那"普遍必然"的行为。前者的先验范畴（因果等等）来自当时数学和自然科学（牛顿物理学）；后者的先验规范（理、道等等）来自当时社会的秩序制度（封

---

① 陈来：《宋明理学》，华东师范大学出版社 2004 年版，第 2 页。

建法规）；前者把认识论和伦理学截然两分，要求互不干涉，保持了各自的独立价值；后者却将二者混淆在一起，于是纠缠不清，实际上认识论在宋明理学中完全屈从于伦理性。①

要害就在于笼罩宇宙万象的"理"，是先验的："未有天地之先，毕竟是先有此理。"（《朱子语类》，卷一）而这个"天理"，说到底就是"三纲五常"的封建伦理。虽然理学各家论"格物致知"有丰富的内容，但其终极目的都是为了明"善"，其出发点还是为了自觉遵从"永恒"的封建伦理道德，建立一个内在的"寂然不动"的"道心"，去观照外部世界的万象。朱熹说得明白：

> 只是这一个心，知觉从耳目之欲上去，便是人心；知觉从义理上去，便是道心。（《朱子语类》卷七八）

人的自然属性与社会属性被对立起来，个体欲求被无条件地压制到最低限度。正是以上同异，造成理学对文学的正、负双方的影响。

理学家论文，大都重道轻文，乃至以作文害道，将伦理道德作为文学的价值之首要标准，取消文学的独立性。关于这方面的论析，笔者尚无异议，只是想提请注意：理学造成的风气，对文学却有别样的积极影响。

宋代理学如前所述，主张以理性克抑感性，高扬个体的道德情感，即道德战胜私欲的崇高感，对宋代士大夫的确起着引领、提升的作用。王夫之《读通鉴论》卷二六，将唐宋两代士大夫的个体修养作了比较，对唐人竞为奢侈，传觞狎妓之习加以抨击，然后说：

> 延及有宋，膻风已息，故虽有病国之臣，不但王介甫（安石）之清介自矜，务远金银之气；即如王钦若、丁谓、吕夷甫、章惇、邢恕之奸，亦终不若李林甫、元载、王涯之狼藉，且不若姚崇、张说、韦皋、李德裕之豪华；其或毒民而病国者，又但以名位争衡，而非笼络官邪之害。此风气之一变也。

---

① 李泽厚：《中国古代思想史论》，安徽文艺出版社1994年版，第226页。

　　历数宋代范仲淹、石介、欧阳修、王安石、司马光、"二程"、"三苏"、黄庭坚、陈师道等一大批文士，无论政见如何不同，其于伦理道德的取向还是一致的。正是在此风气下，杜甫济国活民、民胞物与的道德情感才得到共鸣，其诗歌"言当举世之心，动合一国之意"的一面才被广泛接受，推至"诗圣"的地位；而陶渊明安贫乐道、淡然自适的精神境界也被再认识，欣赏其"质而实绮，癯而室腴"之诗美，陶诗的地位也因之骤升。① 陶、杜的作品反过来又深刻、广泛地影响了宋人的创作，提升其审美趣味，宋诗于唐后而能别开生面，情理相得，正得益于此。

　　与唐人情景交融相比较，宋人的情理相得是一创获。固然，在理学家的文论中，"情"被边缘化了，即使是较为通达的朱熹，也主张以心统情：

　　　仁义礼智，性也；恻隐羞恶辞让是非，情也；以仁爱，以义恶，以礼让，以智知者，心也。性者心之理也，情者心置之用也，心者性情之主也。（《朱子文集》卷六七，《元亨利贞说》）

　　这种统制表现在文学批评上，就是朱熹对杜甫、韩愈、苏轼诸人皆有严苛过情的责备。然而，在创作实践中，理学家又往往"情不自禁"地为文学自身规律所左右，写出一些情理相得的好作品来。朱熹本人的《武夷棹歌十首》，便是情理相得之作。至若北宋理学家程颢《偶成》：

　　　闲来无事不从容，睡觉东窗日已红。
　　　万物静观皆自得，四时佳兴与人同。
　　　道通天地有形外，思入风云变态中。
　　　富贵不淫贫贱乐，男儿到此是豪雄。

　　通过各种自得自在的意象，造成与作者精神境界同构的诗之意境，故有文学意味。理学家之作尚能如此，则王安石、苏东坡、黄山谷、杨万里

────────────

　　① 参看拙著《文化建构文学史纲（中唐—北宋）》第四章，三秦出版社 1994 年版。

诸人理趣之作毋庸论矣！正是宋人诗歌创作中存在的这种现象，使后人论诗不能不注意到"理"的重要性。南宋理学家兼词人的陈亮，在《书作论法后》称：

> 意与理胜则文字自然超众……昔黄山谷云：好作奇语，自是文章一病，但当以理为主，理得而辞顺，文章自然出类拔萃。

意、理被引进文学批评范畴，可以说是对唐前情性论的一大补充。南宋严羽《沧浪诗话·诗评》总结道："诗有词理意兴，南朝人尚词而病于理，本朝人尚理而病于意兴。"应当说，严氏之论是切中时弊的。至清人叶燮《原诗》，始理、事、情并举："曰理，曰事、曰情，此之言足以穷尽万有之变态。"又云："然具是三者，又有总而持之，条而贯之者，曰气。"至此，"理"已被融入文学自身规律之中。尤其是叶氏于"理"之外又补足了"事"，强调理、事必须意象化，方能进入文学，乃云：

> 子但知有是事之事，而抑知无是事之为凡事之所出乎？可言之理，人人能言之，又安在诗人之言之！可征之事，人人能述之，又安在诗人之述之！必有不可言之理，不可述之事，遇之于默会意象之表，而理与事无不灿然于前者也。

叶氏所论，颇为周匝。如持叶氏此说与前述刘勰"体性"论合，再反观杜诗，对"文章道德"之理解，又可深进一层。

# 四

先从才、气、学、习来一窥杜甫的情性。才、气，可归结为"才性"。杜甫《进雕赋表》自称其家世是："自先君恕、预以降，奉儒守官，未坠素业。"杜甫总是念念不忘他那"传之以仁义礼智信，列之以公侯伯子男"的光荣家世，杜预的文治武功，杜审言的文学成就，更使他自觉到负有"致君尧舜上"与家族中兴的双重使命。在性格方面，《唐才子

传》称杜审言"恃高才傲世见疾",而《新唐书》则称杜甫"性褊躁傲
诞",颇有乃祖遗风。史载,杜审言之曾祖杜叔毗事母至孝,曾为兄手刃
仇人于京城。而杜审言之子杜并,又为父杀仇。甚至杜甫之姑母,也是个
"义姑"①。刚烈的性格加上深厚的伦理情感,似乎已是杜氏家族的一种
"血性"。

再看杜甫的学与习。杜甫《壮游》诗自称:"七龄思即壮,开口咏凤
凰。"《奉赠韦左丞丈二十二韵》又云:"读书破万卷,下笔如有神。"
《江上值水如海势,聊短述》又云:"为人性僻耽佳句,语不惊人死不
休!"《戏为六绝句》则云:"别裁伪体亲风雅,转益多师是汝师。"起步
早,视野宽,积累厚,后天的学习与先天的禀赋综合而成杜甫独特的情
性。更要紧的是在这种情性中,情与志是合一的。浦起龙《读杜心解·
发凡》称:

老杜天姿厚,伦理最笃,诗凡涉君臣父子夫妇朋友之间,都从一副血
诚流出。

叶嘉莹《杜甫秋兴八首集说》代序中,将这层意思表述得更明白:

昌黎(韩愈)载道之文与乐天(白居易)讽喻之诗,他们的作
品中所有的道德,也往往仅只是出于一种理性的是非善恶之辨而已。
而杜甫诗中所流露的道德感则不然,那不是出于理性的是非善恶之
辨,而是出于感情的自然深厚之情。是非善恶之辨乃由于向外之寻
求,故其所得者浅;深厚自然之情则由于天性之含蕴,故其所有者
深。②

外在的"善恶之辨"的道德理性必须内化为深厚激越的道德情感,
"从一副血诚流出",这才是"道德文章"的最高境界,才能如《诗大
序》所说"是以一国之事,系一人之本",即浦起龙《读杜心解·目谱》
所称:"少陵之诗,一人之性情而三朝之事会寄焉者也。"

---

① 《杜诗详注》载杜甫《唐故万年县京兆杜氏墓志》,"杜并"作"杜升"。该文称其姑母
为"义姑",云:"甫昔卧病于我诸姑,姑之子又病,问女巫,巫曰:'处楹之东南隅者吉。'姑
遂易子之地以安我。我用是存,而姑之子卒,后乃知之于走使。

② 叶嘉莹:《杜甫秋兴八首集说〈代序〉》,上海古籍出版社 1988 年版,第 6 页。

由刚烈执着的性格、深厚的伦理情感、广博的知识结构，凝为杜甫的性情，发为沉郁顿挫的创作风格。其中起推进作用的，是儒家传统价值观与其个人深刻的社会体验两大交互作用的要素。

在儒家价值观中，忧患意识有其突出的地位。《孟子·告子》云：

> 故天将降大任于斯人也，必先苦其心志，劳其筋骨，饿其体肤，空乏其身，行拂乱其所为，所以动心忍性，曾益其所不能。……入则无法家拂士，出则无敌国外患者，国恒亡。

孟子将个体忧患与群体忧患结合起来，提升到关系国家存亡的历史规律这一高度上来认识，由是将忧患意识化为个体人格内在的历史责任感。杜甫正是以此"理"接受天宝年间的"事"——社会现实。《奉赠韦左丞丈二十二韵》是一首"干谒诗"，希望得到尚书左丞韦济的提携。诗中自许"读书破万卷，下笔如有神。赋料扬雄敌，诗看子建亲。李邕求识面，王翰愿卜邻。自谓颇挺出，立登要路津。"发露其恃才傲物的个性。然而这种个性在儒家价值观的作用下已上升为济世的理想："致君尧舜上，再使风俗淳！"但是现实却给了他当头一棒："骑驴三十载，旅食京华春。①朝扣富儿门，暮随肥马尘。残杯与冷炙，到处潜悲辛！"正是现实的逻辑力量使杜甫与统治集团保持了距离，使其在"盛世"光环中保持清醒的认识，有着强烈的忧患意识，写下《兵车行》、《丽人行》等佳作。此期杜甫的情志已存在着一对矛盾："穷年忧黎元"与"致君尧舜上"之矛盾，在感情上陷入苦闷忧郁。这两种感情对冲所形成的情感旋涡最易产生出"沉郁顿挫"的艺术风格。作于"安史之乱"前夕的《自京赴奉先县咏怀五百字》可视为这一风格成熟的标志。诗的前半诉说纡徐纠结的情感，"葵藿倾太阳"的本性使其与朝廷"不忍便永诀"；后半部分则展示"彤庭所分帛，本自寒女出。鞭挞其夫家，聚敛贡城阙"的社会现实又使之不能不意识到向朝廷靠拢的错误，"独耻事干谒"。正是这两种情感的纠结，"以志定言"，凭借杜甫深厚的文学修养与文字天才，写出沉郁顿挫的杰作。在安史之乱中所作的"三吏"、"三别"，其中对战乱中无助百

---

① 《杜诗阐》认为"三十载"当作"十三载"。

姓之同情，与对朝廷之体谅、维护，对制造乱象的叛军之敌忾，多股复杂情感的纠结激荡，不但形成沉郁顿挫的文气，更促成杜甫"上感九庙焚，下悯万民疮"（《壮游》）的道德情感，是对原有"致君尧舜上，再使风俗淳"那"成心"的超越！

康德曾指出，在理性的道德律令与感性个体的利益相冲突的情况下，道德理性便会显示出其超越自己的一种人格力量而无比崇高。[①] 后期杜甫的道德情感已在某种程度上超越了来自儒学的"济国活民"的理想，"情""理"紧紧围绕着"事"，在与百姓共患难的实践中培养其更为深沉、更为宽阔的道德情感。试读这样的诗句：

> 入门闻号咷，幼子饿已卒！吾宁舍一哀，里巷亦呜咽。……生常免租税，名不隶征伐。抚迹犹酸辛，平人固骚屑。默思失业徒，因念远戍卒。忧端齐终南，澒洞不可掇！（《自京赴奉先县咏怀五百字》）
>
> 安得广厦千万间，大庇天下寒士俱欢颜，风雨不动安如山！呜呼！何时眼前突兀见此屋？吾庐独破受冻死亦足！（《茅屋为秋风所破歌》）

这就是超越个体利益而形成的人格力量与崇高感，千载而下，犹生气凛然。至于杜诗如何将道德情感由"气"转化为意象，因篇幅关系，当另文再叙。总之，以创作实践中的成功经验来校正文论中的偏差，重新整合传统文论，是一项值得重视的工作。

（原载《文艺理论研究》，2005 年第 1 期）

---

① 具体论述，参看康德著，关文运译：《实践理性批判》，商务印书馆1960年版，第88—89页。

# 大雅正声

## ——"盛世文学"的支点

大时代需要有大手笔来画龙点睛。李白《古风》第一首力倡"大雅正声",便是盛唐之音的点睛之笔。很难想象,一个有数千年历史的民族只有否定与揭露,而没有正面的精神文明的积累与传承。汉唐煌煌的"盛世文学"就存在着大量"雅颂"之作,排除所有此类作品,诚难构成雄深的"汉唐气象"。这是一个值得关注却又往往容易被忽视的课题。

## 一　大雅的内涵空间

一直以来,风、雅、颂被视为《诗经》的分类法。《毛诗序》云:

> ……是以一国之事,系一人之本,谓之风;言天下之事,形四方之风,谓之雅。雅者,正也,言王政之所由废兴也。政有小大,故有小雅焉,有大雅焉。颂者,美盛德之形容,以其成功告于神明者也。

这是以政治版图分类。同样,也可以音乐的角度讲,如郑樵《通志·昆虫草木略》有云:

> 风土之音曰风,朝廷之音曰雅,宗庙之间曰颂。

由此还可延伸到作者的社会地位与身份。故郑樵《诗辨妄》又云:

> 风者出于风土,大概小夫贱隶妇人女子之言,其意虽远,而其言

浅近重复，故谓之《风》；《雅》出朝廷士大夫，其言纯厚典则，其
体抑扬顿挫，非复小夫贱隶妇人女子能道者，故曰《雅》……

从朝廷之音、王政得失的内容，到不同身份的作者有其不同的语言风
格等，一义孳生诸义，是传统文论的思维方式与西方重视界定的思维方式
不同之处。所以宋儒朱熹乃综合言之。《诗集传》云：

> 《风》者，民俗歌谣之诗也。
> 《雅》者，正也，正乐之歌也……
> 以今考之，正《小雅》，燕飨之乐也；正《大雅》，今朝之乐，
> 受釐陈戒之辞也。故或欢欣和说，以尽群下之情；或恭敬齐庄，以发
> 先王之德。词气不同，音节亦异，多周公制作时所定也。

诚如赵沛霖《诗经研究反思》所指出："它不是从某一个方面和角度
去考察，而是从全面和总体上去把握，其中既包括诗歌的内容、性质、用
途和作者的社会地位，也包括形式的因素，诸如诗歌的体制、音乐的特点
等。"[①]

关于"大雅正声"之"正"，同样也是多义的。历来或以时序分正
变，或以美刺分正变，都与时代的盛衰有关。钱穆《读诗经》则综合起
来说：

> 窃谓诗之正变，若就诗体言，则美者其正而刺者其变，然就诗之
> 年代先后言，则凡诗之在前者皆正，而继起在后者皆变。诗之先起，
> 本为颂美先德，故美者诗之正也。及其后，时移世易，诗之所为作者
> 变，而刺多于颂，故曰诗之变，而虽其时颂美之诗，亦列变中也。故
> 所谓诗之正变者，乃指诗之产生及其编制之年代先后言。凡西周成康
> 以前之诗皆正，其时则有美无刺；厉、宣以下继起之诗皆谓之变，其

---

① 赵沛霖：《诗经研究反思》，天津教育出版社 1989 年版，第 213 页。

时则刺多于美云尔。①

《雅》、《颂》因"盛世"的需要应运而生，待到世衰，自然要"变风变雅作"了。然而，"大雅正声"之"正"，值得提请注意的是其正统义、法则义。郑玄注释《周礼》乃云：

> 雅，正也，言今之正者以为后世法。……《论语》曰："吾自卫反鲁，然后乐正，雅、颂各得其所。"时礼乐自诸侯出，颇有谬乱不正，孔子正之。

后世"以雅正风"、"以雅正俗"的思想与之有源流关系。《文以雕龙·通变》乃云：

> 故练青濯绛，必归蓝蒨，矫讹翻浅，还宗经诰。斯斟酌乎质文之间，而櫽栝乎雅俗之际，可与言通变矣。

所谓"讹"，就是失正，远离了传统。所以刘勰提出"还宗经诰"，则以经诰为典范矫正之。他举例说：

> 则黄、唐淳而质，虞、夏质而辨，商、周丽而雅，楚、汉侈而艳，魏、晋浅而绮，宋初讹而新。从质及讹，弥近弥淡。何则？竞今疏古，风末气衰也。

无论"淳而质"，还是"讹而新"，都不是理想的文风，最高标准应是"丽而雅"的商、周文风，而作为商周代表作的正是《诗》中的雅、颂。因此，每当文风浮艳之时，总有人要来倡"大雅正声"。这时的"大雅"，便是"还宗经诰"中的"经诰"，只是作为参照的典范，以之"斟酌乎质文之间，而櫽栝（正曲木之木）乎雅俗之际。"所以刘勰的结论

---

① 钱穆：《读诗经》，见《中国学术思想史论丛》（一），台湾东大图书有限公司 1976 年版，第 120 页。

是：

> 文律运周，日新其业。变则堪久，通则不乏。趋时必果，乘机无
> 怯。望今制奇，参古定法。

参古不是效古。新变是矛盾积极的一方，刘氏强调的还是"趋时必果"。这就是文学史上"以复古为革新"的实质。

近来又有学者从中华民族精神文明积淀的角度正面发掘雅颂的典则义，发露周人借雅颂诱人向善，树理想以批判现实，倡德行礼教立国的深意云云；① 是前人"虽颂皆刺"观点之深化，充实了"大雅正声"的内涵。的确，传统文论此种活体再生的特质，使我们在具体审视李白所倡"大雅正声"时，不能不在力求其源流的同时，尤其要注重其时代增进的内容。

## 二　大雅与大唐

袁行霈《李白〈古风〉（其一）再探讨》一文力挺俞平伯先生关于"这诗的主题是借了文学的变迁来说出作者对政治批判的企图"的观点，并指出："李白并不是笼统地推崇《诗经》及其文学传统，而是特别标举大雅，推崇那种体现统一帝国恢宏气象的'正声'。② 此论可谓一针见血。

我们先来审视一下帝王对"大雅正声"的认识。大雅正声源自周代朝廷廊庙之乐，为历代帝王所重视。然则隋唐文化乃是南北胡汉交融的新文化，故朝廷之乐也不得不变。也就是说，面对新形势，大一统的帝王对胡汉、雅俗的观念必须有所调整。《资治通鉴》贞观二十一年条载唐太宗自诩："自古皆贵中华，贱夷狄，朕独爱之如一。"又，《旧唐书·音乐志》载唐太宗对"前代兴亡，实由于乐"的观点颇不以为然，曰："夫音声能感人，自然之道也，故欢者闻之则悦，忧者听之同悲。悲欢之情，在

---

① 参看赵敏俐：《周代贵族的文化人格觉醒》，见《周汉诗歌综论》，学苑出版社 2002 年版；李春青：《诗与意识形态》第二章，北京大学出版社 2005 年版。

② 袁行霈：《李白〈古风〉（其一）再探讨》，《文学评论》2004 年第 1 期；俞平伯文见《李白研究论文集·李白〈古风〉第一首解析》，中华书局 1964 年版。

于人心，非由乐也。"正因为有如此开阔通达的胸襟，所以唐初朝廷认可的"十部伎"中，有九部属胡乐、西凉乐；而一些"俗乐"，也经雅化而进入雅乐的殿堂。以形同大唐"国歌"的《秦王破阵乐》为例，《音乐志》载太宗云："朕昔在藩，屡有征讨，世间遂有此乐，岂意今日登于雅乐！"《破阵乐》本是军队中的歌谣之类，当属"俗乐"①，因政治需要进入雅乐。当然，这要有所雅化，故"其后令魏征、虞世南、褚亮、李百药改制歌辞，更名《七德》之舞，增舞者至百二十人，被甲执戟，以象战阵之法焉。"经改制，气势更足而愈加堂而皇之。据说此曲制成不过十余年，已远传天竺诸国，以见国威。② 这正是太宗追求的效果。其《帝京篇序》云：

> 予追踪百王之末，驰心千载之下，慷慨怀古，想彼哲人，庶以尧舜之风，荡秦汉之弊，用咸英之曲，变烂熳之音。求之人情，不为难矣。故观文教于六经，阅武功于七德，台榭取其避燥湿，金石尚其谐神人，皆节之中和，不系之于淫放。故沟洫可悦，何必江海之滨乎？麟阁可玩，何必山陵之间乎？忠良可接，何必海上神仙乎？丰镐可游，何必瑶池之上乎？释实求华，以人从欲，乱于大道，君子耻之。故述《帝京篇》以明雅志云尔。（《全唐诗》卷一）

太宗的"复古"，其实恰恰是要人把握今日之现实，无论秦汉，何必神仙，细读可知。而所谓"用咸英之曲，变烂熳之音"，也不是要人仿作古朴的《咸池》、《五英》之乐，只是要恢复"言王政"的传统，力倡一种与统一盛世相称的当代壮丽的风格，从上述《破阵乐》的雅化与这十首歌颂"秦川帝王宅"的《帝京篇》可明了。此后无论高宗、武后、明皇，都极力提倡这种雅颂的风格，并躬与创作。兹举一隅以概其余。《旧唐书·音乐志》载玄宗御勤政楼宴乐场面云：

---

① 唐人刘悚《隋唐嘉话》云："太宗之平刘武周，河东土庶歌舞；于道，军人相与为《秦王破阵乐》之曲，后编乐府云。"

② 参看沈冬：《破阵乐考》，见《唐代文学研究》第十辑，广西师范大学出版社 2004 年版，第 89 页。

太常大鼓，藻绘如锦，乐工齐击，声震城阙。太常卿经雅乐，每色数十人，自南鱼贯而进，列于楼下。鼓笛鸡娄，充庭考击。太常立部伎，坐部伎依点鼓舞，间以胡夷之伎。日旰，即内闲厩引蹀马三十四，为《倾杯乐曲》，奋首鼓尾，纵横应节。又施三层板床，乘马而上，抃转如飞。又令宫女数百人自帷出击擂鼓，为《破阵乐》、《太平乐》、《上元乐》。

真是胡、汉杂陈，雅、俗并作，洋洋乎有大国之风。至是，我们不难明白：其时帝王所倡之"大雅正声"，重点并不在继承传统的"雅乐"，而在乎为朝廷的权威造势，追求的正是那种体现统一帝国恢宏气象的"大雅正声"。其中雅与俗之间的转换关系更具包容性，突破了儒家斤斤于华夷之辨与雅俗对峙的观念，这就为"大雅正声"内涵增进留下广阔的空间。

继太宗而力倡雅颂之作的是女皇帝武则天。现存其名下的雅乐歌辞近五十首，《旧唐书·音乐志》载其亲制《神宫大乐》，舞用九百人，规模惊人。更重要的是，她出于巩固武氏政权的特殊需要，通过大开科举与制科大量进用士人，而且将雅颂文学与破格用人挂上钩。据《唐会要》卷七五，她曾下敕，自永隆二年起，"进士试杂文两首，识文律者，然后令试策"。武氏又召集大批文人学士修书，称"北门学士"、"珠英学士"，修书之余还创作大量"雅颂文学"。无论如何，其破格用人政策极大地提高了文士参政的积极性，制造了"梦想成真"的现实感，提升士子个体对自身的期望值。从这一层意义上讲，武后时期的文坛是盛唐之音的"起飞跑道"；而从另一层意义上讲，其时雅颂之作充其量只是述德颂圣，缺少真正的社会关怀，且"破格用人"的滥用又败坏士风，滋长士子奔竞浮躁的习气。

真正能将"雅颂文学"与文治结合，倡德行礼教立国，恢复雅颂"言王政之所由废兴"传统的，当是唐玄宗及其名相张说、张九龄。玄宗开元年间颇思奋发，好经术，崇风雅，兴学校，使长期被边缘化的儒学得以更生，出现一批"动有礼乐之运，言有雅颂之声"的所谓"文儒"[7]。玄宗还以这批文儒的领袖人物二张先后为相，实施"礼治"。然而二人做法略有差别，张说偏重礼仪，如建封禅之议，修开元礼等；张九龄则更重视世道人心的收拾，由礼治进而德治，强调才干与道德并重，选用"贤良"。其《上封事书》云：

> 又古之选用贤良，取其称职，或遥闻而辟召，或一见而任之，是以士修素行，不图侥幸……只益文法烦琐，贤愚混杂，就中以一诗一判，定其是非，使贤人君子从此遗逸，斯也明代之缺政，有识者之所叹息也！（《全唐文》卷288）

张九龄重进士科举出身，但同时主张士修素行，讲礼观能，不以一诗一判定是非，以此矫正破格用人与文词取士带来士风浮薄之弊。而张九龄为人正直，可谓以身作则。《唐书》本传载玄宗封泰山，张说多引两省录事主书及所亲登山，超阶至五品，九龄进言："官爵者，天下之公器，先德望，后劳旧。"其道德文章对当时士风有着正面的深刻影响，如王维《献始兴公》诗云：

> 宁栖野树林，宁饮涧水流。不用食粱肉，崎岖见王侯。……侧闻大君子，安问党与仇。所不卖公器，动为苍生谋。贱子跪自陈，可为帐下不？感激有公议，曲私非所求！

以清高自许如王维、孟浩然、王昌龄、储光羲等一批文士之所以愿聚其周围，正因其有着"所不卖公器，动为苍生谋"的一份感动。甚至玄宗也为其风仪所动："帝见张九龄风威秀整，异于众僚，谓左右曰："朕每见九龄，使我精神顿生。"（《开元天宝遗事》卷下）张九龄道德文章的风范无疑为盛唐文人的"意气"输入了道德情感的内涵，促进盛唐文人的"情志合一"，即个体的才情意气与拯物济世的群体意识之结合。李白正是在这样的文化情境之下，高唱"大雅正声"。

## 三 李白对"雅正"内涵的拓展

帝王将相倡雅颂，其偏重在颂，是将"盛世"当成既成事实，而不是理想，虽或有诱人向上的成分，却缺乏周雅那种树理想以批判现实（"虽颂皆刺"）的精神。殷璠《河岳英灵集序》称：

> 开元十五年后，声律风骨始备矣。实由主上，（指玄宗）恶华好
> 朴，去伪存真，使海内词人，翕然尊古，有周风雅，再阐今日。

盛唐之音始备于开元十五年后，与玄宗、二张之倡导固然有关，但"燕许大手笔"为代表的"文儒"雅颂之作（包括诗与文），于反映统一帝国恢宏气象之同时却又粉饰了现实，掩盖了该社会内在的深刻危机。真正能"去伪存真"，以建安文学乃至有周风雅为楷模"翕然尊古"的，应是前此的陈子昂与后此的李白为代表的另一批诗人。尤其是天宝年间，危机渐露峥嵘，活跃其时的"布衣"李白，以一个不同于二张的新视角看"盛世"，合陈子昂之风骨与二张之雅颂，欲斥伪存真，尽去雕饰，超越建安而远绍盛世之西周，再造大雅，挽狂澜于既倒；这才真正赋予了"大雅正声"以新的生命力，是为盛唐之音的点睛之笔。

或以为李白《古风》（其一）对历代制作之褒贬与平时言论多不相合而疑为早期所为之"大言"。⑧诗云：

> 大雅久不作，吾衰竟谁陈？王风委蔓草，战国多荆榛。龙虎相啖
> 食，兵戈逮狂秦。正声何微茫，哀怨起骚人。扬马激颓波，开流荡无
> 垠。废兴虽万变，宪章亦已沦。自从建安来，绮丽不足珍。

所谓"不相合"处大概有二，一是"正声何微茫，哀怨起骚人"；一是"自从建安来，绮丽不足珍。"这是由于参照系不同，结论也就不同。此诗以西周盛世之雅颂为参照系，则屈骚及建安以来之绮丽哀怨皆属乱世变风变雅，自然要落第二义，这是对时代的整体评价，并非具体人事的评价。其实还有第三个"不相合"之处："扬马激颓波"。历来注家以为贬语，盖上承《汉书·艺文志》"枚乘、司马相如，下及扬子云，竞为侈丽闳衍之词，没其风谕之义"的意思。然而盛唐人对司马相如与扬雄印象不错，尤其是李白对司马相如的仰慕，其创作颇得力于汉赋。⑨综观上下文，"扬马激颓波"句法、用意与孟浩然"文章推后辈，风雅激颓波"（《陪卢明府泛舟回作》）同，"激"是振起的意思。这里

是从正面提出司马相如、扬雄为代表的汉赋具有雅颂的精神，能反映汉帝国盛世的恢宏气象，使文学从哀怨之音中振起。所以接下来说是："废兴虽万变，宪章亦已沦。"骚之哀怨与汉赋之雅颂一废一兴，但论其大趋势，则东汉以下魏晋至隋，可谓盛世不再，雅颂沉沦。《中庸》："仲尼祖述尧舜，宪章文武。"孔子要效法的是西周的体制，而李白要效法的是西周大雅"言王政之所由废兴"的精神。注家或将"宪章"引申为诗之法度，却没有注意到李白并没有将政治与文学打成两截子的意思：雅颂与盛世是一表一里，没有真盛世便没有真雅颂，倡雅颂必先呼唤盛世。所以这里的"宪章沉沦"首先是指王道衰，法制堕；而后大雅不作，诗失法度。与其说此诗是借文学变迁批判政治，毋宁说是对大雅"言王政之所由废兴"本质的感悟，而欲倡大雅正声以唤回盛世。所以诗接着写道：

> 圣代复元古，垂衣贵清真。群才属休明，乘运共跃鳞。文质相炳焕，众星罗秋旻。

这段诗正是本节开头所引殷璠《河岳英灵集序》那段话的意思，既是对盛唐现实的肯定，也是周雅式的树理想以批判现实，虽颂皆刺，诱人向善。[10]其中尤可注意的是"清真"二字。袁行霈先生认为"垂衣"和"贵清真"都是指政治而言，即崇尚清静无为，李白是通过称赞表达一种期望。（上引书）很对。不过与前述"宪章"一样，这里的"清真"固然有别于"清水出芙蓉，天然去雕饰"（《经乱离后天恩流夜郎……》）直指诗歌风格，却也不无联系，政治、文学二者关系仍是一里一表。罗宗强《隋唐五代文学思想史》指出："提倡'清真'，是李白的文学思想的核心。"[1] 并举《古风》（其三五）为证：

> 丑女来效颦，还家惊四邻。寿陵失本步，笑杀邯郸人。一曲斐然子，雕虫丧天真。棘刺造沐猴，三年费精神。功成无所用，楚楚且华身。《大雅》思文王，颂声久崩沦。安得郢中质，一挥成风斤！

---

① 罗宗强：《隋唐五代文学思想史》，上海古籍出版社 1986 年版，第 116 页。

罗先生认为:"这首诗说明,他对'大雅'、'颂声'的理解,就是
'清真'、自然、浑然一体。这首诗的中心思想,就是反对模仿,反对雕
饰,提倡质朴自然。"(引同上)王运熙、杨明《隋唐五代文学批评史》
则认为,该诗体现了李白对西周前期雅颂那种淳朴自然诗风的追慕,所倡
一种明朗刚健的诗风,"也包含着诗篇所表现的思想感情应当真率自然,
而不是虚假造作"的主张。[①] 正如第一节所论述,雅正具有多义性,应从
总体上全面去把握,故综上三说,则李白所倡之"清真",既是对盛世政
治的要求,对人品、思想感情的要求,也是对文风的要求。三位一体,极
大地拓展了"大雅正声"的内涵。

我们尤其要重视其中"盛世"与"清真"之间的关系。在上一
节"大雅与大唐"中,我们已提及唐之盛世所具有的独特的亲和力与
包容性。盛唐称得上是中国漫长的封建社会中罕见的思想宽松时期,正
是它提供了李白力倡清真所必需的现实空间。反过来,李白倡大雅正
声,倡清真,也是为了呼唤盛世,好比啄木鸟为栖身的大树去掉蛀虫。
"清真"本是道家追求思想自由的产物,与虚伪造作相对立,加上李白
以布衣自傲的个性,故能以批判之眼光看盛世,见人所不见。《古风》
五十九首本身就是一组体现其"清真"主张的"大雅正声。"该组诗内
容之丰富,对盛世内在危机之敏感,批判之深刻,已为学人充分发明,
兹不赘。[③]这里想讨论的是"清真"的另一重要品格——个体的独立与
自尊。

在强势君权面前,作"雅颂"者最容易自觉、不自觉地趋于讨好君
权与时俗,丧失自我,落入粉饰现实、虚夸造作的陷阱。且就本质上讲,
封建社会的"盛世",其必然走向是君主的骄奢、阶级的分化、法制的瓦
解、官僚的腐化。这也就使得依附于"盛世"的"雅颂"如"菟丝附蓬
麻,引蔓故不长"。先来读几首属于"颂"的名篇:

> 春豫灵池会,沧波帐殿开。舟凌石鲸度,槎拂斗牛回。节晦蓂全
> 落,春迟柳暗催。象溟看浴景,烧劫辨沉灰。镐饮周文乐,汾歌汉武

---

① 王运熙、杨明:《隋唐五代文学批评史》,上海古籍出版社 1994 年版,第 222 – 226 页。

才。不愁明月尽，自有夜珠来。

据《唐诗纪事》称，这是上官昭容奉旨从"群臣应制百余篇"中选取唯一的"新翻御制曲"。其"象溟看浴景"一联，《瀛奎律髓》称："池象溟海而观浴日，既已壮丽，又引胡僧劫灰事为偶，则尤精切，可谓极天下之工矣！"尾联更是被诗家誉为"健举"、"佳句中佳句"、"诗家射雕手"云云。但与唐中宗时现实对照，孟庄评宋之问另一首《寒食还陆浑别业》有云："末二句辞则佳矣，时恐未然。"（《唐诗选脉会通评林》）辞虽佳而不符合事实，便属粉饰，非真雅颂。此语可移来评此诗。至如王维《和贾舍人早朝大明宫之作》云：

> 绛帻鸡人报晓筹，尚衣方进翠云裘。九天阊阖开宫殿，万国衣冠拜冕旒。日色才临仙掌动，香烟欲傍衮龙浮。朝罢须裁五色诏，佩声归向凤池头。

果然是气格雄深、句意严整，有"盛唐气象"。当时唱和的还有岑参、杜甫诸人，风格大体类此。《瀛奎律髓汇评》乃曰："四人早朝之作，俱伟丽可喜。……然京师喋血之后，疮痍未复，四人虽夸美朝仪，不已泰乎！"在安史之乱后还作这样的夸大描写，便是虚假。批评是中肯而深刻的。回过头再看李白《古风》（其四六）：

> 一百四十年，国容何赫然！隐隐五凤楼，峨峨横三川。王侯象星月，宾客如云烟。斗鸡金宫里，蹴踘瑶台边。举动摇白日，指挥回青天。当途何翕忽，失路长弃捐。独有扬执戟，闭关草太玄。

开局庄而丽，气象氤氲。然而在繁华中已露骄奢。"当途"以下四句，朱注："狎暱者日以亲，疏贱者日以远。人人皆急者求进，唯有扬子云闭门草《玄》，淡然自守，不求于闻达也。白盖以雄自拟，而讥当时之富贵者，皆为幸进之徒。"[1] 在盛世求仕而重操守，的确是李白一大原则，

---

① 詹锳主编：《李白全集校注汇释集评》，百花文艺出版社1996年版，215页。

所谓"不屈己，不干人"（《代寿山答孟少府移文书》）者也。"松柏本孤直，难为桃李颜！"（《古风》其十一）"终然不受赏，羞与时人同。"（《东鲁行答汶上翁》）"安能摧眉折腰事权贵！"（《梦游天姥吟留别》）此类句在李白诗中俯拾皆是。李白在盛世面前，还是一个"大写"的人！他以布衣的骄傲突出个体的存在，其大雅之作从来就不是依附者的卑躬屈膝。"登高壮观天地间，大江茫茫去不还。"（《庐山谣寄卢侍御虚舟》）他总是站在高处看盛世，歌颂与批判同时出手。"天生我材必有用，千金散尽还复来。"（《将进酒》）我们从诗中感受到的，不只是盛世的物质富足，更感受到诗人黄河怒涛般的才情与不可羁束的自由精神。李白的清真可谓得庄子积极的一面，正是这种人格上的独立率真，使之与建安"风骨"相通，又因其文风上的自然清新，使之能融入周雅的古朴淳厚。然而李白的清真独特处还在凸现个体的存在，他爱盛世，却不避揭其短，更不肯以身殉，我还是我。这对儒家动辄要求个体为家族、国家而无条件牺牲一切欲求——包括个体精神上的自由与独立思考，无疑是一个重大的纠正。

"李白现象"在盛唐时代并不孤立。它在王瀚、孟浩然、王昌龄、高适、杜甫、岑参乃至所谓"诗佛"的王维等一批优秀诗人身上都有不同程度的体现。没有这批具有强烈独立精神的个体，岂有真正的盛唐之音？李白所倡的大雅正声，又岂止是"言王政之所废兴也"；李白所倡的大雅正声，是时代的史诗精神与个体自由精神之结合。文学从来就不仅是美与善的问题，更是真与善的问题，是真、善、美的问题。虽然李白的大雅正声并没有留住盛世，"盛唐"终成幻灭，但它毕竟曾经支撑起一代的盛世文学，成为我民族正面意义上的精神文明的积累与传承。

（原载《文艺理论研究》2006 年第 5 期）

# 直寻、现量与诗性直觉

中国古代文论的缺乏"系统性",论者颇病之。然而中西方的思维方式与表达方式自有差别,如果尊重中国文论以实涵虚的特点,那么其"系统性"就应当于创作实践中求之。如钟嵘《诗品》提出的"直寻",只要追踪其文学史实践的来龙去脉,便会发现其内涵远比历代注家所诠释的意义要丰富得多,它是"情景论"体系发生、形成过程中重要的一环。

钟嵘《诗品序》曰:

> 气之动物,物之感人,故摇荡性情,形诸舞咏。……若乃春风春鸟,秋月秋蝉,夏云暑雨,冬月祁寒,斯四候之感诸诗者也。嘉会寄诗以亲,离群讬诗以怨。至于楚臣去境,汉妾辞宫,或骨横朔野,或魂逐飞蓬;或负戈外戍,杀气雄边;塞客衣单,孀闺泪尽;又士有解佩出朝,一去忘返;女有扬娥入宠,再盼倾国:凡斯种种,感荡心灵,非陈诗何以展其义,非长歌何以骋其情?……至乎吟咏情性,亦何贵于用事?"思君如流水",既是即目;"高台多悲风",亦唯所见;"清晨登陇首",羌无故实;"明月照积雪",讵出经史?观古今胜语,多非补假,皆由直寻。

不难看出,"直寻"是建立在感应论的基础之上。外物——从春花秋月到楚臣汉妾闺泪客衣,与心灵情性相激荡才能产生诗。所以创作不贵用事,而贵在"即目"、"直寻",也就是让事物与心灵直接碰撞,产生诗的火花,是后来禅宗所谓的"直接扪摸世界",王国维所谓的"不隔"。①

---

① 王国维:《人间词话》卷上。

"直寻"的提出，既有纠偏的当代意义，又有其对"兴"全新理解与阐释的深远意义。《诗品序》有云：

> 故大明（457—464）、泰始（465—471）中，文章殆同书抄。近任昉、王元长等，词不贵奇，竞须新事。尔来作者，寖以成俗。遂乃句无虚语，语无虚字，拘挛补纳，蠹文已甚。但自然英旨，罕值其人。词既失高，则宜加事义。虽谢天才，且表学问，亦一理乎！

钟嵘认定文学创作要有感悟力，即直觉把握的能力，此属"天才"，"但自然英旨，罕值其人"，想充天才只好"竞须新事"，"宜加事义"，搞"无一字无来历"。七百多年后严羽《沧浪诗话》几乎将这些话又重复了一遍，可见只要有充天才者在，就会有"补假"，聊以学问为诗。反过来说，则中国诗与直觉思维有着不解之缘，从来就不想离开这感性世界而去。法国直觉论者雅克·马利坦曾评述现代抽象艺术之所以失败，就是因为当其有意识地抛弃事物的自然外形时，无意地丢掉了创造性直觉。[①] 显然，创造性直觉与客观的具体事物同在。就钟嵘所处的时代而言，山水诗要走出玄风，文学之"象"要独立于哲学之"象"，认识外在之"物"的自在性，是至关重要的。

"言意之辨"是把双刃刀。

一方面，它指出"尽意莫若象，尽象莫若言"，明确了象与言的重要性。"目击道存"、"山水明道"的意识更是使山水成了道的载体，腾冲超拔，从点缀、附庸的地位独立出来。嵇康、郭象诸人明确指出"心物为二"、"我既不能生物，物亦不能生我"，万物自生自化，由是山水成为与心灵对应的自在之物，如宗白华所指出："晋人向外发现了自然，向内发现了自己的深情。"[②] 这正是情景论的出发点。

另一方面，"言意之辨"又强调"忘言忘象"，使外物仅仅成为以譬喻为致知之具而已，从而又取消了象的独立意义。忘言忘象，无异取消文

---

① ［法］雅克·马利坦：《艺术与诗中的创造性直觉》，刘有元等译，三联书店1991年版，中译本序，第6页。

② 宗白华：《美学散步》上海人民出版社1981年版，第183页。

学。钱钟书《管锥编》有云:

> 诗也者,有象之言,依象以成言;舍象忘言,是无诗矣,变象易言,是别为一诗甚且非诗矣。故《易》之拟象不即,指示意义之符(sign)也;《诗》之比喻不离,体示意义之迹(icon)也。……是故《易》之象,义理寄宿之蘧庐也,乐饵以止过客之旅亭也;《诗》之喻,文情归宿之菟裘也,哭斯歌斯,聚骨肉之家室也。①

可见认识物象之独立性,是"文学自觉"题中应有之义,唯有依象成言、哭斯歌斯,重视"象"的独立性,才能消解"言意之辨"对文学创作的负面作用。钟嵘"直寻"说正是在这一意义上强调了"形似"的重要性,如评张协云:

> 文体华净,少病累。又巧构形似之言。雄于潘岳,靡于太冲。风流调达,实旷代之高才。

曹旭《诗品集注》引车柱环云:"案,'形似之言',为齐、梁所重,故每见称道。沈约《宋书·谢灵运传论》'相如巧为形似之言',《颜氏家训·文章·第九》'何逊诗,实为清巧,多形似之言',皆此类也。"引李徽教云:"仲伟谓鲍照诗出于二张,而评文有'善制形状写物之词','贵尚巧似'等语;又谓谢灵运诗杂有景阳之体,而评文有'故尚巧似'之言。形似,即写形浑似之简称也;巧似,即巧构形似之简称也。"② 齐、梁人重形似之言,正是基于对物象自在性的认识。然而钟嵘所谓形似,并非"雕虫之巧",而是"言在耳目之内,情寄八荒之表"(评阮籍诗)。他明确地将写物与比兴联系起来,序曰:

> 故诗有六义焉:一曰兴,二曰比,三曰赋。文已尽而意有余,兴也;因物喻志,比也;直书其事,寓言写物,赋也;弘斯三义,酌而用之,干

① 钱钟书:《管锥编》,中华书局1979年版,第12-14页。
② 曹旭集注:《诗品集注》,上海古籍出版社1994年版,第152页。

之以风力，润之以丹彩，使咏之者无极，闻之者动心，是诗之至也。

钟嵘正是以此为标准，肯定了新兴五言诗的优势：

> 五言居文词之要，是众作之有滋味者也，故云会于流俗。岂不以指事造形，穷情写物，最为详切者邪！

由此看来，钟嵘的"直寻"，就是直面感性世界，以创造性直觉"指事造形，穷情写物"，由此发兴，达到"言在耳目之内，情寄八荒之表"，使众作"有滋味"的效果。不妨以居"上品"的谢灵运为例，作一番检验。评云：

> 其源出于陈思，杂有景阳之体。故尚巧似，而逸荡过之。颇以繁芜为累。嵘谓：若人学多才博，寓目辄书，内无乏思，外无遗物，其繁富，宜哉！然名章迥句，处处间起；丽曲新声，络绎奔发。譬犹青松之拔灌木，白玉之映尘沙，未足贬其高洁也。

钟嵘首先肯定其"尚巧似"，继而对其"繁芜"作了分析，认为只要"寓目辄书，内无乏思，外无遗物"，则繁富也"宜哉"。也就是说，只要心物能发生感应，则外物无不可入诗，而学多才博也不为累。关键就在心物是否相感发。试以谢灵运代表作《登池上楼》为例，略作分析。[①] 原诗曰：

> 潜虬媚幽姿，飞鸿响远音。
>
> 薄霄愧云浮，栖川怍渊沉。
>
> 进德智所拙，退耕力不任。
>
> 徇禄及穷海，卧疴对空林。
>
> 衾枕昧节候，褰开暂窥临。
>
> 倾耳聆波澜，举目眺岖嵚。

---

① 此段分析参考了叶嘉莹《汉魏六朝诗讲录》，河北教育出版社 2000 年版，第八章第一、二节。

> 初景革绪风，新阳改故阴。
>
> 池塘生春草，园柳变鸣禽。
>
> 祁祁伤豳歌，萋萋感楚吟。
>
> 索居易永久，离群难处心。
>
> 持操岂独古，无闷征在今。

全诗用了不少与通常语法不同的涩句，如"潜虬媚幽姿，飞鸿响远音"，意思是说：潜龙以幽姿为美，而飞鸿以远音为响，句法颠倒。又如"薄霄愧云浮，栖川怍渊沉"，是说我很惭愧，想靠近云霄（指出仕），却不能像云那样高高浮出；想栖于川谷（指归隐），又未能深深沉入渊底。这是谢灵运被朝廷排挤，外放永嘉太守，到任即病倒后所写的诗，全诗以错综复杂的句式表达一种进退维谷的矛盾心绪。诗中只有两句是"直寻"的感受："池塘生春草，园柳变鸣禽。"这是大病初愈开窗所见，"初景革绪风，新阳改故阴"，不觉中春风已革除残冬的阴冷，万物竟是如此清新充满生命力！大自然的感召，使诗人有了超然的心态——"无闷征在今"！《易·乾卦·文言》："遁世无闷。"当然，这也只是暂时的解脱而已。但无论如何，这两句清新的诗句在整首诗中是如此自然而不凡，它正是心与物碰撞的产物，即"直寻"所得。谢氏自称"此语有神助，非吾语也"，其实是他从大自然中感悟到生命的真趣，不是凭空想象而来。谢灵运的一些佳句，都来自对大自然传神的描写，如"云日相辉映，空水共澄鲜""春晚绿野秀，岩高白云屯""林壑敛暝色，云霞收夕霏""白云抱幽石，绿篠媚清涟"等，莫不自直寻中来。而这些"名章迥句"都埋在芜杂的理语玄言之中，钟嵘因此要抉发出"直寻"二字，将诗人引向自觉。

然而，"直寻"如果只停留在"寓目"、"即目"、"所见"，就难免流于表象，不能揭示创作实践中已出现的创造性直觉。如陶潜之体物，虽然宋人施德操《北窗炙輠录》称"渊明随其所见，指点成诗，见花即道花，遇竹即说竹，更无一毫作为"，其实渊明"随其所见"并不作反射式反映，而是将主观感受潜入客体，能化景物为情思。如《时运》诗云：

> 迈迈时运，穆穆良朝。

> 袭我春服，薄言东郊。
>
> 山涤余霭，宇暖微霄。
>
> 有风自南，翼彼新苗。

　　南风款款吹来，禾苗如注家所云，"因风而舞，若羽翼之状"。不但"工于肖物"，且一"翼"字表达了诗人春游舒畅的心情，可以说是凝聚了全诗的情感。对平凡的田园事物，陶潜总是能发现其清新之美，如"平畴交远风，良苗亦怀新""狗吠深巷中，鸡鸣桑树颠"等，都不是什么奇特的风光。在这里，同化要大于顺化。也就是说，诗人主观情感起主导作用。《庚戌岁九月中于西田获早稻》诗云："田家岂不苦？弗获辞此难。四体诚乃疲，庶无异患干。"没有如此"安贫乐道"的心境，就不可能体悟田家平凡事物之美。陶诗所谓"质而实绮，癯而实腴"风格，其内核就是对生活深刻的体验。陶、谢为"直寻"提供了两种不同的表达模式。放在文学史演进的大背景下看，陶潜提升了玄言的文学品格，使"象"具有多重启发性；而谢灵运则以极貌写物、穷力追新的手段，使"象"更趋圆满自足。

　　理论每向前迈进一步，往往需要大量、长期的实践作基础。从谢朓的"天际识归舟，云中辨江树"，到王湾的"海日生残夜，江春入旧年"，其间极其丰厚的创作经验积累，才达成盛唐诗情景交融的总体特征。

　　作为盛唐罕有的理论形态，殷璠《河岳英灵集》提出"兴象"说，首次将"兴"与"象"放在平等的地位上，紧密地结合在一起（参看本书"兴象发挥"）。它象征着陶、谢两种模式的合流。典型如王维，可以说是将"象"的多重启发性与自足性推向极致。名句如"松风吹解带，山月照弹琴"（《酬张少府》），既似陶之风神，又得谢之清新与画面化。事实上盛唐人的"直寻"已不再是简单的"寓目辄书"，"见山是山，见水是水"；而是寻找心与物非逻辑的对应，即"铜山西崩，灵钟东应"式的感应，以此传递诗人的情感。如王维《渭川田家》云：

> 斜光照圩落，穷巷牛羊归。
>
> 野老念牧童，倚杖候荆扉。
>
> 雉雊麦苗秀，蚕眠桑叶稀。

> 田夫荷锄至，相见语依依。
> 即此羡闲逸，怅然吟式微。

　　这就是所谓"目前能转物"手段。放牧、养蚕、锄田，这些艰辛的劳动在此诗中只呈露其悠然自得的一面，在夕阳下浑茫一片，和谐地共构了田园情景。而组成此场景的众多事物所圈出的，正是诗人内心所向往的富足无争的世界。王夫之在《唐诗评选》卷三评王维《观猎》云："右丞（指王维）之妙，在广摄四旁，环中自显。"按我的理解，"环中"便是诗中所要表达的情志，它由诸象将它圈出。这里就有一个如何将诸象调整为某种指向的问题。兹以谢灵运《石壁精舍还湖中作》为例：

> 昏旦变气候，山水含清晖。
> 清晖能娱人，游子淡忘归。
> 出谷日尚早，入舟阳已微。
> 林壑敛暝色，云霞收夕霏。
> 芰荷迭映蔚，蒲稗相因依。
> 披拂趋南径，愉悦偃东扉。
> 虑淡物自轻，意惬理无违。
> 寄言摄生客，试用此道推。

　　诗中主要篇幅写所历所见，色彩斑斓，气韵生动。然而景物与情感之对应、契合关系并不明显，所以还要写上一段议论来点明。再看王维《青溪》：

> 言入黄花川，每逐青溪水。
> 随山将万转，趣途无百里。
> 声喧乱石中，色静深松里。
> 漾漾泛菱荇，澄澄映葭苇。
> 我心素已闲，清川淡如此。
> 请留磐石上，垂钓将已矣！

景物同样丰富，不同的是诸象都将其清且静的一面调向读者，与"我心素已闲"的求隐心态颇相对应、契合。这里不但是诗人在"转物"，同时也是诗人之心"随物以宛转"。不是通过逻辑理性，而是通过体验与情感契合来取得物我对应，乃至同一，这正是创造性直觉产生之标志。我们不应低估古人把握此种直觉的自觉程度与理论深度。遍照金刚于中唐所著《文镜秘府论》南卷"论文意"引盛唐王昌龄论曰：

> 夫置意作诗，即须凝心，目击其物，便以心击之，深穿其境。如登高山绝顶，下临万象，如在掌中。以此见象，心中了见，当此即用。如无有不似，仍以律调之定，然后书之于纸。会其题目，山林、日月、风景为真，以歌咏之。犹如水中见日月，文章是景，物色是本，照之须了见其象也。

"以心击物"是为了形成情感意象，这是双向建构的关系，而不是逻辑推理的单向关系。心与物取得契合、同一，于是有"犹如水中见日月"的意境。境，借佛家语，指心灵空间，境生自心，是外物"内识"的结果——"犹如水中见日月"。唐代佛教禅宗非理性思维方法对文学创作的影响似不在玄学"言意之辨"之下。正是佛教禅宗对非理性、非逻辑性的倡导，使唐人在文学创作中特重创造性直觉，即重视心与物之间由感应到契合、同一的关系。宋人严羽将这种关系凸现了，《沧浪诗话·诗辨》如是说：

> 夫诗有别材，非关书也；诗有别趣，非关理也。然非多读书多穷理，则不能及其至。所谓不涉理路，不落言筌者，上也。诗者，吟咏情性也。盛唐诸人唯在兴趣，羚羊挂角，无迹可求。故其妙处透彻玲珑，不可凑泊，如空中之音，相中之色，水中之月，镜中之象，言有尽而意无穷。

这是在不同层次上重新审视钟嵘《诗品》提出的老问题。严羽更明确地强调了诗是吟咏情性的，而盛唐人"唯在兴趣"，也就是注重从"象"中感发出意味。心物之关系，是"不涉理路"、"非关理"的，诗情认识应当是无逻辑推理之迹可求，是由感觉到感觉，其中情趣也好，理趣也罢，都应当是与事物一道展示。如王维《辛夷坞》绝句：

> 木末芙蓉花，山中发红萼。
> 涧户寂无人，纷纷开且落。

生命之律动，人生寂灭之理，都在花开花落中展示，而无逻辑之迹可求。此种创造经验早已引起论者的重视，清人王夫之的"现量"说尤值得关注。试读王夫之几则评议：

> "池塘生春草"、"蝴蝶飞南园"、"明月照积雪"，皆心中目中与相融浃，一出语时，即得珠圆玉润，要亦各视其所怀来而与景相迎者也。（《姜斋诗话》卷二）
>
> "僧敲月下门"，只是妄想揣摩，如说他人梦，纵令形容酷似，何尝毫发关心？知然者，以其沉吟"推"、"敲"二字，就他作想也。若即景会心，则或推或敲，必居其一，因景因情，自然灵妙，何劳拟议哉？"长河落日圆"，初无定景；"隔水问樵夫"，初非想得；则禅家所谓现量也。（《夕堂永日绪论》内编）
>
> 家辋川诗中有画，画中有诗，此二者同一风味，故得水乳调和，俱是造未造，化未化之前，因现量而出之。一觅巴鼻，鹞子即过新罗国去矣。（《薑斋诗集·夕堂戏墨》卷五《题芦雁绝句序》）

王夫之拈出佛家"现量"二字，对"直寻"现象重新作阐释。何谓"现量"？他在《相宗络索》中解释道："现者有现在义，有现成义，有显现真实义。现在不缘过去作影，现成一触即觉，不假思量计较；显现真实，彼之体性本自如此，显现无疑，不参虚妄。"说到底就是强调非理性、非逻辑推理，是体验性的"妙悟"。《五灯会元》百丈怀海禅师条，记百丈侍马祖：

> 见一群野鸭飞过。祖曰："是什么？"师曰："野鸭子。"祖曰："甚处去也？"师曰："飞过去也。"祖遂把师鼻扭，负痛失声。祖曰："又道飞过去也。"师于言下有省。

野鸭飞空,是"即目"、"所见",但不得滞于此象,而应当由此及彼,这叫"现量"。百丈不解会,乃心在野鸭飞空的实相上,故马祖要扭转其方向。可见"现量"是伴随着认识的情感,它是一种特殊的认识过程,即在体验中展现物我交流,同时抉发出心与物之特质。所以王夫之《夕堂永日绪论》内编又云:

> 情景名为二,而实不可离。神于诗者,妙合无垠。巧者则有情中景,景中情。景中情者,如"长安一片月",自然是孤凄忆远之情;"影静千官里",自然是喜达行在之情。情中景尤难曲写,如"诗成珠玉在挥毫",写出才人翰墨淋漓、自心欣赏之景。

情中景、景中情,王夫之揭示出意象中事物与人的心灵之间亲密无间的关系,"情景"论至是已经成熟,成为中国诗歌艺术的重要特征。

不必讳言,中国古代文论比较疏于论证,在例子与结论之间往往留下大片可开拓空间。就以上举杜诗"影静千官里"、"诗成珠玉在挥毫"为例,仍可总结出一些未经总结的经验。杜甫至德二载(757)从长安沦陷区冒死逃归当时唐政府所在地凤翔,写下《自京窜至凤翔喜达行在所》三首诗。其三云:

> 死去凭谁报? 归来始自怜。
> 犹瞻太白雪,喜遇武功天。
> 影静千官里,心苏七校前。
> 今朝汉社稷,新数中兴年。

《杜诗镜铨》引张云:"脱险回思,情景逼真。只'影静'、'心苏'字,以前种种奔窜惊危之状,俱可想见。"只有经历过九死一生奔赴朝廷的人,眼中才有"影静千官里"之景。也就是说,这是"即目",却蕴含着体验,特殊的个体的人生体验。再如"诗成珠玉在挥毫",诚如王夫之所分析,是"才人翰墨淋漓、自心欣赏之景"。也就是说,"珠玉"不是简单的比喻,而是诗人得意之心象。二者都体现了杜甫创作的一大特色,以深刻的体验来反映客体。或者说，他表现的不是客观世界本身，而是主体对客体的经验。这一特色首先表现在杜甫自觉而执着地追求诗歌语言的感觉化、对个别事物的具体表达上。

杜甫用词下字，总是尽量将词语的指称功能隐去，凸现其表现功能，使之感觉化。如《王阆州筵奉酬十一舅惜别之作》云："万壑树声满，千崖秋气高。"高，初非丈量得来，只是听秋声而有此感受耳。又如《曲江二首》云："一片花飞减却春，风飘万点正愁人。"春色如何加减？减，写愁人感受耳。正如上文曾引陶诗"翼彼新苗"，一"翼"字能凝聚全诗之情感，杜诗也善于以一字提升全诗之精神。《水会渡》诗云：

> 山行有常程，是夜尚未安。
> 微月没已久，崖倾路何难。
> 大江动我前，汹若溟渤宽。
> 篙师暗理楫，歌笑轻波澜。
> 霜浓木石滑，风急手足寒。
> 入舟已千忧，涉崄仍万盘。
> 回眺积水外，始知众星干。
> 远游令人瘦，衰疾惭加餐！

此诗为杜甫乾元二年（759）拖家带口从同谷县入蜀的纪行诗，写夜渡之险。月黑风急，"大江动我前"，其势汹汹，能不"入舟已千忧"？只有亲历如此夜渡之险，方能领会"回眺积水外，始知众星干"的奇特感受——当时以为一切都在波涛中，而今抵岸回眸，痛定思痛，乃嗔怪众星何以例外，没在急流轰浪中被打湿。"干"字表现的不是作为客体的"星"的实相，而是诗人独特的感受，同时也写出夜渡之险，使全诗惝恍之情如画。故《唐诗归》引钟云："险，想却真。"

杜甫让主体意识潜入客体之中，总是不动声色的。如《新安吏》有云："白水暮东流，青山犹哭声。"《杜臆》云："哭声众，宛若声从山水出，而山哭水亦哭矣！至暮，则哭别者已分手去矣，白水亦东流，独青山在，而犹带哭声，盖气青色惨，若有馀哀也。""犹"字的确写出了当年抓丁惨况在诗人心中刻下的伤痕。又如《滕王亭子》："古墙犹竹色，虚阁自松声。"

著此"犹"、"自"二字，便是情景相因，诗人于安史之乱中面对盛世遗物，自然有"风景不殊，正自有山河之异"的慨叹见于言外。至如名句"国破山河在"面对"国破"之一惨痛的巨大事实，"在"字自有一字千钧之力，既是山河之"在"，更是诗人"胡命其能久，皇纲未宜绝"（《北征》）信心之"在"。值得注意的是，这些典型地体现杜诗直觉性的例证，历来为评论家所关注，对此他们自有见解。如果将此类创作实践与散见的评议结合起来，进行较为系统的研究，我想于探知乃至重建古文论中"语焉不详"的潜在"体系"当不无益处，而其价值或不在体大思精的专著之下。

（原载《文艺理论研究》2002 年第 4 期）

# 情志·兴象·境界
## —— 传统文论之重组

### 一

大体上说，西方主流的传统文学观是建立在反映论的基础之上，故有"镜子"的比喻；而中国传统文学观则建立在感应论的基础上，虽有"镜花水月"之譬，重点却不在"镜"，而在"镜中花"，倒与当代西方符号论者所谓"艺术幻象"相近。《易传》贲卦之象传云：

> 观乎天文，以察时变；观乎人文，以化成天下。

刘若愚认为"天文"与"人文"的类比，分别指天体与人文制度，"而此一类比后来被应用于自然现象与文学，认为是'道'的两种平行的显示"。① 故刘勰《文心雕龙·原道》云：

> 仰观吐曜，俯察含章。高卑定位，故两仪既生矣。唯人参之，性灵所钟，是谓三才，为五行之秀，实天地之心。心生而言立，言立而文明，自然之道也。

这种"人心通天"的感应关系是中国传统审美方式的基础，由此影响一系列文学思想及其创作实践。刘氏将这种感应关系归纳为心物交融说。《文心雕龙·物色》称：

---

① 刘若愚：《中国文学理论》，杜国清译，台湾联经出版公司，1981年版，第30页。

是以诗人感物，联类不穷，流连万象之际，沉吟视听之区。写气图貌，既随物以宛转；属采附声，亦与心而徘徊。

心物之间是融汇交流的关系。王元化指出："随物宛转"与慎到的"因势"学说有关，可将此句解释为"顺物推移而不以主观妄见去随意篡改自然"。也就是以作为客体的自然对象为主，作家思想活动服从于客体。接下来，王元化先生认为："相反的，'与心徘徊'却是以心为主，用心去驾驭物。换言之，亦即以作为主体的作家思想活动为主，而用主体去锻炼，去改造，去征服作为客体的自然对象。"① 用心去驭物的解释是准确的，但未必有"征服"的意思。故刘勰于《物色》篇又云："目既往还，心亦吐纳"、"情往似赠，兴来如答"。主客之间是往还、赠答的礼尚关系，追求的是"思与境偕"的境界——虽然这话要到晚唐司空图才说出来。所谓"与心徘徊"，物之声采皆著我之颜色是也，仍然是"人心通天"，而非"人定胜天"。至于"物"者，不但指自然界，亦应包括社会事物。自然与社会浑成一体，正是中国古代以直觉体悟来整体把握世界的思维方式。这种思维方式使人们对心与物之关系不作割裂的分析，而是关注二者可转换的关系，即此即彼的浑融关系。可惜这种体悟方式缺少由分析到综合的过程，对心与物转换关系缺乏中介环节的研究。如果我们以皮亚杰发生认识论的方法反观中国的心物交融说，更易发现其合理的内核（请参本书"文气说解读"第二节）。

发生论认为，同化与顺化不断双向运动，使主体的认知结构由简单到复杂，由初级向高级发展。这也就是认识的建构过程，它同时既包含着主体，又包含着客体，即此即彼。同化能将经验的内容化作主体的思想形式，它同时既包含主体，又包含客体，即此即彼。"心物交融说"合理之处也正在于意识到心与物双向建构的关系。对于作为中介环节的结构，虽然尚未明确，但已触及，这就是"缘心感物"说。刘勰《文心雕龙·明诗》云：

人禀七情，应物斯感；感物吟志，莫非自然。

---

① 王元化：《文心雕龙讲疏》，上海古籍出版社 1992 年版，第 91 页。

感物的中介是"七情"。事实上中国传统文论更多地是强调"情志"。录几则文献材料如下：

> 诗言志，歌永言，声依永，律和声。八音克谐，无相夺伦，神人以和。（《尚书·虞书·舜典》）
>
> 诗，言其志也；歌，咏其声也；舞，动其容也：三者本于心，然后乐器从之。是故情深而文明，气盛而化神，和顺积中而英华发外，唯乐不可以为伪。（《礼记·乐记》）
>
> 诗者，志之所之也。在心为志，发言为诗。情动于中而形于言，言之不足故嗟叹之，嗟叹之不足故永歌之，永歌之不足，不知手之舞之，足之蹈之也。（《毛诗序》）

先人们认为诗是志的表现，志本于心，情志是一回事。自陆机提出"诗缘情"以来，有些人始注意情、志之间的异同。如邵雍《伊川击壤集序》称："怀其时则谓之志，感其物则谓之情。"大略言之，志偏重在对社会事件的反映，情则多个人情绪。

然而以情志为核心的情感结构是个开放的结构，其中情感既是个人的，又是与社会普遍情感相联系的。T. S. 艾略特在《传统与个人才能》一文中曾提出"非个性化"的著名论点，声称：

> 诗歌不是感情的放纵，而是感情的脱离；诗歌不是个性的表现，而是个性的脱离。①

那么，诗还要不要有个人情感？回答是：

> 诗人的任务并不是去寻找新的感情，而是去运用普通的感情，去把它们综合加工成为诗歌，并且去表达那些并不存在于实际感情中的

---

① 艾略特：《艾略特文学论文集》，李赋宁译，百花洲文艺出版社 1994 年版，第 11 页。下引只注页码。

感受。①

艾略特要求诗人"脱离"的是一己的私情，而去"寻找"人皆有之的"普通的感情"。苏珊·朗格对此有更明确的看法。朗格也认为"纯粹的自我表现不需要艺术形式"，②虽然她将艺术视为情感的符号。她还进一步认为，人类普遍的情感是一种关于情感的概念，个人情感只是把握普遍情感的中介，可以通过对自身情感的体验去感悟普遍情感，借用具体真实的情感进行情感概念的抽象，抽象出的形式即为情感符号。"用这一形式表达的感情既非诗人的，或诗中主角的，又非我们的。它是符号的意义。"③

按西方的思维习惯，无论艾略特，无论苏珊·朗格，都一刀将"个人情感"与"普遍情感"划开。然而个人情感与普遍情感好比血与肉的关系，要从活体上只割一磅肉却不许带血是做不到的。在一种话语中不易表白的东西，有时在另一种话语中却可以得到较圆满的表述。让我们回到"情志"上来。

情志是有交叉的两个概念，因其有交叉，故有云："情、志，一也"，④但儒者言志，是有其特定含义的，一般是指与教化相关的思想，如《荀子·儒教》云："圣人也者，道之管也。天下之道管是矣，百王之道一是矣，故《诗》、《书》、《礼》、《乐》之道归是矣。《诗》言是其志也。"圣人之志代表着"道"。诗言志是指向政教目的。故尔晋人陆机又提出"诗缘情"说，以适应日益自觉的文坛的需要。而传统的"诗言志"的内涵也不断扩大，如陆游《曾裘父诗集序》云：

> 古之说诗曰"言志"。夫得志而形于言，如皋陶、周公、召公、吉甫，固所谓志也。若遭变遇谗，流离困悴，自道其不得志，是亦志也。

得志是"志"，不得志也是"志"。至若儿女情思、心灵感荡，则归

---

① 刘若愚：《中国文学理论》，杜国清译，台湾联经出版公司 1981 年版，第 30 页。

② 苏珊·朗格：《哲学新解》，1953，英文第 3 版，第 216 页，转引自《情感与形式》译者前言。

③ 苏珊·朗格：《情感与形式》，第 240 页。

④ 孔颖达：《左传·昭公二十五年》疏，《春秋左传正义》卷 51。

乎"情"。以"情志"来概括"凡斯种种"的感情世界，要比泛泛的"感情"二字更具体明确。事实上情感表现并非文艺的全部目的，孔子云"兴观群怨"，既表现人之感情，也表现人之意志、思想，"情志"不断互补，不断从政教指向中解放出来，正是其生命力之表现。问题的关键还在于："志"有其明显的关心社会时事的倾向，故尔"志"成为普遍情感与个人情感的连通器。宋人胡宗愈《成都草堂诗碑序》称杜甫诗云："凡出处、动息劳佚、悲欢忧乐、忠愤感激、好贤恶恶，一见于诗，读之可以知世。"杜甫个人情志与时代普遍情感会通，由此我们可以进而议情志之普遍性与独特性。

与西方文艺理论强调形象的塑造不同，我国古文论强调的是情志的抒发，所以评诗论文都讲究内在的气、韵、意，而不是典型形象。最早提出"文以气为主"的是曹丕《典论·论文》。后来刘勰、钟嵘也以之评诗衡文。正因为诗、文都讲究"气"，彼此沟通，所以相当多的议论文（如贾谊《过秦论》、苏洵《六国论》）都被视为正宗的文学作品，与西方所谓"纯文学"实在是格格不入。究其原因，未必是今人所不屑的"蒙昧"，而是衡文以"情志"，能以"气胜"者，便入文学耳。何者为文中之气？刘永济《十四朝文学要略》称：

> 文帝所谓气，即彦和所谓风。风者，文中所述之情思，有运行流畅之力者也，亦即文家所谓意。意者，志也。志亦兼情思为言，故在人则为情思，为气质，为意志；在文则为气，为风，为力。①

议论而饱含情志，且"运行流畅"，有感发力，便入文学。叶燮《原诗》卷三外篇上曾指出："作诗有性情，必有面目。"他还特别指出杜诗的面目：

> 如杜甫之诗，随举其一篇与其一句，无处不可见其忧国爱君，悯时伤乱，遭颠沛而不苟，处穷约而不滥，崎岖兵戈盗贼之地，而以山川景物、友朋杯酒抒愤陶情，此杜甫之面目也。我一读之，甫之面

---

① 刘永济：《十四朝文学要略》，黑龙江人民出版社 1984 年版，第 137 页。

目，跃然于前。

所谓"甫之面目"，便是个性化。可见诗人要表现"普遍情感"并不一定非得"继续不断的个性消灭"不可。将一己的哀乐升华为悲天悯人的情志（即"一人心乃一国之心"，参看本书"道德文章"第一节），是个人情感通向普遍情感之坦途。如果无视情志的对象化是中国古典文学的一宗重要内容，而以西方"纯文学"尺度来排斥此类作品（如今人之不以陈子昂《感遇》为艺术作品者）那无疑是削足适履，不合乎中国文学史之实际。情志，应是我们重组传统文论的基础。

## 二

外部世界通过情志这一情感结构引起反应，还须用语言表达才能成为文学作品。然而先民对语言的局限性早有觉察，所以另立"象"以"尽意"。故《周易·系辞上》称："圣人有以见天下之颐，而拟诸其形容，象其物宜，是故谓之象。"老子《道德经》亦云："道之为物，唯恍唯惚。惚兮恍兮，其中有象；恍兮惚兮，其中有物。"以象尽意，事实上就是对意义整体的追求，企图以"象"涵盖在场者与隐蔽者。王弼《周易略例·明象》云：

> 夫象者，出意者也。言者，明象者也。尽意莫若象，尽象莫若言。言生于象，故可寻言以观象；象生于意，故可寻象以观意。意以象尽，象以言著。

言、意、象三者关系明确，象是言与意之间的中介。言是通过"明象"来表意的，让"象"的整体直观性来达到意会的目的。而以象形性为根基的汉字，又促成了这种整体直观的意会思维。有人将汉字比作集成电路，含有最大的信息量，其"孤立语"的一词一义性质可灵活地组合，又强化了汉字的直观形象性，使汉语思维呈现出"卡通"式的图景跳跃，在思维过程中超越了语词。关键在于：王弼所指的"象"，是哲学之象，还不是文学之象。然而"言意之辨"一旦与"文学自觉"相结合，便开始将中国文论推上"情景论"为核心的诗学之路。

起于六朝的文笔之分是文学独立于经史的重要信号。六朝人开始要求文学要有文学独特的语言。萧统《文选序》述其去取标准,将经、子、史排除在外,又云:

> 至于记事之史,系年之书,所以褒贬是非,纪别异同,方之篇翰,亦已不同。若其"赞论"之综辑辞采,"序述"之错比文华,事出于沉思,义归乎翰藻。故与夫篇什,杂而集之。

对此有二解,或以为"沉思翰藻"应是《昭明文选》之总体标准;或以为"沉思"二句应指史传中的赞论、序述而言。但无论如何,两种说法都认为《文选》去取,颇重语言之文学性。更重要的还在于对文学语言与象之关系的认识。钟嵘《诗品》则倡"巧构形似之言"。如果与他的"文已尽而意有余,兴也"、"观古今胜语,多非补假,皆由直寻"的主张合看,则所谓的"巧构形似之言"也就是能构建艺术之象的文学语言,不妨称之为"象言"。即以言明象,以象尽意,以艺术之象感发读者整体直观的意会思维,通过在场者("直寻"出来的"象")逗出隐蔽者("意义整体")。殷璠"兴象"说,王昌龄"意境"说,司空图"象外之象"说,王夫之"情景"说,无不循此以求。尽管诗论家极力强调言外之味,其实都看重"象言"本身,兴象并举。对此,钱钟书有点睛之笔焉。钱氏强调艺术之象与哲学之象的区别,在《管锥编》中称:"诗也者,有象之言,依象以成言;舍象忘言,是无诗矣,变象易言,是别为一诗甚且非诗矣。"又云:"是故《易》之象,义理寄宿之蓬庐也,乐饵以止过客之旅亭也;《诗》之喻,文情归宿之菀裘也,哭斯歌斯、聚骨肉之家室也。"(《管锥编》第一册)所以无论诗人将话说得多么绝:"不著一字,尽得风流",但毕竟不是禅家棒喝,他们还要炼字、炼句,执着于"象言"本身。正是唐人对语言极其成功的诗化使用,催生了"兴象"说、"意境"说、"象外之象"说。

事实上,由哲学之象的暗示性到文学之象的韵味性,这一不断深化的认识、实践过程贯穿了整个中国古代文学史。《诗经》中早就有"兴"的手法。"兴"的产生是中国诗史上一次意义重大的飞跃,因为"情志"找到了一条物象化的出路。不过汉儒所谓比兴，只取物象与人事相对应的象征意义，至六朝人始取其感应的关系，如上引刘勰所称："人禀七情，应物斯感；感物吟志，莫非自然。"物象由是取得了相对独立的美学意义。在六朝山水诗创作中，山水兴象不只是"引子"或"附着物"，而是"道"的显现："目击道存"、"以玄对山水"、"山水以形媚道"。玄学孕育了山水，山水摆脱了玄学。至唐人更是隐去象征与理念，让兴象独立自在。如孟浩然《宿建德江》：

> 移舟泊烟渚，日暮客愁新。
> 野旷天低树，江清月近人。

　　诗中只孤立出几个画面，但"低"字"近"字轻轻一点，空间距离因主观而缩小了，人与自然更亲近了，诗人隐逸之情志便在其中。孟诗主体借助感受（"低"、"近"皆主观感受耳，非客观如此）潜入客体之中，即情即景，在唐诗中有典型性与普遍意义，是所谓"情景交融"的境界。殷璠"兴象说"便是对这一创作实践的总结。殷璠《河岳英灵集》拈出"兴象"二字以评诗，是有见于"象"的自在性。盖兴与象并列，是两端确定，之间关系则不确定，从而留下很大的空间，有很大的容量。与前此的陈子昂"兴寄说"相比，子昂本为倡兴体而斥齐梁之用"比"，但"寄"字倾向太甚，易使人忽略形象独立的重要性，义理之宅遂误入"附理"之区。兴象说与后来的"神韵说"相比，则不致虚化太甚而魂不守舍。兴象并举，其中包含着"天人合一"的思想，既不是由人向物的"移情"，也不是物成为人意念化的"象征"，人与物是互相感应的关系，物象具有了多重启发性与象外指向性的品格。这种自足性与指向性的品格在晚唐司空图"三外"说（"韵外之致"、"象外之象"、"味外之旨"）中获得突破性的超升。"三外"追求的不仅是"尽意莫若象"的信息传递，更是文学所特有的韵味，即情感联想。这一追求与西方符号论有其相通之处。苏珊·朗格在分析韦应物《赋得暮雨送李曹》诗时指出：

> 诗中的每一件事都有双重性格：既是全然可信的虚的事件的一个细节，又是情感方面的一个因素。（苏珊·朗格：《情感与形式》）

"象外之象"所表达的也是对诗歌意象双重性格的感悟。然而符号论者更强调的是"一切诗歌皆为虚构事件的创造",中国古文论却更强调据实构虚、虚实相生的韵味。《二十四诗品》所谓"超以象外,得其环中","返虚入浑,积健为雄",都强调创作时据实构虚而欣赏时则当虚而返诸"实",虚实是处于不即不离的关系。王夫之《唐诗评选》卷三称:"右丞(王维)之妙,在广摄四旁,环中自显。"诗人不说出的地方,正是要读者落入的"圈套"。与朗格"双重性格"的提法相比,中国文论似更重视欣赏者离而复返的参与。 "象外之象",前象是诗人从客观世界"万取一收"而来的意象,后象则是欣赏者在前象启迪下通过情感联想而糅合自家经验与情感的诗人、读者共构之艺术幻象(参看拙作"象外之象的现代阐释"第三节,《文艺理论研究》1993年第3期)。"象外之象"的追求也是一种符号化的追求,但其表述要比现代符号论者在某种程度上更空灵、更圆融。以苏珊·朗格《情感与形式》为例,她的符号论突出感情因素,却难以覆盖文学艺术的各种功能,如认识功能、教化功能等;而中国古文论总是"情志"并举,"情理"连用,覆盖面要大得多。用古文论的话语评析中国文学史现象,显然要贴近些、亲切些。

## 三

现在我们可以步入创作的中心环节:作者的构图。按一般规律,作者先要通过其创作准确表现自己的感受,并将此感受形成情感意象,才能唤起读者的情感联想而完成鉴赏过程。关键在"情感意象"之形成。用克莱夫·贝尔的说法,就是:"当一个艺术家的头脑被一个真实的情感意象所占有,又有能力把它保留在那里和把它'翻译'出来时,他就会创造出一个好的构图。"(克莱夫·贝尔:《艺术》)创作的全过程可用下式示意:

感受 → 情感意象 → 构图 → 审美情感。

由是,日人遍照金刚《文镜秘府论》南卷"论文意"所引盛唐诗人王昌龄一段话,引起我们的关注:

夫作文章但多立意。令左穿右穴，苦心竭智，必须忘身，不可拘束。思若不来，即须放情却宽之，令境生。然后以境照之，思则便来，来则作文。如其境思不来，不可作也。

境，是借用佛家语，指心灵空间，境生自心，是外物"内识"的结果。不过王氏沿用了传统的心与物之感应关系，故下文又云："夫置意作诗，即须凝心，目击其物，便以心击之，深穿其境。"综观之，感物与作文之间有个中介：境。这是由心击物所生，是所谓"兴发"，相当于上文所谓"情感意象"。这是很重要的一环，它表明古文论已深入到创作的核心问题。王昌龄认为，境之生不生关系到诗思之来不来。境生，则创作有了灵魂，当"以境照之"，统摄构图的过程。故上引文"深穿其境"后又紧接着说：

如登高山绝顶，下临万象，如在掌中。以此见象，心中了见。当此则用，如无有不似，乃以律调之定，然后书之于纸。

回顾上文我们对情志、兴象的论述，可否对上文作如是观：境是情感结构对外来刺激作出的反应，由此形成选择，即"所见景物与意惬者相兼道"。也就是"思与境偕"之意，是以心境"照"实景的结果。反之，"意"与"景"结合不紧，诗便"无味"。用图式表示，便是：

目击其物→心境生→以境照之→景与意惬。

不难看出此程式与本节开头的程式并行不悖，而更贴近中国抒情诗的创作实际。事实上"境"的提出是"比兴"历史的发展，是前人对诗意的整体性认识的加深。如果说早期"比兴"注重心与外部世界的对应关系，那么"境"的提出则标示了人们开始关注心与外部世界的整体性的感应关系。容以律诗为例稍加说明。

"捉对儿"表现事物的"对偶化"，本来就是天人感应的思维方式在诗歌形式中的反映。然而在成熟的唐人律诗中，一联之间的意象不但是对应关系，更是两境相摄互相映衬的关系。如王维《山居秋暝》名句：

明月松间照，清泉石上流。

其中景物不是孤立的，而是汇为"一片境"：月、松、泉、石之间形成张力，共构一片澄明的氛围，整个儿蕴含着意味，一联便是一个自足回环的整体。这个整体便是"境"。中唐刘禹锡《董氏武陵集记》曾提出"境生于象外"，可谓一语中的，将象与境的关系表述得颇为清楚，惜未及详论。宋人严羽《沧浪诗话·诗辨》云：

> 盛唐诗人唯在兴趣，羚羊挂角，无迹可求。故其妙处透彻玲珑，不可凑泊，如空中之音，相中之色，水中之月，镜中之象，言有尽而意无穷。

"空中之音"云云，显然已不是心与物一一对应的关系，所强调的已经是各种形象的整体融一的感应关系。能将这种关系及作者、读者的双重感应在同一时空中体现出来，则有待今人王国维《人间词话》拈出"境界"二字。《人间词话》有云：

> 严沧浪《诗话》曰："盛唐诸公，唯在兴趣，羚羊挂角，无迹可求。故其妙处，透彻玲珑不可凑泊。如空中之音、相中之色、水中之影、镜中之象，言有尽而意无穷。"余谓北宋以前之词亦复如是。但沧浪所谓"兴趣"、阮亭所谓"神韵"，犹不过道其面目，不若鄙人拈出"境界"二字为探其本也。（滕咸惠校注《人间词话新注》本，下同）

与严羽"兴趣"说、王士祯"神韵"说相比，"境界"的确更周密，更能提纲挈领地体现文学的特殊性。许多论者指出王国维与叔本华之渊源关系，这固然是事实，但更应看到王氏并不仅仅是撷取西方文论的枝枝节节来阐释中国的文学史现象，更重要的是他从西方学习了先进的方法论，与古文论家相比较，更善归纳，有分析。他不但能明分主体、客体，而且能注重二者之间的联系，追求本质性的东西并加以归纳，这才是王国维得力之处。所以他宣称："言气质，言神韵，不如言境界。有境界，本也。气质、神韵，末也。有境界而二者随之矣。"

"境界"说的直接来源应是传为王昌龄作的《诗格》及皎然《诗式》。《诗格》有云：

> 诗有三境：一曰物境，欲为山水诗，则张泉石云峰之境，极丽绝秀者，神之于心，处身于境，视境于心，莹然掌中，然后用思，了然境象，故得形似；二曰情境，娱乐愁怨，皆张于意而处于身，然后驰思，深得其情；三曰意境，亦张之于意而思之于心，则得其真。（乾隆敦本堂本《诗学指南》卷三）

这里的"境"不但指泉石云峰之类的客观世界，也指情与意，正是《人间词话》所谓："境非独谓景物也，感情亦人心中之境界。"只是王昌龄将情、意分说，大略是传统的情志并举意思，而王国维的"情"则统称"感情"而已。皎然《诗式》则曰：

> 夫诗人之思初发，取境偏高，则一首举体便高；取境偏逸，则一首举体便逸。

在《秋日遥和卢使君游何山寺宿扬上人房论涅槃经义》诗中又云："诗情缘境发"。所云之"境"，既是外部世界的，又是经过情感反应后的，故曰："取境偏高，则一首举体便高"云云。王国维仍袭其意，曰："故能写真景物、真感情者，谓之有境界。否则谓无境界。""词以境界为最上。有境界则自成高格，自有名句。"然而王国维高明之处还在于能以西方的方法论观照"境界说"，意识到境界已非纯客体之反映，而是诗人创构的艺术形象，故又曰：

> 一切境界无不为诗人设。世无诗人即无此种境界。夫境界之呈于吾心而见于外物者，皆须臾之物。唯诗人能以此须臾之物，镌诸不朽文字，使读者自得之。

这里相当精确而明晰地表述了诗人捕捉稍纵即逝的感受并形诸文字的

过程，远迈古人。"使读者自得之"，又表明王国维对境界之形成必有读者之参与是有所悟的。

境界说的生命力还来自情景说。王国维在《文学小言》中宣称："文学中有二原质焉：曰景，曰情。"事实上境界说的核心还是情景说，但强调的是情与景相乘而不是相加，注重其整体效应。自唐以来，情景关系一直是诗家讨论的热点。特别是清人王夫之，其论情景，可谓全面透彻，已达圆融的境界。王夫之的情景论至少有三点值得注意：一是强调情意的主导作用；一是强调真景真情；一是"现量"。前二者为学界所熟知，兹条例数则，读者与《人间词话》相参，自能别其源流：

> 烟云泉石，花鸟苔林，金铺锦帐，寓意则灵。若齐梁绮语，宋人搏合成句之出处，役心向彼掇索，而不恤己情之所自发，此之谓小家数，总在圈缋中求活计也。（《夕堂永日绪论》内编）
>
> 情景名为二，而实不可离。神于诗者，妙合无垠。巧者则有情中景，景中情。（同上）
>
> 关情者景，自与情相为珀芥也。情景虽有在心在物之分，而景生情，情生景，哀乐之触，荣悴之迎，互藏其宅。（《姜斋诗话》）
>
> 谢诗有极易入目者……言情则于往来动止、缥缈有无之中得灵蠁，而执之有象；取景则于击目经心、丝分缕合之际貌固有，而言之不欺。而且情不虚情，情皆可景；景非滞景，景总含情。（《古诗评选》卷五评谢灵运《登上戍石鼓山》）

后一节言意象之形成，与上引王国维"一切境界无不为诗人设"云云相较，尤觉圆机活转，不可替代。现在要说的是"现量"与王国维"不隔"之联系。王夫之《夕堂永日绪论》内编有云：

> "僧敲月下门"，只是妄想揣摩，如说他人梦，纵令形容酷似，何尝毫发关心？知然者，以其沉吟"推"、"敲"二字，就他作想也。若即景会心，则或推或敲，必居其一，因景因情，自然灵妙，何劳拟议哉？"长河落日圆"，初无定景；"隔水问樵夫"，初非想得：则禅

家所谓现量也。

现量，除了钟嵘《诗品·总论》所谓"观古今胜语，多非补假，皆由直寻"的传统意义外，还借助这一佛家语强调审美心理的直觉性，是王夫之《相宗络索》所云"现成一触即觉，不假思量计较"。这种直截手段来自对真景真情的追求，故其《夕堂永日绪论》内编又云：

> 禅家有三量，唯现量发光，为依佛性；比量稍有不审，便入非量。况直从非量中施朱而赤，施粉而白，勺水洗之，无盐之色败露无余，明眼人岂为所欺邪？

可见现量便是真情真景相触而成的艺术境界，正是《人间词话》所云："能写真景物、真感情者谓之有境界，否则谓之无境界。"王国维比"直寻"、"现量"更进一步提出"不隔"，要求作者将由真景真情相触而成的境界表达得澄明无碍，使读者易入其境而共创艺术幻境。"不隔"成为《人间词话》品评作品的一条具体标准，与真情、真景合为境界说以衡古今作者：

> 大家之作，其言情也必沁人心脾，其写景也必豁人耳目。其辞脱口而出无一矫揉装束之态。以其所见者真，所知者深也。持此以衡古今之作者，百不失一。

境界说由是继承了传统的情景论却又更明晰、更具可操作性，弥补其易流于说玄的不足。王国维的努力成功地表明了以现代方法观照古文论，拓宽其内涵，弥补其不足，是一件大有可为的工作。

我们从古文论中选取了情志、兴象、境界这一组范畴进行重组，由此得出如是的程序：

情志→兴象→境界

这一程序显示创作的过程，即作者通过情志这一情感结构去感受外部事物，触发为情感意象，并以诗化的语言去创构一种富有启发性的兴象，通过作品中各种因素的整体效应形成氛围感染读者，在读者参与下完成艺术幻象——境界。当然，与极其博大丰富的传统文论相比，这仅仅是造了一块"砖"，远不足构成自成系统的文学批评话语。苟抛此砖可引群玉，则幸何如之！

（原载《文学评论》2001 年第 2 期）

# 境界说的悖论话语与透视焦点

大凡对传统之承接有两类，一曰顺接，一曰逆接。顺接自不待言；逆接者以扬弃乃至"颠覆"之态度对待传统，却有继承之效果。其中有成功，也有失败；有经验，也有教训。王氏之承接当属后者，而"境界"说之生命力即深蕴其中。

## 一

王国维对传统文化所持的批判乃至"颠覆"的态度，是 20 世纪初时代风气使然。但是其时多数精英反传统是为了"强国"，只有少数人能从个体生存出发。王国维心仪叔本华哲学为的是获得"意志自由"，求个体生存痛苦之解脱，当属后者。这一取向使其以直观为内核的境界说从一开始便脱离当时"经世致用"的轨道，具有"颠覆"传统文化的意涵，自当另眼相看。

王国维诗学的起点就在于批判传统中文学的功利主义，力图建立文学的本体性。在《论哲学家与美术家之天职》一文中，王氏痛乎言之：

> 披我中国之哲学史，凡哲学家无不欲兼为政治家者，斯可异已！……岂独哲学家而已，诗人亦然。"自谓颇腾达［挺出］，立登要路津。致君尧舜上，再使风俗淳"，非杜子美之抱负乎？……如此者，世谓之大诗人矣。至诗人之无此抱负者，与夫小说、戏曲、图画、音乐诸家，皆以侏儒、倡优自处，世亦以侏儒、倡优畜之。所谓"诗外尚有事在"、"一命为文人便无足观"，我国人之金科玉律也。呜呼，美术之无独立之价值也久矣！此无怪历代诗人，多托于忠君爱

国、劝善惩恶之意以自解免，而纯粹美术之著述，往往受世之迫害而无人为之昭雪者也①。

王国维剑铓所指，固然在乎传统文化中根深蒂固之官本位，但意之所归，则在乎文学本体性。所以在《叔本华之哲学及其教育学说》一文中，他对作为传统诗教支柱之比兴，也重新做出诠释：

> 唯诗歌（并戏剧、小说言之）一道，虽借概念之助以唤起吾人之直观，然其价值全存于其能直观与否。诗之所以多用比兴者，其源全由于此也。（《王国维论学集》页 338）

何谓直观？该文又云：

> 至叔氏哲学全体之特质，亦有可言者。其最重要者，叔氏之出发点在直观（即知觉）而不在概念是也。（上引书，页 331）

直观即知觉。所以境界说最强调对事物感性的直接经验，"隔"与"不隔"，当以此为衡量②。那么比兴与此直观又有何联系？赵沛霖对历来界说纷纭的比兴作详审的整理归纳，从中可看出比兴与直观有可沟通处，但也有明显的差异③。大略言之，比兴有两种基本型，一主象征寄托，如儒家诗教将比兴作为美刺手段，倡诗泄导人情、补察时政之用；一主触物起情，情景交融，思与境偕。"在这类兴诗中，兴句常常用以写景，'所咏之词'则用以写情，情与物彼此渗透，达到有机的统一，共同组成真切动人的形象画面。"（页 292）后一种倾向在山水诗兴起的南朝得以长足发展，文论家对比兴有了新的理解，由此日渐分蘖出情景论来。《文心雕

---

① 傅杰编校：《王国维论学集》，云南人民出版社，第 356 页。下引只标页码。

② 《人间词话》删稿有云："'池塘春草谢家春，万古千秋五字新。传语闭门陈正字，可怜无补费精神。'此遗山《论诗绝句》也。美成、白石、梦窗、玉田辈当不乐闻此语。"闭门觅句，自然是隔断了扪摸世界的直接性与知觉性，所以有违于直观的精神，是最大的"隔"，代字与用典尚在其次。

③ 赵沛霖：《诗经研究反思》第五章，天津教育出版社 1989 年版，下引只标页码。

龙·物色》云:"物色之动,心亦摇焉。"又曰:"是以诗人感物,联类不
穷,流连万象之际,沉吟视听之区。"又曰:"情往似赠,兴来如答。"钟
嵘《诗品序》亦曰:"气之动物,物之感人,故摇荡性情,形诸舞咏。"
又曰:"至于吟咏情性,亦何贵于用事?'思君如流水',既是即目;'高
台多悲风',亦唯所见;'清晨登陇首',羌无故实;'明月照积雪',讵出
经史?观古今胜语,多非补假,皆由直寻。"比兴中的心物关系被聚焦于
情景关系,强调其"视听"、"即目"的直觉性。刘勰称之为"兴会",
心物因"兴"而当下会通也。早逝的学者余虹曾精辟地指出:"兴会之神
思强调当下经验性兴发应会的直接性,……亦即它总要相关起情之物而运
思,故而与当下体验之物有关。"[1]"当下"二字点明此类兴发与"引譬
连类"、"托事于物",香草美人式的"依微以拟议"、"环譬以托讽"之
类的比兴,在思路上有重大的差别,却与"直观即知觉"相近。王国维
称比兴源于直观,不为无据。

然而"直观即知觉"只是"叔氏之出发点"(前引),它还有进一层
的意义。王国维之境界说所谓直观,不是"常人"知觉的直观,而是
"诗人"以"特别之眼"观物的"直观"。故王氏有云:

> 山谷云:"天下清景,不择贤愚而与之,然吾特疑端为我辈设。"
> 诚哉是言!抑岂独清景而已,一切境界,无不为诗人设。世无诗人,
> 即无此种境界。……境界有二:有诗人之境界,有常人之境界。诗人
> 之境界,唯诗人能感之而能写之。[2]

此论源自叔本华《世界是意志和表象》所说:"天才……不注意事物
的联系的知识,他忽略了符合充足理由律的那种事物关系的知识,是为了
要在事物中只看它们的理念。"又说:"抛开个人利害关系,抛开主观成
分,纯粹客观地观察事物,并且全神贯注在事物上……以前在意志之路上
追求而往往失诸交臂的宁静心情便立刻不促而至,那就对我们好极了。"

---

① 余虹:《中国文论与西方诗学》,三联书店 1999 年版,第 170 页。重点号为引者所加。
② 此条系徐调孚录自《清真先生遗事·尚论三》,见滕咸惠校注《人间词话新注》附录,
齐鲁书社 1981 年版,第 110 页。

"天才的本质就在于从事这种静观的卓越能力。"① 所以《人间诗话》乃曰："自然中之物，互相关系，互相限制，故不能有完全之美。然其写之于文学中也，必遗其关系、限制之处。"而各种关系中，最要紧的是利害关系。王氏在《叔本华之哲学及其教育学说》一文中说得透彻：

> 夫吾人之本质既为意志矣，而意志之所以为意志，有一大特质焉，曰生活之欲。何则？生活者非他，不过自吾人之知识中所观之意志也。吾人之本质既为生活之欲矣，故保存生活之事，为人生之唯一大事业。且百年者寿之大齐，过此以往，吾人所不能暨也。于是向之图个人之生活者，更进而图种姓之生活，一切事业，皆起于此。吾人之意志，志此而已；吾人之知识，知此而已。既志此矣，既知此矣，于是满足之空乏，希望与恐怖，数者如环无端，而不知其所终。目之所观，耳之所闻，手足所触，心之所思，无往而不与吾人之利害相关，终生仆仆，而不知所税驾者，天下皆是也。然则此利害之念，竟无时或息欤？吾人于此桎梏之世界中，竟不获一时救济欤？曰：有。唯美之为物，不与吾人之利害相关系；而吾人观美时，亦不知有一己之利害。（《王国维论学集》页 328）。

其中尤可注意者："生活之欲"包括"一切事业"。这就将直观与"经世致用"、"诗言志"对立起来了，王夫之就曾提出"大欲通乎志"的命题。（《诗广传》卷一）帝王将相乃至许多士大夫都举过这一旗帜而行其私，使其私欲"合理化"。孟泽博士曾极其尖锐地指出："中国诗教以'无邪'、'持人性情'，设定'言志'，'许自由于鞭策羁縻之下'，如同一个让人难以觉悟的千年'阴谋'、万年'骗局'一样，预设了中国文学的命运。"② "言志"也罢，"比兴"也罢，中国诗学中的确存在着与文化专制相适应的一面，诚如鲁迅所说："厥后文章，乃果辗转不出此界。其颂祝主人，悦媚豪右之作，无可俟言。即或心应虫鸟，情感林泉，发为

---

① 缪灵珠未刊译稿，分别引自《人间词话新注》，齐鲁书社 1981 年版，第 40 页，第 35 页。

② 孟泽：《王国维鲁迅诗学互训》，九州出版社 2007 年版，第 29 页。

韵语，亦多拘于无形之图圉，不能舒两间之真美。"① 集情景论之大成的王夫之也感觉到这一无奈，在《唐诗评选》卷二评曹邺《和谢豫章从宋公戏马台送孔令谢病》诗时，对外示温柔敦厚、内尽深文曲喻的曹邺写景诗深加赞赏，称"使古今无此体制，诗非佞府则畏途矣。"② 随着封建文化专制日甚，"比兴"日见穷蹙。王国维借"直观"正是要排除其中之功利关系，将"两间之真美"释放出来，初无"驱逐"中国固有的诗学传统之心。不妨说，王氏以其词人之敏感，对传统诗学别有会心，又能以其对西学义谛深刻之理解反观之，两相嫁接，各有扬弃，终于培育出诗学新种子——"境界"。

## 二

《人间词》为《人间诗话》先行的实践，两相发明更易把握王国维的用心。

王氏于《人间词乙稿序》假樊志厚之口云："静安之词，大抵意深于欧（欧阳修），而境次于秦（秦观）。至其合作，如《甲稿》《浣溪沙》之'天末同云'，《蝶恋花》之'昨夜梦中'，《乙稿》《蝶恋花》之'百尺朱楼'等阕，皆意境两浑，物我一体。高蹈乎八荒之表，而抗心乎千秋之间。"兹录其自许者《蝶恋花》一阕如下：

> 百尺朱楼临大道，楼外轻雷，不问昏和晓。独倚阑杆人窈窕，闲中数尽行人少。一霎车尘生树杪，陌上楼头，都向尘中老。薄晚西风吹雨到，明朝又是伤流潦。（《观堂外集》）

对此词，周策纵有妙解云："'老'而称'都'，'明朝'下着一'又'字，便使风雨外有万不得已之感跃然纸上。《浣溪沙》中'试上高峰窥皓月，偶开天眼觑红尘。可怜身是眼中人。'碧落黄泉，皆无解脱

---

① 《鲁迅全集》卷 1，人民文学出版社 1981 年版，第 68 页。重点号为引者所加。
② 评参戴鸿森笺注《姜斋诗话笺注》，人民文学出版社 1981 年版，第 129—130 页。

处，是痛觉江山外有万不得已者在，真无可奈何矣!"（《弃园文粹》）①
所谓"万不得已"、"无可奈何"、"无解脱处"，即钱钟书所称许的"比
兴以寄天人之玄感"，亦即人生之悲剧感②。王氏主张直面人生的悲剧:
"洞察宇宙人生之本质，始知生活与痛苦之不能相离，由是求绝其生活之
欲，而得解脱之道。"（《王国维论学集》页 429）这才是王国维"直观"
之真谛!《屈子文学之精神》乃曰:

> 诗歌者，描写人生者也……故古代之诗所描写者，特人生之主观
> 的方面；而对人生之客观的方面，及纯处于客观之自然，断不能以全
> 力注之也。（《王国维论学集》页 378）。

不必讳言，中国诗学缺乏对现实冲击的提倡，而小说、戏曲也往往以
"大团圆"为自慰之道。故《文学小言》以"他者"为参照，痛乎言之:

> 至叙事的文学（谓叙事传、史诗、戏曲等，非谓散文也），则我
> 国尚在幼稚之时代。……以东方古文学之国，而最高之文学无一足以
> 与西欧匹者，此则后此文学家之责矣。（《王国维论学集》页 376）

明乎"后此文学家之责"，是王国维"补天"的良苦用心，所以境界
说之建构，首先是在"人生"意义上的建构，而非传统"言志"、"致
用"意义上之建构。这自然颇得益于西方近代先进的文学观念，然而对
"人生"的认识，却又是"中国式"的。《屈子文学之精神》有云:

> 诗之为道，既以描写人生为事，而人生者，非孤立之生活，而在
> 家族、国家及社会中之生活也。（《王国维论学集》页 379）

庞朴曾概括中西人论的差异，有云:"认为每个人都是他自己内在因

---

① 周策纵:《弃园文粹》，上海文艺出版社 1997 年版，第 296 页，下引只注页码。
② 钱钟书《谈艺录》称王国维诗:"比兴以寄天人之玄感，申悲智之胜义"。北京，中华
书局 1984 年版，第 24 页。

素的创造物，他对自己的命运负责。这就是欧洲人文主义者乃至雅典学派的人论"；"认为每个人都是他所属关系的派生物，他的命运同群体息息相关。这就是中国人文主义的人论。"① 王氏显然属后者。正是基于这种认识，所以王国维虽然接受叔本华"纯粹客观的静观心境"的观点，却并未曾"把他观审的对象从世界历程的洪流中拔出来，这对象孤立在它面前"②，而是将"境"置诸人间，是"结庐在人境"（陶诗）的"境"，是"非孤立之生活"，是对家族、国家、社会之忧生、忧世的观审③。然而这种忧生、忧世并非"知人论世"简单的延伸，而是与叔本华"客观化"的直观说形成张力。也就是说，他要将"民胞物与"、"悲天悯人"的情怀建立在直面"人生悲剧"的基础上，同时又让"客观化"充满血肉，生气灌注。《人间词话》由是创立了"出入"说：

> 诗人对自然人生，须入乎其内，又须出乎其外。入乎其内，故能写之。出乎其外，故能观之。入乎其内，故有生气；出乎其外，故有高致。美成能入而不能出，白石以降，于此二事皆未梦见。

陈伯海先生曾明晰地将"出入"说分为先后两个阶段，"入"意味着诗人全身心地融入对象世界，"出"意味着诗人以超越的姿态对待所描写的事象，以此达到由生命体验向审美体验的飞跃。④ 其归纳有助于我们把握出入说的思维逻辑。尤可注意者，陈氏又提醒我们："其间会有交叉互渗。"事实上王国维内在的中国式的思维方式往往使"交叉互渗"达到"即此即彼"的境界。佛雏氏曾指出："王氏把'感'合于'观'中，不'出乎其外'，则不能观。"⑤ "入"而不能"观"，沉溺于一己之利害关系之中，又如何能"融入对象世界"？所以"入"中自有"出"在。故

---

① 庞朴：《蓟门散思》，上海文艺出版社 1996 年版，第 234 页。

② 叔本华：《作为意志和表象的世界》，石冲白译，青海人民出版社，第 153 页。

③ 《人间词话》有云："'我瞻四方，蹙蹙靡所骋'，诗人之忧生也。'昨夜西风凋碧树。独上高楼，望尽天涯路'似之。'终日驰车走，不见所问津'，诗人之忧世也。'百草千花寒食路，香车系在谁家树'似之。"《人间词话》倡忧生、忧世不一而足。

④ 详见陈伯海：《中国诗学之现代观》，上海古籍出版社 2006 年版，第 412 页、417 页。

⑤ 佛雏：《王国维诗学研究》，北京大学出版社 1999 年版，第 180 页，下引同。

又云：

> 王氏所理想的诗词的最高胜境，则无论"入内"或"出外"，均
> 无任何迹象可寻。此与禅家的"不出不入"似颇接近。《景德传灯
> 录》第六，"江西道一禅师"条："有一讲僧来问云：'未审禅宗传持
> 何法？'师（道一）却问云：'座主传持何法？'彼云：'忝讲得经论
> 二十余本。'师云：'莫是师（狮）子儿否？'彼云：'不敢'。师作
> 嘘嘘声，彼云：'此是法。'师云：'是什么法？'云：'师子出窟
> 法。'师默然。彼云：'此亦是法。'师云：'是什么法？'云：'师子
> 在窟法。'师云：'不出不入是什么法？'无对。"按，"不出不入"
> 之境，凝然归一，泯却一切对待，……王氏所标举的"无我之境"
> 即含有某种形而上学的"不出不入"的意味。（同上引）

"不出不入"其实是"亦出亦入"，古人用这种悖论式话语表达事物
处于动力学的状态，及其错综复杂的共时性关系。禅宗更是善于用所谓
"不离世间觉"、"即世间而出世间"、"既在红尘浪里，又在孤峰顶上"
一类话语来消解出世与入世、此岸与彼岸之间的障碍。此类话语早为士大
夫所熟练掌握，并成为他们常用的一种思维方式。我们不妨以此方式看待
王国维的"有我之境"与"无我之境"，"诗人之境"与"常人之境"，
进而领悟王国维是如何借悖论式话语将叔本华的"直观"转换为中国式
的以情为中心的"新直观"，孕育中西"化合"的因子。
《人间词话》云："无我之境，人惟静中得之。有我之境，于由动之
静时得之。故一优美，一宏壮也。"此观念源自叔本华。《叔本华之哲学
及其教育学说》有云："今有一物，令人忘利害之关系，而玩之而不厌
者，谓之曰优美之感情；若其物直接不利于吾人之意志，而意志为之破
裂，唯由知识冥想其理念者，谓之曰壮美之感情。"（《王国维论学集》页
329）物苟能令人忘利害之关系，静观之则可产生优美之情；物苟大不利
于人，竟至使"意志为之破裂"，使人放弃利害之思，"认了"，正似本节
前引王国维《蝶恋花》所引发的"万不得已"、"无可奈何"、"无解脱
处"之情，则此种悲剧感本身转而成为宁静观照的对象，于此生命之体
验上升为审美的体验，由动之静的过程即化景物为情思的过程。

关键就在这里：叔本华"由知识冥想其理念"的追求已掺入"情思"的要素。王国维的直观并不满足于从一株树认出这树的"理念"，他还要徜徉其间，沉浸于情思①；与其说是"纯知性的静观"，毋宁说更多的情意的体验，是个性化与本质化同时进行的"形象思维"。其本质化并非抽象的过程，而是不离开感性的过程。李后主的词便是典型。《人间词话》有云：

> 词至李后主而眼界始大，感慨遂深，遂变伶工之词而为士大夫之词。周介存置诸温、韦之下，可谓颠倒黑白矣。"自是人生长恨水长东"，"流水落花春去也，天上人间"，《金荃》、《浣花》能有此气象耶？

李后主虽"生于深宫之中，长于妇人之手"，但不失赤子之心，灵心善感，情感丰富。尤其是经历人生由大富大贵跌入阶下囚的大苦大难，阅世亦不能曰浅②。"自是人生长恨水长东"、"流水落花春去也，天上人间"云云，虽然发自亲历的大屈辱大悲哀，却不拘于一人一事，具有"通古今而观之"的大气象，使之超越了时空因果，只将这种深挚真切的悲剧感写出，成为审美观照的对象，不但具有"类"的性质（"一人之心，乃是一国之心"），同时又不离开个体感性经验而充满血肉，是从具体到具体的升华。故《叔本华之哲学及其教育学说》乃云：

> 夫空间、时间，既为吾人直观之形式；物之现于空间皆并立，现于时间皆相续，故现于空间、时间者，皆特别之物也。既视为特别之物矣，则此物与我利害之关系，欲其不生于心，不可得也。若不视此物为与我有利害之关系，而但观其物，则此物已非特别之物，而代表其物之全种，叔氏谓之曰"实念"。故美之知识，实念之知识也。……若其物直接不利于吾人之意志，而意志为之破裂，唯由知识

① 参看《人间词》中《蝶恋花》"落落盘根真得地"一阕云"落落盘根真得地，涧畔双松，相背呈奇态。势欲拚飞终复坠，苍龙下饮东溪水。溪上平冈千迭翠，万树亭亭，争做拿云势。总为自家生意遂，人间爱道为渠媚。"
② 李后主"阅世浅"，当指其不懂世故，于亡国后为阶下囚，仍唱亡国之词，终被祸。

冥想其理念者，谓之曰壮美之感情。（《王国维论学集》页 328—329，
重点号为引者所加。）

前句曰"实念"，后句曰"理念"，论者虽曰实念即理念，但两者当
有所区别。王国维似乎在强调"特别之物"经观照直接成为"代表其物
之全种"，由具体到具体，其中并无概念抽象的过程，故特标曰："实
念"。从李后主词典型化、本质化的过程看，始终伴随着深挚的情思，是
个别的，又是普遍的情感。对王氏而言，生命情意的体验与叔氏"纯知
性的静观"并不构成对抗、冲突，反而因此矛盾而形成张力，是境界的
内存空间。

"诗人之境"与"常人之境"，亦当作如是观。《清真先生遗事·尚论
三》有云：

> 境界有二：有诗人之境界，有常人之境界。诗人之境界，惟诗人
> 能感之而能写之，故读其诗者，亦高举远慕，有遗世之意。而亦有得
> 有不得，且得之者亦各有深浅焉。若夫悲欢离合、羁旅行役之感，常
> 人皆能感之，而惟诗人能写之。故其入于人者至深，而行于世也尤
> 广。①

从字面上看，似乎"诗人之境界"贤于"常人之境界"。然而"常人
之境界"正因其常人皆能感之，所以一经诗人写出，更易为众人所共鸣，
"故其入于人者至深，而行于世也尤广"，具有前者所不及的现实意义。
试读《〈红楼梦〉评论》，正是由于《红楼梦》之悲剧是"由普通之人
物，普通之境遇，通之不得不如是"，而"宝玉之痛苦，人人所有之痛
也"②，所以更具有普遍性，被王氏视为可与写"天才之痛苦"的《浮士
德》相颉颃的顶峰之作。关键还在于能否用"诗人之眼"观之并写之。
"有我之境"、"无我之境"；"诗人之境"、"常人之境"；乃至"造境"、
"写境"；"客观之诗人"、"主观之诗人"；它们只作为建构"境界"的

---

① 转引自滕咸惠校注《人间词话新注》附录 5，齐鲁书社 1981 年版，第 110 页。
② 详见《王国维论学集·〈红楼梦〉评论》。所引为该集第 433 页、第 431 页。

"斗拱",其张力如雨伞般撑开了"境界"的空间。

## 三

无论"有我之境"、"无我之境";"诗人之境"、"常人之境";乃至"造境"、"写境",都从不同的方向（甚至相反的方向）指向审美的心理情感。也就是说,所谓境界,并非现成真实的世界,而是通过"诗人之眼"直观后超越时空因果的艺术世界。故《〈红楼梦〉评论》云:"兹有一物焉,使吾人超然于利害之外,而忘物与我之关系。……然物之能使吾人超然于利害之外者,必其物之于吾人无利害之关系而后可。易言以明之,必其物非实物而后可。然则非美术何足以当之乎?"（《王国维论学集》页 423)《叔本华之哲学及其教育学说》则明确指出:"美术上之所表者,则非概念,又非个象,而以个象代表其物之一种之全体,即上所谓实念者是也。"（上引书页 338)所谓"非概念,又非个象"者,颇近乎"典型",但它最终追寻的不是"共性与个性的统一",而是"类"的"实念"（即"理念"?)。然而纵观《人间词话》,在批评实践中,王氏似乎并不满足于"以艺术家之眼审美地静观一株树,那么,认出的不是这株树,而是这树的理念"①,他更感兴趣的是"真景物、真感情"。《人间词话》有云:

> 境非独景物也。情感亦人心中之一境界。故能写真景物、真感情者,谓之有境界。否则谓之无境界。

其中又以真感情为首要,故《文学小言》云:"故知感情真者,其观物亦真。"《人间词话》删稿亦云:"一切景语皆情语也"。则"真感情"才是"境界"的透视焦点,所有力的斜线都集合在这一消失点上。也就是说,情感被诗人的直观从时空因果中提取出来,成为永恒（共时）的审美对象。上引李后主"人生长恨水长东"、"流水落花春去也"之类便

---

① 叔本华:《意志和表象的世界》英译本,转引自佛雏《王国维诗学研究》,北京大学出版社 1999 年版,第 191 页。

是。而宋祁的"红杏枝头春意闹",更是明显地指向审美的心理情感,而《人间词话》谓之:"着一'闹'字而境界全出","闹"字既非景,亦非情,只是审美时的一种心理情感,则境界的透视焦点在心理情感本体明矣。

然而,真景物、真感情之交叉点还在于"真"。王国维的"真"又有什么样的特定内涵呢?我认为还是要在叔本华"直观"说的基本框架内求之,即上文所论直观的两个基本层面:一是直观即知觉;二是直观应排除物与我之利害关系,"认出"理念。就在这两个层面上,王氏力图中西"化合",自铸新论。

先就第一个层面"直观即知觉"言之。在这一层面上,王氏主要是打通直观与中国传统诗学中的直寻、现量之类的认识。论者于直寻多有发明,而于王夫之的"现量",则犹有未尽者。王夫之《姜斋诗话》卷二有云:

> "僧敲月下门",只是妄想揣摩,……若即景会心,则或推或敲,必居其一,因景因情,自然灵妙,何劳拟议哉?"长河落日圆",初无定景;"隔水问樵夫",初非想得:则禅家所谓现量也。

戴鸿森笺注引王夫之《相宗络索》"三量"条云:"现量,现者有现在义,有现成义,有显现真实义。现在不缘过去作影;现成一触则觉,不假思量计较;显现真实,乃彼之体性本自如此,显现无疑,不参虚妄。"[1] 王夫之以禅家的现量比拟诗家的"即景会心",至少有两个契合点:一是现在义、现成义,即"一触即觉",与第一节所论"直寻"的"当下"体验相承接;一是真实义,即"显现真实,乃彼之体性本自如此,显现无疑"。在王夫之看来,自然便是真实,"体性本自如此"是也。故其《古诗评选》卷五评谢庄《北宅秘园》有云:"两间之固有者自然之华,因流动生变,而成其绮丽。心目之所及,文情赴之,貌其本荣,如所存而显之,即以华奕照耀,动人无际矣!"这就是讲,不必思量计较,只要"现量",一触之间,当下便能显现真景物、真感情。

---

① 戴鸿森笺注:《姜斋诗话笺注》,人民文学出版社 1981 年版,第 53 页。

所以《姜斋诗话》卷一又云："情景虽有在心在物之分，而景生情，情生景，哀乐之触，荣悴之迎，互藏其宅"；"'池塘生春草'，'蝴蝶飞南园'，'明月照积雪'，皆心中目中与相融浃，一出语时，即得珠圆玉润，要亦各视其所怀来则与景相迎者也"。情与景在一瞬间集成电路也似的接触，便是"不隔"，便是自然，便是真。故叶梦得《石林诗话》卷中云："'池塘生春草，园柳变鸣禽。'世多不解此语为工，盖欲以奇求之耳。此语之工，正在无所用意，猝然与景相遇，藉以成章，不假绳削，故非常情所能到。"所以周策纵先生会说："'当下'美，也就是'自然'美"①。

现在我们可以进而论王国维的"自然之眼"，即直观的第二个层面。在这一层面上，王氏虽借用了叔氏的框架，却以中国传统观念实之。首先是对"自然"的看法。《人间词话》云：

> 自然中之物，互相关系，互相限制，故不能有完全之美。然其写之于文学中也，必遗其关系、限制之处，故虽写实家亦理想家也。又虽然如何虚构之境，其材料必求之于自然，而其构造亦必从自然之法则，故虽理想家亦写实家也。

滕咸惠注引叔氏《世界是意志和表象》云："实际的物象几乎总是它们所表现的理想之极不完全的摹仿，所以天才就需要想象力去洞察事物。那不是说大自然确已创造出来的事物，而是说大自然企图去创造，但因为事物间自然形式的冲突而未能创造出来的东西。"所以他认为"理想"只能是先验的"理念"，只有天才具有这种观审的能力，是"最完美的客观性"。由是，叔氏提出了"世界眼"：

> 天才的性能就是立于纯粹直观地位的本领，在直观中遗忘自己，而使原来服务于意志的认识现在摆脱这种劳役，即是说完全不在自己的兴趣、意欲和目的上着眼，从而一时完全撤销了自己的人

---

① 周策纵：《弃园文粹》，第 202 页。以下关于直观与自然的论述，深受周文的启发。详参该书第 52、53、56 节。

格，以便［在撤销人格后］剩了为认识着的纯粹主体，明亮的世界眼。①

王氏正是借此"直观"，排除传统诗学（"诗言志"的主流系统）中的功利主义（包括"功业"），力图将"两间之美"释放出来。同时，他对"自然"的看法又有所保留，除上引"其材料必求之于自然，而其构造亦必从自然之法则"外，《人间词话》删稿还说："词人之忠实，不独对人对事宜然。即对一草一木，亦须有忠实之意，否则所谓游词也。"他由是给"自然"以相对独立的意义："文学中有二原质焉：曰景，曰情。"（《文学小言》）并对西方诗歌即描写人生的定义做了修正："此定义未免太狭，今更广之曰描写自然及人生"，并指出"人类之兴味，实先人生而后自然"，对"纯粹之模山范水、流连光景之作"的历史地位给予肯定。（《屈子文学之精神》）与"世界眼"相应，他标举"自然之眼"：

> 纳兰容若以自然之眼观物，以自然之笔写情。此由初入中原，未染汉人风气，故能真切如此。同时朱、陈、王、顾诸家，便有文胜则史之弊。（《人间词话》）

"文胜则史"即《论语·雍也》之"文胜质则史"，夺一"质"字。然而通观上下文，此"质"字恰好是"自然之眼"、"自然之笔"的根柢。他认为纳兰氏由于"未染汉人风气"，所以能保持质直的性情，"故能真切如此"。质性便是自然，这是中国传统文化固有的观念。陶潜《归去来兮辞》在序中就自许是"质性自然"——性格真率之谓也。所谓"自然"，便是自然而然，本来怎样就是怎样。"道法自然"，自然成为自在的东西，并未消除事物的特殊性（个性）。郭象《庄子序》提出万物独立自足生生化化的"独化"论：

> 凡得之者，外不资于道，内不由于己，掘然自得而独化也。

---

① 石冲白译：《作为意志和表象的世界》，青海人民出版社1996年版，第154页。

这种观念延伸到文学上心与物的关系，便是讲究"本真"，只要按照自己的本性真性情去看、去写，不做矫饰，就是"自然"。所以南朝人称谢灵运诗"如初发芙蓉"（《南史·颜延之传》），而唐人皎然则称谢诗"直于性情"（《诗式》）；陶潜自许"质性自然"，而杜甫则以许人："直取性情真"。（《赠王二十四侍御契四十韵》）真性情便是自然。明白这一层，就不难理解王国维如是说：

> 词家多以景寓情。其专作情语而绝妙者，如牛峤之"甘作一生拼，尽君今日欢"。顾夐之"换我心，为你心，始知相忆深"。欧阳修之"衣带渐宽终不悔，为伊消得人憔悴"。……此等词古今曾不多见。余《乙稿》中颇于此方面有开拓之功。
>
> "昔为倡家女，今为荡子妇。荡子行不归，空床难独守"，"何不策高足，先据要路津。无为久贫贱，辘轲长苦辛"。可谓淫鄙之尤。然无视为淫词、鄙词者，以其真也。（以上二则见《人间词话》）
>
> 《水浒传》之写鲁智深，《桃花扇》之写柳敬亭、苏昆生，彼其所为，固毫无意义。然以其不顾一己之利害，故犹使吾人生无限之兴味，发无限之尊敬。（《文学小言》）

所举作品无不充满凡人俗子的情欲与"意志"，但因其"真性情"，乃至"不顾一己之利害"，虽或为叔氏"世界眼"所不取，仍能为王氏"自然之眼"所青睐者也。在从直观中"遗弃"利害到"不顾"利害，一转之间为"常人之境"、"有我之境"留下多少地步，将"直观"从"天才"手中解放出来，更具现实之意义，使境界说生气灌注。《文学小言》乃云："三代以下之诗人，无过于屈子、渊明、子美、子瞻者。此四子者苟无文学之天才，其人格亦自足千古，故无高尚伟大之人格，而有高尚伟大之文学者，殆未之有也。"王氏的新"直观"于是乎与中国传统文化之重伦理价值之评价体系接上轨，而与排除功利主义的"直观"形成张力，为继武者留下巨大的发展空间。

德国汉学家顾彬在评述中国山水诗时，有这么一段话："沉默不语使景物保留在这样的存在之中，即它们是什么就是什么，既不具象征的性质又没有作为客观关联的功能。同样，'我'也从现象世界及存在于其中的社会矛盾中解脱出来，它隐藏在景物之中，既不想越过景物也不想越过自身显露于外。"① 这大概就是上文提及的"不出不入"的境界。中国人对"自然的人化"与"人的自然化"的双向建构似有直觉，并蕴藏在对文学陶冶性情功能的认识中，这是一个有待着力开发的宝藏。王国维境界说，其有意于此者乎？

（原载《文艺理论研究》，2010 年第 4 期）

---

① ［德］W. 顾彬：《中国文人的自然观》，上海人民出版社 1990 年版，第 221 页。

# "知人论世"模式之流变

据称，截至 1994 年，海内外中国文学史著作已达 1600 种以上。崛起于 20 世纪初之文学史新学科，其繁荣昌盛不言而喻。不少学人对此进行评估、总结，其意义也是不言而喻的。本文则拟从中国文学史模式演进之角度观察这一现象，进而探求文学史研究的新视野。

模式，并非公式或套路。所谓模式，是指在某种文化系统作用下的运思方式与结构行为。无论承认不承认，有意或无意，文学史撰写者总是以某种模式为出发点，去运作。它既反映了作者对此前有关经验的继承、理解与实践，又表现其对此模式的应用、调整与创新。对批评者而言，把握撰写者使用的基本模式，是按察其血脉、观照其整体的直接手段。由于中国文学史作为一个新生学科是从国外移植过来的，所使用的模式大多参照产生于西方文化系统背景下的西方模式，以彼种文化系统所决定的运思方式来阐释此种文化系统所决定的文学现象，势必有扞格之处，隔膜之处。所以一开始，就有个相互认同的问题，中西结合的问题。本文兴趣所在，正在于斯。因之我们不必逐一罗列、评述各类模式，只拟理出主流模式及其流变，并对其中有价值的变异，重点做些考察。

在传统的文学批评中，占主流地位的是"知人论世"的模式。《孟子·万章》云：

> 颂其诗，读其书，不知其人，可乎？是以论其世也。是尚友也。

朱自清《诗言志辨》指出，孟子的"知人论世"，"并不是说诗的方法，而是修身的方法"，即"尚（上）友古人"的途径。然而，"知人论世"自身具有的广阔内涵空间却使后人得以不断充实，使其发展为我国最具影响的传统的文学批评方法。而这种批评方法之产生，首先与儒家对文学作用——"诗言志"的认识有关。诗是表达内心感情世界的工具。然而，古人早已意识到语言表达思想感情的局限性，所谓"诗无达诂"、"言不尽意"、"意在言外"，都是针对这一现象而发。所以《孟子·万章》又说：

> 故说诗者不以文害辞，不以辞害志，以意逆志，是为得之。

这就暗示了作者与读者之间的距离，与作为两者之间津梁的诗歌语言本身所具有的"未确定性"。因之，"志"还须读者去"逆"（即本文意义的实现过程）。这种逆不是任意的，而是据本文的提示、指向去揣摸作者本意。清人吴淇《六朝选诗定论缘起》将此过程阐述得颇为分明：

> "世"字见于文有二义：从（纵）言之，曰世运，积时而成古；横言之，曰世界，积人而成天下……我与古人不相及者，积时使然；然有相及者，古人之诗书在焉。古人有诗书，是古人悬以其人待知于我；我有诵读，是我遥以其知逆于古人。是不得徒诵其诗，当尚论其人……然未可以我之世例之，盖古人自有古人之世也……苟不论其世为何世，安知其人为何人乎？

也就是说，要准确搜寻作者志之所在，就要先求乎诗人之心；要得诗人之心，就要知乎其人；而要知其人，就要知其人所处之世，"尚友古人"，以便设身处地体味其人其境，进而逆得其志。就孟子本意而言，"知人论世"重点在通过与古人"相及"的诗书文本诵读去"尚友古人"，而不在乎"世"对诗人及其志、其诗之塑造。然而，由于知人论世法有个合理的内核，即作品与人与世被视为息息相关的三要素，所以三者之间存在着多种组合关系，其内涵有极大的可拓展性。历代优秀文论家在不同程度上对"知人论世"法有所补充与修正。其中对知人论世内涵作出重大拓展的是刘勰。《文心雕龙·时序》提出"歌谣文理，与世推移"，"文变染乎世情，兴废系乎时序"的观点，指出文学受社会现实制约这一事实，对知人论世的内涵是个极重要的补充。而与"知人论世"、"以意逆志"法相应的，是汉以来长期形成的颇有民族特色的年谱、笺释与本文紧密结合的治学形式。王国维《玉溪生诗年谱会笺序》说："及北海郑君出，乃专用孟子之法以治诗。其于诗也，有谱有笺。谱也者。所以论古人之世也；笺也者，所以逆古人之志也。"特别是宋人以"诗史"目杜诗，使知人论世与年谱、作品系年配套的批评方法更完善，直至今日，仍是学人治学的重要手段。然而此法颇有流弊，"诗无达诂"、"不以辞害意"是既通达又含糊的说法。其流弊主要有二端，一是在儒家功利目的性很强的"诗教"导向下，"知人"这一极为复杂的运作过程在"明礼义而陋于知人心"的儒者手中，往往被简单化为一种道德评价；"论世"则视"世"与"诗"之间不过是线式因果关系，无论"以史证诗"抑"以诗证史"，都缺乏中介系统，形成十足机械的社会政治决定论。由此引出第二种弊端：将文学史过程视为与王道盛衰同步的循环，即所谓"正变"论。应当说明的是，这只是就总体主流趋势而言，事实上由于古人最重视对文本的涵咏，在反复诵读中，有其直接的审美感受，并不因道德评价而全废其审美评价。尤其是在特定的环境（如登岳阳楼读范仲淹之文）、特定的时间（如南宋李纲于国难当头时诵杜诗），作者、读者灵犀交感，共构作品之美感，可谓无间然，是"知人论世"的最高境界。而晋以后出现的"诗缘情"说，使情、志并立互补，对以政教论诗实在是起着纠偏的作用。至若"正变"论，自萧子显《南齐书·文学传论》提出"若无新变，不能代雄"，刘勰《文心雕龙·通变》提出"文律运周，日新其业，变则堪久，通则不乏"，至唐渐渐形成"正、变、复"的文学史观，在一定程度上接触到文学发展的自身规律。总之，"知人论世"模式将作品与人与世视为息息相关的三要素，有其合理的内核，且留下极大的可拓性空间，因此欧风美雨袭来时，仍有其生命力。近百年来文学史学的事实证明，许多"舶来"文学史模式是嫁接在"知人论世"模式之上（文学社会学各流派尤其如此），经过不断改制的"知人论世"模式仍然是20世纪中国文学史的主流模式。

对知人论世模式之改造，首先是从文学观念改变入手。受西方文学观之影响，传统上不登大雅之堂的戏曲、小说被重视，乃至扶为"正宗"。如1915年王国维《宋元戏曲史》出版，作者不无骄傲地宣称："世之为此学者自余始。"虽然其"一代有一代之文学"观，实承自"风雅正变"

说，但视野之开阔是无前的。嗣后，胡适《白话文学史》、郑振铎《中国俗文学史》等诸多文学史也都以新学观念大大开拓了文学史的视野。

与王著的以组织材料为主不同，胡著有其"一以贯之"的东西。大凡"知人论世"之关键在史观，以不同观念去"知"之，去"论"之，便有面目全异的文学史。"五四"以来，"进化论"的发展史观，西方理性主义基础的"二分法"思维方式，以及"平民文学"的民主意识，相当深刻地影响了新一代知识分子。胡著将中国文学史视为白话文与古文的对立史，他"要人人都知 ①，便是这种影响的典型体现。而其撰写模式，仍不脱乎作家、作品加背景的"知人论世"，考证仍然是其重要手段。

郑著受胡著启发是明显的，其视野超越胡著也是明显的。主要表现在：一是将研究对象从"白话文"改为"俗文学"（"就是民间文学"），概念更明确、范围更广。也因此而疆界分明，不必费心于维系"白话"与"古文"的对立，尽可明白指出："'俗文学'有她的许多好处，也有许多缺点，更不是像一般人所想象的，'俗文学'是至高无上的东西，无一而非杰作，也不是像另一般人所想象的，'俗文学'是要不得的东西，是一无可取的"。② 二是不但材料更丰富，而且其结构在很大程度上突破了以王朝为序，"作家、作品加背景"的组合这一模式。不过俗文学之于文学史，毕竟好比蚌只有其一瓣，是"半边文学史"，如果与雅文学合为有机整体，那互动的写法恐怕就有很大的难度了。

胡著以后，以二元对立为线索贯穿文学发展全过程的文学史模式，是较为常见的模式。如 1932 年出版的周作人《中国新文学的源流》，就是以"言志派"与"载道派"二元对立的，"这两种潮流的起伏，便造成了中国的文学史"。③ 姑不论"言志"与"载道"是否对立，周著想从中国文学传统中觅新文学运动之源，而不是一味委诸外来文化的冲击，这一意图是可取的。而在写法上是用文学思潮的起伏、变迁之"流"代"作家、作品加背景"之"块"，所以对"知人论世"模式自然是种变异。可惜这本小册子是讲演稿，是"史纲"式的粗线条，如真要写成通史，其影响

---

① 胡适：《白话文学史·引子》，东方出版社 1996 年版，第 1 页。
② 郑振铎：《中国俗文学史》，东方出版社 1996 年版，第 4 页。
③ 周作人：《中国新文学的源流》，华东师范大学出版社 1995 年版，第 18 页。

就会大得多。

"二元对立"模式的全盛期当在新中国成立以后，以"现实主义"与"非现实主义"对立、"贵族"与"布衣"对立、"人民"与"统治阶级"对立、"封建"与"反封建"对立、"儒家"与"法家"对立等等，不一而足。更由于统编教材的需要，集体编写的倡扬，"作家、作品加背景"的撰写方式得以普遍被采用。此期主流模式大致可以概括为：在二元对立思维方式指导下，用社会学方法充实、改造传统的"知人论世"模式，建立起基本上以王朝更迭为序的作家作品加背景的稳固模式。

我们说"稳固模式"，并不等于说该时期文学史都是用一个模子印出来的。由于撰写者思想水平、学力功底，尤其是撰写时的政治气候等等差异，各本文学史仍然表现出良莠不齐。如游国恩诸人编写的《中国文学史》，即使以今日的眼光看，也是较为清晰、客观地反映中国文学史大致情况的好书。事实上对"知人论世"模式的改造，还有"二分法"以外的源头，容下文续论。

与主观设定两条路线，然后让作家、作品各就各位的二元对立模式不同，另有一些文学史家以原始材料的组织为主，编者则以"客观"的姿态略作按语，意在让结论从材料中显现。1920年出版的刘师培《中国中古文学史》可视为此派成功的开山之作，"竭泽而渔"式的占有资料与卓有识见的案断使这部篇幅不大的文学史备受赞誉。这种方法最大的优点是将相互抵牾的材料也尽行列出，在很大程度上制约了编者的随意性。这种写法还要求编撰者注重学力，要有宽阔的视野与超卓的识力。它让人想起文史大家陈寅恪，他那种"十行高，一行低"，同样是以资料为主，案断为次的论史方式，正与之相映成趣。刘著是部讲义，上课之际想必会有所发挥，不应只作短短的案语，可惜未见实录。鲁迅对刘著有很高的评价，在其著名的演讲《魏晋风度及文章与药及酒之关系》中，称："我今天所讲，倘若刘先生的书里已详的，我就略一点，反之，刘先生所略的，我就详一点。"固然，刘著以为建安文学特点是"清峻、通脱。骈词、华靡"，而鲁迅只稍作调整："清峻、通脱、华丽、壮大"；然而只要二者对照，则鲁迅是更上一层楼，好比生物学家将恐龙骨架复原为有血肉的恐龙，甚至还让它活在当时的环境中。我们从鲁迅文中看到的是活的文学史。由此亦可反证，刘著只是基础工程，虽必不可少，但不是终结。鲁迅向来强调知人论世要顾及全人、全部作品，万不可断章取义。他的"客观性"并非只依据材料，须知无论如何"竭泽而渔"，现存原始材料只是九牛一毛，远不能"客观"反映当时的全部情况。所以鲁迅更重视活的文学现象，"知人"则重表象后面真实的心理活动（如分析嵇康的内心矛盾）；"论世"则重特殊生活场景的修复（如吃药饮酒），让"全人"在特殊生活环境中复活。总之，他注重的是人、世、文的有机整体性。刘、鲁二著合读，则文质彬彬矣！

沿着这条路子走的不少，其中如王瑶便自认深深受鲁迅《魏晋风度及文章与药及酒之关系》一文的影响，于 1942—1948 年编写汉魏六朝文学史讲稿，并于 1951 年分别以《中古文学思想》、《中古文人生活》、《中古文学风貌》为题刊行。他曾总结鲁迅的方法说："他能从丰富复杂的文学历史中找出带普遍性的、可以反映时代特征和本质意义的典型现象，然后从这些现象的具体分析和阐述中来体现文学的发展规律"①。重视人、世、文之间复杂的中介系统，无疑是对传统的"知人论世"模式最重大的补充与改造。

值得一提的还有刘大杰著于 1939 年出版于 1949 年的《中国文学发展史》，在该书第六章第一节，他主张："在文学史的叙述上，你必得抛弃自己的好恶偏见，依着已成的事实，加以说明。"与刘师培的"客观派"相似，他也非常重视原始材料的组织，"辩章学术，考镜源流"，继承了传统的治学方法。同时，他也引进以外国进化论和社会学派为主的一些西方新思想，形成自己的一套文学史看法。他在自序中说："文学的发展，必然也是进化的，而不是退化的了。文学史者的任务，就在叙述他这种进化的过程与状态，在形式上，技巧上，以及那作品中所表现的思想与情感。并且特别要注意到每一个时代文学思潮的特色，和造成这种思潮的政治状态、社会生活、学术思想以及其他种种环境与当代文学所发生的联系和影响。再其次，文学史者集中力量于代表作家代表作品的介绍，省除烦琐的不必要的叙述，因为那些作家与作品，正是每一个时代的文学精神的象征。"这一看法应当说是相当周匝无弊的，其实践也是成功的，尤其是将文学思潮与文体发展联系起来，颇能演示文学史发展的轨迹。朱自清

① 王瑶：《中古文学史论集》，上海古籍出版社 1982 年版，第 207 页。

1947 年序林庚《中国文学简史》说：

> 这二十多年来，从胡适之先生的著作开始，我们有了几部有独见的中国文学史。胡先生的白话文学史上卷，着眼在白话正宗的"活文学"上，郑振铎先生的插图本中国文学史，着眼在"时代与民众"以及外来的文学影响上。这是一方面的进展。刘大杰先生的中国文学发展史上卷，着眼在各时代的主潮和主潮所接受的文学以外的种种影响。这是又一方面的发展。这两方面的发展相辅相成，将来是合而为一的。

按我的理解，胡、郑注重"俗文学"，刘注重作为主潮的"雅文学"，二者要合而为一，这才是完整的中国文学史。这件事新中国成立以后本可以做好的，可惜因历史的种种原因，几十年过去了，我们尚未见到一部合璧的文学史。关键在于对马克思主义的理解是否全面正确。以"经济基础决定上层建筑"这一基本原则的应用为例，本来这是对文学史视野的极大开阔，深化我们的思路，但幼稚的理解使其实践简单化了，"作家、作品加背景"的方式进一步强化为可套用的公式。当然，留下的并不尽是遗憾，其间仍有许多可宝贵的经验。笔者曾在一篇学习萧涤非先生《杜甫研究》的札记中说："如果说，顾及全篇、全人是近现代优秀学者的共识；那么，作为萧先生体悟最深，最有个人心得的，当是将'社会状态'聚焦于'人民生活'这一新视角的采用。我认为这是对知人论世内涵的又一拓展。"[1] 将历来被忽视的人的生活实践，特别是历史上某些作家与人民之间在生活中的联系这一中介环节，郑重地提出来，并加以研究，无疑是文学史研究的进步。80 年代的思想解放更是为学术带来春天。文学史探索空前大胆、多元，其中如程千帆《唐代进士行卷与文学》、王钟陵《中国中古诗歌史》，或对风尚与文学关系考索详尽，或对民族文化心理尽情发露，都带有超越前人的性质。总之，我坚信，只要正确地加强对中介系统的研究，不断吸收当代的科学成果调整我们的研究方法，历史唯物主义的基本原则必然有助于

---

① 拙作：《"知人论世"批评方法的升华》，《文史哲》1992 年第 2 期。

我们对真理的探求。马克思这段话很值得我们回味:

> 从前的一切唯物主义——包括费尔巴哈的唯物主义——的主要缺点是:对事物、现实、感性,只是从**客体**的或者**直观**的形式去理解,而不是把它们当作**人的感性活动**、当作**实践**去理解,不是从主观方面去理解。所以,结果竟是这样,和唯物主义相反,唯心主义却发展了**能动**的方面,但只是抽象地发展了,因为唯心主义当然是不知道真正现实的、感性的活动本身的。[①]

(原载《文学前沿》,首都师范大学出版社,2001 年第 4 期)

---

① 《马克思恩格斯选集》第 1 卷,人民出版社 1972 年版,第 16 页。

在文化与文学互动中建构文学史

# 文学的文化建构初论

文化是外部世界对文学发生影响最丰富的中介系统。这个中介不是外在的，它同时体现着主体与客体的性质，内在地参与了文学的建构活动。文化建构制约、驱动着文学的建构。文学只能在文化中建构其体式，并不断发生演进。是为文学的文化建构，谨作如下阐述。

## 一

用唯物史观为指南去寻找文学发展的规律，至今仍是我们应有的选择。然而，指南不能代替具体分析，更不是"构造体系"的现成公式。即使是唯物史观的基本原则与概念，也不能以之剪裁历史事实，用以构造自己的"体系"。比如经济基础决定上层建筑，这是唯物史观的一条根本原则，但经济因素在历史事件中往往只是"原始起因"与"最终决定作用"的因素，它包办不了事物本身发展的全过程，而历史恰恰就是一种过程。马克思认为："物质生活的生产方式制约着整个社会生活、政治生活和精神生活的过程。"[①]"制约"二字准确地表述了经济基础对整个社会生活，对上层建筑的带有间接性的"最终决定作用"。这种制约是宏观的，诚如恩格斯所说：

> 我们在这里所研究的领域愈是远离经济领域，愈是接近于纯粹抽象的思想领域，我们在它的发展中看到为偶然性就愈多，它的曲线就愈是曲折。如果您划出曲线的中轴线，您就会发觉，研究的时期愈

① 《马克思恩格斯选集》第二卷，人民出版社 1972 年版，第 82 页。

长，研究的范围愈广，这个轴线就愈接近经济发展的轴线，就愈是跟后者平行而进。①

这里强调"时期愈长"、"范围愈广"，经济基础与上层建筑发展的轴线便近于平行。过去一些文学史用经济原因解说文学现象之所以未获成功，其中一个重要原因就在于宏观意识不够，近距离观察难免"一叶障目不见泰山"。宏观考察不是可有可无的方法。

那么，"制约"又是以什么样的形式形成的呢？恩格斯有一段著名的"合力"论，说：

> 历史是这样创造的：最终的结果总是从许多单个的意志的互相冲突中产生出来的，而其中每一个意志，又是由于许多特殊的生活条件，才成为它所成为的那样。这样就有无数互相交错的力量，有无数个力的四边形，而由此就产生出一个总的结果，即历史事变，这个结果又可以看作一个作为整体的、**不自觉地**和不自主地起着作用的力量的产物。②

这里揭示了认识论的一个真理：在历史因与果之间有一个不容忽视的中介环节，这就是交互冲突产生合力的诸多因素。而这些因素"又是由于许多特殊的生活条件，才成为它所成为的那样。固然，历史是人创造的，但并不是随心所欲地创造，每个人的意志都受制约于所处的特殊的生活条件"，即政治地位、经济地位、社会环境、文明程度，乃至婚姻、家族、交游、学养、性格、病情，甚至地理环境等等。而这些因素大部分可用"大文化"的概念概括之。文化，是历史因与果之间一个不可忽视的中介环节。诸多因素在文化的大"容器"中发生反应，影响着历史的进程，同样也影响着文学发展的规律。因此，我们仍然坚持以"经济基础决定上层建筑"为出发点，但要强调经济因素起决定性作用并非直接作用于文学，首先应是决定整个社会生活方式，而文学恰恰离不开它的母

---

① 《马克思恩格斯选集》第四卷，人民出版社 1972 年版，第 507、478 页。
② 同上书，第 507、478 页。

亲——社会生活。由此又可见以文化为中介来研究文学发展之规律也是贯彻唯物史观不可或缺的手段。

经济基础通过文化影响于文学，有些属比较浅显、表层的，有些则属深层的文化心理的。前者如我国历史上南北文风差异的现象，就与人口迁移引起经济巨变有明显的关系。日本学者桑原骘藏有篇论文《历史上所见的南北中国》,[①] 轮廓分明地描画出中国文化逐渐南迁的历程。桑原氏用统计法论证南方开发之端绪始于秦汉，因晋室南渡而加速其进程，唐、宋、元、明继之，南方遂于户口、物力、文化诸方面赶上、甚或凌诸北方之上。桑原氏的研究为我们提供了一条由外族入侵引起汉族南迁，南方经济由是开发，进而引起文化变迁之线索。循此以求，我们发现，文学在南方的兴盛（特别是江左诗人群、江西诗社、闽中十子等的出现），与汉族南迁（特别是永嘉之乱、安史之乱与宋室南渡、元人入主几次大迁移）促成南方经济之开发，二者的轴线是接近于平行的。可见经济是通过文化迁移的中介对南北文风发生影响。而文化迁移本身也未能直接影响于南北文风之差异，它还必须通过这一运动过程中所引起的文化心理的变化这一深层的中介，才能进入文学本体。

文化心理，是"因"转化为"果"最关键的中介联系。一切外部影响，都必须通过文化心理这一中介过渡至文学本体，从而发生反应。我们不妨借用皮亚杰的公式来显示这一过程：

$$S \longleftrightarrow AT \longleftrightarrow R$$

图示：刺激（S）被个体同化（A）于认知结构（T）之中，引发反应（R）。这就是瑞士心理学家皮亚杰"发生认识论"著名的公式。与旧式 S→R 的反映论不同，这是一个双向联系的公式，在 S 与 R 之间有一个重要环节：AT。这个中介系统又称中介结构，是一个变量。也就是说，中介不只是一个静止的环节，它还是主体与客体在动态中互相作用而取得同一的过程本身。主体是通过中介建立认知结构去认识客体的。不妨说，有怎样的认知结构，就有怎样的对象世界。科学史家库恩为我们提供了生动的事例，他在《科学革命的结构》一书中说："规范改变确实使科学家们用不同的方式去看待他们的研究工作约定的世界。……在一次革命以

---

① 此文收入刘俊文主编：《日本学者研究中国史论著选择》第一卷，中华书局1992年版。

后，科学家们是对一个不同的世界在作出回答。"① 当化学家拉瓦锡发现氧之后，他获得了新视角，在同代人只看到原始土的地方看到了化合物矿石，"在发现了氧之后，拉瓦锡是在一个不同的世界工作。"② 与此相类，不同的文化心理使诗人们建构起不同的意象世界。就以自然界的山山水水为例，在《诗经》时代，先民将自然界视为生活环境与劳动对象，因此它只能是人的生活的一部分或陪衬。如《国风·葛覃》：

> 葛之覃兮，施于中古，维叶萋萋。
> 黄鸟于飞，集于灌木，其鸣喈喈。

这种亲和关系使诗人往往以自然为"引子"，表达相应的情感世界：

> 伐木丁丁，鸟鸣嘤嘤。
> 出自幽谷，迁于乔木。
> 嘤其鸣矣，求其友声。
> 相彼鸟矣，犹求友声；
> 矧伊人矣，不求友生？
> （《小雅·伐木》）

幽谷音响引发求友之思，是为"兴"。至如《国风·东山》："我徂东山，慆慆不归。我来自东，零雨其濛"；《国风·黍离》："彼黍离离，彼稷之苗。行迈靡靡，中心摇摇"等，更是进一层使自然界与心灵世界形成对应关系。不过，其中自然物仍是较原始的客观形态，并未离"生活环境与劳动对象"这一认识太远。

时至六朝，玄风大炽，士大夫以欣赏山水自然之美为解脱，"万虑一时顿滌，情累豁焉都忘"（湛方生《秋夜诗》），山水已不只是"引子"或"陪衬"，而是"道"的显现，"以玄对山水，山水以形媚道"，在山水诗中的山水，是独立的处于中心位置的主体。庄老告退，而山水方

---

① 库恩：《科学革命的结构》，上海科技出版社 1980 年版，第 91 页，重点号为引者所加。

② 同上书，第 97 页。

滋。"(《文心雕龙·明诗》）玄学孕育了山水，山水摆脱了玄学。谢灵运《初去郡》有云：

> 负心二十载，于是废将迎。
> 理棹遄还期，遵渚骛修坰。
> 溯溪终水涉，登岭始山行。
> 野旷沙岸净，天高秋月明。
> 憩石挹飞泉，攀林搴落英。
> 战胜臞者肥，止监流归停。
> 即是羲唐化，获我击壤声。

诗中景色不是"引子"，也非象征，是退职还乡途中实景，但在诗人眼中又与忘情无累之"道"合拍。"目既往返，心亦吐纳"；"情往似赠，兴来如答"（《文心雕龙·物色》）。人与自然发展为礼尚往来的"对话"关系，是"物我"的双向建构。

"情志合一"的唐人则改造了晋人以"目击道存"的方法看待山水，他们发现独立自足的山水不但存道，还含情。唐人着力开拓自家精神世界，并投射在山水之中，造成一个情景交融的艺术世界，真正达到"通天人，合内外"的境界。孟浩然绝句《宿建德江》云：

> 移舟泊烟渚，日暮客愁新。
> 野旷天低树，江清月近人。

虽然"野旷"一联与谢灵运上引诗"野旷沙岸净，天高秋月明"所描写舟行岸景极相近，但孟诗已无自己心绪的叙说，而"低"字、"近"字轻轻一点，使空间距离缩小了，自然似乎变得更可亲了，而诗人之情便在其中。谢诗主体与客体是对话关系，各自分明；孟诗则主体借助感受，"低"、"近"皆非客观如此，而是主观感受如此，潜入客体中，即情即景。这就是唐诗情景交融的境界。

以上三种由不同文化心理建构起来的意象世界表明：不同层次的认知结构产生不同层次的对象世界，而不同的文化心理又使诗人建构起不同的意象世界，形成山水诗发展的层次。文化，内在地参与了文学的建构活动。

二

　　文化不仅是文学与客观世界或经济基础之间的中介，它与文学还是互涵互动的系统与子系统的关系。于是文学便具有系统的特性，即既受文化大系统的制约，服从文化的总体规律，与其他各文化因素交互作用而产生整体效应，同时又相对地独立，有自身的发展规律。这就是文学同时具备的开放性与封闭性。如果不看到这一特性，只强调文化对文学的影响，就会将文学视同其他文化因素，只看到一般而忽视特殊，不可能发现文学自身真正的发展规律；反之，只强调文学"自身"的主体性，甚至排斥其他文化因素的介入，力图进行"纯文学"的研究，也同样要犯片面性的错误而不可能发现文学真正的自身规律。兹以五言律诗之建构为例说明文学这一既开放又封闭的两面性。

　　五言律大致经历了这样的历程：诗经、楚辞中已有五言句，至汉出现五言古诗，六朝始逐渐讲究声律对仗，至唐则定型为五言八句的讲究粘对的格律形式。这一进程是按文学形式内部规律进行的，并不因王朝治乱而进止，可视为封闭系统。但它又是开放的系统，受制于文化大系统，诸多文化因子交互作用介入五律的建构过程。如对偶，由于中国语言的特点，字词与音节的同步关系，所以两句诗之间要整齐对称是容易的。《诗经》中就有这样的句子：

> 溱与洧，浏其清矣。士与女，殷其盈矣。——《溱洧》
> 鳣鲔发发，葭菼揭揭。——《硕人》

　　也许这只是一些对语言特别敏感的诗人"妙手偶得"，可是一旦这种趣味与华夏"和而不同"的美学原则结合，就会成为一种倾向。这种倾向要求捉对儿表现事物或心象，要求相似或相反的对称美。在对称中求变化，同中有异，异中有同，得和谐之美。汉赋将这种倾向推向极致，整齐、对称形成一种建筑般堆砌之美。不过，堆砌毕竟板滞少变化，远未达到"和而不同"的境界。东汉末逐渐流行五言古诗，为这种倾向提供了新形式。五言隔行押韵，两句成一联，成为相对独立的对称的整体，这是很重要的变化。第一，五言诗"二／三"节奏比四言诗"二／二"节奏富有变化，而两句对称又使之同步而整齐；第二，两句并列容易造成时空对应，使十字的容量最大化。这又为诗人在整齐、对称中提供了腾挪跳掷的可能。也就是说，五言诗对联形式是与和而不同美学原则相适应的——只要诗人能正确使用它。至如声律，则与佛教传播有关，正是随着佛教东渐，在中印文化交流中，印度语言学启发了中国诗学家对声律之研究，才有"四声八病"说。[①] 声调与对偶是五律两大经纬，唐人以此交织出锦绣般完整的美的形式。兹举一式为例：

> 仄仄平平仄，平平仄仄平。
> 平平平仄仄，仄仄仄平平。
> 仄仄平平仄，平平仄仄平。
> 平平平仄仄，仄仄仄平平。

不难看出规律是：一句内平仄交替；一联间对应字平仄相反；两联间互"粘"，不致于雷同；全篇则由两组相"粘"的四联诗句组成，后四句的平仄格式与上四句的平仄格式是重复的。这正暗合了中国文化"和而不同"的美学精神，平仄的交替、对立、回旋，形成对抗过程间的复杂平衡，造成一种中国文化特有的整体的和谐。陈伯海曾用"起承转合"的模式讲解五律的美学功能与效果，如王勃《送杜少府之任蜀川》：

> 城阙辅三秦，风烟望五津。（起）
> 与君离别意，同是宦游人。（承）
> 海内存知己，天涯若比邻。（转）
> 无为在歧路，儿女共沾巾。（合）

---

① 陈寅恪认为"四声"是依据及模拟中国当日转读佛经之三声创造的。详见《金明馆丛稿初编·四声三问》，上海古籍出版社，第328—341页。

首联点明送别,颔联写别情,腹联拓开一步,转入知交之间的深相期许和自我宽慰,尾联归结到无须临歧泣别的劝勉。这种模式颇有利于拉开各联之距离,给诗人以盘马弯弓的空间。律诗定型于四联八句,恐怕与此体制能在最经济的限度内实现"起承转合"的需求有关。① 我还认为,这也暗合于中国美学中"往而复返"的审美情趣。中国人是讲究有限中见到无限,又于无限中回归有限。其意趣不是一往不返,而是回旋往复。五律通篇结构与此精神意趣相合,不但"起承转合",每联也都重复着"二/三"节奏,"鲜明地显示出一联诗就是一个单位。从而这两行诗读起来就像带有领唱与和唱的赞美诗的两个部分。作为一个完整的乐句,它的展现与应和构成了一个独立自足的回环体"。② 而一联中的对仗,"犹如镜中的影像两两相对……如果你能用彩色将这些格式的安排画出来,一种视觉上的平衡感随即就能显现。这种封闭的样式,每一部分都被它的对立物所平衡,创造出一个完整、自足的象征。"③ 由此可见,五律形式之构建有文化因素的介入。其过程固然由声韵音节等规律当家,但其所处时代的文化心理还要当你的家,五言八句声律的安排并非随意,而必须是符合于中国人当时的文化心理,这就是封闭与开放并存的两面性。

文学作为子系统而从属于文化大系统,还体现在文学与其他文化因子的整体效应上。"非加和性"是系统的一个重要的本质,即整体大于各部分之和,其整体功能、特性并非各组成部分的功能、特性的简单叠加。因此,要理解作为子系统的文学现象并探寻其规律,就必须"以大观小",对文化大系统的现象及其规律做研究,在文化中理解文学。"盛唐气象"颇为典型地显示了这一关系。

我们以"盛唐气象"指称盛唐文化精神,同时又以"盛唐气象"指称盛唐诗的特征,正因为后者是前者最典型的体现。自文学自身言之,则诗至盛唐而各体大备,乐府、五七言古、五律、绝句及七律已日趋成熟,但远未熟透,为盛唐人留下足够的创造的余地。自文化整体言之,盛唐文

---

① 陈伯海:《唐诗学引论》,知识出版社 2007 年版,第 156—157 页。
② 宗白华:《艺境》,北京大学出版社 1987 年版,第 213 页。
③ 高友工:《律诗的美学》,《美国学者论唐代文学》,上海古籍出版社 1994 年版,第28、45 页。

化正处于封建社会由中古进入近古的转折点上，是中国封建社会的青壮年时期。二者都处于富有包孕的关捩点上。而盛唐诗的总体风格是严羽所说："盛唐诸公诗如颜鲁公书，既笔力雄壮，又气象浑厚。"（《答出继叔临安吴景仙书》）也就是传为司空图所作《二十四诗品》第一品："雄浑"。这也是盛唐文化的总体风貌。关于唐文化的绚烂多姿、生动活泼、大气磅礴已广为人知，此处毋庸赘述。笔者只想指出，盛唐文化的雄浑博大与唐王朝兼收并蓄的文化政策有关。总的说来，唐代思想界较自由，"三教并用"外，景教、祆教、摩尼教等都得各行其道。同时，初盛唐诸帝都颇重视本土文化的整理，如太宗移史馆于禁中，专修国史，修成《晋书》、《梁书》、《陈书》、《北齐书》、《周书》、《隋书》和南北史等。盛唐时则有《贞观政要》、《唐六典》、《史通》等重要的著作。孔颖达、颜师古等撰成《五经正义》，集儒学之大成，将汉以来歧见纷出的儒家学说集中并统一起来，为后来新儒振起做准备。对南、北文风，也力倡融而为一。魏征《隋书·文学传序》所倡导的"掇彼清音，简兹累句，各去所短，合其两长，则文质彬彬，尽善尽美"，化为唐人的实践，六朝的形式美被改造为壮大中的华丽雍容。尤其值得重视的是唐统治者对外来文化兼容的态度。《资治通鉴》卷198载唐太宗云："自古皆贵中华，贱夷狄，朕独爱之如一，故其种落皆依朕如父母。"从当时北方诸民族尊太宗为"天可汗"的事实看，这话是有一定的根据的。唐朝任用大量少数民族及外国人为文武大臣也是众所周知的，而定居京都及来往国内的外商之多，胡饼、胡帽、胡床之盛行，外来音乐与舞蹈普遍为人们所爱好，这些事实又证明唐代统治者对外来文化是兼收并蓄的，心态是健康的。甚至对待敌对面，唐王朝统治者也是充满自信，如《唐音癸签》卷27所云："更可异者，骆宾王、上官婉儿，身既见法，仍诏撰其集传后，命大臣作序，不泯其名。"这就为唐人提供了一个在封建时代极罕见的宽松的人才环境，故唐文人精神面貌之振奋、开朗、活跃、入世，也是后期封建社会所罕见的。唐文人的精神面貌是充满自信力的文化心理之反映，而这种心理正来自个体的情志与民族、国家利益之一致，与唐代长期稳定，经济繁荣昌盛，国力强大，有直接的关系，人们对此已有共识。盛唐诗的风格，是绚丽多彩、博大雄浑、意气风发的唐文化精神经诗人主体内化的结果。诗歌的"盛唐气象"与文化的"盛唐气象"乃是同心圆，前者为后者所涵盖包容，其互涵关系可以下图表示：

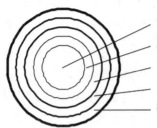

诗歌风格：雄浑

文人精神面貌：振奋、开朗、入世

文化心理：兼收并蓄，情志合一，民族自信

文化面貌：绚丽多彩，博大雄浑，意气风发

根本原因：经济繁荣，国力强大

## 三

　　文化的中介作用及其与文学的系统、子系统关系，更深刻地体现为文化自身的建构制约，驱动着文学的建构，促成其演进；而文学又以其自身的变革参与文化建构，二者形成双向同构的运动。由于文化构型是随着经济基础和社会生活方式的变迁而变迁，不断处于转型的运动之中，作为文化有机组成部分的文学势必随之运动。在整个运动过程中，文化整合作用是关键。

　　所谓构型，就是各种因素的综合整体。文化构型指文化的内在整体结构。文化构型内部诸多因素是变量，它们交助作用，产生合力，驱动文化构型的嬗变。本尼迪克特认为：

　　　　一组最混乱地结合在一起的行动，由于被吸收到一种整合完好的文化中，常常会通过不可思议的形态转变，体现该文化独特目标的特征。[1]

　　这就是说，每种文化构型内部产生的合力，具有整合的作用，选择或强化某些行为因素，排除或抑制其他因素，从而给"最混乱"的文化行为予某种秩序。对文艺来说，也就是确立某种鉴赏规范。而纷呈杂陈的诸多文艺形态则在新鉴赏规范的制导下接受文化整合的选择、淘汰，并因之

----

①　鲁思·本尼迪克特：《文化模式》，张燕等译，浙江人民出版社1987年版，第45页。

或适应或消灭，或强化或蜕变，不是长江一浪叠一浪式的线式发展，而是这里停滞了那边却孳生着，一种形态引出另一种形态，一种现象衍生出另一种现象，多元并进，呈蔓状延伸。中唐至北宋新鉴赏规范的确立及其制导作用是个范例。中唐是我国文学史上少有的繁荣期，风格之多样，形式之繁富，恰似一片茂密的热带雨林。其间有元、白"新乐府"，有韩、柳"古文运动"，有"叙事婉转"的唐代传奇，有崛起的新形式——词。林林总总，美不胜收。但众多的形式与风格辗转至北宋，则"文宗"归乎韩愈，"诗圣"独属杜甫，其间生生灭灭断断续续，似有一只"看不见的手"在冥冥中操纵。这只手，就是文化整合。

闻一多先生曾将汉建安至唐天宝这五百五十年间文学划为"门阀贵族文学"，而将唐天宝十四载后至民国九年五四运动计一千一百多年文学，划为"士人文学"。① 这是两种不同文化构型中的文学，中唐，是两种文化构型交替的关捩点。笔者曾以此为出发点，撰写《文化建构文学史纲（中唐—北宋）》，描述了在文化构型嬗变中的这段文学史。（请参看本辑节选之"文化建构文学史纲"）

综上所述，将文化视为外部世界对文学发生影响的中介系统，并阐明之间互涵互动的系统与子系统的关系，在整个文化建构的运动过程中去发现文化整合对文学史发展的作用，这就是我称之为"文学的文化建构"的内涵。

（原载《东南学术》1994 年第 4 期）

---

① 郑临川：《闻一多先生说唐诗》（上），载《社会科学辑刊》1979 年第 4 期。

# 从工具性到构建性
## ——象言

　　中国传统文论对语言的认识固然不脱工具说之范围，但有其特殊性而与西方摹仿说不尽相同，不妨称之为"象言"说。

　　先民对语言的局限性早有觉察，所以另立"象"以"尽意"。《周易·系辞上》称："圣人有以见天下之赜，而拟诸其形容，象其物宜，是故谓之象。"老子《道德经》亦云："道之为物，唯恍唯惚。惚兮恍兮，其中有象；恍兮惚兮，其中有物。"以象尽意，事实上就是对意义整体的追求，企图以"象"涵盖在场者与隐蔽者。王弼《周易略例·明象》说得透彻：

> 　　夫象者，出意者也。言者，明象者也。尽意莫若象，尽象莫若言。言生于象，故可寻言以观象；象生于意，故可寻象以观意。意以象尽，象以言著。

　　言、意、象三者的关系很明确，言不是直接表意，而是"明象"，象是言与意之间的中介。这与西方摹仿论有重大区别。而以象形性为根基的汉字，又成就了这种整体直观的意会思维。有人将汉字比作集成电路，含有最大的信息量，其"孤立语"的一词一义性质可灵活地组合，又强化了汉字的直观形象性，使汉语思维过程呈现出"卡通"式的图景跳跃，在思维过程中超越了语词。汉语及其思维的特性一旦与"文学的自觉"相结合，就可能使中国文论走上以"情景论"为核心的特殊道路。处于"言意之辨"与"文学自觉"交叉点上的中古时期，由是引起我们的关注。

让我们从文笔之辨切入。

据郭绍虞《文笔与诗笔》之考析①，文笔之分起于六朝；当时文笔分言有两类，一是专就文章体制而言者，如《文心雕龙·总术》云：

> 今之常言有文有笔，以为无韵者笔也，有韵者文也。

一是兼就文学性质而言者，如萧绎《金楼子·立言》云：

> 不便为诗如闾纂，善为章奏如伯松，若此之流，泛谓之笔。吟咏风谣，流连哀思者，谓之文……笔退则非谓成篇，进则不云取义，神其惠巧，笔端而已。至如文者唯须绮縠纷披，宫徵靡曼，唇吻遒会，情灵摇荡。

罗宗强认为，后者所认为的"文"的特征，可概括为词采、声韵、情感三方面。并认为，这是一个反映文的观念变化的极重要信息，即要划分出纯文学来的想法②②。所言是。尤值得重视的我认为还在于对文学语言本身的重视。萧统《文选序》述其去取标准，将经、子、史排除在外，又云：

> 至于纪事之史，系年之书，所以褒贬是非，纪别异同，方之篇翰，亦已不同。若其"赞论"之综辑辞采，"序述"之错比文华，事出沉思，义归乎翰藻。故与夫篇什，杂而集之。

对此有两种解析，一种以为"沉思翰藻"应是《昭明文选》之总体标准，朱自清则主此说，并在《〈文选序〉"事出于沉思义归乎翰藻"说》一文中详加考析，得出结论称："合上下两句（即'事出于沉思，义归乎翰藻'）浑言之，不外'善于用事，善于用比'之意。"③另一种解析是认为二句应指史传中的赞论、序述而言，并非总标准，罗宗强主此

---

① 郭绍虞《照隅室古典文学论集》上编，上海古籍出版社1983年版，第158页。
② 罗宗强《魏晋南北朝文学思想史》，中华书局1996年版，第372—378页。
③ 朱自清《朱自清古典文学论文集》，上海古籍出版社1980年版，第50页。

说，并称："'翰藻'，即'综辑辞采'、'错比文华'。"（上引书，页403）总之是"看重深思与辞采，特别是辞采之美"。无论如何，两种说法都认为《文选》去取标准重视语言的文学性，"辞采之美"不必论，"善于用比"也是强调语言的文学意味，盖比喻是"文学语言之根本"。对文学语言自在性的重视无疑是文学史的一大进步。

问题还在于对文学语言与象之关系的认识。该时期值得重视的文论有钟嵘《诗品》，他提倡"巧构形似之言"，如果与他的"文已尽而意有余，兴也"、"观古今胜语，多非补假，皆由直寻"的主张合看，则所谓的"巧构形似之言"，也就是"象言"。即以言明象，以象尽意。言之所以能有余味，就在于能构建出艺术之象，感发读者整体直观的意会思维，通过在场者（"直寻"出的"象"）逗出隐蔽者（"意义整体"）。后代殷璠"兴象"说，王昌龄"意境"说，司空图"象外之象"说，王夫之"情景"说，无不遁此以求。尽管诗论家极力强调象外之味，但其实都看重象言本身，兴象并举。所以无论诗人将话说得多么绝："不著一字，尽得风流"，但毕竟不是禅家棒喝，他们还是要炼字、炼句，执着于象言本身。以此反观中古时期"文笔之分"与"沉思翰藻"诸说，或可明白其时先觉者已悟及语言的构建性，自觉到语言的诗性使用，并力图建立诗歌的特殊语言。林庚教授以其诗人的敏感觉察到这一动向。在《唐诗的语言》一文中他指出："语言的诗化，具体的表现在诗歌从一般语言的基础上，形成了自己的特殊语言。"[1] 如"妖童宝马铁连线；娼妇盘龙金屈膝"之类句法，一律没了动词，"一洗万古凡马空"也只能是诗中的语法。但语言诗化的更重要标志是形象化，如庾信诗赋乃至文章中的语言："霜随柳白，月逐坟圆"、"一寸两寸之鱼，三竿两竿之竹"、"雪高三尺厚，水深一丈寒"，"一丛香草足碍人，数尺游丝即横路"等，连数字也有鲜明的形象性了。至如杨炯《骢马》"夜玉装车轴，秋风铸马鞭"；李白《长相思》"昔日横波目，今作流泪泉"等，都是诗歌特有的语言。

然而诗歌语言还有其更深层的特殊性。作为"孤立语"的汉语，并没有印欧文字性、数、格、时态的变化，其词义是借词序变化形成的语境来显示。因此，汉字的组合一旦与对偶、声律结合，构成律诗，别具有某

---

① 林庚《唐诗综论·唐诗的语言》，人民文学出版社 1987 年版，第 86 页。

种"语言转向"的意义。

杜诗的语言便是一种创构情感意象的典型语言。

先看其字词的特殊组合。杜诗组词往往将景物与情志紧密结合到"化合"的程度。如《秋兴八首》名句:"香稻啄余鹦鹉粒,碧梧栖老凤凰枝。"此联千古聚讼,甚至有认为"简直不通"、"全无文学价值"者。而辩之者则云是"倒装句法",是"语序颠倒"云云。萧涤非师曾在《杜甫研究》中指出:此联"并不是什么倒装句",而是"以名词作形容词用"。①"鹦鹉粒"便是一个组合的整体。再如《秋尽》云:"篱边老却陶潜菊,江上徒逢袁绍杯。""陶潜菊"、"袁绍杯"为何物?它只能是艺术世界中才有的特殊"品种",是诗人用语言创构出来的"象"。至如"天畔登楼眼"、"画图省识春风面"、"岸风翻夕浪"云云,"登楼"与"眼","春风"与"面","岸"与"风","夕"与"浪"铸成诗的"合金"。而"影著啼猿树"固然可释为:身羁峡内,每依于峡间之树,而峡间之树多著啼猿。但如此分解,"啼猿树"之意味又何在哉!"伤心丽"三字更是混沌不可凿,是"壮丽"、"清丽"、"华丽"……诸多"丽"之外的又一新品种,是诗人独特感受与"清江锦石"化生而成的一个独立的生命!

再看其句中词序。杜诗语序多"以意为之";如《放船》云:

青——惜峰峦过。
黄——知橘柚来。

由第一眼的印象到引起感受的情绪,再到理性的判断,不正是所谓"意识流"所追求的效果?《春日江村五首》有句云:"经心石镜月,到面雪山风。"这样的语序,难道不是惟妙惟肖地绘制出诗人因感受的强烈才引起对事物的关注的思维轨迹?杜甫善用汉字的视觉性,恰恰就表现在他似乎不经心地将这些客观上无序的共时画面组合成有序的诗的语法,从而精确地表达了自己的感受,并尽量减少耗散地传递给读者。《曲江对酒》云:

---

① 萧涤非《杜甫研究》,齐鲁书社 1980 年版,第 105 页。

　　　　　桃花细逐杨花落，
　　　　　黄鸟时兼白鸟飞。

　　在自然界，桃花杨花本是错杂纷下，而黄鸟白鸟也无所谓谁伴谁飞。经杜甫组织入诗，"兼"字、"逐"字化无序为有序，人情便在其中：律诗的结构使读者自然而然地与下联"纵饮久判人共弃，懒朝真与世相违"形成对比，人弃世违，之感不由升上心头。可见词序之变化使诗化语言具有摹仿心理轨迹韵能力，进而具有塑造心理形象的能力。

　　叶燮《原诗》卷三篇下曾对杜诗语言的这种创构能力表示惊叹：

　　　　昔人云：王维诗中有画。凡诗可入画者，为诗家能事，如风云雨景象之至虚者，画家无不可绘之于笔，若"初寒"、"内外"之景色，即董巨复生，恐亦束手搁笔矣！

　　杜诗《冬日洛城北谒玄元皇帝庙》有云："碧瓦初寒外"。无象无形之"初寒"如何能在有形有质的碧瓦之"外"？这是"不可能图形"，但就感受而言，却是可能。仰视巍巍玄元寺，觉碧瓦之高置，俨然超乎充塞人间之寒气，故非"外"字不可。它将作者对高华壮丽的玄元寺的感受，借碧瓦之实体传达给读者，是所谓"逞于象，感于目，会于心"者。此类在杜诗中俯拾皆是，如"星临万户动，月傍九霄多"，"晨钟云外湿"，"高城秋自落"云云。月光之"多"，钟声之"湿"，秋之"自落"，都是用语言创构之象，是为"象言"。

　　然则杜诗意象高妙之处还在于整体的构建，意象之间相互作用，幻化出无穷之意味。试读胡应麟誉为"古今七言律第一"的名篇《登高》：

　　　　风急天高猿啸哀，渚清沙白鸟飞回。
　　　　无边落木萧萧下，不尽长江滚滚来。
　　　　万里悲秋常作客，百年多病独登台。
　　　　艰难苦恨繁霜鬓，潦倒新停浊酒杯。

　　律诗好比一座拱桥，借助对偶、声律、语序，使字与字之间，词与词之间，句与句之间，联与联之间产生张力，共构一个整体语境。此诗"万里"一联含八九层意，或云他乡作客一可悲，经常作客二可悲，万里作客三可悲，况当秋风萧瑟四可悲，登台易生悲愁五可悲，亲朋凋零独去登台六可悲，扶病而登七可悲，此病常来八可悲，人生不过百年，病愁中过却九可悲。这八九层意，正是来自万里、悲秋、作客、百年、多病、独、登台等字词的交错组所产生的多重意象。各种意象交互组合，你中有我，我中有你，如镜镜相摄，意味叠出焉。整首诗中风急、天高，渚清、沙白，猿啸、鸟飞，萧萧落木、滚滚长江……互为斗拱，交织共时，是秋的和弦，秋的场景，秋的气息。至此，诗中秋景已非夔州实暴，而是"离形得似"之艺术幻境，是读者无须亲临夔州即可感受到的一个秋景；诗中悲秋之情也不仅是杜甫个人情绪，而是从个人生活经验中提取的具有普遍意义的审美经验，也就是以诗语象言组合而成的一种感人形式。诗歌语言的构建性至此已不必有太多的凭证了，而诗歌语言的构建性正是情景论演进之基础，没有这种构建性的语言，意象、境界的创构便要落空。我深信，文学史的进程便是语言诗化的进程。散文如张岱《陶庵梦忆》，其语言的诗性使用，已臻圆美，如《湖心亭看雪》一节：

> 雾淞沆砀，天与云、与山、与水，上下一白，湖上影子，唯长堤一痕，湖心亭一点，与余舟一芥，舟中人两三粒而已。

其语言的形象性不让唐诗。再如小说《红楼梦》，百回连绵，不就是一首缠绵悱恻的抒情长诗？其中自有取不尽的诗情画意。语言的诗性使用是文学家永恒的使命。

最后，我想对"典故"这一特殊的语言现象作一"切片"式探究，以期窥见语言由工具性向构建性转换的奥秘。

典故，本是浓缩了的叙事语言，当它进入诗国，便有"隔"与"不隔"之别，其实也只是诗化程度之别。好比食物，对人是否有营养，还要视其被消化的程度。

文学史家大都注意到赋的诗化，却于诗的赋化着墨不多。但六朝至盛唐的文学史进程都表明这是二者交互作用的过程，而典故由工具性转向构建性则宜置诸二者互动之中来观察。或云："汉以后无赋。"就赋的发展而言，两汉以来一直在演进；至宋方入衰微；就其骈辞大赋的"巨丽"精神而言，则奠定了中国文学的某种基本特质，流行于各种文体而不衰。所谓赋的巨丽精神，体现在艺术上便是"铺采摛文"的手法，秀错绮交地造成包罗繁富气势宏阔的形式美。六朝各种文体中讲究铺采摛文的形式美，应视为赋的精神之渗透。马积高《赋史》曾指出：庾信后期文风"由华艳新巧变为沉郁秾丽"；又认为，庾信在梁时作赋与沈约、萧纲诸人同类之作并没有什么根本区别，"但也有某些细小的差别：一是用典多，如《春赋》开头十二句就用了八个典"，云云。[①] "用典更多"是一个重要信息，在其晚期有更充分的展现。陈寅恪《读哀江南赋》中有一段深刻的论述云：

> 兰成（庾信小字）作赋，用古典以述今事。古事今情，虽不同物，若于异中求同，同中见异，融会异同，混合古今，别造一同异俱冥，今古合流之幻觉，斯实文章之绝诣，而作者之能事也。[②]

用典虽是"古已有之"的手法，但善用古典以述今事，有意通过古典与今事的异同对比，别造一同异俱冥的完整的艺术世界，应自庾信始，而《哀江南赋》则堪为典范。试读下文：

> 下江余城，长林故营。徒思拑马之秣，未见烧牛之兵。章曼支以毂走，宫之奇以族行。河无冰而马渡，关未晓而鸡鸣。忠臣解骨，君子吞声。章华望祭之所，云梦伪游之地。荒谷缢于莫敖，冶父囚于群帅。硎穽擢拉，鹰鹯批攒。冤霜夏零，愤泉秋沸。城崩杞妇之哭，竹染湘妃之泪。[③]

前四句引田单守即墨反败为胜故事，"徒思"、"未见"，反用其事也。征诸史实，梁将王琳所部甚盛，又得众心，为元帝所忌，迁于岭外。故武宁之战，征王琳赴援不及，遂失江陵。倪注云："言此武陵郡下江、长林

---

① 马积高《赋史》，上海古籍出版社 1987 年版，第 239—240 页。

② 陈寅恪《金明馆丛稿初编》，上海古籍出版社 1980 年版，第 209 页。

③ 懦本文所引庾作，咸见倪瑶注（庾子山集），中华书局 1980 年版。

本可固守，惜无良将，所以见败也。"反用田单故事亟见叹惋之情。接下来又用一连串典故摹拟了江陵败亡之日，士大夫及无辜百姓奔走、受杀戮的惨状。其中用章曼支、宫之奇流亡故事，不但指世家大族难逃此劫，更是抒发"忠臣解骨，君子吞声"之愤懑，对梁元帝猜忌王琳、陆法和、谢答仁诸人，拒谏孤行，致使国事不可挽回，表示了强烈的不满与愤恨！"摺拉"、"批攒"更是活现了当日的人间地狱。倪注引《元帝纪》载当时帝王将相被俘被戮之惨状，且魏军"乃选百姓数万口，分为奴婢，小弱者皆杀之"。荒谷之缢，冶父之囚，拉胁折齿云云，就不再是古人受难，而是千百万当时人民的受难！如果我们联系到庾信《伤心赋序》中提及的二男一女死于金陵丧乱，而其老母妻子亦在被掳北上的难民流中，则"冤霜夏零，愤泉秋沸。城崩杞妇之哭，竹染湘妃之泪"所迸发的就不是什么典故，而是自家的血泪之情！尤能见庾氏"别造一同异俱冥，今古合流"之境界者，当推下面一段文字：

> 水毒秦泾，山高赵陉。十里五里，长亭短亭。饥随蛰燕，暗逐流萤。秦中水黑，关上泥青。于时瓦解冰泮，风飞雹散。浑然千里，淄、渑一乱。雪暗如沙，冰横似岸。逢赴洛之陆机，见离家之王粲。莫不闻陇水而掩泣，向关山而长叹。况复君在交河，妾在青波。石望夫而逾远，山望子而逾多。才人之忆代郡，公主之去清河。栩阳亭有离别之赋，临江王有愁思之歌。别有飘飘武威，羁旅金微。班超生而望返，温序死而思归。李陵之双凫永去，苏武之一雁空飞。

北地之黑水白山与古事今情浑然一体，绵丽之词，哀怨之情，虚虚实实，恍兮惚兮，是一艺术幻境，却使人感到真实。自"逢赴洛之陆机"以下，种种生离死别之典故层见迭出，似十面埋伏，又似铁网珊瑚钩，疏而不漏，务使不可言状之情绪在博喻中显现。诸多故典从不同视角照明同一心理形象，或夫妻离散，或才人下嫁，或公主落难，或壮士去国；班超、温序，生生死死；陆机、王粲，有家难回；李陵更是屈身事敌有国难奔。庾氏正是以这些不同视角的诸多典故，极力摹拟了自身在亡国破家时那万端的愁绪与矛盾心态。事实上庾氏遭际，是任一单向典故所难穷尽的，其中既有妻离子散之悲苦，又有公主才士落难之委屈，更有羁臣降将的无奈与尴尬，实在是非博喻不足达其情。而就读者方面说，诸多事典又为之留下广阔的联想空间。"作者未必然，读者未必不然"，如班超、温序、苏武之忠贞，想来庾氏未必敢攀附，但读者则尽可联而系之，使原文更增一层悲壮苍凉之色彩。加上"水毒秦泾，山高赵陉"、"饥随蛰燕，暗逐流萤"之类似用典似写景，清词丽句穿插其间，更使读者如置身黑水白山，感受亲切。层积，可成沉郁；绵丽，更见悱恻。这又是以抒情为主，淳澶缠绵情调的屈赋的复归。如果说汉赋是以铺叙实物造成繁富阔大之气象，那么庾赋则以敷陈事典层积而成沉郁苍凉之风格。庾信有意将这一敷陈事典的手法移植至诗中，却未臻厥美。

《拟咏怀诗二十七首》是庾信成就最高的一组诗，倪注称其："皆在周乡关之思，其辞旨与《哀江南赋》同矣。"不但辞旨同，有相当一部分诗手法亦与赋同。如下引这首：

> 周王逢郑忿，楚后值秦冤。
> 梯冲已鹤列，冀马忽云屯。
> 武安檐瓦振，昆陌猛兽奔。
> 流星夕照镜，烽火夜烧原。
> 古狱饶冤气，空亭多枉魂。
> 天道或可问，微兮不忍言。

所写境遇与上引《哀江南赋》"下江余城"一段相类，也都用敷陈事典的手法，但诗的效果似较次，原因在于诗自有体，贵在比兴，与读者相感应而共构意境，太多的事典易窒息读者的想象力。如何使古事融于今情，典故化为意象，这一课题还有待唐人杜甫来解决。

高友工《律诗美学》对盛唐晚期杜甫之宇宙观做了研究，认为：简单意象的叠置不再适于表达复杂的意义。他（指杜甫）有意通过用典来建造一个意象世界。因为事典可以引入简单意象无法表达的复杂的意义维度。[①]

认为这正是杜诗对庾赋进行改造的出发点，在敷陈事典之外，更着力

---

① 乐黛云等编选：《北美中国古典文学研究名家十年文选》，江苏人民出版社1996年版，第99页。

于用古典述今事，古事今情，化为具有丰富的历史文化内涵的意象、意境。且读其《登楼》诗：

> 花近高楼伤客心，万方多难此登临。
> 锦江春色来天地，玉垒浮云变古今。
> 北极朝廷终不改，西山寇盗莫相侵。
> 可怜后主还祠庙，日暮聊为《梁甫吟》。

前六句的结构好比古建筑的"斗拱"，钩心斗角，相互扶持。浦起龙《读杜心解》卷四之一，该诗笺云：

> "花近高楼"，春满眼前也。"伤客心"，寇警山外也。只七字，涵盖通篇。次句中说醒亮，三从"花近楼"出，四从"伤客心"出，五从"春来天地"出，六从"云变古今"出。论眼内，则三、四实，五、六虚。论心事，则三、四影，五、六形也。而两联俱带侧注，为西戎开示，恰好接出后主祠庙来。

简言之，全篇由首句辐射出，正、反相承，互为虚实。"锦江春色"是天地自然，是永恒，是"正"；"玉垒浮云"是暂时性的，是"变"。"北极朝廷"，朝廷似北极之永恒也，是"正"；"西山寇盗"则是猖獗一时者，是"变"。由此引出尾联，同样是：后主虽昏庸，但代表"正统"，只要有能吟《梁甫吟》的诸葛亮一流人物在，事仍可为。故浦注又云：

> "后主还祠"，见帝统为大居正，非么麽得以妄干矣，是以"梁甫"长"吟"，"客心"虽"伤"而不改其浩落也。于正伪久暂之间，勘透根源，彼狡焉启疆者，曾不能以一瞬，不亦太无谓哉！

我认为此解颇得杜诗心。也由此可见其用典已不仅是"暗示"些什么（如钱注所云"托讽于后主之用黄皓"），它蕴含着更为复杂的历史文化的意义，不妨看作一个文化符号，体现着历史文化的历时性与共时性。如何使事典转化为具有深刻意蕴与鲜明形象性的历史文化符号，正是杜甫晚期所致力的诗学课题。

庾信在事典的意象化方面有成功的经验。《哀江南赋》云"饥随蛰燕,暗逐流萤",云"石望夫而逾远,山望子而逾多"。既用典故,又具形象。《小园赋》云"龟言此地之寒,鹤讶今年之雪",用典叙今事不但贴切,且具鲜明的形象性。倪注"龟言"用苻坚事,"客龟"言:"我将归江南,不遇,死于秦。"解梦云为亡国之征。"鹤讶",用《异苑》寓言,二鹤语于桥下:"今兹寒不减尧崩年也。"言梁元帝死,若尧崩。从中我们既感受到庾信之处境与情绪,又感受到北地之寒气。

杜甫在这方面更有突破性的进展。且读其《禹庙》诗:

> 禹庙空山里,秋风落日斜。
> 荒庭垂桔柚,古屋画龙蛇。
> 云气嘘青壁,江声走白沙。
> 早知乘四载,疏凿控三巴。

浦起龙笺曰:

> 三、四,孙莘老云:苞"桔柚"、驱"龙蛇",皆禹事。愚按:妙在只是写景,有意无意。"青壁",谓庙外崖壁,正在"白沙"之上。"嘘"之"走"之,造物之气势,即神禹之气势也。神理与结联叹颂禹功一片。

浦注云云,无非是说杜诗已将大禹事迹化入实景中。高友工对此有精辟的见解,他认为此诗有两层意义,"第一层,每句诗都是围绕禹庙或其周围景物的描写,并以这种对具体事物的描写统一全诗;第二层,每句诗都提到了禹王那些流传至今的丰功伟绩,在这些业绩的衬托下,禹王的形象显得格外高大,因此而成为统一全诗的另一个中心。"[①] 他将这种现象称为"整体性典故"。我认为这种"整体性"意味着事典已完成其意象化。也就是说,杜甫以特殊的用典方式实现了艺术幻象的创造。

---

① 高友工、梅祖麟:《唐诗的魅力》,上海古籍出版社 1989 年版,第 165 页。

综上所述，语言的诗性使用，使之由工具性走向构建性，由"明象"进而"造象"。"意境"可视为象言所构建的艺术世界。据说，一秀才读李白《梦游天姥吟留别》诗，神往之至，乃游天姥。但一到实地则大失所望，盖"一小丘耳"！原因就在李诗之天姥，非天造地设之天姥，乃经过诗歌语言所加工者也。中国传统文论走上与西方摹仿说不同的道路，自有其对"象言"认识的基础。

小结。本章着重讨论建立在感应论基础上的一些传统文学观。通过与西方文论之比较，对情志、兴象、境界及象言诸范畴进行再认识，认为这是一套自成体系的话语，经过现代阐释，以之反观中国文学史现象，自可增进认识，加深理解。而与汉语特性及其诗性使用密切相关的"情志—兴象—境界"这一"创作—接受"过程，则是中国文学史不可忽视的深层结构，关涉到整个中国诗学的思维方式。然而，要宏观地把握中国文学史演进规律，单靠对传统文论的再认识是不够的，我们还必须有个大的脚手架，也就是新的认知模式。

（节选自《文学史新视野》，
北京大学出版社，2000 年版）

# 文化选择及其从俗趋势

万历汤评本《花间集》汤显祖叙称:"自三百篇降而骚、赋,骚、赋不便入乐,降而古乐府;古乐府不入俗,降而以绝句为乐府;绝句少宛转,则又降而为词。"还可以接下说:词降而为元曲,为明传奇。中国韵文演进史一个"俗"字了得。然而,这是一个需要证明的规律。我们尤感兴趣的是:什么力量驱动了这一演进?也就是汤因比所谓的"这个怎样从那个产生出来"?

一

丹纳曾用"精神气候"说解释文艺的演进,认为"不管在复杂的还是简单的情形之下,总是环境,就是风俗习惯与时代精神,决定艺术品的种类;环境只接受同它一致的品种"。① 以中世纪欧洲风行四百年的哥德式建筑为例,当时战争与饥荒不断,深重的苦难使人厌世,人们耽于病态的幻想。哥德式建筑形式上的富丽、怪异,大胆、纤巧、庞大,正好投合了人们病态的审美趣味,成为苦闷的象征,发展为教堂、宫堡、衣着、桌椅、盔甲的共同风格。

审美趣味的选择与导向作用,在中国文学史上同样可以找到例证。曹操的名篇《蒿里行》与《薤露》,原是挽歌的形式,崔豹《古今注》称:

《薤露》、《蒿里》,泣丧歌也。……《薤露》送王公贵人,《蒿里》送士大夫庶人。

曹操正是利用这种挽歌的形式言志,请看二者之间的联系:

---

① 丹纳著:《艺术哲学》,傅雷译,人民文学出版社 1983 年版,第 39 页。

古辞《薤露》：

　　薤上露，何易晞。
　　露晞明朝更复落，人死一去何时归？

古辞《蒿里》：

蒿里谁家地？聚敛魂魄无贤愚。
鬼伯一何相催促，人命不得少踟蹰。

曹操《薤露行》：

　　惟汉二十世，所任诚不良。
　　沐猴而冠带，知小而谋强。
　　犹豫不敢断，因狩执君王。
　　白虹为贯日，己亦先受殃。
　　贼臣持国柄，杀主灭宇京。
　　荡覆帝基业，宗庙以燔丧。
　　播越西迁移，号泣而且行。
　　瞻彼洛城郭，微子为哀伤。

曹操《蒿里行》：

　　关东有义士，兴兵讨群凶。
　　初期会盟津，乃心在咸阳。
　　军合力不齐，踌躇而雁行。
　　势利使人争，嗣还自相戕。
　　淮南弟称号，刻玺于北方。
　　铠甲生虮虱，万姓以死亡。
　　白骨露于野，千里无鸡鸣。
　　生民百遗一，念之断人肠。

余冠英《三曹诗选》指出:"《古今注》说古《薤露》是王公贵人出殡时用的,《蒿里》是士大夫庶人出殡时用的。曹操这两篇,《薤露行》是以哀君为主,《蒿里行》则是哀臣民,似乎也有次第。"甚是。曹操之所以采用哀歌言志,是有其时代的心理依据的。《后汉书·周举传》载大将军梁商大会宾客,"酣饮极欢,及酒阑倡罢,续以《薤露》之歌,座中闻者皆为掩涕。"又,应劭《风俗通》称:"时京师殡、婚、嘉会,皆作魁儡,酒酣之后,续以挽歌。"难怪曹丕《与朝歌令吴质书》会说:"高谈娱心,哀筝顺耳。"在那"世积乱离,风衰俗怨"的时代,所谓"乱世之音怨以怒",挽歌以其哀怨的情调投合乱离人特有的审美趣味,成为时人喜闻乐见的形式。如果再考虑到曹操同时将古辞杂言改为时兴的整齐的五言,则可推见曹氏是充分考虑到世俗的爱好而有意识地选择了以哀歌言壮志的形式。这是作家个人爱好与世俗同步而形成选择之一例。

## 二

然而,不同时代下的不同精神气候又是如何完成其对前代文艺形式的选择,并以此促使文学之演进呢?接受美学重要的理论家 H. R. 姚斯在评议克莱辛《波西瓦尔》这部作品时认为,读者是"带着对克莱辛早期作品的记忆阅读他最后这本书,并在将之与作者的前期作品及他们所知道的其他作者的作品的比较中,认识到了这部作品的独创性,并因之获得了评价未来作品的新的标准"。[①]不同时代有不同的文化背景,后代文化无法影响前代作者,却通过读者对前代作品作出适应后代精神气候的阐释与评价,并因之形成评价的新标准,促使文学的演进。这在中国文学史上尤为常见。

如果说,曹操利用《蒿里》原有的悲歌情调与时兴的五言形式言志,是作者在当代精神气候作用下对形式的选择;那么,陶渊明"悠然见南山"的改定,则是读者在后代精神气候作用下对形式的选择。六臣注、李善注

---

① 周宁等译:《接受美学与接受理论》,辽宁人民出版社1987年版,第27页。重点号为引者所加。

《文选》,《艺文类聚》,此句咸作"悠然望南山"。唐代诗人韦应物《答长安丞裴说》诗作"举头见秋山",白居易《效陶潜体诗》作"坐望东南山";乃知唐时"见"、"望"尚并存。至宋《复斋漫录》才引苏轼的意见,认为是"无识者"以"见"为"望"。又《苕溪渔隐丛话前集》引《鸡肋集》云:"记在广陵日,见东坡云:陶渊明意不在诗,诗以寄其意耳。……'采菊东篱下,悠然见南山',则本自采菊,无意望山,适举首而见之,故悠然忘情,趣闲而景远。"自此而后,"见南山"方大行。今人王孟白《陶渊明诗文校笺》定"见,唐代作望,改望为见,当在宋代",不为无据。苏轼之所以认为"见"比"望"佳,其实是以自己的审美趣味为准,要凸现"无意为诗"而已。就陶集看,现存诗中用"见"字凡十八处,用"望"字凡九处。除去"不见"、"唯见"、"相见"等词组和作为助词以及"出现"义(读 xiàn)的"见"字,尚存以下数句:

既见其生,实欲其可/

虽不怀游,见林情依/

荒途无归人,时时见废墟/

一欣侍温颜,再喜见友于/

凝霜殄异类,卓然见高枝。

而"望"字句亦录于下,以便比较:

遥遥望白云/

望云渐高鸟/

计日望旧居/

远望时复为/

分明望四方/

三年望当采/

西南望昆墟/

杳然望扶林/

对比之下不难看出,陶氏于远处、虚处多用"望",近处、实处多用

"见"。依此，则"悠然望南山"在陶诗也是顺理成章的事。后人以"见南山"为佳，是后人的审美意识使然，即"见"要比"望"更显得悠然忘情，更能体现诗人的萧散的人生态度。事实上这是后人在其所处的时代精神气候作用下的一种评价与选择。对此审美趣味的历史转换问题，几经当代学者的阐释，学术界在相当范围内已取得某种程度的共识，即：自中、晚唐以来，审美趣味趋向对韵味的追求，对人生态度的追求。这就是苏轼所处的时代的文化大背景。因此，一旦"苏轼发现了陶诗在极平淡朴质的形象意境中，所表达出来的美，把它看作是人生的真谛，艺术的顶峰。千年以来，陶诗就一直以这种苏化的面目流传着"。(《美的历程》页163)这也就是上引姚斯所谓"并因之获得了评价未来作品的新的标准"。后人将"逸品"置诸"神品"之上，将平淡自然置诸华丽雕琢之上，将韵外之致置诸神似逼真之上，无一不体现了这一"新标准"的权威。

## 三

那么，作者、读者，同代、异代，之间又是如何互相作用形成文化选择的呢？这是一个不断调整的过程。

中国文学史，从某种意义上说，是楷模式人物的更换史。因为对典范的尊崇是中国文学的重要特色，中国提倡某种文学主张往往不是靠某种文学理论的提倡，而是靠创作本身的示范，如《文选》，如陈子昂《感遇》，都起着"领导新潮流"的作用。故尔某一楷模式人物的树立，都意味着某种评价体系之得势，或某一审美理想之实现，某一审美趣味之流行。说到底，就是某种文化心理定式之形成。

先看一例文坛公案。王运熙、杨明著《隋唐五代文学批评史》第三章第二节，曾揭示《中兴间气集》对刘长卿评价"不公"的现象说：

晚唐郑谷《读前集》诗云："殷璠裁鉴《英灵集》，颇觉同才得旨深。何事后来高仲武，品题《间气》未公心。"郑谷没有说明《间气集》品题不公的具体事例，但此书品评确有不公允处，较突出的例子是对刘长卿的评价。……《间气集》于刘氏贬语较多，有"诗体虽不新奇"、"思锐才窄"、"裁长补短，盖丝之颣"等语，评价在钱起、郎士元、皇甫冉之下，选篇数量也少于上述三家。《间气集》于刘长卿人品亦表不满，评云："刚而犯上，两遭迁谪，皆自取之。"……清王士禛《戏仿元遗山论诗绝句》评《间气集》云："中兴高步属钱郎，拈得维摩一瓣香。不解雌黄高仲武，长城何意贬文房。"刘长卿字文房，曾自诩其诗为"五言长城"。……《四库提要》卷一八六评《间气集》有云："其谓刘长卿十首以后，语意略同，落句尤甚，鉴别特精。"这说明《间气集》评刘长卿有中肯处，但从总体看，它对刘长卿评价偏低，则是显然的。明许学夷《诗源辨体》卷三六亦云："且中唐虽称钱刘，而钱实逊刘。郎士元、皇甫诸君，抑又次之。仲武进钱、郎、皇甫而独抑刘，背戾滋甚。"可见对刘长卿的贬抑，实是《间气集》评价失误方面最为突出的一个例子。[①]

笔者认为，这里面还是有一个文化选择的问题。诚如王、杨二先生在同节所指出："高仲武重视诗歌对帝皇的忠心和礼貌。"他评钱起有云："又'穷达恋明主，耕桑亦在郊'（见所选《东皋早春寄郎四校书》诗），则礼义克全，忠孝兼著，足可弘长名流，为后楷式。"此处已明示高仲武以钱起为"楷式"的主要原因就在"尊王"二字。事实上，安史之乱的本质就在于中央政权与地方（含民族）政权之间激烈的矛盾。这一矛盾是唐亡的致命原因之一，中唐以后统治阶级内部的政治斗争，其主流是"尊王"与"割据"的斗争。因此，高仲武"重视诗歌对帝皇的忠心和礼貌"就不是一般意义上的封建意识，而是当时现实斗争的参与，与后来古文运动、新乐府运动是一致的，都应看成现时代的文化目的。将高仲武对于良史、皇甫冉、郑丹、李嘉祐那些歌颂皇帝的诗的赞扬，与对刘长卿"刚而犯上"的厌恶对读，就不难理解当时极乱思治的人们的文化心理，甚至可以说高仲武正是出于"尊王"的"公心"而抑刘扬钱。再者，如一些研究者所指出，大历诗风是以"清空闲雅"为审美理想，以追求清新为时尚，而作为楷模的是王维。就此而言，则钱起比刘长卿更接近王维的艺术风格也是显而易见的，这又与中唐初与盛唐毕竟"声气犹未相隔"（《艺圃撷余》）有关。同时，刘长卿"诗体虽不新奇"、"十首以后，语

---

① 王运熙、杨明：《隋唐五代文学批评史》，上海古籍出版社 1944 年版，第 325 页。

意略同，落句尤甚"的缺点也是有违于追求新奇的时尚。这便是高仲武对刘氏评价偏低的文化心理依据。郑谷、许学夷、王士禛辈与之所处时代不同，可以超脱地看问题，自然也就较易发现刘长卿某些艺术特长了。不过，无论钱无论刘，都不尽符合后人的审美理想，都未能成为楷模式的人物。钱、刘与高仲武，与郑谷、王士禛，之间作者、读者，同代、异代所形成的种种差异，在其调整过程中，便寓有文化选择的机制。

<h1 style="text-align:center">四</h1>

文化选择固然是一个无意识的整合过程，但冥冥中仍有一无形的力量在驱动这一进程，这一内驱力就是"文化目的"，也就是一个社会在情感上与理智上的主导潮流。文化选择就是要选择那些能为文化目的所利用的特质，而舍弃那些不可用的特质，同时改造一些物质使之合乎文化目的。仍以哥德式建筑为例，它起初只不过是地方性的艺术形式和技巧中一种稍带倾向性的偏好——如对高度与光亮的偏好，但由于这一偏好投合了中世纪欧洲社会情感与理智上的主导潮流，所以被确立为一种鉴赏规范，愈来愈有力地表现出来，并剔除那些不融贯的元素，改造其他元素以合乎文化目的，最后整合为一种愈益确定的标准而形成哥德式艺术。① 我国文学史仍以陶诗艺术为例。陶渊明的作品在他那个时代并未引人注目，钟嵘《诗品》仅列诸"中品"，刘勰《文心雕龙》则不涉及。至梁昭明太子为之编集作序，这才有了一定的地位。但此后也未见显赫，连学习他的盛唐田园山水诗派，也不见得特别推崇。不过陶弃官归隐一事还是引人注目的，所以《晋书》、《宋书》、《南史》都有陶传。一传入三史，足见时人对这位"隐逸诗人之宗"的兴趣。后人正是在这一基本点上进行选择、剔除、改造、规范工作的。据现存陶集看，陶渊明并不一味只写田园诗，他还有《述酒》一类说当时政治的诗，有"刑天舞干戚，猛志固常在"之类"金刚怒目"式诗句，甚至还有《闲情赋》"愿在丝而为履，附素足以周旋"这样的"艳情"之作。然而，一旦后人以之为"隐逸诗人之宗"，则此类作品便被各种选本所剔除，

---

① 本尼迪克特著：《文化模式》，张燕译，浙江人民出版社 1987 年版，第 46—47 页。

或为议论所抨击、改造。如王维从佛家"空"的哲学出发，在《与魏居士书》中批评陶潜"不肯把板屈腰见督邮，解印绶弃官去。后贫，《乞食》诗云：'叩门拙言辞'，是屡乞而多惭也。尝一见督邮，安食公田数顷，一惭之不忍，而终身惭乎？"他认为要"知名空而返不避其名"，"苟身心相离，理事俱如，则何往而不适？"① 也就是说，要调整的是自己的内心，而不是改造外部环境，或对抗社会。这也就是白居易《赠杓直》诗中所云："外顺世间法，内脱区中缘。"随着宋代中央集权的巩固，文化专制之日甚，文字狱之出现，士大夫早已失去先唐那种不同程度的游离的自由，更贴近地附着于皇权之上。苏轼以"漠然自定"的"社会退避"取代"竹林七贤"式的"政治退避"，便是时代的产物。② 所以宋人便不约而同地要"改造"陶渊明。韩子苍云："世人但以不屈于州县吏为高，故以因督邮而去。此士（指陶）识时委命，其意同有在矣，岂一督邮能为之去就哉？躬耕乞食，且犹不耻，而耻屈于督邮？必不然矣。"苏轼则云："陶渊明欲仕则仕，不以求之为嫌；欲隐则隐，不以去之为高。"这就抹去杜甫"陶潜避俗翁，未必能达道。观其著诗集，颇亦恨枯槁"（《遣兴》）的遗憾，而揉进王摩诘的"无可无不可"，特别是揉进白居易的"知足常乐"，以"漠然自定"的"苏化面目"成为后人眼中最为完美的"隐逸诗人之宗"。同时，其诗也得到相应的阐释，强化其古淡与闲放的一面，这已是尽人皆知的文史常识了。陶诗与杜诗互补而成为后期封建社会诗坛极则，正是封建社会后期士大夫"兼济"与"独善"互补的自我调节机制完成之象征。

这就是为文化目的所驱动的文化选择的力量。

## 五

不过，我们显然不应忽略：文本并非只是被动地进入文化选择过程，它在与后来读者的对话中，一是以其多向功能性适应不同时代与社会读者的期待视野而进入文化选择；二是以其变异性影响读者而参与读者期待视

---

① 见赵殿成《王右丞集笺注》卷 18。
② 以上所引，咸见《苕溪渔隐丛话前集》卷三。

野之形成。也就是说，具有文化优势的文学作品容易被选择为新范式而促成文学史的演进。

作为文学史上有较强生命力的作品，应当具有超前性与多向性，从而具有较强的适应性，在文化变迁中造成某种选择优势。以"安史之乱"为例，这是一次造成巨大文化落差的事变，士族文化构型由是急剧向世俗地主文化构型转换。[①] 面对这一巨变，以浪漫情调获取大众的盛唐诗人李白、岑参、高适、王昌龄诸人的声音喑哑了，苦难中的人们此际浪漫不起来。于是，在安史乱前已用写实笔法创作出名篇《丽人行》、《兵车行》的诗人杜甫，以及力倡讽喻的元结，顺利地进入转换，没被"时代列车"的急转弯摔下来。他们以"超前性"适应了文化变迁，为时代所选择。另一大诗人王维，则以其避世心态获得一批不想面对苦难现实的诗人——如"大历十才子"——的拥护，在他们中间成为"一代文宗"。然而，文化变迁在继续，离盛唐时代愈来愈远，想变革现实的思潮成为主流。"古文运动"、"新乐府运动"便是这一思潮的浪峰。于是以王维一派为楷模的大历诗风被淘汰，杜甫、元结得到再认识而扩大其影响。时代的跨度继续增大。北宋，是世俗地主文化完成其转型的时代，是中央集权与新儒学价值观"定于一"的时代。此时已取得统治地位的世俗地主，一方面将"俗"带进文坛；另一方面又以新主人的姿态接管文学遗产，开始提出雅化的要求，将自立精神寓于文化选择之中。故元结虽倡风雅而创作单一，白居易俗而欠雅，李商隐之雅不入俗，韩愈奇崛而流于险怪，且好名言利，都不尽合乎宋人的期待视野。此际杜诗风格则以其能俗能雅，亦巧亦拙，海涵地负般的多向性——"集大成"——满足了宋人对俗而雅、质而腴、拙而巧的多方面要求。更重要的是：经王安石、黄山谷诸人的发露，其忠君、爱国、病民、省身、致用且能务本的品格，得到宋人的认同，进而扩大了宋人的期待视野，成为衡文的"新标准"，不愧为影响百代的"诗圣"。杜诗主动地进入了文化选择。

---

① 关于士族文化构型向世俗地主文化构型之转换，请参看拙著《文化建构文学史纲（中唐—北宋）》第一章《嬗变中的文化构型》，海峡文艺出版社1993年版。

# 六

关于宋人"新标准"的形成,朱自清《论雅俗共赏》中有一段精彩的论述:

> 原来唐朝的安史之乱可以说是我们社会变迁的一条分水岭。在这之后,门第迅速的垮了台,社会的等级不像先前那样固定了……王侯将相早就没有种了,读书人到了这时候也没有种了;只要家里能够勉强供给一些,自己有些天分,又肯用功,就是个"读书种子"……到宋朝又加上印刷术的发达,学校多起来了,士人也多起来了,世人的地位加强,责任也加重了。这些士人多数是来自民间的新的分子,他们多少保留着民间的生活方式和生活态度。他们一面学习和享受那些雅的,一面却还不能摆脱或蜕变那些俗的。人既然很多,大家是这样,也就不觉其寒尘;不但不觉其寒尘,还要重新估定价值,至少也得调整那旧来的标准与尺度。"雅俗共赏"似乎就是新提出的尺度或标准,这里并非打倒旧标准,只是要求那些雅士理会到或迁就那些俗士的趣味,好让大家打成一片。当然,所谓"提出"和"要求",都只是不自觉的看来是自然而然的趋势。①

自孔子办私学"有教无类"以来,"知识产权"就已经不是极少数贵族的专利了。对知识的控制是不断地由少数人流向多数人,由士族转向庶族,由贵族走向平民。宋朝以后这一步子更加快了。文学史在这一层意义上可以说是"雅人多少得理会到甚至迁就着俗人"的历程。"俗"有复杂的内涵,但它总是站在"多数"这一边。"从俗",就是文学流向多数人这一边。如前所论,曹操以挽歌形式言志,为的是与世俗同步,使其"志"能最大限度地取得人心,以达到"周公吐哺,天下归心"之目的;苏轼"改望为见",使"悠然见南山"得到新的阐释,也合乎比士族范围要广泛得多的庶族中人的期待视野,所以终成"定论";杜甫之所以能超

---

① 朱自清《论雅俗共赏》,三联书店 1983 年版,重点号为引者所加,第 2 页。

越元结、大历诸人、李商隐，乃至白居易、韩愈诸人，成为"诗圣"，也是因为他的"集大成"具有超前性、多向性，能最大限量地满足后人从艺术到人格的多方面需求。这一过程不是一种风格或文学样式取代另一种风格或样式，而是"大家打成一片"，雅与俗不断调整，不断融合。然而，这种"打成一片"并非"扯平"，而是滑雪球也似，边融合边滚动，向俗的方向降——问题于是回到开篇汤显祖的意见上来。

# 七

向俗的方向降的实质是向多数人一边靠拢，这又有什么深层的意义呢？文化进化论的一些观点对我们很有启迪。

如果我们能接受"文化是人类为生存而利用资源的有效方法"这一观点，那么下列意见就不再是难于理解的了：

"进化是朝使总量最大化地流通过［有生命］系统的发展过程"；

"文化像生物那样向能源开发量的最大限度运动"；

"达尔文的'趋异原则'（即结构变异越大，生命总量也就愈大），亦可相应地应用于文化"；

"文化通过适应而变异成多种文化使得人类有可能利用地球上的各种资源"。①

无论是"最大化流通"，还是"变异成多种文化"，文化进化的总原则是为人类更好地生存与发展。文学作为文化的敏感部位，也必然具有文化的这种品格。反映于文学演进史，便是不断向俗处降，朝多样化发展。也就是说，不管从作者方面讲，还是从读者方面讲；不管从环境适应方面讲，还是从文本自身积极参与方面讲，文化选择总体上必须是有利于文化不断地朝最广泛传播这一方向演进。从这样的宏观的视野看文学史的演进，则无论审美趣味的异向、新评价体系的确立、文化心理定式之形成、

① 上引文咸见托马斯·哈定等著《文化与进化》，韩建军等译，浙江人民出版社，第6、7、41页。

文化整合之运作、文本多向功能性的适应等等，都可以最终归纳为雅与俗这对矛盾的不断互相转化。"雅"是文学样式的专化与相对稳定，"俗"是使之变异而适应新环境的绝对运动。原来的"俗"在适应过程中得到雅化，上升为新的范式；在新的文化环境下，旧文化环境下的"雅"不再适应，通过文化选择，一些具有文化优势的变异便是"俗"，打破"雅"的一统天下，综合成新的特点，形成新的评价体系，成为新的文化心理定势，驱动文学的演进。"俗"的定型便是"雅"，而"雅"的变异便成"俗"。如上古民歌原是俗，定型为"诗经"便是雅；五言古诗原是相对于四言诗的"俗体"，建安以后经过整合便是"雅"体。词是诗的变异，"诗余"是"俗"，经文人创作终于成为"雅"。志怪小说本是俗，经文人参与写成"传奇"，便归雅化，至如今小说已是文学史上坐交椅的正统形式了。总之，雅与俗不断转化，"俗"总处于动态，是车头。莱斯利·怀特认为："文化是朝着更为蓬勃的功利方向发展。"① 人类要生存，要发展，就得讲功利。文学是文化的一部分，就其总方向而言，虽不必是直线，也必然朝更为蓬勃的功利方向发展。只要文化仍在扩大其传播，文学就还会继续向"俗"的方面滑落，不管你喜欢还是不，它总是夺路而前，不可遏止。

（原载《文艺理论研究》1995 年第 6 期）

---

① 前引书，第 5 页，重点号为引者所加。

# 蔓状生长的文学史模式

文学史有规律，但这个规律并非"命定"，而是随着与文学史相关的诸因素之变化而变化。本文拟就其中最重要的几种倾向性进行讨论，以便拟摹出一种文学史演进的动态图式。

一

文学传统与外来文化、社会时尚是一组对文学史演进趋势有着举足轻重影响的相关因素。

我国先民很早就具有"通变"的史观，《周易·系辞》有云："变通者，趋时者也。"又云："《易》穷则变，变则通，通则久。"由是产生"正变"的文学史观。《毛诗序》云：

> 治世之音安以乐，其政和；乱世之音怨以怒，其政乖；亡国之音哀以思，其民困。……上以风化下、下以风刺上。主文而谲谏，言之者无罪，闻之者足以戒，故曰风。至于王道衰，礼义废，政教失，国异政，家殊俗，而变风变雅作矣。

汉儒虽承认变的合理性，却又认为变还要归乎正，所以又说：

> 国史明乎得失之迹，伤人伦之废，哀刑政之苛，吟咏情性，以风其上，达于事变，而怀其旧俗者也。故变风发乎情，止乎礼义。发乎情，民之性也；止乎礼义，先王之泽也。

　　这就是所谓的"风雅正变"。汉儒将诗歌正变与国家治乱的时序联系起来，从外部原因解释文学史演变，是中国文学史观之滥觞。同时也触及文学的最根本要素："发乎情，民之性也"。变，是因为民情变；民情之变，是因为民感受到世之变。外部原因通过"情"的渠道进入文学内部，促成文学史之嬗变，是其合理内核，为后人留下广阔的可拓性空间。然而汉儒是在"变归乎正"，即"止乎礼义"的前提下承认变的合理性的，主张"伸正诎变"，不同程度地压抑新风气而有明显的复古倾向。

　　六朝人在不断变化出新的创作实践中，提出相应的"新变"论。萧子显《南齐书·文学传论》称："若无新变，不能代雄。"明确指出，只有新变才能推动文学史前进。然而由于六朝文风趋于浮华，流而忘返，与传统造成断裂，故未能达到"变则通，通则久"的目的。能总结前人得失，较辩证地看待正与变这对矛盾，并将"通变"作为文学史理论提出的，是刘勰《文心雕龙》，其《通变》篇云：

　　　　夫设文之体有常，变文之数无方，何以明其然耶？凡诗赋书记，名理相因，此有常之体也；文辞气力，通变则久，此无方之数也。名理有常，体必资于故实；通变无方，数必酌于新声：故能骋无穷之路，饮不竭之源。

　　刘氏指出，文章体制如诗赋书记，属代代相因的不变因素，而行文修辞等形式则属变的因素。后者是在前者基础上变化的，不变则衰，变而忘返则讹①。故赞曰："望今制奇，参古定法。"今与古，传统与新风，互相制约，流而复返，"斟酌乎质文之间，而檃括乎雅俗之际"，由是产生"质文代变"的文学史观。《时序》篇云："时运交移，质文代变。"刘氏高明处就在不但继承《易》关于通变的观念，从文学内部寻找变的依据；同时又接受汉儒关于变风变雅与民情变、世情变有关的观点，明确提出"文变染乎世情，兴废系乎时序"，并在该篇赞中总结道：

　　　　蔚映十代，辞采九变。枢中所动，环流无倦。质文沿时，崇替在

---

①　参看：詹福瑞《中古文学理论范畴》，河北大学出版社 1997 年版，第 236 页。

选。终古虽远，旷焉如面。

刘勰自信已摸到文学史规律，所以远古亦如在目前了然可知。文学史的主要矛盾可以说是内容与形式的矛盾。"质"与重内容有关，"文"与重形式有关，故质文代变虽不能说便是明确认识到内容与形式的矛盾促进文学史演进，但可以说是已接触到这一问题。"子曰：质胜文则野，文胜质则史。文质彬彬，然后君子。"（《论语·雍也》）"文质彬彬"一直是中国人的审美理想，而文学史在这一追求中呈现钟摆式运动，是符合中国古代文学演进的实际的。周作人曾经将中国文学史概括为"言志派"与"载道派"两种潮流的起伏，并制成如下图式：

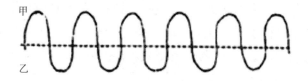

他将晚周、魏晋六朝、五代、元、明末、民国定为"言志派"为主潮的时代，而两汉、唐、两宋、明、清为"载道派"为主潮的时代。中国文学史就这样"从甲处流到乙处，又从乙处流到甲处"，"图中的虚线是表示文学上的一直方向的，但这只是可以空想得出来，而实际上并没有的。"① 如果去掉周氏的具体内容，这一图式倒是适用于"文质代变"的轨迹。文学史就在"斟酌乎质文之间，而櫽栝乎雅俗之际"运动着，不断矫正近来或当前的缺失，追求"文质彬彬"的理想（即"图中的虚线"），永不休止。从这一直观的图式中我们不难领悟何以文学批评史总是呈现出对相邻时代否定而对隔代或古代复归的"复古"倾向。这正是"矫正"之功，也就是通变中变与不变两种因素相互作用的结果。故《物色》篇云："古来辞人，异代接武，莫不参伍以相变，因革以为功。"以复古为通变由是成为中国文学史演进的通则，不无合理之处。成功者如唐人，以恢复传统来整合新风，是盛唐人殷璠《河岳英灵集·集论》所云："既闲新声，复晓古调；文质半取，风骚两挟；言气骨则建安为传，论宫

---

① 周作人《中国新文学的源流》，华东师范大学出版社1995年版，第18页。

商则太康不逮。"唐人于恢复建安诗歌言气骨的传统之同时，也整合了六朝人的讲究声律辞藻的新变，这是否定之否定。元稹《唐故工部员外郎杜君墓系铭并序》称赞杜甫有云："上薄风骚，下该沈宋，言夺苏李，气吞曹刘，掩颜谢之孤高，杂徐庾之流丽，尽得古今之体势，而兼人人之所独专矣"。事实上唐人在复古的旗帜下，总是兼收并蓄，将"新变"纳入传统，造就新传统。即使是批判六朝不遗余力的陈子昂、李太白，也莫不如此。以今人的眼光看，唐人的"正、变、复"之"复"，已有整合义，在相当大的程度上超越了汉儒言正变的循环论路数。可惜唐人的实践与理论有时并不相称，以复古为通变的路线在理论上尚未明确，究其深层原因，还在于面对南、北、胡、汉融一的唐文化，唐人未能提出相应的新思想、新思维，故尔传统与新变关系之探究也止于此。应当承认，这是中国文论往往只是点到辄止的弊病。

对正变的关系，还是钱钟书说得圆活：

> 一时期的风气经过长时期而能持续，没有根本的变动，那就是传统。传统有惰性，不肯变，而事物的演化又迫使它以变应变，于是产生了一个相反相成的现象。传统不肯变，因此惰性形成习惯，习惯升为规律，把常然作为当然和必然。传统不得不变，因此规律、习惯不断地相机破例，实际上作出种种妥协，来迁就演变的事物。它一方面把规律定得严，抑遏新风气的发生；而另一方面把规律解释得宽，可以收容新风气，免于因对抗而地位摇动。[①]

以上云云，可视为正变论的现代阐释。"正"（传统）与"变"（新风气）不是一前一后的关系，而是同时并进、双向建构的互动关系。由于传统具有"收容新风气"的弹性，所以能"通"，通则久。但这种"收容"并非主动式，而是"不得已而为之"的被动式。所以新变固然来自文学内部的活力，而这内力却往往需要通过外部契机来激活。特别是中国长期封建社会形成的超稳定结构，愈到后期就愈要依靠外来因素的大力撞击，才能使之"出轨"。如中国文化中的"伦理本位"，就具有超常的统

---

① 钱钟书《七缀集·中国诗与中国画》，上海古籍出版社 1985 年版，第 2 页。

摄功能，几次外来文化的冲撞，只能使其稍作移位，但不久又黄河复故道般地依然故我，直至"五四"新文化运动借助"德先生"与"赛先生"之大力，才有了改变的希望。① 作为文化的子系统的文学，自然也受文化模式的统摄，其新变往往出现在文化转型与外来文化涌入期，也就不奇怪了。对此乐黛云教授有一段言简意赅的论述：

> "离异"则表现为批判的扬弃，即在一定时期内，对主流文化否定和怀疑，打乱既成规范和界限，对被排斥的加以兼容，把被压抑的能量释放出来，因而形成对主流文化的批判，乃至颠覆。这种"离异"作用占主导地位的阶段就是文化转型时期。在这种时期，人们要求"变古乱常"，在一定程度上中断纵向的聚合，而以横向开拓为特征。横向开拓也就是一种文化外求，外求的方向大致有三：第一是外求于他种文化，如文艺复兴时期西欧文化对希腊文化的借助，唐之际中国对印度、西域文化的吸收；第二是外求于同一文化地区的边缘文化（俗文化、亚文化、反文化），如中国文学发展史中，词、曲、白话小说的成长都是包容了俗语文化的结果；第三是外求于他种学科，如弗洛伊德学说与达尔文进化论对文学观念的刷新。②

第三种外求姑置勿论，第一种外求如汉唐之际，第二种外求如词、曲、白话小说，的确是中国文学史之显例，为文学史家所普遍认同。然而值得一议的是：一方面，无论外来文化或俗文化，往往要通过时尚，这才能迫使"不肯变"的传统"以变应变"，作出妥协。须知"时尚"如风，横扫一时社会心理，可谓所向披靡；另一方面，外来文化、俗文化等，则通过时尚大规模打入旧传统，改造旧传统。容我以小说变迁为例，稍事说明。

小说缘起，无论脱胎神话传说，出自巫者方士，抑街谈巷语，稗官寓言，俳优戏谑，总之是与诗教相平行的另一支，先天的与主流相乖，其谐谑性、娱乐性、叙事性，正与抒情的、表现的、严肃的诗文相辅而行。更

---

① 王宏维《社会价值：统摄与驱动》，人民出版社 1995 年版，第 218 页。

② 叶舒宪主编《文化与文本》，中央编译出版社，序二。

要紧的是它与社会下层有天然的联系，其服务对象总是倾向大众，所以通俗性一直是它内在的生命。

六朝时出现大量志怪小说，一开始就表现出"不经"的特点，"子不语怪力乱神"，它却偏偏要专门来"志怪"！《神异经》、《搜神记》、《列仙传》等等，都是要"发明神道之不诬"，与当时道教、佛教之兴盛有直接关系。这是"发乎情，止乎礼义"的儒家诗教以外的另一传统。这一传统至唐而为"传奇"，传奇小说继承六朝传统，也是讲些奇人异事，仍是驳杂无实之说，但重点已从海外仙窟转向人间巷陌，尤其是通俗性一面非常突出。正是这一特征促成唐传奇摆脱史传杂说，独立出来，成为真正意义上的小说体裁。

中唐至北宋是士族文化向世俗地主文化转型的关键时期，由雅入俗是整个文化系统的总体倾向。对文学史而言，世俗地上取道科举跻身封建统治的上层，其重要性首先就在于：处较下层的世俗地主将"俗气"带进文坛，使文学也染上"俗气"。当时的俗文学如讲经、变文、话本、词文、俗赋等等，十分流行。韩愈《华山女》诗形容讲经之盛云："街东街西讲佛经，撞钟吹螺闹宫廷。"不但士庶男女尘杂于寺观听俗讲，甚至深宫中的统治者也来到市井赏此俗文艺。《资治通鉴》卷243载唐敬宗于宝历二年"幸兴福寺，观沙门文淑俗讲"，卷248载万寿公主于大中二年在慈恩寺观戏场。俗讲加上傀儡戏、参军戏，俗文艺风靡一时，从市井漫向朱门，乃至漫向宫廷。俗文艺已不是什么街头流浪汉，它是时尚，是能将传统文学撞出轨道的新浪潮！而白居易写《长恨歌》，韩愈著《毛颖传》，乃至王建《宫词一百首》，李昌符婢仆诗五十首等等，无不深受俗文艺之影响，其中外来文化及时尚的作用是十分显而易见的。外来文化主要是佛经故事、变文，及其说唱形式，轮回思想也有深刻的影响。

时至两宋，传奇一脉虽对散文如《岳阳楼记》、《醉翁亭记》等犹有内在的影响，但自身则已衰竭，而"说话"一脉经五代至南宋则蔚成大宗。"说话"的底本"话本"，其创作主体与传奇不一样，不是文人士大夫，而是"说话人"，往往即兴发挥，众手而成，经文人润色编定。创作者因职业关系，其重点放在引起"看官"的兴趣之上，也就是说，我们要从读者群所从属的文化系统去把握创作动向。不是"以意逆志"，而是"从俗"。事实上自此后，这一路线成为小说的新传统。元代外族入主中原，对中原传统文化又是一次大冲击。元代统治者喜欢戏曲，戏曲形式在元代发展迅猛。儒家诗教对当时文坛失去控制，"离经叛道"的思想及非传统手法得以解放。尤其是文人沦为社会下层，剧作家乃至粉墨登场，与艺人相处无间，其审美趣味更接近听众了。这段文学史对后来包括小说在内的文学创作有内在的深刻影响。就形式而言，章回小说的出现便是说书人的职业需要；是为"看官"做出的时间安排。章回的结构反过来使内容庞大化，诸多头绪、众多人物情节，可以从容地穿插进行。《三国》、《西游》的章回结构所容纳的复杂内容与情节变化、人物头绪，实在是西方小说所难能者。这股思潮运行至晚明，已成燎原之势。明后期俗文艺之繁荣，可谓空前。民歌、评弹、戏曲、小说咸有大师。《今古奇观》、"三言二拍"、《西游》、《三国》，特别是《金瓶梅》的出现，标志着小说与"雅文艺"已能分庭抗礼。其时士大夫文人普遍喜欢俗文学，徐渭、李贽、汤显祖、公安三袁，无不与俗文学有缘。至如冯梦龙、凌濛初，更是以整理俗文学为事业。这里接触到文学史的一个总趋势。在万历汤评本《花间集》序中说：

> 自三百降而骚、赋，骚赋不便入乐，降而古乐府；古乐府不入俗，降而以绝句乐府；绝句少宛转，则又降而为词。

事实上词还要降为曲，降为明传奇，降为小说演义，降为电影电视。通俗化与"文化传播最大化"通过文化选择之手，驱动了从俗的总趋势。而这一趋势并非直线而下，而是与雅文学的干预、提升夹缠而行。朱自清《论雅俗共赏》中有一段关于宋人"新标准"形成的论述：

> 原来唐朝的安史之乱可以说是我们社会变迁的一条分水岭。在这之后，门第迅速的垮了台，社会的等级不像先前那样固定了……王侯将相早就没有种了，读书人到了这时候也没有种了；只要家里能够勉强供给一些，自己有些天分，又肯用功，就是个"读书种子"……到宋朝又加上印刷术的发达，学校多起来了，士人也多起来了，士人的地位加强，责任也加重了。这些士人多数是来自民间的新的分子，他们多少保留着民间的生活方式和生活态度。他们一面学习和享受那

些雅的，一面却还不能摆脱或蜕变那些俗的。人既然很多，大家是这样，也就不觉其寒碜；不但不觉其寒碜，还要重新估定价值，至少也得调整那旧来的标准与尺度。"雅俗共赏"似乎就是新提出的尺度或标准，这里并非打倒旧标准，只是要求那些雅士理会到或迁就那些俗士的趣味，好让大家打成一片。当然，所谓"提出"和"要求"，都只是不自觉的看来是自然而然的趋势。①

对知识的控制是不断地由少数人流向多数人，由士族转向庶族，由贵族走向平民。宋朝以后这一步子更加快了。文学史在这一层意义上可以说是"雅人多少得理会到甚至迁就着俗人"的历程。"俗"有复杂的内涵，但它总是站在"多数"这一边。"从俗"也就是文学流向多数人这一边。

不过我们仍要提请注意者，一是在这一过程中，雅化是不可或缺的。没有"雅化要求"的不断提升，"俗"的品格就会落至"庸俗"的线下，流而忘返，如南朝一些宫体诗，晚唐一些打油诗；二是这一过程并非一种风格或文学样式取代另一种风格或样式，而是"大家打成一片"，雅与俗不断调整、不断融合。所以，这里面也仍然有个"斟酌乎质文之间，而櫽栝乎雅俗之际"的"正、变、复"问题。

## 二

顾颉刚曾提出："层累地造成的中国史"一说，从某种意义上说，中国文学史也是"层累"地造成的。也就是说，当前的"正"是由历来的"变"所层累而成的。为了说清这层意思，我想先引用 T. S. 艾略特《传统与个人才能》中的一段话：

传统是一个具有广阔意义的东西。传统并不能继承。假若你需要它，你必须通过艰苦劳动来获得它。首先，它包括历史意识。……这种历史意识包括一种感觉，即不仅感觉到过去的过去性，而且也感觉到它的现在性。这种历史意识迫使一个人写作时不仅对他自己一代了

---

① 朱自清：《论雅俗共赏》，三联书店 1983 年版，第 1 页。

若指掌，而且感觉到从荷马开始的全部欧洲文学，以及在这个大范围中他自己国家的全部文学，构成一个同时存在的整体，组成一个同时存在的体系。……当一件新的艺术品被创作出来时，一切早于它的艺术品都同时受到了某种影响。现存的不朽作品联合起来形成一个完善的体系。由于新的（真正新的）艺术品加入到它们的行列中，整个完美的体系就会发生一些修改。在新作品来临之前；现有的体系是完整的。但当新鲜事物介入之后，体系若还要存在下去，那么整个的现有体系必须有所修改，尽管修改是微乎其微的。于是每件艺术品和整个体系之间的关系、比例、价值便得到了重新的调整；这就意味着旧事物和新事物之间取得了一致。①

好作品应当具备这样的品格：一是历时性，好作品往往能体现"从荷马开始的全部欧洲文学，以及在这个大范围中他自己国家的全部文学"；二是共时性，历史存在的与现存不朽作品构成一个同时存在的整体。一部好作品就是一部"层累造成的"文学史。典型如《红楼梦》，可以说就是中国古典诗歌、戏曲、小说"层累造成的"，是文学史的当代体现。然而，当《红楼梦》出现后，加入现存的体系时，"这个完美体系就会发生修改"，《红楼梦》创造了新传统。这也就是好作品的第三种品格：变异性。传统虽说是相对稳定的因素，但它毕竟是个变量。所谓"继承"，其实是"获取"。你必须用"现在"去溶解它，才能吸收到作品中去。"层累"这个词的"物理"倾向不足以显示文学史动态。海外学者喜用"创化"、"化成"来表达这类动态，颇有意味。但我认为文学传统更像是生命的遗传。生命基因本身包含有变异与保守两种因子，保守使之不绝如缕，变异使之能适应新环境。二者使生命得以遗传。"正"与"变"同体共命，相反相成。"过去决定现在，现在也会修改过去"，二者的互动也是作品内部与外部的互动。钱钟书选宋诗时曾有过这样一条规矩："当时传诵而现在看不出好处的也不选，这类作品就仿佛走了电的电池，读者的心灵电线也似的跟它们接触，却不能使它们发出旧日的光焰来……

① 托·斯·艾略特著：《艾略特文学论文集》，李赋宁译，南昌：百花洲文艺出版社1994年版，第2～3页。

假如僻冷的东西已经僵冷，一丝儿活气也不透，那末顶好让它安安静静的长眠永息。"① 这段妙语再生动不过地道出历时性的生命力来自共时性，不被"现时"所接受者无异死去。然而文本与读者的关系并非电池与电线也似的单向直接沟通的关系：接受美学的研究表明，读者并非随心所欲地接受文本，"现在修正过去"正是借读者之手完成的；文本也有其被动中的主动，那就是它由其多层面的未完成的图式结构所决定的多义性及其"召唤功能"，对读者产生不同程度的影响，调整其"期待视野"，这就是"过去决定现在"的途径。我们观察文学史不能不引进新的主体：读者。历时性与共时性的转化关键乃在读者的期待视野。

所谓期待视野，可以说就是一种"成见"，即读者由全部经验所形成的感知文本的主观性。它包括读者的观念、教养、直觉、趣味等等。这是一个开放的体系，传统、时尚、外来文化等外部因素循此渠道而影响读者的审美判断。对一般读者而言，这种影响还往往是"二手货"。也就是说，他们在许多情况下是从评选家那里感受到传统、时尚、外来文化的影响的。批评家、选家，往往通过评价、阐释、选本、树典范等手段来培养读者的趣味，塑造其期待视野。而作者则通过其文本的"召唤功能"、"意义空白"等策略，磁石般吸引读者，不让他们离文本太远，从而传递作者的情感信息，打破"成见"，形成新的期待视野。然而一个个的读者，一部部作品，都有其自身的个别性，在文学交往中势必呈现出各不尽相同的倾向，面对不可克服的差异性，这些恒河沙数的作品与读者，其交往将是一场混乱的无序的运动；又如何形成合力，表现出某种有序的总体倾向呢？恰恰是后者，才是对文学史有意义的运动。恩格斯有一段著名的"合力论"，可以帮助我们理解个人情志是如何汇入文学史进程的：

> 历史是这样创造的：最终的结果总是从许多单个的意志的相互冲突中产生出来的，而其中每一个意志，又是由于许多特殊的生活条件，才成为它所成为的那样。这样就有无数互相交错的力量，有无数个力的平行四边形，而由此就产生出一个总的结果，即历史事变，这个结果又可以看作一个作为整体的、**不自觉地**和不自主地起着作用的

---

① 钱钟书：《宋诗选注·序》，人民文学出版社1982年版，第25页。

力量的产物。①

这里揭示了认识论的一个真理：在历史因与果之间有一个不容忽视的中介环节，这就是交互冲突产生合力的诸多因素。而这些因素"又是由于许多特殊的生活条件，才成为它所成为的那样"。固然，历史是人创造的，但并不是随心所欲地创造，每一个的意志都受制约于所处的"特殊的生活条件"，即政治地位、经济地位、社会环境、文明程度，乃至婚姻、家族、交游、学养、性格、病情，甚至地理环境等等。而这些因素大部分可用"大文化"的概念概括。诸多因素在文化大容器中碰撞，产生合力。这就是文化趋势，也就是一个社会在情感和理智上的主导潮流。处于潮流核心地位的是价值取向。观念与价值取向是构成一种文化独特风格的要素，也是影响审美趣味与判断的要素。这是文化史与文学史同构运动最关键的契合点。丹纳曾用"精神气候"说解释文艺的演进，举中世纪欧洲风行四百年的哥德式建筑为例，认为当时战争和饥荒频仍，苦难使人厌世而耽于病态的幻想。哥德式建筑形式上的富丽、怪异、大胆、纤巧与庞大，正好投合了人们病态的审美趣味，成为苦闷的象征而发展为教堂、宫堡、衣着、桌椅、盔甲的共同风格特征②。这是静态的选择。本尼迪克特进一步动态地解释：哥德式建筑起初只不过是地方性的艺术和技巧中一种稍带倾向性的偏好——一如对高度与光亮的偏好，而由于这一偏好投合了中世纪社会情感与理智上的主导潮流，所以被确定为一种鉴赏规范，愈来愈有力地表现出来，并剔除那些不融贯的元素，改造其他元素以合乎文化目的，最后整合为一种愈益确定的标准而形成哥德式艺术③。在文化目的的驱动下，文化选择与文化整合形成艺术史的选择、修正、适应的全过程。这就是文化与文艺的同构运动。

这种同构运动有着胎儿与母体般的亲密关系。也就是说，文化不仅是文学与客观世界或经济基础之间的中介，它与文学还是互涵互动的系统与子系统的关系。于是文学便具有系统的特性，即既受文化大系统的制约，

---

① 《马克思恩格斯选集》第四卷，人民出版社 1972 年版，第 478 页。

② 丹纳：《艺术哲学》，傅雷译，人民文学出版社 1983 年版，第 39 页。

③ 鲁恩·本尼迪克特：《文化模式》，张燕译，浙江人民出版社 1987 年版，第 46～47，45 页。

服从文化的总体规律，与其他各文化因素交互作用而产生整体效应，同时又相对地独立，有自身的发展规律。这就是文学同时具备的开放性与封闭性。如果不看到这一特性，只强调文化对文学的影响，就会将文学视同其他文化因素，只看到一般而忽视特殊，不可能发现文学自身真正的发展规律；反之，只强调文学"自身"的主体性，甚至排斥其他文化因素的介入，力图进行"纯文学"的研究，也同样要犯片面性的错误而不可能发现文学真正的自身规律。兹以五言律诗之建构为例说明文学这一既开放又封闭的两面性。

五言律大致经历了这样的历程：诗经、楚辞中已有五言句，至汉出现五言古诗，六朝始逐渐讲究声律对仗，至唐则定型为五言八句的讲究粘对的格律形式。这一进程是按文学形式内部规律进行的，并不因王朝治乱而进止，可视为封闭系统。但它又是开放的系统，受制于文化大系统，诸多文化因子交互作用介入五言律的建构过程。如对偶，由于中国语言的特点，字词与章节的同步关系，所以两句诗之间要整齐对称是容易的。《诗经》中就有这样的句子：

> 溱与洧浏其清矣，士与女殷其盈矣。——《溱洧》
> 鳣鲔发发，葭菼揭揭。——《硕人》

也许这只是一些对语言特别敏感的诗人"妙手偶得"，可是一旦这种趣味与华夏"和而不同"的美学原则结合，就会成为一种倾向。这种倾向要求捉对儿表现事物或心象，要求相似或相反的对称美。在对称中求变化，同中有异，异中有同，得和谐之美。汉赋将这种倾向推向极致，整齐、对称形成一种建筑般堆砌之美。不过，堆砌毕竟板滞少变化，远未达到"和而不同"的境界。东汉末逐渐流行五言古诗，为这种倾向提供了新形式。五言隔行押韵，两句成一联，成为相对独立的对称的整体，这是很重要的变化。第一，五言诗"——三"节奏比四言诗"——二"节奏富有变化，而两句对称又使之同步而整齐；第二，两句并列容易造成时空对应，使十字的容量最大化。这又为诗人在整齐、对称中提供了腾挪跳掷的可能。也就是说，五言诗对联形式是与和而不同美学原则相适应的——只要诗人能正确使用它。至如声律，则与佛教传播有关，正是随着佛教东渐，在中印文化交流中，印度语言学启发了中国诗学家对声律之研究，才有"四声八病"说[①]。声调与对偶是五律两大经纬，唐人以此交织出锦绣般完整的美的形式。兹举一式为例：

仄仄平平仄，平平仄仄平。平平平仄仄，仄仄仄平平。
仄仄平平仄，平平仄仄平。平平平仄仄，仄仄仄平平。

不难看出规律是：一句内平仄交替；一联间对应字平仄相反；两联间互"粘"，不至于雷同；全篇则由两组相"粘"的四联诗句组成，后四句的平仄格式与上四句的平仄格式是重复的。这正暗合了中国文化"和而不同"的美学精神，平仄交替、对立、回旋，形成对抗过程间的复杂平衡，造成一种中国文化特有的整体的和谐，而为中国人所喜闻乐见，终于发展为中国古典诗歌的主流模式。由此可见，五律形式之构建有文化因素的介入。其过程固然由声韵音节等规律当家，但其所处时代的文化心理还要当你的家。五言八句声律的安排并非随意，而必须是符合于中国人当时的文化心理，这就是封闭与开放并存的两面性。

文化的中介作用及其与文学的系统、子系统关系，最深刻地体现为文化自身的建构制约、驱动着文学的建构，促成其演进；而文学又以其自身的变革参与文化建构，二者形成双向同构的运动。由于文化构型是随着经济基础和社会生活方式的变迁而变迁的，不断处于转型的运动之中，作为文化有机组成部分的文学势必随之运动。在整个运动过程中，文化整合作用是关键。

所谓构型，就是各种因素的综合整体。文化构型指文化的内在整体结构。文化构型内部诸多因素是变量，它们交互作用，产生合力，驱动文化构型的嬗变。本尼迪克特认为：

一组最混乱地结合在一起的行动，由于被吸收到一种整合完好的文化中，常常会通过不可思议的形态转变，体现该文化独特目标的

---

① 陈寅恪认为"四声"是依据及模拟中国当时转读佛经之三声创造的，详见《金明馆丛书稿初编·四声三问》，第 328~341 页。

特征。①

这就是说，每种文化构型内部产生的合力，具有整合的作用，选择或强化某些行为因素，排除或抑制其他因素，从而给"最混乱"的文化行为予某种秩序。对文艺来说，也就是确立某种鉴赏规范。而纷呈杂陈的诸多文艺形态则在新鉴赏规范的制导下接受文化整合的选择、淘汰，并因之或适应或消灭，或强化或蜕变，而个体的创造性亦将回文化整合之力而融入主流。

作为社会网络中的个体，个人行为无疑受制于所处社会的制度与习俗，然而并非该社会中千千万万种个体行为都一一从属于那些制度与习俗，许多个体行为并不符合该社会秩序的规范要求。也可以这么说，文化目的代表了该时代社会在情感和理智上的主导潮流，但并不囊括所有的个体的情感与理智上的倾向。合力只是矛盾斗争的结果。文学史表明，任何时期总有一些人不肯入俗，老要出轨，甚至成为"异端"。事实上，这些人都是些富有创造性的变异的种子。然而，个人行为必须成为影响某一群体的现象才是有意义的，纯粹的个人行为只是个人行为而已，与社会并无干涉。群体，可以是某个圈子，或社会某阶层，乃至民族。一旦个体行为被社会某阶层所接受，就有可能扩大其影响，为文化选择所吸收，融入新传统。反之，不为社会所接纳的个体行为，将很快为潮流、时尚所湮灭，虽然它或许仍将作为一种历史的价值而存留在历史材料之中。

必须强调的是，个体在接受文化整合的过程中仍有其主动性。优秀作家好比多面体的水晶，具有丰富性与多向性，能以其不同的面为不同时代读者所接受，如杜甫、如韩愈。一旦他们被文化选择确立为典范，则反过来成为一种整合力——学杜诗者势必多少仿佛杜之面目，学韩文者势必多少仿佛韩之面目，包括那些不尽合乎文化目的的诸多方面。个体于融入文化总趋势之际，对文化总趋势同样发生影响，其影响大小则视个体生命力而定。这也就是个体以其丰富性、多向性影响于文学史的主动性的一面。

---

① 鲁恩·本尼迪克特：《文化模式》，张燕译，浙江人民出版社 1987 年版，第 46~47，45 页。

三

如上所论，在以价值观为核心的文化目的驱动下，文化整合使个别的作品与读者退居次要地位，而整体大于部分之和的原则使文化选择、整合制导下的具有时代的普遍意义的文学鉴赏规范上升到主导地位，使纷至沓来的文学现象呈现出一种有序的总体趋势。其图式是：由经济基础所决定的文化目的通过传统、时尚及外来文化之影响，形成文化心理，同时作用于作者的情感结构与读者的期待视野，二者交汇于文本而共构作品，并因二者的交往而使期待视野发生演变，反过来又对文学进行文化选择与整合，形成以形式嬗变为标志的文学史运动。其间不同时代的文化构型又有其不同的文化目的追求，于是形成落差，增大文化选择与整合的力度。对以抒情为主的中国古代文学而言，作家的情感结构是以"情志"为核心，而文本与读者的交往，则体现为意象、意境的共构，由此形成符号化追求。于是我们便有了如下页图一。

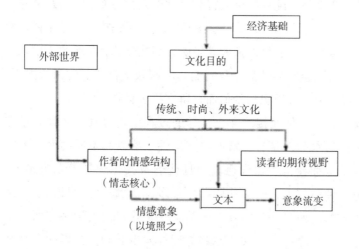

图一

有人将形式比作河床，作者的心理形式便是河水；河水冲刷出河床，河床使河水长流。我们也不妨套用一下：文学史是河床，文学作品是河水；文学作品"冲刷"出文学史，文学史使作品永存。河水趋下，文学史则趋俗（通俗化、最大化传播）。然而经过沙地的河水会渗漏，走红一时的作品也会湮没。可它并非消灭，也许只是成了伏流，在某个历史空间会突然冒出来。如赋这一形式，从两汉直走红到六朝，至盛唐却只是科举考试的"练习题"，至晚唐又一度走红。甚至汉代"巨赋"，也并非"小品化"以后就成为绝响，在历千百年之沉寂后，于明代又跐突泉也似的涌现出来。又如贾岛诗，诚如前引闻一多所说："几乎每个朝代的末叶都有回向贾岛的趋势。"这种间歇性的发作令直线上升的"进化论"头痛。某些"精神气候"的相似性与社会需求的重复性使文学史路线更趋复杂。文学史似乎更像藤蔓，其延伸带有很大的随机性。它有许多芽骨朵，都可能生长为分支，每个分支也都可能发展为主干。主干呢，则由于内部病变或外部干扰而生命衰竭，由主干萎缩为无足轻重的分支，甚至死亡。类此，文学史上的各种形式、风格、流派，都可能发展成为文学史上某种分支，其自身的生命在文化整合作用下，选择、淘汰、适应、强化、变异，一种形态引出另一种形态，或存或亡，或停滞或猛长，或异化或滋生，各领风骚若干年，做着如下图所示的蔓状延伸：

　　让我们具体地演示一下宋以前的文学主流形式生长的轨迹：

　　如果我们单独抽出其中诗形式演变的轨迹，以蔓状图式表示，则如图二：

　　这就是我所理解的文学史生态。

　　当然，任何现象总是要比理论生动得多、丰富得多、复杂得多。就说随机性与必然性的关系吧，它好比优良品种的培育，某颗变异的种子有着某些优势，被发现了——这纯属偶然，接着被专家所培育，不断强化其变异的部分，直至满意，然后推广，于是成为主流。这培养过程就是"必然"了。《诗经》沉寂三百年后，"自铸伟辞"的屈赋如平地一声雷，突然出现了，它是传统比兴手法与楚文化奇异的结合，对中原诗教无疑是变

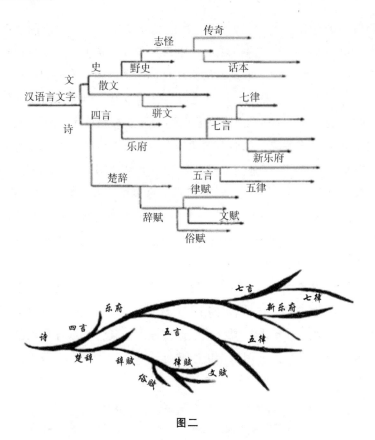

图二

异，是偶然性。这种神奇瑰丽的风格随着汉帝国的建立而风靡一代。如果
建立汉帝国的不是酷爱楚辞的楚人，那么屈赋能否风靡一代是很可怀疑
的。然而时尚又改造了屈赋，橘过淮则为枳，汉帝国时空中的楚辞终于衍
生为汉赋。这一过程则由文化整合所制约，属"必然"性了。值得注意
的是，屈原所创生的"香草美人"的比兴手法与意象，以及极富想象的
意境，则成为一种文学"基因"，流传下来。不但李白、李贺乃至鲁迅、
毛泽东诗词中有这种"基因"，诸如散文、戏曲、小说等门类的文学作品
中，也有这种"基因"。诚如陈植锷《诗歌意象论·引言》所指出，它是
属于"一些决定文学内部基本构成及发展的共同因子"，也是文学史中流
衍不息的生命之所在。这些包孕着文学生命的种子，随风飘落，在某种
"精神气候"下它萌发了，在"某种气候"下它又"冬眠"了，这就是
文学史上何以有间歇现象的根本原因。再如陶渊明诗，其特有的旷逸风格
在当时并不引人注目，如果不是被《文选》主编萧统的慧眼相中了，陶

诗要穿越茫茫时空，至宋代经苏就之手广为流传，恐怕也无从谈起了。许多作家、作品未能如此幸运，他们被湮没了，在文学史上没留下痕迹。可是他们所创造的意象、意境却与屈、陶的作品所创造的意象、意境一样，化入他人的作品之中，成为意象流变中的一分子而永存。这也是"作家、作品加背景"的文学史模式无法代替意象流变研究的一条重要理由。

然而，文学与文化诸因子间的关系远非描述中那么清晰明了而且确定。不断变幻着的文学外部条件与幽微奥妙的文学内部条件错综复杂、即此即彼的关系远远超过一棵大树发达的根系。而且从现代的观点看，事物性质的显现，是由参照系决定的。不同的参照系可以使事物显示不同的性质；参照系的不断引入，能使事物不断显现新的性质，使我们对事物的认识不断深入。从这一层意义上看，任何文学史模式都注定要死亡。但总会有新模式出现。文学史研究的视野永无边界。

（原载《文学评论》，2004 年第 3 期）

# 文化建构文学史纲（节选）

## 情志的离合

罗庸讲魏晋南北朝文学，断自建安初年逮唐中宗景龙三年，约五百年。但又申明："应加建安前三十年。盖为党锢时代，而影响后之清谈甚大。"① 肇自党锢，诚见几之论。所谓"党锢"，乃指东汉桓帝延熹九年（166）、灵帝建宁二年（169）对士大夫群体的两次大镇压。这是东汉末年士大夫知识阶层与专制君权（及其操纵者宦官或外戚集团）间的"话语权力"之争。盖中国所谓的"封建社会"，其实是建立在宗法社会基础上的官僚体制，基本特征是"人治"与"礼治"的结合。因之作为"经世之术"的"儒教"与政治的一体化，是官僚体制的支柱，士扮演着"王者师"与僚属的二重角色：一方面他们是"道"的阐释者，作为终极真理的"道"的解释权归士所有；另一方面，士又必须具备一定的行政能力，是专制君权意志的执行者，处于"政从上"的雇员地位。特殊角色造成士似乎超越任何特定阶级的利益之表象，同时也造成"道"与"势"的冲突，不时地引发士与专制君权之间的话语权力之争。在中国官僚政治的进程中，东汉是一大关捩。

东汉士的官僚化、文吏化值得注意。儒生兼习经术与法律成风，其参政欲望与自我评价日高。② 这一情势与汉末外戚、宦官把持朝政使士大夫日益边缘化的现实相激成变。《后汉书·党锢列传》称："逮桓灵

① 郑临川记录，徐希平整理：《箫吹弦诵传薪录》，上海古籍出版社 2002 年版，第 189 页。
② 参看阎步克《士大夫政治演生史稿》第十章《儒生与文吏的融合：士大夫政治的定型》，北京大学出版社 1996 年版。

之间，主荒政谬，国命委于阉寺，士子羞与为伍，故匹夫抗愤，处士横议，遂乃激扬名声，互相题拂，品核公卿，裁量执政，婞直之风，于斯行矣。"余英时将这种党人以舆论干政诸现象称为"士之群体自觉"。①究其实质，应是士为了维护其"王者之臣，其实师也"的理想地位而大规模群起力争。② 正由于所争者在乎本阶层、集团之地位、权力，所用之法不是"清君侧、辨忠奸"，而是结党、清议，诚如王夫之《读通鉴论》卷八所云：

> 侯览也，张让也，蟠踞于桓帝之肘腋，而无能一言相及也。杀人者死，而诛及全家；大辟有时，而随案即杀；赦自上颁，而杀人赦后；若此之为，倒缓巨奸 以反噬之名，而卒莫能以片语只词扬王庭以祛祸本。然则诸君子与奸人争兴废，而非为君与社稷捐躯命以争存亡乎！

"为君"与为士大夫自身权益，何者为第一义？此为后世"忠臣"与"党锢诸贤"之大别。且党人清议声势浩大，《后汉书·党锢列传》称"自公卿以下，莫不畏其贬议，屣履到门"。这种破坏王权一统的异己力量，不能不引起君主的警惕。所以党锢实出于君主之手："于是天子震怒，班下郡国，逮捕党人，布告天下。"（同上）士大夫则由此产生与君主离异之心，是朱熹《答刘子澄书》所说："建安以后中州士大夫只知有曹氏，不知有汉室，却是党锢杀戮之祸有以驱之也。"（《朱文公文集》卷三十五）总之，由党锢"驱之"，"群体自觉"的结果是走向自己的反面——"个体的自觉"。自此而后，中国士大夫不再作为一个自觉的群体为本阶层争权益，而是作为"皮之不存，毛之焉附"的细小个体附属于君权或其他势力。

所谓的"个体自觉"，与西方文艺复兴时代人文主义者的"人格的觉

---

① 参看余英时《士与中国文化》第六篇〈汉晋之际士之新自觉与新思潮〉，上海人民出版社 1987 年版。

② 参看葛兆光《七世纪前中国的知识、思想与信仰世界》，第四篇第一节《汉晋之间：固有思想与学术的演变》，上海复旦大学出版社 1998 年版。

醒"有某些相类乃至相通之处，又有着根本性的差异。① 二者都追求个体的精神自由，却有着截然不同的路径与归宿。在宗法官僚社会中，个体存在以等级与人伦为坐标。所谓"个体自觉"，也只能是将重心由"国"挪向"家"（家族）一边，而作精神上之自由追求耳，并无抛弃现存秩序另建社会新秩序之行为。故群体自觉幻灭之后，党人解体，一部分有力者由名士而门阀，以家族利益为第一义；一部分则疏远朝廷，走上隐逸之路；更多的下层文士则成了无根之蓬草，在惶恐中游走。正是这些人首先将"个体自觉"表现为对生命意义的追问，对文学史有直接的影响。

我赞成如是说：生存焦虑是魏晋文学的心理基础。痛苦激活生命力，生命的价值在死亡面前现身。汉末大动荡使死亡阴影笼罩每一个人，将生存焦虑这根弦拧紧欲断，弹奏了非常之音。"惊心动魄，一字千金"的古诗十九首是为中古文学之序曲开篇。

"古诗"系东汉末年文人拟乐府之作。② 朱自清谓其"用一般人所喜欢的调子，歌咏一般人所喜欢的题材"③，"这种作品，文人化的程度虽然已经很高，题材可还是民间的，如人生不常，及时行乐，离别，相思，客愁等等。"④ 正因其具有最大的普遍性，所以《文选》虽仅存十九首，却颇能看出整整一个时代的心理。且从其取材多自民间看，可推知应出自下层文人之手。论者或以为东汉末"游士"之作，很有道理。东汉游学之盛，《后汉书·儒林传》有云：

> 自光武中年以后，干戈稍戢，专事经学，自是其风世笃焉。其服儒衣，称先王，游庠序，聚横塾者，盖布之于邦域矣。若乃经生所处，不远万里之路，精庐暂建，赢粮动有千百，其著名高义开门受徒者，编牒不下万人，皆专相传祖，莫或讹杂。

---

① ［瑞士］雅各布·布克哈特《意大利文艺复兴时期的文化》第二篇《个人的发展》是这样描述"人格的觉醒"的："对政治漠不关心，一边忙于他自己的正当事业，一边对于文学艺术有极大的兴趣，这样的私人，似乎已经在十四世纪的这些暴君专制制度下初次完整地形成了。"何新译，商务印书馆1979年版，第127页。

② 关于古诗十九首产生之年代，古称"人世难详"，本文采用徐中舒、朱自清、马茂元诸人意见，认定为东汉末之作。

③ 朱自清：《朱自清古典文学论文集》，上海古籍出版社1981年版，第692页。

④ 朱自清：《古诗歌笺释三种》，上海古籍出版社1981年版，第220页。

　　如此万里负粮游学之徒，动辄万人（史称仅梁太后当政时太学生已达三万之众），能成功入仕者又有几个？徐干《中论·谴交》曾慨叹这些填门塞道的宦游人："或身殁于他邦，或长幼而不归，父母怀茕独之思，思人抱东山之哀，亲戚隔绝，闺门分离。无罪无辜，而亡命是效！"党锢之祸对这些士子无异雪上加霜，那点济国活民之"志"，早被轰出九天云外。士类精英殄灭，"群体自觉"又从何说起？陈祚明《采菽堂古诗选》卷三乃云："志不可得而年命如流，谁不感慨？"

> 人生天地间，忽如远行客。（《青青陵上柏》）
> 人生寄一世，奄忽若飙尘。（《今日良宴会》）
> 人生忽如寄，寿无金石固。（《驱车上东门》）
> 思君令人老，岁月忽已晚。（《行行重行行》）

　　"忽"字凸现了对生命意义的焦灼，各色人等都要被带到它的面前接受拷问。由是，生命的追问成为世纪的主题。不同时期、不同类型的人对此有不同的回答，缤纷多彩的中古文学亦由是而生。

　　非常时期有非常之音。在那"世积乱离，风衰俗怨"的东汉末年，所谓"乱世之音怨以怒"，挽歌这一种特殊的形式却以其哀怨的情调投合乱离人特殊的审美趣味，成为时人喜闻乐见的形式！《后汉书·周举传》载大将军梁商大会宾客，"酣饮极欢，及酒阑倡罢，续以《薤露》之歌，座中闻者皆为掩涕。"又应劭《风俗通》称："时京师殡、婚、嘉会，皆作傀儡，酒酣之后，续以挽歌。"风尚如此，难怪曹丕《与朝歌令吴质》会说："高谈娱心，哀筝顺耳。"连大英雄曹操言志，也采用"泣丧歌也"的《薤露》、《蒿里》等形式。其《短歌行》云："对酒当歌，人生几何？譬如朝露，去日苦多。"完全是古诗十九首口吻。然而与"志不可得"的下层文人不同，结尾一转："山不厌高，海不厌深。周公吐哺，天下归心！"求贤建业之志昂然挺出。不但身为贵胄的曹氏父子，被称为"建安七子"的孔融、王粲诸人，也多有慷慨之音。兹举三例，以概其余：

> 吕望老匹夫，苟为因世故。管仲小囚臣，独能建功祚。人生有何

常？但患年岁暮。幸托不肖躯，且当猛虎步。安能苦一身，与世同举
厝。（孔融《杂诗》）

……骋哉日月逝，年命将西倾。建功不及时，钟鼎何所铭？收念
还寝房，慷慨咏坟经。庶几及君在，立德垂功名。（陈琳《诗》）

……许历为完士，一言犹败秦。我有素餐责，诚愧《伐檀》人。
虽无铅刀用，庶几奋薄身。（王粲《从军诗》）

诗之外，如刘桢《遂志赋》、陈琳《移豫州檄》之类，也颇多风云之
气。总之，"悲怆"的社会情绪与"慷慨"的个体情志，合成建安文学集
团为代表的一批文人的总体风格，即《文心雕龙·时序》所揭示的："观
其时文，雅好慷慨，良由世积乱离，风衰俗怨，并志深而笔长，故梗概而
多气也。"而"志深"二字正是建安作者有别于彷徨中的古诗十九首作者
之关键。

明知人生有限，而雄心不减。这是汉末一批强势文人面对死亡的选
择。如前所论，党人云散后，一批名士走上门阀、军阀之路，具有更强的
独立性，其"志"也就不再拘于"帝王师"，"周公吐哺，天下归心"便
是一例。[1] 唐长孺《东汉末期的大姓名士》一文曾以大量史实举证布列中
外的官僚基本上是这一类大姓、名士，他们处于左右政局的重要地位，在
文化上更是几乎处于垄断地位。[2] 这些人及其周围的大小文人保留着东汉
名士的习气，如赵翼《廿史札记》卷五"东汉尚名节"条所云：

盖其时轻生尚气已成风俗，故志节之士好为苟难，务欲绝出流
辈，以成卓特之行，而不自知其非也。

"雅好慷慨"与此尚气之风是相承接的。当然，曹氏父子以其地位与

_____

① 曹操《让县自明本志令》有云："设使国家无有孤，不知当几人称帝，几人称王！"虽
是自我开脱的话，但也是群雄逐鹿的事实。

② 唐长孺：《魏晋南北朝史论拾遗》，中华书局1983年版，第33~41页。

创作实践引领潮流，将此风尚导入文坛，推为一代新风，功不可没。尤其是"唯才是举"的政策振奋士人，使之无论得志不得志，多"慷慨以任气，磊落以使才"，从及时行乐的情绪中自拔，文人创作之品格亦因此而提升。不妨说，是曹氏父子缔造了个体之情融入关心群体利益之志的"情志合一"时代。其中，曹丕文论的深远影响尤值得注意。

首先是"文章经国之大业"一说。须知执着于现世间的士大夫文人，更多的不是向往那来生再世的幸福，或木乃伊、舍利子之类的永恒，而是化入历史即"时间人"的永存。所以立德、立功、立言为士大夫所重。而"人生飘忽""功名难求"的心理又使立言成为其时士大夫文人的首选。处高位且领袖文坛的曹丕，应时提出："盖文章，经国之大业，不朽之盛事。年寿有时而尽，荣乐止乎其身，二者必至之常期，未若文章之无穷。"（《典论·论文》）一转语，便将生存焦虑转换为创作热情，文学于此立定脚跟。①

然而能将个体生命力输入文章，使二者一气相通而存乎不朽者，在"文气"说。《典论·论文》又云：

> 文以气为主，气之清浊有体，不可力强而致。譬诸音乐，曲度虽均，节奏同检，至于引气不齐，巧拙有素，虽在父兄，不能以移子弟。

创作主体的个性因"气"而直贯其创作个性，由是完成了"个体的自觉"向"文学的自觉"之转换。东汉朦胧渐至的文学自觉意识，至是有了一个理性化的"凝结核"：文气说。

然而文气说的底蕴还在于传统的"诗言志"。试看前此有孟子曰：

---

① 曹丕所云"文章"，虽不专指文学，但此论为建安七子而发，故其文学之比重定不在小。盖其时文体初分，诗赋为"四科"之一，文学界定未明，后来乃有文笔之辨，不足为怪。又有学者指出，早于曹氏，有王粲《荆州文学记官志》云："夫文学也者，人伦之首，大教之本也。"杨修《答临淄侯笺》亦云："若乃不忘经国之大美，流千载之英声，铭功景钟，书名竹帛，斯自雅量，素所蓄也，岂与文章相妨害哉！"然则王氏所谓"文学"，实指儒学；杨氏只是以为文章与经国大美不相妨害而已，不若曹丕直指文章为经国大业、不朽盛事之明确有力。然而文学自觉非一家所倡，亦由此可见。

"夫志,气之帅也。"(《孟子·公孙丑》)后此有刘勰云:"故思理之妙,神与物游,神居胸臆,而志气统其关键。"(《文心雕龙·神思》)再将文气说与"文章经国之大业"整体视之,不难把握此说内在精神乃在"情志合一"。

所谓"情志合一",是指个人情感与追求,能同"对社会的关怀"融而为一。而士"入世精神"之价值,亦尽在于斯。建安诸人出入"几乎一字千金"的古诗之间,却能挺出而别立门庭,亦在于斯。曹操《蒿里》、曹植《送应氏》、王粲《七哀》、刘桢《赠从弟三首》、阮瑀《驾出北郭门行》诸作,莫不如此。至若王粲《登楼赋》,情志交愤,亦颇为典型。其赋有云:

> 悲旧乡之壅隔兮,涕横坠而弗禁。昔尼父之在陈兮,有归欤之叹音。钟仪幽而楚奏兮,庄舄显而越吟。人情同于怀土兮,岂穷达而异心?唯日月之逾迈兮,俟河清其未极。冀王道之一平兮,假高衢而骋力。惧匏瓜之徒悬兮,畏井渫之莫食。步栖迟以徙倚兮,白日忽其将匿。风萧瑟而并兴兮,天惨惨而无色。兽狂顾以求群兮,鸟相鸣而举翼。原野阒其无人兮,征夫行而未息。心凄怆以感发兮,意忉怛而憯恻。循阶除而下降兮,气交愤于胸臆。夜参半而不寐兮,怅盘桓以反侧。

王粲凄怆之情感发出来的是"冀王道之一平",恐人不我用之志。情与志交愤胸中,是为"气"。正是这种情志交愤之气的运作,形成建安文学最耀眼的特色 —— 后人将其总结为"建安风骨"。《文心雕龙·风骨》云:

> 故辞之待骨,如体之树骸;情之含风,犹形之包气。结言端直,则文骨成焉;意气骏爽,则文风清焉。若丰藻克赡,风骨不飞,则振采失鲜,负声无力。是以缀虑裁篇,务盈守气;刚健既实,辉光乃新。

略后的钟嵘《诗品·总论》亦提出"建安风力",并以此品评曹植、刘桢的创作。乃知"建安风骨"是经历一段文学史曲折之后,时人对建安文学创作与文气说的再认识。因之,它更贴近文学的本质。黄侃《文心雕龙札记》称："风即文意，骨即文辞。"就倾向上说，大体如是，但古人并不像今人将内容与形式两个概念界定得那么泾渭分明。风骨连用，取其义有交叉，都是就内容感人而言，是由内容到形式的感发过程。钟嵘《诗品》评刘桢云："其源出于《古诗》。仗气爱奇，动多振绝。真骨凌霜，高风跨俗。但气过其文，雕润恨少。"尚气的个性、高尚的情志、刚健的语言风格，一气相贯，是"风骨"的体现。此后，"风骨"成为中国文学的一个重要的审美尺度，在文学史"正变"过程中起着稳定传统、矫正偏离的作用。盛唐文学之盛，在很大程度上是得力于对"汉魏风骨"的复归。从这一角度看，文气说与风骨论的意义还不在乎"一锤定音"，而在乎它所留下的巨大演绎空间，在被接受、被解读过程中释放出的能量，显示出文学史进程的内在逻辑。

总之，建安诸贤从实践到理论，为"雅文学"定下基调，此后文人创作无论如何摆动，其中轴线仍在情志之离合。

然而在专制的等级社会中，"情志合一"并非易事。事有不得已，志有不可得。在曹操、曹丕旗下的建安文学集团中人，后期已颇感受到这种压郁。① 尤其是与曹丕争继承权失败后的曹植，因其深遭疑忌的特殊处境，"一叶知秋"般感应到未来那股肃杀之气。在创作上则表现为以叙事为主直接反映社会现实的作品少了，以比兴为手段抒一己之情志者多了。如《美女篇》，将叙事的民间乐府《陌上桑》改写为比兴体的五言抒情诗，以美女盛年处室喻士之怀才不遇。且不说其中以赋的手法写五言诗、借叙事来抒情等形式的创新增强了五言诗的表现力（下章另述）；就其对传统比兴的继承而言，也有重大的意义。盖两汉以"美刺"论诗，视比兴同解经，是"应用"的立场；至汉魏之际，始重视比兴的文学性，是从应用转向审美的关键时期。曹植以其成功的创作实践促成这一转向。试

① 曹操收罗的邺下文士以百数，可谓"彬彬之盛"，但大多位卑任轻，属"控制作用"。而称"文章经国之大业"的曹丕，也只是领第一班文人写些游宴待赋。吴质《答魏太子》云："陈徐应刘，才学所著，诚如来命。惜其不遂，可谓痛切。凡此数子，于雍容侍从，实其人也。若乃边境有虞，群下鼎沸、军书辐至、羽檄交驰，于彼诸贤，非其任也。"实在是看透曹操的用心。至若曹丕，则云其"昔侍左右，厕坐众贤。出有微行之游，入有管弦之欢。置酒乐饮，赋诗称寿。"父子对待文士之心何其相似乃尔！难怪刘桢《赠徐干》会露出一点郁闷："我独抱深憾"。

读其《七哀诗》：

> 明月照高楼，流光正徘徊。上有愁思妇，悲叹有余哀。借问叹者谁？自云宕子妻。君行逾十年，孤妾常独栖。君若清路尘，妾若浊水泥。浮沉各异势，会合何时谐？愿为西南风，长逝入君怀。君怀良不开，贱妾当何依？

开头两句是《诗经》式的"见物起兴"，全首以弃妇喻逐臣，是《骚》式比兴。由是将诗骚"比兴"之魂植入五言，传统在新形式中获得再生。然而更值得注意的是曹植创作对形式美的倾注，使美在文学作品中获得独立的意义。如"明月照高楼，流光正徘徊"二句，是"兴"，但那高楼月色给人的印象是永久的，不可取代的。《美女篇》中"长啸气若兰"的美女，《杂诗》"高台多悲风，朝日照北林"的兴象，《杂诗》"转蓬离本根"那转蓬的意象，莫不如是。事实上建安文人在某种程度上说，对美的追求更倾心、更专注。如曹丕《燕歌行》，未必有多少寄托，但那谐婉的声调，夺目的文采，给人美的印象是深刻的。至如曹植的《洛神赋》，由于"铺采摛文"的形式，反而更能凸显曹植化叙事为抒情的创作特色：

> ……于是洛灵感焉，徙倚彷徨。神光离合，乍阴乍阳。竦轻躯以鹤立，若将飞而未翔……陵波微步，罗袜生尘。动无常则，若危若安。进止难期，若往若还。转眄流精，光润玉颜。含辞未吐，气若幽兰。华容婀娜，令我忘餐。

与曹丕的《燕歌行》一样，曹植此赋也未必影射什么（如旧说"感甄"之类）[1]，更多的只是对美好事物的向往之情，对传统的比兴说来，是某种超越。然而，这一变动，在"情志"的天平上，已不觉将重心倾向"情"的一边了。

曹植后期还写了一些如《升天行》、《仙人篇》、《远游篇》、《桂之树

---

[1] 《文选》卷19，李善注，云感甄后之作。

行》之类"游仙"的作品，更能表明其"志"的转移。其《求通亲亲表》自诉禁锢之孤独云："每四节之会，块然独处，左右唯仆隶，所对唯妻子，高谈无所陈，发义无所展，未尝不闻乐而拊心，临觞而叹息也。"孤寂逼使他以文学创作之利器，于现实世界之外另辟灵境。无论是《洛神赋》式对比兴的超越，还是《游仙》式"排雾陵紫虚"，都是对文学虚构特质的强化。应当说，这是"文学觉醒"在曹植创作上更为本质的体现！而《桂之树行》"要道甚省不烦，淡泊无为自然"，已透露玄言诗的倾向。曹植的文学创作不愧为文学史的指路标。

魏正始至咸熙（240—265）是曹氏与司马氏夺权的大震荡年代，一切似乎都随之两分为带有对抗性质的矛盾：真与伪、心与迹、出与处、忠与孝、名教与自然、超越与妥协、帝室与豪门、商品经济与庄园经济……反映到士大夫内心，便归结为"现实与理想"之间的矛盾。盖东汉以来土地兼并的大趋势有利于士族阶层的形成与发展，而曹操以非士兵类的宦官家庭出身，凭借个人杰出的才能建立了曹魏政权，造成大一统的趋势，不能不说带有一定的历史偶然性。其"用人唯才"的政策，给当时士子带来许多幻想，促成"邺下文人"与曹氏父子的遇合，也造成"建安风骨"那"情志合一"的文坛奇观。然而，土地兼并仍在进行，士族仍在发展，曹丕颁行的"九品中正"制适为司马氏为代表的士族豪门与皇室争夺用人权的有力工具。司马氏政权使"用人唯才"政策成为泡影。史学家陈寅恪指出："西晋篡魏亦可谓之东汉大族之复兴。"[①] 历史之河回到故道。然而儒学世家出身的司马氏虽然以"名教"为旗帜，却并无东汉士人的人格理想，为夺权不择手段。又由于地位的改变，使之对士族采取又拉又打的手段，与地方豪门有深刻的矛盾。这种两面性，使司马氏的大伪本质充分暴露。诚如哲学家余敦康所说：司马氏"带给人们的不是理想的实现，而是理想的破灭[②]，使士子"在现实中看不到理想，在理想中看不到现实"。[③] 现实与理想脱节，意味着情与志不得不分离。也就是说，入世、济世之志成了飘浮在空中的理想，几乎只是一种空谈，人们不得不

---

① 陈寅恪：《金明馆丛稿初编》，上海古籍出版社1982年版，第29页。

② 余敦康：《何晏王弼玄学新探》自序，齐鲁书社1991年版。

③ 余敦康：《中国哲学论集》，辽宁大学出版社1998年版，第215页。

将注意力转向个体周遭的喜怒哀乐。而就士族方面言之，门阀士族自其成为相对独立的利益集团起，就先天地带来两重性格。盖其所代表的自给自足的地域宗法性庄园经济的利益，与皇权所代表的大一统中央集权的利益是不可能基本一致的，二者互相争斗又互相利用，由此引发历时久远的统治阶级内部尖锐的斗争，形成六朝的杀夺政治。士族与皇室之间必须保持某种若即若离的适当距离，否则随时会祸起萧墙。这就使士族中人在追求个体存在价值时，往往要处于两难的境地，即一面在精神上追求无限的超越，一面不得不顾及其现实利害关系，由此造成士族中人普遍存在的忽，是所谓的"心迹不一"。这在《世说新语》中不乏例证，如与嵇康同倡"越名教而任自然"的阮籍，无论如何做"白眼"，如何佯狂任诞，也不能不在维护纲常的"名教"的钳制下"至慎"。名教一直是士人身上脱下的一件湿内衣。于是晋人标一个"情"字，自称"情之所钟，正在我辈"（《世说新语·伤逝》），无非只是想从"志于道"的传统价值取向中找一道缝，透一口气耳。然而大多数人只能在"情"的旗帜下做到行为上的任诞，少有人能将其矛盾扭曲的心态形诸文学创作。其中能将其矛盾杂糅心境以诗的形式淋漓尽致表露出来的，只有阮籍的五言组诗《咏怀》八十二首。沈德潜《古诗源》评曰：

> 阮公《咏怀》，反复凌乱，兴寄无端，和愉哀怨，杂集其中，令读者莫求归趣，此其所以为阮公之诗也。

组诗反复吟唱的还是那世纪的主题：对生命的追问。但阮籍的思绪是凌乱无端，情感杂糅的。这是迷途者的歌。《晋书·阮籍传》：

> 时率意独驾，不由径路。车迹所穷，辄恸哭而反。

这一事迹很有象征性。在魏晋杀夺政治中，士人无不为自己的生存而焦虑：或攀龙附凤，或依违两间，或秽迹深藏……阮籍、嵇康为代表的一批济世之志尚存的士人，则以"越名教而任自然"为旗帜，力图超越残酷的现实重建其人格理想。然而他们又痛感到实现这样的理想是不可能的。嵇康《太师箴》云：

季世陵迟，继体承资。凭资恃势，不友不师，宰割天下，以奉其
私。故君位益侈，臣路生心。

离开这样的现实言志，无异于空谈。因此在阮籍《咏怀》中，虽然
也有类似建安人以立功立言来体现人生价值之倾向（第三十九、六十
首），① 但对儒者的立言却又表示："烈烈褒贬辞，老氏用长叹！"黄节引
《庄子》："老聃曰：下有桀跖，上有曾史，而儒墨毕起，于是乎喜怒相
疑，愚知相欺，善否相挑，诞言相讥，而天下衰矣！"对立功立言不无疑
虑。求仙如何？"可闻不可见，慷慨叹咨嗟。自伤非俦类，愁苦来相加。"
（第七十八首）那么隐逸高举呢？第九首云："步出上东门，北望首阳岑。
下有采薇士，上有嘉树林。"羡慕之情不能自己。然而他又清醒地意识
到，他的名士身份使他已经摆脱不了政治旋涡，故怅然曰："良辰在何
许？凝霜沾衣襟！"甚至对庄子，阮籍竟也不无疑惑："夸谈快愤懑，惰
慵发烦心。……谁云玉石同？泪下不可禁。"（第五十四首）齐物论只能
抒一时之愤懑，却解决不了现实中任何一个实实在在的问题。在这里，阮
籍显露出诗人的本性。

世有诗人哲学家者，有别于生活在形而上世界中的"哲人"。《诗》
云："士之耽兮，犹可说也；女之耽兮，不可说也。"哲人犹前者，诗人
哲学家似后者：摆脱不了情感的纠缠。② 阮籍因其对现实有敏锐感受的诗
人气质，拒绝了形而上的逃遁，理性的化解适得其反加深了无所适从的痛
苦。《咏怀》事实上宣告了"越名教而任自然"的失效。③ 幻灭之后是
无奈：

① 本文所引阮籍《咏怀》诗咸用黄节注本：《阮步兵咏怀诗注》，人民文学出版社1984年
版。

② 刘师培《中国中古文学史》将玻始文人分两派，一为王弼、何晏之文，近名、法家言；
一为稽康、阮籍之文，近纵横家言。见人民文学出版社1959年版，第35页。两派之别，笔者以
为即哲人与诗人哲学家之别，前者与文学相远也。

③ 余敦康对此有透彻的看法："表面上看来，'越名教而任自然'是一个坚定的充满了自我
确信的战斗口号，实际上其中蕴含着极为沉重的时代忧患感，是以痛苦矛盾、彷徨无依、内心分
裂为心理背景的。"《中国哲学论集》，第219页。

出门望佳人，佳人岂在兹？三山招松乔，万世谁与期？存亡有长短，慷慨将焉知？忽忽朝日隤，行行将何之？不见季秋草，摧折在今时！（第八十首）。

这就是"反复凌乱，兴寄无端，和愉哀怨，杂集其中"的穷途之哭。"情伤一时，而心存百代"（黄节语），嵇康以死，阮籍以诗。

钟嵘《诗品》称阮籍诗："其源出于《小雅》。"胡应麟《诗薮》则曰："阮嗣宗《咏怀诗》，其源本诸《离骚》。"平章二说，就其对乱世之忧愤言之，《诗大序》有云："至于王道衰，礼义废，政教失，国异政，家殊俗，而变风变雅作矣。"《咏怀》与变雅可谓血脉相贯；就其引类譬喻、忧愤深广言之，则《咏怀》得《离骚》之精神。尤其是作为文人的个体创作，《咏怀》是《离骚》的重大进展。一个明显的事实是：《咏怀》不但摆脱乐府民歌乃至古诗之影响，甚至比曹植"化叙事为抒情"更进一步确立了文人创作的特色，即开始有意于意境的创构与事象的虚化、情感的非个人化。典型莫过其《咏怀》第一首：

夜中不能寐，起坐弹鸣琴。薄帷鉴明月，清风吹我襟。孤鸿号外野，翔鸟鸣北林。徘徊将何见？忧思独伤心。

中间四句以外景之变迁摹写心境之变化。或者说是将心境化为外在的意境，为情造文。反观《咏怀》诸多事相，多为虚指，即隐去具体之事件，只写真情实感，是所谓"微而显"的风格——"厥旨渊放"难以坐实，而其情绪却易于感知。这就为读者的参与留下偌大的想象空间，诗人独特感受亦因之化为普遍存在的情感，是为抒情的非个人化。阮籍创造的这种"响逸而调远"的内心独白形式，成为文人创作的重要形式，突破性地丰富了以比兴为内在线索的中国抒情文学的传统。此后，不但五言组诗如左思《咏史》八首，陶渊明《饮酒》二十首，陈子昂《感遇》三十首，张九龄《感遇》十二首，李白《古风》五十九首继承了阮籍《咏怀》的精神，其他形式诗歌如鲍照《疑行路难》十八首（一说十九首），杜甫《秋兴八首》，乃至柳宗元那些情感杂糅的山水诗，也都有一个"咏怀"的灵魂在，这就是理想与现实、情与志互动的情感旋涡。

内容之于形式，当如牡蛎与其贝壳一般无间然。然而作者禀性各异，于诸文体适应程度不一样，也就所长不同。阮籍之文，虽多玄音，却"才藻艳逸"，重骈偶，近辞赋，是诗人之文。其《大人先生传》最精彩，以虿蟹诸礼法君子，讽刺辛辣，同时也失去《咏怀》诗那反映理想与现实、情与志之冲突的复杂性与深度。① 至于嵇康，刚肠疾恶，长于辩难，故为诗略嫌质直，而为文则壮丽清峻，极见个性。如《声无哀乐论》，《文心雕龙·论说》称其"师心独见，锋颖精密，盖人伦之英也"。其文有曰：

> 声音自当以美恶为主，则无关于哀乐；哀乐自当以情感，则无系于声音。

> 夫五色有好丑，五声有善恶，此物之自然也。至于爱与不爱，喜与不喜，人情之变。

文中极力突出自我意识，对以音乐观风俗、行教化的正统观念而言，是出位之思。而《与山巨源绝交书》更是强调自己"必不堪者七""甚不可者二"的个性，塑造了一个"长而见拘，则狂顾顿缨，赴蹈汤火；虽饰以金镳，飨以嘉肴，愈思长林而志在丰草"的狂狷者形象，饱含作者的人格力量。显然嵇康之"志"已由对社会的关怀转向对个性与人格理想的坚持，毋宁说具有更多的"情"的成分。他个性简亢清高，却又不得不自我压抑，以"心不措乎是非，而行不违乎道"（《释私论》）自律，乃至学阮籍"口不论人过"居然达到王戎所称"与嵇康居二十年，未尝见其喜愠之色"（《世说新语·德行》）的境地。然而在具体人事面前，到底还是呈露其刚肠疾恶的个性，招来杀身之祸。可惜的是，其诗文尚未能尽情体现这一理性与个性的深刻矛盾（虽然《幽愤诗》多少透露一点消息。）无论如何，嵇与阮之创作，同为理想与现实碰撞之产物，最典型地反映该时代士大夫扭曲的心灵。

---

① 诚如吉川幸次郎所指出，阮籍《大人先生传》、《达庄论》，以齐物论为一贯内容，不像《咏怀诗》留下一些矛盾，这是论文形式的要求。参看吉川幸次郎：《中国诗史》，章培恒等译，安徽文艺出版社1986年版，第174～175页。

情志分立已渐成趋势。《文心雕龙·明诗》评晋诗云:"采缛于正始,力柔于建安。"后者正关系到情志的核心问题。首先是"志"内涵的蜕变。孔颖达《左传·昭公二十五年》疏曰:"在己为情,情动为志,情、志,一也。"应当说,志只是情的一种,与个体的志向、襟抱有关。但长期以来经儒家的阐释,"志"已有颇强的伦理政教意味,与关心群体利益的忧患意识结下不解之缘。①建安时曹孟德倡"唯才是举",虽"不仁不孝"而能经邦治国用兵者往往举而用之,所以此期士子多"慷慨以任气,磊落以使才",个体之情与关心群众利益之志颇相融洽,是之谓"情志合一"。然而,"志"的伦理意味已被弱化。至司马氏篡权,不得不于"忠"字之外另标一"孝"字,又进一步淡化了士人讲究气节的意识。对当时许多文人而言,"志"只是"志向",疏离了"志节"的内涵。不妨说,自嵇康之死,不但《广陵散》绝响,并敢于坚持个体理想人格者亦绝之。这正是"力柔于建安"的根本原因。

罗庸论西晋文士,有云:"前期为依权臣而生活者,后期为依诸王而生活者","个性更无由发展",诚为笃论。②检《晋书·贾谧传》,有所谓"二十四友",其中石崇、欧阳建、潘岳、陆机、陆云、挚虞、左思、刘琨,咸为当时一流文士,难怪刘勰《文心雕龙·时序》会说:"晋虽不文,人才实盛。"这些依权臣而生活者为后人所诟病,但平心而论,在这点上"二十四友"与"邺下文人"并无本质上的不同。去掉"成者王,败者寇"的偏见,应当说,依附权臣并非二十四友问题之所在。问题乃在"无特操",也就是求仕不择手段,不讲人格。历来视潘岳《闲居赋》为虚情之标本,如元好问《论诗绝句》云:"心画心声总失真,文章宁复见为人?高情千古《闲居赋》,争信安仁拜路尘!"然而出与处一直以来就是士子两可的选择,《晋书·潘岳传》载:"岳频宰二邑,勤于政绩。"又云:"既仕宦不达,乃作《闲居赋》。"得志则"勤于政绩",失意则赋《闲居》,以此缓解心中的不平衡,亦是一时之情,未必作伪。其伪在

---

① 情与志在古人心目中是有区别的,如诸葛亮《诫外甥书》称:"若志不强毅,意不慷慨,徒碌碌滞于俗,默默束于情,永窜伏于凡庸"云云,情志区分颇显豁。徐正英《"诗言志"复议》也曾详证春秋及以前时期的限"志"不含情,可资参考。文见《中州学刊》,1999年第6期。

② 参看郑临川记录:《笳吹弦诵传薪录》,第215~217页。

"志"。盖史言"岳性轻躁，趋世利"，为仕进不惜构陷他人，如此人品断断无关怀群体社会利益之志可言，"勤于政绩"只是为了更"得志"。其"志"不过是"名利"之代号耳，早已疏离了志节的内涵。

　　这里有个人的原因，也有时代的原因。盖司马氏政权属皇室与豪族联合统治之政权，先天地缺乏整合力。如司马炎与贾充二家之联姻，种下贾后专权而引发"八王之乱"的祸根，便是明证。由此形成有晋一代政坛瞬息万变的"多头政治"。士子处如此多变之世，而有躁进之心，则易生投机心理，从政一似赌博，气节又从何讲起？人格焉得不双重？这在当时是颇为普遍之现象。① 陆机情况更复杂也更为典型。《晋书》本传称："时中国多难，顾荣、戴若思等咸劝机还吴，机负其才望，而志匡世难，故不从。"终难免华亭鹤唳之叹。陆机的悲剧在于虽有"匡世难"之志，却以"好游权门"为手段，是多变之时势与躁进之心态相触，政治上自然多反复，其"志"实际上也只能是个空壳。所以陆机诗文、演连珠多有涉及政教之作，属传统的"言志"范围，却多是些伦理观念的演绎，颇乏感发力。其精彩之作，多属思乡怀土之类，如《怀土赋》、《述思赋》、《思归赋》、《叹逝赋》、《赴洛道中作诗》等。其中《叹逝赋》云：

　　嗟人生之短期，孰长年之能执？时飘忽其不再，老晼晚其将及，怼琼蕊之无征，恨朝霞之难把。望汤谷以企予，惜此景之屡戢。悲夫川阅水以成川，水滔滔而日度。世阅人而为世，人冉冉而行暮。人何世而弗新，世何人之能故？野每春其必华，草无朝而遗露。经终古而常然，率品物其如素。

　　综观陆机诸作，隐隐然使人感到其中总弥漫着一层《叹逝赋》式的对人生期短的哀思。《吊魏武帝文》是一篇情志交汇的少有佳作，也是一份对生命追问的答卷。选题之妙，在乎以英哲宏达如曹公，面对死亡于弥留之际也不能忘情：

--------

① 王瑶《中古文学史论集·论希企隐逸讽》第四小节曾论及晋人"心迹不一"诸现象，可参看。上海古籍出版社，1982 年新 1 版，第 64～68 页。徐公持《魏晋文学史》第三章第一节石崇论，也认为石崇人格有二重性，详见人民文学出版社 1999 年版，第 328 页。

伊君王之赫奕，实终古之所难。威先天而盖世，力荡海而拔
山。……委躯命以待难，痛没世而永言。抚四子以深念，循肤体而颓
叹。迨营魄之未离，假馀息乎音翰。执姬女以嚬瘁，指季豹而潸焉。
气冲襟以呜咽，涕垂睫而汍澜。

志与情之分立于此可见。《世说新语·伤逝》载王戎丧儿，乃曰：
"圣人忘情，最下不及情。情之所钟，正在我辈。"晋人于"志"外另标
一"情"字，正是士大夫处大伪之世欲坚持个体人格理想而不能，转而
寻求个体内心平衡的一条逃路。好比瞎子的耳朵总是特别灵，晋人乏气却
多情，也是对其"双重人格"的一种补偿。《诗品》称张华诗"儿女情
多，风云气少"，具有相当的普遍性。所以不但潘岳的哀诔文伤逝诗写得
好，《世说新语》亦以《伤逝篇》所载晋人言行最为逼真动人。《文心雕
龙·明诗》称："晋世群才，稍入轻绮，张潘左陆，比肩诗衢，采缛于正
始，力柔于建安；或析文以为妙，或流靡以自妍。"力柔的原因如上所论
主要在于"志"的弱化。陆机在这一文学史的转捩点上提出"诗缘情而
绮靡"，就不是偶然了。

陆机《文赋》云："诗缘情而绮靡，赋体物而浏亮。"或以为"缘
情"只是为了与下句的"体物"相对成文耳。然而陆机喜用"缘情"，如
《思归赋》云："悲缘情以自诱"；《叹逝赋》云："哀缘情而来宅"。其
"缘情"二字岂"言志"所能取代？又《吊魏武帝文》序云："雄心摧于
弱情，壮图终于哀志。""弱情"与"哀志"对举，取其虽有交叉并不重
合的某种互补关系。盖先秦"诗言志"，本是从"用诗"的立场出发，借
《诗》以言己"志"；① 汉儒又强化其"教化"的功能，故"言志"有特
定的含义。陆氏《文赋》从创作者的角度看，则诗之作，实"缘"乎
"情"，于该时代诗多抒个体之情怀看，"言志"诚不如"缘情"贴切。
虽然在陆机文中"缘情"与"言志"并非对立的关系，但它的确代表了
某种疏离的倾向。而这种倾向一旦为南朝士族所接受，并形成文化选择，

_____

① 参看《文艺研究》，2002 年第 2 期"新出土文献《战国楚竹书·孔子诗论》与先秦诗学
研讨"专栏诸文。其中认为"诗言志"一系理论实质上是针对献诗、采诗、用诗的理论，不是
文学意义上的本事诗论的观点，很有启迪性。

则成为一股与"言志"对立的思潮。故清人纪昀看出"诗缘情而绮靡"与传统诗教离异上在于只知"发乎情"而不知"止乎礼义"，其《云林诗抄序》遂将宫体诗之形成归咎于陆机乃云："自陆平原'缘情'一语引入歧途。"

"诗缘情而绮靡"，虽然"绮靡"如注家所释，只是"细好"之意；但历史地看，仍与浮艳侈丽不无关联。如上所引《文心雕龙》所云："采缛于正始，力柔于建安；或析文以为妙，或流靡以自妍。"所谓"采缛"与"流靡"，与陆机"缘情绮靡"便有其深层的联系。盖以"铺采摛文，体物写志"为特征的汉赋，其"钜丽"的形式在魏晋时已开始瓦解，而其穷变声貌讲究辞采的精神在"文学的自觉时代"却得到发扬。人们更有意识地追求语言形式美及文学的表现力。所以，符合汉语特点的对偶、声律被推向极致，而"体物写志"也更加精细化，并因情志的分离而由"体物"偏向"咏物"，"缘情"走向"寄情"，从客体获取灵感转而借客体以喻情怀，"兴"转向"比"，因而"巧构形似"要比"神似"更普遍地成为当时作者的追求。这一过程容另章讨论，这里想探讨的是：追求"缛采"与"朽构形似"一旦成为一种时尚，一种文人普遍的文化心理，则与情志之分离交织而形成文化选择，影响文学史进程。

然则，文化选择之形成是缓慢的，非直线的。西晋诗坛虽以"结藻清英，流韵绮靡"为主线，但仍然是多元化的，情、志虽并举却相去不远，"缘情"未必"绮靡"。如陆云重缘情却又崇"清省"，重要诗人如潘岳之"情调悲苦"，张协之"巧构形似"，左思、刘琨之不失建安梗慨之气等等，都表明文学史正处于"十字路口"。东晋南渡的士族由于处于门阀政治之巅峰，士族文人部分地恢复自信心，其情志有其特殊的表现形式（下一节讨论），所以并未马上选中"诗缘性而绮靡"的路子，而是"江左篇制，溺乎玄风，嗤笑徇务之志，崇盛忘机之谈。"（《文心雕龙·明诗》）然而，正是这"嗤笑徇务之志"，播下"雕藻浮艳"而情志两伤的种子。

自士族南迁，元气大损，而政治上的"近亲繁殖"，用人只在"上品"小圈子内打转，又使其生命力日见衰退。《颜氏家训·涉务》云：

晋朝南渡，优借士族，故江南冠带有才干者，擢为令仆已下，尚书郎、中书舍人已上，典掌机要。其余文义之士，多迁延浮华，不涉世务。……所以处于清高，盖护其短也。

《陈书·后主纪》史臣论亦云：

> 自魏正始、晋中朝以来，贵臣虽有识治者，皆以文学相处，罕关庶务，朝章大典，罕参议焉。文案簿领，咸委小吏，浸以成俗，迄至于陈后主，因循未遑改革。

以上二则材料可为"嗤笑徇务之志"的注脚。须知"徇务之志"是与关心群体社会的"志"之传统内涵相关联的，士族作为一个群体，失此志便无风力可言。更有甚者，士族中人日以"平流进取，坐致公卿"为荣，而立功升迁反以为耻。《南齐书·张岱传》载岱之弟有功当升太守，岱耻之，乃云："若以家贫赐禄，臣所不辞；以功推事，臣门之耻！"以建功立业为耻，走向"唯才是举"的反面，当士族之价值取向滑落到如此地步之时，"才情"又何以自托？士族中人对人生眷恋之情终于失去了最后的光彩。准确地讲，并非"陆平原'缘情'一语"将南朝诗"引入歧途"，而是南朝士族之衰败将"陆平原'缘情'一语引入歧途"。历史，要到盛唐才会走完由建安"情志合一"经六朝而"情志分离"终至盛唐"情志复合"这一"正、变、复"的全过程，此为后话。

生存焦虑不仅引发上述古诗一脉对生命的追问，同时还引发志怪小说之类对生死幽明的想象，魏晋南北朝志怪小说重点在写鬼，便是明证。在这一点上，与古诗十九首站在死看生的精神也是一致的。志怪小说产生的内因当是人们求知的好奇心，即王充《论衡·奇怪》所称："世好奇怪，古今同情。"如"语怪之祖"的《山海经》，便是一部古人对外部世界的探究混合想象之作。汉末乱世，迷信风行，宗教家又利用世人之所好以志怪小说"张皇鬼神，称道灵异"；[1] 民则发为街谈巷议，是聊天的好资料。然而值得注意的还在于：何以其时有许多达官名士也卷入其中，"领衔"

---

① 《鲁迅全集》第九册，《中国小说史略》，人民文学出版社 1995 年版，第 43 页。

写这许多志怪小说？如曹丕著《列异传》，张华著《博物志》，郭璞著《玄中记》、《外国图》，干宝著《搜神记》，葛洪著《神仙传》，陶渊明著《搜神后记》，甚至科学家祖冲之也有《述异记》之作。尽管这些"著作权"的归属尚有争议，但无论如何士大夫积极参与是个不争的事实。诚如李剑国所说："操觚者多有饱学之士和一代文豪。"① 固然这与当时谈风之盛有关（如《世说新语·排调》记桓玄、殷仲堪诸人共作危语，有"盲人瞎马"之喻，又《言语》篇记诸名士共至洛水戏，谈名理之外还论《史》、《汉》，说延陵、子房云云），而更为内在的原因还在于以此逞博见才藻。《三国志·魏志·王卫二刘傅传》注引《魏略》载：

> 淳（邯郸淳）一名竺，字子叔，博学有才章……植（曹植）初得淳，甚喜，延入坐，不先与谈。时天暑热，植因呼常从取水自澡讫，傅粉。遂科头拍袒，胡舞五椎锻，跳丸击剑，诵俳优小说数千言讫，谓淳曰："邯郸生何如耶？"

面对"博学有才章"的邯郸生诵小说数千言，正与在诗中多用典同意—— 逞博。在士族社会中，"学问"与"礼教"一样，往往被视为是世家门阀的文化标志，故无论出身如何，士大夫总是以博学相标榜，所以连贵公子曹植也要向邯郸淳示博。以上文所引志怪小说作者为例，《三国志》本纪裴注引《魏书》称曹丕"博贯古今经传诸子百家之言"；《晋书》本传称张华"雅爱书籍……天下奇秘，世所稀有者，悉在华所。由是博物洽闻，世无与比"；《晋书》本传称郭璞"洽闻强记，在异书而毕综，瞻往滞而咸释"；至于干宝、葛洪诸人，也都是有名的博学家，著志怪小说示博，是情理中事。也就是说，逞博是张皇鬼神、街谈巷议的志怪小说登上士族文化"大雅之堂"的阶梯。因其志在逞博，所以搜集的故事远大于"张皇鬼神"的范围。以晋人干宝的《搜神记》为例，就保存许多优美的传说故事，甚至有"李寄斩蛇""张助砍树"一类的破除迷信的故事，刘叶秋《魏晋南北朝小说》认为："魏晋志怪的辑录者，只要遇

---

到异闻，不管是迷信的还是不迷信的，一齐写进书里，也由此可见。"①
而其动机也就在于逞博而已。正是这种态度，使许多超越士族观念的民间
故事得以保存，提高了志怪小说的文学价值。如《列异传》中"三王冢"
故事，《搜神记》中"韩凭夫妇"故事，都是以死抗暴又有很强的文学性
的代表作。

对志怪小说的兴趣还引发文人自己的创作，如上引曹丕、郭璞诸志怪
小说作者，大都也写游仙诗，从志怪小说中取材与得到启发是明显的。②
而陶渊明《桃花源记》对志怪小说的改写，更是个典型。

据《隋书·经籍志》及此后史志所载，陶渊明曾著《搜神后记》（又
名《续搜神记》）。《四库提要》卷一四二云是"赝撰嫁名"，鲁迅《中国
小说史略》亦称"陶潜旷达，未必拳拳于鬼神，盖伪托也。"③ 鲁迅之辨
虽无确证，理证却颇有力。不过，"不拳拳于鬼神"是一回事，对志怪小
说有浓厚的兴趣又是一回事。陶氏曾著《自祭文》及《形影神》诗，对
生死问题有深刻的思考，且有《读山海经十三首》，表明对志怪小说有浓
厚的兴趣。其名作《桃花源记》便是从理想与现实的双视角对志怪小说
的改造与创作。刘敬叔《异苑》卷一载：

> 元嘉初，武陵蛮人射鹿，逐入石穴，才容人。蛮人入穴，见其旁
> 有梯，因上梯，豁然开朗，桑果蔚然，行人翱翔，亦不以怪。此蛮于
> 路斫树为记，其后茫然，无复仿佛。

在当时志怪小说中有不少类似的故事，单《搜神后记》中就有七八
个。显然，这是当时老百姓避乱、避税现实的反映。历史学家陈寅恪便认
为《桃花源记》属"寓意之文，亦纪实之文"，是晋人避苻秦入壁坞之事

---

① 刘叶秋：《魏晋南北朝小说》，上海古籍出版社，1978 年版，第 44 页。

② 邓中龙《六朝诗的演变》曾指出："我们看到的魏晋时代诗歌，就几乎与神仙结下了不
解缘。在这些诗中，一说到诗的背景，不是昆仑，就是蓬莱；说到仙人，不是王骄就是河上公、
西王母……《淮南子》、《山海经》，就变成了他的经典"见卢兴基选《台湾中国古代文学研究文
选》，人民文学出版社，1988 年版，第 230 页。

③ 上引书，鲁迅《中国小说史略》，第 46 页

实与刘遹入山采药传说的结合；① 唐长孺也指出桃花源故事是流传于南方的百姓避寇入山的传说，陶渊明或结合当时百姓避赋役入山的事实，加以理想化之作。② 然而最重要的还在于：陶渊明《桃花源记》已经是纯粹的文学创作。其结构颇引人注目——作者将幻境镶进一个首尾似纪游的结构之中，亦真亦幻：

> 晋太元中，武陵人捕鱼为业，缘溪行，忘路之远近。忽逢桃花林，夹岸数百步，中无杂树，芳草鲜美，落英缤纷，渔人甚异之。复前行，欲穷其林。林尽水源，便得一山。山有小口，仿佛若有光；便舍船从口入。③

幻象由此产生。桃花林是一道美的屏障，将桃源与苦难的现实隔离开来。渔人入洞，也就是读者进入一个经验的虚幻世界。虽然洞中良田桑竹、阡陌鸡犬、男女种作，似乎只是现实农村常见的细节，然而这是一些经过选择的细节，删除了现实社会中无处不在的压迫与剥削，以及在当时生产水平下自然灾害的威胁。这是一个被简化而远离现实因果秩序之网的淳朴的"自然社会"。

我们不能忽视桃花林那道美的屏障。这不仅仅是氛围的渲染，桃树的意象对农业立国的汉民族具有特殊的象征意义，这已为许多论者所阐明。桃林，勾起我联想的首先是"夸父追日"远古传说中那片"邓林"。④ 如论者所云，那是一个先民的部族首领带领人民寻找水源，终于安居于一片桃林的寓言。这是一个农业社会的远古的记忆。作为一个优秀作家，其作品蕴含的思想感情不应当是个人化的，而应当是具有相当的普遍性，代表时代甚至是历史的文化精神。桃花源正是这样一个源于原始意象的蕴含着历史文化精神的艺术幻境。汉民族的农业社会文明，追求的是和谐、稳定、和平的生存环境。于是，"三代"以往那远

---

① 陈寅恪：《金明馆丛稿初编·桃花源记旁证》，上海古籍出版社，1980年版。

② 唐长孺：《魏晋南北朝史论丛续编》，北京，三联书店，1959年版。

③ 王孟白校笺：《陶渊明诗文校笺》，黑龙江人民出版社，1985年版，第203页。

④ "夸父追日"故事见袁珂校注：《山海经校注》，上海古籍出版社，1980年版，第238页。

古原始公社的记忆成为构筑理想社会的模式。《庄子·胠箧》称上古至德之世云:"当是时也,民结绳而用之,甘其食,美其服,乐其俗,安其居,邻国相望,鸡狗之音相闻,民至老死而不相往来。"《韩非子·五蠹》则云:"古者丈夫不耕,草木之实足食也;妇人不织,禽兽之皮足衣也。不事力而养足,人民少而财有余,故民不争。是以厚赏不行,重罚不用而民治。"这些远古的记忆在陶渊明《桃花源诗》中梦一般再现:

> 相命肆农耕,日入从所憩。
> 桑竹垂余荫,菽稷随时艺。
> 春蚕收长丝,秋熟靡王税。
> 荒路暧交通,鸡犬互鸣吠。
> 俎豆犹古法,衣裳无新制。
> 童孺纵行歌,斑白欢游诣。

"童孺纵行歌,斑白欢游诣"、"黄发垂髫,并怡然自乐",从中我们依稀看到孟子对"小康"社会的描述:"五亩之宅,树之以桑,五十者可以衣帛矣;鸡豚狗彘之畜,无失其时,七十者可以食肉矣。"(《孟子·梁惠王》),陶渊明只是从"集体无意识"对理想化的公社式农业社会的向往中提取意象,让这一具有原始生命力的意象嵌入那片绯红的桃花林,让自然美与顺应自然之社会生活叠印,氤氲一片,引发了纷纷扰扰的乱世中人超然之思。蛮人射鹿或刘子骥入山采药之类的传说只不过为陶渊明提供了镶嵌这颗理想之珠的框架,也正是《桃花源记》结构成功之处。

《桃花源记》是志怪小说中蕴藏的集体无意识所孵化的凤凰,是生存焦虑所促成的审美超越,是对文学净化与"移置"功能的一次深化,也是魏晋以来长期形成的人生诗意化追求的体现。

(原载《文化建构文学史纲〔魏晋—北宋〕》,第二章第一节,北京大学出版社 2005 年)

# 律化：酿造文学独特的语言形式（节选）

朱光潜先生曾极其明快地指出：中国诗的转变只有两大关键，一是乐府五言的兴盛，从十九首起到陶潜止；二是律诗的兴起，从谢灵运和"永明诗人"起，一直到明清止，词曲只是律诗的余波。它的最大特征是趋向精妍新巧。① 真所谓"老吏断狱"，直道出魏晋南北朝文学发展史的动脉所在。六朝文学之功过种种，尽在此创构文学独特的语言形式的过程中。而汉赋的嬗变在这一过程中所释放的能量，便成为文学史发展的一股不容忽视的内驱力。

汉赋，首创韵文、骈文、散文合一的体制，有利于各种艺术手段之尝试与新形式之创构，使赋不期然而然地成为文学的"实验室"（事实上直至唐代，赋依然是文人练习各种技巧的最佳形式）。汉人在这一实验室中做了许多尝试，如利用双声叠韵，采用大量华丽辞藻，俪偶排比，四六句式等等，总归是要增强文字的声色，达到"巨丽"的效果，是为文学自觉之先声。如果说"巨"的精神来自汉帝国的强大，是展现人"对物质世界的直接的巨大征服和胜利"；② 那么"丽"则具有文学自身更为深刻久远的意义。不妨说，正是汉赋所造成的人们对"丽"的偏好，积淀为一种审美意识。曹丕《典论·论文》区分四体云："奏议宜雅，书论宜理，铭诔尚实，诗赋欲丽。"至是，"欲丽"已成为"文学自觉"初级阶段人们对文学之为文学的认识。

丽，耦也。丽本来有偶对义，偶对正是汉赋用以造就巨丽的重要手段。故《文心雕龙·丽辞》乃云：

> 造化赋形，支体必双，神理为明，事不孤立……自扬马张蔡，崇尚丽辞，如宋画吴冶，刻形镂法，丽句与深采并流，偶意共逸韵俱发。

---

① 朱光潜：《朱光潜美学文集》，第二卷，《诗论》第十一章。上海文艺出版社1981年版，第180—181页。

② 李泽厚：《美的历程》，北京，文物出版社，1981年版，第81页。

近譬诸身的思维（如"支体必双"云），以及从正反（阴阳）两方面认识事物的习惯（"事不孤立"云），都合乎"天人合一"的哲思。而心与物合拍造成一种平衡、和谐的美感，即格式塔心理学所谓外在对象与内在情感的"同构感应"，以及汉字单音节易于进行意义的对偶与声音的对仗，乃使骈俪早在《诗经》的时代就自发地进入文学。然而有意地大量集中使用骈俪句式，使"丽句与深采并流，偶意共逸韵俱发"，却是汉赋的功绩。

赋之丽，还隐含着对语言的音乐性的追求。有学者认为，文学自觉之核心乃在自觉地摆脱政教的附庸地位，甚是。我认为不但政教，任何附庸的地位，如史哲、音乐之附庸，也是文学所力求摆脱的地位。文学一旦获得其主体地位，则政教仍可作为重要内容进入文学，音乐也不失为互相发明的盟友。"不歌而诵谓之赋"（《文心雕龙·铨赋》），汉赋因其不入乐，更要追求其讽诵音节所造成的乐感，建立自家的节奏美。作为赋体渊源之一的《离骚》，已有意识地变《诗》整齐的短句为错落的长短句，间之以"兮"字，使语气纡徐跌宕，造成文字自身之音乐节奏的效果。汉赋更是普遍采用四六骈偶为基本句型，长短句穿插，以造成既整齐又有变化、铺张扬厉的美文形式。闻一多说："节奏便是格律"。[①] 格律化当自赋始。

汉末五言诗异军突起，造成诗、赋两种体裁奔竞的态势，引发二者互相渗透，即"诗化"与"赋化"的双向建构，直贯六朝，横溢各文体，是为该时期文学语言形式发展的"交流电"。所谓赋化，我指的是由汉赋积淀下来的审美经验及其语言形式的泛化，诸如藻采、骈俪、用典等手段的集中使用，"铺采摛文"以追求丽的效果。所谓诗化，我指的是抒情化、意象化。有两种现象值得注意：一是魏晋南北朝诗人往往兼善赋作，以铺排整饰、穷态极妍见长；[②] 一是汉魏之际诗赋多同题并作的现象，在取材方面（如景物与妇女题材）趋同。此类现象表明该时代文人已有意于形式之探索，通过二种文体的实践比较，不断双向建构，从而推进文体

---

① 闻一多：《闻一多全集》第三册，北京，三联书店，1982年，第413页。

② 诚如李文初《诗与赋》一文所指出："魏晋南北朝时代的著名诗人，大多以善铺排和'巧言切状'见称。如王夫之说曹植诗'铺排整饰'；叶燮说陆机诗'缠绵铺丽'；刘克庄说谢灵运诗如'锦工之织锦，极天下之工巧组丽'……"云云。见李文初：《汉魏六朝文学研究》，广州，广东人民出版社2000年版，第459页。

之自觉。晋人挚虞《文章流别论》开始从形态、特征、功能诸方面区分众体，而对"诗赋欲丽"作出深刻的反思。其批评"今之赋"的一段论述引人注目：

> 今之赋，以事形为本，则言富而辞无常矣。文之烦省，辞之险易，盖由于此。夫假象过大，则与类相远；逸辞过壮，则与事相违；辩言过理，则与义相失；丽靡过美，则与情相悖。此四过者，所以背大体而害政教。

所谓今之赋，也就是"丽以淫"的"辞人之赋"，事实上也就是司马相如以来积淀而成的"巨丽"特征。"四过"虽然是因其"害政教"而发，有因循汉儒诗教的因素，但指出夸饰过度便会使赋失去文学的真，降低其感动力，却是切中时弊。"铺采摛文"与"四过"构成一对矛盾，是"变"的内因。注意到"丽"与情志相配合的"度"，这是一大贡献。但明确地将丽与情挂上钩，是同代的陆机。《文赋》云："诗缘情而绮靡，赋体物而浏亮。"一在缘情，一在体物，诗赋功能之别甚明。至于绮靡、浏亮，属声、色方面对丽的共同追求，应属互文。这应当也是诗化与赋化要掌握的"度"，"越位之思"太甚，就会变体。如一些咏物诗一味铺陈而乏情，几同于赋，另一些抒情小赋则意象化直如歌行。然而从六朝文学进展之大势看，五言诗主情，故更多地得益于"赋化"而不失其主体性；赋则随抒情化的大潮不断"诗化"，虽然保留了赋"吐无不畅"的优势，终因偏离"体物"的原轨道，自己模糊了赋体特征，日渐由中心走向边缘。所以行家虽或认为"唐赋应是赋的发展高峰"，但毕竟不是赋体的典型态了。

经魏晋长期积累，五言诗已兼备赋体在藻采、骈偶、隶事诸方面之长，于是要求有大的突破，以建立独特的语言形式。文学自身的规律在涌动。明代陆时雍《诗镜总论》称："诗至于宋，古之终而律之始也，体制一变，便觉声色俱开。"事实上，东晋在"淡乎寡味"的玄言诗的掩盖下，早就在酝酿着一场新变。首先是对诗歌功能认识的转向。《文心雕龙·明诗》云："江左篇制，溺乎玄风，嗤笑徇务之志，崇盛忘机之谈。"如上章第二节所论，士族中人"嗤笑徇务之志"是把双刃剑，虽然淡化士族功利之心，利于审美主体之建立，却又与其偏安心态结合，不断弱化其情志。兰亭诸作中或云"消散肆情志，酣畅豁滞忧"（王玄之《兰亭诗》），或云"仰咏挹余芳，怡情味重渊"（王蕴之《兰亭诗》），嘉会吟咏，娱情适性，已隐伏向娱乐性发展之倾向。再者，东晋吴声歌曲盛行此种"名曰民间，实出京畿"的南朝乐府，有着浓郁的市井兴味，适与上述娱乐倾向合拍，当时文人多有仿作，又为来日诗乐合体、声色俱开种下因缘。

新变，终于在晋宋之际浮出水面。萧子显《南齐书·文学传论》有云：

> 今之文章，作者虽众，总而为论，略有三体。一则启心闲绎，托辞华旷，虽存巧绮，终致迂回。宜登公宴，本非准的。而疏慢阐缓，膏肓之疾，典正可采，酷不入情。此体之源，出灵运而成也。次则缉事比类，非对不发，博物可嘉，职成拘制。或全借古语，用伸今情。崎岖牵引，直为偶说。唯睹事例，顿失清采。此则傅玄五经，应璩指事，虽不全似，可以类从。次则发唱惊挺，操调险急，雕藻淫艳，倾炫心魂，亦犹五色之有红紫、八音之有郑卫，斯鲍照之遗烈也。

"三体"之外，其实还有陶渊明一大宗。陶、谢的田园山水诗虽然飘逸超迈，体现了晋宋间人对人生诗意化的追求，但宋以后随着士族的衰落，上层社会乃至市井庶民的审美趣味已转向更具感性的享乐型文艺上来。所以谢灵运一脉与玄言诗相比"虽存巧绮"，而较之齐梁时风仍属"典正"，故"酷不入情"，只"宜登公宴"——更不用说质朴的陶诗了。此之谓："竹不如丝，丝不如肉。"不过，谢之清新巧绮，使景物虚灵化，毕竟成就了时风之流丽。

颜延之在"缉事比类"方面比傅玄、应璩更有代表性。萧子显虽然批评此体"唯睹事例，顿失清采"，但其影响至骨，挥之不去。盖汉赋积淀下来的审美经验大略言之无非藻采、骈俪、隶事数端，这几方面的技巧在士族社会的精神气候下都得到长足的发展。特别是刘宋以后，士族被排挤出权力中心，更要以文学为门槛，自高其门户。故《陈书·文学传》称："夫文学者，盖人伦之所基欤。是以君子异乎众庶。"文学成了有别于"众庶"的标志。所以不但士族以文学自保，"次等士族"乃至"寒人"亦以之为敲门砖挤入士族行列。① 刘师培《中国中古文学史》已注意到士族与文学之间的密切关系，其《总论》有云：

> 自江左以来，其文学之士，大抵出于世族，而世族之中，父子兄弟各以能文擅名。如《南史》称刘孝绰兄弟及群从子侄，当时有七十人，并能属文，近古未之有。②

刘氏还举王筠为例，与诸儿夸耀曰："史传所称，未有七叶之中，人人有集如吾门者。"（《南史·王筠传》）家族世代有文集，在南朝是常有的事。问题在于关系文学特质的"文气"，却是"虽在父兄，不能以移子弟"（曹丕《典论·论文》）。将"才藻"视为士族象征的人，自然要在藻采、偶对、用典等"可操作"的语言形式上用功了。特别是能显示"博学"的隶事用典方面，最易见效。盖其世教育不易，多由家学承传，士族利用此学问之优势，以博学相炫耀而自别于众庶，也是情理中的事。故愈是危机，愈要严士庶之别，也就愈要逞博。所以士族与人对峙尤甚的宋、齐时代，也正是钟嵘《诗品》所谓"文章殆同书抄"的时代。而隶事一旦与对偶、藻采、"巧构形似"相胶合，便凝为中国古典诗歌形式的一个特色。因此，铺锦列绣、错采镂金本不足病，病在雕凿不自然、繁密致板滞，不符合崇尚自然、追求意象化的时代精神。③ 钟嵘《诗品》评颜延之诗曰："又喜用古事，弥见拘束，虽乘秀逸，是经纶文雅才。""用古事"毕竟属"文雅才"，问题出在"拘束"。《总论》说得更明白："颜延、谢庄、尤为繁密……近任昉、王元辰等，词不贵奇，竞须新事，尔来作者，浸以成俗。遂乃句无虚语，语无虚字，拘挛补衲，蠹文已甚。"无虚语、虚字，太板实拘挛，才是其病灶。萧子显也是这个意思，认为缉事比类"博物可嘉"，只是"唯睹事例"，"崎岖牵引"，这才"顿失清采"。

---

① 刘跃进《门阀士族与永明文学》附录，以吴兴沈氏为由武力强到文化士族的个案研究，堪为佳例。北京，三联书店 1996 年版，第 325～340 页。

② 刘师培：《中国中古文学史》，北京，人民文学出版社 1984 年版，第 88 页。

③ 唐代杜甫、李商隐也多用典，但往往能流转奔放而不觉其用典。可见经意象化了的用典仍可以入诗。

后起的"鲍照之遗烈"与鲍照之关系，还得费番口舌。如上节所论，鲍照上承建安，向乐府古诗学习，风格刚健俊逸，"发唱惊挺"诚有之，"雕藻淫艳"似未也。不过鲍氏作《吴歌》三首、《采菱歌辞》二首、仿《子夜》制《中兴歌》十首等，开学习南朝乐府之风气，其诗轻灵婉妙者对颜、谢是个补救。故清人贺贻孙《诗筏》云："明远与颜、谢同时，而能独运灵腕，尽脱颜、谢板滞之习。"不过鲍照主要学习对象是汉魏乐府，得其精华，反过来对俗文学有整合、提升之作用。诚如缪钺《诗论散论》所称："但鲍照仿作吴歌，仍能融入自己之风格，如《采菱歌》'弭榜搴蕙蕙，停唱纫薰若。含伤拾泉花，营念采云蕚'。用字造句，遒紧警炼，皆鲍照之特色。"① 真可谓"不雅不俗"。同时的汤惠休也学乐府，但主要对象是南朝"委巷中歌谣"，流而不返，故《诗品》称："惠休淫靡，情过其才。"刘师培《中国中古文学史》说：

> 晋、宋乐府，如《桃叶歌》、《碧玉歌》、《白纻词》、《白铜鞮歌》，均以淫艳哀音，被于江左。迄于萧齐，流风益盛。其以此体施于五言诗者，亦始晋、宋之间，后有鲍照，前则惠休。②

看来，刘氏也认为摄取南朝民歌情调入五言诗，应是汤惠休首创。诗至宋以后而"声色俱开"，主要得力于文人向南朝民歌学习，最终将促成乐府与赋的合流。《南史·循吏传》论宋齐之世有云：

> 未及囊时，而人有所系，吏无苟得，家给人足，即事虽难，转死沟渠，于时可免。凡百户之乡，有市之邑，歌谣舞蹈，触处成群，盖宋世之极盛也。……永明继运，垂心政术，杖威善断，犹多漏网，长吏犯法，封刃行诛。郡县居职，以三周为小满。水旱之灾，辄加振恤。十许年中，百姓无犬吠之惊，都邑之盛，士女昌逸，歌声舞节，袨服华妆。桃花渌水之间，秋月春风之下，无往非适。

---

① 缪钺：《诗词散论》，上海古籍出版社 1982 年版，第 16 页。
② 前引刘师培《中国中古文学史》，第 90 页。

　　涤非师《汉魏六朝乐府文学史》第五编第一章指出：南朝乐府与两汉采于穷乡僻壤之民间乐府不同，乃以城市都邑为策源地，其所谓"民间"，实即城市。并进一步分析说：

　　　城市生活，本近声色，而当南朝时，因官吏之贪聚，世家之挥霍，与夫伽蓝之建设，城市经济，益形膨胀。是以四方虽穷，而城市恒富，百姓虽流离痛苦，而城市避留者则正不妨于"桃花渌水之间，春风秋月之下"，度其爱恋生活。其发为情词艳曲，盖亦理所固然。则初不必如《南史》所称，有待于宋、齐之盛世也。①

　　萧先生指出南朝乐府民歌本属市井之艳曲，是城市经济之产物，并非"宋齐之盛世"的产物。然而，何以要待到齐、梁才发生大影响，鼓荡为一股雅俗合流之新潮？此则文化选择之力也。

　　宋以后，上层社会结构发生巨变，寒门武宗盘踞权力中心，稍涉宫廷政治斗争之士族文人如谢灵运、范晔、王融、谢朓辈，无不遭难。然而士族只要安享富贵，不徇政务，则仍可保身固宠，有很高的社会地位。《梁书·谢朓传》载谢朓弟致酒并写信劝他："可力饮此，勿豫人事。"故"朓居郡每不治"。谢氏兄弟的态度很有代表性，在生命追问面前，士族交出的答卷是：及时行乐。这样一来，失志士族将精力转向文学，并且只是以之为娱乐之具，也就顺理成章了。何况士族中人，自魏晋以来，多有精于音律者，用之于歌诗，也算是有了用武之地。《南史·王俭传》载：

　　　帝幸乐游宴集，谓王俭曰："卿好音乐，孰与朕同？"曰："淋浴唐风，事兼比屋，亦既在齐，不知肉味。"帝称善。后幸华林宴集，使各效伎艺，褚彦回弹琵琶，王僧虔、柳世隆弹琴，沈文季歌《子夜来》，张敬儿舞。

　　皇室与士族在乐游这点上又有了共同语言，可谓"其乐也融融"。更要紧的是："王侯将相，歌妓填室；鸣商富贾，舞女成群。竞相夸大，互

_____

　①　萧涤非：《汉魏六朝乐府文学史》，北京，人民文学出版社1984年版，第198~199页。

有争夺"（《太平御览》卷五六九引裴子野《宋略》）的士风，与上引"士女昌逸，歌声舞节，袨服华妆。桃花渌水之间，秋月春风之下，无往非适"的市井情调拍合，鼓荡为文坛一股强劲的新潮。"鲍照之遗烈"终于弃鲍照之习汉魏，转从汤惠休辈之学"委巷歌谣"，文化选择与有力焉。

齐梁文学之成功者，端在雅文学对俗文学的整合。唐人元稹《唐故工部员外郎杜君墓志铭并序》称：

> 晋世风概稍存，宋齐之间，教失根本，士以简慢歃习舒徐相尚，文章以风容色泽放旷精清为高，盖吟写性灵、流连光景之文也，意义格力无取焉。陵迟至于梁陈，淫艳刻饰、佻巧小碎之词剧，又宋齐之所不取也。

元氏所论颇中肯綮。"吟写性灵"又曰："吟咏性情。"以性情取代情志，本是齐梁之变一大关节。性情说肇自《诗大序》之"吟咏性情，以风其上"，但中经陆机缘情说之过渡，已淡化了言志之功能。至齐梁言性情者，则各有偏重。揆之有两类：一以钟嵘为典型，一以萧纲为代表。钟嵘《诗品序》云：

> 气之动物，物之感人，故摇荡性情，形诸舞咏。……若乃春风春鸟，秋月秋蝉，夏云暑雨，冬月祁寒，斯四候之感诸诗者也。嘉会寄诗以亲，离群托诗以怨。至于楚臣去境，汉妾辞宫，或骨横朔野，或魂逐飞蓬；或负戈外戍，杀气雄边；塞客衣单，霜闺泪尽；又士有解佩出朝，一去忘返；女有扬娥入宠，再盼倾国；凡斯种种，感荡心灵，非陈诗何以展其义，非长歌何以骋其情？

从所举诸例看，钟氏所谓"性情"，与"情志"并无本质的差异，只是更强调个体真切的感受而已。故其"性"，近"才性"之"性"，是个体之禀性。所以钟氏是以抒写个体真切之感受作为诗的根本。《诗品·卷中序》又云：

夫属词比事，乃为通谈，若乃经国文符，应资博古，撰德驳奏，宜穷往烈。至乎吟咏情性，亦何贵于用事？

钟氏直以"吟咏情性"作为诗区别于众体的本质特征，所以主张不贵用事，于声律但求流畅，"文多拘忌，伤其真美"（《诗品·卷下序》），有所遮蔽则妨碍性情直往。钟氏之论，贵在对该时代追求形式美的新变之潮既是个解放，又是个约束，使之在注重个体真切感受的轨道上放情直往，去融汇赋予乐府的种种技巧。不过，上引"属词比事"一则，将"经国文符"、"撰德驳奏"与"吟咏情性"对举，容易给人将"言志"与"吟咏 情性"对立起来的印象。稍后的裴子野即作如是解。其《雕虫论》云：

> 自是闾阎少年，贵游总角，罔不摈落六艺，吟咏 情性。学者以博依为急务，谓章句为颛鲁，淫文破典，斐尔为功，无被于管弦，非止乎礼义，深心主卉木，元致极风云，其兴浮，其志弱，巧而不要，隐而不深，讨其宗途，亦犹宋之风也。

裴氏干脆将"吟咏 情性"放逐出"言志"之外，而等同于"流连光景"之类。被论者划归"折中派"的昭明太子萧统，或有鉴于此，于其后又提出一个更全面的意见。其《答湘东王求文集及诗苑英华书》云：

> 夫文典则累野，丽则伤浮，能丽而不浮，典而不野，文质彬彬，有君子之致。吾尝欲为之，但恨未逮耳。

这种"文质彬彬"的审美理想，不但萧统自知难以企及，在当代作者中也少能达标。所以他又主编了一部《文选》，以历代的优秀文学作品来体现这一理想。萧统提出的这一审美理想无疑提升了文学之品位，有利于对俗文学之整合。其影响是深远的。当唐人魏征再次提出"文质彬彬"的审美理想时，文学史已进入一个空前辽阔的新视野，《文选》要到那个时代才真正成为楷模。

参编《文选》的刘孝绰在《昭明太子集序》中说："能使典而不

野，远而不放，丽而不淫，约而不俭，独擅众美，斯文在斯。"萧统并未如所说"独擅众美"，但力图综合各种美为一体的确是时代的要求。萧子显《南齐书·文学传论》于辨析上文引及的"三体"之后乃云：

> 三体之外，请试妄谈。若夫委自天机，参之史传，应思悱来，勿先构聚。言尚易了，文憎过意，吐石含金，滋润婉切。杂以风谣，轻唇利吻，不雅不俗，独中胸怀。轮扁斫轮，言之未尽，文人谈士，罕或兼工，非唯识有不周，道实相妨，谈家所习，理胜其辞，就此求文，终然翳夺。故兼之者鲜矣！

日人铃木虎雄《中国诗论史》认为此论"推寻其主旨，可归纳为：诗歌创作虽重在天赋之情性，但亦无妨参用史传；应待情兴自来，而不可预先构定；言辞贵在易解，不可以文害意；音调须谐润婉切，杂以歌谣风味，利于诵读；不拘于雅，不流于俗等几方面"。据此，铃木氏称此论"可说是其由对各种理论的领悟并加以实验而形成的见解，因而也自然成为以前各家理论的折衷之说。"① 所论甚是。不过我认为萧子显云云，更直接的是从宋齐以来的创作经验中感悟得来，与其说是各派理论之"折中"，不如说是对所谓"三体"为代表的创作经验之综合，则所云之"兼工"。如前所述，"三体"各有长短，谢之标举兴会，颜之参用事典，汤、鲍之杂以风谣，诸体兼工，再调以永明诗人所倡之声律，使之言尚易了，吐石含金，滋润婉切，便是理想之范式。事实上早于萧子显的理论，齐"永明体"已具备该范式之雏形，示意如下：

藻采 + 骈俪 + 隶事 + 声律→流丽

前三事于宋前经长期"赋化"，已成为诗中稳定的要素，到"声律"的正式加盟才算是画龙点睛，使律化的新体诗破壁而出。

关于四声之发现，袁行霈主编《中国文学史》第二卷的看法颇通达："四声得以在这个时期（指齐永明间）发现，原因是多方面的，如传统音韵学的自然发展、诗赋创作上声调音韵运用的经验积累等，

---

① ［日］铃木虎雄：《中国诗论史》，许总译，广西人民出版社 1989 年版，第 76—77 页。

均对四声的发明有促进的作用。而更为重要的原因，则是与当时佛经翻译中考文审音的工作有着直接的关系。"① 虽然以前也讲究声韵，但属自然的声韵。"其实问题的关键即在于是否将声律的知识自觉地运用到实际创作之中。"故《南史·庾肩吾传》乃云："齐永明中，王融、谢朓、沈约文章始用四声，以为新变，至是（指梁简文章时）转拘声韵，弥为丽靡，复逾往时。"其中最具自觉性者，首推沈约。《梁书》本传越载约撰《四声谱》，"以为在昔词人，累千载而不寤，而独得胸襟，穷其妙旨，自谓入神之作"。自得之态可掬。不过要将声韵之学运用于诗，是件难事。沈氏在自家创作实践中深深感到这一难度，所以在《南史·陆厥传》所载《答陆厥书》中说：

> 宫商之声有五，文字之别累万。以累万之繁，配五声之约，高下低昂，非思力所学，又非止若斯而已也。十字之文，颠倒相配，字不过十，巧历已不能尽，何况复过于此者乎？……老夫亦不尽辨此。

因此，在实际操作中必须进行必要的简化。沈氏《宋书·谢灵运传》论曰："欲使宫羽相变，低昂互节，若前有浮声，则后须切响。一简之内，音韵尽殊；两句之中，轻重悉异。妙过此旨，始可言文。"所谓宫羽低昂、字声切响云云，说到底就是声调之抑与扬，即后人所谓之平与仄两类而已。这一来，原本相当复杂的声律之学就变得较好掌握了，人人可习而用之。这也与沈氏"三易"的精神相一致。所谓"三易"，即《颜氏家训·文学》所引沈约云："文章当从三易：易见事，一也；易识字，二也；易读诵，三也。"文化选择总体上必须是有利于文化不断地朝最广泛传播这一方向演进，文学作为文化的有机部分，也具有这一品格，雅文学也总是要向俗文学转化。齐梁新变的精神就是在雅俗合流过程中以雅文学提升俗文学同时接受俗文学的影响，在双向建构中形成不雅不俗（不拘于雅，不流于俗）的时代风格。沈约、谢朓、何逊、阴铿的诗歌堪称代表。试读沈约《登玄畅楼》诗：

---

① 袁行霈主编：《中国文学史》第二卷，高等教育出版社1999年版，第122页。

危峰带北阜，高顶出南岑。
中有陵风榭，回望川之阴。
岸险每增减，湍平互浅深。
水流本三派，台高乃四临。
上有离群客，客有慕归心。
落晖映长浦，焕景烛中浔。
云生岭乍黑，日下溪半阴。
信美非吾土，何事不抽簪？

　　前半是赋式的铺排，上下里外，形成一个具有景深的立体视域，避免了平面化。"上有离群客，客有慕归心"用民歌常见的"顶真格"。全诗通体流畅，取势自然。不过，能上承谢、鲍，将山水与乡思结合，出入骈俪、藻采而又深得民歌之风情，创造出深入浅出之流丽风格者，当推谢朓其人。《江上曲》云：

易阳春草出，踟蹰日已暮。
莲叶何田田，淇水不可渡。
愿子淹桂舟，时同千里路。
千里既相许，桂舟复容与。
江上可采菱，清歌共南楚。

　　其清新与深情得益于南朝乐府民歌自不待言。谢朓可贵之处还在于能将民歌这种清新流畅的情调进一步与雅文学讲究藻采、骈俪、熔裁警句的传统结合起来，有意识地调以声律，使之和谐流畅，形成"调与金石谐，思逐风云上"（沈约《伤谢朓》）的新风格。试读其《游东田》诗：

戚戚苦无悰，携手共行乐。
寻云陟累树，随山望菌阁。
远树暧阡阡，生烟纷漠漠。

　　　　　　鱼戏新荷动，鸟散馀花落。

　　　　　　不对芳春酒，还望青山郭。

　　全诗一气流转，是"圆美流转如弹丸"的手段了，而最能综合体现其将山水景致与游子情思结合起来，吟咏 性情，化"雕缋满眼"为清新流丽之美丽，是《晚登三山还望京邑》：

　　　　　　灞涘望长安，河阳视京县。

　　　　　　白日丽飞甍，参差皆可见。

　　　　　　馀霞散成绮，澄江散如练。

　　　　　　喧鸟覆春洲，杂英满芳甸。

　　　　　　去矣方滞淫，怀哉罢欢宴。

　　　　　　佳期怅何许，泪下如流霰。

　　　　　　有情知望乡，谁能鬒不变？

　　在谢朓手中，声律就好比是溶剂，将藻采、骈俪、隶事融为一体，且性情自在其中。《文镜秘府论·天卷·四声论》引沈约云："作五言诗者，善用四声，则讽咏而流靡。"谢氏已做到这一点，且以自家之性情很好地处理了雅俗之间的矛盾，创造出深入浅出的语言风格，为唐诗之先导。后来深受永明体影响的诗人如何逊、阴铿诸人又沿路前行，在意象化方面有所发展（见上节所述），琢句描思更觉隽永。

　　以上范式不但于诗，于辞赋骈文也有大影响。首先是魏晋以来赋的抒情化，至是因律化之风而腾飞，赋与乐府遂趋合流。试读沈约《愍衰草赋》：

　　　愍衰草，衰草无容色。憔悴荒径中，寒荄不可识。昔时兮春日，昔日兮春风。衔华兮佩实，垂绿兮散红。岩陬兮海岸，冰多兮霰积。布绵密于寒皋，吐纤疏于危石。凋芳卉之九衢，霣灵茅之三脊。风急嶰道难，秋至客衣单。既伤檐下菊，复悲池上兰。飘落逐风尽，方知岁早寒。流萤暗明烛，雁声断裁续。霜夺茎上紫，风销叶中绿。秋鸿兮疏引，寒鸟兮聚飞。径荒寒草合，草长荒径微。园庭渐芜没，霜露日沾衣。

马积高《赋史》认为："沈约这篇赋在语句形式上糅合骚体句式、骈赋句式与五言诗句三者，会通之迹尤著。"① 从总体看，去掉"兮"字则颇近于乐府杂言。程章灿《魏晋南北朝赋史》举后来徐陵《鸳鸯赋》，认为以口语入赋，更呈现南朝民歌之影响。② 其赋云：

> 山鸡映水那自得，孤鸾照镜不成双。天下真成长合会，无胜比翼两鸳鸯。……特讶鸳鸯鸟，长情真可念。许处胜人多，何时肯相厌。闻道鸳鸯一鸟名，教人如有逐春情。不见临邛卓家女，只为琴中作许声。

藻采、骈俪、隶事、声律于此岂不融合无痕而趋乎流丽？至如萧悫《春赋》、庾信《春赋》、《荡子赋》等，则几于歌行。事实上赋的诗化太甚，如前所论，则自身模糊了自身的特征，其成果反而落在诗上，成就了唐代十分活跃的歌行。不过在宋、齐间，赋的诗化尚不致此，如鲍照《芜城赋》、江淹《别赋》、《恨赋》，其诗化恰到好处。其他文体至齐梁亦"声色俱开"，无论记序书启，乃至诏令碑铭，无往不然。兹举数例，以概其余：

> 芳林园者，福地奥区之凑，……飞观神行，虚檐云构。离房乍设，层楼间起；负朝阳而抗殿，跨灵沼而浮荣。镜文虹于绮疏，浸兰泉于玉砌。幽幽丛薄，秩秩斯干。曲拂澶回，潺谖径复；新萍泛沚，华桐发岫。杂夭采于柔荑，乱嘤声于绵羽。（王融《三月三日曲水诗序》）
>
> 零雨送秋，轻寒迎节。江枫晓落，林叶初黄。登舟已积，殊足劳止……白云在天，苍波无极。瞻之歧路，眷慨良深！（梁简文帝《与萧临川书》）
>
> 况三农务业，尚看夭桃敷水；四人有令，犹及落杏飞花。化俗移

① 马积高：《赋史》，上海古籍出版社 1987 年版，第 214 页。
② 程章灿：《魏晋南北朝赋史》，南京，江苏古籍出版社 2001 年版，第 243 页。

风，常在所急。劝耕且战，弥须自许。岂直燕垂寒谷，积黍自温；宁可堕此元苗，坐餐红粒。不植燕颔，空候蝉鸣。（梁元帝《课耕令》）

昔人遨游洛汭，会遇阳台。神女仿佛，有如今别。虽帐微笑，涉想犹存。而握里余香，从风且歇。（何逊《为衡山侯与妇书》）

山各行雨，地异阳台。佳人无数，神女羞来。翠幔朝开，新妆旦起。树入床头，花来镜里。草绿衫同，花红面似。……天丝剧藕，蝶粉多尘。横藤碍路，垂柳低人。谁言洛浦，一个河神。（庾信《东宫行雨山铭》）

东晋以来的诗性思维与永明铸成的美文模式至斯可谓里应外合，将雅文学的形式美推向极致。然而，无论如何完美的躯体，都需要有一个健全的灵魂。不幸的是，纤情弱志恰恰是永明诗人乃至整个南朝贵族文人的"阿基里斯之踵"。赵翼《廿二史札记》卷十二"江左世族无功臣"条，谓南齐士族王俭辈"与时推迁，为兴朝佐命以自保其家世。虽市朝革易，而我之门第如故，以是为世家大族，异于庶姓而已。"道出南齐士族的普遍心态。作为世族中人的沈约，就曾亲口说过："今与古异，不可以淳风期万物。士大夫攀龙附凤者，皆望有尺寸之功，以保其福禄。"（《梁书·沈约传》）此际士大夫之"性情"已远离汉魏之际士大夫之"情志"甚明。正是如此纤情弱志使此辈但能打造新的文学范式却无力达成"文质彬彬"之理想，[1] 而有待于唐人以毕其功。在永明诗人的咏物题材中，其弱点更为明显。

咏物，本是赋的"世袭领地"，至永明间因命题酬唱而漫及五言。虽或微有兴寄，也多是些少个人恩怨，而隶事转成热门，退至"缉事比类"一路，难免为文造情。其题材之琐屑，从沈约诗题中可略见一斑：《十咏二首》（《咏领边绣》、《脚下履》）、《咏竹槟榔盘》、《咏竹火笼》、《咏苔》、《咏帐》、《咏篪》……正应着杜甫《戏为六绝句》所批评者："或看翡翠兰苕上，未掣鲸鱼碧海中！"咏物之风至梁、陈愈炽，延及闺阁，

---

① 诚如陈庆元教授所指出，谢朓《和江丞北戍琅玡城》情调直通子建的《赠王粲》。可见只要有风骨，此模式是可以写出文质彬彬的好诗的，只因当时乏气，故此类诗在齐可谓凤毛麟角。陈文见《中古文学论稿》，天津人民出版社1992年版，第99页。

遂成宫体，南朝乐府所歌"男女之情"竟变味成"男女之事"。此间枢纽，端在皇室之领袖文坛。

齐梁文坛形势最大的变化是皇族与士族文化优势的颠倒。南朝皇室多由武宗出身，对士族又忌又羡，既将其挑挤出权力中心，又颇尊崇其社会地位，艳羡其世代相承的文化素养。自萧刘始，皇族已颇重视自身的文化积累，出现豫章王萧嶷一门三代并长文笔的现象。至萧梁一代，皇族更是文才辈出，病况文者数以十计，萧衍、萧统、萧纲、萧绎父子兄弟相继为文坛真正意义上的领袖。萧衍的文化建设甚至得到敌国的首肯，《北齐书·杜弼传》载高欢云："江东有一吴儿志翁萧衍，专事衣冠礼乐，中原士大夫望之以为正朔所在。"萧氏父子大似三曹气象，却未能再造建安昔日的辉煌。何以故？要在皇室促成士人的"纯文人"化，以及相连接的文学与社会关怀之剥离，日趋于"纯文学"化。《颜氏家训·勉学篇》云：

> 梁朝全盛之时，贵游子弟，多无学术……无不熏衣剃面傅粉施朱，驾长檐车，跟高齿屐，坐棋子方褥，凭班丝隐囊，列器玩于左右。从容出入，望若神仙。明经求第，则顾人答策；三九公宴，则假手赋诗。

士族之无能、腐败，是皇家长期以来因势利导的结果。士族腐败无能一至于斯，还有什么社会责任心可言？此际士族，已失却作为"士"的文化内涵。文化内涵空壳化的士族又使其手中之"文学"与"人学"疏离，凸显其娱乐功能而趋于"纯文学"。在士大夫中，以数典隶事竞胜取乐早已成风，便是一证。[①] 而在皇帝眼中，原本兼备学术、经济、文学的士族文人，其文化价值已消失殆尽，"文士"成了"纯文人"。齐武帝萧颐说得透彻："学士辈不堪经国，唯大读书耳。经国，一刘系宗足矣！沈约、王融数百人，于事何用？"（《南史·刘系宗传》）又说："文章诗笔固佳事，然世务弥为根本，可常忆之。"（《南齐书·萧子懋传》）既然文

---

① 《南史·王谌传》、《南齐书·陆澄传》咸载尚书令王俭使客客、学士隶事赌胜取乐之事迹，可为佳例。

章与"经国之大业"无干，皇帝眼中之文学，自然也就是凸显其娱乐功能而趋于"纯文学"了。皇家与士族于此相视而笑。萧梁皇族更是沉溺其中，《梁书·庾肩吾传》载萧纲与湘东王书法："吾辈无所游赏，止事披阅，性既好文，时复短咏。虽是庸音，不能阁笔。有惭伎痒，更同故态。"文学简直成为"游赏"的替代物了。说到底，皇族并非自创一种非士族的新文化，他们沉溺的，仍是士族文化。所以在削弱士族意志的过程中，皇族也削弱了自己的意志。萧纲在《答新渝侯和诗书》中说：

> 垂示三首，风云吐于行间……双鬟向光，风流已绝；九梁插花，步摇为古。高楼怀怨，结眉表色；长门下泣，破粉成痕。复有影里细腰，令与真类；镜中好面，还将甸等。此皆性情卓绝，新致英奇。

新渝侯和诗已佚，但从"风流"云云看，自然是宫体无疑。萧纲将这些轻艳的内容称之"此皆性情卓绝"者，其所谓"性情"非复谢灵运、谢朓周辈所谓性情甚明。彼二谢之性情，讲究个性，去"情志"未远；此"宫体"之"性情"，不但与"言志"几乎绝缘，只是为文造情，事实上也无真情可言。此与齐梁间盛行的佛教一事有关。齐梁间"佛性"说甚为流行，皇族与士大夫文人深受影响，内在地改变了对"性情"的认识。萧衍《净业赋序》云：

> 《礼》云："人生而静，天之性也。感物而动，性之欲也。"有动则心垢，有静则心净。外动既止，内心亦明。始自觉悟，患累无所生也。

儒家讲"性"，指人的本性，与善、恶相关联，有其社会性；佛教讲"自性清净"，指的是抽象的本体，与染、净相关联，将人的本体存在归于超越现实社会的"佛性"。萧衍这里显然是用染（垢），净取代善恶。一转语便将儒学的社会指向拨转向内心的"自觉"，其"治身"已不再有儒家"修身、齐家、治国、平天下"的内涵。所以梁武帝史载其勤于政事，豆羹粝食，一冠三载，不饮酒，不近女色云云，却从来不恤民生，佞佛破财，哀鸿遍野而充耳不闻！《资治通鉴》卷一五九梁武帝大同十一年条，载贺琛上陈民不堪命、官吏贪残、风俗侈靡数事。帝怒，竟自列

"绝房室"、"不饮酒"诸"苦行"，"理直气壮"地作了反诘。他认为只要"治身"，便可置国计民生于不顾而无愧。这种立身与社会责任隔绝的行为模式，影响于文学观念，便是萧纲《诫当阳公大心书》所倡："立身之道与文章异，立身先须谨重，文章且须放荡。"萧纲所谓"放荡"，指的虽然是作文之无拘束，但这种放任必然有其个人与时代之内涵。据史载，萧纲立身还算"谨重"。但所谓谨重，只是一种节制，并非无欲。正是这种"立身谨重"使其有恃无恐，放笔去写《娈童》、《咏内人昼眠》之类衽席题材而无余愧。就其时代而言，诚如詹福瑞教授所言，南朝存在着一种特殊的"军伍文化"，以恣意追求感官刺激为特征，礼教观念十分淡薄。① 出身军伍寒族的皇室深受其影响，所以在那样的时代，那样的圈子里，"文章放荡"只能导引出与该种生活方式相似的轻艳风格。就文学独立而言，该时代文学的确已摆脱了作为政教附庸之地位，"文章且须放荡"一说自有其合理性。然而"文学独立"只能是摆脱其作为文化诸因子的附庸地位，并非割断与诸因子（政教、历史、音乐、宗教等等）之有机联系。处于"大文化"一室之内的各种文本，也只能是相对独立的互文关系。真理走过头，便是谬误。南朝文学独立之战，当以此分界。唐人魏征著《隋书·文学传序》曰：

> 暨永明、天监之际……文雅尤盛。于是作者，济阳江淹、吴郡沈约、乐安任昉……并学穷书圃，思极人文。缛彩郁于云霞，逸响振于金石。英华秀发，波澜浩荡，笔有余力，词无竭源。方诸张、蔡、曹、王，亦各一时之选也。闻其风者，声驰景慕。然彼此好尚，互有异同。江左宫商发越，贵于清绮；河朔词义贞刚，重乎气质。气质则理胜其词，清绮则文过其意，理深者便于时用，文华者宜于咏歌，此其南北词人得失之大较也。若能掇彼清音，简兹累句，各去所短，合其两长，则文质彬彬，尽善尽美矣。梁自大同之后，雅道沦缺，渐乖典则，争驰新巧。简文、湘东，启其淫放，徐陵、庾信，分路扬镳。……

---

① 参看詹福瑞：《走向世俗——南朝诗歌思潮》，第四章第一节，天津百花文艺出版社，995 年版。

　　魏征准确地截取永明、天监之际的新变，为唐人找到与六朝的合适接口，并进而提出要与河朔文风互补，"各去所短，合其两长，则文质彬彬，尽善尽美矣"！然而永明律化好比划过夜空的彗星，有一条长长的美丽的尾巴。也就是说，永明诗人关注的藻采、骈俪、声律、隶事诸要素，应如何整合为一个和谐的相对固定的模式，仍是个长期的课题。从这一角度看，齐梁间兴盛的咏物诗颇值得重视，其中胎孕着"近体诗"的"胚样"。

　　大凡一种文体的嬗变，总是蕴含着该时代的文化意味。咏物诗既是齐梁贵游文学的宠儿，又是长期以来赋化与诗化两股力量互动的结果，是清人李重华《贞一斋诗说》所说："咏物一体，就题言之，则赋也；就所以作诗言之，则兴也、比也。"因此，此体易于实现钟嵘《诗品·总论》提出的要求：赋、比、兴三义并用，以"指事造形，穷情写物"。如果说齐梁以前咏物几乎是赋的专利，至是则咏物诗已成夺席之势，可见此体的生命力。咏物诗有四句、六句、八句、十句及十句以上者不等，其中四韵八句者尤值得重视。以谢朓、沈约为例，谢氏咏物计十六首，其中八句者十首；沈氏咏物计三十六首，八句者八首。兹各举一例：

> 发翠斜溪里，蓄宝宕山峰。
> 抽茎类仙掌，衔光似烛龙。
> 飞蛾再三绕，轻花四五重。
> 孤对相思夕，空照舞衣缝。
>
> （谢朓《灯》）

> 纤手制新奇，刺作可怜仪。
> 萦丝飞凤子，结缕坐花儿。
> 不声如动吹，无风自移枝。
> 丽色倘未歇，聊承云髻垂。
>
> （沈约《领边绣》）

　　五言八句的体式并非齐梁人的发明，也不是咏物诗所特有。早在阮籍

《咏怀》八十二首中，已有七首是五言夜句。尤其第一首"夜中不能寐"，首二句叙事，中四句集中写景，末二句结情，已体现出此体式之优点：布局合理，突出借景抒情手法，能以少总多，要言不烦。此体对谢灵运山水诗叙事写景、议论错杂繁芜之弊，是服良药。故此体式逐渐为齐梁人所认识，在咏物诗及其他唱和抒情之作中乐为所用。① 尤其是在咏物诗中，其心物对应的特点更得到强化：中四句以对仗的形式，使之藻采映发，画面两两相摄，有力地拓宽了内空间；声调抑扬交替，化空间为时间，使之获得一种"声色俱开"的形式美。特别是阑人"艳情"之后，更是情景交融，尽心物徘徊之能事。如萧纲《咏中妇织流黄》：

> 翻花满阶砌，愁人独上机。
> 浮云西北起，孔雀东南飞。
> 调丝时绕腕，易镊乍牵衣。
> 鸣梭逐动钏，红妆映落晖。

是乐府，是赋体；是咏物，是艳情；在萧纲手中浑然无别，皆声情婉转，逸韵动心。藻采、隶事、骈俪、声律整合和谐，可谓拍地无痕。更重要的是：此体式内在地体现着该时代的某些审美理想。《文心雕龙·物色》有云：

> 是以诗人感物，联类不穷；流连万象之际，沉吟视听之区。写气图貌，既随物以宛转，属采附声，亦与心而徘徊。故"灼灼"状桃花之鲜，"依依"尽杨柳之貌，"杲杲"为出日之容……并以少总多，情貌无遗矣。虽复思经千载，将何易夺？及《离骚》代兴，触类而长，物貌难尽，故重沓舒状，于是"嵯峨"之类聚，"葳蕤"之群积矣。及长卿之徒，诡势壤声，模山范水，字必鱼贯，所谓诗人丽则而约言，辞人丽淫而繁句也。……是以四序纷回，而入兴贵闲；物色虽繁，而析辞尚简；使味飘飘而轻举，情晔晔 而更新。古来辞人，异

---

① 以谢朓为例，据陈庆元教授统计，谢氏五言141首，其中八句者43首，4句者24首，约占全部诗作的一半。见陈庆元：《中古文学论稿》，天津人民出版社1992年版，第107页。

代接武，莫不参伍以相变，因革以为功，物色尽而情有余者，晓会通也。若乃山林皋壤，实文思之奥府，略语则阙，详说则繁。然则屈平所以能洞监《风》《骚》之情者，抑亦江山之助乎？

刘勰建构的正是最具中国特色的感应论。①对文学而言，心、物双向建构是透过形式进行的。形式在这里是积极的，而不是被动的。好的形式能促成心物感应化合而为意象，构成意境，以达成丽则约言、以少总多、情貌无遗的审美理想。比照上面的例析，乃知以意义与声调双重对仗为特色的五言八句律化诗，其结构已具此潜能。一旦经唐人着意开发，遂凝定为"近体诗"，诗史于此一大变。

（原载《文化建构文学史纲（魏晋—北宋）》，第三章第二节，北京大学出版社，2005 年）

## "诗史"到"诗圣"的整合过程

文化整体为自身的目的，选择事物能为该目的所用的特质，舍弃那些不可用的特质，同时改造了其他一些特质，使之合乎文化目的要求，这就是文化整合的过程。杜甫由"诗史"到"诗圣"（南宋人所谓"诗圣"乃"圣于诗者"的意思，本文借指北宋人以杜甫为"诗中圣哲"的意思），便是一个文化整合的过程。

也许是我民族发祥地的自然环境过于艰苦的缘故，先民们在不断搏斗中求生存，所以与西方"罪恶感"文化不同，与日本"耻辱感"文化也不尽相同，中华民族的"史官文化"的核心是"忧患意识"。该意识使人少空想而重实际，尤重经验及其总结。一部《资治通鉴》说尽"史"与"官"结合的"史官文化"的反思致用的性质。史，是反思之产物。从这一角度看，我民族虽然少有荷马史诗那样的叙事长篇，却有着比任何民族都多的带经验性的有史的反思特质的诗篇。我们也应当从这一角度来看待杜甫"诗史"的内涵。

---

① 关于感物吟志，请参看拙作：《诗可以兴》，上海，《文艺理论研究》2003 年第 3 期。

综观杜诗，其"诗史"的特质主要体现在两个方面。一是有史的取材与笔法；二是充满史的反思致用的性质。关于第一点，几乎已是文学史常识了，仅举《北征》一例足以明之。该诗以陈述时事为主，记自凤翔归鄜州探亲见闻。诗中既有朝廷借兵回纥、玄宗诛杀杨氏的"大事记"，也有山果丹漆、娇女朱铅的细节。诗取材如史，笔法也如史，不但夹叙夹议，且头两句一上来就书："皇帝二载秋，闰八月初吉。"与结句"煌煌太宗业，树立甚宏达"相呼应，极见郑重严肃，且寓"春秋笔法"。《公羊传》隐公元年传："何言乎'王正月'？大一统也。""大一统"也正是"臣甫愤所切"的兴奋点所在。诸如此类在杜诗中颇多见，前期如《兵车行》、《丽人行》，中期如"三吏"、"三别"，后期如《观公孙大娘弟子舞剑器行》、《八哀诗》等。然而，"少陵（杜甫）知诗之为诗，未知不诗之为诗。"（赵秉文《与李孟英书》）也就是说，杜甫是很重视诗歌自身的艺术规律的，即使以史的题材入诗，也仍然要将它诗化，好比米之酿而为酒。就以上列史传体的《八哀诗》为例，诚然是有意以诗作传，开辟一条新路子而与早期的《饮中八仙歌》迥异其趣；然而他并未囿于史的"信而有征"，而是发扬史有诗心，即据往迹、按陈编而补阙申隐、寓情于事的一面。钱钟书《管锥编》页一六六称：

> 史家追叙真人真事，每须遥体人情，悬想事势，设身局中，潜心腔内，忖之度之，以揣以摩，庶几入情合理。盖与小说、院本之臆造人物、虚构境地，不尽相同而可相通。

"悬想事势"云云，是史家据事理而推知人物心理，想当然而未必然。如《左传》宣公二年记鉏麑自杀前的独白，读者有既是独白"又谁述之耶"之问，正是史家由迹入神求实得真的诗心所在。试以《八哀诗》之李光弼篇论之，光弼平叛之功最著，述其战功是新、旧《唐书》重点所在，而杜甫却突出写其受谗时的矛盾内心：

> 异王册崇勋，小敌信所怯。拥兵镇汴河，千里初妥帖。青绳绥营营，风雨秋一叶。内省未入朝，死泪终映睫！

光弼受谗畏祸，拥兵不敢入朝，以是内省惭恨。"死泪终映睫"，二《唐书》均未之见，也是"又谁闻而谁述之"之类。然而，正是这段传神之笔，写出复杂的内心，也就写出当日复杂的形势，非前期创作《酒中八仙歌》的明快所能比拟。诗心，是其神；史笔，是其骨。杜甫力图以史传的形式以达其"伤时怀人"之情。也就是说，杜甫用心处不在时事之纪实，而在诗人之寄思，是萧涤非先生所指出的："希望大臣们都能像张九龄、王思礼、李光弼等，所以写了《八哀诗》。"① 仇兆鳌作笺注不明此理，纯以史家求之，引郝敬说："《八哀》诗雄富，是传纪文字之用韵者"。遁是以求，则认为张九龄篇对张氏预见安禄山"有反相"，是"一生大节"，诗中略而未详，"其历叙官阶，详记文翰，颇失轻重之体"，并引杨升庵（慎）的补作，以为是"格整辞茂"。然而，此篇取舍，正见杜甫用心处不在时事之纪实，亦步亦趋，而在写出心目中理想之大臣，警醒当世。诗中推重的是张九龄的人格、风度与学术："乃知君子心，用才文章境（'境'或作'炳'）。"之所以如此，恐怕是有感于玄宗重用张说与张九龄，以文治致盛世；后来却转用素无学术、仅能秉笔（竟将"弄璋"写作"弄獐"）的李林甫之流，由盛入衰②。在此武人跋扈的年代里，"详记文翰"是有深意的。仇氏以为"颇失轻重"处，正是杜甫用心处，这就是：对人的反思。而对人的反思正是史官文化的重心所在。后期的杜甫创作之所以仍具"诗史"的特质，关键就在此"反思"的精神。

杜甫在夔州时期是创作的丰收期，所存诗占现存总数约百分之三十。萧涤非先生指出，此期诗在内容上的特征是"把过去一切经历，从国家大事到个人生活细节，来一番'反刍'，写成不少传记体的回忆诗。有的是自传，如《壮游》、《昔游》、《遣怀》、《往在》等；有的是记人，如《八哀》等"。（第33页）反刍，便是反思。因此，这些传记体的回忆诗虽然有纪实的"史"的一面，但重点仍在回忆的幻境之创造，是通过回忆将往年的现实变形为今日的情感与思想的幻象。陈寅恪《读哀江南赋》称庾信"用古典以述今事。古事今情，虽不同物，若于异中求同，同中见异，融会异同，混合古今，别造一同异俱冥，今古合流之幻觉，斯实文

---

① 萧涤非：《杜甫研究》，齐鲁书社1980年版，第12页。

② 参看《汪篯隋唐史论稿》，中国社会科学出版社，1981年版，第196页。

章之绝诣，而作者之能事也"。① 此段所发明，也正是老杜当日之心事。杜甫夔州诗多"反刍"，正是以往事今情别造一同异俱冥之艺术幻境。史家往往喜欢征引杜甫《忆昔》（"忆昔开元全盛日"）诗，以证开元盛世，虽然开元、天宝之世在中国封建社会中堪称"海内富安"，但未必就是"公私仓廪俱丰实"、"男耕女桑不相失"。韩国磐先生曾据敦煌和吐鲁番发现的物价资料分析而得出结论：当时"一般农民较好者勉强可以维持衣食，稍免冻馁，或者从中分化出极小部分富裕的人；差些则衣食不赡，以至借债、卖田、破产、逃散四方。"② 就以诗人自己在诗中所表露的看，二年洛阳、十年长安，他的生活并不富裕："长安苦寒谁独悲，杜陵野老骨欲折！"（《投简咸华两县诸子》）"骑驴十三载，旅食京华春。朝扣富儿门，暮随肥马尘。残杯与冷炙，到处潜悲辛。"（《奉赠韦左丞丈二十二韵》）乃至一次病后，"肉黄皮皱命如线"，承友人王倚请他吃了一餐，竟"令我手足轻欲旋"，感叹道："但使残年饱吃饭，只愿无事长相见！"（《病后过王倚饮赠歌》）因此，可推知杜甫后期诗中所向往的"开元盛世"，更大的成分是艺术幻觉，是寻找那失落了的昔日太平之梦，是对太平世界一往情深的感情之意象化。"神尧旧天下，会见出腥臊！"（《避地》）杜甫在艰难辗转之中不失中兴信心，实在得力于此艺术幻象之鼓舞不少。如此，则老杜何以在战乱频仍中好以丽句写哀思，将故国之思写得如此哀怨缠绵而又如此华丽不尽如《秋兴八首》，也就不难理解了。叶嘉莹教授对杜甫这种"意象化之感情"有独到的认识。她说：

> 杜甫入夔，在大历元年，那是杜甫死前的四年，当时杜甫已经有五十五岁，既已阅尽世间一切盛衰之变，也已历尽人生一切艰苦之情，而且其所经历的种种世变与人情，又都已在内心中，经过了长时期的涵容酝酿，在这些诗中，杜甫所表现的，已不再像从前的"穷年忧黎元，叹息肠内热"的质拙真率的呼号，也不再是"朱门酒肉臭，路有冻死骨"的毫无假借的暴露，杜甫在这些诗中所表现的，乃是把一切事物都加以综合酝酿后的一种艺术化了的情意，这种情

---

① 陈寅恪：《金明馆丛稿初编》，第 209 页。
② 韩国磐：《隋唐五代史论集》，三联书店 1979 年版，第 232 页。

意，已经不再被现实的一事一物所拘限，正如同蜂之酿蜜，虽然确实
自百花采得，却已经并不受百花中任何一种花朵的拘限了。（《迦陵
论诗丛稿》第 93 页，）

"诗史"之有别于"诗"与"史"，绝非"传纪文学之用韵者"，其
要害当在能将史料酿而为诗，往事今情，别造幻境。遁是以求，则岂止
《北征》、"三吏"、"三别"是"诗史"，《秋兴》、《诸将》、《咏怀古迹》
诸组诗亦无往而非"诗史"了。这就是浦起龙所谓的"少陵之诗，一人
之性情而三朝（玄宗、肃宗、代宗）之事会寄焉者也"。（《读杜心解·目
谱》）这就是杜甫"诗史"的特质，也是至今发掘的杜诗的一部分潜在意
义。文化目的选择，就在这一视野中进行。

如前所论，庶族地主的参政使"士族文化"为之解体。闻一多曾敏
锐指出，"盛唐之音"乃是门阀贵族诗的最高成就。他将汉建安五年至唐
天宝十四载，计五百五十年间的文学，划为门阀贵族文学；将唐天宝十四
载后至民国九年"五四运动"，计一千一百多年的文学，划为"士人文
学"。[①] 这一划法是符合两种文化构型嬗变的实际的。世俗地主以其完成
政治结构与意识形态结构一体化的追求，成为前期封建社会美学风范到后
期封建社会美学风范转变的驱动力。而处该时期之文学，以其功能性而接
受文化整合，或同化，或顺化，形成文学效应史。杜诗显晦应循是以求。

大历年间，经"安史之乱"而惊魂未定的文人尚沉湎于寻找失落了
的开元、天宝之梦。当时人皎然在《诗式》卷四"齐梁条"称：

> 大历中，词人多在江外，皇甫冉、严维、张继素、刘长卿、李嘉
> 祐、朱放，窃占青山白云春风芳草以为已有，吾知诗道初丧，正在于
> 此，何得推过齐梁作者？

除了江东这群诗人外，以长安、洛阳为中心的另一批诗人如"大历
十才子"的钱起、卢纶辈，也都爱"窃占青山白云"（虽然也多少有些反
映现实生活中的苦难之作）。当时诸如"山明残雪在，潮满夕阳多"、"长

---

① 郑临川《闻一多先生说唐诗》（上），载《社会科学辑刊》1979 年第 4 期。

乐钟声花外尽，龙池柳色雨中深"之类"体尽流畅，语关清空"的诗作俯拾皆是。就在这些温馨的"太平梦"里，读者、作者在现实中不能实现的愿望得以实现。因此，当时作为"一代文宗"的不可能是杜甫，而是代表往年雍容气象的王维。① 而杜诗，据同代人樊晃称："文集六十卷，行于江汉之南……属时方用武，斯文将坠，故不为东人之所知。江左词人所传诵者，皆君之戏题剧论耳，曾不知君有大雅之作，当今一人而已。"（《杜工部小集序》）这条材料至少说明杜诗当日只在较小范围内（"江汉之南"），甚至以部分面目（"戏题剧论"）进入文学交流系统，尚未被时人所充分认识。关于这一点，下文将另作阐述。问题是：寻找失落之梦的大历之风并未延续太久，肃宗、代宗并非"中兴主"，唐王朝继续走下坡。这就使痛定思痛的士大夫开始对由盛世跌入乱世的历史事实进行深刻的反省。尤其至贞元末，王叔文集团的革新运动虽未直接造就新文学，但它强烈地振起统治阶级中有识之士挽狂澜于既倒之志，扫除异化力量重建政教一体化的封建帝国成为士大夫普遍的追求：无论柳宗元的"明道"说，无论韩愈的"载道"说，无论白居易的"采诗"说，都是试图以文学为重建封建秩序的手段。大凡国家衰亡与国家初安之时，形式主义往往得势；而国步艰难而尚存"中兴"希望之际，或国家向上之时，"致用"之学则往往占上风。这就是现实左右文学的巨大力量。中唐最有力的二大文学潮流，即元、白为中心的"新乐府运动"，与韩、柳为中心的"古文运动"，正体现了当时文学的主潮是属于重视文学的社会功能的所谓"致用"之学。关于这一点，第七章已详论，兹不赘。这里只想提请注意：白居易恢复汉儒"美刺二端"的诗教在中唐是有代表性的，而杜诗"比兴"的一面于是得到再认识。杜诗正是以其"以时事入诗"的社会功能性进入新时代读者的"期待视野"（即读者对作品进行接受的全部前提条件，包括思想感情、道德、文化诸方面的修养所形成的阅读定势），而获得"诗史"的地位。

杜甫晚年特重比兴。当他在夔州看到元结《舂陵行》与《贼退后示官

---

① 自称"起自至德（肃宗年号）元首，终于大历暮年"的高仲武《中兴间气集》，就不收当时已进入创作高峰期的杜甫的诗，而以"理致清赡"，"文宗右丞（王维）许以高格"的钱起，及"右丞以往，与钱更长"的郎士元辈为"中兴"代表作家。这是当时有代表性的意见。

吏作》二首诗后，感叹道："不意复见比兴体制，微婉顿挫之词"，称二诗是："两章对秋月，一字偕华星。"（《同元使君春陵行》）因有意于比兴，有时未免写得生硬，如《种莴苣》序云："既雨已秋，堂下理小畦，隔种一两席许莴苣。向二旬矣，而苣不甲坼（当作"甲坼"，见《易》），独野苋青青。伤时君子，或晚得微禄，辗轲不进。因作此诗。"（《杜诗详注》卷十五）这类"比兴"体在杜诗中算不得成功，却颇能反映杜甫对传统所认识的诗歌社会功能性的追求。汉以后，"比兴"与"美刺"的概念往往混同。白居易《与元九书》批评李白诗"索其风雅比兴，十无一焉。杜诗最多，可传者千余首，""然撮其《新安》、《石壕》、《潼关吏》、《芦子》、《花门》之章，'朱门酒肉臭，路有冻死骨'之句，亦不过三四十。"可见白居易所称"比兴"者，是合乎他所标举的"歌诗合为事而作"的记事诗，而不是《种莴苣》之类的"比兴"诗，元稹《乐府古题序》亦列杜甫的《悲陈陶》、《哀江头》、《兵车行》诸篇为"刺美见（现）事"、"即事名篇"之例。可见杜甫"以时事入诗"、反思致用的"史"的特质为中唐人对历史进行反思的意识所认同。王谠《唐语林》卷二引李珏奏语说："臣闻宪宗为诗，格合前古。当时轻薄之徒，摘章绘句，聱牙崛奇，讥讽时事，尔后鼓扇名声，谓之元和体。"可知杜甫"以时事入诗"的一面经元、白诸人的发扬，曾成为一时的风尚。且如第二章第二节所述，杜甫以口语入诗、通俗化的一面经白居易之手得到片面的发展，成为"浅切"的风格。无论社会功能性，无论通俗性，对初兴的世俗地主来说，都是颇对胃口的。于是，在这两个方面走得更远的白居易被尊为"广大教化主"，（张为《诗人主客图》）其影响至宋初不少衰。①

然而，杜诗好比是个多面的水晶体，"尽得古今之体势，而兼人人之所独专"（元稹语），对后人的影响也是多方面的。"专以道得人心中事为工"的张（籍）、王（建）乐府，"以文为诗"的韩愈，苦心提炼语言、意境的李贺，善写律诗、好学民歌体的刘禹锡，以清词丽句言时事、抒愤懑的李商隐，以长律、吴体酬唱的皮日休、陆龟蒙，乃至罗隐、杜荀鹤、韦庄辈，无不从杜诗中得其一端，发展为自家风格。甚至与杜甫风格迥异

---

① 宋人不但学白体的浅切，还有学白氏的讽谏时事，如《宋史·西蜀世家》犹载欧阳迥拟白氏《讽谏诗》五十首。

的姚合、贾岛，孙仅《读杜工部集序》犹称："姚合行其清雅，贾岛得其奇僻。"（《草堂诗笺》传序碑铭）中、晚唐至五代、宋初人学杜甫，各有推重，尚未有模式化的倾向，更无推为宗主的迹象。对"诗史"特质的认识，也多停留在"以时事入诗"的层次上。晚唐人孟棨《本事诗》首次称杜为"诗史"，而对"诗史"意义的认识也最具典型，兹录于下：

> 杜逢禄山之难，流离陇蜀，毕陈于诗，推见至隐，殆无遗事，故当时号为"诗史"。

写到这里，我们有必要插入对一项被忽略了的事实作点醒的工作。杜诗版本流传一向是受文史工作者重视的课题，可是少有人将它与杜甫由"史"入"圣"的过程联系起来考察。对杜诗流传的考察使我们明白：杜诗在不同的历史条件下并非等量进入文学交流系统。也就是说，杜诗或存或逸，或以此类作品在此地区流布或以彼类作品在彼地区流传，不同时期、不同地域流布情况不一。而文学作品在没有阅读时，并不是完全的文学作品，还不能算是文学作品的实现。接受美学的代表人物姚斯说得有理："它不是一尊纪念碑，形而上学地展示其超时代的本质。它更多地像一部管弦乐谱，在其演奏中不断获得读者新的反响。"① 如是，则杜诗的不等量流传于各地，势必影响同时代人因地域之别而对杜诗本文价值作出较一致的判断。也就是说，中晚唐人因杜诗流传的不完整性，各地读者只能根据该地流传的部分杜诗作出判断，很难从整体上认识杜诗，这是当时人们对杜甫"诗史"特质的认识存在差异的一个不可忽视的因素。为此，遁杜诗流传轨迹进行思索，无疑是有必要的。

流行说法是：杜诗在唐受冷遇，至宋方被发现而显赫起来。如上所述，这至少是一种错觉。无论如何，杜诗在中晚唐是颇有影响的，白居易、元稹、李商隐、皮日休、罗隐、杜荀鹤受其影响是明显的，而韩愈以文入诗，李贺以丽句写哀思也颇受其影响。但在宋以前，少有将某家风格捧为楷模，推为宗主的风尚，大都是兼收并蓄，不主一家，至少不以字规句模为尚。

---

① 〔德〕H. R. 姚斯等著，周宁等译：《接受美学与接受理论》，辽宁人民出版社，1987年版，第26页。

宋以后儒家"定于一"的思维方式掌握了知识阶层，反映于文学则是极力摹仿某家典范，推为宗主。因此，宋以前的杜甫虽广为人称道、学习，却并不显赫，未"定于一"。引起错觉的一个重要原因是：现存《唐人选唐诗（十种）》中，仅韦庄《又玄集》收有七首杜甫诗，而与杜甫同时代的《河岳英灵集》、《国秀集》、《中兴间气集》咸未收杜诗。且不说现存这十种唐人选唐诗远不足当日的实际数目（单现存唐宋各种书志提及的唐人选唐诗，就近五十种之多），仅以当时的历史条件下选家所能具有的信息量而言，这些选本所选的作家作品所具代表性就大成问题。《河岳英灵集》是唐人选集中的佼佼者，是所谓"既闲新声，复晓古体；文质半取，风骚两挟"者。但殷璠是在地僻江南的丹阳编此集的，① 以当时的条件，未睹杜甫大量诗作并不奇怪，不能据以判定杜诗不合殷璠"风律兼备"的标准，这只要看上文所引樊晃《杜工部小集序》便可推知。

樊晃编《小集》，据陈尚君《杜诗早期流传考》称，当在杜甫逝世（大历五年）后二三年间。② 杜甫的正集有六十卷，只"行于江汉之南"，千里外的"江左词人所传诵者"，却只是一小部分"戏题剧论耳"。同代人郭受《杜员外兄垂示诗因作此寄上》诗已称杜甫"新诗海内流传遍"。（《杜诗详注》卷二二）以上例析之，在杜甫死后二三年间，樊晃已能在千里之遥的润州"采其遗文凡二百九十篇"。据陈尚君教授考证，其中所收晚年湖南之作达十首。杜诗流布之速、之广，诚如郭受所誉。只是应当指出，因当时诗集尚未有刊行者，杜诗只能以抄写者所选择的部分面目进入各地的文学交流系统。"江左词人"只知杜甫的"戏题剧论"，不知杜甫有"大雅之作"，便是一证。距杜时代不远，曾受杜甫之孙杜嗣业委托撰写杜甫墓铭的元稹，虽然极口称扬杜诗集古今之大成，但也自谓"得杜甫诗数百首"而已（《叙诗寄乐天书》）。白居易以杜甫为楷模，亦称"杜诗最多，可传者千余首"（《与元九书》），所见并非全集可知。元、白去杜不远，且爱杜甫，所见尚且如此，中、晚唐人各以所见部分杜诗来认识、评价杜甫，好比瞎子摸象各执一端，也就不奇怪了。这种情况至宋

---

① 《全唐诗》卷684，吴融《过丹阳》诗"藻鉴难逢耻后生"句下注："殷文学于此集《英灵》。"

② 该文收入陈尚君《唐代文学丛考》，北京，中国社会科学出版社，1997年版。

犹然。王洙集杜诗十八卷，序云："甫集初六十卷，今秘府旧藏，通人家所有，称大小集者，皆亡逸之余，人自编撰，非当时次第矣。"（《钱注杜诗·附录》）王琪重编王洙本刊行，后记云："又人人购其亡逸，多或百余篇，少数十句，藏弆矜大，复自为有得。"（引同上）可见中唐至宋初人，虽总体上所见杜诗要比后人多；但个体地说，由于杜诗当时尚未经大力整理与收集，中唐至宋初人分别只看到杜诗某些部分面目，互有参错，不及后人易见同一整体：进入文学交流系统的一千四百余首杜诗——虽是"亡逸之余"，但已超过白居易所能见的杜诗数。我们只要看洪业《杜诗引得·序》，万曼《唐集叙录·杜工部集》，就不难明白宋人是花了多大力气来恢复、重建杜诗这一座艺术宝刹的。如果不是科技的发展使杜诗在五代时便得以刊布流行；[1] 如果没有宋人不懈地大规模地进行杜诗的收集、整理工作，形成"千家注杜"的壮观；那么，杜诗在宋代知识分子中普及，逐渐取得相对一致的认识与评价，并进而模式化，都是不可想象的。之所以要强调这一点，正是因为这一要点过去曾被考据所淹没，好比肥皂沫淹没了被洗涤的主体。在杜诗的整合过程中，杜诗整体的重建是同向、同时进行的，是世俗地主知识化运动中杜甫由"史"入"圣"的物质前提。

晚唐、五代长期战乱最终扫荡了士族门阀残余，世俗地主全面取代了士族地主，北宋建立了大一统的中央集权的帝国，自古文运动以来孜孜以求的"政教一体化"得以实现。而政教一体化又向世俗地主提出"知识化"的新要求。于是"由雅入俗"的运动转为"化俗为雅"的运动。在这场运动中，世俗地主的文化教养、道德观念、审美趣味、价值系统都发生了变化。

总之，世俗地主在宋代的期待视野变了。杜甫诗歌艺术中忠君、爱国、病民、省身的潜在意义经长期的接受过程，终于显露在北宋人的视野中，得到认同与强化。

宋初人对杜甫的认识，尚囿于中唐人之所见，多称其风格的多样性与奇博。如王禹偁《小畜集》卷九《日长简仲咸》诗称："子美集开诗世界"；孙仅《读杜工部诗集序》称："公之诗支而为六家：孟郊得其气焰，

---

① 五代晋开运官本杜集，是我国最早刊印书籍之一。

张籍得其简丽"云云。(《草堂诗笺,传序碑铭》)宋祁《景文集》卷四
五《南阳集序》追述近世之诗,多祖前人,"不丐奇博于少陵,萧散于摩
诘(王维);则肖貌乐天(白居易),祖长江(贾岛),而摹许昌(薛能)
也。"可见时人尚未集中注意于杜诗,对其"诗史"的特质也尚未重视。
然而,"由雅入俗"运动至晚唐已烂熟,宋初世俗地主毕竟已开始转入
"化俗为雅"的新运动,这就需要有一个新的典范,新的权威。对典范的
尊崇是中国文学的重要特色,也许还是中国人的一种思维模式。中国提倡
某种文学主张,不就是往往要靠创作本身——如各式各样的选本——的示
范吗?明显如陈子昂,虽无多少理论,却能以其成功的创作影响于一代文
风,是杜甫所谓"终古立忠义,《感遇》有遗篇"(《陈拾遗故宅》)。反
之,柳冕因不长于创作,自知"志虽复古,力不足也",(《全唐文》卷
57,《答荆南裴尚书论文书》)古文运动不得不有待于韩、柳。因之,自
中唐至北宋,诗人们一直在寻找本时代的最高典范,而北宋人的自立精神
就寓于遴选乃至改造这一典范之中。宋人晁说之《成州同谷县杜工部祠
堂记》称:

> 本朝王元之(禹偁)学白公(居易),杨大年(亿)矫之,专
> 尚李义山(商隐);欧阳公(修)又矫杨而归韩(愈)门,而梅圣
> 俞(尧臣)则法韦苏州(应物)者也。(《嵩山文集》卷一六)

此文颇为简要地概述了北宋前期人们寻找典范的过程。[1] 在这一过程
中,作为选择规范的,是世俗地主上升为统治阶级后,以"俗"为底子,
又继承士族文化"雅"的遗产,则"化俗为雅"的审美意识,及上文所
论反映其伦理结构与价值系统之"务本"、"致用"的哲学观与社会观。
以王禹偁为代表的学白居易一派,与学晚唐姚合、贾岛之流的所谓"九
僧"一派,都是晚唐五代以来诗风的延续。白诗的浅切,强调诗的社会

---

① 宋人对此看法比较一致,如《苕溪渔隐丛话前集》卷二二引蔡宽夫《诗话》:"国初沿
袭五代之余,士大夫皆宗白乐天诗,故王黄州(禹偁)主盟一时。祥符、天禧(真宗年号)间,
杨文公(亿)、刘中山(筠)、钱思公(惟寅)专喜李义山,故崑体之作,翕然一变;而文公尤
酷嗜唐彦谦诗,至亲书以自随。景祐庆历(仁宗年号)后,天下尚古文,于是李太白、韦苏州
诸人,始杂见于世。"

功能性，一直受到宋人的重视，后来的苏轼仍颇推崇。徐复观《宋诗特征试论》称："自徐铉兄弟及王禹偁们的'白体'后，因白乐天诗的风格与时代新精神相合，他在宋诗中，不知不觉地有如绘画的粉本，各家在此粉本上。再加笔墨之功。""我怀疑北宋诗人，都有白诗的底子。"①徐先生的怀疑是不错的，白诗风格合于世俗地主"俗"的底子，故其风格也就成为北宋诗人的底子。然而，在世俗地主知识化运动已发展到"由雅入俗"转为"化俗为雅"的历史时期，白诗的"浅切"便失去号召力。北宋诗文革新运动的领袖人物欧阳修的一则记载颇见几微：

> 仁宗朝，有数达官，以诗知名，常慕白乐天体，故其语多得于容易。尝有一联云："有禄肥妻子，无恩及吏民。"有戏之者云："昨天通衢遇一辎輧车，载极重，而羸牛甚苦；岂非足下'肥妻子'乎？"闻者传以为笑。（《六一诗话》）

这种尚停留在"由雅入俗"时代的审美意识，便是晚唐司空图已抨击过的所谓"都市豪估"的俗气。（《全唐文》卷807，《与王驾评诗书》）魏泰《临汉隐居诗话》称：

> 杜甫善评诗，其称薛稷云："'驱车越陕郊，北顾临大河。'美矣。"……若白居易殊不善评诗，其称徐凝《瀑布诗》云："千古长如白练飞，一条界破青山色。"又称刘禹锡"雪里高山头白早，海中仙果子生迟。""沉舟侧畔千帆过，病树前头万木春"。此皆常语也。禹锡自有可称之句甚多，顾不能知之尔。

从所举具体例子看，杜甫的确要比白居易更能欣赏质朴古雅的风格。白居易不少诗写得平浅，缺少杜甫那种开阖顿挫之气。杨大年（亿）所要"矫之"的，就是白氏"语多得于容易"，即"俗"的一面。应当承认，西昆体是北宋第一次雅化运动，但西昆体自有其不合潮流之处，这就是：西昆体浮艳的文风有悖于世俗地主政教合一的追求。石介《怪说

---

① 《中国文学论集续编》，台北，学生书局版，第31页。

（下）》说得明白：

> 佛、老以妖妄怪诞之教坏乱之，杨亿以淫巧浮伪之言破碎之，吾
> 以攻乎坏乱破碎我圣人之道者，吾非攻佛、老与杨亿也。（《徂徕石
> 先生全集》卷五）

石介将杨亿与佛、老同视为"圣教罪人"，把文与道当成一回事。而把文与道当成一回事正是北宋政教合一的总趋势。文一旦跟不上"道"，甚至想自个儿走，就不合于时务。这一趋势恐怕正是宋真宗下诏禁止文体浮艳的"幕后策划者"。西昆体小集团抬出李商隐作典范遭到失败。欧阳修《记旧本韩文后》："是时天下学者，杨、刘之作，号为'时文'，能者取科第，擅名声，以夸荣当世，未尝有道韩文者……其后天下学者，亦渐趋于古，而韩文遂行于世。"以"载道"说闻名的韩愈继"美文派"的李商隐之后被推上了文坛。

事实上，韩愈是北宋诗文革新运动中最有影响的典范人物。如前所论，北宋诗文革新运动是在"务本"与"致用"二大思潮的交汇处发生的，唯有二者兼优的文学家才是当代典范的最佳人选。为古文而又有志乎古道的韩愈便是一个这样的人选。韩氏还有一点优势：他所提倡的"道统"与"文统"结合的师弟子相承的组织形式，使儒学得以在宗法制社会中深深地扎下根，对宋人有巨大的影响。① 黄节《宋代诗学》对"师友讲习"这一形式的意义颇为重视：

> 前乎苏、梅者，有王禹偁，欲变之而未能，盖王无师友讲习也。
> 至苏、梅稍变之，而和者尚寡。至欧阳修出而尽变之。自欧公以后，
> 宋诗之源流，可得而述，侧存乎师友讲习故也。

所谓苏、梅，是指苏舜钦与梅尧臣，他们应纳入欧阳修诗文革新集团。梅尧臣《依韵和永叔（欧阳修）澄心堂纸答刘原甫》诗称："退之

---

① 参见任继愈《韩愈的历史地位》第三节《建立道统说》，韩愈学术讲座组织委员会编《韩愈研究论文集》，广东人民出版社1998年版，第5—8页。

（韩愈）昔负天下才，扫淹众说犹除埃。张籍、卢仝斗新怪，最称东野（孟郊）为奇瑰。当时辞人固不少，漫费纸札磨松煤。欧阳今与韩相似，海水浩浩山嵬嵬。石君（曼卿）苏君（舜钦）比卢籍，以我拟郊嗟困摧。"（《宛陵先生集》卷三五）俨然以"韩门"再版自居。韩文风行千年，事实上已取得"文圣"的地位，何以在诗坛上却终逊杜甫一筹？《苕溪渔隐丛话》前集卷二二引蔡宽夫《诗话》：

> 景祐、庆历后，天下知尚古文，于是李太白、韦苏州（应物）诸人，始杂见于世。杜子美最晚出，三十年来，学者非子美不道，虽武夫女子皆知尊异之。李太白而下，殆莫与抗。文章隐显，固自有时哉！

从"文章隐显"中，蔡宽夫已直观感悟到"时"的威力。杜甫"最晚出"，却立定了脚跟，当上了"诗圣"，这应与景祐、庆历后的时代精神密切相关。蔡氏的敏感不无道理。苏舜钦《题杜子美别集后》称：杜诗"盖不为近世所尚，坠逸过半"，（《苏学士文集》卷一三）而王琪《杜工部集后记》却云："近世学者，争言杜诗。"（影宋本《杜工部集》）苏舜钦题在景祐三年，而重新编定王洙本杜诗的王琪，后记写于嘉祐四年。其间不过二十余年，而杜诗骤由冷门爆为热门，不可谓非革新时势之功。盖此间经历了"庆历新政"，而王琪写后记之明年，即嘉祐五年，王安石上万言书，开始变法。杜甫的呼声日高，韩愈诸人的终于落选，都应与此期读者的期待视野联系起来考察。

所谓的"期待视野"，说到底无非是指读者的接受能力，是由阅读经验构成的思维定式，它取决于读者的道德观念、审美趣味、思想意识等方面的水平。各时代、各层次的人，都有自己的期待视野。这里只就北宋能左右文学主潮的读者，即世俗地主为主体的"士大夫"这一层次进行概括，抽象出某些共同的倾向。那么，北宋世俗地主知识分子在景祐、庆历前后的期待视野如何呢？这是世俗地主全面转入"化俗为雅"的关键时期，是"致用"与"务本"二大思潮交汇处。作为时代精神的体现者，"为王先驱"的是范仲淹、欧阳修、梅尧臣诸人，而归宿人物却是嘉祐以后的王安石。兹分二步阐述之。

宋诗树立的第一步是体现"致用"之学的"古淡"风格的形成。"西昆体"之所以失败，主要在"浮艳"，不合于当时以儒家入世致用之学为价值选取标准的世俗地主中有识之士的期待视野。范仲淹《奏上时务书》称："臣闻国之文章，应于风化……故圣人之理天下也，文弊则救之以质，质弊则救之以文。""文"与"质"是以"理天下"为目的的，所以李复言《答人论文书》称："夫文犹器也，必欲济其用。苟可适于用，加以刻镂之，藻绘之，以致美焉，无所不可；不济于用，虽以金玉饰之，何所取焉！"李觏《上李舍人书》称："贤人之业莫先乎文，文者岂徒笔札章句而已，诚治物之器焉。"在当时，这种致用的思想很普及。既然以致用为指归，则文风不主华丽，而主"平淡造理者"。欧阳修知贡举最具典型。韩琦《安阳集》卷五十载："嘉祐初，（欧阳修）权知贡举，时举者务为险怪之语，号太学体；公一切黜去，取去平淡造理者，即预奏名"。韩琦与范仲淹、富弼诸人与欧阳修同属一个政治集团，都是当代"名臣"，他对欧阳修持赞同态度，认为"文格终以复故者，公之力也"，应当说是代表当时"庆历新政"这一权力集团的意见，当时造成风气是不难想见的。欧阳修对"险怪之语"不满，自己的创作也力纠韩诗、韩文中这一偏向，化险怪为平夷，即《宋诗抄·欧阳文忠诗抄序》所说："昌黎时出排奡之句，文忠一归之于敷愉"。因此，在当代诗人中，他最推崇的是梅尧臣与苏舜钦。《宋诗抄·宛陵诗抄序》引龚啸云："去浮靡之习于昆体极弊之际，存古淡之道于诸大家未起之先"。《宋诗抄·沧浪集抄序》："刘后村（克庄）谓其（苏舜钦）歌行雄放于圣俞（梅尧臣），……及蟠屈为吴体，则极平夷妥贴。盖宋初始为大雅，于古朴中具灏落渟蓄之妙，二家所擅。"欧阳修所推崇的，就是"古淡"的风格。《六一诗话》说得明白："圣俞平生苦于吟咏，以闲远古淡为意"。欧阳修还对此风格作了贴切的比喻："有如妖韶女，老自有余态。"这种欣赏"徐娘半老"的审美观，便是前文所论的"绚烂归于平淡"的宋人独具的审美理想。如与宋画的清雅瘦劲，宋瓷的沉静无饰，乃至宋人的嗜茶赏梅综合起来思考，便可领会"古淡"正是北宋人的期待视野。韩文诚如陈寅恪所论，是"名虽复古，实则通今，在当时为最便宣传，甚合实际之文体"①，颇合宋人"致用"的价值选取

---

① 陈寅恪：《金明馆丛稿编初编》，上海古籍出版社 1980 年版，第 294 页。

规范。韩诗情况有所不同，在李、杜后想别开生面，就难免要流于险怪，"以不诗为诗"，于儒家"温柔敦厚"的诗教不尽相合。因此，虽然宋诗人颇受韩诗沾溉，却仍有微词，乃至苏轼谓"退之于诗，本无解处"。（《后山诗话》）简言之，韩愈"以文为诗"、"以议论为诗"合于宋人"致用"的一面，但因涩硬仍未臻完善。更重要的是不合宋人的审美理想，于淡雅风格有所缺憾。这就是以韩愈再世自命的欧阳修何以另抬出苏、梅为诗家楷模的原因。梅尧臣《答裴送序意》诗自说："辞虽浅陋颇刻苦，未到二雅未忍捐。安取唐季二三子，区区物象磨穷年！"（《宋诗抄》）《沧浪集抄》也引苏舜钦诗："笔下驱古风，直趋圣所存"、"会将趋古淡，先可去浮嚣"。二人将"古淡"的风格与"致用"的目的联系起来了。然而，他们所追求的并非晚唐、五代乃至宋初那种"语得于容易"的"白体"，而应是《六一诗话》所赞赏的"必能状难写之景，如在目前；含不尽之意，见于言外"、"又如食橄榄，真味久愈在"。反之，"诗句义理虽通，语涉浅俗而可笑者，亦一病也"。然而，韩愈未达到的境界，梅尧臣也没达到。钱钟书《宋诗选注》页一六说："梅尧臣反对这种（指西昆体）意义空洞语言晦涩的诗体，主张平淡……不过他'平'得常常没劲，'淡'得往往没有味。"相形之下，陶潜、杜甫在这方面的造诣要比韩、梅高明得多，这就为宋人后来弃韩而就陶、杜留下余地。综上所论，在宋诗树立的第一步，宋人尚未找到臻善臻美的典范。那么，此期宋人又是如何以其期待视野来看待杜甫的呢？如前所论，中唐后的知识分子因现实的剧变而颇注重史的反思，杜诗"史"的特质正是在当时被认识，而得了"诗史"之称的。至此，北宋正处于外族威胁日甚，国内农民起义不断的特殊情况下，故士大夫有识之士从"致用"出发，在历史反省中求更新。当时欧阳修、宋祁诸人撰写《新唐书》，稍后司马光、刘恕诸人撰写《资治通鉴》，可见对史的重视。杜诗在这一期待视野中，"诗史"的意义得到再认识。宋祁就在《新唐书·杜甫传》中重申了杜甫"诗史"的特色："甫又善陈时事，律切精深，至千言不少衰，世号诗史。"王洙《杜工部集记》称"观甫诗与唐实录，犹概见事迹，比新书列传，彼为踌驳"。（影印宋本《杜工部集》）此后，吕大防为杜诗编了年，"以次第其出处之岁月，而略见其为文之时，则其歌时伤世，幽忧切叹之间，粲然可观。"（《分门集注杜工部诗》载《杜少陵年谱后记》）胡宗愈《成都草堂诗碑序》云："凡出处、动息劳佚、悲欢忧乐，忠愤感激、好贤恶恶，一见于诗，读之可以知世。学士大夫谓之诗史。"（《草堂诗笺》传序碑铭）至此，宋人比中唐人更进一步地认识到杜甫诗史的特质不但在"以时事入诗"，还在于投入式地将自身溶解于现实之中，以自己的一举手一投足反映时代的风情。这应当说是宋人高明之处。然而，至此期，宋人尚未将杜甫与"内省"挂钩，奉为圣人。穆修《唐柳先生集后序》称杜诗"其才始用为胜，而号雄歌诗，道未极浑备。"（《河南穆公集》卷二）宋祁《杜甫传》甚至说："甫旷放不自检，好论天下之事，高而不切"、"性褊躁傲诞"。时人所欣赏的，是杜诗"雄豪"的一面。范仲淹《祭石学士文》称："曼卿之诗，气雄而奇，大爱杜甫，独能嗣之。"（《范文正公文集》卷十）田锡《贻宋小著书》称："李白、杜甫之豪健"。（《咸平集》卷二）欧阳修《堂中画像探题得杜子美》称："杜君诗之豪"。（《乐全集》卷二）苏舜钦《题杜子美别集后》称："（杜诗）皆豪迈哀顿。"（《苏学士文集》卷一三）大体上说，至此期宋人对杜甫诗史特质的认识，基本上尚停留在本节开篇所论的第一个层次，即"以时事入诗"的层次。

宋诗树立的第二步是体现与"致用"之学相表里的"务本"说的精严深刻的风格。如前所论，"务本"论兴盛于韩愈之际，随着大唐中兴梦的幻灭，士大夫日渐失去自信力；在这种心态下，儒学"事功"的一面（"外王"）被抑制，而"修身"的一面（"内圣"）被发扬，由于中唐以后的封建社会是个向下的斜面，所以儒学继续沿着以"内圣"为第一义的方面滑行。因之，"致用"也日渐隶属于"务本"。这就是石介所谓："道德，文之本也"；"功业，文之容也"。（《上蔡副枢书》）欧阳修、苏舜钦也有"道胜者，文不难而自至"、"道德胜而后振"之类的言论。不过，欧、苏仍是文学家，不是理学家，持论尚平正。如欧阳修的崇尚李白，自己还写颇为绮丽的小词可证。至理学家如二程者出，道德要求压倒一切，文学处于奴婢地位。程颐将杜诗"穿花蛱蝶深深见"视为"闲言语"便是有名走极端的例子。① 处于二者之间，对宋诗自立于唐诗有深刻影响的人物是王安石。这是个奇特的矛盾人物。一方面，他颇急于事功，有"新法"为证；另一方面，他又高谈道德性命，开宋道学之先河。赵

_____

① 见《二程全书》遗书第 18《伊川先生语》4。

秉文《滏水文集·原教》称:"自韩子(韩愈)言仁义而不及道德,王氏(安石)所以有道德性命之说也。然学韩不至,不失为儒者,学王不至,其弊必至于佛老,流而为申韩。"可见王安石发展了韩愈的学说,顺从北宋儒学与释(禅)道合流的趋向,企图将"外王"与"内圣"协调起来,由"务本"而有"致用"的实效。不过,王安石行"新法"并不顺利,故前后心态颇不一致。这就是钱穆氏《中国近三百年学术史·引论》所说的现象:"北宋学术,不外经术政事两端。大抵荆公(王安石)新法以前所重在政事,而新法以后,则所重尤在经术。"王氏本人也有前重"致用",后偏"务本"的不同心态。反映在诗歌创作风格的差异,正如《宋诗抄·临川集》序中所说:

> 安石少以意气自许,故诗语惟其所向,不复更为涵畜。后从宋次道尽假唐人诗集,博观而约取,晚年始悟深婉不迫之趣。① 然其精严深刻,皆步骤老杜。……安石遣情世外。其悲壮即寓闲淡之中,独是议论过多,亦是一病耳。

王安石"致用"之学是通过"以意气自许"的个性体现出来的。他是有名的"拗相公",王夫之称其"清介自矜,务远金银之气",(《读通鉴论》卷二六)且又博极群书,以"君辈坐不读书耳"骂人。(见《邵氏闻见后录》卷二〇)投射于诗风上,便是议论风发,眼光深刻,文字表达斩截干净,"不复更为涵蓄"。如颇负盛誉的《明妃曲二首》:"意态由来画不成,当时枉杀毛延寿"、"君不见咫尺长门闭阿娇,人生失意无南北"、"汉恩自浅胡自深,人生乐在相知心"。议论深刻大胆,可谓发聋振聩。晚年的王安石阅尽沧桑,致力经术,意气锋芒渐内敛,但仍能志坚不移,于是由内而外地形成一种拗峭而又淡雅的独特风格,是上引小序所谓"悲壮即寓闲淡之中",既"精严深刻",又有"深婉不迫之趣"。宋人叶梦得《石林诗话》卷上对此已有所觉察:

> 王荆公晚年诗律尤精严,造语用字,间不容发。然意与言会,言

---

① 此段删节《石林诗话》而成,但续以下文"精严深刻"云云,更觉稳妥,精神全出。

随意谴，浑然天成，殆不见有牵率排比处。如"含风鸭绿鳞鳞起，弄日鹅黄袅袅垂"，读之初不觉有对偶。至"细数落花因坐久，缓寻芳草得归迟"，但见舒闲容与之态耳。而字字细考之，若经櫽栝权衡者，其用意亦深刻矣。

王安石的诗风反映了宋人对诗歌从价值观到审美理想的全面要求；即：熔议论、学问、诗律于一炉，达到"致用"与"务本"融一，以精严深刻见长，且能以闲淡出之。宋诗特征于是乎大备。尤其使我们感兴趣的是，王安石诗歌风格是形成于对杜诗典范的选择与学习这一过程中。也就是说，王安石以其典型的宋人的期待视野选择了杜诗作为典范，又在对杜诗本文潜在意义的再认识过程中深受影响，在不断双向建构的合力作用下，完成宋诗自己独特的风格。如果说欧阳修、梅尧臣诸人洗削西昆，为宋诗自立铺平道路；那么，到了王安石才以积极的开创者的姿态，以其铁腕造就了全新的诗风。苏轼、黄庭坚诸人继起，使"古法荡然"，无论宋诗成败，都可在王安石诗风中寻其滥觞。

王安石对杜甫及其诗歌的再认识大致有二：其一是以宋人的价值观对杜甫及其诗歌进行再认识；其二是对杜诗的艺术特征进行再认识。如上所论，在欧、梅时期，人们大都只注意到杜诗"史"的一面，尚未将杜甫与"内省"、"务本"挂钩，奉为圣人。如宋祁的以杜为"性褊躁傲诞"。至王安石，始揭出杜甫的忠君爱国。 《临川先生文集》卷九《杜甫画像》说：

> 吾观少陵诗，为与元气侔：力能排天斡九地，壮颜毅色不可求。浩荡八极中，生物岂不稠，丑妍巨细千万殊，竟莫见以何雕锼。惜哉命之穷，颠倒不见收，青衫老更斥，饿走半九州，瘦妻僵前子仆后，攘攘盗贼森戈矛。吟哦当此时，不废朝廷忧，常愿天子圣，大臣各伊周，宁令吾庐独破受冻死，不忍四海寒飕飕！伤屯悼屈止一身，嗟时之人我所羞。所以见公像，再拜涕泗流！

由上引可见，王安石不但看到杜诗能容巨细万殊，更重要的还在"饿走半九州"的困境中能"不废朝廷忧"。他将杜诗中吟咏个人悲哀而能推己及人的仁学内涵发掘出来，并提到治国平天下的高度、广度上来认识。如上引杜句："吾庐独破受冻死亦足"，便由王安石阐释为忠君、爱国、病民的责任感。这与范仲淹《岳阳楼记》发出的"先天下之忧而忧，后天下之乐而乐"的呼声是同一调子的，也是世俗地主执政后"天下兴亡，匹夫有责"的一种自觉的社会责任感。自此后，论杜者无不注意到杜诗中的"仁"与"忠"义。如苏轼以"一饭未尝忘君"称杜，孔武仲以"尊君卑臣"称杜可为典型。[23]至是，杜诗的潜在意义又积淀为后人的期待视野，可以说宋人已接触到杜诗诗史特质的第二个层次，即反思致用的性质。杜甫由"史"入"圣"，此为关捩点。

这里似有必要插入几句：杜诗本文是否有"忠君"的潜在意义？我看这是无须讳言的事实。如《哀王孙》称"高帝子孙尽隆准，龙种自与常人殊"，还有《杜鹃》诗的整个情绪，都证明杜甫的确有其忠君的一面。至如《槐叶冷淘》"君王纳凉晚，此味亦时须"的感情，真真是所谓"一饭未尝忘君"了。只是中唐人所重多不在此，经王安石发露后，杜诗的"忠君"才成为热点，而无视杜诗中"上感九庙焚，下悯万民疮"，（《壮游》）以民生为重的前提。由于王安石将伦理规范引入文学批评，韩愈不得不退出"竞选"。钱钟书《谈艺录》"宋人论昌黎（韩愈）学问人品"条，言宋人集矢于韩氏之人品颇详。如程颐谓："退之（韩愈）正在好名中。"又谓："有德然后有言，退之却倒学了"。显然，他是将"有德"当第一义的，不容"倒学"。苏轼正是以此来比较杜甫与韩愈的优劣。《苕溪渔隐丛话》前集卷一六引苏轼说："退之示儿皆利禄事，老杜则不然，所示皆圣贤事。"杜甫首先通过了宋人的价值选取，适应于新儒学"伦理—心理"模式，为宋人的"期待视野"所接受。

王安石对杜诗艺术特征的再认识，主要体现在由用字造句入手，对杜诗"新奇"一面的发露。王安石曾亲手编成一部杜诗集——《杜工部诗后集》，收有当时不传杜诗二百余篇。在序中自称："予考古之诗，尤爱杜甫氏作者，其辞所从出，一莫知究极……然每一篇出，自然人知非人所能为，而为之者惟其甫也，辄能辨之。"（《临川先生文集》卷八四）可见他对杜甫的艺术特征相当熟悉，故"每一篇出，辄能辨之"。又《诸家老杜诗评》卷一引《钟山语录》："'无人觉来往，疏懒意何长'，下得'觉'字大好。足见吟诗要一字、两字工夫也。"《石林诗话》卷上说：

"王荆公（安石）晚年诗律尤精严，造语用字，间不容发。"卷中又说："荆公诗用法甚严，尤精于对偶。尝云，用汉人语止可以汉人语对，若参以异代语，便不相类。如'一水护田将绿去，两山排闼送青来'之类，皆汉人语也。"而这种造语用字工夫，又是以杜诗为准则。卷上引蔡天启说："荆公每称老杜'钩帘宿鹭起，丸药流莺啭'之句，以为用意高妙，五字之模楷。他日公作诗，得'青山扪虱坐，黄鸟挟书眠'，自谓不减杜语，以为得意。"前人诚然有崇尚杜甫的，但绝少如此句规字模的。王安石对杜诗细密体味的方法对后人的审美心理是有深远影响的。《苕溪渔隐丛话》前集卷三五引《西清诗话》："熙宁初，张掞以二府初成，作诗贺荆公，公和曰：'功谢萧规斩汉第，恩从隗始诧燕台。'以示陆农师，农师曰：'萧规曹随，高帝论功，萧何第一，皆撷故实；而请从隗始，初无"恩"字'。公笑曰：'子善问也。韩退之《斗鸡联句》：感恩惭隗始，若无据，岂当对"功"字也！'"这就将后人的眼光引向"无一字无来处"，黄庭坚主张"以故为新"、"点铁成金"，当滥觞于此。而"以学为诗"的风气自有其物质的依据：我国雕板印书兴于五代，先是印经史，嗣见少量诗文集。庆历年间毕升活字排印法行，私人书肆大兴，印售既多，藏书者亦随之增多。士大夫家往往有家藏万卷者，如何维琪《宋史新编》举王洙、王钦臣父子为例，家藏数万卷，手自雠正；宋敏求家藏三万卷，皆略诵习云云。此类记载俯拾皆是，可知雕板印书技术使作品达到前所未有的流通量，也使士大夫可以逞博，究心于"无一字无来处"。

　　综上所述，王安石对杜诗艺术特征的再认识对宋人有深刻的影响。他还曾经通过选杜甫、欧阳修、韩愈、李白四家诗，将杜甫推上第一把交椅。从此，诗坛虽有盛有衰，而杜甫"诗圣"的地位却颇稳固。究其原因，就在于杜甫不仅以其诗歌的丰富性、多向性，适应了"化俗为雅"的时代要求，而且通过了宋人向内收敛的价值选取，适应于宋代新儒学"伦理—心理"模式，超越于白居易、韩愈、李商隐之上，如上引蔡宽夫所称："杜子美最晚出，三十年来，学者非子美不道……李太白而下，殆莫与抗。"这就是文化目的选择的力量。胡应麟《诗薮》外编卷五："至介甫（王安石）创撰新调，唐人格调，始一大变。苏（轼）、黄（庭坚）继起，古法荡然。"真正以文学为生涯，掀起大潮，使古法荡然的是苏、黄。此二人对杜诗的认识自然不可不论。

如果说，每颗种子都同时包含着继承与变异的基因；那么，苏轼该是一颗变异大于继承的"孽种"。苏轼特异之处在于：他的变异是寓于继承之中，即"寓变于常"。这是一种外看似顺世间法，骨子里却是对现世间法持否定的社会观。如第七章第二节所讨论的，苏轼在长期宦海波涛的升沉之中，逐渐形成"漠然自定"的人生态度。他将陶潜唯求融合精神于运化之中，即与大自然为一体的一面，改造为对时空、自我的超越的人生态度，在某种程度上脱离儒家正统轨道，这就形成苏轼似乎"表里不一"的文艺观。一方面，苏轼强调了与时代走向一致的"致用"说与"务本"说，《凫绎先生诗集叙》说：

> 先生之诗文，皆有为而作，精悍确苦，言必中当世之过，凿凿乎如五谷必可以疗饥，断断乎如药石必可以伐病。（《苏轼文集》卷十）

又，《范文正公文集叙》说：

> 其于仁义礼乐，忠信孝悌，盖如饥渴之于饮食，欲须臾忘而不可得。如火之热，如水之湿，盖其天性有不得不然者。虽弄翰戏语，率然而作，必归于此。（卷十）

苏轼将作文视同日常生活中必不可少的饮食，而且应当是归于仁义礼乐之"天性"。因此，他将仁义礼乐分为两个层次：情与性。《王定国诗集叙》说：

> 太史公论《诗》，以为"《国风》好色而不淫，《小雅》怨诽而不乱。"以余观之，是特识变风、变雅耳，乌睹《诗》之正乎？昔先王之泽衰，然后变风发乎情，虽衰而未竭，是以犹止于礼义，以为贤于无所止者而已。（《苏轼文集》卷十）

苏氏认为"怨诽而不乱"是不得已的事，所以《三传义》又说："当周之衰，虽君子不能无怨，要在不至于乱而已。"（《苏轼文集》卷六）这只是"变风、变雅"，不是"《诗》之正"。"正"，就要比"止于礼义"

更进一层。《王定国诗集叙》接着说：

> 若夫发于情止于忠孝者，其诗岂可同日而语哉！古今诗人众矣，而杜子美为首，岂非以其流落饥寒，终身不用，而一饭未尝忘君也欤。

"忠孝"比外在的"礼义"更重要，是由情而及于性。《韩愈论》说：

> 儒者之患，患在于论性，以为喜怒哀乐皆出于性，而非性之所有。夫有喜有怒，而后有仁义，有哀有乐，而后有礼乐。以为仁义礼乐皆出于情而非性，则是相率而叛圣人之教也。（《苏轼文集》卷四）

苏氏认为仁义礼乐不应出自外在的一时之情，而应出自内在的由衷的本性。这与孔子将"礼"的基础直接诉诸心理依靠的原始教义是比较相近的。所以他批评韩愈对"圣人之道"只是"好其名矣，而未能乐其实"，更推崇那出于"本性"、"一饭未尝忘君"的杜甫。然而，强调"性"的结果，便要崇尚自然，产生离心力，向道家靠拢。因此，他在"致用"、"务本"之外，更有任真适意的追求。这就是钱钟书指出的："在苏轼的艺术思想中，有一种以艺术作品为中心转变为以探讨艺术家气质为中心的倾向。"《书朱象先画后》诗说："文以达吾心，画以适吾意。"他承认文艺除社会功能外，还有达心适意的功能。因之，他不但称赞杜甫的"一饭未尝忘君"，还欣赏那些"可以见子美清狂野逸之态"的诗。他一面极口推崇"诗至于杜子美，文至于韩退之，书至于颜鲁公，画至于吴道子，而古今之变，天下之能事毕矣"；（《苏轼文集》卷七〇《书吴道子画后》）一面又觉得有所缺憾："予尝论书，以谓钟（繇）、王（羲之）之迹，萧散简远，妙在笔画之外，至唐颜（真卿）、柳（公权），始集古今笔法而尽发之，极书之变，天下翕然以为宗师，而钟、王之法益微。至于诗亦然。苏（武）、李（陵）之天成，曹（植）、刘（桢）之自得，陶（潜）、谢（灵运）之超然，盖亦至矣。而李太白、杜子美以英玮绝世之姿，凌跨百代，古今诗人尽废，然魏、晋以来高风绝尘，亦衰矣。"（卷六七《书黄子思诗集后》）苏氏所追求的最高境界是近乎本性（气质）自然的"真"，人工极致则落第二义。他甚至说："书之美者莫如颜鲁公（真卿），然书法之坏自鲁公始；诗之美者莫如韩退之，然诗格之变自退之始。"（《诗人玉屑》）他另推出王维画、陶潜诗作为理想的风范。《王维吴道子画》诗："吴生虽妙绝，犹以画工论。摩诘（王维）得之于象外，有如仙翮谢笼樊。吾观二子皆神俊，又于维也敛衽无间言。"他认为王维画之所以高出吴道子，就在于"得之于象外"，已摆脱人工规矩的"笼樊"。对于诗，他更重视作家的气质。《书李简夫诗集后》说：

> 陶渊明欲仕则仕，不以求之为嫌，欲隐则隐，不以去之为高，饥则叩门而乞食，饱则鸡黍以延客，古今贤之，贵其真也。

这种发自内在气质（本性）的"真"，与上引《王定国诗集叙》所谓"发于情，止于忠孝者"是一致的，也就是上引《范文正公文集叙》所说的"天性"。于是"质"与"绮"、"癯"与"腴"这二对矛盾的风格便由"任真"统一起来得到内在协调。《苕溪渔隐丛话》前集卷四引苏轼说："渊明作诗不多，然其诗质而实绮，癯而实腴，自曹、刘、鲍（照）、谢、李、杜诸人，皆莫及"，根本还在"古今贤之，贵其真也"。而苏氏强调的这种"真"，如第七章第二节所论，是重自身内心的自如，是对社会环境的漠视。说到底，还是苏轼自调机制"漠然自定"的外射。对环境的漠视毕竟不是对环境的抗争，是"怠工"而不是"罢工"。因此，苏轼要求的不是取消规矩，而是从容于规矩。这就叫："出新意于法度之中，寄妙理于豪放之外。"（卷七〇《书吴道子画后》）内在人格的丰富与对外在环境的漠视，便构成"发纤秾于简古，寄至味于淡泊"（《书黄子思诗集后》）的审美理想。陶渊明以"任真"的气质、"质而实绮，癯而实腴"的诗歌风格成为苏轼心目中最理想的诗人。苏轼这一审美意识很快便为宋人所认同，陶渊明便以苏化的面目作为第一流大诗人为宋人所接受。苏轼的门生，另一宋诗风格的建立者黄庭坚也接受了这一审美的意识，只是他以此期待视野对杜诗的潜在意义进行了再认识，却发现最理想的诗人还是杜甫。

黄山谷（庭坚）颇受苏东坡的影响，所追求的最高境界也是近乎本性（气质）自然的"真"，人工极至则致落第二义。《题意可诗后》说：

> 宁律不谐而不使句弱；用字不工，不使语俗。此庾开府之所长也，然有意于为诗也。至于渊明，则所谓不烦绳削而自合者。虽然，巧于斧斤者多疑其拙，窘于检括者辄病其放。孔子曰："宁武子其智可及也，其愚不可及也。"渊明之拙与放，岂可为不知者道哉……说者曰："若以法眼观，无俗不真；若以世眼观，无真不俗。"渊明之诗，要当与一丘一壑者共之耳！（《豫章黄先生文集》卷二六）

作为陶渊明风格之核心的，还是一个"真"字。无论雅、俗，无论拙、放，皆出自"真"，是"不绳削而自合"。以此衡书法，则说："今其（指李白）行草殊不减古人，盖所谓不烦绳削而自合者欤！"（上引书卷二六《题李白诗草后》）以此衡诗文，"则曰：观子美到夔州后诗，韩退之自潮州还朝后文章，皆不烦绳削而自合矣。"（上引书卷一九《与王观复书》）黄氏将视点从陶潜气质的"任真"轻轻地转移到该气质所体现的"不烦绳削而自合"的外在效果；又从陶潜的"不烦绳削而自合"再转移到杜甫的"不烦绳削而自合"。《与王观复书》又说："所寄诗多佳句，犹恨雕琢功多耳。但熟观杜子美到夔州后古律诗便得句法，简易而大巧出焉，平淡而山高水深，似欲不可企及。"所谓"简易而大巧出"云云，与苏东坡称陶诗"外枯中膏"云云相类。于是乎，苏轼所赞赏不置的陶潜的独特气质与诗风，至此便与杜甫共有了。《朱子语类》卷一四〇说："杜诗初年甚精，晚年横逆不可当，只意到处便押一个韵。"又说："人多说杜子美夔州诗好，此不可晓。夔州诗却说得郑重烦絮，不如他中前此有一节诗好。今人只见鲁直（黄庭坚）说好，便都说好，矮人看场耳。"朱熹所"不可晓"处，怕就在于他的不喜欢苏轼，因而难于理解黄山谷以苏轼的眼光发现了苏轼本人所未发现的杜甫夔州以后诗最合乎质而绮、癯而腴的审美理想。同时，黄庭坚还受王安石"精严深刻，皆步骤老杜"的影响，更明确意识到陶、杜之间的互补关系。《赠高子勉四首》说："妙在和光同尘，事须钩深入神"，"拾遗（指杜甫）句中有眼，彭泽（指陶潜）意在无弦。"杜诗句中有眼，合于"事须钩深入神"；陶诗意在无弦，合于"妙在和光同尘"。至于"愈老愈剥落"的夔州以后诗，"钩

深入神"与"和光同尘"两能兼之,所以黄庭坚只教人"熟观杜子美到
夔州以后古律诗。"

综上所述,杜诗经过北宋人长期的接受过程,通过北宋人的期待视
野,几经整合,终于被北宋人认识到:杜甫兼白居易、李商隐、韩愈、陶
潜诸家之所长,是最合乎本时代价值观、社会观与哲学观的理想典范。

(录自《文化建构文学史纲〔魏晋—北宋〕》第八章第一节,北京大
学出版社 2005 年)

# 唐诗：日丽中天（节选）

## 前言

唐诗知多少？单单现存于《全唐诗》及《全唐诗外编》的，就有五万首出头。唐诗人又知多少？仅仅《全唐诗》中有姓名可考者就有二千二百多人之众！更要紧的是，还没有哪一个朝代拥有如此众多的为人所熟知的诗人群：李白、杜甫、王维、高适、岑参、孟浩然、白居易、李商隐……他们的诗是如此入人心肺，脍炙人口，乃至今日小儿牙牙学语，也往往以"床前明月光""春眠不觉晓"作为"万里之行"的起步。刘埙《水云村稿》卷5称唐诗"去唐愈远而光景如新"；袁中道《珂雪斋文集》卷2称唐诗"相去千年之久，常如发硎之刃"。时至今日，我们依然有唐诗鲜艳乃至"生猛"之感。

就诗歌自身的发展轨迹看，唐诗也正处于众体齐备的成熟期，恰到好处。李维桢《唐诗纪序》说得对："六朝以上惟乐府、《选诗》，眉目小别，大致故同。至唐而益以律、绝、歌行，诸体迥不相侔。"后此千年，诗人多以唐代定型的古、律、绝为诗歌创作的基本形式。至于其风格的多样化，几乎无所不包。谢榛《四溟诗话》卷3曾用形象的语言作如下描述：

> 熟读初唐、盛唐诸家所作，有雄浑如大海奔涛，秀拔如孤峰峭壁，壮丽如层楼叠阁，古雅如瑶瑟朱弦，老健如朔漠横雕，清逸如九皋鸣鹤，明净如乱山积雪，高远如长空片云，芳润如露蕙春兰，奇绝如鲸波之蜃气……

噫！唐诗之美，无可复加，以致鲁迅先生也要感叹："一切好诗，到唐已被做完，此后倘非能翻出如来掌心之齐天大圣，大可不必动手。"为什么唐诗是如此不可企及？这就如同古希腊艺术的不可企及一样，因为它是一种文化现象，其永久的魅力"是同它在其中产生而且只能在其中产生的那些未成熟的社会条件永远不能复返这一点分不开的"。古希腊艺术是该时代独特文化的有机部分，甚至是社会生活中不可或缺的部分。

与古希腊艺术相似，唐诗也是那个"永远不能复返"的时代人们生活中不可或缺的部分。上自帝王，中及士大夫，下至市井小民，莫不如是。唐代帝王往往能诗，上唱下和，倾动朝野。《唐诗纪事》有一则记中宗与群臣唱和的场面：帐殿前搭起彩楼，群臣应制百余篇，由上官昭容评定最佳者为新翻御制曲，从臣悉集楼下听候裁定。须臾，未中选的诗笺雪片般纷纷扬扬从彩楼飘下，人头攒动，那场面真够壮观。还有一则记德宗与学士言诗于浴堂殿，竟至"夜分不寐"的程度。更重要的还在于帝王对诗人的礼遇可谓空前绝后。武则天"夺袍之赐"，唐玄宗为李白"御手调羹"，已是为人熟知的掌故了。再如白居易去世，大中皇帝以诗吊之（《唐摭言》卷15）。唐人诗集，多有帝王下诏编进，"如王右丞、卢允言诸人之在朝籍者无论，吴兴昼公（僧皎然），一释子耳，亦下敕征其诗集置延阁。更可异者，骆宾王、上官婉儿身既见法，仍诏撰其集传后，命大臣作序，不泯其名"（《唐音癸签》卷27）。像这样连"朝廷钦犯"的诗也由帝王下诏征集，不但空前，而且绝后，"重诗人如此，诗道安得不昌？"（同上）

至于将帅大臣，也往往尊重诗人，如李白所至之处，"二千石郊迎"（魏颢《李翰林集序》），郭子仪收罗文人为幕府达六十余人（《新唐书》本传），名诗人高适、岑参也都曾为将帅所礼遇。地方长官常资助文士，如牛僧孺应举，诣于頔，嫌资助太少，怒去，于立命小将赍绢追之（《幽闲鼓吹》）……此类例甚多，兹以葛立方《韵语阳秋》卷4的一段话概其余：

> 唐朝人士，以诗名者甚众，往往因一篇之善，一句之工，名公先达为之游谈延誉，遂至声闻四驰。"曲终人不见，江上数峰青"，钱起以是得名。"微云淡河汉，疏雨滴梧桐"，孟浩然以是得名。"兵卫

森画戟，宴寝凝清香"，韦应物以是得名。"野火烧不尽，春风吹又生"，白居易以是得名。"敲门风动竹，疑是故人来"，李益以是得名……

反过来，达官贵人也往往因诗人见重。钱易《南部新书》辛卷载："大历来，自丞相已下，出使作牧，无钱起、郎士元诗相送者，时论鄙之。"此种风气由官场文坛而渐及民间，冯贽《云仙杂记》卷2载："李白游慈恩寺，寺僧用水松牌，刷以吴胶粉，捧乞新诗。"一些巨商首富，也以结识诗人学士为荣。如《开元天宝遗事》"豪友"条载：

> 长安富民王元宝、杨崇义、郭万全等，国中巨豪也，各以延纳四方多士，竞于供送。

甚至仆夫、妓女、强盗，也知爱诗识才：

> 又闻有军使高霞寓者，欲聘娼妓，妓大夸曰："我诵得白学士《长恨歌》，岂同他妓哉！"由是增价。（白居易《与元九书》）
> 萧颖士性异常严酷，有一仆事之十余载，颖士每以箠楚百余，不堪其苦。人或激之择木，其仆曰："我非不能他从，迟留者，乃爱其才耳。"（《唐摭言》"贤仆夫"条）
> 王毂举生平得意句，市人为之罢殴；李涉赠"相逢莫避"诗，夜客为之免剽。唐爱诗识诗人何多！（胡震亨《唐音癸签》卷26）

这种"爱诗识诗"还落实到婚姻大事上来呢！刘崇远《金华子》卷下就记载李郢因"诗调美丽"而战胜竞争者，与邻女成婚。更有甚者，竟有街子葛某，"自颈以下，遍刺白居易舍人诗……凡三十余首，体无完肤，陈至呼为白舍人行诗图也"（段成式《酉阳杂俎》前集卷8），这真够得上是个"发烧友"了！

以上种种形形色色怪怪奇奇的记载，或许未必都如实，但总体上所反映的唐诗在该时代已成为人们特殊生活方式中重要的组成部分，却是无可置疑的。

"天意君须会，人间要好诗！"唐人的生活不但促成了唐诗，唐人的生活更为唐诗美酒的酿造提供了原料。正是唐人丰富的生活内容使唐诗如此鲜妍。这是本书将要展开的话题。

如果我们将唐诗比醇酒，那么，诗人的灵感便是酿酒之曲，而唐代的社会生活为酿酒原料五谷，唐文化呢，就是生长这五谷的大地。所以，不知道唐代文化的总体风貌，便不足与言唐诗。和希腊文化不同的是，唐文化并非处于我民族发展的童、少年时代，而是处在青春期。因此，它有生与熟之间的特征：既集古老文化之大成，又开新世界之门户。它好比有两节车厢的大客车，初、盛唐是一节，中、晚唐是一节。前一节是士族文化的总结、吸收，后一节是世俗地主文化之开始，两种文化构型同处一个王朝。在新旧交替的临界点上的它，于是既有善于总结、吸收，又有善于创新、辐射的特点，有着宋玉所谓"增之一分则太长，减之一分则太短"的奇情妙趣。唐诗，如日丽中天！

中华大地经历了四个世纪不堪想象的乱而停、停而复乱的痛苦，终于孕育了统一稳定的幅员广阔的唐帝国。从此，南北文化合一，形成有巨大凝聚力的中土文化，由此而勇于汲取外来文化，兼收而并蓄之。这就是博大浑雄的唐文化精神。

唐文化的博大精深，首先体现在无比丰富精彩的内容上。儒学方面，有孔颖达、颜师古等所撰《五经正义》，对历来纷乱的儒学诸派作了系统的整理，堪称集大成者。以史学为例，则廿四史中，唐修史占八部之多。至如杜佑《通典》，苏冕、杨绍复《会要》《续会要》，刘知幾《史通》，都是对过去史学及重要文献的集大成，并且开创了新体例，影响至深至巨。政法典章如《唐六典》，是对前代典章制度的定型，成为后来王朝所法的经典之作。哲学，则有柳宗元《天说》、刘禹锡《天论》、韩愈《原性》、李翱《复性论》等，皆为承前启后的大手笔。科技方面，也有丰硕的成果，如世界上最早的医院的设置，雕版印刷的发明，政府编修《新唐本草》，药王孙思邈著《千金要方》《千金翼方》，李泰著《括地志》，李吉甫著《元和郡县图志》，李淳风著《法象志》，僧一行著《开元大衍历经》，等等，可谓不胜枚举。

唐文化的博大精深更体现在兼收并蓄，具有开放性的特点上。唐代的开放性不但反映在用人上敢于任人唯贤，举用许多少数民族乃至外国人来担任文武大臣（文臣如长孙无忌、于志宁等为汉化的鲜卑人，武将如李光弼为契丹人，仆固怀恩为铁勒部人，哥舒翰是突骑施人），而且吸收外来文化无忌讳。当时居长安及扬州等大都市的有大量的外族人，如突厥、新罗、回纥、昭武九姓胡人等，还有大量外来生活习惯与衣饰、食物、用具等，形成唐文化特有的"胡气"。宗教方面不但有本土的道教，还有魏晋时渐兴的佛教，至唐大盛；祆教、景教、摩尼教、伊斯兰教等，都与本国固有宗教并行，各行其道。印度、西域、高丽、康国、安国、波斯等外来舞蹈、音乐、美术乃至数学、医学、语言学等成果，都融入唐文化。由本土文化与外来文化互相认同而形成的唐文化具有很强的辐射性，乃至形成以唐王朝为核心的巨大文化圈。如朝鲜、日本、南诏、越南、吐蕃以及西域诸国，与唐有长期的文化交流，从组织制度到生活方式，都不同程度地受唐文化影响，一荣俱荣。其中如朝鲜、日本，都善于以唐为模式组织他们的国家，甚至采用中国的文字，摹仿中国的文体，从艺术到宗教、法制，来个"全盘中化"。日本学者和田清著《中国史概说》曾这样议论唐文化："含有大量的外来因素的唐代文化，与其说是纯中国式的，毋宁说是世界性的。"

唐时的中国，可谓文化中国。

我认为，这种"文化中国"对唐诗最内在的影响，是树立起高昂的民族自信心，并与其他因素（如人才环境的改善、诗歌形式的成熟等）相结合而形成唐人特有的开朗、多激情的文人集体性格，促成"情志合一"，将个人功业与民族利益融为一体，化作汹涌激昂的群情，以臻美的诗的形式表达出来。其深，其高，其广，其滔滔无际，其声势夺人，足称诗国之狂澜！

本书意在从唐文化的视角介绍唐诗这一民族文化之骄子的主流精神，上编从横断面展开，下编从历史之维度深入，企盼能以文化之经与诗学之纬交织出唐诗当年之辉煌于万一。

（录自《唐诗：日丽中天》，广西师范大学出版社，2000 年版）

## 挥鞭直就胡姬饮

鲁迅曾称"唐室大有胡气",这只要读陈寅恪《唐代政治史述论稿》上篇,以及向达《唐代长安与西域文明》,也就相信此言不虚了。兹引向达的一段文字:

> 开元、天宝之际,天下升平,而玄宗以声色犬马为羁縻诸王之策,重以蕃将大盛,异族入居长安者多,于是长安胡化盛极一时,此种胡化大率为西域风之好尚:服饰、饮食、宫室、乐舞、绘画,竞事纷泊;其极社会各方面,隐约皆有所化,好之者盖不仅帝王及一二贵戚达官而已也。

其实唐人自己早有这个意见;"今北胡与京师杂处,娶妻生子;长安少年有胡心矣!"(唐陈鸿《东城老父传》)胡气、胡心的本质是各民族文化的大融合,是历史给南北朝以来三百年大混战的巨大补偿。过于烂熟的古老文明,有时需要输入新鲜、原始的血液来激活其生命力。唐初南北文化交融本身就是"胡气"的来源,加上此后西域文化之涌入及与东南亚各国之交往,都极大地开阔了唐人的胸襟,使之具有封建时代仅见的开放、健全的心态。

胡气、胡心之产生首先是本书"前言"所提到的"文化中国"所独具的巨大魅力与吸引力。据说,穆罕默德曾勉励其弟子:"学问虽远在中国,亦当求之。"敦煌和安西壁画上的发愿文也往往有边陲人愿来世"转生中国"的祷音。大唐周边各国都有大量遣唐使、留学生、商人络绎来华。唐文化不但太阳般辐射向周边世界,同时也"黑洞"似的汲取着周边世界的文化。以下仅对唐诗有比较直接影响的事略作描述。

先从生活方式说起。由于外国使者、商人、留学生的频繁往来,以及唐朝对"化外人"的优惠政策(《唐户令》、《赋役令》均有安置、优待迁入中国居住的"化外人"的具体条款),所以在中国居住的外国人甚多,长安、洛阳、广州、洪州、扬州等都市尤盛。如贞观初(631年),突厥降人居长安就近万家之众。唐初战乱甫平,人口不多,"而长安一隅突厥流民乃近万家，其数诚可惊人矣"（向达语）。又，《通鉴》载，德宗时检括久滞长安而有田宅之胡客，凡得四千人。仅此两端，已可见当时外国人在中国之多。他们不但频繁来往，且有许多人久居中国，娶妻生子，其生活方式对中国之影响甚大，向达《唐代长安与西域文明》述之甚详。

"天纵奇才"的李白篇什中屡咏及胡姬："胡姬招素手，延客醉金樽。"（《送裴十八图南归嵩山》）"细雨春风花落时，挥鞭直就胡姬饮。"（《白鼻𫘝诗》）这些胡姬在酒家侍酒，且有歌舞："胡姬貌如花，当垆笑春风。笑春风，舞罗衣，君今不醉将安归!"（《前有樽酒行》）"双歌二胡姬，更奏远清朝。举酒挑朔雪，从君不相饶。"（《醉后赠朱历阳》）这样的酒家在过去似未出现，此时却已成为"长安少年有胡心"之一证：

> 五陵年少金市东，银鞍白马度春风。
> 落花踏尽游何处，笑入胡姬酒肆中。
>
> （《少年行》之二，《李太白集》卷6）

诚如向达所云，服饰饮食，胡衣、胡帽、胡床、胡饭、胡舞，一整套的外来生活方式已为新一代唐人所接受，成为一时的风尚。《旧唐书·舆服志》载：

> 武德、贞观之时，官人骑马者依齐、隋旧制，多著羃䍦，虽发自戎夷，而全身障蔽，不欲途路窥之。王公之家亦用此制。永徽之后，皆用帷帽，拖裙到颈，渐为浅露。……则天之后，帷帽大行，羃䍦渐息。中宗即位，宫禁宽弛，公私妇人，无复羃䍦之制。开元初从驾官人骑马者皆著胡帽，靓妆露面，无复障蔽。士庶之家又相仿效，帷帽之制，绝不行用。俄又露髻驰骋，或有著丈夫衣服靴衫，而尊卑内外斯一贯矣!

"胡气"浸染成风俗终成"胡心"，胡衣胡帽对传统封闭心态之冲击可谓有力矣!贵妇宫人尚且露髻驰骋，着丈夫衣服招摇过市，下层妇女就更不必说有多开放了。《教坊记》称：

坊中诸女以气类相似，约为香火兄弟，每多至十四五人，少不下八九辈，有儿郎聘之者，辄被以妇人称呼：即所聘者，兄见呼为新妇，弟见呼为嫂也。……儿郎既聘一女，其香火兄弟多相奔，云学突厥法。

妇人尚且如此，男士们自然"胡气"更甚。我们尤感兴趣的是唐文人性格的变化，那就是尚武与豪放的倾向。先看二节笔记文：

景云中，吐蕃遣使迎金城公主，中宗于梨园亭子赐观打球。吐蕃赞咄奏言臣部曲有善球者，请与汉敌。上令仗内试之，决数都，吐蕃皆胜。时元（玄）宗为临淄王，中宗又令与嗣虢王邕、驸马杨慎交、武秀等四人敌吐蕃十人。玄宗东西驱突，风回电激，所向无前，吐蕃功不获施。（《封氏闻见记》卷6《打球》）

乾符四年，诸先辈月灯阁打球之会，时同年悉集。无何，为两军打球，军将数辈，私较于是。………刘覃谓同年曰："仆能为群公小挫彼骄，必令解去，如何？"状元以下应声请之。覃因跨马执杖，跃而揖之曰："新选士刘覃拟陪奉，可乎？"诸辈皆喜。覃驰骤击拂，风驱电逝，彼皆愕视。俄策得球子，向空磔之，莫知所在。数辈惭沮，嗫偄而去。时阁下数千人，因之大呼笑，久而方止。（《唐摭言》卷3）

我们看到的唐代帝王学士的面目，同后来戏台上那些弱不禁风的形象实在毫无共同之处。据向达考证，唐人打球，是传自波斯的一种马上之戏，帝王、达官贵人、军中及闾里少年、文人学士都嗜之，蔚成风气，与声色犬马斗鸡几成长安少年之时髦功课。李廓《长安少年行》云：

> 追逐轻薄伴，闲游不着绯。
> 长拢出猎马，数换打球衣。
> 晓日寻花去，春风带酒归。
> 青楼无昼夜，歌舞歇时稀。

（《全唐诗卷》479）

此又"胡气"浸染成风俗终成"胡心"之一证。宋人刘攽《中山诗话》曾对此深有感慨，云：

> 古人多歌舞饮酒。唐太宗每舞，属群臣。长沙王亦小举袖，曰："国小不足于回旋。"张燕公诗云："醉后欢更好，全胜未醉时。动容皆是舞，出语总成诗。"李白云："要须回舞袖，拂尽五松山。醉后凉风起，吹人舞袖环。"今时舞者必欲曲尽其妙，又耻效乐工艺，益不复如古人常舞矣。

唐人不耻亲自歌舞是实。《新唐书·王翰传》载："翰自歌，以舞属嘉贞，神气轩举自如。"张嘉贞时为并州长史，诗人王翰为其幕客，府主幕客同歌共舞，在后人也是不可想象的。至若宰相宋璟、张说善揭鼓，王维善琵琶，而这些外来快节奏的音乐又陶冶其性情，影响其性格。《唐语林》卷4云：

> 玄宗性俊迈，不好琴。会听琴，正弄未毕，叱琴者曰："待诏出！"谓内官曰："速令花奴将羯鼓来，为我解秽。"

可见俊迈的性格是与羯鼓、胡旋一类外来音乐相辅相成的。所以胡衣胡帽胡姬，羯鼓琵琶胡旋舞，打球击剑骑马，都能培养唐人健全的体魄与心态。因此在唐人笔下的文人形象绝非南朝士人那样肤柔骨脆、熏衣剃面、羸弱如女子，而是鹰扬豹变、踔厉昂藏、刚而能文。李颀《别梁锽》描写一位"大军掌书记"、"行路吟新诗"的盛唐文人形象，虎虎有生气，节录如下：

> 梁生倜傥心不羁，途穷气盖长安儿。
> 回头转盼似雕鹗，有志飞鸣岂不知。
> 虽云四十无禄位，曾与大军掌书记。
> 抗辞请刃诛部曲，作色论兵犯二帅。
> 一言不合龙额侯，击剑拂衣从此弃。
> 朝朝饮酒黄公垆，脱帽露顶争叫呼。
> ……

忽然遣跃紫骝马，还是昂藏一丈夫！

洛阳城头晓霜白，层冰峨峨满川泽。

但闻行路吟新诗，不叹举家无担石。

（《全唐诗》卷 133）

李颀笔下文人大都脱略细节，豪气逼人。如《送陈章甫》中主人公形象是："陈侯立身何坦荡，虬须虎眉仍大颡。腹中贮书一万卷，不肯低头在草莽。"（同上书，卷 133）写綦毋潜是："徒言青琐闼，不爱承明庐。百里人户满，片言争讼疏。手持《莲花经》，目送飞鸟余。"（《送綦毋三谒房给事》，同上书，卷 132）写张旭是："露顶据胡床，长叫三五声。兴来洒素壁，挥笔如流星。……左手持蟹螯，右手执丹经。瞪目视霄汉，不知醉与醒。"（《赠张旭》，同上）这一形象与杜甫的描写颇一致。杜甫《饮中八仙歌》云："知章骑马似乘船，眼花落井水底眠。汝阳三斗始朝天，道逢曲车口流涎，恨不移封向酒泉。左相日兴费万钱，饮如长鲸吸百川，衔杯乐圣称避贤。宗之潇洒美少年，举觞白眼望青天，皎如玉树临风前。苏晋长斋绣佛前，醉中往往爱逃禅。李白斗酒诗百篇，长安市上酒家眠。天子呼来不上船，自称臣是酒中仙。张旭三杯草圣传，脱帽露顶王公前，挥毫落纸如云烟。焦遂五斗方卓然，高谈雄辩惊四筵。"（《杜诗详注》卷 1）这是"九龙壁"似的诗人群像。至若被后人戏称为"村夫子"的杜甫本人，亲见过他的任华说是："昔在帝城中，盛名君一个。诸人见所作，无不心胆破。郎官丛里作狂歌，丞相阁中常醉卧。……如今避地锦城隅，幕下英僚每日相随提玉壶。半醉起舞捋髭须，乍低乍昂傍若无。古人制礼但为防俗士，岂得为君设之乎？"（《寄杜拾遗》，《全唐诗》卷 261）看来，唐人的狂放，既传自魏晋以来个体对精神自由追求的某些传统，又染上"胡气"东来的新风尚，形成这样颇有艺术气质的特异性格。你能说"张颠"的狂草与外来快节奏的音乐艺术及狂傲豪放的个性无关？李肇《唐国史补》卷上"张旭草书得笔法"条载：

　　旭言："始吾见公主担夫争路，而得笔法之意。后见公孙氏舞剑器，而得其神。"旭饮酒辄草书，挥笔而大叫，以头揾水墨中而书之，天下呼为"张颠"。

公孙氏舞剑器对张旭草书影响可谓大矣。她又是怎么个舞法？杜甫《观公孙大娘弟子舞剑器行》称其舞姿云："霍如羿射九日落，矫如群帝骖龙翔。来如雷霆收震怒，罢如江海凝清光！"（《杜诗详注》卷20）这无疑是健舞，序中称之为"剑器浑脱"。"浑脱"是胡语，敦煌写卷《剑器词》（斯坦因·6537号）有"喊声天地裂，腾踏山岳摧。剑器呈多少，浑脱向前来"的描述，看来"剑器浑脱"并非前人推测的是"剑器"与"浑脱"二舞之综合，而是与外来民族舞蹈有牵连的一种舞蹈。总之，外来文化的注入无疑促使唐人性格之新变，进而影响其文学艺术。当然，最深层的变化是其价值取向的变化，容下节讨论。

（录自《唐诗：日丽中天》第一章第一节，广西师范大学出版社，2000年）

## 长安市上酒家眠

其实我们上节描述唐人任侠行为时漏掉一项社会原因，那就是唐代商业的兴盛。唐商业之发达与西域一线"丝绸之路"的畅通，及东南海面贸易港的繁荣有直接关系。此两路外商之多，恐怕要出乎当代开放的中国青年之想象。兹录向达《唐代长安与西域文明》一段文字，以见其概：

> 唐代商胡大率麇聚于广州。广州江中"有婆罗门、波斯、昆仑等船，不知其数，并载香药珍宝，积载如山。其舶深六七丈，师子国、大石国、骨唐国、白蛮、赤蛮等往来居住，种类极多。"是以黄巢攻陷广州，犹太教、火祆教以及伊斯兰教、景教等异国教徒死者至十二万人。……是以扬州之商胡亦复不少，田神功大掠扬州，大食、波斯商胡死者竟至数千人。由洛阳然后再转长安。故唐代之广州、洪州、扬州、洛阳、长安，乃外国商胡集中之地也。[①]

---

① 向达：《唐代长安与西域文明》，三联书店1957年版，第34页。

胡商之伙，于此可见。此辈"载货行贾，冒雪霜，犯危险，经年累岁，不获利不归"（《西域闻见录》），是人类中最富冒险精神的那批人。因此，无论从数量或"质量"上说，胡商的存在都可能对中国当日之社会发生较大之影响。中国传统是以农为本，以商为末，抑末而兴本一直是基本国策。然而，在唐，商业极其繁荣，去农经商的情况颇为普遍。如杜甫《最能行》称："峡中丈夫绝轻死，少在公门多在水。富豪有钱驾大舸，贫穷取给行艕子。小儿学问止《论语》，大儿结束随商旅。"姚合《庄野行》称："借问屋中人，尽去作商贾。"只要看看唐代商业都市的蓬勃发展，就可知这一普遍性达到怎样的程度。唐代商业都市发展趋势是从西向东，由北向南。此类都市大多来源于"草市"，也就是说，原来的小集市发展为市镇，进而成为市井繁阜。因此，唐人不但有"胡气"，也愈来愈多"市井气"、"商人味"。而商人攫取利润所必具的冒险精神也就成为当日唐代社会具有相当普遍性的一种风气。武则天时人崔融曾上《谏税关市疏》，云：

> 若乃富商大贾，豪宗恶少，轻死重义，结党连群，喑呜则弯弓，睚眦则挺剑。（《全唐文》卷219）

这些好斗的冒险家是社会的不安定因素，他们的作风通过各种渠道想必对文人也会有所影响，如《太平广记》卷243"李邕"条，就说大文豪李邕做海州刺史时曾打劫商船，取珍货数百万；再如《唐诗纪事》卷8引《独异记》载：

> 子昂初入京，不为人知。有卖胡琴者，价百万，豪贵传视，无辨者。子昂突出，谓左右曰："辇千缗市之！"众惊问，答曰："余善此乐。"皆曰："可得闻乎？"曰："明日可集宣阳里。"如期偕往，则酒肴毕具，置胡琴于前。食毕，捧琴语曰："蜀人陈子昂有文百轴，驰走京毂，碌碌尘土，不为人知。此乐贱工之役，岂宜留心！"举而碎之，以其文轴遍赠会者。一日之内，声华溢郡。

故事虽属无稽，但其中文人沽名之举颇似商业广告手段，值得品味。

李邕、陈子昂都是性格豪雄任侠使气的文人，史称李邕"人以金帛请其文，所受巨万计"；而陈子昂则出身富豪之门。将他们的故事与商业联系起来应不无道理，恐怕其中透露的正是唐文人受商人影响之消息。李白就曾自称"混游渔商，隐不绝俗"（《与贾少公书》），"青云豪士，散在商钓"（《金陵与诸贤送权十一序》）。用"商钓""渔商"取代"渔樵"，说明此际商人与文人之间已有着相当密切的关系。《唐国史补》卷下就说过："江湖语云：'水不载万'，言大船不过八九千石。然则大历、贞元间，有俞大娘航船最大，居者养生送死嫁娶悉在其间；开巷为圃，操驾之工数百……洪、鄂之水居颇多，与邑殆相半。凡大船必为富商所有，奏商声乐，从婢仆，以据柂楼之下，其间大隐，亦可知矣！"这就是"隐"于商的一具体例证。就商贾方面而言，由于传统的以农为本，以商为末的观念，使得商贾"重利轻义"一直受正统思想的批判，商人虽然有钱，但没有社会地位，他们往往通过结交士大夫来提高自己的社会地位。如《开元天宝遗事》"豪友"条载："长安富民王元宝、杨崇义、郭万金等，国中巨豪也，各以延纳四方多士，竞于供送。朝之名寮往往出于门下，每科场文士集于数家，时人目之为豪友。"文士"隐"于商，大致说来有两个后果，其一是直接影响其创作取材，如李白《长干行》、《江夏行》，写的就是商贾。商妇闺怨也因此成为与"宫怨"并行的唐诗一大题材，如李益《江南曲》：

> 嫁得瞿塘贾，朝朝误妾期。
> 早知潮有信，嫁与弄潮儿。

（《全唐诗》卷283）

直接写商人生活并与农夫作对比的有张籍《估客乐》：

> 金陵向西估客多，船中生长乐风波。
> 欲发移船近江口，船头祭神各浇酒。
> 停杯共说远行期，入蜀经蛮谁别离。
> 金多众中为上客，夜夜算缗眠独迟。
> 秋江初月猩猩语，孤帆夜发潇湘渚。

水工持楫防暗滩，直过山边及前侣。

年年逐利西复东，姓名不在县籍中。

农夫税多长辛苦，弃业长为贩宝翁。

（《全唐诗》卷382）

当然，此类题材写得最出色的是白居易的《琵琶行》，写一位琵琶琴手嫁与商人前前后后的生活遭遇，录其中一节如下：

自言本是京城女，家在蛤蟆陵下住。

十三学得琵琶成，名属教坊第一部。

曲罢曾教善才伏，妆成每被秋娘妒。

五陵年少争缠头，一曲红绡不知数。

钿头云篦击节碎，血色罗裙翻酒污。

今年欢笑复明年，秋月春风等闲度。

弟走从军阿姨死，暮去朝来颜色故。

门前冷落车马稀，老大嫁作商人妇。

商人重利轻别离，前月浮梁买茶去。

去来江口守空船，绕船月明江水寒。

夜深忽梦少年事，梦啼妆泪红阑干！

（《白氏长庆集》卷12）

有人批评说，这是对当年当倡女的日子的怀恋，是作者牵扯来表达自己被排挤后的失落感，不应是那商人妇的真实感情。说的有一定道理，不过中唐后城市经济繁荣，歌儿舞女物质生活丰厚奢靡，也是事实。奢靡生活本身是有很强的腐蚀力的，好比吸毒者是受害者，却又对毒品眷恋不已。这位商人妇在"商人重利轻别离"的情况下怀恋青春年少奢靡的生活也应是真实感情（虽然有悖于道德）。文人与商业发生密切关系，并深受其影响者，恰恰是其生活方式。这就是下面我们要说的文士"隐"于商的第二方面后果。

如果说初、盛唐文人将"胡气"与"市井气"相结合，往往表现为一种任侠好斗的作风，抒发为诗歌中那股"意气"，或李白"长安市上酒家眠"、"天子呼来不上船"式的"布衣感"，那么中、晚唐文人却更多地对市井俗气及其奢靡生活方式感兴趣，经其浸润，内在地构成文人的审美意识，发为诗歌，则形成中、晚唐特有的俗艳风格。

让我们先来看看奢靡之风的形成及其特点。唐前期统治集团比较有节制，奢靡之习常受行政性的压制。唐玄宗于开元二年就曾下诏"乘舆服御、金银器玩，宜令有司销毁，以供军国之用；其珠玉、锦绣，焚于殿前；后妃以下，皆毋得服珠玉锦绣"（《资治通鉴》卷211）[1]。但长期的太平使其忧患意识很快就淡薄下来了，奢靡之风又起。《唐会要》卷54称："自天宝以后，风俗奢靡，宴饮群欢……公私相效，渐以成俗。"此风并不因安史之乱而熄灭，反而因江南商品经济的发达及士大夫对政局失去信心而滋长及时行乐思想，侈靡之风愈炽。世愈乱，此风愈烈。中、晚唐侈靡的特点是商品性消费。[2] 这就具有庶族地主文化与士族地主文化的区别。南朝也有奢靡之风，但其基础是"闭门而为生之具以足"（《颜氏家训·治家》）的自给自足的庄园经济，而中、晚唐奢靡之风大都刮在商业都市，商品性消费能力大大增强了。城市有相当完整的服务系统，各种娱乐、饮食、衣饰，乃至乐器、球仗之类专门行业应有尽有，各式人等可在都市中过其击球斗鸡、拥妓宴乐的奢靡生活。单就饮食业一项而言，其方式也要比六朝人裸身狂醉、与猪共饮的放荡更具文化内涵。如中唐后盛行的夜市，王建《寄汴州令狐相公》诗称："水门向晚茶商闹，桥市通宵酒客行。"而苏州船点更具独特风味，清人顾禄《桐桥倚棹录》称："宴游之风开创于吴，至唐兴盛。游船多停泊于虎丘野芳浜及普济桥上下岸。郡人宴会与请客之在吴贸易者，辄赁沙飞船会饮于是。船制甚宽，船舱有灶，酒茗肴馔，任客所指。"其中情趣自然最投文人雅士的胃口，故诗人张祜《钟陵旅泊》取景如是："城街西面驿堤连，十里长江夜看船。渔市月中人静过，酒家灯下犬长眠。"这与狂呼滥饮已是两回事了。再如"牡丹热"，《唐国史补》载：

京城贵游，尚牡丹三十余年矣。每春暮，车马若狂，以不耽玩为

[1] 岑仲勉：《隋唐史》，下册，北京，中华书局1982年版，第592页。
[2] 陈衍德：《试论唐后期奢侈性消费的特点》，《中国社会经济史研究》，1990年第1期。

耻。执金吾铺官围外寺观种以求利，一本有直（值）数万者。

这就是白居易《秦中吟·买花》所感叹不已的"一丛深色花，十户中人赋!"然而不能不看到这种奢侈已有精神享受的倾向。如王涯以厚币致珍稀字画（《旧唐书》本传），钟绍京破产求王右军书法五纸（张怀瓘《书估》）更表明士大夫"不惜泉货，要藏箧笥"的购求字画之风，虽属奢靡但有着追求精神享受的价值取向。这种奢靡之风甚至通过宴游与妓女，直接与进上科举挂上钩来。《唐摭言》卷3"散序"条称："曲江之宴，行市罗列，长安几于半空。公卿家率以其日拣选东床，车马阗塞，莫可殚述。"孙棨《北里志序》则称：

> 自大中皇帝（唐宣宗）好儒术，特重科第……故进士自此尤盛，旷古无俦。然率多膏粱子弟，平进岁不及之数人，由是仆马豪华，宴游崇侈，以同年俊少者为两街探花，使鼓扇轻浮，仍岁滋甚。……诸妓皆居平康里，举子、新及第进士、三司幕府但未通籍、未直馆殿者，咸可就诣。如不吝所费，则下车水陆备矣。其中诸妓，多能谈吐，颇有知书言语者，自公卿以降，皆以表德呼之。其分别品流，衡尺人物，应对非次，良不可及。

引文有两点值得注意：一是表明中、晚唐科举制造就了一批"宴游崇侈"的"膏粱子弟"，他们"鼓扇轻浮"，为奢靡之风推波助澜；二是妓女与这些"才子"打交道，学会"知书言语"，很出了些薛涛之流的文雅倡优，难怪《诗薮·内编》卷3称时人所好，竟至妓女只要诵得《长恨歌》，"遂索值百万"! 中晚唐物质享受与精神享受并举的奢靡之风无疑是中晚唐诗向"感官的彩绘的笔触"发展的促进力量。社会心态的导向性便是中晚唐社会奢靡风气与诗歌俗艳风格之间的中介。

中唐著名诗人元稹便在这种奢靡之风的鼓荡下写出大量艳情诗。《唐国史补》称元和诗风"学浅切于白居易，学淫靡于元稹"。准确地说，应是奢靡的风气使元稹那些秾艳靡丽的诗有广大的市场。元稹此类风格的杂诗、宫辞不但使"扬越间多作书模勒"，"卖于市肆当中"（《白氏长庆集序》），而且还有人伪作其诗。他最受欢迎的是那些如《梦游春七十韵》、

《莺莺诗》、《会真诗三十韵》之类颇涉及情爱之作。与南朝宫体诗不同，他所写情爱多有自己恋情的影子，或有"偷宿静坊姬"之类的风流经历，而不是宫体诗"咏物"式的旁观者态度。所以此类艳情也有写得动人的，如《春晓》：

> 半欲天明半未明，醉闻花气睡闻莺。
> 桂儿撼起钟声动，二十年前晓寺情。

（《元稹集》外集，卷1）

氛围之朦胧与心旌之摇曳造成一种情景交融的诗美，是后来李商隐"无题诗"的先声。事实上中、晚唐大量的诗人都涉足情爱题材，只要读一读五代人选唐诗的《才调集》，就不难明白。甚至那位借李戡之口斥元白诗"纤艳不逞"（《李戡墓志铭》）的晚唐诗人杜牧，也自称是："落魄（一作'拓'）江南载酒行，楚腰肠断（一作'纤细'）掌中轻。十年一觉扬州梦，赢得青楼薄幸名！"（《遣怀》）当然，都市生活对诗歌创作之影响并非只是艳情一端，其最深远之影响还在于从俗的倾向。讲故事从来就与市井细民有缘，从后汉墓葬中发现的说唱俑，那敲着鼓、手舞足蹈、眉飞色舞的样子，说明说唱形式老早就深受欢迎。《汉书·艺文志》对"小说"的定义是"街谈巷语，道听途说"。从现存文学资料中也不难看出，民间文学最重叙事性，《陌上桑》、《孔雀东南飞》、《木兰诗》都是明证。中、晚唐都市的繁荣使市民大增，他们的需求、兴趣有力地促进了民间文学的发展。清光绪二十六年（1900）敦煌大批说唱文学的抄本及少量刻本的发现，使我们震惊于唐代通俗文学之发达。敦煌通俗文学的种类很多，程毅中《唐代小说史话》第四章有一段分类的概括文字，颇为简明，现录如下：

（一）通俗故事赋，如《晏子赋》《韩朋赋》，还有一些类似韵文的如《孔子项托相问书》等，也属赋体的作品。（二）话本，如《庐山远公话本》、《韩擒虎话本》等。（三）词文，如《季布骂阵词文》，全为唱词，应属诗话体的话本。（四）变文，如《汉八年楚灭汉兴王陵变》、《降魔变》等，一般是韵散相间，说唱结合，应属说唱文学系统。（五）讲经文或俗讲文，如《长兴四年中兴殿应圣节讲经文》（实为《仁王护国般若波罗蜜多经讲经文》），体制与变文相似，但更为典雅严谨。此外还有其他体裁的作品。敦煌通俗文学形式多样，可惜多为缺题残卷，有的无法定名。虽然形式各有不同，但主要是叙事体，都可以算作广义的小说。①

请注意，"虽然形式各有不同，但主要是叙事体"。故事性是通俗文学的灵魂。尤其是当时盛行的佛、道二教为争取信徒，都采用这种覆盖面最大、最为老百姓喜闻乐见的形式作为宣传武器，一时沸沸扬扬。韩愈《华山女》诗曾形容讲经之盛况云："街东街西讲佛经，撞钟吹螺闹宫廷。"佛教徒讲经的成功，说明市井小民这一文化层次对讲唱形式的喜爱。引起我们注意的还在于：不但士庶男女尘杂于寺观听俗讲，甚至深宫中的统治者也来到市井欣赏这种通俗文艺。《资治通鉴》卷243载唐敬宗于宝历二年也"幸兴福寺，观沙门文淑俗讲"；卷248又载万寿公主于大中二年"在慈恩寺观戏场"。看来，俗讲加上当时盛行的傀儡戏、参军戏，通俗文化风靡一时，已从市井漫向朱门，漫向宫廷。通俗文艺已不是什么街头流浪汉，它是一股文化的新浪潮，在它的冲击下，传统文学也不得不偏离原来惯性的轨道，从传统的"诗言志"，多清空的抒情笔调摆脱出来，转向较为写实的叙事的笔调，以适应当时读者的期待视野。再就诗人方面而言，中晚唐世俗地主更多地跻身上层，文坛中吹进一股世俗之风。社会需求通过审美趣味影响了文人，更内在地为从俗倾向开了绿灯。元稹《元氏长庆集》卷10《酬翰林白学士代书一百韵》诗"翰墨题名尽，光阴听话移"句下注："乐天每与予游，从无不书名屋壁。又尝于新昌宅（听）说《一枝花》话，自寅至巳犹未毕词也。"可见当时士大夫也爱听讲故事，有时还写成诗文。如白居易的弟弟白行简就将这《一枝花》话改写成《李娃传》再如。再如沈既济建中二年（781）在行旅中"方舟沿流，昼宴夜话"，听人说任氏故事，"共深叹骇，因请既济传之，以志异方"。这就是《任氏传》产生的因由。又，元稹《莺莺

___
① 程毅中：《唐代小说史话》，北京，文化艺术出版社1990年版，第68页。

传》自称："贞元岁九月，执事李公垂宿予于靖安里第，语及于是，公垂卓然称异，遂为《莺莺歌》以传之。"李绅写《莺莺歌》，元稹写《莺莺传》，小说与诗歌合璧。如此情况在唐是常见的，如《长恨歌》与《长恨歌传》，《李娃传》与《李娃行》，《崔徽传》与《崔徽歌》等。中唐"述故事以为诗题"是很常见的风气。甚至如孟简《咏欧阳行周》诗，写欧阳詹与营妓为情而死的故事，其实只是虚构，害得后人耿耿为之辩诬。唐末出现孟棨《本事诗》，专探究诗歌"本事"，恐怕正与这种以诗写故事的风气有关。总之，俗文学以其生动性首先从心态上征服了士大夫，进而成为他们乐于采用的形式（进士以写故事"行卷"成风，我们将在下一章第三节另述）。与此相应的是，诗由言志转入"写实"，更确切地说，是"叙事笔调"之风行。宋人苏辙《诗病五事》曾批评白居易"拙于纪事，寸步不遗，犹恐失之"（《栾城三集》卷8）。殊不知"寸步不遗"正是合乎当时俗文艺富于铺叙和新型的叙事笔调。张戒《岁寒堂诗话》认为："元、白、张籍、王建乐府，专以道得人心中事为工。"《唐音癸签》也说，张籍"就世俗俚浅事做题目"。而彭乘《墨客挥犀》记白居易作诗求老妪能解。这些都表明中唐以后浅切与俗艳，"叙事笔调"与"感官的彩绘的笔触"成为诗坛新潮流。而这一潮流之形成，究其根本，就在于市井民俗。

（录自《唐诗：日丽中天》第一章第三节，广西师范大学出版社，2000年）

# 唐诗与庄园文化（节选）

## "田家复近臣"

### （一）

在唐代田园诗人中，孟浩然是备受推崇的一位。大诗人李白有一首《赠孟浩然》诗：

> 吾爱孟夫子，风流天下闻。
> 红颜弃轩冕，白首卧松云。
> 醉月频中圣，迷花不事君。
> 高山安可仰，徒此揖清芬。

中间四句，集中地描绘了孟浩然的处世态度：孟浩然少壮时就已抛开仕途，到老犹坚卧山林，宁可醉月迷花，也不肯出仕。（中圣，中圣人。古人称清酒为"圣人"，醉酒叫"中圣人"。）

诗人兼画家的王维也曾画过孟浩然的像，据看到该画的张洎说，孟浩然的形象是："颀而长，峭而瘦。衣白袍，靴帽重戴，乘款段马。一童总角，提书笈负琴而从，风仪落落"。同代人王士源也说他"骨貌淑清，风神散朗"。

这样的佳士，真是所谓"人淡如菊"。闻一多就认为："淡到看不见诗了，方是真正的孟浩然的诗。不，说是孟浩然的诗，倒不如说是诗的孟浩然。"而"淡"的关键就在他的生活态度，"是为隐居而隐居，为着一个浪漫的理想，为着对古人的一个神圣的默契而隐居"。

　　然而，不是一切印象都是准确的。在唐人中，孟浩然无疑是超脱的，但仍超脱不了时代与文化。你说他"专心古淡"、"色相俱空"吗？怎么他又一再唱出"嗟吁命不通"（《书怀贻京邑故人》）、"我年已强仕（四十岁），无禄尚忧农"（《田家元日》）、"望断金马门"（《田家作》）、"常恐填沟壑，无由振羽仪"（《晚春卧疾寄张子容》）的歌，并在"年四十"时"游京师"、"应进士"去了呢？

　　相反者往往相成。在唐代，"隐居"的目的往往是为了"出仕"。如果我们将《晋书·隐逸传》作者的按语与《新唐书·隐逸传》作者的按语对读，是很有趣的。《晋书》作者认为，隐士是避害的智者，他们为了远离统治阶级内部斗争的旋涡，不得不厕身山林，"藏声江海之上，卷迹嚣氛之表，漱流而激其清，寝巢而韬其耀"。而《新唐书》作者却认为，隐者有三等：上等是自放草野的贤人，"身藏而德不晦"，名声在外，所以"名往从之，虽万乘（天子）之贵，犹寻轨而委聘也"。其次，是想"济世"而未得志的能人，他们对爵禄持超脱的态度："泛然受，悠然辞"。这反而有"使人君常有所慕企"的极佳效果。最次的隐士，是些"资槁薄"的下脚料，但还有点小聪明："内审其才，终不可当世取舍，故逃丘园而不返，使人常高其风而不敢加訾焉"。据说，唐代贤人大都当官去了，遁戢不出的大都是那些三等货。然而，隐士进可"使人君常有所慕企"，退不失"使人常高其风"，所以"放利之徒，假隐自名，以诡禄仕，肩相摩于道"。话虽然说得尖刻了点，但说出了唐代隐居者的特色。

　　这也许是历史的进步。汉魏六朝统治阶级内部斗争十分残酷，文人多罹大难，嵇康、陆机、谢灵运等一大批名士均遭杀戮。所以嵇康在囚禁中方有"昔惭柳惠，今愧孙登"之叹，自恨归隐不早。因此，世人往往以明哲保身为高。陶渊明《感士不遇赋》称："彼达人之善觉，乃逃禄而归耕。""禄"而需"逃"，其危可知。正是这种心态，使归隐与出仕之间有一条不可逾越的鸿沟。大名士谢安曾归隐东山，后来复出当官。有一回，有人送药草来。或问：这种药草叫"远志"，又叫"小草"，怎么同一种药草有两种名称呢？在座的郝隆就说：这还不明白，在山里就叫"远志"，出山来就得叫"小草"！弄得谢安很难堪。

　　如果说魏晋时隐逸还带有悲剧色彩，那么唐代的隐逸就近乎喜剧了。

此时的隐逸动机已由"藏声"一变为"扬名"。《泪唐书·隐逸传》说："高宗、天后（武则天），访道山林，飞书岩穴，屡造幽人之宅，坚回隐士之车"，为了点缀太平，皇帝亲自导演了一出出的喜剧。最有趣的是武攸绪，本是武则天的侄儿，却不当官，要当"隐士"，在颍阳地而买了片田，"使家奴杂作，自混于民"。后来中宗皇帝要表示"举逸民，天下之人归焉"，就把他迎入宫中，并设计好"诏见日山峨葛巾，不名不拜"。没想到武攸绪奴性未除，仍"趋就常班再拜，帝愕然"。真是煞风景。当然，能凑趣的也有，《新唐书》就记载了个隐士田游岩：

帝亲至其门，游岩野服出拜，仪止谨朴，帝令左右扶止，谓曰："先生比佳否？"答曰："臣所谓泉石膏肓（不治之症），烟霞痼疾者。"帝曰："朕得君，何异汉获四皓乎？"薛元超赞帝曰："汉欲废嫡立庶，故四人者为出，岂如陛下亲降岩穴邪？"帝悦，因敕游岩将家属乘传（公家的车）赴都，拜崇文馆学士。

田游岩能凑趣，所以得皇帝的欢心，"将家属乘传赴都"去了。这是"鸡犬升天"型的，还有"给全禄终身"的，有"授朝散大夫，家居给半禄"的，有"敕州县春秋致束帛酒肉"的，有"别起精思观以处之"的，有"宽摇役"的，隐士们的待遇提高了。更重要的是，天子如此重视"举逸民"，达官贵人便都来"爱才若渴"，甚至连酷吏周兴、男宠张易之者流也纷纷推荐起隐士来，其风靡一时可知。于是乎"有识之士"也就老实不客气地"结庐泉石，目注市朝"，"托薜萝以射利，假岩壑以钓名"了。这要比考进士容易。如吴筠，"鲁中之儒士也"，虽然善文通经典，却"举进士不第"。他于是索性入嵩山隐居当道士去。"玄宗闻其名，遣使征之"，一步登了天。难怪当"随驾隐士"卢藏用装模作样地指着终南山说"此中大有佳处"时，司马承祯会酸酸地答道："以仆视之，仕宦之捷径耳"。这就是所谓的"终南捷径"。《因话录》还载有一则故事：德宗时，有人在昭应县逢一书生，急如星火地赶往京城。问他所求何事这般急，答道："将应不求闻达科！""不求闻达"而奔走求之，所以可笑。然而在《登科记考》中，堂而皇之记载的初、盛唐科举名目就有：销声幽薮科，安心畎亩科，养志邱园科，藏器晦迹科，不一而足。应此类科与那位书生仁兄应"不求闻达科"又有何异？在当时人看来，以隐求仕不但不可笑，还是"常规"手段呢！《彰明逸事》载李白青年时代曾"隐居于戴天大匡山，往来旁郡"。在《上安州裴长史书》中，李白也自称曾隐于岷山之南，"养奇禽千计，呼皆就掌取食"，引得广汉太守也跑来看，并推荐他去应"有道科"。著名的边塞诗人岑参，也在《感旧赋》序中自称"十五隐于嵩阳，二十献书阙下"。王维在十八岁时写的《哭祖六自虚》诗中，对"隐居"做了描绘，说：

> 念昔同携手，风期不暂捐。
> 南山俱隐逸，东洛类神仙。
> 花时金谷饮，月夜竹林眠。
> 满地传都赋，倾朝看药船。
> 群公咸瞩目，微物敢齐肩。

"满地"一联有两个典故。《世说新语》说，庚仲初作《扬都赋》，庚亮为他吹嘘，说是可与《二京赋》、《三都赋》媲美。一时人人竞相抄写，都城纸为之贵。《晋书·夏统传》载，夏统在船上曝晒所买的药草，洛阳王公贵人乘车来目睹其风采者如云。这就是下句"群公咸瞩目"的意思。可见其"隐居"还是为了造就名声，引起当权者的重视而已。就这样，隐居与求仕之间的鸿沟被求仕者的脚踩平了，这对矛盾也就统一起来了。李白有一篇《代寿山答孟少府移文书》，用拟人手法让寿山向孟少府（县尉）推荐自己。文中自称是"巢、由以来，一人而已"的大隐士，却又仰天长吁，一心要"申管、晏之谈，谋帝王之术"。传说中的大隐士巢父与许由于是乎在新时代有了新任务："冠冕巢由"取代了"逃禄归耕"。"巢由"而加"冠冕"（乌纱帽），似乎有点不伦不类，但决不是讽刺。在张说（当时被称为大手笔）《扈从幸韦嗣立山庄应制序》中正儿八经提出"衣冠巢许"；王维《暮春太师左右丞相诸公于逍遥谷宴集序》中又以赞叹的口吻出之："冠冕巢由"。在唐人眼中，官与隐士是可以"一体化"的。所以，在他们看来，由隐入仕的谢安一点儿也不尴尬："闻道谢安掩口笑，知君不免为苍生！"（李颀）应召由隐入仕倒是件快活事："仰天大笑出门去，我辈岂是蓬蒿人！"（李白）反之，"寄书寂寂于陵子，蓬蒿没身胡不仕？藜藿被褐环堵中，岁晚将贻故人耻。"（李颀）老是穷愁潦倒才是耻辱，所以王维《与魏居士书》竟公然嗤笑陶渊明说：

　　近有陶潜，不肯把板屈腰见督邮，解印绶弃官去。后贫，乞食诗
云："叩门拙言辞"。是屡乞而多惭也。尝一见督邮，安食公田数顷，
一惭之不忍，而终身惭乎？

　　如果不是当时风气以出仕为荣，王维敢如此嘲笑"隐逸之宗"的陶
渊明吗？从谢安、陶渊明在舆论界地位的变迁中，我们感受到隐逸者在两
个相连却相反的历史时期中不同的心态。只有认识这种新时代的风尚，我
们才能比较准确地把握那位"迷花不事君"的孟浩然何以还会有"望断
金马门"的心态。

　　蓝天上的白云，有时也会亲吻黄土地的。

（二）

　　田园诗人歌唱隐逸生活，显然不是恋上那微薄的物质生活，或有离群
索居的孤独癖，而仅仅是企慕那萧条高寄的精神。所以鲁迅一针见血地指
出：归隐先得有吃饭之道，"假如无法啖饭，那就连'隐'也'隐'不成
了"（《隐士》）。这在魏晋时，就很限制了隐居者的人数。当时土地高度
集中在士族大地主之手，造成"富强者兼岭而占，贫弱者薪苏无托"的
状况。一般的文人想归隐，就要甘心于畎亩之间，过极清贫的日子才行，
这谈何容易！如《晋书·隐逸传》所载：隐士孙登，要挖土窟而居；董
京行乞于市；公孙凤冬天只能披着草衣。陶渊明可算是其中佼佼者了，他
虽然乞食，而能守死善道，态度从容。像这样的士大夫毕竟不多，而且他
的内心是极其痛苦的。他在《与子俨等疏》中就说过：

　　僶俛辞世，使汝等幼而饥寒……汝辈稚小家贫，役柴水之劳，何时可
免？念念在心，若何可言！

　　因自己避逃社会，过着勤苦的日子，连累了儿女也从小就困苦不堪，
字里行间有多少内疚之情不能自已！他多么向往一个"秋熟靡王税"（秋
收时不必缴税）的乐土"桃花源"啊！只有物质生活得到保障，隐居才
会成为一种"诗意的居住"。

　　盛唐社会长期安定，生产力迅速发展，物质相当丰富，如杜甫《忆

昔》诗所盛称："稻米流脂粟米白，公私仓廪俱丰实。九州道路无豺虎，远行不劳吉日出。齐纨鲁缟车班班，男耕女桑不相失。"生产力发展，引起生产关系的变化。主要表现为：唐初实行的均田制瓦解，庄园普遍化。什么叫"庄园"？按历史学家韩国磐先生的意见，是指封建地主对土地的一种占有形态和经营方式。唐代庄园基本上是自给自足的经济单位。庄园或称庄、庄墅、庄田、别墅、别业等。庄园有大有小。小的只有一顷或不到一顷地，仅有一些住屋和田地而已。大的庄园，像唐末诗人、诗论家司空图在中条山王官谷的庄园，《南部新书》记载说：

> 司空图侍郎，旧隐三峰，天祐（唐哀帝年号）末，移居中条山王官谷，周回十余里，泉石之美，冠于一山。北岩之上，有瀑泉流注谷中，溉良田数十顷。至今子孙犹存，为司空之庄耳。

这类大庄园自给性很强，往往有花木楼台、水榭泉石，甚至水碾茶山、店铺车坊。诗人柳宗元有个堂弟柳谋，在江陵的庄园，据柳宗元说，是"有宅一区，环之以桑，有僮指三百，有田五百亩，树之谷，艺之麻，养有牲，出有车，无求于人"（《送从弟谋归江陵序》）。"无求于人"正由于庄园能自给自足。所以拥有辋川庄的诗人王维才会在《渭川田家》中悠悠地吟道：

> 斜光照墟落，穷巷牛羊归。
> 野老念牧童，倚杖候荆扉。
> 雉雊麦苗秀，蚕眠桑叶稀。
> 田夫荷锄立，相见语依依。
> 即此羡闲逸，怅然歌式微。

有了那么个"方宅十余亩，草屋八九间"的隐士，就不至于"饥来驱我去"了。前面提到过的"白首卧松云"的孟浩然，虽然也叫穷："甘脆朝不足，箪瓢夕屡空"，但从他的诗中看，倒是有点家业："先人留素业"，"素业唯田园"，"不种千株桔，唯资五色瓜"，"卜邻劳三径，植果盈千树"。虽是用典，但有个不太小的果园是肯定的，而且庄园里还有水阁楼台："萤傍水轩飞"，"应闲池上楼"，"樵唱入南轩"。侍候他老先生的起码有厨子、僮仆："厨人具鸡黍"，"渐与骨肉远，转于僮仆亲"。恐怕还有"美人"："试垂竹竿钓，果得查头鳊。美人骋金错，纤手鲙红鲜"。这就是孟浩然之所以能"风神散朗"的物质基础。因为士子如果有了这么个小庄园，就进可攻（求仕），退可守（隐居），在仕途奔竞中取得主动权，心态上自然就容易超逸从容。反之，无此后盾，便会进退维谷的。王昌龄在《上李侍郎书》中说：

> 昌龄岂不解置身青山，俯饮白水，饱于道义，然后谒王公大人，以希大遇哉？每思力养不给，则不觉独坐流涕！

"力养不给"便是没有这样的后盾，落入"谋官谋隐两无成"的困境，风神如何"散朗"得起来？总的说来，唐代士子要比魏晋南北朝时期的士子幸运。南朝也有典型的"闲门成市"的庄园，但只集中在极少数的士族地主豪门手中。庄园普遍化是唐代均田制瓦解后的事。唐玄宗天宝十一年有诏书说："王公百官及富豪之家，比置庄田，恣行吞并，莫惧章程。"反映了当时占田置庄风气之盛，《新唐书·卢从愿传》记载唐玄宗时卢从愿"占良田数百顷"，被称为"多田翁"；《旧唐书·李憕传》记载李憕"伊川膏腴（好田地），水陆上田，修竹茂树，自城及阙口，别业相望。与吏部侍郎李彭年皆有地癖。"《太平广记》也说王叟"庄宅尤广，容二百余户"。不购置庄园的倒是例外。如宰相张嘉贞不置庄园，因为他认为"比见朝士广占良田，及身没后，皆为无赖子弟作酒色之资，甚无谓也"。这是作为极少的事例载入史册的，正可从反而证明当时置田庄的普遍性。这种普遍性从《全唐诗》所存盛唐诗人的诗题中亦可窥见一斑：如高适《淇上别业》、岑参《送胡象下弟归王屋别业》、李白《过汪氏别业》、祖咏《汝坟别业》、李颀《不调归东川别业》、周瑀《潘司马别业》……

可见拥有庄园的不一定"非士族莫属"。当然，庄园有大有小，自给自足程度不一。但无论如何，当时的文人士子比起南朝文人士子要解决隐居时的"啖饭"问题，无疑是容易多了。陶渊明的裔孙陶岘，在开元年间隐居于崑山，曾制三条小舟，"一舟自载，一舟供宾客，一舟置饮馔。有女乐一部，奏清商之曲。逢山泉则穷其景物，吴越之士谓之'水仙'"。此时气象，乃祖不能望其项背。

庄园的普遍化，使"隐居"生活在唐代具有某种普遍意义，从而构成一种当时的确存在过的文化生活。它，从生活态度、审美趣味、创作方式甚至语言习惯诸方面深刻地左右着唐代的田园诗创作。

这就是我们的兴趣所在。

## （三）

现在，让我们一窥庄园主们的生活及其心态。

庄园，并非唐代所独有。前此的六朝庄园，就颇完备。晋代潘安仁有篇《闲居赋》，写他在洛阳"面郊后市"的庄园是长杨掩映，游鱼出没，荷花满池，竹木蓊翳。有梨有柿，有枣有李。是所谓"筑室种树，逍遥自得。足以渔钓，春税足代耕。灌园粥蔬，以供朝夕之膳。牧羊酤酪，以俟伏腊之费"。在庄园里，有明敞的房屋，优美的环境。园主可以"或宴于林，或禊于汜（春天在水中沐浴）"。《宋书·谢灵运传》也记载了诗人谢灵运有个始宁别业，"傍山带江，尽幽居之美"。谢灵运作了篇《山居赋》，自己作注。从中我们知道他这个庄园别墅连冈盈畴，阡陌纵横，导渠引水，有室有居，草木花果，园蔬池鱼莫不应有尽有，连治病的药物也有。难怪谢灵运会说："供粒食与浆饮，谢工商与衡牧"了。这种自供自给的庄园，大有园林化的倾向。《周书·萧大圜传》说：

> 筑蜗舍于丛林，构环堵于幽薄。近瞻烟雾，远睐风云。借纤草以荫长松，结幽兰而援芳桂。仰翔禽于百仞，俯泳鳞于千浔。果园在后，开窗以临花卉；蔬圃居前，坐檐而看灌畦……

在这样优美的环境中，园主可以无拘无束地饱食安步，欣赏他的"一丘一壑"。而此类"隐士"也就与深山老林荒野洞穴告别了。这一现象大约在南朝开始较大量出现，与山水诗的发展也约略同步。这应非偶然。有些历史学者已指出，大田庄的特色是："求田"之外，还要兼及"问舍"，特别注意居住上的安排，庐舍竹木，滨接湖山，往往是生产区与风景区的结合。谢灵运《山居赋》描写自己的庄园景色说：

因以小湖，邻于其隈。众流所凑，万泉所回。汜滥异形，首悠终肥。别有山水，路邈缅归。

求归其路，迤界北山。栈道倾亏，蹬阁连卷。复有水径，缭绕回圆。弥弥平湖，泓泓澄渊。孤岸竦秀，长洲芊绵。既瞻既眺，旷矣悠然。

在谢灵运笔底，实在是山水与田园混一。德国汉学家 W. 顾彬认为：梁陈之际，山水诗主题已不是荒野的自然，而是身边的自然，旅途上的自然，园林中的自然。这一看法是中肯的。谢灵运名句如"白云抱幽石，绿筱媚清涟"（《过始宁墅》）、"崖倾光难留，林深响易奔"（《石门新营所住》），所描写的山水实在也是田园。甚至他的游山玩水，也与求田问舍大有关系。《宋书·谢灵运传》记载：谢灵运父祖留下产业甚厚，奴僮很多。他凿山浚湖，功役无已。寻山陟岭，必造幽峻。他还备有特殊的登山木屐，上山则去前齿，下山去其后齿（这就是著名的"谢公屐"）。有一次，他从始宁别墅出发，伐木开径，直至临海，从者数百人。临海太守还以为是"山贼"作乱呢！

庄园不但把诗人的视野从荒野引到园林，还以庄园作为家族僚友之间的聚会场所，赏心乐事，赋诗作文，直接影响了创作内容与形式。《晋书·谢安传》载，谢安"又于土山营墅，楼馆林竹甚盛，每携中外子侄往来游集"。《世说新语·言语》就曾记载了谢安一次这样的文学活动：

谢太傅寒雪日内集，与儿女讲论文义。俄而雪骤。公欣然曰："白雪纷纷何所似？"兄子胡儿（谢朗）曰："撒盐空中差可拟。"兄女（谢道蕴）曰："未若柳絮因风起。"公大笑乐。

西晋石崇也有个大庄园，在《思归引序》中，他自称"肥遁（指归隐）于河阳别业。其制宅也，却阻长堤，前临清渠，百木（各种树木）几于万株，流水周于舍下。有观阁池沼，多养鱼鸟。家素习技，颇有秦赵之声。出则以游且弋钓（射猎钓鱼）为事，入则琴书之娱"。著名的《金谷园诗序》便是一次典型庄园文学活动的记录。金谷园在河南县界金谷涧中，"有清泉、茂林，众果、竹柏、药草之属。金田十顷，羊二百口，鸡猪鹅鸭之类，莫不毕备"。有丰富的物质，也有当时一流的"雅集"：

> 余与众贤共往涧中，昼夜游晏。屡迁其坐，或登高临下。或列坐水滨，时琴瑟笙筑，合载车中，道路并作。及住，令与鼓吹递奏，遂各赋诗，以叙中怀。或不能者，罚酒三斗。

这次集会有名流之士三十人。说庄园别墅是当时的"文学沙龙"，应不为过。当然，这只能在当时享有特权的极少数士族文人圈子中流行，并不普遍。

普遍流行，应在唐代。日本汉学家加藤繁认为，庄园从汉代以来就已存在，但似乎还没有广泛地通行。在唐代，就以非常之势流行于权门势家之间。这一点我们已经在上一节叙述过，这里让我们从唐代士大夫对庄园别墅生活的向往与追求上，来看看这一普遍性。

盛唐人陶翰，有一篇类似石崇《金谷园诗序》的文章——《仲春群公游田司直城东别业序》。序称：

> 司直雁门田侯，行修器博，心远地偏，于是启郊园之扉；主簿天水姜侯，词才俊秀，雅志坚直，于是传翰林之橛。嗟乎！城池不越，井邑不移，林篁忽深，山郁斗起。出回塘而入苍翠，更指深亭；因曲岸而扪穿嵌，忽升绝顶。云天极思，河山满目。菡萏春色，苍茫远空。烟间之宫阙九重，砌下之亭皋千里，临眺之壮也！樽酒既醉，舞袖登筵。欢洽在斯，献酬无算。措九州于乐府，移三典于颂章。皆我顺尧之心，除秦之政，所以偶春服之晏也，咸请赋诗。

其中情调与石崇并无二致，只是田司直并不是什么富倾朝野的豪门巨子而已（司直是"从六品上"的小官）。大手笔李华也写了一篇《贺遂员外药园小山池记》，所记更是一个小官僚的庄园别墅：

> 悦名山大川，欲以安身崇德。而独往之士，勤劳千里；豪家之制，殚及百金。君子不为也。贺遂公——衣冠之鸿鹄，执宪起草，不尘其心，梦寐以青山白云为念。庭除有砥砺之材，础蹟之璞，立而象之

衡巫（衡山、巫山）。堂下有奋锸之垺，圩埂之凹，陂而象之江湖。
种竹艺药，以佐正性。

这是说人们仰望名山大川，是为了陶冶情操，提高自己的道德修养。
有些人是不辞千辛万苦去游历名山大川，有些人则不怕花费巨资，"名山
大川，往往占固"。这些都是"君子"所不为的。贺遂员外是个"衣冠之
鸿鹄"（和上节的"冠冕巢由"同一个意思，指半官半隐者），他自有办
法：在自己的庭院里造假山，挖池塘，象征那名山大川。这样也可以收到
陶冶情操的目的，在做官的同时解决"梦寐以青山白云为念"的精神上
的向往。这也是魏晋人无法实现的"心迹合一"（精神上的向往和现实中
的生活的统一）。如果说"世外桃源"只是"逃禄归耕"者如陶渊明辈的
"乌托邦"，那么田庄别墅则是"冠冕巢由"如"贺遂公"辈的现世
间——"世上桃源"。明朝人胡震亨曾一针见血指出这两种隐居本质上的
区别：

> 王绩（唐初诗人）之诗曰："有客谈名理，无人索地租。"隐如
> 是，可隐也。陶潜（渊明）之诗曰："饥来驱我去……叩门拙言辞。"
> 如是隐，隐未易言矣。

穷隐士只好向往"秋熟靡王税"的世外桃源，唐代的士大夫却向往
"太平盛世"中颇为普遍的庄园别墅。其原因当然在于盛唐社会提供了这
一可能性。所以刘眘虚《浔阳陶氏别业》宣称："愿守黍稷税，归耕东山
田。"王维《酬诸公见过》也表示要"薄地躬耕，岁晏输税"。他们的
"世上桃源"与陶渊明的"世外桃源"不同之处，首先就在于不反对"王
税"。因此他们唱的是安居乐业的田园牧歌。

既然"世上桃源"的庄园别墅能使士大夫身心俱足，那么对虚无难寻
的"世外桃源"的追求也就不必要了。裴迪就说："闻说桃源好迷客，不如
高卧晒庭柯。"（《春日与王右丞过新昌访吕逸人不遇》）这类话头太多了，
为了不使读者心烦，只举祖咏《清明宴司勋刘郎中别业》一首为证：

> 田家复近臣，行乐不违亲。

霁日园林好，清明烟火新。

以文长会友，唯德自成邻。

池照窗阴晚，杯香药味春。

檐前花覆地，竹外鸟窥人。

何必桃源里，深居作隐论。

　　在田园里半官半隐的人最逍遥自得了，既是"田家"又是"近臣"的身份，使之既有禄位的荣耀又有田园山水之乐，同时还能符合"有亲在不远游"的古训。在这庄园优美的自然环境中"以文会友"，志同道合者，可聚居为左邻右舍。有这等良辰美景赏心乐事俱备的环境，又何必去寻求什么缥缈的桃花源，做什么深山老林的隐士呢！"田家复近臣"一语道尽了唐代一批士大夫追求的生活理想。

　　（录自《唐诗与庄园文化》第一章第一节，漓江出版社，1996 年）

## 将相池台：平泉庄

### （一）

　　中唐大诗人白居易有首长诗《朱陈村》，其中写道：

徐州古丰县，有村曰朱陈。

去县百余里，桑麻青氛氲。

机梭声札札，牛驴走纭纭。

女汲涧中水，男采山上薪。

县远官事少，山深人俗淳。

有财不行商，有丁不入军。

家家守村业，头白不出门。

生为陈村民，死为陈村尘。

田中老与幼，相见何欣欣！

> 一村唯两姓，世世为婚姻，
>
> 亲疏居有族，少长游有群。
>
> 黄鸡与白酒，欢会不隔旬。
>
> 生者不远别，嫁娶先近邻。
>
> 死者不远葬，坟墓多绕村。
>
> 既安生与死，不苦形与神。
>
> 所以多寿考，往往见玄孙。

这是一个《老子》第八十章曾勾画过的"安其居，乐其俗，邻国相望，鸡犬之声相闻，民至老死不相往来"的原始农村公社。如果说，王维曾在《桃源行》诗中，将世俗的庄园别墅幻化为"日出云中鸡犬喧"的灵境仙源；那么，白居易则仍将"桃源"拉回到原始的农村公社去。不是中唐人先天缺乏想象力，而是严酷的现实使之不得不收敛想象的翅膀。

安史之乱使庞大的唐帝国一夜之间忽剌剌地瓦解了，几经修复总也无法复原，在天宝年间已日见崩坏的均田制，至中唐已不可收拾，只好易之以"两税法"。据《旧唐书·杨炎传》所记载，两税法是夏、秋两次征收的税。其税额是按资产和田亩确定的，"户无主客，以见居为簿；人无丁中，以贫富为差"。这个税法，不分土户或外来客户都必须交税。这是针对土地买卖盛行，"租庸调"的旧税法行不通的实际情况制定的。据专家研究认为，盛唐以前封建地主占有土地的手段主要是通过"赐予"、"请射"等方法，从统治主那里得到赐田、职田、公廨田等。当然，也有一部分是买卖得来。不过，均田法规定口分田与永业田"凡卖买皆须经所命官司申牒，年终彼此除附，若无文牒辄卖买，财没不追，地还本主"。可见买卖土地并不自由。天宝十一载，唐玄宗曾下诏说：

> 自今以后，更不得违法买卖口分、永业田。及诸（请）射、兼借公私荒地、无马妄请牧田、并潜停客户、有官者私营农。如辄有违犯，无官者决杖四十，有官者录奏取处分。（《册府元龟·田制》）

这里说到土地买卖，还说到官僚地主侵占公田手段的无耻：无马而请牧地！中唐"两税法"是从法定的意义上否定了"均田"的存在。其中地税一项规定以地定税，不限多少，不问土地之所从来。这就使土地买卖成为封建地主取得土地的重要手段。这首先对乱世中政权、兵权在握的将相们是个福音，他们最有大量攫取土地的优势。据有关论著所查出的拥有庄园的将相人物有郭子仪、马燧、元载、韦宙、李德裕、裴度、郑驯……他们的庄园，或赏赐所得，或买卖而来；或在家乡，或在他方；或近者数十里，或远者千里外；或多至数百亩，或少止数十亩。《旧唐书》说宰相元载在长安南有"膏腴别墅，连疆接畛，凡数十所"；《新唐书》说淄青节度使李师道"多买田伊阙（洛阳）、陆浑间"。《北梦琐言》说宰相韦宙在江陵府有别业，"良田美产，最号膏腴，而积稻如坻，皆为滞穗"。韦宙自称积谷七千堆，唐懿宗称之为"足谷翁"。将相权势纷纷攫取土地，自然是为了经济上的原因，决不只是为了"三径之资"（陶潜称隐居所必需的"基金"）。唐德宗时，陆贽就在奏章里说："今京畿之内。每田一亩，官税五升，而私家收租殆有亩至一石者，是二十倍于官税也；降及中等，租犹半之，是十倍于官税也。"无情地揭露了私庄中残酷的租佃关系。陆贽又说：农民"依托豪强，以为私属，贷其种食，赁其田庐，终岁服劳，无日休息，罄输所假，尝恐不足，有田之家，坐食租税"。显然，土地买卖盛行后，加深了阶级分化，同时使封建主的经营方式也有所改变，地租成为庄主与庄客之间的纽带。由是，庄主对庄园的管理不一定亲往，或托家仆，或托兵弁，或托亲属，而官僚地主多半寄身都市"坐食租税"。如果说像辋川庄主王维一类的庄园主，有很浓的士大夫气，固然也从庄园中得到经济效益，但更重视其中的景物，陶然于诗酒园林，是所谓的"诗园"；那么中唐后大量出现的将相官僚们的庄园，更多的是商业味、血腥气。同处盛、中唐之交的王维与元载就有很大的区别：士大夫文人习气很浓的王维晚年将辋川庄献给佛寺，孤居独处，经案绳床而已。暴发户元载，交结宦官当上宰相，颇事聚敛，室宇奢广，膏腴别墅数十所，至死不肯撒手，抄家时犹存"胡椒至八百石，它物称是"。或有夸张，但贪鄙之性可知。当然，中唐庄园经济是盛唐庄园经济的延伸与发展，两间之庄园主未必都如王维与元载有如是大区别，但土地买卖盛行后，庄园更带上商品味是不足怪的。"有百年人无百年地"，土地变迁易主的周期更短了，特别是中晚唐政治斗争日趋残酷，南北司（宦官与朝臣）之争，朋党之争，朝廷与方镇（地方军阀）之争，错综复杂，此起彼伏，正与土地易主的节奏一样日见其快。

土地制的变迁，有两点应引起我们注意：一是庄园的经济意义加强了，带有更多的商业味；一是土地买卖引起的"变迁感"对这些庄园主的心理影响。二者是引起田园诗式微的文化综合征的重要因子。

本节先探讨庄园对官僚文人出身的庄园主的双重意义。所谓双重，无非一是经济意义，一是观赏意义。庄园之子庄园主，所具有的意义无非如此，也历来如此，不过因人因时两者所占之比例各有不同而已。就总体说来，盛唐文人如上篇所述，往往以庄园为"养名"之地，以隐求仕，或既仕而半隐，求得心理平衡。所以经济意义往往被有意无意地隐没在赏心悦目的后面，而表现清高的田园生活场景则凸现出来。为表现清高，富足的庄园常被写得很简朴。但无论是储光羲的"腹中无一物，高话羲皇年"，还是王维的"晚田始家食，余布成我衣"，都只是士大夫的"短打扮"，其田园诗所表现的主要是士大夫优游其间的神态。中晚唐则开始在传统的田园牧歌中夹入一些"不和谐音"。且看中唐诗人张籍的《野居》诗：

> 贫贱易为适，荒郊亦安居。
> 端坐无余思，弥乐古人书。
> 秋田多良苗，野水多游鱼。
> 我无耒与网，安得充廪厨？
> 寒天白日短，檐下暖我躯。
> 四肢暂宽柔，中肠郁不舒。
> 多病减志气，为客足忧虞。
> 况复苦时节，览景独踟蹰。

腹中一空，就难免要注目于廪厨禾鱼了。如此苦时节，能不"览景独踟蹰"？经济因素悄悄地从景物后面探出头来。这时的言穷，已不是为了衬托"清高"了。李端《题山中别业》说：

> 旧宅在山中，闲门与寺通。

　　往来黄叶路，交结白头翁。

　　晚笋难成竹，秋花不满丛。

　　生涯只粗粝，吾岂讳言穷！

　　话说得颇沉痛，不由你不信。王建有一组《原上新居》诗十三首，
颇类储光羲的《偶然作》十首，较全面地写了庄园生活，录三首如下：

　　春来梨枣尽，啼哭小儿饥。

　　邻富鸡常去，庄贫客渐稀。

　　借牛耕地晚，卖树纳钱迟。

　　墙下当官路，依山补竹篱。


　　移家近住村，贫苦自安存。

　　细问梨果植，远求花药根。

　　倩人开废井，趁犊入新园。

　　长爱当山立，黄昏不闭门。


　　住处去山近，傍园麋鹿行。

　　野桑穿井长，荒竹过墙生。

　　新识邻里面，未谙村社情。

　　石田无力及，贱赁与人耕。

　　与储诗描写的"一畦未及终，树下高枕眠"的"田家乐"不同，王
建在这里细诉生活的拮据："借牛耕地晚，卖树（一作"谷"，更切实际）
纳钱迟"、"细问梨果植，远求花药根"、"石田无力及，贱赁与人耕"。纳
钱赁地入诗，正是"两税法"施行的证明。其情调颇近杜甫当年建草堂
时的诗作。王建还有一首《田家行》，无异夹在传统田园交响曲中的一响
"手枪"，颇煞"田家乐"风景：

　　男声欣欣女颜悦，人家不怨言语别。

　　五月虽热麦风清，檐头索索缲车鸣。

野蚕作茧人不取，叶间扑扑秋蛾生。

麦收上场绢在轴，的知输得官家足。

不望（一作"愿"）入口复上身，但免向城卖黄犊！

回（一作"田"）家衣食无厚薄，不见县门身即乐。

麦方在场，绢犹在轴，则官税已逼。"不望入口复上身，但免向城卖黄犊"，与白居易著名的《卖炭翁》的"心忧炭贱愿天寒"一样写尽田家不得已的悲苦。"不见县门身即乐"，是决绝语，与盛唐田园诗中称"愿守黍稷税"的安居乐业心态相去不啻万里！历史学家韩国磐先生指出：两税法从经济发展的角度上来看，虽比租庸调法进步些，但施行后不久，对农民的剥削却日益加重了。（详《隋唐五代史纲》）于是乎庄园里的啼哭声不能不渗入到"田园牧歌"里来。中唐以后不乏刻画农家现实的好诗，只不过本书重点在阐述庄园文化与田园诗之关系。侧重在庄园主兼诗人的心理剖析，所以不拟细谈。

## （二）

土地买卖盛行后，对灵心善感的文人（特别是庄园主文人）造成的心理压力，首先是"变迁感"。唐咸通（唐懿宗年号）年间有个书生号"唐五经"，常告诉人说："不肖子弟有三变：第一变为蝗虫，谓鬻庄而食也；第二变为蠹虫，谓鬻书而食也；第三变为大虫，谓卖奴婢而食也。"平心而论，在那样危机四伏，祸乱随时而至的年代，在土地兼并剧烈的岁月，不但是不肖子弟，便是"将门虎子"有时也难免要当"蝗虫"。据《旧唐书》记载，名将郭子仪死后。其子郭曜被奸人夺去不少田宅奴婢而不敢诉。后来穆宗游子仪孙郭铦城南庄。铦不得不以庄为献。郭曜是子仪长子，"子仪专征伐，曜留治家事，少长无闲言"。并不是"不肖子弟"，但也保不住庄田。再如名将马燧，《旧唐书》称其"资货甲天下，燧既卒。畅（其子）承田业，屡为豪幸邀取。贞元（德宗年号）末，中尉申志廉讽畅令献田园第宅"。郭、马都是唐朝的大功臣，田地尚且不保，一般人家难免兼并可知。于是便出现这种情况：新贵拼命置地产买房屋，作为子弟永久之业产；而旧贵族又纷纷破落，示人以世事的无常。

《云溪友议》引王梵志的诗说："多置庄田广修宅，四邻买就犹厌窄。雕墙峻宇无歇时，几时能有宅中客？"田宅是封建地主的根本，田宅的变迁往往代表田地产业的变迁，标志封建地主家族的兴衰。清初的思想家顾炎武在《日知录》中曾指出"安史之乱，法度隳弛，内臣戎帅，竞务奢豪，亭馆第舍，力穷乃止"。并举马燧、马璘二名将为例，其产业子孙不保。白居易在《秦中吟·伤宅》诗中说：

> 谁家起甲第？朱门大道边。丰屋中栉比，高墙外回环。累累六七堂，栋宇相连延……如何奉一身，直欲保千年？不见马家宅，今作奉诚园！

奉诚园，原是名将马燧之旧居，因中贵人逼取，指使施舍佛寺。燧之子畅，不敢违抗，晚年财产并尽，身殁之后，诸子无室可居，以至冻馁。白居易《新乐府·杏为梁》又说：

> 杏为梁，桂为柱，何人堂室——李开府！碧砌红轩色未乾，去年身殁今移主。高其墙，大其门，谁家第宅——卢将军！素泥朱板光未灭，今岁官收别赐人。

元稹在《和乐天高相宅》中总结道：

> 莫愁已去无穷事，漫苦如今有限身。
> 二百年来城里宅，一家知换几多人！

在这种"有百年人无百年地"的变迁感后面，是中晚唐争夺政治的背景。且不说朝廷与方镇之间频仍的战争，朝中宦官与朝臣之间，朝臣朋党之间，便不断有流血的斗争。如代宗、德宗朝，元载、常衮、杨炎与李揆、崔祐甫、刘晏、卢杞两派互相杀夺。李揆排摈元载，后元载为相，提拔党人杨炎。元载得罪，刘晏等为主审官，处死元载。后杨炎为相，杀刘晏，为元载报仇，"凡其枝党无漏"。至卢杞为相，又设法杀杨炎为刘晏报仇……当时政治，由此可见一斑。唐帝国就这样在方镇、宦官、朋党的

交错斗争中消亡，而士大夫的"变迁感"正是在杀夺政治的震荡下心理
失衡的反映。所谓"牛李党争"一方领袖的李德裕，在洛阳有一座很有
名的庄园——平泉庄。买庄后李德裕有一首《近于伊川卜山居，将命者
画图而至，欣然有感……》诗，诗中说：

> 寄世如婴缴，辞荣类触藩。
> 欲追绵上隐，况近子平村。
> 邑有桐乡爱，山余黍谷喧。
> 既非逃相地，乃是故侯园。
> 野竹多微径，岩泉岂一源。
> 映池方树密，傍涧古藤繁。
> 邛杖堪扶老，黄牛已服辕。
> 只应将唤鹤，幽谷共翩翻。

绵上，是晋文公的近臣介之推弃禄归隐的地方。子平，指晋代高士向
子平，曾读《易经》，渭然长叹："吾已知富不如贫，贵不如贱，但未知
死何如生耳！"诗中表达了李德裕在官与隐问题上矛盾的心情："寄世如
婴缴，辞荣类触藩"。婴，缠绕。缴，矰缴，一种捕鸟的工具。喻人在世
上处处有险阻，想辞荣也不容易。类触藩：羊角卡在藩篱上，进退不得，
这是《易经》用来比喻两难境地。退身何难？李德裕有一篇《退身论》
说：

> 其难于退者，以余忖度，颇得古人微肯：天下善人少，恶人多。
> 一旦去权，祸机不测。掺政柄以御怨诽者，如荷戟以当狡兽，闭关以
> 待暴客。若舍戟开关，则寇难立至。迟迟不去者，以延一日之命，庶
> 免终身之祸。

李德裕认为，在剧烈的政治斗争旋涡中，不宜自己引退，因为这就等
于面对强暴而放弃手中的武器。然而，在残酷的朋党斗争中，他又深感厌
倦，难免有青山白云之想。在后来的《平泉山居诫子孙记》中，他说到
当年置庄的经过，说：

经始平泉，追先志也。……（先公）尝赋诗曰："龙门南岳尽伊原，草树人烟目所存。正是北州梨枣熟，梦魂秋日到郊园。"吾心感是诗，有退居伊洛之志。

李德裕的父亲李吉甫是唐宪宗的宰相，"牛李党争"正是从他与牛僧孺等人为科举发生矛盾开始的。在李吉甫时，就有退隐之心，但未能实现，至李德裕才购置了平泉庄。然而，李德裕也并没有退居平泉，自己说："虽有泉石，杳无归期，留此村居，贻厥后代"。并有鉴于田宅往往为子孙所卖，再三叮嘱说："鬻吾平泉者，非吾子孙也！以平泉一树一石与人者，非佳子弟也。吾百年后为权势所夺，则以先人所命泣而告之，此吾志也。"但到宋代李恪非写《洛阳名园记》时，不见有此平泉庄。看来，其子孙还是保不住这座庄园。不过，我们从李德裕的诗文中，还是知道一点这座著名庄园的情况。这个庄子规模不小，有池潭，有瓜园，有飞瀑，有亭子，有药圃，有茶园，有山林，等等。据《重忆山居六首》中有题为《忆春耕》，看来还有些田地，一般说来，是赁与农人耕种，自己家人未必动手的。但从大量回忆之作看来，主要是园林，有奇花异草怪石，是从各地搜罗来的，如：泰山石、巫山石、罗浮山石、漏潭石，还有似鹿石、海上石笋，甚至有"海鱼骨"，"皎皎连霜月，高高映碧渠"，无疑是海鲸一类巨骨。李德裕有篇《平泉山草木记》，自称是"二十年间，三守吴门，一莅淮服。嘉树芳草，性之所耽。或致自同人，或得于樵客"。其中罗列所得有：天台之金松琪树，剡溪之红桂厚朴，海峤之香柽木兰，天目山之青神凤集，等等。在当时也许是个最大的植物园罢？可惜李氏父子都有跳出政治旋涡之心，却又都办不到。于是又回到魏晋人的感叹："隐显殊迹，盖兼之者鲜矣！"于是不再有盛唐人"冠冕巢由"的论调，而是承认现实，说："乃知轩冕客，自与田园疏！"何以解忧？曰："怀绮皓而披素卷，想瀛洲而观画图。（意为：怀念隐居生活就读读道家书，想念仙境便看看画图）何必尚遍游于名岳，蠡长往于五湖！"（《知止赋》）这也算是"因地制宜"，盛唐亦官亦隐者是以市郊庄园代桃花源，时常去过过隐士瘾；中唐后的将相则于官场失意时瞥一眼"山居图"之类，也算是圆了一番青山白云梦！高鹤《见闻搜玉》云："上大夫家，往往崇构堂宇，巧结台榭，以为游宴之所，然而久羁宦邸，终不获享其乐，是可叹也。白乐天（居易）诗曰：'试问池台主，多为将相官；终身不曾到，惟展画图看！'"对于将相与池台未能相亲近的感慨，不止白居易一人。张籍也曾到过平泉庄，有《和令狐尚书平泉东庄近居（一作属）李仆射有寄十韵》诗说："旧隐离多日，新邻得几年"；又说："各当恩寄重，归卧恐无缘"。在《三原李氏园宴集》中又说："借问主人翁，北州佐戎轩。仆夫守旧宅，为客侍华筵。"园主不在庄园，只由仆夫守业，恐怕也只好"惟展画图看"了。因之，此期田园诗颇多怀忆、梦别业，或题他人旧居之作。其中庄园主自足感在减弱，代之以由家到国的沧桑之感。就以李德裕现存于《全唐诗》者为例，一百三十九首中题为"忆山居"、"思平泉"之类竟占七十二首之多！盛唐田园诗人作为优游其中的"世上桃源"，至是又成为士大夫精神上的一种寄托而已。因此，中唐此类田园诗写田园景物能精微入神的并不多见。试举李德裕《怀山居邀松阳子同作》诗为例：

> 我有爱山心，如饥复如渴。
> 出谷一年余，常疑十年别。
> 春思岩花烂，夏忆寒泉冽。
> 秋忆泛兰卮，冬思玩松雪。
> 晨思小山桂，暝忆深潭月。
> 醉忆剖红梨，饭思食紫蕨。
> 坐思藤萝密，步忆莓苔滑。
> 昼夜百刻中，愁肠几回绝！（下略）

作者情意所关，并不在乎对田园景物本身的体味，而仅仅是在倾诉，倾诉自己的向往之切，思念之深。其中罗列了一批景点，却缺少王维式的可感的画面。再如《清明后忆山中》：

> 遥思寒食后，野老林下醉。
> 月照一山明，风吹百花气。
> 飞泉与万籁，仿佛疑箫吹。

不待曙华分，已应喧鸟至。

爱山林池台之心诚有之，能传山林池台之神却未也。这种对山林向往之情，或者说只是青山白云之梦，其深层意识中隐藏着将相们对官场斗争内在的恐惧。李德裕《离东都平泉》诗云："十年紫殿掌洪钧，出入三朝一品身，……自是功高临尽处，祸来名灭不由人。"事实正是如此，李德裕最终被贬死崖州。至于他苦心经营的平泉庄，因广集奇花异石，被贬后据《唐诗纪事》载，有人作诗讥之："当时谁是承恩者，肯有余波达鬼村"，又云："画阁不开梁燕去，朱门罢扫乳乌归。千岩万壑应惆怅，流水斜倾出武闱"。这是对平泉庄的不平。

另一处著名的将相池台是午桥庄，即"裴公绿野堂"。这是名相裴度的庄园。裴度是白居易称之为"十授丞相印，五建大将旗"的名相，白氏有《奉和裴令公〈新成午桥庄绿野堂即事〉诗》。诗云：

旧径开桃李，新池凿凤凰。
只添丞相阁，不改午桥庄。
远处尘埃少，闲中日月长。
青山为外屏，绿野是前堂。
引水多随势，栽松不趁行。
年华玩风景，春事看农桑。
花妒谢家妓，兰偷荀令香。
游丝飘酒席，瀑布溅琴床。
巢许终身隐，萧曹到老忙。
千年落公便，进退处中央。

显然这也是一个"超豪华"的庄园，有楼阁亭池，有松竹农桑。"巢许终身隐，萧曹到老忙"，是说裴相与巢父、许由这些隐士比，能身处显位，享尽荣华；与萧何、曹参这些名相比，又不至于忙到老，而能悠游庄园，是"进退处中央"者。白氏认为这是最佳选择："昔号天下将，今称地上仙。"这叫"身安家国肥"。刘禹锡也有一首《奉和裴令公新成绿野堂即书》诗，说是"位极却忘贵，功成欲爱闲"。但在另一首和尉迟郎中的诗中，话就说白了："留作功成退身地，如今只是暂时闲。"骨子里还是忧患意识。韩愈也曾与裴度唱和，《和裴仆射相公假山十一韵》说裴是"逍遥功德下"。然而，在《和仆射相公朝回见寄》诗中就婉劝道："尽瘁年将久，公今始暂闲。事随忧共减，诗与酒俱还。放意机衡外，收身矢石间。秋台风日迥，正好看前山。"诚如《全唐诗》该题下所注："时牛李党炽，裴度介其间。累遭谤讟，故愈诗有高蹈之语。"功成身退是将相与池台之间的内在联系，它深藏着一种彷徨的情绪。刘禹锡《酬思黯见示小饮四韵》颇直露地表现了这种情绪：

> 抛却人间第一官，俗情惊怪我方安。
> 兵符相印无心恋，洛水嵩云恣意看。
> 三足鼎中知味久，百寻竿上掷身难。
> 追呼故旧连宵饮，直到天明兴未阑。

丞相思黯在伊水边上有个南庄，"知囊心匠日增修"，好不容易有个退身之处，又好不容易脱却"百寻竿上掷身难"的窘境，"功成身退"，其招亲引朋连宵达旦狂饮，正是彷徨心理渴望平衡的反映。

### （三）

惆怅、彷徨、孤独，取代了盛唐田园诗的明朗、安适、自在。一种身世苍茫之感，与中唐后崛起的咏史诗所具有的今古苍茫之感相呼应，是帝国落日的景观。

首先是对旧贵族衰败的感喟。前引白居易诗"试问池台主，多为将相官；终身不曾到，惟展画图看"，也是时人对盛世跌落到乱世的普遍感慨。唐中宗至唐玄宗朝，诸公主往往贵盛。《太平广记》载安乐公主夺百姓庄田造定昆池四十九里，穷天下之壮丽。太平公主也广占土地，韩愈《游太平公主山庄》诗云："公主当年欲占春，故将台榭押城闉。欲知前面花多少，直到南山不属人！""当年"句已露讥讽，欲占春而春已去。司空曙有《唐昌公主院看花》诗云："遗殿空长闭，乘鸾自不回。至今荒草上，寥落旧花开。"情调正与元稹著名的《连昌宫词》相似，是家国变迁的叹息。刘禹锡也有《题于家公主旧宅》：

> 树绕荒台叶满池，箫声一绝草虫悲。
> 邻家犹学宫人髻，园客争偷御果枝。
> 马埒蓬蒿藏狡兔，凤台烟雨啸愁鸱。
> 何郎独在无恩泽，不似当年傅粉时。

何郎，指何晏，娶曹操女。这里借指驸马，即主人虽在，而家道已破落。王建《九仙公主旧庄》结句云："楼上凤皇飞去后，白云红叶属山鸡"，更含蓄凄凉。题公主旧居的诗，在中唐甚多，几乎可单列为一大主题。有些士族如韦氏庄园的破落也是诗人题吟的对象。韩愈有《题韦氏庄》："昔者谁能比，今来事不同。寂寥青草曲，散漫白榆风。架倒藤全落，篱崩竹半空。宁须惆怅立，翻复本无穷。"盛唐时关于韦氏山庄的题吟与安乐公主、太平公主山庄的题吟是《全唐诗》中的"热门"，难怪其没落会引起韩愈如此深的感慨，竟指为人间世的规律："翻复本无穷"。

这种情绪还渗透在故交旧业的题吟里。张籍有一首《沈千运旧居》诗：

> 汝北君子宅，我来见颓墉。
> 乱离子孙尽，地属邻里翁。
> 土木被丘墟，溪路不连通。
> 旧井蔓草合，牛羊坠其中。
> 君辞天子书，放意任体躬。
> 一生不自力，家与逆旅同。
> 高议切星辰，余声激喑聋。
> 方将旌旧闾，百世可封崇。
> 嗟其未积年，已为荒林丛！
> 时岂无知音，不能崇此风？
> 浩荡竟无睹，我将安所从！

据《唐才子传》说，沈千运是天宝年间数次应举不第的文人，后来因为时世多艰，归隐山中别业。诗中"旧井蔓草合，牛羊坠其中"的荒颓景象与其"高议切星辰,余声激暗聋"的慷慨形成对比,颇能激起读者的不平与同情。结尾抒发作者的愤懑,令人唏嘘。还有些写故地重来,风物已变得感伤,也很动人。如卢纶《晚到盩厔耆老家》:

> 老翁曾旧识,相引出柴门。
> 苦话别时事,因寻溪上村。
> 数年何处客?近日几家存!
> 冒雨看禾黍,逢人忆子孙。
> 乱藤穿井口,流水到篱根。
> 惆怅不堪住,空山月又昏。

将家国身世的变迁与庄园旧业的兴衰作一气浩叹的,还有刘长卿的《郧上送韦司士归上都旧业》:

> 前朝旧业想遗尘,今日他乡独尔身。
> 郧地国除为过客,杜陵家在有何人?
> 苍苔白露生三径,古木寒蝉满四邻。
> 西去茫茫问归路,关河渐近泪盈巾。

这里不就是本节开头所说的身世苍茫之感与今古苍茫之感的交汇?这种情绪甚至扩散到尚未破败的庄园里去。试读号称"大历十才子"之一的耿湋诗《题杨著别业》:

> 柳巷向陂斜,回阳噪暮鸦。
> 农桑子云业,书籍蔡邕家。
> 暮叶初翻砌,寒池转露沙。
> 如何守儒行,寂寞过年华。

子云,指扬雄,汉代学者。学者而事农桑,自然是有点牢骚在其中。落叶翻飞的意象更暗示一种儒生末路的感慨。卢纶也有一首《秋晚山中别业》,抒发类似的情绪:

树老野泉清，幽人好独行。

去闲知路静，归晚喜山明。

兰茇通荒井，牛羊出古城。

茂陵秋最冷，谁念一书生？

牛羊夕照、树老泉清，本可引出一派平和自在的情绪来，却归结为茂陵秋冷，书生无着。茂陵是汉武帝陵墓，唐人喜以汉武喻玄宗，所以是对玄宗的怀念，更是对玄宗朝书生多意气风发的一种憧憬。正是这种变迁感使云山泉石在中唐人眼中别具一种滋味。李端《雨后游辋川》不妨与王维《终南别业》合读：

| 李端诗： | 王维诗： |
|---|---|
| 骤雨归山尽， | 中岁颇好道， |
| 颓阳入辋川。 | 晚家南山陲。 |
| 看虹登晚墅， | 兴来每独往， |
| 踏石过春泉。 | 胜事空自知。 |
| 紫葛藏仙井， | 行到水穷处， |
| 黄花出野田。 | 坐看云起时。 |
| 自知无路去， | 偶然值林叟， |
| 回步就人烟。 | 谈笑无还期。 |

就画面而言，李端的辋川景色要绚丽多了：夕照彩虹，紫葛黄花。然而，游者的心态却大不一样：李端是感到孤寂，终于心怯了，道是此去无路，不如回头。"就人烟"三字正是害怕孤独心理的反映。王维却喜欢"每独往"，而且很自在、从容。没路了？那就坐下欣赏："行到水穷处，坐看云起时"。辋川并不空寂，还有林叟可谈笑，且莫归去。

事实上李端与王维各自的心态都有其时代精神。中唐士大夫颇致力于"中兴"事业，但无情的事实不断粉碎其"中兴梦"，使之不得不"知难而退"。顾况《归山作》云：

> 心事数茎白发，生涯一片青山。
> 空林有雪相待，古道无人独还。

心事无从而知，但见白发已经上鬓。事业也无着落，只得归乎一片青山。这是中唐士大夫得已的苦楚。"古道"是双关，暗指儒家治国平天下之道。所以末句更是对难挽狂澜于既倒心情的抒发。如果我们进一步体味，便可发现，中唐士大夫把这种落寞惆怅的情绪对象化了，凝为一种审美情趣。寻出其中的一点美感，为说明问题，试以刘长卿诗为例阐释一二。

唐人高仲武《中兴间气集》称"长卿有吏干，刚而犯上。两遭迁谪，皆自取之"。看来是个有才干、有个性而命运多蹇的人。他对时代的变迁是敏感的，如《茱萸湾北答崔载华问》诗说：

> 荒凉野店绝，迢递人烟远。
> 苍苍古木中，多是隋家苑。

古木苍凉之中，有很深的感慨。他似乎颇喜欢咀嚼孤独感，如《碧涧别墅喜皇甫侍御相访》：

> 荒村带返照，落叶乱纷纷。
> 古路无行客。寒山独见君。
> 野桥经雨断，涧水向田分。
> 不为怜同病，何人到白云。

又是荒村。有客人来了，还是谈自己的孤独。对别人呢，也是说对方孤独，如名篇《送灵澈上人》：

> 苍苍竹林寺，杳杳钟声晚。
> 荷笠带夕阳，青山独归远。

与其说是同情对方的独归，不如说是欣赏这种孤独。所以《送方外上人》诗说：

> 孤云将野鹤，岂向人间住。
> 莫买沃洲山，时人已知处。

这不能不说是把孤独感提炼成为美感了。高仲武批评他的诗"甚能炼饰，大抵十首已上，语意稍同"。就孤独感的反复吟唱而言，高仲武的意见是对的。"闻在千峰里，心知独夜禅"；"解印孤琴在，移家五柳成"；"孤城向水闭，独鸟背人飞"；"夕阳孤艇去，秋水两溪分"；"寒堵一孤雁，夕阳千万山"；"暮帆遥在眼，春色独何心"，云云。对他来说，简直是无孤无独便难成诗了。且不说名篇《新年作》"乡心新岁切，天畔独潸然"一首可谓集孤独感之大成，即使是不露"孤"字、"独"字的《逢雪宿芙蓉山主人》，也充塞着这种情绪：

> 日暮苍山远，天寒白屋贫。
> 柴门闻犬吠，风雪夜归人。

小屋柴门固然给夜归人一种亲切感，是孤独的外乡人的一点安慰，却也反衬出外部世界是如此空旷，和弥天大雪一样充塞着孤独感。

这里，已无"自在"可言。

（录自《唐诗与庄园文化》第二章第一节，漓江出版社，1996 年）

# 人与自然对话

## （一）

有人把中国人传统的思维模式概括为"通天人、合内外"六个字，我看是有道理的。中国人与自然关系的最高境界不是"人定胜天"，而是"人心通天"，是"天人合一"（当然不是人与天平起平坐，而是人效法于天）。所以中国人对待自然的态度，是一种融洽游乐的态度，安分知足的态度，而不是尽量索取、无限追求的态度。这种态度是否代表了一切古代的中国人？我不知道。不过，我认为至少是唐代士大夫对待自然的基本态度。

早在产生《诗经》的远古时代，先民对自然已有了亲和的态度。"关关雎鸠，在河之洲"，已经是一幅带音响的美丽图像，颇为完整。然而它尚不是独立自足的风景描写，它只是"引子"，是爱情诗必需的氛围而已，叫"兴"。先秦儒家仍然持此态度，孔子说"知者乐水，仁者乐山"，以自然作为道德精神的象征，知者如水之灵动不息，仁者似山之厚重安固。但他又赞成门人曾点的向往："暮春者，春服既成，冠者五六人，童子六七人，浴乎沂，风乎舞雩，咏而归。"这是对自然的亲和，更是儒家独善的道德情操的贯注，是"据于德，游于艺"的审美态度。对自然明显取"通天人，合内外"态度的是道家。庄子说："天地与我并生，万物与我为一。"又云："独与天地精神往来。""庄周梦蝶"的故事更是形象地表达了道家神与物游、合内外、与自然融一的主张。不过作为文学实践，要待到魏晋南北朝才获得较普遍的成功。

山水诗的兴起与魏晋玄学的盛行有关，这已经是文学史常识了。我们不想翻老账，只想重点谈两个对山水田园诗有突出贡献的大人物：陶潜与谢灵运。前者把大自然纳入个体的日常生活，成为人生不可或缺的重要内容；后者把山水纳入田园，构筑士大夫从物质到精神自给自足的小天地。

《庄子·知北游》说："山林与！皋壤与！使我欣欣然而乐与！"魏晋玄学正是把这种在自然美的欣赏中得解脱、获自由的精神化为一种风尚，成为"魏晋风度"的一个重要组成部分。《世说新语·赏誉》载："孙兴公为庾公参军，共游白石山。卫君长在坐。孙曰：'此子神情，都不关山水，而能作文？'"神情不关山水，就要被认作不能神超形越，不得为名士风流。这时便有"以玄对山水"、"山水以形媚道"的提法。这应当被看作是中国士大夫第一次认真地与自然的"对话"。人以"道"来理解山水，而山水又以其魅力来显示"道"的神妙，"道"是沟通二者的"语言"。不过，这时双方尚处于互相外在的地位，谈不上"促膝而谈"。只有陶潜才真正做到这一点，在日常生活中与自然融一，促膝而谈。也就是说，人与自然的关系，至此才进入一种审美生活的关系。其中关键在于：

陶潜是以儒家"安贫乐道"的从容态度来处理道、释超脱现实的"出世间"的追求，使之归于儒家"据于德，游于艺"的入世精神。用陶潜独特的提法，就叫"质性自然"，而不"以心为形役"。他的"顺心"，就是保持个体人格的独立自由，不"为五斗米折腰"。这仍是颜回"安贫乐道"的精神。一篇《归去来兮辞》道尽这种乐天的情趣：

引壶觞以自酌，眄庭柯以怡颜。倚南窗以寄傲，审容膝之易安。园日涉以成趣，门虽设而常关。策扶老以流憩，时矫首而遐观。云无心以出岫，鸟倦飞而知还。景翳翳以将入，抚孤松而盘桓。

这里既无"千岩竞秀，万壑争流"，也无"鸟兽群鱼，自来亲人"。诗人置身于一个平凡的日常生活之中：独饮独开怀，虽是容膝之蜗居，庭院里的树，远山上的云，仍足以使人情趣盎然，盘桓不倦。因为这样简朴的生活可免去"违己交病"的官场屈辱，是"因事顺心"，是"乐天安命"。这就叫"质性自然"。于是诗人感到顺心的"自然"与眼前的"自然"有了同样的律动，达到物我交融的境界。这也就是《归园田居》诗中的境界：

少无适俗韵，性本爱丘山。
误落尘网中，一去十三年。
羁鸟恋旧林，池鱼思故渊。
开荒南野际，守拙归园田。
方宅十余亩，草屋八九间。
榆柳荫后檐，桃李罗堂前。
暧暧远人村，依依墟里烟。
狗吠深巷中，鸡鸣桑树颠。
户庭无尘杂，虚室有余闲。
久在樊笼里，复得返自然。

由于把精神上的追求置于物质追求之上，"安贫乐道"，所以平实不过的农村日常生活场景也能以审美的态度处之。《冷斋夜话》引苏东坡的意见说："渊明诗，初视若散缓，熟视有奇趣"，原因就在这里。著名的《饮酒》诗说：

> 结庐在人境，而无车马喧。
>
> 问君何能尔？心远地自偏。
>
> 采菊东篱下，悠然见南山。
>
> 山气日夕佳，飞鸟相与还。
>
> 此中有真意，欲辩已忘言。

前四句是"神与物游"的先决条件：心远地偏，心灵的虚静，排除了一切功利的追求。正是以无所求之心来对待自然，这才有下面四句与自然融洽的描绘。苏东坡评说："采菊之次，偶然见山，初不用意，而意与景会，故可喜也。""不用意"是一种近乎自然的态度。故与自然的无心机取得平等的地位。西方人讲究"移情"，往往把人的主观意识移植到自然中去，是"拟人主义"。陶渊明却没有半点这种意思，他与景物——南山，是猝然打了个照面，于是山气归鸟才进入视野。自然景物在这里是客观的、独立的，但正好与抒情人的心境是相和谐的。所以末尾两句诗人似有所悟，但"欲辩已忘言"，只顾沉浸在这物我一片融洽的气氛中。杰出的文论家刘勰对此类成功的创作实践做了理论性的升华。他在《文心雕龙·物色》中说："目既往还，心亦吐纳"，"情往似赠，兴来如答"。人与自然是"对话"的关系，是物我双向建构的关系。陶渊明为后人树立了与自然对话的榜样：要善于在身旁景物中找到与心律合拍的自然的律动，找到物我共振共鸣的契合点，而不是简单的象征或移情、拟人之类。

另一位描写大自然的重要诗人是谢灵运。谢家是东晋以来最显赫的士族豪门之一，他们拥有许多大庄园。这个家族的成员文学修养很高，谢安，谢万兄弟已开始寄傲林丘的诗歌创作。这些都遗传给刘宋时代的谢灵运。《宋书》本传说："灵运内因父祖之资，生业甚厚，奴僮既众，义故门生数百。凿山浚湖，功力无已。"写于会稽庄园的《山居赋》详尽地描绘了他那规模庞大的庄园，有山有水，有园有林，是南朝典型的自给自足的大庄园，不但"闭门成市"，简直把山水也纳入这个自足的小天地了。试读其《于南山往北山经湖中瞻眺》诗：

朝旦发阳崖，景落憩阴峰。

舍舟眺迥渚，停策倚茂松。

侧径既窈窕，环洲亦玲珑。

俯视乔木杪，仰聆大壑淙。

石横水分流，林密蹊绝踪。

解作竟何感？升长皆丰容。

初篁苞绿箨，新蒲含紫茸。

海鸥戏春岸，天鸡弄和风。

抚化心无厌，览物眷弥重。

不惜去人远，但恨莫与同。

孤游非情叹，赏废理谁通？

头两句是说早晨从南山（山南曰"阳"，山北曰"阴"）出发，日落才到北山歇脚。以下写眺望所经湖上的自然风光，尤其是"初篁苞绿箨"四句出色地描绘出江南的早春。破土的竹笋，带着紫茸的蒲芽，戏水的鸥鸟，风中传来的鸡鸣……把大自然表现得如此贴切细致，完整独立，而且从头而下的这么多自然景物层出不穷，极富视觉效果，前此的诗人们是很难办到的。再读几段《山居赋》，将有助于我们对这首诗中空间位置的理解：

近南则会以双流，萦以三洲。表里回游，离合山川。嵫崩飞于东峭，槃傍薄于西阡。拂青林而激波，挥白沙而生涟。

因以小湖，邻于其隈。众流所凑，万泉所回。氾滥异形，首妓终肥。别有山水，路邈缅归。

求归其路，迤界北山。栈道倾亏，蹬阁连卷。复有水径，缭绕回圆。弥弥平湖，泓泓澄渊。孤岸竦秀，长洲芊绵。既瞻既眺，旷矣悠然。

这么个大庄园，当然从南山到北山要走上一天了。从描写中看，庄园里自有山山水水，所以田园诗写起来也就与山水诗差不多。而且这么宏大的规模，这么丰富的内容，正适合用赋体铺排的手段，所以谢灵运的田园山水诗富丽丰赡，正如沈德潜所称："谢诗胜人正在排。"因其注重客观风景的铺叙，所以谢诗中的景物更有独立性、客观性，诗人的感受也往往错杂其间，而不用景物来象征、对应。也就是说，景物是外在的，只供人"赏心"。于是庄园具有了这样的意义：为人们提供了一个独立自足的物质条件，从中可产生出人们精神上独立自足的愉悦。事实上，东汉时的庄园就已经注意到"所起庐舍，皆有重堂高阁，陂渠灌注"（《后汉书·樊宏传》），经营不离庭园，极舒适方便之能事。南朝的庄园更是聚石蓄水，进行一丘一壑的经营。庄园已经是士大夫精神文化生活的一部分，如谢灵运《拟魏太子邺中集诗八首序》所说："天下良辰美景，赏心乐事，四者难并。今昆弟友朋，二三诸彦，共尽之矣。"谢灵运的"山水型"的田园诗正式这种"窥情风景之上，钻貌草木之中"的文化生活的产物。随着南朝以后自然的园林化日渐加强，人与自然的对话便从蛮荒无垠的大自然日渐集中到身边日常可见的文明生活中的自然。如果说汉人的《招隐士》表现了隐居者是处于蛮荒之中，"猿狖群啸兮虎豹嗥"，令人不安，要发出"王孙兮归来！山中兮不可久留"的召唤；那么谢灵运笔下"池塘生春草"的自然已是园林化的自然，隐居者的处境很安全。尤其要指出的是，唐代物质条件更好了，庄园的普遍化更使"隐居"不再是为数极少的士族庄园主的专利。正因其普遍化，庄园文化才对封建士大夫的精神生活、审美趣味产生了深远的影响。因此，谢灵运在盛唐人心目中具有崇高地位也就不奇怪了。然而，唐人田园诗的成功，还因为他们是在庄园生活经验的基础上汲取了陶渊明那种自得的生活态度，及其对自然采取"境与神会"的审美态度。总之，陶、谢使人与自然更贴近了，如果没有这二者的妙合，便不可能有如此成功的唐代田园诗。

美学家宗白华先生说："晋人向外发现了自然，向内发现了自己的深情。"

我们是否可以这么说："唐人向外发现了深情，向内发现了自然"？

（二）

我们说唐人向外发现了深情，是指唐人改造了晋人以"目击道存"

去看待山水的方法，他们发现独立自在的自然景物便有深情在。他们善于让景物独立地存在着，便能含情脉脉，便能一往情深。这就是后人津津乐道的"景中情"。

我们说唐人向内发现了自然，是说唐人心中别有一种灵奇，善创想象之境。由于"三教并用"（释、道、儒），唐人着力开拓自己的精神世界，自然的山山水水内化为自己所独有的一片天地。也许可称作"情中景"。

唐人让心中的山山水水与独立自在的大自然的山山水水交汇辉映，造成一个情景交融的艺术世界，真正达到"通天人，合内外"的境界。这也正是六朝人想达到而尚未达到的境界。现在让我们看一个颇有兴味的例子。南朝诗人何逊有首《慈姥矶》：

> 暮烟起遥岸，斜日照安流。
> 一同心赏夕，暂解去乡忧。
> 野岸平沙合，连山近雾浮。
> 客悲不自已，江上望归舟。

诗中，外部的自然世界与内部的精神世界两两对照：平稳的流水，苍茫的暮色，正是诗人想要消解的心中思乡乱绪的对比；野岸平沙，连山雾气，又象征了诗人心中撩人的乡思使人心境不得明朗。这种一景一情的重复的结构，使自然景物具有象征意义。如果我们把句子的顺序改动如下：

> 客悲不自已，江上望归舟。
> 野岸平沙合，连山近雾浮。
> 暮烟起遥岸，斜日照安流。
> 一同心赏夕，暂解去乡忧。

开头两句只是让抒情者获得一个视角，中间四句将写景集中起来，自然景物便获得相应的独立自足，是诗的主体。末了两句是自然风景给予诗人的深切感受。这么一改，是不是便近乎一首唐诗？何逊想让情景交融，却仅仅得到情与景的对应；唐人让景物独立，却偏偏使得情意如盐着水，化入景中，真正获得情景交融。对景物不同的处理，产生不同的时代风格，不是颇能给人一点启示？

关键看来是要让自然景物独立自足，从比附、象征中解放出来。有位外国人很敏感地指出：唐人经常用"空"和"自"字，这两个概念后面藏着一种时间和空间的失落感。你看崔颢的名篇《黄鹤楼》就用了两个"空"字：

> 昔人已乘黄鹤去，此地空余黄鹤楼。
> 黄鹤一去不复返，白云千载空悠悠。
> 晴川历历汉阳树，芳草萋萋鹦鹉洲。
> 日暮乡关何处是？烟波江上使人愁。

这两个"空"字，分别强调了空间与时间的失落。大自然是孤立的，不以人的意志为转移。晴川之树，芳草之洲并不因人去楼空而改变其律动。从人事的变迁与大自然的永恒的对比中，托出了诗人对生命的热爱及对生命短暂的无限感慨。大诗人李白有一首追摹此诗的《登金陵凤凰台》：

> 凤凰台上凤凰游，凤去台空江自流。
> 吴宫花草埋幽径，晋代衣冠成古丘。
> 三山半落青天外，二水中分白鹭洲。
> 总为浮云能蔽日，长安不见使人愁！

这里的对比更强烈。当年繁华的吴宫，风流的晋人，如今都逝去了，只有青山白水依旧。诗人为人生的短暂却不能及时建功立业而愤慨。诗中的"空"与"自"相接，更加强了变迁感与永恒感的对立。李白有时不用"空"、"自"，却有一个看不见的"空"与"自"在。如《越中怀古》：

> 越王勾践破吴归，义士还乡尽锦衣。
> 宫女如花满春殿，只今惟有鹧鸪飞。

前三句在想象中把越王的事业旋上顶峰，末一句却蓦地跌落到眼前的现实，只有荒草野禽的大自然才是真正的胜利者！杜甫则更喜欢用自然景物与诗人心情的"不相干"来表现这个"空"与"自"。如《绝句》：

> 江碧鸟愈白，山青花欲燃。
> 今春看又过，何日是归年？

前两句里，大自然欣欣向荣，色彩是如此浓烈。后两句是说自身的空度时光，日趋灰色的衰老。景色与心情色调并不一致。这也是杜甫常感慨的"欣欣物自私"，是大自然的独立自足。可见唐人是尊重自然本身的客观性的。

由于唐人尊重自然的独立自足，所以唐人往往不追求以自然物作象征、比附，而是选择自然景物，以某一个清澈面呈露出来，组合成一个多面的水晶体似的完整境界，用来表现诗人心中的山山水水。你看孟浩然的《宿建德江》：

> 移舟泊烟渚，日暮客愁新。
> 野旷天低树，江清月近人。

"移"字、"泊"字点名这是途中暂宿此地。第二句"客愁新"的"新"字有味，可见是因泊此地才勾起的一种新感受。后两句并未纠缠这个"愁"字，而是放眼看去，夜景是如此亲切可人。要知道，中国人是讲究"良辰、美景、赏心、乐事"四者并举的。独客异乡，见此清景，奈何无亲朋共赏，因此更易勾起新的旅途惆怅——须知家乡也有"鹿门月照开烟树"的美景啊！孟浩然就是这样，撇开自身的思绪，让景物清澈地呈露在眼前，却因此使诗中弥漫着一种孟浩然特有的情绪。与孟浩然同时的杰出诗人王昌龄也有一首景物相似的《太湖秋夕》：

> 水宿烟雨寒，洞庭霜落微。
> 月明移舟去，夜静魂梦牵。
> 暗觉海风度，萧萧闻雁飞。

同样是月明烟水移舟，但微霜雁鸣使诗中愁绪的浓度要比上首高得多。盛唐诗评家殷璠曾将王昌龄与储光羲的风格作比较，认为"王稍声峻"。王昌龄与孟浩然诗风都有明朗的一面，相比起来，也可以说"王稍声峻"。与"风神散朗"的孟浩然不同，王昌龄经历要坎坷得多，感情也要深沉得多，上两首诗的比较已颇露端倪。稍后的诗人张继也有名篇《枫桥夜泊》：

> 月落乌啼霜满天，江枫渔火对愁眠。
> 姑苏城外寒山寺，夜半钟声到客船。

仍是月夜泊舟，悠悠颤颤的钟声使客船与寒山寺有了距离感，使诗境罩上迷离恍惚的情绪，恰恰与孟浩然的"江清月近人"相反；也没有王昌龄烟雨风霜那般苍苍莽莽，其清迥的风格倒又与孟浩然相近。二人取题材相似，景物也多有相重，但所表达的情绪各不同。其中的差异主要是靠景物所呈露的角度的不同，甚至只是色调上微妙的变化。从这组诗的比较中，我们是否可以领悟到唐人对独立自足的景物的深刻了解，并依据表情的需要随心所欲地呈露其某些面的高超技巧？

靠转动景物的各个"面"来反映内心世界的方方面面，更是田园诗惯常的手段。初唐的王绩已擅长用此法了。试读《在京思故园见乡人遂以为问》：

> 旅泊多年岁，老去不知回。
> 忽逢门外客，道发故乡来。
> 敛眉俱握手，破涕共衔杯。
> 殷勤访朋旧，屈曲问童孩。
> 衰宗多弟侄，若个赏池台？
> 旧园今在否？新树也应栽？
> 柳行疏密布？茅斋宽窄裁？
> 经移何处竹？别种几株梅？
> 渠当无绝水？石计总生苔？

院果谁先熟？林花那后开？

羁心只欲问，为报不须猜。

行当驱下泽，去剪故园莱。

诗写得很白，中间一串问句，可谓"每事问"。不过注意看，都与"赏池台"有关，无论移花布柳，果熟花开，都是田庄生活中赏心之事，而不是"经济效益"。这些景物虽各以自己特殊的一面呈露，却有共同的指向，表达了作者想归隐田园过闲适生活的情志。他另有《春园兴后》一首，正是这种生活的写照：

比日寻常醉，经年独未醒。

回瞻后园柳，忽值数行青。

定是春来意，低头更好听。

歌莺辽乱动，莲叶绕池生。

散腰追阮籍，招手唤刘伶。

隔架窥前空，未余几小瓶。

风光须用却，留此待谁倾！

末后部分是说架上蓄存的酒只剩下几小瓶了，但面对如此春光，不喝又留下等谁！数行柳、一池莲，正是庄园中的良辰美景，能引来赏心乐事。酒加上春光中的庄园自然景物，是诗人隐居生活中的两大要素。至此，我们就不难明白诗人何以关心"柳行疏密布"、"渠当无绝水"了。这也是东皋子（王绩号）的特长：善叙隐居事物，娓娓道来，如数家珍。后来的王维虽然拿手的"绝活"是短句加短篇的五言绝句，但铺叙隐居中事物也不让王绩。试读《田家》：

旧谷行将尽，良苗未可希。

老年方爱粥，卒岁且无衣。

雀乳青苔井，鸡鸣白板扉。

柴车驾羸牸，草屩牧豪豨。

多雨红榴折，新秋绿芋肥。

> 饷田桑下憩，旁舍草中归。
> 住处名愚谷，何烦问是非！

"草屩牧豪豨"，意为穿着草鞋去牧猪。豪豨，指壮猪。通首写隐居事物，从吃粥、驾车写到红榴、绿芋，末了才点到"愚谷"——传说春秋时有隐士不与世争，被视为愚，所居山谷称"愚谷"。上面诗句的种种描写正是呈露田家生活简朴自足、与世无争的一面。尽管雀乳鸡鸣、驾牛牧猪、芋肥榴折，都是具体的事物互不相干，也无所谓象征、比兴，却都指向了诗人向往的富足闲逸，与世无争。这才是诗人心中向往的世界——未必是现实田家的世界。值得注意的是，诗人并未扭曲现实中的事物，他只是巧于组合而已。

然而，唐人的这种组合决不是汉人的罗列堆砌，也不是晋人的"目击道存"、"以山水媚道"，它是以谢灵运用赏心的态度去客观地描写自然为基础，汲取陶渊明以"质性自然"，同自然和合的态度去体味自然，与自然同一的精神，创造出唐人特有的情景交融：外部世界与内部世界的交相辉映，从氛围中去感受深情。举孟浩然《夏日南亭怀辛大》为例：

> 山光忽西落，池月渐东上。
> 散发乘夜凉，开轩卧闲敞。
> 荷风送香气，竹露滴清响。
> 欲取鸣琴弹，恨无知音赏。
> 感此怀故人，中宵劳梦想。

诗由暮色写到凉夜。雾气凝于竹叶，荷风吹而露滴，一个"清"字写出响声之彻，乃见夜之静。诗人长时间地在南亭静思，既是爱此凉夜，也是怀友情长。在静夜的氛围中，"恨无知音赏"凸现了，既表现了怀友之情，更表现了自家对这种闲适的田园生活的深情，可谓"一击两鸣"。很难想象没有"荷风送香气，竹露滴清响"一联，便可取得这样的效果。从这个意义上讲，荷风竹露绝不是陪衬，而是处于主体地位，情思由此而发生。无独有偶，柳宗元也写了相类的一首《中夜起望西园值月上》：

> 觉闻繁露坠，开户临西园。
> 寒月上东岭，泠泠疏竹根。
> 石泉远逾响，山鸟时一喧。
> 倚楹遂至旦，寂寞将何言。

也是月上露坠，但给人的是清冷孤寂。何以故？孟诗有山光，有荷香，是暖色调；有散发乘凉，开轩闲卧，是舒适举动。所以人事与景物互相感应，将读者引向清爽闲适。而柳诗寒月惊鸟、露坠泉响，都是冷色调；倚楹至旦，且寂寞无言，是无可藉慰的灵魂。人事与景物一结合，读者只能感受到诗人的忧伤。

这就是我们本节开头所说：唐人发现独立自在的景物便有深情在，他们善于转动自然景物，使之含情脉脉。其中枢纽，就田园诗而言，是诗人对田园生活的态度、兴趣。如王绩《野望》：

> 东皋薄暮望，徙倚将何依？
> 树树皆秋色，山山唯落晖。
> 牧人驱犊返，猎马带禽归。
> 相顾无相识，长歌怀采薇。

中间两联已是自足的山村画图。然而前后两联点明诗人的倾向在于对这种田园牧歌式的平静生活的浓厚兴趣，这就使遍野的明亮的秋色与镀金似的夕阳下的群山，成为一种令人向往的生活环境；自由的牧人、猎手们平静的生活，则成为令人羡慕的生活方式。于是一望中的村野便笼罩上诗人的深情，自然景物也就与诗人的情思幻化出一片灵奇：是实景，也是幻景。盛唐人殷璠称之为"兴象"。

## 三

盛唐评论家殷璠在《河岳英灵集》中标举的"兴象"说，可以说是盛唐田园山水诗创作的理论升华。在盛唐人如何处理人与自然之间关系这一问题上，它最具代表性，不容忽视。《河岳英灵集·叙》说：

于是攻异端、妄穿凿，理则不足，言常有余，都无兴象，但贵轻艳。虽满箧笥，将何用之！

在评论陶翰时又说：

历代词人，诗笔双美者鲜矣。今陶生实谓兼之；既多兴象，复备风骨。

"兴象"与"轻艳"对立，与"风骨"并举。殷璠虽然没有回答"这是什么"，却告诉我们"这不是什么"。兴象看来是指一种既不轻艳，又非刚健的诗歌风格的内在质素。从所举孟浩然有兴象的实例——"众山遥对酒，孤屿共题诗"——看来，是"对景即兴"的意思。事实上它不但指"兴"与"象"的静态结合，还指诗人兴发而与物象遇合的创作过程。所以殷氏评王维说：

维诗词秀调雅，意新理惬，在泉为珠，着壁成绘，一句一字，皆出常景。

这评论与苏东坡认为王维"诗中有画，画中有诗"的意见似乎相合，但殷氏着重点不在效果，而在于创作过程：境是常境，但因意新理惬，所以情景交汇"在泉为珠，着壁成绘"，成为艺术胜境。评张谓时说得更明白：

谓代北州老翁答，及湖中对酒，行在物情之外，但众人未曾说耳，亦何必历遐远探古迹，然后始为冥搜？

常景，身旁平常的自然景物，都可以即景发兴，写出有兴象的诗来。试读张谓《湖中对酒作》：

夜坐不厌湖上月，昼行不厌湖上山。

眼前一樽又常满，心中万事如等闲。

主人有黍百余石，浊醪数斗应不惜。

即今相对不尽欢，别后相思复何益。

茱萸湾头归路赊，愿君且宿黄翁家。

风光若此人不醉，参差孤负东园花！

如果读者尚觉得面熟，那是由于在前文"诗意的居住"部分，我们曾举过这首田园诗，作为盛唐人田园诗多有富足感的例子。不过，这里殷氏是作为常景只要"行在物情之外"，也可成为有"兴象"的好诗，而不必历遐远探古迹而求之的例子。你看诗中只淡淡地扫了一笔湖上山，湖上月，又闪过茱萸湾、东园花这两个与风景有关的词，更多的倒是置身风景中的人的神态与心情的描写。正是人的情趣的参与，才使平淡无奇的常境具有了诗意，这就叫有兴象。而作为点化常境的因素，是"行在物情之外"。从这首诗中看，那就是抒情人的富足感。如前所说，唐人将庄园当成"世外桃源"，使已进入人类文明日常可见的自然景物也具有世外神仙境界的奇妙，是一个逍遥自在、无忧无虑的境界。正是庄园文化培养、规定了中国后期封建社会士大夫的生活情趣不是在"历遐远探古迹"，而是在身旁常景中以高远的情怀去发现，从而与自然景物结合成一个动人遐想的半虚半实的新天地。因此，殷璠在强调境只须常境的同时，又强调诗人的"兴"要新奇，要幽远。如评贺兰进明说："又《行路难》五首，并多新兴"；评王季友说："爱奇务险，远出常情之外"；评储光羲说："储公诗格高调逸，趣远情深"；评刘眘虚说："眘虚诗情幽兴远"。只要情趣高远，得遇相惬之景物，对景即兴便可有佳作。下面是殷氏赞赏的情幽旨远的一部分景句：

松际露微月，清光犹为君。（常建）

山光悦鸟性，潭影空人心。（同上）

落日山水好，漾舟信归风。（王维）

涧芳袭人衣，山月映石壁。（同上）

松色空照水，经声时有人。（刘眘虚）

山风吹空林，飒飒如有人。（岑参）

> 寒风吹长林，白日原上没。（薛据）
>
> 塔影挂清汉，钟声和白云。（綦毋潜）
>
> 小门入松柏，天路涵虚空。（储光羲）

景象大都较平实无奇，但蕴含着逸致幽情，颇有意味，是殷氏兴象说的具体化。可见所谓兴象，是诗人幽远情趣与实景的遇合，是对景即兴的创作过程及其富有意味的艺术效果。这种审美意识的产生，与唐代普遍存在的庄园文化对士大夫文人的生活情趣的熏陶有关。

我们感兴趣的，还在于"兴象"这一概念的可容量之大与活力之强。兴象说的活力，首先来自"兴"与"象"的并列，两端确定，中间关系则不确定：兴，是比兴的兴？还是寄兴的兴？感兴的兴？象，是形象的象？意象的象？境象的象？兴与象之间的关系是"兴"主"象"宾，还是"象"主"兴"宾？或者是互为宾主？中间留下很大空白，有很大的容量。兴与象的并列，平起平坐，不做"寄居蟹"式的组合，这就使兴象有了物我遇合的意义。《文心雕龙·比兴》说："诗人比兴，触物圆览"；《诗品序》说："文已尽而意有余"。二家之说都可以在兴象说中得以圆融通贯。所谓"触物圆览"，是合乎我民族先民"天人合一"、"人心通天"的基本精神的。盛唐田园山水诗极力表现的就是人与自然的和谐，从中总结出来的兴象说也同样表现了人与自然的平等，兴与象的平等。兴象，不是由人向物的"移情"，也不是物成为人的意念化的"象征"，人与物是互相感应的关系，如上引诗句可证：

> 山光悦鸟性，潭影空人心。

山与鸟与潭与人。交互影响，不分宾主。再如王昌龄的《听流人水调子》：

> 孤舟微月对枫林，分付鸣筝与客心。
>
> 岭色千重万重雨，断弦收与泪痕深。

流人，指被流放到边远地区的罪人，他们大都是些原中央政府的官员。流浪诗人听到他们的筝声，自然要引起共鸣。岂止是诗人，连自然景物也共鸣共振了："岭色千重万重雨"，是筝声引起的错觉？还是远处岭上的真景象？或者两者兼而有之：筝如急雨，而雨也正在远处岭上。物我浑然一体了。《文心雕龙·物色》说："目既往还，心亦吐纳"；"情往似赠，兴来如答"。这是物我双向建构的感应关系。杜甫说：

> 坐对秦山晚，江湖兴颇随；
> 兴与烟霞会；
> 山林引兴长；
> 在野兴清深……

这是对景即兴之意。但他似乎更喜欢用"发兴"二字：

> 云山已发兴，玉佩仍当歌；
> 造幽无人境，发兴自我辈；
> 客身逢故旧，发兴自林泉……

兴自何来？自我？自物？"发"字的强烈动态的确更能将物、我相激相生之情状显现出来。而不太涉及诗论的李白，无意之中也曾很漂亮地表达了物我双向建构的关系：

> 相看两不厌，只有敬亭山！

这岂不就是人与自然的对话？

"兴象说"正是在诗歌理论上对这种"情往似赠，兴来如答"的人与自然对话关系的肯定，对物我双向建构的感性认识的理性升华。

"象"，得与"兴"取得如此独立平等的并列地位，当得力于道家"目击道存"的思维方式。《庄子·田子方》说：子路曰："吾子欲见温伯雪子久矣，见之而不言，何邪？"仲尼曰："若夫人者，目击而道存矣，亦不可以容声矣！"

子路问孔子，说先生不是早就想见温伯雪子其人吗？为何见了又不说话呢？孔子回答说，像如此人，只要见到就可以"目击道存"，无须说什么。郭庆藩注释说，目击道存的意思就是目才往而意已达。事物自身的呈露可取代言辞的解说，所以晋人才以对山水的观照取代"道"的说教，是王羲之所谓的"寓目理自陈"。于是乎山水诗才从玄言的附庸脱出，蔚成大国。如果我们再考虑到山水诗的"远祖"——民歌中用以起兴的景句，那么山水景物与言意之间的关系就更明朗了。林庚教授说："正如有一些起兴往往可以用在许多的歌词上，某些山水诗句也往往能引起多方面的联想……山水诗虽不停留于兴，却往往带有比兴的丰富启发性。"山水景物用以言道，却又从玄言中解放出来；山水景物用以起兴，却又从兴中独立出来。它是如此圆满自足，使艺术之"象"得以区别于哲学之"象"，但同时又从文学的"兴"与哲学的"目击道存"的"双亲"那儿获得"遗传"，具有多重启发性与象外指向性的品格。唐诗人正是善于把握这种品格，以最大的热情转动自然景物的各个"面"，使之不加任何演绎地呈露其明澈的一面，组合成意境，取得西方诗歌中景物描写所不可比拟的自足性。值得注意的是，"象"的这种品格在唐前尚未臻阙美，要待到盛唐田园山水诗派崛起，这才叫"功德圆满"、瓜熟蒂落。原因当然是多方面的，譬如诗歌自身发展需要时间，要有许多优秀诗人经验的积累；南朝以后中原政治文化重心南迁，使云蒸霞蔚的江南自然风景为具有较高文化修养的北方文人所认识；等等。不过作为一种具有了普遍意义的文学现象，其外部条件是不应忽视的。正是由于东汉以来就存在着的庄园经济，至盛唐均田制崩坏以后得以成为士族、庶族地主所共同拥有的一种相当广泛的经营方式，这才使庄园文化对士大夫文人来说具有普遍的意义。作为这种文化土壤所产生的一种生活情趣、审美意识，包括对日常的身旁的自然的欣赏态度，于是乎对田园山水诗创作产生了深刻的影响。特别是盛唐人将田庄别墅作为进可仕退可隐的基地，成为人们心目中的桃花源，这就赋予了庄园文化一种理想主义的色彩。正是在这样的历史氛围中，"一丘一壑"受到人们的重视，优游其间，吟玩体味，使自然物获得独立自足的地位，而与诗人心灵上的自足相融洽，成为诗人内心世界的一种适合的外在显现。这就是黑格尔所说："诗人必须从内心和外表两方面去认识人类生活，把广阔的世界及其纷纭万象吸收到他的自我里去。"（《美学》第三卷）这种说法颇类司空图所谓的"万取一收"，它强调了诗人与客观世界之间的相互关系。盛唐庄园造成一批士大夫文人独立自足的心理，也造成田园诗中所表现出来的自在的神情。"兴象"说正是体现了精神世界与物质世界的这种契合、融洽。如果这种逻辑关系用示意图表示的话，则如下所示：

庄园经济→庄园文化→与自然对话→对"象"的新认识→田园山水诗的创作经验。

当然，这仅仅是对田园山水诗发生影响的多维关系中的一维，还有诸如其他门类艺术的发展、当时盛行的禅宗思维方式、作者个人修养与气质等等因素与逻辑关系、非逻辑关系在同时起作用。

（录自《唐诗与庄园文化》第三章第一节，漓江出版社，1996 年版）

# 由雅入俗：中晚唐文坛大势

　　初、盛、中、晚分期法对唐文学研究有深刻的影响。的确，它有利于对唐代文学史作局部的研究。然而，当我们把视角放大到整个文化构型的发生、发展、嬗变的运动过程，把握文学现象与文化诸因子之间的特殊联系所形成的整体结构，作功能性的研究时，就会发现初盛与中晚分属于两个不同的文化构型，这点前人也曾悟及。叶燮《已畦集》卷8《百家唐诗序》称：贞元、元和之际，后人称诗，谓为"中唐"，"不知此'中'也者，乃古今百代之'中'，而非有唐之所独，后千百年无不从是以为断。"中唐，是中国文学史前、后分期的一个支点。魏晋—盛唐属"士族文化构型"，其特征是把个体的存在推上了重要的位置，是所谓"文学的自觉"时代；中唐—北宋则属"世俗地主文化构型"的建构时代，其特征是"人伦秩序"的重建，是"形式的自觉"时代。中晚唐文坛的倾斜，不但造成唐诗向宋诗滑进，甚至造成前期封建社会美学风范向后期封建社会美学风范的过渡。也就是说，要了解这两种文化构型的嬗变，中晚唐文坛是个重要的交接处。

## 一

　　诗歌通俗化是中晚唐诗坛一个瞩目的现象。李肇《国史补》卷下称元和（唐宪宗年号）以后歌行"学浅切于白居易"。事实上，"浅切"是时代走向，未必都是学白居易。如白氏的前辈诗人顾况，便是一位写通俗诗的高手；而与白氏同时的李绅，首著乐府新题二十首，更是白氏《新乐府》的先声。一时如元稹、张籍、王建、刘禹锡诸人，也颇有通俗之作。"浅切"只是外衣，裹于其中的，是"俗"。苏轼《祭柳子玉文》曾以"元轻白俗"品题元稹、白居易诗风，准确地指出白居易在当时发生大影响乃至形成风气的诗歌特质不在"浅切"，也不在"讽喻"，而在于"俗"。所谓"轻"，所谓"俗"，当与传统的"雅"相对而言。白氏曾称"诗到元和体复新"，元和体之新，就新在能"俗"。

关于"元和体"，有多种解释，如宋人王谠《唐语林》引李珏奏语云："当时轻薄之徒摛章绘句，聱牙崛奇，讥讽时事。尔后鼓扇名声，谓之元和体"。似乎元和体主要指"讥讽时事"之作，其实不然。李珏的话属"奏语"，有明显的政治目的，旨在归罪于"讥讽"，但仍能不附于"轻薄之徒摛章绘句"、"鼓扇名声"与"轻"、"俗"有关。白氏自认元和新体指"千字律"，属"摛章绘句"之类。元稹《上令狐相公诗启》也承认这一点：

> （稹）诗向千余首，其间感物寓意，可备瞽矇之讽达者有之，词直气粗，罪戾是惧，固不敢陈露于人。唯杯酒光景间，屡为小碎篇章，以自吟畅。然以为律体卑痹，格力不扬，苟无姿态，则陷流俗……江湘（一作"湖"）间多有新进小生，不知天下文有宗主，妄相仿效，而又从而失之，遂至于支离褊浅之词，皆目为元和体。（《全唐文》卷 653）

显然，不管元、白乐不乐意，江湖间"新进小生"们妄相仿效的"元和体"，是指"格力不扬"的律体，是"支离褊浅之词"。元、白诗轻、俗的一面得到"新进小生"们的发挥，愈演愈烈，因此招来非议。连自称"十年一觉扬州梦，赢得青楼薄倖名"的杜牧也借李戡之口痛责其"迁艳不逞，非庄士雅人，多为其所破坏"、"淫言媟语，冬寒夏热，人人肌骨，不可除去。"（《全唐文》卷 755）看来元、白末流的"俗"，还得加上个"艳"字。

如果说盛唐的审美理想是"清水出芙蓉，天然去雕饰"，属"雅文学"；那么，中唐以后自然美的追求已为人工美的追求所取代。"乌膏注唇唇似泥，双眉画作八字低"的"时世妆"取代了杨贵妃姐妹的"淡扫蛾眉"；市井俗讲，里巷传奇取代了传统的感遇诗、田园曲。浅切与俗艳正合于中唐以后日趋繁盛的世俗地主的审美趣味。因之，中晚唐诗歌最具典型意义的不是"质而径"的"讽喻诗",也不是元、白自负的"千字律",而是"小家数、驵侩气"（毛奇龄语）的轻俗体诗；甚至是"自颈下遍刺白居易舍人诗"的"白舍人行诗图"（《酉阳杂俎》卷8）。时人所尚,竟至女子只要诵得《长恨歌》,"遂索值百万"！正是司空图《与王驾评诗书》所云："元、白力勍而气孱,乃都市豪估耳！"

## 二

元、白的"都市豪估"气有其文化背景。晚唐人孙棨《北里志序》云：

> 自大中皇帝（宣宗）好儒术,特重科第……故进士自此尤盛,旷古无俦。然率多膏粱子弟,平进岁不及三数人。由是仆马豪华,宴游崇侈,以同年俊少者为两街探花,使鼓扇轻浮,仍岁滋甚。

这些"鼓扇轻浮"者,也就是当年元稹所头痛的那伙"新进小生",后来司空图所疾首的"市豪估"。唐代世俗地主通过进士科举跻身于上层社会,中晚唐以后尤甚,这已是尽人皆知的事实。这些世俗地主出身的进士们同时带来下层社会的"俗气"。当他们一旦成了新贵,便扇起与世代讲究礼教的士族截然不同的新风气,"仆马豪华,宴游崇侈",不再有由盛唐跌入中唐的士大夫所特有的那种失落感。他们自有对付藩镇割据、宦官专权、朋党纷争的"世纪末"的妙法,那就是：不断地寻求世俗的欢乐。这种轻浮的世风反映于诗坛,便是诗风的日趋俗艳。

林庚《中国文学简史》（上卷）一直未得到应有的重视。的确,这是一部颇具特色的文学史,不乏高明的识见。如第十四章他指出,像孟郊的"春芳役双眼,春色柔四支"（《古离别》）一类诗,"开始了晚唐感官的彩绘的笔触"。[①] 我认为,真正开始这种笔触的大力者,是李贺。

自从杜牧《李长吉歌诗叙》说李诗"盖《骚》之苗裔,理虽不及,辞或过之",则李贺诗乏理几成定论。但李贺自有李贺的"理",不在

---

[①] 林庚：《中国文学简史》（上卷）,上海,古典文学出版社,1957年新一版,第345页。

"感怨刺怼，言及君臣理乱"，而在生与死。一方面是对生的执着追求，他写下许多恋情闺怨之诗；另一方面是对死的恐惧，他又写下许多牛鬼蛇神哀愤孤激之诗，浪与浪的撞击产生美丽浪花；生与死的思考产生凄艳的李贺诗。贫穷细瘦又多愁善感的李贺时常感到死神的召唤（在幻觉中，死神被美化为"绯衣仙子"，见李商隐《李长吉小传》），因而尽情地以其感官拥抱这短促的人生。读其诗，便会惊叹诗人对客观世界的高度敏感，及其特殊的综合感受能力。他是以整个身心去感受世界。他能听到人们听不见的音响，"银浦流云学水声"（《天上谣》）、"省步蹋沙声促促"（《黄家洞》）；他能觉察人们不易觉察的微细事态："一编香丝云撒地，玉钗落处无声腻"（《美人梳头歌》）、"黄蜂小尾扑花归"（《南园》）；他喜欢浓重的色彩、明亮的金玉，无论什么东西，他都可以感到它的重量与体积："虫响灯光薄"（《昌谷读书》）、"忆君清泪如铅水"（《金铜仙人辞汉歌》）；视觉、触觉、听觉、味觉在心灵中交会相通："松柏愁香涩"（《王濬墓下作》）、"玉炉炭火香冬冬"（《神弦》）。李贺正是以其独特的"通感"表达了末世士大夫共同的心态。

在纷纷扰扰的晚唐世界，死的威胁是通过对生的病态的热恋来表现的。女道士（"女冠"）的娼妓化、娼妓的神仙化，正是当时人们求生存与求解脱的矛盾心态的扭曲表现。于是乎李贺重"感官的彩绘的笔触"在晚唐人手中更要向俗艳一边滑坡。方东树《昭昧詹言》卷十九云"七律中以文言叙俗情入妙者，刘宾客（禹锡）也；次则义山（李商隐）。义山资之以藻饰"。李商隐的"俗"与白居易、刘禹锡不同，是用传统的典雅的语言来写俗情，且又加入了李贺式的"感官的彩绘的笔触"。试读其《牡丹》诗：

> 锦帏初卷卫夫人，绣被犹堆越鄂君。垂手乱翻雕玉佩，折腰争舞郁金裙。石家蜡烛何曾剪？荀令香炉可待熏。我是梦中传彩笔，欲书花叶寄朝云。

与李商隐那些迷宫似的无题诗一样，这首诗也传达了晚唐士子的那种惆怅的情绪。大概是为了典雅，他不但以女性喻花，还用一些"男士"如越鄂君、荀令的典故喻花。雅是雅了，但华丽辞藻下难免要透出病态。

综观李商隐清词丽句所构成的艺术之宫，一似西方中世纪哥特式建筑，"形式的富丽，怪异，大胆，纤巧，庞大，正好投合病态的幻想所产生的夸张的情绪与好奇心"。①

然而，面对天下岌岌的晚唐士大夫，并非"陈叔宝全无心肝"。在扬州很有些风流逸事的杜牧就多次向朝廷献策平叛，"士行尘杂"的温庭筠仍有《过五丈原》、《过陈琳墓》等沉郁之作，而以《香奁集》名世的韩偓也有"谋身拙为安蛇足，报国危曾捋虎须"之句。晚唐咏史、感时之作数量之多，为前代所无，这表明绝望的灰烬下掩盖着一颗燃烧的心。晚唐世俗地主文人在重建人伦秩序的历史潮流中，毕竟属于向前的阶层，不比南朝糜烂的士族地主那样不可救药，所以梁陈宫体的结局只能是衰亡，而晚唐绮艳诗却在新体诗——词，这一形式中得到涅槃。

## 三

许学夷《诗源辨体》卷 26 说："李贺乐府七言，声调婉媚，亦诗余之渐。"卷 30 又说："商隐七言古，声调婉媚，大半入诗余矣。"又说："庭筠七言古，声调婉媚，尽入诗余矣。"所谓"诗余"，就是"词"。许氏划明李贺到李商隐、温庭筠，诗中词的情调递增的轨迹。可见李贺以来重"感官的彩绘的笔触"一派诗人促成了文人词的发达。缪钺《诗词散论·论词》有云："用五七言诗表达最精美深微之情思，至李商隐已造极，过此则为诗之所不能摄，不得不逸为别体，亦如水之脱故流而成新道，乃自然之势"。此言得之。经过相当时间的探寻，晚唐人发现词这一形式能配乐甚至配舞，能满足时人对声色的追求。故其滥觞虽可追踪至六朝《五更转》之类民间曲子词，但为文人所选定，并大力发展，必待中晚唐重"感官的彩绘的笔触"一派诗人出现之后。其内在驱动力便是"俗艳"。明代大戏剧家汤显祖一语破的："自三百篇降而骚、赋。骚赋不便入乐，降而古乐府；古乐府不入俗，降而以绝句为乐府；绝句少宛转，则又降而为词"。（汤评本《花间集》叙）汤氏以其实践者特有的直觉，把握了中国文体流变的一条规律：不断朝俗处降、降、降！取材本来十分

---

① 丹纳：《艺术哲学》，傅雷译，人民文学出版社，1983 年版第 52 页。

广阔的民间曲子词，经晚唐的文化整合，"尚婉媚"的合乐特征逐渐突出，终于在文人手中形成一种以题材相当狭窄的《花间集》为典范的新体制——"诗余"。

欧阳炯《花间集叙》云："则有绮筵公子，绣幌佳人，递叶叶之花笺，文抽丽锦；举纤纤之玉指，拍按香檀。不无清绝之词，用助娇娆之态。自南朝之宫体，扇北里之娼风"。当时人的理解，词只是"用助"那音乐舞蹈去表现更直接的声色，以满足那些绮筵公子们的欲求；那么，它也就无须再倾全力于"感官的彩绘的笔触"的追求，而是侧重声调的婉媚。于是出现了陆游所说的"唐李、五代，诗愈卑而倚声辄简古可爱"的现象。（见陆游《花间集》跋）如果说温庭筠词蹙金组绣，仍是李贺一派笔触，那么至韦庄、冯延巳词，已相当"简古可爱"了。词，正日渐从"用助娇娆之态"的附庸地位中挣扎出来。王国维《人间词话》称："词至李后主而眼界始大，感慨遂深，遂变伶工之词为士大夫之词"。儒家入世观念根深蒂固的士大夫总是耿耿于"言志"与否，所以有唯美倾向的温词被视为"伶工之词"，有感于身世家国的李后主后期词才被认可为"士大夫之词"。如果我们从另一视角看，李后主家破之日，却正是世俗地主重建大一统的"人伦秩序"完成之时。为一己之悲哀而作的李后主词，一旦投影于该时期文化建构的大背景之上，便会放大为宏伟壮大的奇观。这正意味着中晚唐世俗地主好俗艳的心态至此已失去存在的依据，中晚唐诗坛出现的滑坡至是而当止，一种全新的世俗地主文化已形成。

# 四

李肇《国史补》一面说是元和以后歌行"学浅切于白居易"，一面又说是"元和之风尚怪"。与元、白一派走简化旧法使之浅切平易一途不同，韩愈、孟郊一派走的是出奇制胜的路子。同是由雅入俗的走向，在中唐文坛二水分流。韩愈老喜欢将诗写得佶屈聱牙，"以文为诗"，甚至"以不诗为诗"，无异是把诗从典雅而神圣的殿堂内拖出来，在"由雅入俗"这点上与白派诗人们相视而笑。更重要的还在于：韩愈主持了与元和诗风大变相平行的文体大变，即"古文运动"。陈寅恪《论韩愈》一文指出：

退之（韩愈字）之古文乃用先秦、两汉之文体，改作唐代当时民间流行之小说，欲藉之一扫腐化僵化不适用于人生之骈体文，作此尝试而能成功者，故名虽复古，实则通今，在当时为最便宣传，甚合实际之文体也"。①

"名虽复古，实则通今"是"古文运动"精神所在。韩氏于儒学创见不多，功绩主要在文体的改革。文体如何改革，"用先秦、两汉之文体作唐代当时民间流行之小说"是一条重要的线索。张籍《上韩昌黎书》云："比见执事多尚驳杂无实之说，使人陈之于前以为欢"。（《五百家注音辨昌黎先生文集》卷 14 附录）陈寅恪认为"驳杂无实之说"指《幽怪录》、《传奇》之类。陈氏又说："贞元、元和为古文之黄金时代，亦为小说之黄金时代，韩集中颇多类似小说之作，《石鼎联句诗并序》及《毛颖传》，皆其最佳例证"。李嘉言《评龚书炽〈韩愈及其古文运动〉》一文又从而广之，认为陈鸿《长恨歌传》兼取元和体之内容与《新乐府》的讽喻精神作古文小说，元稹变骈俪的《游仙窟》而为古文的《会真记》。（详见《李嘉言古典文学论文集》）如果我们将视野再放开些，则韩愈《国子助教河东薛君墓志铭》、杜牧《上泽潞刘司徒书》这类正儿八经的墓志书信里也难免有小说笔调。由是看来，"古文运动"虽可上溯李华、萧颖士、陈子昂乃至李谔、苏绰，但与这些古文家不同之处，就在于韩柳不但继承先秦两汉古文传统，还接受了当时流行的传奇小说的影响。可惜李翱、皇甫湜、樊宗师之流未能体会这一由雅入俗的精神，致使古文运未能循此以进，取得长足发展，反因其片面追求"陈言务去"，以"凌纸怪发"为美，以艰深文浅陋，终于日趋式微。须待至北宋，才又接上这条线，从平易入手，使散文取得巨大成就，此是后话。

"古文运动"与俗文学之间的联系毕竟只是草蛇灰线，无论元和诗风的浅切、俗艳与尚奇，无论韩愈倡言的"文从字顺"、"陈言务去"，都不应停留在形式上或题材上与俗文学的某种相似去推求，更应进一步从深层的心理意识上的沟通去把握。也就是说，俗文学侵入雅文学的路线，首先

---

① 陈寅恪：《金明馆丛稿初编》，上海古籍出版社，1980 年版，第 294 页。

是以其生动性从心态上征服士大夫，进而成为他们乐于采用的形式，从而形成血缘关系。元稹《酬翰林白学士代书一百韵》"光阴听话移"句下注："乐天每与予游……尝于新昌宅（听）说《一枝花》话，自寅至巳犹未毕词也"。寅末至巳初，约在清晨六至九点钟。如果不是有浓厚的兴趣，何以在这段时光听说书？"光阴听话移"说尽当时士大夫的好尚。而唐进士以传奇小说"行卷"（考试前投献的诗文）也说明处于上层的达官贵人爱好这一形式，期其推荐的进士们正是投其所好才以传奇作为"行卷"的。由此看来，文坛的俗化倾向也是有其文化背景的。

# 五

从现存资料看，中晚唐通俗文学主要结种有讲经、变文、话本、词文、俗赋等。这些虽有题材、形式之别，但重视故事性却颇为一致。据敦煌保留的唐俗文如《大目乾连冥间救母变文》、《韩朋赋》、《维摩诘经变文》、《张议潮变文》、《韩擒虎话本》、《叶净能话》、《季布骂陈词文》等看来，无论艺术高下，都重视故事情节的组织安排与描写。这些讲唱还常配有画图随时展现，使听者易于理解故事情节。因此这类讲唱吸引大量听众。韩愈《华山女》诗形容讲经之盛是："街东街西讲佛经，撞钟吹螺闹宫廷"。不但士庶男女尘杂于寺观听俗讲，连深宫也颇受震动。《资治通鉴》卷243载唐敬宗于宝历二年"幸兴福寺观沙门文淑俗讲"，卷248载万寿公主大中二年"在慈恩寺观戏场"。俗讲加上当时的傀儡、参军戏，俗文艺已从市井漫向朱门、宫廷。它不再只是街头流浪汉谋生的手段，而是股文艺新潮！传统文学在它的冲击下偏离原来的轨道，从"志"的清空的抒情笔调中摆脱出来，转向较为写实的叙事笔调。《长恨歌》、《秦妇吟》作为文人叙事长篇，是文学史上少有的杰作。它们出现在俗文艺繁盛的中晚唐绝非偶然。不必说白居易的《卖炭翁》、《缚戎人》，元稹的《连昌宫词》、《会真诗》诸篇；像元稹《梦游春七十韵》与白居易的和篇一百韵，也都是用繁缛之词铺排敷演情事，用叙事的笔调言情。宋人苏辙《诗病五事》批评白居易"拙于纪事，寸步不遗，犹恐失之"。殊不知"寸步不遗"正合乎当时俗文艺富于铺叙的新型笔调。

读者的期待视野还有力地影响了作者的取材。《岁寒堂诗话》指出：

"元、白、张籍、王建乐府，专以道得人心中事为工。"《唐音癸签》卷9
也认为张籍善"就世俗俚浅事做题目"。既然朝野上下都有爱听故事的风
尚，那么无论从功利的角度还是表现的角度看，作者以写奇事取胜也就不
奇怪了。如名噪一时的王建《宫词一百首》与李昌符"浃旬京师盛传"
的《婢仆诗》五十首，都因展现了社会生活中陌生的一角，满足了人们
的好奇心，因而取得了轰动效应。至如王建的《新嫁娘》诗云：

> 三日入厨下，洗手作羹汤，未谙姑食性，先遣小姑尝。

这种将注意力从意气功业转到身旁富有情趣的琐事上来；兴趣也从借
自然景物兴讽抒情转到对具体事件的描写上来，正是世俗地主文化的新面
目。

用同样的视角扫视中晚唐寓言、小品，同样可发现重视具体事件的描
写这一新起的审美趣味。试将《战国策》中对"江一对楚宣王"条与柳
宗元的《三戒》对读，后者描写细、铺垫足是一目了然的。至如皮日休
《悲挚兽》，罗隐《说天鸡》诸篇，形象描画更无不栩栩然。又如林简言
的《纪鸮鸣》（《全唐文》卷790），叙事已小有波澜，其中插入巫者的鬼
话，颇具情节。虽然这只是略施传奇笔法之小技，却已是先代所缺乏的。
大体说来，中晚唐寓言的复兴与时人的爱听故事的风尚有关。重事件并因
之重叙事技巧，是雅文学屈从俗文学重要的一步。

以上我们平叙了中晚唐文坛由雅入俗的二道轨迹，从中可以看出：
"士族文化"借助了中晚唐文坛由雅入俗这一斜面缓缓地向"世俗地主文
化"滑落。这，就是中晚唐文坛的大势所趋。

（原载《人文杂志》，1990年第3期）

# 文化视野中的古文运动

汉帝国与唐帝国气象颇相似，唐人也喜欢以汉喻唐："汉家烟尘在东北，汉将辞家破残贼"（高适句）、"君不闻汉家山东二百州，千村万落生荆杞"（杜甫句）、"汉皇重色思倾国，御宇多年求不得"（白居易句）。然而这两个大帝国除了统一、昌盛的外貌相似之外，在文化构型、政治体制、思想潮流等上层建筑诸方面，都有很大的差异性。其中最显目的是汉定儒学于一尊，是意识形态结构与政治结构一体化；而唐则"三教并用"，政教处于分离的状态。汉武帝重用儒生公孙弘、董仲舒，"推明孔氏，抑黜百家"，儒学成为汉帝国的精神支柱。汉帝国瓦解，人们对儒学也失去信心。自魏晋以来，儒学一直处在低潮，至唐未能恢复其独尊的地位。盛唐时，"政教分离"更严重，诚如陈寅恪《唐代政治史述论稿》中篇所说："东汉学术之重心在京师之太学，学术与政治之关锁则为经学，盖以通经义、励名行为仕宦之途径，而致身通显也。……实与唐高宗、武则天后之专尚进士科，以文词为清流仕进之唯一途径者大有不同也。"①唐帝国的创业者并未意识到"政教合一"对稳定等级社会结构的重要性，却意识到"三教并用"对当前的统治有利。道教在李姓王朝是"国教"，佛教则在武则天时很是荣耀了一番。儒学在唐虽不能独尊，但仍然是统治者所倚重的国家学说。值得注意的是，在初、盛唐，儒生们默默地搞了一些基本建设。首先是儒学教义的规范化。自东汉以来，儒学宗派纷纭，各行其是，如今文、古文之争，郑学、王学之争，纠缠于自身的烦琐的训诂名物之中，与释、道的竞争力更削弱了。唐初孔颖达撰《五经正义》，颜师古定《五经定本》，由朝廷正式颁行，废弃东汉以来诸儒异说，使儒学

---

① 陈寅恪：《唐代政治史述论稿》中篇，上海古籍出版社，1980 年版，第 72 页。

经典从文字到义理得到统一。这就为中唐以后内部统一的儒学加强了与释、道的竞争力。儒学由训诂名物的汉学系统转向穷理尽性的宋学系统，关键在中唐。

马克思在《〈黑格尔法哲学批判〉导言》中说："理论在一个国家的实现程序度，决定于理论满足这个国家的需要的程度。"[①] 儒学在中唐的复兴，正是由于这个国家对它急切的需要。中唐是新土地制度与地租形态确立的时代，它需要一种理论来保证这种新确立的经济生活，而儒家宗法伦理的多功能性正合其选。首先，无论是士族地主为主体的，或是以庶族地主为主体的宗法社会，都是以血缘亲属关系为单位的社会结构，二者都可以用儒家的"三纲五常"作为稳定统治秩序的行为规范。"修身、齐家、治国、平天下"的儒家学说仍然可以成为新兴庶族地主稳定等级社会的程序。特别是中唐时期的土地制与地租形态的变化减轻了人身的依附关系，带有奴隶制残余的宗族组织进一步向封建家庭制转变。在这种新的人际关系与社会生活中，有可能产生出新的道德价值与行为规范。儒学由讲求外在强制力量的训诂名物的汉学系统转向进求内在自觉反省的穷理尽性的宋学系统，正是对新人际关系与社会生活的一种适应。儒学转向的成功，对中国后期封建社会的发展方向，有着巨大的影响。在文化目的的选择过程中，儒学的指向不容忽视。

"安史之乱"使士大夫面对现实，追溯历史，进行了较深刻的反思。末学驰骋，儒道不举，整个统治阶级都在寻找新的凝聚力。唐肃宗时的刘峣也曾提出过类似的意见，其《取士先德行而后才艺疏》，主张取士当以德行为先，"至如日诵万言，何关理体；文成七步，未足化人"。明确要求"必敦德励行，以仁甲科"（《全唐文》卷433），实行政教合一。中唐此类意见并不少见，从李华、元结、独孤及、梁肃、柳冕诸人著作中我们听到了寻求新凝聚力的呼声。然而，能树起儒家大旗，力排释、道"异教"，企图建立儒学理论体系，并接触到封建一体化结构问题的，是韩愈。

许多研究者曾指出，韩愈的理论，无论"道"和"气"，无论"气"和"言"，许多概念、见解都是"古已有之"，甚至抄袭了同时代的先辈。

---

① 《马克思恩格斯选集》（第一卷，人民出版社，1972年版，第10页。

诚然如此。韩愈企图借前人现成的"砖",来搭起儒学的新大厦。也就是说,他着力于建立一个完整的释、道二教所无法匹敌的儒教的哲学体系。韩愈反对并摹仿的对象是佛教,他是在以儒教为对手的斗争中建立起他的儒学理论体系的。正如任继愈所指出,韩愈排佛的实质,是排斥"夷狄之道",目的在维护中国传统文化,包含有反对藩镇割据以加强中央集权的意义。

韩愈的理论体系的框架是"五原":《原道》、《原性》、《原人》、《原鬼》、《原毁》。其中《原道》是总纲,尤可注意的是"道统"的建立与君权社会结构的描述。他认为儒家之道就是仁义的实践,韩愈一方面指出儒家之道首先是"将以有为",痛斥释、老的"外天下国家"的"出世"主义,这在中唐有振起士气以图"中兴"之功,是"古文运动"得人心之所在。另一方面,又在批判中将儒家心性之学与佛教心性之学相沟通,使彼为我所用,仍归于"君君臣臣"之礼教。在此基础上,建立了宗教之"道统"。儒家本来就重视师承渊源,但尚未以此为宗教派别的组织形式。盛唐以来,佛教(特别是禅宗)特重"祖统",以之为组织形式,具有很强的排他力。韩愈摹仿"祖统"形式建立了"道统"。《原道》:

> 斯吾所谓道也,非向所谓老与佛之道也。尧以是传之舜,舜以是传之禹,禹以是传之汤,汤以是传之文武周公,文武周公传之孔子,孔子传之孟轲。轲之死,不得其传焉。

言外之意是孟轲传之韩愈了。这只要看看他的《师说》,就知道不是"厚诬古人"了。这一手果然厉害,从此后儒家"正统"思想成为中国人认方向、辨是非的最重要的标准。谁是"正统",谁就有号召力。反之,就会失去人心。宋代"古文运动"与中唐"古文运动"联系,首先就是建立在这一点的。

《原道》的另一独创之处是将孟子"劳心者治人,劳力者治于人"的言论结构化,使之成为绝对君权的封建等级社会模式:

> 是故君者,出令者也;臣者,行君之令而致之民者也;民者,出粟米麻丝作器皿通财货以事其上者也。君不出令,则失其所以为君;

臣不行君之令而致民，则失其所以为臣；民不出粟米麻丝作器皿通财
货以事其上，则诛！

孟子的思想被明确地法律化，成为稳定的封建社会统治者的政治思想
的基本结构。于是韩愈进一步将"道"与社会结构结合起来，解决了贾
至、刘峣诸人提出的"政教合一"的问题：

> 夫所谓先王之教者，何也？博爱之谓仁，行而宜之之谓义，由是
> 而之焉之谓道，足乎己无待于外之谓德，其文《诗》、《书》、《易》、
> 《春秋》，其法礼乐刑政，其民士农工贾，其位君臣、父子、师友、
> 宾主、昆弟、夫妇，其服麻丝，其居宫室，其食粟米果蔬鱼肉，其为
> 道易明，而其为教易行也。是故以之为己则顺而祥，以之为人则爱而
> 公，以之为心则和而平，以之为天下国家，无所处而不当。

在这里，韩氏将儒家伦理学与社会结构、典章制度结合起来了。所谓
"先王之教"，无非就是将儒家仁义道德的教条化作君、臣、民各安其位
的现实社会的秩序，使之成为由国家到个人的规范。"新儒教"正从这里
出发。然而韩愈将路标仍指向中唐人梦寐以求的盛唐世界，并非历史老人
将缓步前往稍事憩息的下一站——北宋。将路标的指向掉转回头的，是他
的学生李翱。

李翱的哲学思想主要集中在《复性书》中。韩愈的排佛偏重外在形
式，甚至只是"算经济账"，主张佛教徒要还俗，"人其人，火其书，庐
其居"（《原道》），并未触及佛家哲学，充其量只是"排僧"而已。李翱
能入室操戈，摄取佛学禅宗中有利于建立封建极权政治的成分，整合入
"新儒学"，从而使在韩愈手中初具规模的"新儒学"理论体系更趋于完
整。从韩的反佛到李的援佛，其精神仍是一致的，即在于实现一体化，建
立绝对皇权，完成"礼"的最终形式。问题的关键仅在于李翱将韩愈所
阐明的"道"的指针，从向外拨回向内。此之成功颇得力于禅宗。

李翱与西堂智藏、鹅湖大义、药山惟俨诸禅师相往还，其《复性书》
颇受禅学影响。《复性书》首先还将"情"与"性"对立起来。《复性
书》中篇云：

问曰："凡人之性犹圣人之性欤？"曰："桀、纣之性犹尧、舜之性也，其所以不睹其性者，嗜欲好恶之所昏也，非性之罪也。"曰："为不善者，非性邪？"曰："非也，乃情所为也。情有善不善，而性无不善焉"（《李文公集》卷3）。

于是"情"成为万恶之源，非灭不可。于是孟子的"性本善"加上释家的"灭欲"，"存天理，灭人欲"的极端文化专制的理论由此滥觞。要使"情不作，性斯充"，就要"复性"，而"复性"又"非自外得者也"。于是他将孟子的内省养气功夫与道家"心斋"、释家"斋戒"结合起来，提出去情复性之方："弗虑弗思，情则不生。情既不生，乃为正思。正思者，无虑无思也。"然而"无虑无思"难免要"外天下国家"，不是最高境界。最高境界是"动静皆离"，做到"视听昭昭而不起于见闻者，斯可矣"。这就要有"格物致知"的功夫。《复性书》中篇说：

> 格者，来也，至也。物至之时，其心昭昭然明辨焉，而不应于物者，是致知也，是知之至也。知至故意诚，意诚故心正，心正故身修，身修而家齐，家齐而国理，国理而天下平。此所以能参天地者也。

出世主义的释家"斋戒"于是乎化为入世的儒家"心性"之学。然而，外向为主的讲究事功的儒学也转为内向的空谈心性的理学。其目的是明确的："循礼法而动，所以教人忘嗜欲而归性命之道也"（上篇）。如果说，前此的儒者把注意力主要地集中在规讽君主，以求清明政治；那么，李翱的僧侣主义则主要地将精力集中在对付"臣民"，要他们自动"忘嗜欲而归性命之道"，也就是主动放弃生存权利，从根本上保证韩愈那已法律化的等级社会图式的稳定性。

这里有必要谈到"古文运动"另一分支，即与韩愈齐名的柳宗元。柳氏在意识形态上与韩氏似乎是对立的，只是在作古文这点上互相运动。现代论者多有这么认识的。我认为，韩、柳所致力的都是世俗地主的事业，都是为建立绝对君权的宗法一体化的封建社会而努力。不过柳宗元

（与王叔文、刘禹锡诸人）所偏重在世俗地主的近期利益，韩、李从事似更长远些。因此，有些主张两家似龃龉实相合。如上所引，韩愈是主张君、臣、民各安其位的。李翱《正位》更说得严格：

> 善理其家者，亲父子，殊贵贱，别妻妾、男女、高下、内外之位，正其名而已矣。古之善治其国者，先齐其家，言自家之刑于国也。欲治其家之治，先正其名而辨其位之等级（《李文公集》卷4）。

这里认为"殊贵贱"云云是理家治国的首要手段，事实上它是儒家宗法伦理思想的根本，而柳宗元对"所谓贱妨贵，远间亲，新间旧"进行反驳。《六逆论》：

> 若贵而愚，贱而圣且贤，以是而妨之，其为理本大矣，而可舍之以从斯言乎？此其不可固也。夫所谓远间亲，新间旧者，盖言作用者之道也。使亲而旧者愚，远而新者圣且贤，以是而间之，其为理本亦大矣，又可舍之以从斯言乎？必从斯言而乱天下，谓之古训可乎？此又不可者也（《全唐文》卷582）。

其意似乎是反对封建等级，其实不然，他只是反对士族等级。柳宗元针对中唐现实，为庶族地主跻身上层而呐喊，所重在此；韩愈、李翱欲为一体化封建社会画蓝图，从哲学、伦理学上论证其合理性，是"长远规划"，所重在彼。因此，后人一旦要接触实际改革政治，就多采柳说；欲建政教之大本，则多采韩、李说。但是无论韩、柳，对绝对皇权之建立是一致拥护并为之尽力的。因之，尽管柳宗元与韩愈在政治思想乃至文学观诸方而有许多反差颇大的不同看法，仍能在这一合于文化目的要求的统一动机指导下，在"古文运动"中取得一致的步调。

历史之果在未成熟时也是苦涩的。在中晚唐向下的斜面上，韩、柳文风健康的一面未能得到充分发展，其"陈言务去"的一面却因皇甫、来无择、孙樵一脉的片面理解，放大了内容不新而形式求新的倾向，走上趋奇险怪异的一路。李肇《唐国史补》卷下云："元和已后，为文笔则学奇诡于韩愈，学苦涩于樊宗师。"韩愈之子韩昶学樊为文，竟连樊氏也读不通！这股风一直刮到宋初。可见正是这派人将中唐"古文运动"引向死胡同。不过直到晚唐，也还有另一派人，仍能继承韩、柳"文以载道"、"文以明道"的精神，使古文运动熠火不息。皮日休《请韩文公配飨太学书》称：

> 夫孟子、荀卿翼传孔道，以至于文中子。文中子之末，降及贞观、开元，其传者醨，其继者浅……，文中之道，旷百祀而得室授者，惟昌黎文公（韩愈）焉。文公之文，蹴扬、墨于不毛之地，踩释、老于无人之境，故得孔道巍然而自正。夫今之文，千百士之作，释其卷，观其词，无不裨造化，补时政，公之力也。

可见至皮日休时，还有"千百士"是学韩愈"文以载道"的。然而，从这段话里，我们还看到韩愈所倡言的"道统"与"文统"正趋于合一。韩愈《原道》提出的"道统"是尧、舜、禹、汤、文、武、周公、孔子、孟轲一脉；《送孟东野序》则提出"文统"有庄周、屈原、司马迁、司马相如、扬雄、陈子昂、李白、杜甫、李观、孟郊等人。至皮日休，则言道统而实指文统，二者已见混淆。至北宋石介作《怪说（中）》，更明确地将"周公、孔子、孟轲、扬雄、文中子、吏部（指韩愈）之道"与西昆体主将"杨亿之道"对举，把道统与文统看作是两位一体。是否还可以说，是道统代替、蚕食了文统。在道统威压下，文统日渐失去独立性，沦为道统之附庸。道统与文统这一观念模糊、混一的迹象，进入了中唐—北宋士大夫深层意识中，伦理学逐渐入主文学。关于这一点，有详加讨论的必要。

如上所论，李翱将韩愈"将以有为也"的"正心诚意"之道拨转向内思维的心性之学，这是中晚唐人内心退避情绪在哲学上的反映。如果说白居易仅仅是将"兼济"与"独善"作为处世原则，是中唐以后士大夫人格分裂的有效调节；那么李翱则进一步将求事功的"外王"纳入重个体人格修养使之归一的"内圣"之中，是后期封建社会士大夫由个体自由的追求转向个体规范化的建立的一个关键。随着宋代绝对君权的建立与官僚体制的完善，士大夫已失去盛唐人那种独当一面在相当范围内实现自己的政治抱负的历史条件。君主高度集权所需要的不是"贤臣"，而是

"忠臣"。士大夫在官僚化的政体中更加异化为国家机器的零件。进不能"治平"，便退于"修齐"。于是乎宋代伦理学以中唐所不可比拟的巨大势力君临一切，讲究个体人格修养的确为宋人之所长。反映于文学，则宋人着意表现的非事功与意气，而是心境与修养。自中唐到北宋的文论，也体现了这一由外视转入内视的思维方式的演变。

演变的第一步是：将作家的人格修养与作品的评价、创作等直接联系起来。这就是所谓"文章务本"论。

隋末名儒王通（文中子）是第一个以"君子"、"小人"论文的。但他的偏激的做法在盛唐反响不大。杜甫天宝末所作《进雕赋表》自称："臣之述作，虽不能鼓吹六经，先鸣数子，至于沉郁顿挫，随时敏捷，扬雄、枚皋之徒，庶可企及也。有臣如此，陛下其舍诸？"（《杜诗详注》卷24）将文学独立于"六经"之外，并引为自豪，已经是与王通绝不相属的另一种观点了。然而，中唐儒学的中兴又使文学附属于伦理学的论调得以抬头。李华《杨骑曹集序》批评盛唐人说："开元、天宝间，海内和平，君子得从容于学。是以词人材硕者众。然将相屡非其人，化流于苟进成俗，故体道者寡矣"（《全唐文》卷315）。在此文中，他又明确提出："文章本乎作者……本乎作者，六经之志也。"文章、作者、六经，三点一线，这就是"文章务本"之论了。不过这些议论都"语焉不详"，至韩愈才比较全面地阐明了文与道之关系。韩愈《答李翊书》说得明白：

> 将蕲至于古之立言者，则无望其速成，无诱于势利，养其根而俟其实，加其膏之希其光。根之茂者其实遂，膏之沃若其光煜。仁义之人，其言蔼如也（《全唐文》卷552）。

"仁义之人，其言蔼如"是孔子"有德者必有言"的新版本。这种以仁义为文章之根本的看法，与白居易"诗者：根情，苗言，华声，实义"（《与元九书》）的提法是有所不同的。白氏"实义"的提法仍属以文为教化之具的"致用"范围，"情"才是诗之根本。韩氏的提法则以仁义为根本，是由"致用"转向"务本"的关键一步。"致用"不妨以情动人，"务本"则将情纳入仁义的规范，"行之乎仁义之涂，游之乎诗书之源"（《答李翊书》），重点已由"情"转至"仁义"。李翱继承了韩氏的观点，

《答朱载言书》亦称："故义深则意远，意远则理辩，理辩则气直，气直则辞盛，辞盛则文工。"只是李翱要比韩愈说得斩绝。韩愈虽说"仁义之人，其言蔼如"，但仁义与文之间的关系只是"根之茂者其实遂"的根与实的关系而已，并未将仁义等同于文，也并不排斥仁义之人无言、无文的可能性。李翱则不然，其《寄从弟正辞书》："夫性于仁义者，未见其无文也；有文而能到者，吾未见其不力于仁义也"（《李文公集》卷8）。两个"未见"几乎在仁义与文之间画上了等号。李翱更进一步用"性"来解说孔子的"有德者必有言"。其《复性书》说得明白："情者性之邪"，要"性于仁义"。这就不但与白居易的"根情实义"的思维方向相反，而且与韩愈"根之茂者其实遂"，"养其根而俟其实"，养气行仁义毕竟是为了作好文的思维方向也相反。仁义，成为目的。养气不是为作文，而是为"性于仁义"。故《复性书》又说：圣人与天地合德，"此非自外得者也，能尽其性而已矣"。这就导致宋理学家"道至则文自工"，甚至以文为妨道的"闲言语"，取消文学独立性的偏激廉洁了。不妨说，韩愈开宋文学家如欧阳修辈之文论，李翱则开宋代理学家如程颢、程颐辈之文论。

将伦理道德作为价值选取的首要标准，并非宋人的发明。一似源远流长的九曲黄河，它的一端深入到那茫茫渺渺的远古时代。黄土高原上的农业生产规定了华夏民族求稳定的、秩序井然的文化类型。作为这一文化类型的代言人，儒家学派也必然要以维护这一社会的秩序性为己任。也许，胡姬、胡帽、胡马、胡床，强有力的西域文明曾使唐帝国一度沉浸在向外寻找世界奥秘的兴奋之中；但"安史之乱"迅速地将士大夫从梦中拉回。黄河又回到了故道。士大夫重温了先儒的教导："凡人之所以为人者，礼义也"（《礼记·冠义》）。参照物是不齿于人类的禽兽。"无别无义，禽兽之道也"（《礼记·郊特牲》）。就这样，不容置疑地比出了人的价值。作为个体的人生，还容许有别的选择吗？个体的存在，其意义仅仅是在社会秩序这张人伦关系的大网之中，找到自己适当的位置。董仲舒这个汉代的大儒曾对这张大网作过描绘："入有父子兄弟之亲，出有君臣上下之谊，会聚相遇，则有耆老长幼之施，粲然有文以相接，欢然有恩以相爱，此人之所以贵也"（《汉书·董仲舒传》）。如上所论，韩愈、李翱都曾在《原道》、《正位》等文章中再版过这一君君臣臣的社会结构蓝图。在这张伦理等级之网中，个体充其量只不过是一个微不足道的零件，只有维护这一秩序的义务。人们"相率于途"追求的并不是个体的价值，而是个体的规范化——符合这张网所必需的规范。于是，自觉地修身养性，以完成人的最高价值——封建伦理道德的自我完善，献身于社会秩序的稳定，便成为个体唯一合法的追求了。这也就是由一度的盛唐闪现过的个体自由的追求，转为中唐以后日渐自觉，至北宋终成个体规范化追求的历史之潮。文学的小齿轮只能随着文化大机器的方向转动。"古文运动"不外是体现文化目的的一个文学现象。

（原载《辽宁师范大学学报》，1998 年第 5 期）

# 文化转型与宋代文学

## 一　问题的提出

20世纪初，日本学者内藤湖南提出过这样的问题：

> 唐宋时期一词虽然成了一般用语，但如果从历史特别是文化史的观点考察，这个词其实并没有什么意义。因为唐和宋在文化的性质上有显著差异：唐代是中世的结束，而宋代则是近世的开始，其间包含了唐末至五代一段过渡期。由于过去的历史家大多以朝代区划时代，所以唐宋和元明清等都成为通用语，但从学术上来说，这样的区划法有更改的必要。①

内藤氏事实上已抉发出唐宋之际所具有的文化转型的意义，将唐末至五代划归"近世的开始"。而我国史学大家陈寅恪则更明确指出："唐代之史可分前后两期，前期结束南北朝相承之旧局面，后期开启赵宋以降之新局面，关于政治社会经济者如此，关于文化学术者亦莫不如此。"② 而作为"唐代文化学术史上承先启后转旧为新关挼点之人物"，便是中唐的韩愈。笔者据此，曾以中唐为支点，将前此的魏晋—盛唐的文化类型称为士族文化，后此的中唐—北宋的文化类型称为世俗地主文化。③ 由此形成

---

① （日）内藤湖南：《概括的唐宋时代观》，见刘俊文主编《日本学者研究中国史论著选译》第一卷第10页，中华书局1992年版。

② 陈寅恪：《金明馆丛稿初编》第296页；上海古籍出版社1980年版。

③ 参看拙作：《文化建构文学史纲（中唐—北宋）》第8页，海峡文艺出版社1993年版；《文化建构文学史（魏晋—北宋）》第21页，北京大学出版社2005年版。

中国文化传统错位的衔接，而中国近现代种种文化现象，十有八九可追溯至两宋。故尔陈寅恪认为，华夏文化造极于赵宋之世，是华夏文化之"本根"。他甚至认为："将来所止之境，今固未敢断论。唯可一言蔽之曰，宋代学术之复兴，或新宋学之建立是已。"① 此亦当今"新儒学"孜孜以求者欤？宋学"本根"对于近现代之影响由此可见。

## 二　何以转型

唐宋之际乃有文化之转型，何也？曰：形势使然。盖中国古代社会经长期发展，至隋唐其重心已由中古宗法的贵族政治体制逐渐移向近古中央集权的官僚政治体制。所谓盛唐文化，乃经四百余年胡汉、南北由碰撞到融合之文化。故云："唐有胡气"。盛唐之盛，正得益于以成熟之汉文化为母本嫁接他种文化，极具开放性与多元化。然而，面对士族解体、个性解放、均田制与府兵制瓦解，外来文化对本土文化之促变，市井文化初兴等等诸多新事物，旧框架已容不下新文化那伟岸的身躯。传统的儒道、释三大思想基础也已穷于应对，整个盛唐思想界都拿不出相应的新思维。开元年间的"文治"与"吏治"之争，似乎已触及这个问题，但"文治"不过是恢复旧礼教，"吏治"也不是走向"法治"。诚如葛兆光教授所指出：

> 毕竟礼法并不能约束越来越放纵的人心，而传统也无法对新的社会变动给以解释与批评。当传统的宇宙观念对礼法的支持与对国家秩序的规范、传统的夷夏论对民族混融问题的处理、传统道德观念对士族瓦解之后人际关系的调整，都已经不合时宜的时候，仅仅用原有的知识与思想已经无力回天。②

面对胡汉、南北融一的新型文化，旧文化体制、旧思维方式已到了不得不变的临界点。中唐以后，更由于商品经济的日趋发达，科技的进步，

---

① 陈寅恪：《金明馆丛稿二编》，上海古籍出版社1980年版，第245页。

② 葛兆光：《七世纪至十九世纪中国的知识、思维与信仰》第二卷第113页，复旦大学出版社2000年版。

生产力的发展加速了这一进程。英国学者崔瑞德编《剑桥隋唐史》正是从这一角度分析了八、九世纪大唐内在发生的深刻变化。他认为：

> 城市化的进程以生产力的全面发展为基础，人口的普遍南移不但提高了农业生产水平，而且手工业也开始在长江流域发展起来。结果，交易和商品流通量迅速增加。八世纪后期和九世纪是商人阶级大展宏图的时代；……贸易的空前发展，商人的日益富裕和生产力的全面提高，逐渐导致官方对经济的态度的根本转变，而这种转变再次标志着八九世纪是一个时代的结束。①

笔者尤感兴趣的是：该书作者指出，商品经济的发展使中晚唐"产生了一个富裕、自觉并对自己的鲜明特征和特殊文化有强烈意识的城市中产阶级。(引同上) 无疑，这个中产阶级的产生，便是促使文化向近世转型的积极因素。就事件而言，"安史之乱"是前后两种文化转型的契机与标志。

"安史之乱"由于具有浓重的民族矛盾以及地方割据的色彩，使人将注意力集中在"华夷之辨"、中央与地方势力之争，而忽视了前面所提及的新、旧型文化之蜕变。"文治"、"吏治"之争乃转化为儒、释之争、中央与地方之争。由是，强化中央集权被提上日程，士大夫在反思中猛省到重建儒学的必要性，于是掀起以"尊王攘夷"为内核的古文运动。晚唐五代长期动乱的经验教训及面对北方崛起的外族势力，使中央集权这一社会需求在宋更为迫切，而古文运动的精神亦因之得以传薪。

王夫之《宋论》卷一论宋太祖一统天下垂及百年，原始其因就在于与创业诸帝相较，无事功世胄之依凭而颇有惧心：

> 一旦岌岌然立于其上，而有不能终日之势。权不重，故不敢以兵威劫远人；望不隆，故不敢以诛夷待熏旧；学不夙，故不敢以智慧轻儒素；恩不洽，故不敢以苛法督吏民。惧以生慎，慎以生俭，俭以生

---

① [英] 崔瑞德编：《剑桥中国隋唐史》，中国社会科学出版 1990 年版，第 30—31、30 页。

慈，慈以生和，和以生文。①

宋之文治，实在是出于忧患的不得已。但王夫之接着指出："虽然，彼亦有以胜之矣，无赫奕之功而能不自废也，无积累之仁而能不自暴也。"宋人求自立、求变革之精神寓其中矣！而所谓自立精神，即王夫之"求诸己"者，就其文化内涵言之，便是起自中唐为"攘夷"而张扬华夏自家文化之运动，是六朝至盛唐充满"胡气"的外向型多元文化之反拨。唐君毅称："中国民族之精神，由魏晋而超越纯化，由隋唐而才情汗漫，精神充沛。至宋明则由汗漫之才情，归于收敛。"② 收敛正是"绚烂归于平淡"的内向型宋文化之特征。中国文化转型之幸与不幸，关键在此。

## 三　如何转型

王亚南《中国官僚政治研究》认为，两税法与科举制是支持官僚政治高度发展的两大杠杆。③ 内藤湖南认为"两税法"使"人民从束缚在土地上的制度中得到自由解放"，④ 而科举制使士子从有利于世族门阀的"九品中正"选人制度的束缚中解放出来，则是今人的共识。这两种"解放"就好比建筑工程上的前期工作"三通一平"，使北宋在此基础上顺利地完成其中央集权的官僚政治体制的建构。特别是后者，将用人权全部收归中央，激活人才的纵向流动，使官僚体制于该时期充满活力。

科举制对宋以后的影响是多方面的，这里就其对文化转型带根本性的影响略事评说。首先是北宋的科举，迅速地改变了统治层的知识结构，同时也促使知识人群的日益增多。由于宋代从科举进入仕途的人数大大超过唐代，而且"取士不问家世"，使得以世俗地主为主体的大量人才涌入官

① 王夫之：《宋论》，北京中华书局1964年版，第3页。

② 唐君毅：《中国文化之精神价值》，台北正中书局1994年版，第70页。

③ 详王亚南：《中国官僚政治研究》，中国社会科学出版社1981年版，第90—111页。

④ 见上引《日本学者研究中国史论著选译》第14页。史学界有不同看法，但至少两税法预示了货币经商品经济的长足发展，对生产力应是某种程度上的解放。

僚机构。① 这就使宋代政府具有"平民化"的色彩。然而，此种"平民化"只是相对于前此的贵族政治而言，增大了"平民"参与政务的机会，为上层社会带进世俗气；但诚如日人谷川道雄所指出："士大夫阶级成为官僚，拥有特权时，其自身的地主化倾向也就浓厚了。不过这乃是士大夫阶级的世俗化、腐败化，并逐渐丧失其本来立场的过程。在其间潜藏着由他们本身自我改革的转化因素。"② 由此而形成一个以官僚政体为中介的上层与下层社会的循环运转机制，并造成中唐—北宋由雅入俗而化俗为雅的循环运动。而士大夫本身所进行的自我改革，更是深刻地影响了文化转型。钱穆《中国近三百年学术史》第一章引论称：

> 盖自唐以来之所谓学者，非进士场屋之业，则释道山林之趣，至是而始有意于为生民建政教之大本。③

钱氏指出唐时"进士场屋之业"不过是敲门砖，并不曾与儒家"修齐治平"联系起来，直至北宋（尤其是庆历以后），这才"有意于"政教合一，将科举取士与推行儒教结合起来，而以儒学的道德仁义明体达用整顿士风，这才是宋学的自立精神之所在。宋人的价值取向、审美趣味，其本源当于是求之。

## 四 同构运动

我们匆匆地走阅了文化转型，因为我们更关心的乃在与之作同构运动的宋文学。所谓文化构型，是指文化的内在整体结构，是文化各因子的综合整体。任何时代的文学都是该时代文化构型的一个有机组成部分，而与

---

① 据曾巩《元丰类稿》卷四九知，淳化二年进士一万七千三百人，可见卷入科举的人群将有多么庞大，其影响于社会文化素质是可想而知的。《历代名臣奏议》卷二六七载苏辙《请去三冗疏》称："凡今农工商贾之家，衣，未有不舍其旧而为士者也。"知识阶层之庞大化由此可见一斑。

② 〔日〕谷川道雄：《中国社会构造的特质与士大夫的问题》第 192 页，见上引《日本学者研究中国史论著选译》第二卷。

③ 钱穆：《中国近三百年学术史》第 3 页，台湾商务印书馆 1980 年第 7 版，北京中华书局 1984 年影印本。

总体文化构型之间互涵互动，为文化建构过程中的整合作用所驱动，而又以自身的变革参与文化建构，形成双向的同构运动。恩格斯有一段著名的"合力论"，可以帮助我们理解文化各因子与文化构型之间的互动关系：

> 历史是这样创造的：最终的结果总是从许多单个的意志的相互冲突中产生出来的，而其中每一个意志，又是由于许多特殊的生活条件，才成为它所成为的那样。这样就有无数互相交错的力量，有无数个力的平行四边形，而由此就产生出一个总的结果，即历史事变，这个结果又可以看作一个作为整体的、**不自觉地**和不自主地起着作用的力量的产物。①

这里揭示了认识论的一个真理：在历史因与果之间有一个不容忽视的中介环节，这就是交互冲突产生合力的诸多因素。而这些因素"又是由于许多特殊的生活条件，才成为它所成为的那样"。固然，历史是人创造的，但并不是随心所欲地创造，每个人的意志都受制约于所处的"特殊的生活条件"，即政治地位、经济地位、社会环境、文明程度乃至婚姻、家族、交游、学养、性格、病情，甚至地理环境等等。而这些因素大部分可用"大文化"的概念概括。诸多因素在文化大容器中碰撞，产生合力。这就是文化趋势，也就是一个社会在情感和理智上的主导潮流。处于潮流核心地位的是价值选取与追求。观念与价值取向是构成一种文化独特风格的要素，也是影响审美趣味与判断的要素。这是文化史与文学史同构运动最关键的契合点。丹纳曾用"精神气候"说解释文艺的演进，举中世纪欧洲风行四百年的哥德式建筑为例，认为当时战争和饥荒频仍，苦难使人厌世而耽于病态的幻想。哥德式建筑形式上的富丽、怪异、大胆、纤巧与庞大，正好投合了人们病态的审美趣味，成为苦闷的象征而发展为教堂、宫堡、衣着、桌椅、盔甲的共同风格特征。② 这是静态的选择。本尼迪克特进一步作动态的解释：哥德式建筑起初只不过是地方性的艺术和技巧中一种稍带倾向性的偏好——如对高度与光亮的偏好，而由于这一偏好投合

---

① 《马克思恩格斯选集》，人民出版社 1972 年版，第 478 页。

② ［法］丹纳：《艺术哲学》，傅雷译，人民文学出版社 1983 年版，第 39 页。

了中世纪社会情感与理智上的主导潮流，所以被确定为一种鉴赏规范，愈来愈有力地表现出来，并剔除那些不融贯的元素，改造其他元素以合乎文化目的，最后整合为一种愈益确定的标准而形成哥德式艺术。[①] 在文化目的的驱动下，文化选择与文化整合形成艺术史的选择、修正、适应的全过程。这就是文化与文艺的同构运动。

作为文学史的特殊性，文化整合是通过文本被接受的过程而起作用的。也就是说，观念与价值取向不但影响作者的创作，也影响着读者的接受，由此形成张力，文坛的兴衰、流派的起伏，都因此而展开。

我们还要讨论的是文化整合力与个体创造性的关系问题。作为社会网络中的个体，个人行为无疑受制于所处社会的制度与习俗，然而并非该社会中千千万万种个体行为都一一从属于那些制度与习俗，许多个体行为并不符合该社会秩序的规范要求。也可以这么说，文化目的代表了该时代在情感和理智上的主导潮流，但并不囊括所有的个体的情感与理智上的倾向。合力只是矛盾斗争的结果。文学史表明，任何时期总有一些人不肯入俗，老要出轨，甚至成为"异端"。事实上，他们都是些富有创造性的变异的种子。然而，个人行为必须成为影响某一群体的现象才是有意义的，纯粹的个人行为只是个人行为而已，与社会并无干涉。群体，可以是某个圈子，或社会某阶层，乃至民族。一旦个体行为被社会某阶层所接受，就有可能扩大其影响，为文化选择所吸收，融入新传统。反之，不为社会所接纳的个体行为，将很快为潮流、时尚所湮灭，虽然它或许仍将作为一种历史的价值而存留在历史材料之中。

## 五 前贤的启迪

清人叶燮《已畦集》卷八《百家唐诗序》称：

> 吾尝上下百代至唐贞元元和之间，窃以为古今文运诗运，至此时为一大关键也。……号之曰中唐，又曰晚唐，不知此中也者，乃古今百代之中，而非有唐之所独得而称中者也！

---

① ［美］本尼迪克特：《文化模式》第46—47页，张燕译，浙江人民出版社1987年版。

叶氏以中唐为中国文学史前后分期的支点并非偶然，因为文化转型与文学史分期的同构运动在中唐是一个相当明显的事实。文学史家闻一多也曾将汉建安五年至唐天宝十四载划为门阀贵族文学，而将安史之乱至民国九年"五四运动"划为"士人文学"。[①] 据郑临川整理的笔记，列表如下：

| 时代划分 | | 作者成分 | 起讫年 | 历年总计 |
|---|---|---|---|---|
| 古代 | | 封建贵族及土豪贵族 | 周成王时至汉建安五年（公元前 1063 年至公元 200 年） | 约 1300 年 |
| 近代 | 前期 | 士人 | 汉建安五年至唐天宝十四年（公元 200 年至 755 年） | 555 年 |
| | 后期 | 士人 | 唐天宝十四年至民国九年（公元 755 年至 1920 年） | 1165 年 |

前、后分期的标志性人物是杜甫。据郑临川转述，闻一多认为："天宝大乱以后，门阀贵族几乎消灭干净，杜甫所代表的另一时代的新诗风就从此开始。宋人杨亿曾讥笑杜甫是'村夫子'，恰好是把他的士人身份跟以前那些贵族作者形成了鲜明的对比。"[②]

事实上门阀贵族在中晚唐犹如百足之虫，死而不僵，要到黄巢大起义以后，才算是扫地以尽。而后期与品位性的门阀贵族相对而言，应是世俗地主为统治阶级，故笔者称之为"世俗地主文化构型"。闻一多见解的深刻性还体现在对文化与文学史之间血肉般不可分离的关系的认识："所以如果要学旧诗，学宋诗还有可能发挥的余地，学唐诗（天宝以前的那种所谓'盛唐之音'）显然是自走绝路，因为社会环境和生活方式已经完全改变，没有那种环境和生活条件，怎能写得出那种诗来呢？从这种新作风的时代开始以后，平民跟文学的关系一天比一天密切，小说就跟着发达起来。但过去那种豪华浪漫的贵族生活方式始终还被少数人所留恋……"（同上引，页77—78）文化构型的转换带动文学风格乃至文学形式的转换，这就是同构运动。这种转换并非"一刀切"切出来的，而是筋连着肉，肉含着血。所以宋文学自立的中心是明晰的，边缘却是模糊的：自中唐起，宋文学的

---

① 郑临川：《闻一多先生说唐诗》（上），载《社会科学辑刊》1979 年第 4 期。

② 郑临川：《笳吹弦诵传薪录》第 77 页，上海古籍出版社 2002 年版。下引只注页码。

某些特征已如雾状出现，及至北宋方凝为水珠，臻于圆成。

　　与闻一多同时的还有长期以来鲜为人知的罗庸先生，经郑临川转述其研究成果，终将引起人们的重视。罗庸说魏晋南北朝文学，断自建安初年（196），下逮唐中宗景龙四年（710），又补充说，应加建安前三十年，盖党锢影响后之清谈甚大。（上引书，页189）至说唐宋文学，则认为：

　　　　本段始于隋唐，迄于南宋末年，大约七百年间，此为古代文学与近代文学之分水岭。所谓古代，乃文体之完全死去或成化石者，此段结束于唐朝中叶，近代文学乃目前尚有些许生气者。此段文学史上足以解说汉魏六朝之文学何以结束，下足以述说明清文学之所由形成。故本期精神在叙述由民间兴起之文体既衰，而代之以由域外新潮蜕化而成之文体，北宋后，此域外新潮又涸，遂又有民间文学兴起，话本传奇是也。此外，唐初承六朝门阀之旧，其后乃削平之，而平民文化与朝廷文化得以交通，渐次平民文化居上，吾人于本段史实仅见平民时有创获，朝廷转寂无所闻，此与汉魏之朝廷文学大相径庭，亦中国文化之绝大转变者也。（上引书，页267—268）

　　罗氏似更强调转型的渐进性，故以隋唐至南宋为转型期，但下文又云"转变关键在五代"，"以士风言，北宋大抵继承自中唐"，[上引书，页335]大体上仍与闻氏的意见相近。值得重视的是他更注重唐代庙堂文学向民间文学转型，认为有宋一代文学趋势是："文人与社会接近，而文化中心遂移至民间，由朝廷转向社会。"[上引书，页337]至于李泽厚《美的历程》强调中唐的承前启后，已为人所熟知，兹不赘引。

## 六　两条线索

　　文化转型与文学史嬗变的同构运动自中唐直贯至北宋者，我认为有两条主要的线索：一是在世俗地主知识化运动中，文学趋向由雅入俗再转入化俗为雅的回旋运动；二是由反思转入内省的过程中，伦理逐渐入主文学，士大夫相应形成自调机制及其审美趣味，从而影响宋文学自立的形式。其实这是一个犹如大树的根系一般复杂的问题，笔者岂敢有非分之想，谨将拙著《文化建构文学史纲（中唐—北宋）》中的一点思考抛于读者诸公足下，期有引玉之效耳。

（1）这条线索的起点是科举制的盛行。虽然科举始于隋，但科举与文学发生直接而紧密联系却在"行卷"之风盛行以后，中晚唐适其时也。关于此风，程千帆、傅璇琮诸前辈学者已有笃论，[①] 笔者只想强调一点：我们不宜将文学与科举二者放在一个封闭的思路中，只在二者之间考索其因果，而应当将这一历史性的思维放在文化建构这一辽阔的视野中考察，我们将会发现，科举对文学史发生的综合影响，远非兴于唐止于宋的"行卷"之风所能囿者。

首先是科举促成了世俗地主的知识化运动。由于科举日渐成为官僚机构用人的重要的、乃至最主要的渠道，是世俗地主改变其社会地位并取得经济特权的手段，所以吸引了大量的世俗地主投身于举业。沈既济《词科论》称天宝年间文词科之盛云：

> 父教其子，兄教其弟，无所易业。大者登台阁，小者任郡县。资身奉家，各得其足。五尺童子耻不言文墨焉。（《全唐文》卷476）

此风愈演愈烈，至宋苏辙乃云："凡今农工商贾之家，未有不舍其旧而为士者也！"[②] 正是这一大批"农工商贾之家"出身的世俗士子，改变了文人群体的知识结构，将世俗之风带入文坛，引发中晚唐直至北宋初长期的"由雅入俗"的文学运动。[③] 应提请注意的是，许多研究者只从"行卷"者方面入手考察科举对文学之影响，而疏忽了受行卷者对文坛风气形成所起的作用。事实上科举是支指挥棒，而受行卷者则是执棒人。他们的好恶往往左右一批举子的文风。孙光宪《北梦琐言》卷七载陈咏行卷，卷首有对语云："隔岸水牛浮鼻渡，傍溪沙鸟点头行。"如此俗句何以置于卷首？他说是"曾为朝贵见赏，所以刻于首章"。此类例在晚唐甚伙，

---

① 参看程千帆：《唐代进士行卷与文学》，上海古籍出版社1980年版；傅璇琮《唐代科举与文学》，陕西人民出版社1986年版。

② 见《历代名臣奏议》卷二六，苏辙《请去三冗疏》。

③ 中唐以后因商品经济之发展，使市井文化由边缘挤向中心，致使这批世俗士子具有冲击力，因这一问题颇费笔墨，暂不详论。

可见当时一些俗官指挥棒在手，就有举子投其所好。中晚唐诗风趋怪趋俗，良有以也。此风经五代至宋初不息，而欧阳修利用主持贡举改变文风一例，也说明"指挥棒"的重要性。① 世俗地主固然将俗气带入文坛，但同时其自身在知识化过程中也得到"雅化"的提升，这又是事情的另一面。第一次雅化运动是北宋前期"西昆体"的风行。田况《儒林公议》卷上曾称杨亿诸人之诗及其赋、颂、章奏："虽颇伤于雕摘，然五代以来芜鄙之气，由兹尽矣！"接着，梅尧臣、欧阳修等又掀起第二波雅化运动。此后王安石、"三苏"、黄庭坚等继起，形成学海波澜，势不可遏。总之，处于较下层的世俗地主将"俗气"带进文坛，使士族文化也染上"俗气"，这是个同化过程；同时由于进士科举要求参与的世俗地主必然学会写诗作赋贴经，面对原有的士族文化使自己"雅"起来，这又是个顺化的过程。由是推转了中唐至北宋文学"由雅入俗"又"化雅为俗"的双向回旋运动。

然而科举制对文学发生更为内在的深刻影响，还在于从内容到形式日渐与世俗地主重建"政教一体化"运动相配套，士风为之一变，文风亦不得不变。这就是我们要继续探寻的第二条线索。

（2）这条线索的起点是"古文运动"。从根本上说，中唐时期的土地制与地租形态的变化减轻了人身的依附关系，带有某种奴隶制残余的宗族组织进一步向封建家族制转变。在这种新的人际关系与社会生活中，有可能产生出新的道德价值与行为规范。儒学由讲求外在强制力量的训诂名物的汉学系统转向讲求内在自觉反省的穷理尽性的宋学系统，正是对新人际关系与社会生活的一种适应。而"安史之乱"是一个重要的诱因，引发士大夫面对动乱追溯历史，进行了较深刻的反思。贾至《议杨绾条奏贡举疏》抨击了科举以声病为是非的弊端，抓住"末学之驰骋，儒道之不举"这个要害。[32] 整个统治阶级都在寻找新的凝聚力，"尊王攘夷"的古文运动之中心就是再造儒学，使之成为重建中央集权的精神支柱。将中唐古文运动与北宋古文运动贯穿起来的血脉，就是再造儒学，将儒学内容注入科举的形式中，以"建政教之大本"（上引钱穆语）。与之做同构运动

① 韩琦《安阳集》卷五《欧阳少师墓志铭》载欧阳修于嘉祐初权贡举，黜去一切"务为险怪之语"者，而拔擢"平淡造理者"，引起一场风波。

的，便是"文章务本"论的抬头。韩愈《答李翊书》说得明白："仁义之人，其言蔼如也。"[33] 这种以仁义为文章之根本的看法与白居易"诗者，根情苗言华声实义"（《与元九书》）的提法有别。白氏的提法仍以文为教化之具，属"致用"范围，"情"是根本；韩氏提法则以仁义为本，是由"致用"转入"务本"关键的一步。故又曰："行之乎仁义之途，游之乎诗书之源"，作文的前提是个人修养，即"养气功夫"。只要善养气，则言之短长声之高下者皆宜云。经李翱《复性书》的倡导，终于导致宋理学家"道至则文自工"，甚至以文为妨道的"闲言语"，取消文学的独立性的偏激说法。然而，我们如果去其极端者，将这一现象放在更大的历史范围内考察，便会发现：它乃是"文学自觉"全过程中不可或缺的一部分。因为作为个体的人，同时具备着自然属性与社会属性，这是人类行为的根本出发点。作为"人学"的文学，也必然体现这两者的矛盾统一，即"文学自觉"是与"人的自觉"结伴而行的。也就是说，完整意义上的"文学自觉"必须体现这两种属性。"建安文学"被视为"文学自觉"之发端，作为该时代"人的自觉"的核心，是个体独立意识之觉醒，更多地倾向于自然属性，即追求个体之自由，故以庄子哲学为思想解放之利器。而文学自觉则体现为摆脱经史政教乃至音乐的附庸地位，走向独立，其时则体现为"缘情"与"言志"之抗争，更多地倾向于文学独特形式之创构。至盛唐始情志合一，声律与风骨并重，乃是个性自由与社会规范兼顾之朕兆。中唐至北宋，不妨说是"文学的再自觉"阶段，更强调人的社会属性，要求个体自觉遵从社会规范。与之相应，文学"陶冶性情"的功能得以强化。只可惜在这一进程中，个体的规范化与伦理道德的自我完善日益浮升为"正统"的价值取向，而盛唐曾一度活跃的以个体自由的追求日益走向边缘，成为一个不再复返的历史时期。宋文学的自立精神从根本上说，就在于主流价值观的转变，而标志着两种不同文化构型转换的完成。唐君毅所称"至宋明则由汗漫之才情，归于收敛"（上引），事实上始自中唐，而完成于北宋元祐以后。

（原载《长江学术》，2006 年第 1 期）

超越以史证诗

# 超越以史证诗

## ——试从文化诗学的视角认知"诗史"

陈寅恪"以史证诗"之法无疑是中国学术史上的一座丰碑。其门人王永兴归纳此法云:"以宋贤治史之法治诗",即注意"时间、空间、人事相结合之法"。① 而用此法证诗的典范之作是《元白诗笺证稿》,陈先生尝直呼"白氏(居易)之诗,诚足当诗史",此笺证稿充分地展示了以史证诗的具体操作过程,及作者对"诗史"的认识。王先生还特地指出:"古今史家以时间、空间之法考证史实者多矣,但罕有人能如先生之精湛细密。因先生之考据使用可信之史料外,复注重人情事理。此亦宋贤考异之法而先生又有发展之明证也。"② 将"人事"释为"人情事理",可见此法超迈前人处正在乎由史料推导出情理,乃属于精神方面的东西。事实上深谙西方文化的陈先生对史与诗的异同有独到的见解,《金明馆丛稿初编·读哀江南赋》乃云:

> 古今读哀江南赋者众矣,莫不为其所感,而所感之情,则有浅深之异焉。其所感较深者,其所通解亦必较多。兰成作赋,用古典以述今事。古事今情,虽不同物:若于异中求同,同中见异,融会异同,混合古今,别造一同异俱冥,今古合流之幻觉,斯实文章之绝诣,而作者之能事也。

"所感之情"与"幻觉"二事点明了文学之象有别于史实之迹(典故

---

① 参看王永兴《陈寅恪先生史学述略稿》,北京大学出版社,1998年版,第189页。

② 同上引书页192。

也可看成浓缩的史迹）的特质。这在《元白诗笺证稿》中已有所体现，如笺证白氏《长恨歌》，一面指出"夕殿萤飞思悄然，孤灯挑尽不成眠"、"七月七日长生殿，夜半无人私语时"于事理时空的不合史实；另一面又不忘点醒"文人揣写，每易过情，斯故无足怪也"、"长恨歌乃唐代'驳杂无实''文备众体'之小说中之歌诗部分"，文章体制有别云。可惜陈氏并未自觉地将此卓识贯穿于以史证诗的实践中，尤其未将"所感之情"与"幻觉"二事进一步发挥，以揭示文学虚构之特质，反而有时难免将评史的标准混同乃至取代文学批评之标准。如《元白诗笺证稿》笺证《卖炭翁》，将诗与韩愈《顺宗实录》对照后下结论云："传世之顺宗实录，乃昌黎之原本，犹得从而窥见当日宫市病民之实况，而乐天此篇竟与之吻合。于此可知白氏之诗，诚足当诗史。比之少陵之作，殊无愧色。"评"诗史"而偏重在史而不究诗心、兴象、手段之差异，已见端倪。事实上杜诗同类之作如《丽人行》、《石壕吏》等，皆写当时亲历亲见之事而发自家当下深沉之感慨；白氏则写前朝已成历史的"宫市"，实为讽谏之作，是陈贻焮先生所说的"谏官诗"。二者虽皆佳作，但"所感之情，则有浅深"，是否同一水平？与史传吻合是否则"诗史"？尚可商榷。至若晚年所著《柳如是别传》评钱牧斋（谦益）《投笔集》乃云：

　　投笔集诸诗摹拟少陵，入其堂奥，自不待言。且此集牧斋诸诗中颇多军国之关键，为其所身预者，与少陵之诗仅为得诸远道传闻及追忆故国平居者有异。故就此点而论，投笔一集实为明清之诗史，较杜陵尤胜一筹，乃三百年来之绝大著作也。①

由这一对钱、杜的评价，可知陈氏之"诗史"，所偏在史料性的价值，其影响甚巨，乃至掩盖了其"别造一同异俱冥，今古合流之幻觉"的卓识。后之学者，大多通识、学力难企及之，更是囿于文献一端，泥于从史料到诗文的单一逻辑，弊端更著，故至今古代文学研究中以考据"史实"代替文学鉴赏者往往有之。然而就"以史证诗"的提法自身检讨，我认为此提法本身也存在着某些误区，容略事陈说如下。

首先，史料并不等于历史真相，即使是《史记》这样的"信史"，它

---

① 《柳如是别传》，三联书店，2001 年版，第 1193 页。

也只是历史的叙述，必然是要带上主观的倾向性与某些想象；何况史料也不可能完全保存（不妨说，所存事迹只是历史事件全体的九牛一毛），所以虽然是重要的、不可或缺的参照，却难以借此全面恢复当时的语境。这对当代读者而言已属常识，可不必深论。

尤其要着重提出的是：语境不仅仅是指那些"二重证据"所能验证的部分，还应当包括那些难以确证的精神领域"虚"的方面，如"气象"、集体人格、作者个性与创作"当下"的精神状态、思维定式，乃至该时代语言的表现力等等。事实上"宋贤以治史之法治诗"时，其佼佼者对杜甫"诗史"的认识已关注到这一问题。如胡宗愈《成都草堂诗碑序》云："先生以诗鸣于唐，凡出处，动息劳佚，悲欢忧乐，忠愤感激，好贤恶恶，一见于诗，读之可以知世。学士大夫谓之诗史。"悲欢忧乐、忠愤感激、好贤恶恶便是情感方面的无形之象，却是"知世"不可或缺的重要内容。至明末王嗣奭《杜臆·杜诗笺选旧序》评杜则云："一言以蔽之曰：以我为诗，得性情之真而已。情与境触，其变无穷。"强调的便是个体对现实感触的力度、广度与深度，而非事件的"纯记录"。清代浦起龙《读杜心解》卷首说得更明白："少陵之诗，一人之性情而三朝之事会寄焉者。"则杜之为"诗史"，是诗与史之化合，是通过个人对时代现实的切身感受，灌注了自己饱满的感情，以一人之心来感应、反映一国之心，折射时代精神，是主客观交感互动（则发生认识论所谓的"双向建构"）的结果。故浦氏于该书《读杜提纲》中又说杜甫"慨世还是慨身"，且挑明了"史家只载得一时事迹，诗家直显出一时气运。诗之妙，正在史笔不到处"。史但记迹而诗能传神，古人这些看法，相当高明，与当代流行的文化诗学颇有相通之处。

文化诗学将历史和文学看作同一符号系统，认为历史的虚构成分和叙事方式同文学所使用的方法类似（钱钟书《管锥编》则从另一角度明确标示"史有诗心"，这正是史与诗能结合的基础）。文化诗学试图探索文学文本周围的社会存在与文学文本中呈现的社会存在之间的互动。它注重产生文学文本的历史语境，反对形式与内容的互相对立。在强调历史之维的同时，不回避阐释者对历史的认识是受现在价值观的支配。[①]

---

① 请参看张京媛主编《新历史主义与文学批评》前言，北京大学出版社 1993 年版。

它山之石，可以攻玉。事实上在 20 世纪 80 年代西方出现"文化诗学"概念之前，我国许多接受西方理论影响的前辈，就已经以文化人类学的研究方法结合传统治学方法，将文学置于大文化中进行整体性的研究。如鲁迅《魏晋风度及文学与药及酒之关系》，闻一多《匡斋尺牍》，都是此方法的成功之作。尤其是后者，自觉、明确地打通文学、社会学、民俗学、民族学、考古学、文字学等等多种学科，做综合性的整体研究，完全称得上是"中国式"的文化诗学之先驱。在杜甫研究上，闻一多也开创了先例。傅璇琮《〈唐诗杂论〉导读》指出：从《唐诗杂论》中的《少陵先生年谱会笺》一篇，"我们已经可以看出其眼光的非同一般。譬如他注意辑入音乐、绘画、文献典籍等资料，……宋代以来，为杜甫作年谱者不下几十家，但都没有像闻先生那样，把眼光注射于当时的多种文化形态，这种提挈全局、突出文化背景的作法，是我国年谱学的一种创新，也为历史人物研究作出了新的开拓。"① 注重"当时的多种文化形态"正是文化诗学的表征。可惜闻一多英年遇难，杜甫研究只开了个头。若天假以年，则对杜甫的"诗史"，必定会给出一个全新的阐释。综观闻一多对古典文学的研究，他不但如《风诗类钞·序例提纲》所说的"带读者到《诗经》的时代"，注重语境的重建，而且敢于沟通古今，以现代的眼光重新审视古代的人事。如《匡斋尺牍》中解读《芣苢》，便是以现代的妇女观对古代妇女的处境进行观照，有着深切的"了解之同情"，故能拉近古今之距离，引起现代读者之共鸣，使之获得在场感，从而感受到这首本来隔着厚厚的时代之墙的诗的美。这一超前性使其与文化诗学主张"再现"历史的同时阐释者必须显露出自己的价值观，参与建构未来的对话，有了不谋而合之处。从更深层次看，文化诗学指向文化人类学，而文化人类学则认为文化正是人类创造的用以保留、影响人类行为的一种方式，所以任何文化现象都指向对现实与未来的建构。是的，一部《诗经》，一部杜诗，那众多的笺释从来都是指向未来，是阐释者参与建构现在、未来话语的重要手段。② 就作者方面看，其对现实的"反映"，也有选择与"据

---

① 闻一多：《唐诗杂论》，导读，上海古籍出版社，1998 年版。
② 钱谦益对杜甫《洗兵马》一诗的笺注便是颇为典型的例子，敬请参看拙作《杜诗〈洗兵马〉钱注发微》原载《中华文史论丛》2011 年第 3 期。

实构虚"的主动性，其中意味着作者对未来的某种希企与指向。容下文
对杜诗做些简略的具体分析，以明我说。

为人熟知的"三吏""三别"是"诗史"杜甫的代表作。写作年代
为唐肃宗乾元二年（759 年）三月。是月，六十万唐军大败于邺，郭子仪
以朔方军断河阳桥保东京（洛阳）。局势十分危急。当时洛阳百姓处境如
何，史无详载。《资治通鉴》卷 221 肃宗乾元二年三月条仅简单地提到：
"东京士民惊骇，散奔山谷。"约略其时，杜甫由洛阳回华州，写路上见
闻为此组诗，不但揭露当时唐政府毫无章法、惨无人道的征兵政策，还写
出当时当地民众义无反顾地支持保家卫国战争的爱国主义精神，可谓与史
载"士民惊骇，散奔山谷"云云背道而驰！何者为"真相"？两相比较，
史册好比疏漏残缺的账本，杜诗却是精彩的影视。萧涤非师曾指出：《新
婚别》"没有大胆的浪漫主义的虚构，杜甫根本不可能创作出这首诗，因
为实际上他不可能有这样的生活经历，不可能去偷听新娘子对新郎官说的
私房话。"① 然而这是据实构虚，不但诗中事物符合事件和人物性格发展
的逻辑，而且新娘子"誓欲随君去"云云，也是符合当时"不在现场"
的历史实际。如史载，乾元元年卫州妇人侯四娘、滑州妇人唐四娘、某州
妇人王二娘歃血请赴行营讨贼。这就是《新婚别》的大背景！民心思唐
是当时历史的"气运"所在。而杜诗叙事"史"的精神，乃表现在作者
尽量使用客观的口吻，不动声色，让诗中人物自己说，让细节说，乃至让
文字的空白处说，颇具《史记》风采。周祖撰师对《石壕吏》细节描写
有过精深的分析：

> "作者通过老妪的答语而刻画了一句话都没有说的'吏'的形
> 象。这我们只要把老妪的话分成三段来理解就很清楚：在'听妇前
> 致词'前，我们可以知道一定有一段'吏'的话，话的内容大概不
> 外是'叫男人赶快出来，跟我走'之类；在'死者长已矣'后，一
> 定又有'吏'要进去搜查的话；在'老妪力虽衰'前面一定又有
> '吏'要坚持进去搜查的话，但是作者都没有写出来。只要把老妪的
> 话分成三段来理解，依他的生活经验来补充老妪每一段话前官吏所说

① 萧涤非《杜甫研究》（修订本），齐鲁书社 1980 年版，第 223 页。

的话，那么，官吏这一个形象就很清楚了。这就是依照了这特定事件特定环境之下人与人之间的互相作用而进行描绘的，这样的结构确是到了很高的境界。"①

只要不带偏见，我们并不难从中感受到诗人强烈的情感倾向。这一倾向是其情感主体对客观事件选择并进行使之或明或暗处理的结果。选择，就是一种达意的方式——我要让你看事物的哪一个"面"。"士民惊骇，散奔山谷"是事实的一面，有些人留下从军抗战是事实另一更具本质性的面。从"三吏""三别"所选事件看，主人公都是支持中央平叛战争的，这也就体现了诗人对这场战争的基本态度。"整体"并非毛举全部细节，而是放在更大的时空背景下观照，以大观小，举其能反映整体本质的要素，这才是我们所需要的"整体研究"。所以"诗史"重要的是它反映了当时历史的主流，只有符合历史本质的，才是整体意义上的"真"。综观六诗，不但"皆精神之蜕迹"，补史家所遗之"气运"，而且与当时的现实相向建构，建构一种集体的爱国主义，鼓舞国民奋斗的有为之作；乃深得中国史家"反思致用"之精神，为今人与后人"立心"，是以史为鉴、建构未来之精义。史有诗心，诗有史据，理、事、情融为一体，斯为杜甫之"诗史"。

杜甫写自然景物也往往如此。兹以被誉为"图经"的《发秦州》、《发同谷县》系列诗之《凤凰台》一首为例，稍事说明。原诗如下：

> 亭亭凤凰台，北对西康州。
> 西伯今寂寞，凤声亦悠悠。
> 山峻路绝踪，石林气高浮。
> 安得万丈梯，为君上上头。
> 恐有无母雏，饥寒日啾啾。
> 我能剖心血，饮啄慰孤愁。
> 心以当竹实，迥然忘外求。
> 血以当醴泉，岂徒比清流？

---

① 周祖譔《百求一是斋丛稿》，厦门大学出版社 2005 年版，第 196～197 页。

所贵王者瑞，敢辞微命休？

坐看彩翮长，举意八极周。

自天衔瑞图，飞下十二楼。

图以奉至尊，凤以垂鸿猷。

再光中兴业，一洗苍生忧。

深衷正为此，群盗何淹留？

我到过此台，一小丘耳。然而杜甫却凭借其山名发兴，虚构出诗中的"凤凰台"，托出平生情志来。为省却注解，我试将此诗翻译为今之语体：

凤凰台呵高高耸立，北面正对着西康州。周文王早已没人提起，凤凰也遥遥离去声悠悠。高台险峻无道路，石峰如林岚气浮。哪能找到万丈梯，让我直达最上头？最上头呀最上头，台上怕有无母小凤雏，饥寒交迫整天叫啾啾。我能剖心血，以供饮啄慰凤愁。我心且以充竹米，朗然何必外寻求？我血也可代醴泉，浓浓的血呵又岂清清的醴泉能比俦？若为王国护祥瑞，怎敢辞避此命休！愿见凤凰展彩翼，放飞八方任周游。从天衔下祥瑞图，来从昆仑十二楼。再广我唐中兴业，一洗天下苍生忧。深意就在为国与为民，安史余孽何故尚残留！

浦起龙说得对："西伯二句为一篇命脉。兹台非岐山鸣处，公特因台名想到凤声，因凤声想到西伯，先将注想太平之意，于此逗出。"杜甫写凤凰，是为了引出周文王。周文王，是儒家行"王道"（即礼治文化）的象征性人物。《论语》："子曰：'文王既没，文不在兹乎？'"孔子以周文王之后的文化载体自许，杜甫则以"奉儒"自许。剜心沥血护持凤凰，也就是护持儒学，护持文治思想，护持天下太平，护持自己的理想。然而，从"凤凰台"联想到"凤鸣岐山"，周室中兴，这还不算奇特。奇特的是：他想象中的凤凰并非给人们马上带来祥瑞与太平的凤凰，而是一只嗷嗷待哺的小鸟："恐有无母雏，饥寒日啾啾！"要让它带来祥瑞首先必须养活它，哺育它。杜甫不是坐等太平天赐，而是要以心血亲自哺育出太平："我能剖心血，饮啄慰孤愁。心以当竹实，迥然忘外求。血以当醴泉，岂徒比清流。所贵王者瑞，敢辞微命休！"这不就是鲁迅所说的"我以我血荐轩辕"吗？不就是《离骚》所云"长太息以掩涕兮，哀民生之多艰……亦余心之所善兮，虽九死其犹未悔"吗？在凤雏的意象中，无疑凝聚着中华民族精英的历史文化基因。这不是诗而史、史而诗又是什么？这种"诗史"的特质，又岂能以西方荷马"史诗"为参照标准？而诗人对未来的希企岂不显著？必须指出的是，诗人是认真的，并非做白日梦。诚如萧涤非先生《杜甫研究》所指出："一部杜诗，便是杜甫'我能剖心血……一洗苍生忧'的实践。"而且据陈贻焮先生《杜甫评传》考证，杜甫居然"计划外"地在凤凰台下临时找了个村子住下，成为凤雏的"供养人"。他实践了"以血当醴泉"的誓言，在困顿中写下令人刻骨铭心的"同谷七歌"便是最好的说明。① 它与入蜀后的名篇《茅屋为秋风所破歌》遥相呼应。

现在就看看脍炙人口的《茅屋为秋风所破歌》吧！前大半篇属写实，但最后那一转——

安得广厦千万间，大庇天下寒士俱欢颜，风雨不动安如山！呜呼！何时眼前突兀见此屋，吾庐独破受冻死亦足！

真是惊天动地，将千百年来百姓寻找"乐土"，孔孟"天下为公"的理想一气呼出！同时，我们还从上下文的比对中，看到作者自身在创作过程中的升华，从对自家合理的关心中跳出，推己及人，关心天下寒人，乃至发"吾庐独破受冻死亦足"的大愿。② 这就是上文提到"文化诗学试图

---

① 陈贻焮《杜甫评传》，上海古籍出版社 1988 年版，第 611 页。

② 这个问题很复杂，还得另作深入研究。蒋寅《金陵生文学史论集·杜甫是伟大诗人吗》引清朝人钱澄之的一段话说："（杜甫）崎岖秦陇，往来梓蜀夔峡之间，险阻饥困，皆为保全妻子计也。其去秦而秦乱，去梓而梓乱，去蜀而蜀乱，公皆挈其家超然远引，不及于狼狈，则谓公之智适足以全躯保妻子，公固无辞也。"钱氏固然有"站着说话不嫌腰疼"之嫌，但的确提出一个令人思考的问题："合理的自私"与"杀身成仁"、"共赴国难"之间的"度"，该如何把握？有一点是清楚的——杜诗大于杜甫。杜甫在创作中使自己"渣滓日去"是个不争的事实。这也可以看作是主客观"相互建构"的一例。诚如 C. G. 荣格《人、艺术和文学中的精神》所指出："创作中的作品成了诗人命运所系的东西，并且决定着诗人的心理发展。不是歌德创作了《浮士德》，而是《浮士德》创造了歌德。"（卢晓晨译，工人出版社，1988 年版，页 112）我们也不妨说：是杜诗创造了杜甫！

探索文学文本周围的社会存在与文学文本中呈现的社会存在之间的互动"的理由所在，也是"语境不仅仅是指那些'二重证据'所能验证的部分，还应当包括那些难以确定的精神领域"，以及"文化诗学在'再现'历史的同时阐释者必须显露出自己的价值观，参与建构未来的对话的主张"的理由所在。

陈寅恪"以史证诗"之法无疑是中国学术史上的一座丰碑，但还有很大的拓展空间。

顺便说一下，西方人从文艺复兴时代的莎士比亚的不断研究中获取创意，提取出许多新理论（甚至连弗洛伊德也从中获益匪浅，几于匪夷所思）；我们是否也可以从唐代李、杜的不断研究中获取创意，中西互动，开发我们中国自家的新理论，而不是停留在与西方攀比，夸耀我们"古已有之"？

# 时空寂寞

## ——士大夫忧患意识的诗语言

　　自"儒道互补"之论出，入世的"兼济天下"与出世的"独善其身"已被普遍地认作中国士大夫互补而协调的生命二元。这无疑是有其合理性，然而，儒、道入世与出世对抗、矛盾的一面，却往往遭到不同程度的忽略或淡化。儒家对文艺的影响，更多地被视为作用于主题内容方面的因素，而在审美方面似乎只起着束缚、损害的作用。可是，文艺史呈现的无比丰富的现象并不都证明这便是一切，在许多文艺家身上，恰恰是儒、道的入世与出世精神处于不可协调的对抗状态，二者的对峙造成个体的彷徨乃至迷狂，才水石相激般溅出了最美的文艺之花。于是，有人在"互补"的儒、道以外，又寻出"第三者"——骚。

　　"屈子何由泽畔来"？要回答这一问题，先要体会忧患意识在中国古代知识分子心理中所占据的位置。

　　我民族早在远古时代就以农业求生存，而农业在当时的条件下显得那么脆弱，任何天灾人祸都可能使它遭到毁灭。人们不能不"如履薄冰"，战战兢兢，长期的忧患渐渐积淀为文化心理，形成所谓的"集体无意识"。一部《老子》早已老气横秋地将这种忧心忡忡提升到理性化的高度。自以为"无恒产而有恒心，唯士为能"的士大夫，更是"以天下为己任"，自觉地将个人的情感与国家民族的安危、生民百姓的哀乐联系起来，无怪乎中国传统的审美趣味并不以西方所称道的"悲剧"为最高境界，而是以"沉郁"为美的极则。故《史记·屈原贾生列传》称：

　　　　余读《离骚》、《天问》、《招魂》、《哀郢》，悲其志。适长沙，观屈原所自沉渊，未尝不垂涕想见其为人！

屈原作品并不以悲壮的情节、高度集中的矛盾冲突等西方典型的悲剧性来感动、震撼人心，反之，是以如茧抽丝般的郁闷，往而复返、不可排遣的深沉博大的忧思来折磨读者心灵。是的，感人垂涕的正是那种以个人哀乐与国家民族安危融为一体的情感内容所构成的情志，以及由此焕发出的沉郁的风格。

《离骚》与《天问》是最能体现屈原忧患意识的代表作。《天问》五十六句问天地，一百三十二句问人事，这股"问"的洪流从屈子胸中汹涌而出、铺天盖地，不但是屈子开了闸的忧患意识，更是一个民族乃至幼弱人类无边的忧思！

当然，忧患意识在《离骚》中更具有诗的气质：

> 日月忽其不淹兮，春与秋其代序；惟草木之零落兮，恐美人之迟暮。

人生之短促固可悲、更可悲的是不能在这短促的人生中有所作为。于是乎他要离开这令人气闷的人间，"周流观乎上下"。但：

> 陟升皇之赫戏兮，忽临睨夫旧乡。仆夫悲余马怀兮，蜷局顾而不行。

不是庄子式的"逍遥游"，恰恰是孔子式的"道不行，乘桴浮于海"的愤激，那种矛盾不可调和所发出的折裂声，焕发出沉郁之美。

悲剧就在于理想与现实相背离，而沉重的现实偏偏对诗人更具吸引力。不幸的诗人，老是处在欲罢不能的状态中，他们的诗总体现着这种张力。苏东坡说：

> 我生天地间，一蚁寄大磨。区区欲右行，不救风轮左。（《迁居临皋亭诗》）

具有强烈的济世理想的中国古代知识分子，就是处在这样欲右偏左的困境之中，忧患意识又先天地让他们背负现实的十字架而不能飘逸而去。

众人皆醉我独醒。未必人人都有屈原那融个人与民族、国家为一体的情感结构，但人人都处于天地之间，都分明意识到自己的渺小与人生的短促，而惊叹天地之至大、之永恒，于是忧患的焦灼便具有普遍意义地落在这大与小的强烈对比之中。

被称为"完全是文人的创制"的《古诗十九首》，便是这样的人生咏叹：

> 人生天地间，忽如远行客。（《青青陵上柏》）
> 人生寄一世，奄忽若飙尘。（《今日良宴会》）
> 人生忽如寄，寿无金石固。（《驱车上东门》）
> 白露沾野草，时节忽复易。（《明月皎夜光》）
> 思君令人老，岁月忽已晚。（《行行重行行》）

"忽"，无疑是关键词，是作者们对人生与天地对比后强烈的总体印象。不是天地之永恒那一面，而是人生之短促这一面，被凸现了。面对这一现实，作者们做了与屈原不同的选择："生年不满百，常怀千岁忧。昼短夜苦长，何不秉烛游？"（《生年不满百》）他们要摆脱忧患意识，不管是否能办到。这种企图用"及时行乐"来淡化忧患意识的言行对后人有很深的影响，甚至曹操这样的豪杰人物也会说："对酒当歌，人生几何！"（《短歌行》）

然而，高唱"风骨"的建安文人毕竟是一群将身子紧贴着大地的有志者，他们用哀歌唱出对济世理想的执着追求：

> 神龟虽寿，犹有竟时……老骥伏枥，志在千里；烈士暮年，壮心不已！（曹操《步出夏门行》）
> 天地无穷极，阴阳转相因。人居一世间，忽老风吹尘……怀此王佐才，慷慨独不群。（曹植《证寒行》）
> 骋哉日月逝，年命将西倾。建功不及时，钟鼎何所铭！（陈琳《失题诗》）

于是我们又看到屈原对人生价值的关怀：人生之短促固可悲，更可悲的是不能在这短促的人生中有所作为。

如果说，是建安文人将"人生忽如寄"的焦虑化作对"建功立业"的渴望，那么，能将这种渴望消融在玄学的时空中，用寂寞心重铸沉郁之美者，则是诗人阮籍。

阮籍的心，好比多面的水晶体，既丰富不尽，又十分单纯——复杂的单纯。在八十二首五言《咏怀》诗中，"多面"则表现为充满矛盾且不断转化的情绪。他也有着《古诗十九首》一样的焦虑：

> 天马出西北，由来从东道。春秋非有托，富贵焉常保。清露被皋兰，凝霜霑野草。朝为美少年，夕暮成丑老。自非王子晋，谁能常美好！（其四）

他也与建安文人一样，渴望功名，推崇礼法之士，但最深沉的是孤独和寂寞，以及摆脱不开的忧患：

> 一日复一夕，一夕复一朝。颜色改平常，精神自摧消。胸中怀汤火，变化故相招。万事无穷极，知谋苦不饶。但恐须臾间，魂气随风飘．终自履薄冰，谁知我心焦！（其三十三）

于是我们又感受到《离骚》那种如茧抽丝般的郁闷，往而复返，不可排遣的深沉博大的忧思。

彷徨、孤独、寂寞，是现实与阮籍追求的理想人格之间冲突而相持不下所形成的特殊状态，是张力下的静止。于是乎阮氏《咏怀》的多面性、矛盾性，便在寂寞中显得如此淳至而融一。它正是阮籍"其外坦荡而内淳至"（《晋书·阮籍传》）个性的表现。阮籍放诞任性、不拘礼教、嗜酒恃傲与喜怒不形于色、口不减否人物乃至应变顺和行为的多面性、矛盾性，不就是统一于他对理想人格执着追求的同时能清醒地认识现实的心性上吗？当然，理想与现实的对抗并不总是取得相持性的静止，"时率意独驾，不由径路，车迹所穷，辄恸哭而反"（《晋书·阮籍传》），便是失去平衡的折裂声。

然而，我们要研究的是表现的形式。值得注意的是，阮籍有意用玄学那无量的虚无来溶解人生这无穷的忧患，感慨于是不再是《古诗十九首》似的停留在人生短促这一面，而是转向时间永恒那一面，同时延伸向虚无的空间，从而完成了寂寞与时空的转换。

玄学的出发点是"贵无"，是企图超越有限去追求无限，诗人兼哲人的阮籍正是由此出发来建构其理想人格。其名著《大人先生传》便塑造了一位"与造物同体，天地并生；逍遥浮世，与道俱成"的理想人物，与之相比的"礼法之士"不过是些"处于裤中，逃乎深缝，匿乎坏絮"的虱子。现实中的另一"七贤"人物刘伶，就曾很带实践性地裸形于屋中，而谓讥之者："我以天地为栋宇，屋室为裤衣，诸君何为入我裤中？"（《世说断语·任诞》）于是乎人生之渺小与飘忽在理想人格中得到了超越。《咏怀》第五十八首云：

> 危冠切浮云，长剑出天外。细故何足虑，高度跨一世。非子为我御，逍遥游荒裔。顾谢西王母，吾将从此逝。岂与蓬户士，弹琴诵言誓！

诚如葛晓音《八代诗史》所云：这是"大人先生和功名志士两种形象叠合在一起的产物"，是"佩着屈原的高冠长剑，逍遥于庄子的浩渺大荒之中"。[①] 从今而后，士大夫志士仁人们欲伸壮志，就搬到"大人国"里来：既得屈原之孤高，又得庄子之逍遥。可是，不知您注意到没有，关键就在屈子式的忧患被溶解了，溶解于玄学的虚空：

> 于心怀寸阴，羲阳将欲冥。挥袂抚长剑，仰观浮云征。云间有玄鹤，抗志扬哀声。一飞冲青天，旷世不再鸣。岂与鹑鷃游，连翩戏中庭？（其二十一）

"一飞冲青天，旷世不再鸣"，是以寂寞的虚空来消融现实的忧患。是时空之无碍容纳了个体精神之自由，而无限的时空与深沉的忧患又构筑

---

① 葛晓音：《八代诗史》，陕西人民出版社，1989年版，第94页。

了新的心灵。这是一颗博大而寂寞的心——多思虑而少行动的无可奈何之心。

《咏怀》卓绝处，就在于对寂寞心境的观照。八十二首五言《咏怀诗》，"心"字出现了十五次，"悲"、"伤"各十一次，"忧"字十次。另外，诗中充满"徘徊"、"怨"、"憔悴"、"苦"、"凄怆"、"感慨"、"咨嗟"、"休惕"、"恐"、"哀"、"酸辛"、"愁"、"彷徨"、"踌躇"、"愤懑"等等与心理有关的字眼。像这样反复咏唱一种心境的组诗，在中国诗史上真是空前的创举。而这种心境的摹写，是以时空变化衬出的。

《咏怀》第一首向来被认为难以解读的名篇，将其中景物描写只作"比兴"解是主要的障碍。原诗如下：

> 夜中不能寐，起坐弹鸣琴。薄帷鉴明月，清风吹我襟。孤鸿号外野，翔鸟鸣北林。徘徊将何见，忧思独伤心。

黄节注本案语云："《文选》六臣注，吕延济曰：夜中，喻昏乱。吕向曰：孤鸣，喻贤臣孤独在外。翔鸟，鸷鸟，以比权臣在近，谓晋文王。刘履《选诗补注》取之，此皆嫌于臆测。"[①] 将"比兴"坐实为背景材料，是历来儒生解诗的通病。阮诗"微而显"，就在于情绪的易感知却难坐实。诗中景物描写虽有比兴、象征的深意，但不宜作简单的对应（如"孤鸿"即直指"贤臣"）。它往往是通过氛围的渲染，传达心境的变迁。萧涤非先生在《读诗三札记》中传达黄节意见说："薄帷一联表现一种恬静之意境，使人想见其当时之襟胸，而音韵之天籁，殆亦臻化境。"[②] 从景物描写中求意境、心境，的确是解读阮诗的方法。诗人因夜不能寐故起而弹琴，企求心的平衡。事实上，他取得暂时的解脱——清风明月，恬静的意境也就是当时诗人获得的心境。接下一联由斋室而林野，由平静而躁动，场景的转换又暗示了心境的转换：诗人在静思中忧患更深广了。终于，在徘徊中更见心绪之纷纷，而这一切又归诸"独伤心"——寂寞的心灵。

---

① 黄节：《阮步兵咏怀诗注》诗註人民文学出版社，1957年版，第2页。
② 萧涤非：《乐府诗词论薮》，齐鲁书社，1985年版，第359页。

由狭小空间急剧转向广漠的空间，由即时转向永恒，是阮诗表现忧患而寂寞的心灵的常用手法：

> 独坐空堂上，谁可与亲者？出门临永路，不见行车马。登高望九州，悠悠分旷野。孤鸟西北飞，离兽东南下。日暮思亲友，晤言用自写。（其十七）

> 昔年十四五，志尚好书诗。被褐怀珠玉，颜闵相与期。开轩临四野，登高望所思。丘墓蔽山冈，万代同一时。千秋万岁后，荣名安所之。（其十五）

由坐空堂到开轩、出门、登高，空间视野不断地扩大；而对丘墓的展望又引起时间永恒的感慨。在大与小的强烈对比中，诗人的忧患弥漫开去，更深更广然而就在这有限向无限趋进的同时，诗人得到了某种超越：

> 殷忧令志结，怵惕常若惊。逍遥未终晏，朱阳忽西倾。蟋蟀在户牖，蟪蛄号中庭。心肠未相好，谁云亮我情？愿为云间鸟，千里一哀鸣。三芝延瀛洲，远游可长生。（其二十四）

蟪蛄中庭之号，与云鸟千里之哀，虽同样未能摆脱忧患，却有小大之辨。尤其应注意的是：扩大了的时空，是空旷刚渺的时空，也就是寂寞的时空。其二十九首云：

> 昔余游大梁，登于黄华巅。共工宅玄冥，高台造青天，幽荒邈悠悠，凄怆怀所怜。

"幽荒邈悠悠"既是空间，也是时间的寂寞。其三十二云：

> 人生若尘露，天道邈悠悠。齐景升丘山，涕泗纷交流。孔圣临长川，惜逝忽若浮。去者余不及，来者吾不留。

这里集中了孔圣人、屈大夫以及《古诗十九首》对时间的感慨，而归诸"天道邈悠悠"。仍是时空的寂寞。寂寞，是有限向无限超越后的平静；寂寞，是以"无"全"有"的玄学乐趣；寂寞，便是美。于是诗人乃以时间为寂寞之长度，以空间为寂寞之体积，以忧患为寂寞之质量，剪裁出寂寞之诗美。是为阮籍无量之功业。

能以最少的文字臻美地体现寂寞诸因素者，为盛唐先驱陈子昂。他的《登幽州台歌》云："前不见古人，后不见来者，念天地之悠悠，独怆然而涕下！"诗直承楚辞《远游》："惟天地之无穷兮，哀人生之长勤。往者余弗及兮，来者吾不闻。"然而，它的结构却是无可比拟的：劈面两句，将诗人置于时间长链的中点——"现在"，由此向前是无穷的亘古，由此而后是无尽的未来。第三句又以迅雷不及掩耳之势急转入巨大的空间，形成人与天地对比的极大反差。在一瞬间，毫无准备的读者竟经历了如此时空跌宕（"灵魂的探险"），忽然与诗人一道毫无遮蔽地站在亘古大荒上，被极度震撼的灵魂能不发一声喊："独怆然而涕下！"这就是"伟大的孤独感"。

关键就在画面的结构使透视焦点落在"人"与"现在"。于是，与天地亘古相比是如此渺小的"人"，竟成了画面的中心！这一逆反效果使之不是消失在虚空里，反而"美人痣"也的地显露在巨大的背景之前。

极度的简化，使诗只剩下三个元素：时、空、孤独感。"空故纳万境"，古、今、人、己，种种联想却因之尽行纳入：而诗又因其联想之丰而"返虚入浑"，得无量充实——从屈子、《古诗十九首》、建安文人到阮籍等等，前人无穷的忧患已成为一种文化积淀而显得如此厚实，这就是大孤独、大寂寞。

陈子昂的忧患已何止于"人生飘忽"的叹息，也不是阮籍所追求的个体理想人格在玄学虚空中的超越，甚至不止是屈原个体融于家国的情感，更不是建安文人对功业的热烈向往；他要在永恒的时间的长流中把握"现在"，在悠悠天地面前站立起"人"！

他从魏晋精神贵族那狭小圈子中一跃而出，成了大时代到来的先觉者，他的忧患是大时代到来前迫不及待的焦灼。

时、空、寂寞，三者不断地组合着新一代人的心灵。

然而，成熟的个性更具普遍性。陈子昂的登高情怀，也是早经宋玉《高唐赋》道出的："长吏骤官，贤士失志，愁思无已，太息垂泪，登高远望，使人心瘁"那士大夫早已存在的普遍情怀。但诚如陈子谦《钱学论》所指出："能将这种心境升华到宇宙生命意识的，是陈子昂的《登幽州台歌》。"钱钟书将这种登临感伤的心理活动概括为"农山心境"。① 这种以孔子登农山命名的心境，当然是某种文化层次的人才有的心境。登高何以会引发沉郁之绪？盖登高望远，远不能尽；远不能尽又易诱发时间永恒之联想，于是乃有时空与人生的强烈对比，从而唤醒深层意识中最古老的忧患意识，且升上表层来，好比凿井及泉——"是发现也，非发明也"。

忧患意识便是中国人的宇宙意识、生命意识。人在宇宙中处于什么位置？这就是中国人讲究的"穷理尽性以至于命"的哲学，即所谓"安身立命"之学。而安身立命与忧患意识是形影相吊的一体两面。

于是我们又绕回到文章的开头部分：以"入世"为基调的中国古代知识分子，其优秀者总是"以天下为己任"，以"带头羊"自居，颇为自觉地负上现实的十字架，其忧患意识势必较之他人深广。

如果说，忧患意识是"农山心境"的深层文化心理，那么，时空寂寥便是"农山心境"在外部世界的对应。我们从空旷幽渺的时空中体会诗人的心境，领略诗人的人格与沉郁的诗美。

李白以他独特的方式处理这时空寂寥。他的时空意象，是扑面而来，时间穿过空间，时空便是心境：

> 黄河落天走东海，万里写入胸怀间。
> ……徘徊六合无相知，缥若浮云且西去！
>
> （《赠裴十四》）

他同子昂一样，也善于在时空跌宕中托起一颗巨大的寂寥心。且不说《将进酒》那著名的开篇是如何以时空的飞瀑震住了读者，让诗人怀才不遇的苦恼咬啮人心，请读这首《越中览古》：

> 越王勾践破吴归，义士还家尽锦衣。宫女如花满春殿，只今唯有

---

① 参见陈子谦：《钱学论》，四川文艺出版社 1992 年版，第七章第二节。

鹧鸪飞！

是最后一句点破了美丽的肥皂泡。时空幻灭正是诗人幻灭的心境。李白称得上是时空幻梦的大师。《梦游天姥吟留别》几乎用全力吹起一个七彩的时空，最后一针挑破："惟觉时之枕席，失向来之烟霞。"理想一头撞在现实上。

至若"奇之又奇，然自骚人以还鲜有此体调"（殷璠语）的《蜀道难》，简直是一首"时空之歌"。时间："尔来四万八千岁"；空间："上有六龙回日之高标，下有冲波逆折之回川。"

在这巨大空间中却堵塞着千山万壑，"扪参历井仰胁息"，令人室闷。可它又如是之空旷："但见悲鸟号古木，雄飞雌从绕林间，又闻子规啼月夜，愁空山！"这正是李白心境的对应：胸中垒块嵯峨，却又如此孤单寂寞："侧身西望长咨嗟！"

杜甫，这位己饥己溺、忧国忧民的诗人，则善于将时空纳诸方寸之中，将陈子昂那在小大之辨中凸现"人"的手法推向极致："路经滟滪双蓬鬓，天入抢浪一钓舟！"（《将赴荆南寄别李剑弟》）"双蓬鬓"中有岁月，"一钓舟"中有天地。时空，就在诗人饱含忧患的心中。如果说陈子昂将时空感慨浓缩在四句之中，那么杜甫则能将时空感慨因于五字之间："乾坤一腐儒。"（《江汉》）"万古一骸骨。"（《写怀二首》之一）

"腐儒"与"乾坤"、"骸骨"与"万古"之间的对比，无疑是鸡蛋与石头的对比。但五字之间，二者毕竟是分庭抗礼，它不能不给人以力度。在与巨大的时空威压的对抗之中，"腐儒"不腐！请看全诗：

江汉思归客，乾坤一腐儒。片云天共远，永夜月同孤。落日心犹壮，秋风病欲苏。古来存老马，不必取长途！

我们不由想起曹操的名句："老骥伏枥，志在千里！"这是唐人往往有"建安风骨"与"魏晋风度"的明证，但这时已是士大夫从梦寐中那"帝王师"的交椅上直跌到"求帮忙而不可得"地位后的哀歌。这是何等悲壮的孤独与寂寞！然而，无论时空中变幻过多少政治、军事的风云，一些"腐儒"仍不改其"迂腐",执着地要"为天地立心,为生民立命"(张载语),直至大清帝国破败不堪的岁月里,我们还听得到龚定庵的苦吟:

> 浩荡离愁白日斜,吟鞭东指即天涯。落红不是无情物,化作春泥更护花。(《己亥杂诗》)

"化作春泥更护花",正是屈原式将个体与群体融一的"往而复返,不可排遣"情志在文化心理上的积淀,中国的"士"从这一地下深泉中汲取着不死的力量,在变幻的时空中不绝如缕地展现那悲天悯人的寂寞心。

不妨说,在中国,谁能吟唱这颗心,谁就是传统意义上的诗人。

(原载《天府新论》1994 年第 5 期)

# 边塞诗与盛唐心态

读盛唐边塞诗，给人印象最深的无疑是高昂的情绪与明朗的画面。它一扫这一传统题材中积存的种种郁闷、感伤；也少有后来此题材不断增入的仇恨之火、切齿之声。盛唐边塞诗展现的乃是盛唐人开朗的心态。

## 唐人之梦

美学家宗白华认为汉魏六朝是"强烈、矛盾、热情、浓于生命彩色的一个时代"[①]。我想，如果移来评盛唐当更见生色。对于刚从"九品中正"的人才桎梏中挣脱出来的士子，大唐简直是个充满幻想的童话世界。我们不难从正史列出长长的一份名单，来说明"布衣取卿相"在唐代已不是什么偶然事件。这一事实使士子相信：靠自家本事能争一席之地，"天生我材必有用"！卢象《赠程秘书》诗云：

> 忽从被褐中，召入承明宫。
> 圣人借颜色，言事无不通！

一副布衣得志相。然而个体在功业意气中被放大了，它内在地促使布衣士子自信、自尊、自重。他们近取"竹林七贤"、谢安、陶潜，远绍管仲、范蠡、鲁仲连辈，作为一种认同，着手塑造一代有独立人格的士子形象。这种集体人格的内涵大略言之有二：其一是自信、自尊、自重乃至傲岸不羁。用李白典型的语言表述，就是："不屈己，不干人"（《代寿山答

---

[①]　宗白华：《美学散步》，上海人民出版社1981年版，第177页。

孟少府移文书》);在此条件下,强烈地求进取。其二是作为上项的延伸或退路,追求内心的平衡,逍遥自在,功成不居。王维《不遇咏》所谓"济人然后拂衣去",颇为经济而完满地表达了这种理想人格的两个方面。

正是这种内在的集体人格外化为两种风格截然不同的"诗派";田园与边塞。也就是说,田园诗更多地体现唐人自在的、志趣稳定的内心;边塞诗则更多地体现唐人激昂的、意气飞扬的情绪。田园与边塞反映了盛唐内心世界的一体两面。所以"边塞诗人"如高、岑也难免要写田园诗,"田园诗人"如王、孟则时有边塞之作。关于田园诗的心理依据,笔者曾略事探索,① 这里容我就边塞诗与盛唐人之心态的关系展开讨论。

士对独立人格与个体自由的追求,在初唐众所周知的南北交融、胡风盛行的新文化氛围中不断被强化,乃至引起某些价值观的翻转,如儒家"重德不重才"的伦理观就受到了巨大的冲击。士子普遍对"才高"却"位卑"的现象表示不满与抗议。王绩《自作墓志文序》自称:"才高位下,免责而已。天子不知,公卿不识,四十、五十而无闻焉。"王勃《涧底寒松赋》亦云:"徒志远而心屈,遂才高而位下。"有趣的是唐统治者竟公然设置了"才高位下科",算是承认了这一普遍矛盾。② 由初唐至盛唐,这一矛盾并未解决,而位下者恃才傲物却日甚一日。如杨炯呼朝士为"麒麟楦"(《唐才子传》卷一),王翰于吏部东街自张榜称第一(见《封氏闻见记》卷三),李白更是"天子呼来不上船"(杜甫《饮中八仙歌》)。恂恂如的儒生被嘲为"白首死章句"、"窗间老一经",而脱略小节、豪荡使气者被目为英雄。如郭元振,张说为其写行状,私铸钱、掠人财皆成豪举。武则天闻名而驿征引见,将其《古剑歌》写数十本遍赐学士(《全唐文》卷二三三《兵部尚书代国公赠少保郭公行状》)。在如是氛围中,傲岸不羁的性格受到鼓励,终于被强化为任侠精神;早被冷落了的先秦游侠在盛唐竟得以复兴,于是乎盛唐文豪李邕与汉代大侠剧孟被相提并论;卢藏用《陈氏别传》以"驰侠使气"目子昂;诗人李白不但以"十五好剑术"自诩,竟然还歌唱侠客"十步杀一人,千里不留行"

---

① 参看拙作:《试论盛唐田园诗的心理依据》,《文史哲》,1989年,第4期。

② 见徐松《登科记考》卷四,此外还有"沉迹下僚"、"超拔群类"、"才庸管乐"、"怀能抱器"等名目,都表明"重才"。

(《侠客行》)、"笑尽一杯酒，杀人都市中"（《结客少年场行》）。这真是无法无天的特殊伦理观。固然，诗也者不必去坐实，但从中我们不正可感受该历史时期英雄主义情绪如何在膨胀吗？试问在这一情绪下，以干谒行卷为必修课的进士科举会成为盛唐高才骏足们入仕的最佳选择吗？①

科举制一向被视为"九品中正"制的反拨与取代。不过在初盛唐尚未能成为国家官僚机构用人的主渠，唐太宗所谓"天下英雄入吾彀中"（《唐摭言》），是要到中唐后才日渐兑现的。据《文献通考》与《登科记考》统计，有唐290年间，共开科取士6646人，平均每年23人。② 数量如是之少，故唐代士子或走边塞求军功，或依藩镇充幕府，或隐终南取捷径，或作小吏期渐进。仕出多途，其中"终南捷径"与边塞从军对士子尤具吸引力。

李白《代寿山答孟少府移文书》称："乃知岩穴为养贤之域，林泉非秘宝之区"，王昌龄《上李侍郎书》称："昌龄岂不解置身青山，俯饮白水，饱于道义，然后谒王公大人，以希大遇哉？"在深山老林中"养贤"、"饱于道义"，无非是要提高知名度，引起注意，从而由"终南捷径"直取宫廷。这一点前贤所述备矣，而出塞与进山有殊途同归之妙，则笔者犹有言焉。

如果说，魏晋由于"九品中正"的选人制度而重视人伦鉴识，促成人们注意仪表风度；那么，唐人则由于仕出多途，心存"布衣取卿相"之梦想，故尔特重才气的表露（意气）。李白《上安州裴长史书》自称东游不踰年散金三十万，轻财好施，又为友人迁葬，存交重义；再称巢居岷山，养高忘机声闻于太守，又云文章为苏颋所许，可与相如比肩。可见行侠、隐居、著书皆为造就名声。李阳冰《草堂集序》称玄宗召见李白，谓曰："卿是布衣，名为朕知，非素蓄道义何以及此？"事实上养名引起

---

① 李白不应举便是一例，高适虽应举为封丘尉，但"拜迎长官心欲碎，鞭挞黎庶令人悲"（《封丘县》），终于弃官赴河西为节度使哥舒翰掌书记，乃自谓："宁知戎马间，忽展平生怀"。（《酬裴员外以诗代书》）可见从军更合于"不屈己，不于人"的原则。其《行路难》说得再明白不过："有才不肯学干谒，何用年年空读书 j"读书学干谒应举对高才骏足如是不得已，只要有别的出路，他们是不愿干谒行卷出仕的。

② 据张希清《论宋代科举取士之多与冗官问题》，《北京大学学报》社科版，1987年第5期。

王公大人乃至皇帝的重视，平步青云，是盛唐人有效的从政手段。李白《与韩荆州书》自称"十五好剑术，徧干诸侯；三十成文章，历抵卿相。虽长不满七尺，而心雄万夫，王公大人许与气义。"可见不论剑术，不论文章，引人注目的是这股"气"。龚自珍称"儒、仙、侠实三，不可以合；合之以为气，又自白始也"（《最录李白集》），可释为儒家强烈的入世精神与道家追求个体自由的精神以任侠的形式表露出来，成为一股"负气而行"的人格力量。然而，如果回到盛唐看李白，就不会以为合儒、仙、侠以为气是"自白始"了。试读：

> 鸣鞭过酒肆，祛服游倡门。
> 百万一时尽，含情无片言。（储光羲《长安道》）
> 新丰美酒斗十千，咸阳游侠多少年。
> 相逢意气为君饮，系马高楼垂柳边。（王维《少年行》）
> 男儿一片气，何必五丰书。
> 好勇方过我，多才便起予。
> 运筹将入幕，养拙就闲居。
> 正待功名遂，从军继两疏。（孟浩然《送告八从军》）

"田园派"尚且如此，庸论他哉！要了解盛唐人的心态，不能不抓住"气"字。

## "男儿一片气"

论者大都注意到了盛唐人对"风骨"的自觉追求。固然，盛唐人特别推崇建安风骨，但仍有自己的偏好。李白《宣州谢朓楼饯别校书叔云》说："蓬莱文章建安骨，中间小谢又清发。俱怀逸兴壮思飞，欲上青天揽明月。"杜甫《夜听许十一诵诗而有作》说："精微穿溟涬，飞动摧霹雳"。又《寄彭州高三十五使君适虢州岑二十七长史参三十韵》说："意惬关飞动，篇终接混茫"。岑参《送魏升卿擢第归东都因怀魏校书陆浑乔潭》也说："雄辞健笔皆若飞"。其中都强调一个"飞"字。事实上盛唐诗特出之处就在那股飞动的气势，是皎然《诗式·明势》所谓："极天高峙，举焉不群，气腾势飞，合沓相属。"盛唐杰出的评论家殷璠曾经据当时的创作实际总结出"神来、气来、情来"说。笔者认为：殷璠《河岳英灵集》所倡"气来"说有其鲜明的时代内涵。《文心雕龙·时序》说："观其时文，雅好慷慨，良由世积乱离，风衰俗怨，并志深而笔长，故梗概而多气也。"在刘勰看来，"建安风骨"是与文士济世安邦之志相关联的。《明诗》篇又说："暨建安之初，五言腾踊，文帝陈思，纵辔以骋节；王徐应刘，望路而争驱；并怜风月，狎池苑，述恩荣，叙酣宴，慷慨以任气，磊落以使才。"可见只要有经国济世之志，酣宴之际也可慷慨任气，不一定在乱离中。盛唐太平景象与建安乱离景象自有天渊之别，但由于政治、经济的安定、繁荣，民族自信心空前高涨与人才在新历史时期的解放，又使盛唐人舍弃建安时代那种感伤乱世的具体内容，而高扬"慷慨陈志"的才情，"慷慨以任气"，高唱饱含时代、民族、个人高昂情绪的"气骨"。殷氏之所以于"气骨"之外又标举一"气来"，正是要强调以"志"为内在力感发出劲健风格这一过程本身。《河岳英灵集》卷中评储光羲诗云："格高调逸，趣远情深，削尽常言，挟风雅之迹，浩然之气。"又云："璠尝睹公（指储光羲）正论十五卷，九经外义疏二十卷，言博理当，实可谓经国之大才。"由深远的志趣，形成诗的语言，表现为高逸的格调，这就是由志到气的"气来"。殷氏又将储与王昌龄相比，说："王稍声峻"。这也是从"气来"立论的。也就是说，王诗流露的"志"要比储作强烈些。从所举例子看，王句有："明堂坐天子，月朔朝诸侯"、"奸雄乃得志，遂使群心摇"、"一人计不用，万里空萧条"。抒发了士子建功立业的强烈愿望，的确是储作所缺少的。而被评为"骨气兼有"的高适，殷氏称："余所深爱者：'未知肝胆向谁是，令人却忆平原君'。"句中流荡的正是一股不平之气。①

由此看来，无论作者，无论读者，盛唐人都重视创作中那股情志的感发力。我们没有理由漠视当时人自己的意见。至此，我们不妨提出这样的论点：盛唐边塞诗之所以"前不见古人，后不见来者"，有特异的明朗画面与飞动的气势，其主观上的原因就在于盛唐人主要不是为了表现战争而

---

① 以上所论，请参看拙作：《释"神来、气来、情来"说》，上海古籍出版社，1986年版，《古代文学理论研究》第11辑。

写边塞诗；恰恰相反，盛唐边塞诗的成功就在于志不在战争。当"安史之乱"起，唐人陷入了真正的战争时，也就失去了"边塞诗派"。不妨说，边塞诗是盛唐人"负气而行"的人格力量借助于艰苦的边塞生活的一种顽强的表现。

总体说来，盛唐边塞诗不注重战争场面的正面描绘。典型如高适《睢阳酬别畅大判官》，前半极写畅大的气概与对边塞之神往："言及沙漠事，益令胡马骄。"接写战事云：

> 诸将出冷陉，连营济石桥。
> 酋豪尽俘馘，子弟输征徭。
> 边庭绝刁斗，战地成渔樵，
> 榆关夜不扃，塞口长萧萧。

未及写两军接触，已现战后图景。岑参边塞名篇《走马川行奉送出师西征》云："虏骑闻之应胆慑，料知短兵不敢接。"《北庭西郊候封大夫受降回军献上》云："甲兵未得战，降虏来如归。"更有无名氏《西鄙人歌》云："北斗七星高，哥舒夜带刀。至今窥牧马，不敢过临洮。"真是"不战而胜上之上"。所以重要的不在战，在军威：

> 登车一呼风雷动，遥震阴山撼巍巍。
> （万齐融《仗剑行》）
> 上将拥旄西出征，平明吹笛大军行。
> 四边伐鼓雪海涌，三军大呼阴山动！
> （岑参《轮台歌奉送封大夫出师西征》）
> 大将军出战，白日暗榆关。
> 三面黄金甲，单于破胆还。（王昌龄《从军行》）

因此诗人们往往着力于"蓄势"，甚至于风恬雨霁处见力度。如祖咏《望蓟门》云："万里寒光生积雪，三边曙色动危旌。"而王维《凉州赛神》则云：

> 凉州城外少行人，百尺峰头望虏尘。
> 健儿击鼓吹羌笛，共赛城东越骑神。

这里没有发生战事，但"虏骑"在望，而健儿犹从容赛神。这正应着了尼采所谓"最高的强力感集中在古典范型之中。拙于反应，一种高度的自信，无争斗之感"①再看岑参《灭胡曲》：

> 都护新灭胡，士马气亦粗。
> 萧条虏尘净，突兀天山孤。

没有崩沙走石，唯有一片明净。然而士气已化为可视之景，"孤"字有不可移易的厚重感。诚如许学夷《诗源辩体》卷一五所称："若高岑豪荡感激，则又以气象胜。"

然而诗人们更感兴趣的似乎还不在"军威"与"气象"，而在乎个体的气质：

> 一身能擘两雕弧，虏骑千重只似无。
> 偏坐金鞍调白羽，纷纷射杀五单于。
>
> （王维《少年行》）

甚至还不在乎气质，而在乎这种气质所焕发出逼人的气势：

> 愿骑单马伏天威，捋取长绳缚虏归。
> 仗剑遥叱路傍子，匈奴头血溅君衣！
>
> （万齐融《仗剑行》）
>
> 送君一醉天山郭，正见夕阳海边落。
> 柏台霜威寒逼人，热海炎气为之薄。
>
> （岑参《热海行送崔侍御还京》）

---

① 见周国平译《悲剧的诞生》，三联书店版，页349。

看来，边塞题材之所以引起盛唐人的极大兴趣，还在于它能成功地体现一个人的意气。边塞诗问题，归根结底还是人才问题。上一节提及魏晋因"九品中正"制促成"魏晋风度"，唐人则因心存平步青云之梦故特重意气，亦于此可见。这样的例证俯拾皆是。

> 儒服揖诸将，雄谋吞大荒。
>
> 金门来见谒，朱绂生辉光。
>
> 数年侍御史，稍迁尚书郎。
>
> 人生志气立，所贵功业昌。
>
> 何必守章句，终年事铅黄。
>
> 同时献赋客，尚在东陵旁。（陶翰《赠郑员外》）

这便是唐代士子从军的如意算盘。于是有说"功名只向马上取，真是英雄一丈夫"的，有说"丈夫赌命报天子，当斩胡头衣锦回"的，还有从反面说"悔教夫婿觅封侯"的，不一而足，但都不讳言意在功名。正因为对边塞心存幻想，所以边塞生活在他们眼中是那么开阔，那么豪迈，那么吸引人：

> 金笳吹朔雪，铁马嘶云水。
>
> 帐下饮蒲萄，平生寸心是！（李颀《塞下曲》）
>
> 九月天山风似刀，城南猎马缩寒毛。
>
> 将军纵博场场胜，赌得单于貂鼠袍。
>
> （岑参《赵将军歌》）

陈铁民《岑参集校注·前言》[1] 指出：岑参两度出塞，第一次在安西，情绪不十分高昂，第二次在北庭，情绪较开朗和昂扬，那些豪气横溢的七言歌行都创作于此期。可见同一边塞生活，在不同情绪下同一人手中也会有不同的处理与效果。王夫之《薑斋诗话》云："烟云泉石，花鸟苔林，金铺锦帐，寓意则灵。"作者之心灵乃是诗家魔杖，不但朔风飞雪可

---

① 陈铁民：《岑参集校注》前言，上海古籍出版社 2004 年版。

点化为"千树万树梨花开",荒漠枯寂也可幻化出诗情画意。如岑参作于北庭的《玉门关盖将军歌》,不写战事,只写奢华的将军生活。然而诗人意并不在揭露,而是以饮酒、美女、纵博、打猎的豪华场面交织出一幅五彩缤纷的边塞图①。"男儿一片气"横扫了千古边塞题材中积存的阴霾,焕发出盛唐边塞诗的理想主义的亮色。有了这点亮色,则无往而非开阔与明朗:

> 琵琶起舞换新声,总是关山旧别情。
> 撩乱边愁听不尽,高高秋月照长城。
> （王昌龄《从军行》）

没有这点亮色,也就失去盛唐边塞诗。去盛唐不远的戎昱,其《塞下曲》云:"将军领疲兵,欲入古塞门。回头指阴山,杀气成黄云。"已是春温入于秋肃了。

固然,"气"非盛唐所独有,但盛唐之气有独到处。建安多志士,其作多悲壮凄凉,曹植《送应氏》有云:"气结不能言",言之则如闷雷;南宋多烈士,所作多"壮怀激烈",其气促;唯盛唐多豪士,"男儿一片气",其气舒,其气畅,似长笛手善一气呵成,故盛气中更添一分开朗。

## 边风侠骨

王维《陇头吟》云:"长安少年游侠客,夜上戍楼看太白。"算是写尽游侠少年对边塞的向往之情。既然意气功业对唐人有如是之吸引力,那么将负气而行的侠客形象与建功立业的边塞生活相结合,自是诗人乐于采用的形式了。且看崔颢《古游侠呈军中诸将》:

> 少年负胆气,好勇复知机。
> 仗剑出门去,孤城逢合围。

---

① 原诗见上引书第165页。

> 杀人辽水上，走马渔阳归。
>
> 错落金锁甲，蒙茸貂鼠衣。
>
> 还家且行猎，弓矢速如飞。
>
> 地迥鹰犬疾，草深狐兔肥。
>
> 腰间带两绶，转盼生光辉。
>
> 顾谓今日战，何如随建威。

《河岳英灵集》有段评语，抄如下：

> 颢年少为诗，名陷轻薄，晚节忽变常体，风骨凛然。一窥塞垣，说尽戎旅。至如"杀人辽水上，走马渔阳归。错落金锁甲……"可与鲍照并驱也。

作者与论者都认为边塞加侠客更显得风骨凛然。从《全唐诗》所收盛唐时期的边塞诗看来，让游侠出塞的写法已相当普遍。从这个角度说，最得盛唐边塞诗神髓的不是李颀，不是高适，甚至也不是岑参，而是李白。他将任侠精神注入边塞诗，使之须眉皆动，连云走风。试读《行行且游猎篇》：

> 边城儿，生年不读一字书，但知游猎夸轻趫。
>
> 胡马秋肥宜白草，骑来蹑影何矜骄。
>
> 金鞭拂雪挥鸣鞘，半酣呼鹰出远郊。
>
> 弓弯满月不虚发，双鸧迸落连飞髇。
>
> 海边观者皆辟易，猛气英风振沙碛。
>
> 儒生不及游侠人，白首下帷复何益！

边风、侠骨、意气、功业，一喷而出。再读《白马篇》：

> 龙马花雪毛，金鞍五陵豪。
>
> 秋霜切玉剑，落日明珠袍。
>
> 斗鸡事万乘，轩盖一何高？

弓摧南山虎，手接太行猱。

酒后竞风采，三杯弄宝刀。

杀人如剪草，剧孟同游遨。

发愤去函谷，从军向临洮。

叱咤经百战，匈奴尽奔逃。

归来使酒气，未肯拜萧曹。

羞入原宪室，荒径隐蓬蒿。

也无侠客，也无边塞，直是"一片气"耳。如上节所论，唐人从求仕出发而走科举、隐逸、从军诸多途径。然而，科举使人愈陷愈深，往往成为这一制度的附属物而不能自拔（宋以后更可看清楚）；隐逸则易使人消沉，从"独善"走向"明哲保身"；唯从军一途颇特殊。从军本为建功立业，但因特重意气，特别是侠客精神的注入，使之成为人生的一种原则，一种品格，一种追求，事情便有了变化——功业成为意气的表现，意气是第一义的。也就是说，手段翻成目的，英雄主义使个体从功利主义跳出：

闻道羽书急，单于寇井陉。

气高轻赴难，谁顾燕山铭！

（王昌龄《少年行》）

决胜方求敌，衔恩本轻死。

萧萧牧马鸣，中夜拔剑起。

（刘庭琦《从军》）

孰知不向边庭苦，纵死犹闻侠骨香！

（王维《少年行》）

爱国主义、英雄主义与侠客精神无间的结合产生一股一往无前的气势。"酒神精神"也罢，"浮士德型"也罢，"强力意志"也罢，人类心灵中的确存活着一种不断进取，不断求发展，甚至不顾牺牲生命的能动性。边塞诗正体现了这种生命的冲动。在盛唐，这种个体的冲动是与国力的强盛、民族自信心的高涨融为一体的。尼采在《强力意志》第 852 节中说:"美"的判断是否成立和缘何成立,这是(一个人的或一个民族的)力量的问题。又说:"对可疑的和可怕的事物偏爱是有力量的征象,对漂亮的和纤巧的事物的喜好则是衰弱和审慎的征象。"① 作为审美特征,盛唐边塞诗正是善于因难因险见奇气,在摧陷之中见力度。

首先是"偏向虎山行"乃至"笑一切悲剧"的态度:

> 独负山西勇,谁当塞下名?
> 死生辽海战,雨雪蓟门行。
>
> (卢象《杂诗》)

> 马走碎石中,四蹄皆血流。
> 万里奉王事,一身无所求。
> 也知塞垣苦,岂为妻子谋。
>
> (岑参《初过陇山途中呈宇文判官》)

显然,唐人对现实中的战争头脑是清醒的。所以主张抑边功的名相张说一面说"胜敌在安人,为君汗青史"(《送李侍郎迥秀薛长史季昶同赋得水字》)②,一面又高唱:"少年胆气凌云,共许骁雄出群。匹马城西挑战,单刀蓟北从军"(《破阵乐》);而好写豪侠出塞"杀人如剪草"(《白马篇》)的李白,也会说"乃知兵者是凶器,圣人不得已而用之"(《战城南》)。一浪漫一写实,有时还会同时出现在一首诗中。如王翰《饮马长城窟行》,前半写"一生唯羡执金吾"的长安侠少出塞立功,后半则写"归来饮马长城窟,长城道傍多白骨",坠回现实,转谈治国安民的大道理。因此,看盛唐边塞诗往往要有双视角。试读高适《燕歌行》,一面高唱"男儿本自重横行",所以极写其斗志:"大漠穷秋塞草腓,孤城落日斗兵稀,身当恩遇常轻敌,力尽关山未解围","相看白刃血纷纷,死节从来岂顾勋?"另一面又对征人抱同情:"铁衣远戍辛勤久,玉筋应啼别离后,少妇城南欲断肠,征人蓟北空回首!"从而发出"君不见沙场征战

---

① 尼采:《悲剧的诞生》,周国平译,三联书店,1986 年版,第 383 页
② 《资治通鉴》卷 212,玄宗开元十年条载,边兵 60 万,张说以时无强寇,奏罢二十余万使还农。且曰:"若御敌制胜,不必多拥冗卒以妨农务。"张说抑边功由此可见。

苦，至今犹忆李将军"的呼吁。两种感情交错，产生一种矛盾复杂的情绪与悲壮的风格，名句"战士军前半死生，美人帐下犹歌舞"就在两种感情的交汇处产生，既表现了对战士的同情，对将军不恤士卒的批判，又表现了"天子非常赐颜色"的将军在"胡骑凭陵杂风雨"形势下的镇定自若。后者往往为鉴赏者所忽视，但它却是盛唐人重要的表现手法之一。"去时三十万，独自还长安。不信沙场苦，君着刀箭瘢。"王昌龄《代扶风主人答》初看颇类杜甫《兵车行》、白居易《新丰折臂翁》，但细读前有"长铗谁能弹"，后有"老马思伏枥，长鸣力已殚。少年与运会，何事发悲端"，乃知诗人作意仍在意气功业，不避悲剧正为见其豪情①。置于《河岳英灵集》卷首的常建《王将军墓》云："嫖姚北伐时，深入强千里。战余落日黄，军败鼓声死！尝闻汉飞将，可夺单于垒。今与山鬼邻，残兵哭辽水。"被殷璠评为"一篇尽善，属思既苦，词亦警绝"。这就是盛唐人的审美趣味。李颀《古意》写男儿"杀人莫敢前，须如猬毛磔"，但衬以辽东少妇之琵琶："使我三军泪如雨"；似乎"悲"乃是"感激多气"题中应有之义。因此，盛唐边塞诗常将主人公置于危境乃至绝境之中：

> 胡马秋正肥，相邀夜合围。
> 战酣烽火灭，路断救兵稀。
> 　　　（袁瓘《鸿门行》）
> 十里一走马，五里一扬鞭。
> 都护军书至，匈奴围酒泉。
> 关山正飞雪，烽戍断无烟。
> 　　　（王维《陇西行》）

绝境并非绝望。绝境中不会绝望，才见英雄本色。殷遥《塞上》云："马色经寒惨，鹃声带晚悲。将军正闲暇，留客换新声。"从容于艰苦环境之中，因难因险见奇气，乃是盛唐边塞诗人之心理。如果一定要我指定一首盛唐边塞诗的"压卷"之作，那我就选这一首：

---

①　原诗请见《全唐诗》卷140。

葡萄美酒夜光杯，欲饮琵琶马上催。

醉卧沙场君莫笑，古来征战几人回！

（王翰《凉州词》）

（原载《兰州师专学报》，1992 年第 1 期）

# "布衣感"新论

有学术积累，才有切实的学术进步。对某些重要的学术问题不断地进行反思、再认识，是学术积累的有效方法。林庚先生在《诗人李白》中提出的"布衣感"①，就是一个有必要作再认识的重要的学术课题。说它重要，是因为它触及了中国古典文学研究中必须面对且具有普遍意义的一个问题：什么是中国古典文学中的"民主性精华"？尤其是这种民主性精华在特定的历史情景中又是以什么样的特殊形态出现的？林庚论析李白的"布衣感"，寓虚于实，在这一问题上为后人开启了新思路，起予良多。

一

如果我们换个角度，不是直接从文学与"开明政治"、"让步政策"之类的因果关系去寻求"民主性"，而是从人的基本属性即人的社会属性与自然属性的矛盾互动关系中去思考问题，也许我们会更容易理解林庚所谓"布衣感"的深刻意义。

萧涤非先生曾用人道主义释杜诗，但并非从西方的定义出发，"而是从它的一般含义，从它的带有普遍性的尊重人、爱护人的总的精神出发来借用它。"② 萧先生认为这种思想在我国古代有其特殊形态，并形成传统，如孔子的"仁者爱人"，墨子的"兼爱"，张载的"民胞物与"等等，都是这一思想的继续与发展。在杜甫，这种精神不但几乎贯串于生活的各个

---

① 原载《光明日报》1954年10月17日《文学遗产》第25期，紧接着该栏目第26期又发表了陈贻焮《关于李白的讨论——北京大学中文系古典文学教研室会议记录》一文，可参看。本文用林庚著《诗人李白》，上海古籍出版社2000年新1版，下引只注页码。

② 萧涤非：《杜甫研究》（修订本），齐鲁书社1980版，再版前言，第3页。

方面，体现了杜甫个性中强烈的社会属性，而且典型地体现为与忠君思想的交织。杜甫《壮游》诗云："上感九庙焚，下悯万民疮"。忠君、爱国、济民，杜甫是视为一体的。诚如萧先生所说：

> 如杜甫诗"时危思报主"之与"济时肯杀身"，"日夕思朝廷"之与"穷年忧黎元"，便都是明显的例证。"报主"之中有"济时"，"济时"之中也有"报主"；"思朝廷"是为了"忧黎元"，"忧黎元"所以就得"思朝廷"。①

这就是古代人道主义在杜甫诗中特殊的表现形式，也是特定历史时期的产物。而林庚的《诗人李白》则相反相成地从人性的另一个侧面切入，即从"社会化"了的人对自然的回归，从李白对个性解放、精神自由的热烈追求方面着手，去揭示特定历史情景中"民主性"的特殊形态。

盛唐，无疑是中国古代史中非常独特的篇章。就人才环境而言，可以说是让士子充满梦想的时代。由于斯时六朝士族的瓦解（虽然他们仍是唐人企羡的对象），"九品中正"用人制度日渐为科举制所取代，其时仕出多途，无论士、庶都有机会在仕途奔竞中"浮出水面"。如马周、魏元忠、姚崇、郭元振、张九龄等等，我们不难从正史中列出一份长长的名单，来说明其时"布衣干政，平步青云"已不是什么天方夜谭。正因其如此，其时的"布衣"成了士族与庶族兴衰交替期的一个特殊符号。士子以骄傲的口吻自报家门："臣本布衣！"凸显的已不再是血缘婚宦的世资，而是自身的才能与"道义"，同时也暗示了其中巨大的势能："傲俗宜纱帽，干时倚布衣"。（刘长卿《南湖送徐二十七西上》，《全唐诗》卷148）是社会价值观的转变助长了"布衣的骄傲"，抬高了布衣的身价。杜甫《送从弟亚赴河西判官》诗云："帝曰大布衣，借卿佐元帅。"（《杜诗详注》卷5）《杜臆》称："大布衣，不知所出，岂谓亚乃布衣中非常者耶？"（卷2）杜甫只是摹拟皇帝的口气，并非用典，不过也还是有典可依：《史记·游侠列传》记卫将军为游侠郭解说情，汉武帝曰："布衣权

---

① 同上书，再版前言，第10页。

致使将军为言，此其家不贫。"其中已寓"布衣中非常者"的意思，只不过汉武帝将郭解视为"侠以武犯禁"的典型，终于借手用"布衣为任侠行权"的罪名杀之。至唐明皇见李白，却道："卿是布衣，名为朕知，非素蓄道义何以及此？"（李阳冰《唐李翰林草堂集序》，《全唐文》卷437）明皇口中的"布衣"，已是带尊崇的口吻，"大布衣"三字呼之欲出。故后来的杜甫以此拟皇帝口吻，并不为过。值得注意的是，皇帝的这种意识是与长期以来舆论的诱导有关的。褚遂良《论房玄龄不宜斥逐疏》称："陛下昔在布衣，心怀拯溺，手提轻剑，仗义而起。"（《全唐文》卷149）而谢偃《惟皇诚德赋序》称："勿忘潜龙之初，常怀布衣之始。"（《全唐文》卷156）他们一方面用"布衣之始"提醒帝王不要"忘本"；另一方面又将重用"布衣"与"治乱"相联系。吴师道《对贤良方正策第一道》称："诚愿察洗帻布衣之士，任以台衡，擢委金让玉之夫，居其令守：则俗忘贪鄙，吏洁冰霜矣！"（《全唐文》卷260）房琯《上张燕公书》则云："尝闻既往布衣之士，亦贱者也，而一人之下，三公崇之，将欲分其贤愚而系其理乱。"（《全唐文》卷332）无论如何，在盛唐这一特定的历史时期，"布衣"有其特殊的地位与含义。

布衣，在唐其实只是一个尚未凝定的社会角色。在这一笼统的称谓下，隐藏着时尚的隐者、道教徒、侠客的多种行为模式。这些行为模式之间存在着很大的差异性，在特殊的历史条件下却有一个共同的指向——强调士子个体的尊严与使命感。其中萌发的新人格理想，对传统的社会价值体系造成了某种程度的冲击，李白为其典型。晚清敏感的诗人龚自珍已觉察其中的玄机，乃曰：

> 庄、屈实二。不可以并，并之以为心，自白始。儒、仙、侠实三，不可以合，合之以为气，又自白始也。（《龚自珍全集》第三辑，〈最录李白集〉）

诸家之所以"不可以合"，说到底是由于诸家对人性的理解各有偏至，也因此合之则两美。这就是今人常说的"儒道互补"：儒家偏重人的社会属性，提倡伦常秩序，却忽略个体的独立存在；道家偏重人的自然属性，维护个体的独立人格，追求精神自由，却于社会关怀不足，所以二者能形成"互补"。然而必须明了这种"互补"只是后人的认识，并非二家的自觉。尤其是道家，往往力图挣脱人伦政治之网，事实上是一股离心力，成为历代"异端"手中的利器。就这一角度讲，与其称"互补"，毋宁称"张力"。二者间的张力正是士大夫内心的平衡器。

现象大于概念。在现实中，各种思潮都会以其独特的形态介入"儒道互补"。龚氏将儒、道、仙、侠、骚一并列入，形成多角关系，显然更切近盛唐"多元并存"的历史语境，而既指出诸家"不可以并"、"不可以合"的对抗性，又指出其"并之以为心"、"合之以为气"的可能性，则又切中李太白之为李太白的个性与典型性。

问题是如何"并"？如何"合"？

待到林庚拈出"布衣感"三字来，这才触及整合的关键。

## 二

有一种说法是：个性和主体性价值观与中国文化传统无缘。固然，中国古代未曾拥有过产生于近代西方文化的那种价值体系，然而它也并非只是西方文化的"专利"。在中国古代它自有其特殊的表现形态，如与古代人道主义形影相随的人格意识、"个性解放"的追求，则不绝如缕地展现在中国历史的长空。其中，盛唐布衣的"在野心态"也曾幻化出绚丽的霞光。

《诗人李白》在"李白的布衣感"一节中指出：布衣传统上是指中下层有政治抱负的知识分子说的。"有政治抱负"是"布衣感"的前提，而布衣从政的政治资本就是"对于统治阶级保持着对抗性的身份"。（第11页）这种身份便是布衣的"在野"身份，隐士为其典型。

历代隐者，自巢父、许由直到孙登、陶渊明，这种"对抗性"体现为"不合作"的态度。至若初盛唐，情况有了变化，隐逸动机已由"藏声"一变为"扬名"。虽然司马承祯曾用"终南捷径"不无讽刺地揭示了新时期隐居的新功能①，然而它仍有其正面的意义。王昌龄《上李侍郎

---

① 参看陈贻焮《唐代某些知识分子隐逸求仙的政治目的》，见《李白研究论文集》，中华书局1964年版。

书》云：

> 昌龄岂不解置身青山，俯饮白水，饱于道义，然后谒王公大人，以希大遇哉？（《全唐文》卷331）

如与上引唐明皇谓李白"卿是布衣，名为朕知，非素蓄道义，何以及此"云云对读，则可以明白："道义"正是二者间的默契①许多士子入仕前都有过隐居的经历，正是由于它与"道义"相联系，保留了士子部分的主体性与尊严，从而避免科举干谒的许多屈辱，且更多地保留了"新鲜的布衣感"，成为这些"有政治抱负"的士子入仕的热门选择之一。然而隐士的"对抗性"也因此由"不合作"转向"如何合作"，关注点移至争取个体的相对独立性，因而"隐士"身份并不重要，重要的是其中的"在野心态"。无论隐或仕，都要尽力保持这种心态，这种距离感。元结《谕友》有云：

> 天宝丁亥（748）中，诏征天下士。人有一艺者，皆得诣京师就选。相国晋公林甫，以草野之士猥多，恐泄漏当时之机……已而布衣之士无有第者。遂表贺人主，以为野无遗贤。元子时在举中，将东归。乡人有苦贫贱者，欲留长安，依托时权，徘徊相谋。因谕之曰："昔世已来，共尚丘园洁白之士，盖为其能外独自全，不和不就。饥寒切之，不为劳苦，自守穷贱，甘心不辞。忽天子有命，聘之元缥束帛，以先意为荐论，拥篲以导道，欲有所问，如咨师傅。听其言则可为规戒，考其行则可为师范，用其财则可为经济，与之权位，乃社稷之臣。君能忘此而欲随逐驽骀，入栈枥中，食下厩蕡藙，为人后骑负皁隶受鞭策耶？"（《全唐文》卷383）

元结可谓将布衣之士的人格理想和盘托出。这种人格理想的核心就

---

① 《旧唐书·李泌传》亦载唐肃宗谓李泌曰："卿当上皇天宝中，为朕师友，下判广平王行军，朕父子三人，资卿道义。"李泌是肃宗当太子时的布衣交，后潜通名山习隐。在唐肃宗灵武即位的关键时刻来辅助肃宗平叛，"道义"二字不是门面话可知。

是："能外独自全，不和不就"，让当权者"如咨师傅"，取得与君权"分庭抗礼"的特殊地位。这种人格理想颇符合李白"不屈己，不干人"的入世原则。更由于道教徒、神仙家在唐与朝廷攀上了"本家"，所以"若想在政治上容易出头，最好是一身兼备此二重身份"，"这就无怪乎当时山林隐逸多是道家、道士，无怪乎李白既隐逸山林又四处求仙访道了。"①

由仙、隐入仕在当时绝不是异想天开，至少张镐、李泌是因此而如愿以偿的。杜甫《洗兵行》称："张公一生江海客，身长九尺须眉苍。征起适遇风云会，扶颠始知筹策良。"（《杜诗详注》卷6）张公指张镐。《旧唐书》本传，载其"性嗜酒，好琴，常置座右。公卿或有邀之者，镐杖策径往，求醉而已"。游京师则"端居一室，不交世务"，由布衣见召，"三年致位宰相"。入仕后仍"为人简谈，不事中要"，但"多识大体，故天下具瞻"，是位充满"新鲜的布衣感"的人物。

李泌更具传奇色彩。《旧唐书》本传，载其以神童与太子李亨为布衣交，因杨国忠忌才，奏泌尝为《感遇诗》讽刺时政，乃潜遁名山习隐。后李亨在灵武即位为唐肃宗，泌乃冒难赴行在，为肃宗所重，"动皆顾问"。然而李泌仍自称"山人"，因辞官秩，以布衣干政而"权逾宰相"。李泌后来多次受谗处危险境地，都能以仙、隐化解之。李白《赠崔司户文昆季》诗云："攀龙九天上，忝列岁星臣。布衣侍丹墀，密勿草丝纶。才微惠渥重，谗巧生缁磷。"（詹锳主编《李白全集校注汇释集评》卷9，下引只注卷数）二李经历有可比性，但李泌操弄仙隐远比李白高明。历史学家范文澜曾这样评述李泌：

> 李泌是唐中期特殊环境中产生出来的特殊人物。他经历唐肃宗、唐代宗、唐德宗三朝，君主尽管猜忌昏庸，他都有所补救贡献，奸佞尽管妒嫉加害，他总用智术避免祸患，他处乱世的主要方法，一是不求做官，以皇帝的宾友自居，这样，进退便比较自如；二是公开讲神仙、怪异，以世外之人自居，这样，不同于流俗的淡泊生活便无可非议。统治阶级争夺的焦点所在，不外名与利二事，李泌自觉地避开祸端来扶助唐朝，可称为封建时代表现非常特殊的

---

① 见《李白研究论文集》，中华书局1964年版，第400页。

忠臣和智士。①

　　如果李白也获得成功，也许是另一个李泌。然而，李白不会成功。因为他的"布衣感"带有更多的侠气，更突出的是独立、自由的精神，而不是明哲保身。

　　任侠之风于唐特盛，究其原因，诚如陈伯海《唐诗学引论》所指出："一是唐承隋后建立起大一统封建王朝，北方少数民族游牧而尚武的习气，被吸纳到唐代社会生活中来，构成唐文化的一个因子，给游侠传统增添了新的血液。二是唐代商品经济兴盛，都市繁荣，这正是孳生游侠活动的温床，为唐人任侠提供了现实的根据。②"它与唐士大夫文人讲意气、张扬个性可谓一拍即合。事实上游侠精神在唐已经与儒、道、释一起，成为唐人重要的精神资源，而这种新资源对李白更具特殊的意义。试读李白《嘲鲁儒》诗：

　　　　鲁叟谈五经，白发死章句。问以经济策，茫如坠烟雾。
　　　　足著远游履，首戴方头巾。缓步从直道，未行先起尘。
　　　　秦家丞相府，不重褒衣人。君非叔孙通，与我本殊论。
　　　　时事且未达，归耕汶水滨。（卷23）

　　于俗儒，李白则不惜冒天下之大不韪，对"焚书坑儒"的"秦家"表示理解，于叔孙通一类"知当时要务"的"时儒"，李白则引为同类。这无异于对传统观念的一种颠覆。基于此，再读《侠客行》：

　　　　赵客缦胡缨，吴钩霜雪明。银鞍照白马，飒沓如流星。
　　　　十步杀一人，千里不留行。事了拂衣去，深藏身与名。……
　　　　三杯吐然诺，五岳倒为轻。眼花耳热后，意气素霓生。
　　　　救赵挥金锤，邯郸先震惊。千秋二壮士，烜赫大梁城。
　　　　纵死侠骨香，不惭世上英。谁能书阁下，白首《太玄经》？（卷3）

① 范文澜：《中国通史简编》第三编第一册，人民出版社1965年版，第137—138页。
② 陈伯海《唐诗学引论》，知识出版社1988年版，第59页。

李白有取于侠者二：一是"言必行，行必果"、重义轻生的英雄主义与践履能力；二是功成弗居、不耽利禄的情操。二者恰好是对"坐而论道"、官瘾太重的儒学末流的矫正，也是对隐者"明哲保身"的反拨。李白正是以侠的精神排除了儒士迂阔的一面，而保留其弘毅济世之志，又以侠的精神排除"仙"（隐）明哲保身、逃避现实的一面，而弘扬其对独立人格与精神自由之追求。二者反过来又提升了侠的人格，赋予全新的时代内涵。事实上李白最推崇的侠客不是聂政、郭解者流，而是"义不帝秦"有纵横家、游士气质的鲁仲连①。其侠气不在"十步杀一人"，而在乎强烈的社会责任感与巨大的行动能力，及其凛然威武不能屈的大气。鲁仲连被理想化的"侠"的精神，才是李白儒、仙（道）、侠合一的"布衣感"灵魂之所在。

## 三

"赐金还山"与"从永王璘"是李白平生从政的两大事件。对后者，《蔡宽夫诗话》曾这样评议：

> 太白之从永王璘，世颇疑之。……然太白岂从人为乱者哉？盖其学本出从横，以气侠自任，当中原扰攘时，欲借之以立奇功耳。……议者或责以璘之猖獗，而欲仰以立事，不能如孔巢父、萧颖士察于未萌，斯可矣；若其志，亦可哀已。（《苕溪渔隐丛话前集》卷5）

无论是隐者孔巢父，还是儒者萧颖士，以及有侠客倾向的高适，都熟悉礼治伦理秩序的游戏规则，不难对永王璘"不臣"的用心"察于未萌"。唯有"戏万乘若僚友"，纵观百家奇书深受"异端"影响的李白，才会偏离"正统"，把握不准"君尊臣卑"这个"度"。他甚至将朝廷平叛战争视同"原尝春陵六国时"（《扶风豪士歌》，卷7），也就猜不透肃

---

① 李白《赠宣城宇文太守兼呈崔侍御》诗云："岂慥广成子，倜傥鲁仲连。卓绝二公外，丹心无间然。"鲁仲连在李白心目中有特殊的地位可见。

宗皇帝对"友于兄弟"的深刻用心，造成从政的大失败。难怪后人要叹曰："其志亦可哀已！"对李太白而言，个体的自由发展乃是第一义的。诚如薛天纬教授对"赐金还山"一事所做的精辟分析：

> 当李白意识到坚持精神自由与实现功业理想之间不可调和的矛盾时，最终做出了上疏请还的决定。建功立业是人性所需，精神自由也是人性所需，在人性的天平上权衡得失，李白选择了后者①。

如果说杜甫的爱国济民的社会责任感是与"善"相联系，并与其忠君思想相交织的，那么李白的爱国济民的社会责任感则更多地与"真"相联系，其"建功立业"是以保留个体人格独立与精神自由为条件的。在中国漫长的封建专制社会中，这一选择尤其难得。李白所坚持的，正是封建专制社会所匮乏的。

李白的人格理想，上承"魏晋风度"，又带有本质性的改变。魏晋"人的自觉"无疑是对礼治伦理秩序的一种冲击，其"自觉"偏向"社会化"了的人对自然的回归。如玄学家郭象注《庄子·齐物论》"夫吹万不同而使其自己也"，乃云："我既不能生物，物亦不能生我，则我自然矣。自己而然，则谓之天然。"这种"独化"的自然观已蕴含着强调个体独立存在的意味，是为李白与"魏晋风度"的衔接处。然而，在士族占统治地位的历史时期，士人并未"自觉"从家族伦理之网中挣脱出来，反而是逃进家族小圈子以躲避政治，使得这种"自觉"流于玄学的空谈。李白则紧紧抓住庄子哲学关注个体存在的人格独立与精神自由这一核心，在思想较为开放的新历史时期，借助"布衣"这一特殊的社会角色，将仙（隐）、儒、侠"合之以为气"，让人格独立与社会关怀结合起来，"情志合一"，建构一种健全的理想人格。龚自珍所谓将庄、屈"并之以为心"，正是对这种健全的理想人格形象的表述。屈原将社会责任感化为对宗国沉挚之爱而不惜以死殉，庄子则将对个体人格独立与精神自由的追求化作宇宙生命的本体意识超然乎名利生死。二者并之以为心，便是人格独立与社

---

① 薛天纬：《李太白论》，太白文艺出版社 2002 年版，第 72 页。下文所引同此，只标页码。

会关怀俱备的健全人性。李白乃以此"大写"的人出现在盛唐之世，是特定历史时期昙花一现的奇特景观。所以上引薛文又接着说：

> 李白与玄宗的关系，是一种很人性化的、很有民主意味的特殊关系。我们可以举出许多封建时代帝王与臣子相知相与的例子，但都是建立在政治利益的基础上。发生在李白与玄宗之间的故事，则是围绕着李白的人生理想而展开，有一种超政治、超功利的美好诗意，体现了大唐盛世特有的人文精神（页73）。

是的，大唐盛世以其多向发展的可能性给后人以无限的遐思。然而我们不无遗憾地看到：盛唐多元和谐的本质只是包容，并非融通。南北胡汉，儒道释侠，多种文化与思想共存并未创化出新型的文化与思想体系，使之成为颠覆旧传统的支点。难怪有学者会感叹："平庸的盛世！"虽然李白的个性解放对人的主体性认识尚未上升为普遍的价值观，所借以整合儒仙侠的"布衣感"也只是一种感性的东西，但李白毕竟感受到一个大时代新生命的跃动，并将多元文化思想的融通、整合付诸实践。"五四"时期的鲁迅在其《摩罗诗力说》中盛赞拜伦曰：

> 故其平生，如狂涛如厉风，举一切伪饰陋习，悉与荡涤，瞻顾前后，素所不知；精神郁勃，莫可制抑，力战而毙，亦必自救其精神；不克厥敌，战则不止。而复率真行诚，无所讳掩，谓世之毁誉褒贬是非善恶，皆缘习俗而非诚，因悉措而不理也[①]。

不意西方之拜伦与东方之李白相似乃尔。既然拜伦可以成为创构中国现代新型人格的一种精神资源，那么我们就没有理由忽视李白的"布衣感"，这是一种更为亲近的精神资源！从某种意义上讲，他比杜甫更接近现代的中国人。

---

① 《鲁迅全集》第1册，人民文学出版社1980年版，第81—82页。

# 四

李白对健全人格的追求，在政治思想史上或许只是划过夜空的一颗流星，但在文学史上却是一颗璀璨的恒星。在文学创作中，他得以自我实现。

布克哈特在其名著《意大利文艺复兴时期的文化》第四篇"世界的发现和人的发现"中认为：文艺复兴时代的意大利人不但发现了世界，还发现了自己①。宗白华在其名著《美学散步》中也指出："晋人向外发现了自然，向内发现了自己的深情②。"经验表明，人性的发现与自然美的发现，二者之间有着某种必然的联系。美感是在人的认识与客体双向建构的实践过程中发生的。人的情感结构在这一过程中不断调整，使主观的合规律性与客观的合目的性取得某种和谐，真与美取得某种对应，这正是"比兴"的本质。李泽厚曾用格式塔的同构说解释道："自然形式与人的身心结构发生同构反应，便产生审美感受"，而实践为其中介③。李白的理想人格与其创作风格之间的关系，或当循是以求。

最能体现李白理想人格与其创作风格相表里关系的，应是《古风》（其一）所力倡的"清真"：

> 自从建安来，绮丽不足珍。
> 圣代复元古，垂衣贵清真。

所谓"清真"，至少有三层意思：一是如字面上的意义，与崇尚清静无为的政治主张相关联；一是暗指诗歌风格的淳朴自然、明朗刚健，与"清水出芙蓉，天然去雕饰"（《经乱离后天恩流夜郎……》，卷10）有着内在的联系④。还有一层意思，就是指其独立人格与自由精神。《赠宣城宇文太守兼呈崔侍御》诗有云：

---

① ［瑞士］雅各布·布克哈特著，何新译：《意大利文艺复兴时期的文化》，北京，商务印书馆1979年版。

② 宗白华：《美学散步》，上海人民出版社1981年版，第183页。

③ 李泽厚：《美学四讲》，天津社会科学院出版社2002年版，第71页。

④ 参看拙作：《大雅正声》，《文艺理论研究》2006年第5期。

　　白若白鹭鲜，清如清唤蝉。受气有本性，不为外物迁。

　　饮水箕山上，食雪首阳巅。回车避朝歌，掩口去盗泉。

　　岑岣广成子，倜傥鲁仲连。卓绝二公外，丹心无间然。（卷 11）

前四句正是"清真"的形象化。后八句则以一系列典故表白其"本性"，并以广成子、鲁仲连为最高典范。这就表明其"清真"的本性是指向儒、仙、侠合一的人格独立与自由精神，而与本文所论合。

那么，什么样的创作风格才能与"清真"相表里呢？梁启超曾拈出"真率"二字，庶几可以尽之。

真率，乃能清新飘逸。

真率，乃能刚健明朗。

真率，乃能恣肆豪放。

梁启超在《中国韵文里头所表现的感情》一文中极言汉魏六朝民间乐府的"特采"是"极真率而又极深刻"，并指出"李太白刻意学这一体"，还进一步认为这正是盛唐文学成功的总关键：

　　盛唐各大家，为什么能在文学史上占很重的位置呢？他们的价值在能洗却南朝的铅华靡曼，参以优爽真率，却又不是北朝粗犷一路。拿欧洲来比方，好像古代希腊罗马文明；掺入些森林里头日耳曼蛮人色彩，便开辟一个新天地。试举几位代表作家的作品。如李太白的《行路难》（金樽清酒斗十千）……这类作品，不独三百篇、《楚辞》所无，即汉魏晋宋也未曾有。从前虽然有些摹写侠客的诗，但豪迈气概，总不能写得尽致。……所以这种文学，可以说是经过一番民族化合以后，到唐朝才会发生。①

梁氏以"民族化合"为着眼点解释盛唐诗的异彩，独具只眼。异质文化的渗入，往往是传统文化更新的诱因。李白以其卓绝的天资、胡汉相混的家世、纵观百家奇书的知识结构、天马行空般的思维方式、放浪不拘

---

① 梁启超：《饮冰室文集》卷 37。饮冰室合集本。

的个性、充满传奇色彩的经历等，游刃于多种文化之间，遂能超越朋辈得风气之先，从异质文化内部去体认其本质，与之相浃俱化，将多元文化思想内化为一己独特的生活方式，吐为掀雷揭电的李白诗，最典型地体现了盛唐的异彩！这是一个丰富不尽的论题，容另文再议；但无论如何，林庚先生提出的"布衣感"应是我们一个新的出发点。

（原载《文学评论》，2007 年第 6 期）

# 李白歌诗的悲剧精神

历来论者多注重李白诗的飞扬奔放，豪迈乐观，少有人揭示其英雄品格中深刻的悲剧性格，崇高感中强烈的悲剧感。事实上，李白诗整体地深蕴着悲剧精神。

## 醉：生命的体验

千百年来，"太白醉酒"几乎成了李白固定的造型：醉中可见其"把酒问月"的天真，醉中可见其"累月轻王侯"的傲骨……是的，李白醉酒给人的整体印象并非范传正所说的那样："饮酒非嗜其酣乐，取其昏以自富"（《唐左拾遗翰林学士李公新墓碑序》），倒是使人想起自命为"第一个悲剧哲学家"的尼采所谓的"酒神精神"来。在尼采的悲剧观中，"酒神状态是一种痛苦与狂喜交织的癫狂状态。醉是日常生活中的酒神状态。"[①] 尼采对"醉"的定义是：

> 醉：高度的力感，一种通过事物来反映自身的充实和完满的内在冲动。（359 页）

实际上，上引云云，无非是指诗人勇于面对人生，乐于做生命的体验。作为西方的典型，莎士比亚让哈姆莱特在生与死两间徘徊，做大悲大喜的生命体验；而从屈原自投汨罗后，中国士大夫更多的则是将生与死的

---

① 见周国平《悲剧的诞生》译序，三联书店 1987 年版，第 3 页。下引尼采言论咸见该书，只注页码。

两端化为"出"（出仕）与"处"（归隐）的选择，也在两间徘徊，做大悲大喜的生命体验。李白的醉酒，非自我昏秽，而是在出与处的苦闷中"痛苦与狂喜交织的癫狂状态"。李白诗歌独异的魅力往往出于这种状态之中，所以，杜甫会说："李白一斗诗百篇"（《饮中八仙歌》）。

"太白醉酒"与"狂傲"之间的联系，前人发露详矣、尽矣；而与之相对应的李诗艺术上的"夸张"，如果撇开语言修辞的讲究，从文化心理的深层作一取样分析，则未也。然而，恰恰是此种分析能探知"狂傲"与"夸张"二者在"醉"的状态中内在的联系。

尼采认为，在"醉"的状态中，"人出于他自身的丰满而使万物充实：他之所见所愿，在他眼中都膨胀，受压，强大，负荷着过重的力。处于这种状态的人改变事物，直到它们反映了他的强力，——直到它们成为他的完满之反映"。（319—320 页）这位西方哲人无意间道出了"李白式夸张"的真谛——自我膨胀。

"白发三千丈"（《秋浦歌》），当然是想象，但如果泥于形象，就难免有"盘在顶上像个大草圈"的打趣；只有与下句"缘愁似个长"一气通读，这才会将视觉形象移为"愁"的心理形象。也就是说，李白的想象力发端于自我，是其心态的具象。为此，当他快活时，就说："百年三万六千日，一日须倾三百杯"（《襄阳歌》）；当他心有阴霾时，就说："一风三日吹倒山"（《横江词》）；当他要排除郁结时，就说："划却君山好，平铺湘水流"（《陪侍郎叔游洞庭醉后》）；当他发狠时，就说："黄河捧土尚可塞，北风雨雪恨难裁"（《北风行》）。与其说他是在"夸张"，毋宁说他是自我内心在膨胀。有人说他"跌宕自喜"（《诗辨坻》），很准确。李白是个主观性极强的诗人，不但"真力弥满，万象在旁"（《诗品·豪放》），对万象可气指颐使，随心招来挥去；甚至肉体也羁束不了他那颗可以独来独往的心："狂风吹我心，西挂咸阳树"（《金乡送韦八之西京》）；"我寄愁心与明月，随君直到夜郎西"（《闻王昌龄左迁……》）。至此，李白式的夸张已不是一种"手法"，而是一种不以常规为参照，只凭内心那近乎幻觉的真诚感受的表露，是真正的生命的体验。

其实，最能本质地体现这种"跌宕自喜式"（或叫"自我膨胀式"）夸张的，是些整体意象或意境。试读李白《行路难》三首之一：

金樽清酒斗十千，玉盘珍羞直万钱。停杯投箸不能食，拔剑四顾心茫然。欲渡黄河冰塞川，将登太行雪满山。闲来垂钓碧溪上，忽复乘舟梦日边。行路难，行路难，多歧路，今安在？长风破浪会有时，直挂云帆济沧海。①

前人或以为李白此作"全学"鲍照。现将鲍照《拟行路难》抄录二首如下：

泻水置平地，各自东西南北流。人生亦有命，安能行叹复坐愁！酌酒以自宽，举杯断绝歌路难。心非木石岂无感，吞声踯躅不敢言。（其四）

对案不能食，拔剑击柱长叹息。丈夫生世会几时，安能蹀躞垂羽翼？弃置罢官去，还家自休息。朝出与亲辞，暮还在亲侧。弄儿床前戏，看妇机中织。自古圣贤尽贫贱，何况我辈孤且直！（其六）②

二人都面对人生，但鲍照虽有"丈夫生世会几时"的感喟，却在士庶天渊的现实面前有"吞声踯躅不敢言"的万般无奈，而采取了心理学上所谓"退行"的策略："还家自休息"。因此，诗的重点不在"难"的铺叙，而是落在罢官后"弄儿床前戏"之类想象之上，使矛盾得到缓解。李白却不，他偏要把矛盾推向极致，仿佛苍天有意与他作对："欲渡黄河冰塞川，将登太行雪满山。"他不能不发出"大道如青天，我独不得出"（《行路难》之二）的浩叹。然而，这些夸张的铺垫只是为了更有力地将鲍照那"丈夫生世会几时"的感喟化作充满自信的瞻望："长风破浪会有时"！力度，正来自与命运的抗争，是"醉"的悲剧精神。

名篇《将进酒》亦当作如是观。

《将进酒》似乎有两个主题：一是"高堂明镜悲白发"所勾出的"人生如梦"的传统主题，一是"黄河之水天上来"泻下的一股乐观而愤怒的情绪。当后者一旦与"天生我材必有用"的宣言叠合起来形成不可遏

---

① 本文引用李白诗文咸见瞿蜕园、朱金城《李白集校注》，上海古籍出版社 1980 年版。
② 见四部丛刊本《鲍氏集》。

止的力量时，它便扫却了前者带来的云翳，凸现抒情主人公豪放的形象。在这里，唯有夸张，才能确切地表达诗人的高傲，它已是有生命意味的形式。从天而落的黄河，"千金散尽还复来"的豪举与自信，都成为抒情主人公形象的一部分。正是在这一层意义上，我们说：李白式的夸张在文化心理的层面上与"太白醉酒"所体现的人格力量是相联系的。如果说"一醉累月轻王侯"是"太白醉酒"的灵魂，那么"天生我材必有用"则是"李白式夸张"的能源。二者都植根于高度的自信，是属"自身的充实和完满的内在冲动"（上引）。林庚先生曾指出，李白的自信："给他的诗歌带来了一种英雄气概。因此，即便是悲愤，也不失其豪放，即便是失败，也不失为英雄。"① 我们是否也可以说，李白歌诗的豪放中常含有悲愤，其英雄气概里充满着悲剧精神？试读《公无渡河》：

> 黄河西来决昆仑，咆哮万里触龙门。波滔天，尧咨嗟。大禹理百川，儿啼不窥家。杀湍堙洪水，九州始蚕麻。其害乃去，茫然风沙。披发之叟狂而痴，清晨径流欲奚为？旁人不惜妻止之，公无渡河苦渡之。虎可搏，河难凭，公果溺死流海湄。有长鲸白齿若雪山，公乎公乎挂罥于其间。箜篌所悲竟不还。

这是对一个古老的小悲剧的改写。李白删去原故事中白首狂夫之妻为之悲歌，曲终亦投河死的细节，增加了大禹治河的大背景。② 删去其妻投河的细节，是为了突出白首狂夫这一形象；增加大背景则是为了加强原故事的悲剧效果。黄河劈面而来以压倒一切之势决昆仑触龙门令人震慑，继之是大禹治水的悠远传说，这样无疑使匹夫匹妇的"小灾小难"具备了干系天下国家的大灾大难的氛围。朱光潜《悲剧心理学》（张隆溪译）认为：

> 观赏一部伟大悲剧就好像观看一场大风暴。我们先是感到面对某

---

① 林庚《唐诗综论》，人民文学出版社 1987 年版，第 131 页。

② 《古今注》称：有一自首狂夫，披发提壶，乱流而渡，其妻随呼止之，不及，遂堕河死。其妻乃作《公无渡河》之歌，声甚惨怆，曲终，亦投河死。

种压倒一切的力量那种恐惧，然后那令人畏惧的力量却又将我们带到一个新的高度，在那里我们体会到平时在现实生活中很少能体会到的活力。①

　　这也是欣赏李白《公无渡河》不难有的感受。正是李白这样的处理，使狂夫有了一个全新的面貌。白首狂夫的悲剧并不在于黄河之为害，恰恰相反，是狂夫主动乱流而渡，其悲剧在于自己的"狂痴"，是自己与自己过不去。这决不是一个弱者自杀的形象，而是一个藐视黄河狂暴的狂夫之形象！不妨说，这是一个知其不可为而为之的勇者的形象。用夸张笔调写出的黄河气势适成狂夫勇于乱流而渡的衬托。陈沆《诗比兴笺》以为此诗是对"无量力守分之智，冯河暴虎，自取复灭"的永王璘的讥刺，其失不但在于硬要"以史证诗"，更在于对李诗的悲剧感无所会心。表现"大不幸"题材的名篇尚有《远别离》：

　　　　远别离，古有皇英之二女。乃在洞庭之南，潇湘之浦。海水直下万里深，谁人不言此离苦？日惨惨兮云冥冥，猩猩啼烟兮鬼啸雨，我纵言之将何补？皇穹窃恐不照余之忠诚，雷凭凭兮欲吼怒。尧舜当之亦禅禹。君失臣兮龙为鱼，权归臣兮鼠变虎。或云：尧幽囚，舜野死，九疑联绵皆相似。重瞳孤坟竟何是？帝子泣兮绿云间，随风波兮去无还。恸哭兮远望，见苍梧之深山。苍梧山崩湘水绝，竹上之泪乃可灭。

　　诗写得很急促紧张，似乎诗人只顾驾着感觉奔驰，而无暇顾及格律音韵语法与情节之连贯。或三言、四言，或五言、七言，乃至六言、八言、十言，参错变化极其突兀，诚如范樗《李翰林诗选》所云："断如复断，乱如复乱，而辞意反复行乎其间者，实未尝断而乱也。"如果我们不斤斤于语法逻辑，而是全面地去把握诗中特殊的氛围，则我们无异面临着一场情感的风暴，由生离直卷进死别。尧幽囚，舜野死。山崩水绝，血泪迸洒。惨烈的权力之争使人震骇，诗人忧患之心可扪。"君失臣兮龙为鱼，

---

　　① 朱光潜：《悲剧心理学》，张隆溪译，人民文学出版社 1983 年版，第 84 页。

权归臣兮鼠变虎。"这不仅是发生在唐玄宗与肃宗父子之间，或玄宗与李林甫之间的个别事件，更是屡屡发生在历代封建统治者之间带有规律性的悲剧。尤为醒目的是：李白毫不留情地让这一悲剧就在"圣君"尧、舜、禹之间上演。这无疑极大地震动了封建时代臣民们的灵魂，也有力地强化了权力之争的悲剧效果。这就是上文所说的：豪放中常含有悲愤，其英雄气概里充满着悲剧精神。

## 梦：超越的痛苦

李白对性命之体验有其独特性。毕其一生，总是处于理想与现实的矛盾冲突之中，也就是总在自我实现与社会选择的冲突中体味生命出处之二元。而歌德恰恰认为："悲剧的关键在于有冲突而得不到解决。"[1] 李白诗之所以有悲剧感，关键也就在于"出"与"处"的冲突得不到解决；就在于"不屈己，不干人"的处世原则与委屈求伸的实践的冲突得不到解决。

诚如论者所云，盛唐是一个人才解放的时代，"布衣"因帝王的青睐往往一蹴上青云。马周、张柬之、郭元振、张九龄辈莫不如是，我们不难从史书中列一份长长的得意者名单。大唐帝国前期的统治者的确造就了中国封建社会并不多见的人才环境，是士子有理由充满幻想与傲气的时代。卢象《赠程秘书》云："忽从被褐中，召入承明宫。圣人借颜色，言事无不通！"颇为淋漓尽致地发露了布衣得志相。这就造成一种错觉，似乎士子游说万乘的时代又复返了！所以卢象会傲然地说："死生在片议，穷达由一言。须识苦寒士，莫矜狐白温！"（《杂诗》）李颀也会说："一沉一浮会有时……业就功成见明主，击钟鼎食坐华堂。"（《缓歌行》）王昌龄则幻想有朝一日"明光殿前论九畴，篇读兵书尽冥搜，为君掌上施权谋。"（《箜篌引》）而年轻的王维也曾心仪"身为平原客，家有邯郸娼。使气公卿座，论心游侠场。"（《济上四贤咏》）这些都说明盛唐人的的确确一度沉浸在一个"游士"的氛围中。在这样的氛围中李白有"申管晏之谈，谋帝王之术，奋其智能，愿为辅弼"（《代寿山答孟少府移文书》）

---

① 引自《歌德谈话录》，朱光潜译，人民文学出版社 1982 年版，第 122 页。

的理想也就不奇怪了。奇怪的倒是他要实现这一目标，却有一个前提："不屈己，不干人。"（同上）也就是不愿"为五斗米折腰"，只要"平交王侯"，"为帝王师"，干一番治国平天下的大事业。用现代语言表述，就是：将自我实现与社会选择视同一体。李白的天真在这里，李白的悲剧也在这里。

盛唐，是中国封建社会颇奇特的一个历史时期，如论者所云，所谓"开天盛世"其实是个走向极盛的同时逐渐饱孕了危机的历史过程。这就造成这个时代的许多悖论现象，如：既强大又虚弱，既开放又保守，既富足又贫困，既活跃又沉闷，等等。就人才环境而言，则是个既尊崇人才又不需要人才的时代。

说其尊崇人才，那是因为庶族地主的崛起，使唐政府改革了用人制度，打破"下品无高门，上品无贱族"（《宋书·恩倖传序》）的僵局，使一批庶族士子得以扬眉吐气。这些人在统治者的重视之下，平步青云，传为佳话。长期以来养成一种士子"恃才傲物"、人们崇尚奇才的社会风气，"唯才是举"已成为社会普遍认同的价值观念。关于这一点，笔者另有专文讨论，这里仅以李白为例稍事说明。据其族叔李阳冰《草堂集序》称：

> 天宝中，皇祖（指唐玄宗）下诏，征就金马，降辇步迎，如见绮、皓。以七宝床赐食，御手调羹以饭之，谓曰："卿是布衣，名为朕知，非素蓄道义，何以及此？"

所谓"素蓄道义"，其实是造成名气，为社会所推崇。可见李白受礼遇与社会的崇尚有关，所以我们说这是个"尊崇人才"的时代。是它，给了李白太多的自信。何以又说是个"不需要人才的时代"呢？《资治通鉴》卷二一五有条为人熟知的材料：

> 上欲广求天下之士，命通一艺以上皆诣京师。李林甫恐草野之士斥言其奸恶，建言举人多卑贱愚聩，恐有俚言，污浊圣听，乃令郡县长官精加试练，灼然超越者具名送省，委尚书复试，御史中丞监之，取名实相符者闻奏，既而至者皆试以诗赋论，遂无一人及第。林甫乃

上表贺野无遗贤。

李林甫深知天子要的只是"野无遗贤"之誉，并非真心要"广求天下之士"，如果朝廷真急需人才，李林甫岂得售其奸！事实上唐王朝此时已历长期的太平，李隆基也早坐稳了龙椅，无丝毫危机感。他曾老气横秋地说："朕不出长安近十年，天下无事，朕欲高居无为，悉以政事委林甫。"（《通鉴》卷二一五）既然林甫一人足矣，又何需人才！大凡统治者一旦没有忧患意识，便不会去握发吐哺地重视人才。当时的现状是：牛仙客、李林甫掌用人大权，而"二人皆谨守格式，百官迁除，各有节度，虽奇才异行，不免终老常调。"（《通鉴》卷二一四）后来的杨国忠则建议"文部选人，无问贤不肖，选深者留之，依资据阙注官。"（《通鉴》卷二一六）论资排辈取代了"唯贤是举"，开元以前崇尚人才的社会风尚至此只剩个空壳，只属历史的惯性。当时士子已深有所悟："明主岂能好，今人谁举贤？"（祖咏《送丘为下第》）如果从大格局来鸟瞰历史，则"游士"的时代早已一去不复返，隋、唐的大一统，士族的破落与科举用人制，使中央牢牢掌定用人权，"士"的依附性更增强了。①（唐代士子盛行"干谒"的风气便是明证。）在这样的形势下，还想"不屈己，不干人"，与帝王建立"非师则友"的关系，实在是太不着边际的幻想。不幸的是，我们的诗人李白，毕其生不能挣脱这一堂吉诃德式的梦魇。不妨说，李白整个的诗境便是一个巨大的梦境。

让我们也来"释梦"。

李白写梦境的名篇有《梦游天姥吟留别》：

海客谈瀛洲，烟涛微茫信难求。越人语天姥，云霞明灭或可睹。天姥连天向天横，势拔五岳掩赤城。天台四万八千丈，对此欲倒东南倾，我欲因之梦吴越，一夜飞度镜湖月。湖月照我影，送我至剡溪；谢公宿处今尚在，渌水荡漾清猿啼，脚著谢公屐，身登青云梯；半壁见海日，空中闻天鸡。千岩万转路不定，迷花倚石忽已暝。熊咆龙吟殷岩泉，慄深林兮惊层巅。云青青兮欲雨，水澹澹兮生烟。列缺霹

---

① 程千帆《唐代进士行卷与文学》所论颇详，可参阅。

霹，丘峦崩摧；洞天石扉，訇然中开。青冥浩荡不见底，日月照耀金银台。霓为衣兮风为马，云之君兮纷纷而来下。虎鼓瑟兮鸾回车，仙之人兮列如麻。忽魂悸以魄动，恍惊起而长嗟。惟觉时之枕席，失向来之烟霞。世间行乐亦如此，古来万事东流水。别君去兮何时还？且放白鹿青崖间，须行即骑访名山，安能摧眉折腰事权贵，使我不得开心颜！

诗的主体部分是一场"白日梦"。李白以其神驰八极之笔描画了一幅炫惑心目的神仙世界图景。据心理学家的说法，梦的内容在于愿望的达成，其动机在于某种愿望。李白此"梦"，也应是其"出世"愿望的达成。然而，这仅仅是"梦"的显义，还有其深藏不露的隐义。"安能摧眉折腰事权贵"这句醒后的独白透露其中消息：本诗强烈的出世愿望其实是更强烈的入世愿望的反弹。由于李白入世被挫，尤其是"不屈己，不干人"原则在现实中被践踏，由此产生逆反心理，从"求入世"弹向"求出世"。也就是说，李白对神仙世界的向往，只是执着地保持士子个体尊严愿望之改装，这种对现实的超越在其潜意识中是违心的。《古风五十九首》有云：

西上莲花山，迢迢见明星。素手把芙蓉，虚步蹑太清。霓裳曳广带，飘拂升天行。邀我登云台，高揖卫叔卿。恍恍与之去，驾鸿凌紫冥。俯视洛阳川，茫茫走胡兵。流血涂野草，豺狼尽冠缨！

在此诗中，现世间与神仙境正处于胶着状态，颇为充分地表露了李白超越的痛苦。当然，这首诗表现的矛盾比较特殊，李白执着的入世态度与追求个体人格自由的矛盾较典型的是表现在"干谒"问题上。

唐人入仕的重要途径是科举，而干谒是唐人科举题中应有之义，这一点已为当今论者所证明。① 干谒往往使士子失去个体人格的尊严，同时代的大诗人杜甫晚年回忆起干谒生活，仍十分痛楚："长安秋雨十日泥，我

---

① 现代学者已证明，李白被征召是其干谒玉真公主、贺知章诸人的结果。这已是文学史常识了，恕不详引。

曹輔马听晨鸡。公卿朱门未开锁,我曹已到肩相齐!"(《狂歌行赠四兄》)
于是李白想在现实中超越现实,他想走"游士"或"游侠"的路,"入楚
楚重,出齐齐轻",从而取得"平交王侯"乃至"为帝王师"的地位。这
便是李白拥抱现实的独特方式。现存李诗,就是一个游士与游侠的世界,
活跃其中的尽是鲁仲连、范蠡、郭隗、朱亥、剧辛、乐毅、张仪,及后来
的韩信、张良、朱家、剧孟者流。李白还将诗中的世界认同现实的世界:
当唐明皇召他为文学侍从时,他"仰天大笑出门去",以为可了"为辅
弼"之愿而以"游说万乘苦不早"为憾(《金陵别儿童入京》);当安史
乱起,他又比之为"原尝春陵六国时"(《扶风豪士歌》),并以此种心态
入永王璘幕,自许"但用东山谢安石,为君谈笑静胡沙"(《永王东巡
歌》),导致政治上的大失败。甚至在浔阳狱中为人作荐书,也还是满脑
子"楚汉相争":

> 秦帝沦玉镜,留侯降氛氲。感激黄石老,经过沧海君。壮士挥金
> 锤,报仇六国闻。智勇冠终古,萧陈难与群。两龙争斗时,天地动风
> 云……(《送张秀才谒高中丞》)

由此可见能保持士子个体尊严的"游士"对李白影响之大之深。无
奈大一统的唐帝国如前所论,早已失去先秦"士"而能"游"的历史条
件,"依附"才是士子面对的现实。因此李白在做他关于游士、游侠的
"白日梦"的同时,不得不一再违心地去从事"干谒"。①
从现存的《上安州李长史书》、《上安州裴长史书》、《与韩荆州书》
等干谒之作看来,要干人就不能不屈己:

> 伏惟君侯贵而且贤,鹰扬虎视,齿若编贝,肤色如凝脂,昭昭乎
> 若玉山上行,朗然映人也。而高义重诺,名飞京师,四方诸侯闻风暗
> 许……愿君侯惠以大遇,洞开心颜,终乎前恩,再辱英盼。白必能使
> 精诚动天,长虹贯日,直度易水,不以为寒。若赫然作威,加以大
> 怒,不许门下,逐之长途,白即膝行于前,再拜而去,西入秦海,一

---

① 参看《弗洛伊德论美文选·作家与白日梦》,张唤民等译。

观国风，永辞君侯，黄鹄举矣。何王公大人之门，不可以弹长剑乎？
（《上安州裴长史书》）

不管话说得多么有气势，总归是留下了一痕强作洒脱的苦涩。无情的现实践踏了李白"不屈己，不干人"的入世原则，他不得不将个体自由的追求移向神仙的世界。于是我们看到，在李白诗中，游士、游侠之国的彼岸，还有一个相对称的神仙净土。至此，我们便明了《梦游天姥吟留别》作为主体部分的美丽梦境，仅仅是李白超越现实的意愿之达成，是李白"安能摧眉折腰事权贵"那愤懑心灵的改装。梦，只是现实的反面；真正的"主体"，是李白个性受压抑的现世间。《梁甫吟》一诗更典型地体现了这种"白日梦"的特征。所谓"白日梦"（即幻想的创构），往往是某种愿望利用现时场合，按照过去的式样来设计未来的画面。① 请看原诗：

长啸《梁甫吟》，何时见阳春？君不见朝歌屠叟辞棘津，八十西来钓渭滨。宁羞白发照清水，逢时壮气思经纶。广张三千六百钓，风期暗与文王亲。大贤虎变愚不测，当年颇似寻常人。君不见高阳酒徒起草中，长揖山东隆准公。入门不拜骋雄辩，两女辍洗来趋风。东下齐城七十二，指挥楚汉如旋蓬。狂客落魄尚如此，何况壮士当群雄！我欲攀龙见明主，雷公砰訇震天鼓。帝旁投壶多玉女，三时大笑开电光，倏烁晦冥起风雨。阊阖九门不可通，以额叩关阍者怒。白日不照吾精诚，杞国无事忧天倾。猰貐磨牙竞人肉，驺虞不折生草茎。手接飞猱搏雕虎，侧足焦原未言苦。智者可卷愚者豪，世人见我轻鸿毛。力排南山三壮士，齐相杀之费二桃。吴楚弄兵无剧孟，亚夫哈尔为徒劳。《梁甫吟》，声正悲。张公两龙剑，神物合有时。风云感会起屠钓，大人𡾃屼当安之。

李白在此诗中重新编织了历史与现实，他让现实与幻境并存，记忆与

---

① 参看《弗洛伊德论美文选·作家与白日梦》，知识出版社，张唤民等译，1987年版，第28页。

想象齐飞，自己就穿插在古人与神灵当中。恰恰是这个"自己"，成了天上、地下、过去、未来的中心。诗中那些个能人、贤人，也只是"他本人的形形色色的客观化"（尼采《悲剧的诞生》）而已。李白正是通过这些历史人物"实现"了自己的英雄气概，同时借之表达自己不遇的痛苦。自"我欲攀龙见明主"至"以额叩关阍者怒"一段，是屈原《离骚》的仿作：

> 吾令帝阍开关兮，倚阊阖而望予。时暧暧其将罢兮，结幽兰而延伫。

然而与屈原的多怨怼不同，李白表现得"布衣气"十足，他要"以额叩关"，对命运进行抗争。在这里，李白"不屈己，不干人"的生命原则又顽强地探出头来！是的，李白歌诗的悲剧精神就在于此：他也曾有过"名动京师"的机遇，也有"文窃四海声"的文坛地位，但他仍要不满于士主体失落的现状，仍要追求"上为王师，下为伯友"的理想。他这是在"自己与自己过不去"，是现代心理学所说的"自我实现"的追求，而生命的本质就在于自我超越。李白的痛苦不是简单的"怀才不遇"，李白的痛苦更多的来自"自我超越"。他要超越这压抑他个性的现世间，却又不能忘怀他强烈的济世欲求；他要摆脱那屈己干人的痛苦，却又跌入"苟无济世心，独善亦何益"（《赠韦秘书子春》）的痛苦之中。大鹏也罢，天马也罢，游侠也罢，神仙也罢，这些"独来独往"的意象都被一条无形的线所牵制，这就是：传统的士的价值观念。孔子曰："士志于道"（《论语·里仁》）。富于历史责任感的士，总是想在有限的人生中创造出永恒的历史生命，要立德、立言、立功，传之后世。这就是古贤为今人所责备的汲汲于从政的原因，也是李白不忍离开这对他不公正的现世间的原因。李白于是陷入矛盾的旋涡之中："尊重人才"的社会风尚给了李白入世的信心，尤其是"人间要好诗"的社会需求使他得到"公卿倒履迎"的殊遇；然而"不需要人才"的现状又使他那"愿为辅弼"的意愿成了空花泡影；要入仕就得干人屈己，而强烈的个体意识又使他以道为重，不肯枉道从势，屈从于社会选择；于是他总是事与愿违，想当帝王师却落得个文学侍从乃至阶下囚的结局；想"不屈己，不干人"，却不得不在干谒中过日，甚至屈从于小吏；他不胜其扰，想超越这纷纷扰扰的世界，但士的历史的责任感又牵扯着他，使之不忍离去。他的灵魂被撕裂：既执着又飘逸，既豪爽又卑微，既洒脱又平庸。毕李白之一生，总处在"出"与"处"的冲突不得解决之中，处在"不屈己，不干人"的处世原则与委屈求伸实践的冲突不得解决之中。故李白的英雄品格不能不显露其悲剧性格，而李诗豪迈风格之中又不能不显露其悲剧精神。

尼采曾指出：在艺术中，"梦释放视觉、联想、诗意的强力，醉释放姿态、激情、歌咏、舞蹈的强力。"（349 页）梦与醉是李诗悲剧精神的两大经纬，风舒云卷地交织出李诗痛苦与狂喜参错的瑰奇。

（原载《文学遗产》1994 年第 6 期）

# 杜诗学
## ——民族的文化诗学

　　廖仲安先生的《杜诗学》（《首都师范大学学报》1994年第5、6两期）以简要的文字疏而不漏地勾画了杜诗学的历史形成，在学术文化界面临大变革之今日，及时地总结了历史经验，由此对杜诗学的未来形成一种展望。

　　据我的理解，该文所示杜诗学之历程，可概括为如下的图式：

　　对杜诗内容与形式的讨论→对"诗史"的认识→发掘伦理、人格的意义。

　　简单地说，就是人们首先认识到杜诗集古今诗歌之大成的意义。元稹的《杜工部墓系铭》"盖所谓上薄风骚，下该沈宋，言夺苏李，气吞曹刘，掩颜谢之孤高，杂徐庾之流丽，尽得古今之体势，而兼人人之所独专"。这段名言，最具代表性。元、白倡新乐府，也是从学习杜甫"缘事而发"、"借古题写时事"入手，关注杜甫对诗歌的内容与形式方面的贡献。由于他们对杜诗内容现实性的注重，便引发了人们对杜诗具有史的意义的认识。晚唐孟棨《本事诗》首称杜诗为"诗史"，但对其内涵有深刻发露的是宋人胡宗愈《成都草堂诗碑序》："先生以诗鸣于唐，凡出处、动息劳佚，悲欢忧乐，忠愤感激，好贤恶恶，一见于诗，读之可以知世。学士大夫，谓之诗史。"此后，凡经乱离，人们都分外痛切地感受到杜诗这一"诗史"的特质。而王安石则注重其人格力量与伦理风范，《杜甫画像》云："吾观少陵诗，谓与元气侔。力能排天斡九地，壮颜毅色不可求。浩荡八极中，生物岂不稠，丑妍巨细千万殊，竟莫见于何雕锼。惜哉命之穷，颠倒不见收。青衫老更斥，饿走半九州。瘦妻僵前子仆后，攘攘盗贼森戈矛。吟哦当此时，不废朝廷忧。常愿天子圣，大臣各伊周。宁令吾庐独破受冻死，不忍四海赤子寒飕飕。伤屯悼屈止一身，嗟时之人我所羞。所以见公像，再拜涕泗流。"自此，杜诗中的济世热情、政治信念、人情伦理、诗圣风范，成为杜诗学研究的热点。

以上为历来杜诗学的三个基本支点，而廖文深刻处，还在于指明三者共存却因人、因事、因时代而各有侧重。如宋之黄庭坚，重在对杜诗词章方面的继承，力倡"以俗为雅，以故为新"，并以之为号召建立江西诗派而风靡一代。同为宋人的李纲，因处于民族危难之中而更注重杜诗的人情伦理，在《重校正杜子美集序》中说"子美之诗凡千四百三十余篇，其忠义气节，羁旅艰难，悲愤无聊，一见于诗。……平时读之，未见其工，迫亲更兵火丧乱之后，诵其诗如出乎其时，犁然有当于人心，然后知其语之妙也。"至明前后七子和杨慎诸人，则主张学古诗必汉魏三谢，学今体诗必盛唐杜甫。看似尊杜，实则排斥杜甫那些诗史名篇的五古、七古。甚至集注杜之大成的清人仇兆鳌，廖文也于充分肯定之际指出仇氏因以进《杜诗详注》受知于康熙皇帝，所以在注中强调杜甫"立言忠厚，可以垂教万世"，往往有意识地削弱杜诗的思想锋芒。通观全文，杜诗学源远流长且未有穷期之历史发展轨迹历历在目，从中不难看出，其总趋势必然是三个基本支点的交融。于是廖先生于文末水到渠成地总结道："从一般历史文化意义来说，杜诗的影响所及，早就不局限于文学范围。"

这是总结，也是展望。

杜诗中蕴含的极其丰富的真善美，的确有其文学所不能局限的意义。就以用力最勤的杜诗注而言，不同时代、不同注家，对读者都有其不同的导向，有着不同的文化背景。如宋人治杜诗学，所尚在辑校集注，并颇重系年与出处，是与宋人崇杜，对杜诗有史的特质的认识，以及江西诗派倡杜诗"无一字无来处"有关；而元人治杜诗学，一转而为批点、选注，风行数百年，乃至在明清两代形成一种专读杜甫律诗的风气，是与封建后期文化与专制 日甚，文人噤不敢言而八股 日渐风行有关。杜诗学与文化这层密切的关系，已为现代学人所关注。以《两岸丛书》张高评编《宋诗综论丛编》为例，所选大陆学者有关论文 28 篇，其中就有 5 篇是专题论杜诗与宋人之关系。① 可见杜诗已超乎文学范畴，这是杜诗接受史成为

---

① 这五篇论文的题目是《从陶杜诗的典范意义看宋诗的审美意识》、《论宋人对杜诗的态度》、《杜诗与宋人诗歌价值观》、《论宋学对杜诗的曲解和误解》、《论杜甫晚期今体诗的特点及其对宋人的影响》。

文化史的一条不容忽视的线索，发掘杜诗流传过程中带出的种种文化意义，也就成为杜诗学题中之意。

那么，我们对杜诗学的文化意义是否已经有了足够的认识并取得共识？未必。曾经成为"显学"的杜学，在时下讲究"实用"的社会风尚中受到冲击是可以料想的。然而，真正有生命力的东西无须保驾，只要做适当调整，杜学继续发展也是可以料想的。调整自身，才是问题的关键。显然，作为求发展的杜学本身不宜无视外部环境的变迁而依然故我，一仍其旧地只在传统范围内讨生活。管见以为，杜学之生命所在，并不在于能以不变应万变，恰恰相反，其生命所在，乃在于杜诗本身有极其多面的丰富内涵，且与中国文化精神息息相通，因此：其一，它具有大多数古代作家所不能企及的典型性与普通意义，是中国文化的一个相对稳定的因素，具有顽强的生命力；其二，随着时代环境的变化与文化精神的变迁，不同时代不同的人对杜诗有着不同的再认识，它是个探不到底的动荡的海洋。变，也是杜学生命之所在，而且是在"永生"意义上的生命之体现。这种变可以与传统并存不悖，也可以是传统的合理延伸。如清人已经意识到"读杜不专是学作诗"、"杜诗合把做古书读"、"史家只载得一时事迹，诗家直显出一时气运"（浦起龙《读杜心解》）；而我们则将杜诗学推进一层，做一番关系民族文化心理的研究，这是顺理成章的事，可以说是变，也可以说是某种继承。

在民族文化心理的层次上研究杜诗，不仅是需要，也是可能。事实上已有论者注意到杜甫曾是中国文化生命的"托命之人"，是中国文化的人格代表，由此进而探索中国的文化精神①。匡亚明先生将莫励锋著《杜甫评传》收入所编《中国思想家评传丛书》，恐怕也是出于类似的考虑。我认为，这是有识之士对杜诗学所作的适当调整，在某种程度上预示了杜学的前景。

就以历来人们已形成共识的杜诗风格特征"沉郁顿挫"而言，在这一独特艺术风格中，就饱含了民族文化心理的内容。浦起龙《读杜心解·发凡》云："老杜天姿厚，伦理最笃，诗凡涉君臣父子兄弟夫妇朋友之间，都从一副血诚流出。"所谓"一副血诚"，并非什么玄之又玄的东西，

---

① 参看胡晓明《略论杜甫诗学与中国文化精神》，《文艺理论研究》，1994年第5期。

究其实，不过是指其人格的 自然流露而已，其中"伦理最笃"又显然与杜甫笃信儒学有直接关系。试读《凤凰台》诗：

> 亭亭凤凰台，北对西康州。
> 西伯今寂寞，凤声亦悠悠。
> 山峻路绝踪，石林气高浮。
> 安得万丈梯，为君上上头。
> 恐有无母雏，饥寒日啾啾。
> 我能剖心血，饮啄慰孤愁。
>
> 心以当竹实，迥然忘外求。
> 血以当醴泉，岂徒比清流。
> 所贵王者瑞，敢辞微命休。
> ……
> 再光中兴业，一洗苍生忧。
> 深衷正为此，群盗何淹留？

　　诗中有浓郁的悲天悯人意味，或许不无佛家普度众生的影子，但"所贵王者瑞"、"再光中兴业"云云，则明白无误地表明其核心思想是孔孟的仁学，在其"悲天悯人"的古代人道主义当中，伦理的含量甚高。这种"一副血诚"显然传自"文化基因"。我们尤感兴趣的是，这种悲天悯人的意味往往能焕发出沉郁之美。翻检杜诗不难发现，凡涉九庙焚、万民疮者，往往沉郁的意味最厚。如《自京赴奉先县咏怀五百字》、《春望》、"三吏"、"三别"、《有感五首》、《又呈吴郎》、《登岳阳楼》等等，此类例举不胜举。推而广之，在中国文学史上，凡是将个人的情志与民族国家群体之忧患血肉相连的优秀文艺作品，大都能不同程度地得沉郁之美，如陈子昂《感遇》、庾信《哀江南赋》、司马迁《史记》、屈原《离骚》等。可见，沉郁风格是与某种民族文化有着深层的联系的，比如说儒家个体皈依于群体的价值观及由此产生的历史责任感，甚或可追踪到《易》，所谓"君子终日乾乾，夕惕若"，以及《诗·载驰》云"战战兢兢，如临深渊"之类我民族先民普遍存在的深广的忧患意识。①

以上例子，或许能给我们启示 将杜诗研究从单个作家、线式因果研究的封闭体系中解放出来，放在文化大系统中以大观小、经纬交织地进行考察，这会更有利于发掘杜诗深层的内蕴。同时，由于杜甫及其创作所具有的罕见的典型性，随着这一研究的深入势必有助于人们对中国文学乃至中国文化及其某些规律的认识与归纳。因此，笔者认为 杜诗学可以、也应当成为我民族的文化诗学。

读廖仲安先生《杜诗学》，深感其于杜学之拳拳用心，不觉 自忘浅陋，对杜学的发展作了如上一点提议。

（原载《首都师范大学学报》（社会科学版），1995 年第 4 期）

---

① 参看拙作《沉郁 士大夫文化心理的积淀》，《文艺理论研究》，1994 年第 6 期；《时空寂寞——士大夫忧患意识的诗语言》，《天府新论》，1994 年第 5 期。

# 《新译杜诗菁华》导读

有人说："一个民族灵魂的最佳文献就是它的文学。"是的，有时你只要读一部《红楼梦》，甚至只读一篇《岳阳楼记》，你就会感到一个民族的心怦然在动。被誉为"集大成"的杜甫诗，便是此类蛰伏着中华民族之魂的大著作。它诞生在一个我民族最强壮、最有朝气，却又忽然陷入痛苦挣扎之逆境的特殊年代。于是，它便获得了热烈奔放与坚韧不拔的双重品格。杜诗，体现的是中华民族最健全的体魄与灵魂；杜甫，则是中国传统文化的托命之人。

一

杜甫（公元712—770），字子美，阴历正月初一生于河南巩县（今河南省巩义市）城东的瑶湾。他家祖籍京兆杜陵，故自称"杜陵布衣"。又有一度家居少陵，乃自称"少陵野老"。杜甫有一个颇为显赫的家世，其十三世祖杜预是西晋平吴的名将，还注过《左传》。杜家自晋至唐，代有出仕，难怪杜甫会自称："先君恕、预以降，奉儒守官，未坠素业。"（《进雕赋表》）其中值得一提的还有他的祖父杜审言，是武则天时代的名诗人，杜甫引为骄傲，曾夸口说："吾祖诗冠古"（《赠蜀僧闾丘师兄》），"诗是吾家事。"（《宗武生日》）由于中国长期处于宗法加官僚的社会，所以家族对个体的影响不容小觑。杜甫毕生奉儒习文，并将文与儒二者联系起来，称："法自儒家有"（《偶题》），这些都与其家族传承有直接关系。甚至在个性上，杜甫也有"家族性格"的印记。文献记载表明，杜家有血亲复仇的传统，如杜审言的曾祖杜叔毗、杜甫的叔父杜并，都曾为父兄洗冤而刺杀仇人。杜甫还有个姑姑，为救少年杜甫而牺牲了自己的儿子，乃称"义姑"。（《唐故万年县君京兆杜氏墓志》）无独有偶，杜甫的一位舅姥爷尚未成人就愿为哥哥顶死。这些都强烈表明了杜甫这样的世家，在伦理道德的内化上，有多么的入心入骨！史称杜甫"性褊躁傲诞"，不妨解读为祖传的高傲倔强。这种个性一旦与其悲天悯人的情怀相结合，便成就了杜甫超越众人也超越其家族传统的独异的情感主体。过去讲杜甫的成就，大多是从时代、儒学、社会、历史等外部条件去找原因，取得了不俗的成绩；而对杜甫何以能超越众人"而兼人人之所独专"的主体性，则深论者寡焉。需知个体文化心理是不可重复、不可替代、不容忽略的。它才是杜甫为什么有别于同时代的李白、王维、高适诸人，而独得"集大成"之誉的主因。

"集大成"，本是孟子用来赞许孔圣人的，说他的人生就好比一首金声而玉振的交响乐章，丰富而和谐。稍后于杜甫的元稹则用它来赞许杜甫的诗歌创作，其《唐检校工部员外郎杜君墓系铭并序》云：

> 余读诗至杜子美，而知小大之有所总萃焉。始尧舜时，君臣以庚歌相和……唐兴，官学大振，历世之文，能者互出，而又沈宋之流，研练精切，稳顺声势，谓之为律诗。由是而后文体极焉。然而莫不好古者遗近，务华者去实，效齐梁则不逮于魏晋，工乐府则力屈于五言，律切则骨格不存，闲暇则纤秾莫备。至于子美，盖所谓上薄风骚、下该沈宋、古傍苏李、气夺曹刘、掩颜谢之孤高、杂徐庾之流丽，尽得古今之体势，而兼人人之所独专矣。……则诗人以来，未有如子美者。……予尝欲件拆其文，体用相附，与来者为之准，特病懒未就。

看来，元稹所谓的"集大成"，主要是指各种风格与体式的完备及典范性，其中不无丰富而和谐之意。问题是：这种整合如何成为可能？须知整合不是"拼盘"，如果没有一个强大到足以消化各种风格与体式使之成为一个新范形的主体性，那么"集大成"又从何谈起？盛唐是一个众多个体活力四射的时代，在盛唐的诗空上，李白、王维、王昌龄、孟浩然、高适、岑参、李颀、元结……群星灿烂，每个个体无不具有很强的个性。因此，他们都不同程度地消化了范围不等的多种风格与体式，形成具有个人特色的风格与体式。然而唯有杜甫博大、均衡的个性最为健全，在任何情境下，他都能保持人性的本真，不被异化。真，是杜甫主体性的根基。所以萧涤非先生《杜诗体别·引言》标举杜诗："其一曰真，诗莫贵乎真，杜诗之不可及，亦正在有真情。"这种人不可及的强大主体性，是杜甫超越众人而能集大成的主因。

个体主体性的内核是情感本体，古人叫"真性情"，是由"才、气、学、习"交互而成的心理结构（《文心雕龙·体性》）。性情的实质就是情感本体，而真性情就是能体现人性本真的性情。然而人的禀性各不相同，各有各的真性情。杜甫的真性情又有何特点呢？我认为其特点就在于真与善无间的结合方式。这种结合方式不但使其个性与社会性浑融一体，使其才性最大化，因而有集大成的消纳能力；而且其真与美一旦经过善的自觉认可，便成为一种感召力，一种培育与改善人性的力量。不妨说杜之真，是以善为内容的；但就其主体性而言，则善只是其本真的表露，善倒成为真的形式。其真与善在生活中介的作用下双向建构为杜甫独特的情感结构，从而完成其扬弃与继承的主体性。

关于真与善的关系，徐复观先生《传统文学思想中诗的个性与社会性问题》一文有精辟的论析。[①] 他认为，诗的个性即社会性，是《毛诗正义》所谓"一人心乃是一国之心"。我认为这就是善。善是中华民族历史文明不断发展、提升、积淀的成果，如徐先生所指出，它已经是中国文化的一个"根本信念"，是个体出自人格的负责行为，就是人际关怀。孔子仁学的基础就是讲亲子之爱、泛爱众，孟子讲推己及人，墨子讲兼爱，宋道学讲民胞物与，都是围绕关心人、爱护人这一人际关怀的核心问题，它便是中国古代的人道主义、人性自觉。它是个性与社会性之间的脐带。具有这种自觉的人在处理人际关系时就会有同情心与利他的倾向，经过不间断的、长期的心理体验（修养）与实践，就会内化为人格化的情感，即体现其人性本真的真性情。而上述杜甫"奉儒守法"的家世，就是对其情感结构的形成有深刻影响的重要因素。最为突出的一点是：儒学"亲亲"之爱已积淀为一种"家族性格"，杜甫由此出发，将儒家仁学当作实现"致君尧舜上"理想的根本，在长期苦难生活经历的体验中不断地实

① 该文收入徐复观：《中国文学精神》，上海书店出版社 2004 年版。

践着"推己及人"、"己饥己溺"的儒学理念，从而内化为自己稳定的人格情感，进而升华为悲天悯人、民胞物与的精神境界。

生活经历与体验是内在化的催化剂。学问、修养通过亲历亲证，使理性融入感性；而融入了理性的感性所激发出来的情感则驱动个体对外在的情境做出超越个体情绪的"合理"反应，通过践履将仁学融入感性中是杜甫之所以同行独见的根本原因，也是杜甫行为发生的原动力之所在。正是这一动力推进了把"一国之意"、"天下之心"内化为己心的历程，杜诗所展示的正是其历历的心迹。兹以战争给百姓带来苦难这一中国文学的"原型主题"为例稍事说明：

如果说杜甫早期之作，更多的是写自己的"志"；那么天宝十一、十二载《兵车行》、《丽人行》、《前出塞》等乐府诗的出现，便标志着杜甫已经有意向汉乐府学习，描准了社会现实。不过盛唐诗人如李白、高适、王昌龄，乃至陶翰辈都写过类似的乐府诗，杜与诸人尚未拉开距离。创作于天宝十四载"安史之乱"前夕的五古《自京赴奉先县咏怀五百字》，是杜诗深化的一大节点。经过困守长安十年的历练，杜甫的情感由"致君尧舜上"向"穷年忧黎元"倾斜，"仁学"的道德内容已内化为个体独立的情感本体。试读这样的诗句：

> 老妻寄异县，十口隔风雪。谁能久不顾，庶往共饥渴。入门闻号咷，幼子饿已卒。……岂知秋禾登，贫窭有仓卒？生常免租税，名不隶征伐。抚迹犹酸辛，平人固骚屑。默思失业徒，因念远戍卒。忧端齐终南，澒洞不可掇！

"庶往共饥渴"，不是同情与怜悯，甚至不止是己饥己溺，是徐复观所说的："乃系把他整个的生命，投入于对时代无可奈何的责任感里面"。（引同上书，第47页）"无可奈何"却不能自已，从内心的剧烈矛盾中掘发出人性深度，是理性与感性、个性与社会性、真与善的合体。尔后深重的灾难更强化了这一情感（只要一读《彭衙行》及"同谷七歌"便能刻骨铭心地感知杜甫所受的苦难有多深重），写出一大批包括"三吏"、"三别"在内的乐府歌行，展示了杜甫人道主义的博大胸怀，标志着"原型主题"已向"情感的原型"内化。其情感本体已生发出一种"新感觉"，汉乐府歌咏民间疾苦的精神已溢出本体裁，无论古体今体而无往不备此种精神，外化为杜甫手眼独具的取材与表达方式。兹举《三绝句》第二首为例，尝海一勺：

> 二十一家同入蜀，唯残一人出骆谷。
> 自说二女啮臂时，回头却向秦云哭。

这首七绝写的是战争与百姓苦难的原型主题，不妨与建安文人王粲的乐府诗《七哀》作一比较：

> 西京乱无象，豺虎方遘患。复弃中国去，远身适荆蛮。亲戚对我悲，朋友相追攀。出门无所见，白骨蔽平原。路有饥妇人，抱子弃草间。顾闻号泣声，挥涕独不还。未知身死处，何能两相完。驱马弃之去，不忍听此言。南登霸陵岸，回首望长安。悟彼下泉人，喟然伤心肝。

杜之绝句与王之乐府题材的相似性一望可知。王粲以旁观者口吻写出，已十分感人；杜则以受难者本人口吻写出，诚如《杜臆》所评："今借其口语倒一转，而悲不可堪。"然而这不仅仅是个"借其口语倒一转"的技巧问题，而是杜甫以亲身的经验补写出最感人的细节："二女啮臂时"——只要一读《彭衙行》"痴女饥咬我"便知。这就叫己饥己溺，就叫真性情！叶燮《原诗》内篇有云：

> 千古诗人推杜甫，其诗随所遇之人、之境、之事、之物，无处不发其思君王、忧祸乱、悲时日、念友朋、吊古人、怀远道，凡欢愉、幽愁、离舍、今昔之感，一一触类而起；因遇得题，因题达情，因情敷句，皆因甫有其胸襟以为基，如星宿之海，万源从出：如钻燧之火，无处不发……

这"胸襟"就是情感本体。有情感本体就有其个性化的感觉，能"因遇得题，因题达情，因情敷句"，取得艺术创作的自由。我认为这才是杜甫能"集大成"且"开世界"的奥秘所在。

"真善一体"形成杜甫见人所不见，道人所未道的"新感觉"。新感觉首先表现在对社会成见强有力的挑战。《有感五首》云：

> 莫取金汤固，长令宇宙新。
> 不过行俭德，盗贼本王臣。

《小雅·北山》："率土之滨，莫非王臣。"然而杜甫在与底层百姓的亲密接触中，已深深领悟到官逼民反的道理，王臣与盗贼是可以互相转化的，要"王臣"不化为"盗贼"，就得釜底抽薪——"行俭德"。约略同时之作《为阆州王使君进论巴蜀安危表》则云："是重敛之下，免出多门，西南之人，有活望矣！"统治者的"俭德"，就是给老百姓留条活路，这才是"长令宇宙新"的固本之举。杜之"独见"，就在于不是儒家"民本"说的简单复制，而是从己饥己溺中得来，王臣与盗贼可以互相转化，便是新感觉。

对社会成见的挑战更深刻地表现为对历来被鄙视的底层百姓美好人性的发露。《遭田父泥饮美严中丞》云：

> 步屧随春风，村村自花柳。
> 田翁逼社日，邀我尝春酒。
> 酒酣夸新尹："畜眼未见有！"
> 回头指大男："渠是弓弩手。
> 名在飞骑籍，长番岁时久。
> 前日放营农，辛苦救衰朽。
> 差科死则已，誓不举家走！
> 今年大作社，拾遗能住否？"
> 叫妇开大瓶，盆中为吾取。
> 感此气扬扬，须知风化首。
> 语多虽杂乱，说尹终在口。
> 朝来偶然出，自卯将及酉。
> 久客惜人情，如何拒邻叟？

　　高声索果栗，欲起时被肘。

　　指挥过无礼，未觉村野丑。

　　月出遮我留，仍嗔问升斗。

　　"感此"两句，萧涤非师注云："这两句是杜甫的评断，也是写此诗的主旨所在。风化首，是说为政的首要任务在于爱民。田父的意气扬扬，不避差科，就是因为他的儿子被放回营农。"① 此诗不但为至交严武能以爱民为政喜，更为农家安居乐业喜。《唐书》本传称杜在成都"与田父野老相狎荡，无拘检"，道出杜此情正出自真性情。此真情与野老之真情交汇，故能一反士大夫的社会成见而"未觉村野丑"，写出"朴野气象如画"（《杜臆》语）。像这样的诗在集子里不在少数，我们选译时会尽情展示。

　　事实上，"新感觉"已体现为杜甫独特的审美趣味而无往非新：他能从桃树看到"高秋总馈贫人食"（《题桃树》），从柏树看到"苦心岂免容蝼蚁"、"古来材大难为用"《古柏行》）；与盛唐好丰腴的审美趣味不同，主张"书贵瘦硬方通神"（《李潮八分小篆歌》），批评大画家韩干画肥马是"忍使骅骝气凋丧"（《丹青引》），偏来写瘦马、枯棕、病橘；连没有生命的石头，他也从"石角皆北向"（《剑门》）中感发割据的忧虑；这就是杜甫感性中的社会性。这种独特的审美趣味催生了杜甫的拗句："中巴之东巴东山"（《夔州歌十绝句》）、"扶藜叹世者谁子"（《白帝城最高楼》），平仄的不和谐正好表达出诗人心中倔强与无奈的张力。情感上的不平衡同时还催生了杜甫式的"反对"："朱门酒肉臭，路有冻死骨"、"敏捷诗千首，飘零酒一杯"、"新松恨不高千尺，恶竹应须斩万竿"云云，这就是杜甫创造的与其情感结构相对应的美的形式，是继承，也是创新。

　　然而杜甫"集大成"最深邃的意义还在于：将人伦日用的感性的生活经验通过其情感本体升华、提炼为具有生命意味的艺术形式，极大地丰富了中国文学中的"社会美"。吃饭，应是最普通、最具动物性的生活经验了吧？但你读一下这样的诗句："饭抄云子白，瓜嚼水精寒。"（《与鄠

---

① 萧涤非：《杜甫诗选注》，人民文学出版社 1979 年版，第 191 页。下引只注页码。

县源大少府宴渼陂》），"白露黄粱熟，分张素有期。已应春得细，颇觉寄来迟。味岂同金菊，香宜酌绿葵。老人他日爱，正想滑流匙。"（《佐还山后寄三首》）"长安冬菹酸且绿，金城土酥静如练。"（《病后过王倚饮赠歌》）个中之美，岂是那些面对山珍海味"犀箸厌饫久未下"（《丽人行》）的贵人们所能梦见者！名句"香稻啄馀鹦鹉粒"（《秋兴八首》），人们只注意到它奇特而华美的句式，却少有人注意到盛世那"稻米流脂粟米白，公私仓廪俱丰实"（《忆昔》）的往事，对战乱中饥寒交迫的百姓是怎样一种美丽的记忆？关乎生存的稻米的意象于是获得真、善的内容。当感性不只是感性，形式也不仅仅是形式，真与善就能产生一种独异之美。

面对大自然，杜甫对生命的感受更易透出某种哲理。人们熟知的《春夜喜雨》（好雨知时节），连缝罅里都进透生机，"花重锦官城"之"重"，是生命之重。然而杜甫更重视在人际关系中"活着"的生命感受。亲子之情、夫妻之情、兄弟之情、朋友之情、邻里之情等，成了杜诗中最活跃的因素。

亲子之情是常情，也是杜诗常见题材。《元日示宗武》云：

> 汝啼吾手战，吾笑汝身长。
> 处处逢正月，迢迢滞远方。
> 飘零还柏酒，衰病只藜床。
> 训喻青衿子，名惭白首郎。
> 赋诗犹落笔，献寿更称觞。
> 不见江东弟，高歌泪数行。

仇注引《杜臆》曰："啼手战，见子孝；笑身长，见父慈。"固然，由此可见伦理融入个体之心理，但诗意不在斯。诗意乃在生命的对话与交接，"汝啼吾手战，吾笑汝身长。"一啼一笑间两代人感受着生命一盛一衰的"交接仪式"，悲欣交集。不是"天国"，而是亲亲之爱，成为中国人"活着"的重要"理由"与追求，更是生命得以延续、永恒的安慰。大历三年，诗人生命历程已近尾声，在贫穷潦倒中的大年初一（老杜生日）发出这岁月的感慨，其深处却是生命的悲歌，"喜"只是衬"悲"。

事实上苦难岁月中相濡以沫的人际感情，往往构成杜诗中的佳篇，如《赠卫八处士》，普通而诚挚的人际友情，千百年来打动过多少人的心！正如上文所说：杜甫"在任何情境下，他都能保持人性的本真，不被异化"。尤其是在困顿之极的逆境中，杜甫不但不去求得个体的解脱，反而是更深地、义无反顾地沉入相濡以沫的人际关怀之中，激发出人性的自觉。试读为人所熟知的《茅屋为秋风所破歌》，或以为其中"南村群童欺我老无力，忍能对面为贼盗，公然抱茅入竹去，唇焦口燥呼不得"数句是"诗人在怨天恨人"。诗人的确是发了脾气，因为从下文可知，少了这几把茅草会造成"布衾多年冷似铁，娇儿恶卧踏里裂。床头屋漏无干处，雨脚如麻未断绝"的恶果，发点脾气是人之常情，尚属"合理的自私"。关键是处于这样的困境之中，诗人却能从"小我"跃入"大我"，发出"安得广厦千万间……吾庐独破受冻死亦足"的呼号！诗人毕竟是有血有肉的人，但他能在个体感性自然里展示出社会的理性，这就叫崇高！这种不顾利害、不留退路、勇往直前的品格，与其说源自儒学（或曰"儒道互补"），毋宁说更逼近屈原。"集大成"的杜甫，虽然没留下骚体诗，但于不似处似之，最得屈骚高扬个体人格之精神。事实上"盛唐气象"的核心正是屈骚高扬个体人格这一基本精神。

生命意味毕竟要从形式中沁出，"集大成"也毕竟体现为"尽得古今之体势，而兼人人之所独专"。文与意及其结合方式的个性化是杜诗之为杜诗的关键。而杜诗文与意结合方式个性化的特点如上文所论，在于由其真善一体的情感结构孳生出新感觉，新感觉逼出新形式的创构，即在集大成的过程中赋予旧形式以新意义、新功能，同时也因为表达新感觉的需要而构建新话语，创造新形式。总之，意味层又回归到形式层。

我们先来看看杜甫是如何在集大成的过程中赋予旧形式以新意义、新功能的。《又呈吴郎》云：

堂前扑枣任西邻，无食无儿一妇人。
不为困穷宁有此，只缘恐惧转须亲。
即防远客虽多事，便插疏篱却甚真。
已诉征求穷到骨，正思戎马泪沾巾。

　　以往七律这种华丽的形式大都被用来唱和，偶一为之耳。杜甫却用极大的精力来改造这一诗体，单他一人所存一百五十一首之数，就超过了初盛唐其他诗人所存之总和。更重要的是，经他之手，可谓"诗料无所不入"（《唐音癸签》）。这一首便是以诗代书，细诉心曲。诗专为贫妇求情而作，体现杜甫一贯的悲天悯人的情怀。瀼西草堂是杜甫送给后辈亲戚吴郎的，却于题目用"呈"字，不以原主人自居，使对方容易听进劝告。颔联写贫妇的心态，体贴入微；颈联又为吴郎留下地步，诚如涤非师所分析："他好像是自己在打别人的枣子，希望主人家不要使自己难堪似的。我们只要一读到'不为困穷宁有此，只缘恐惧转须亲！'这样的两句诗，至今还能仿佛听到诗人杜甫当时心脏怦怦然的跳动。"[1] 一支笔写出三人心曲，也沟通彼此三颗心，末句则推开去，忧国忧民，"一人心，乃一国之心"矣！为了达到打动吴郎的效果，诗中用散文常用的"不为"、"只缘"、"已（诉）"、"正（思）"、"即"、"便"、"虽"、"却"，等虚字作转接，极尽委婉之能事，是所谓"以文为诗"的创新处，大大增强了七律的叙事功能。至如五律，是盛唐诗体中最成熟的形式之一，杜甫仍能创新。试读《春望》：

> 国破山河在，城春草木深。
>
> 感时花溅泪，恨别鸟惊心。
>
> 烽火连三月，家书抵万金。
>
> 白头搔更短，浑欲不胜簪。

　　大凡诗人只与周遭变化着的语境发生感应，其情绪具有不可重复的"当下"性，杜甫其时因身陷敌占区，目睹叛军的烧杀抢掠，尤其是去冬官军陈陶斜惨败，"群胡归来血洗箭"（《悲陈陶》），使杜甫处于激愤之中，故景随情化，见花溅泪，闻鸟惊心，具有很强烈的主观色彩，是王夫之所谓"情中景"。颈联写烽火中盼家书，原本是平常语，但因道出个个乱离人的心思，遂成名句。杜诗"文与意之著"，就在于形式中有意味，意味沁自形式，而这种意味具感性而又超越感性，有"小我"而又融入

---

[1]　萧涤非：《杜甫研究》，齐鲁书社 1980 版，第 83 页。

"大我"。南宋李纲《重校正杜子美集序》称:"子美之诗凡千四百三十余篇,其忠义气节,羁旅艰难,悲愤无聊,一见于诗……平时读之,未见其工,迫亲更兵火丧乱之后,诵其诗如出乎其时,犁然有当于人心,然后知其语之妙也。"正是从读者的角度道出个中的奥妙。盖人处于相似的遭遇中,心与心之间的距离最小化,最易沟通,取得"人同此心,心同此理"的效应。杜甫以其"一人心,一国之心"的情感特征,在时代不同而境遇相似的情状下,勾出人们心中善的种子、悲悯之情怀,在人性的净化过程中与杜诗共鸣,从形式中品出意味,遂"犁然有当于人心,然后知其语之妙也"。可见人的心理结构与形式结构一旦取得感应式的对称,便能产生美感。可以断言,只要人类社会还有战乱,还有困穷,杜诗就仍然会感人至深。

杜甫的"集大成"不但在乎"兼",而且在乎"通"——打通各种体式与各种风格。如《洗兵马》长句,诚如《杜臆》所评:"此诗四转韵,一韵十二句,句兼排律,自成一体。"古体而兼排律,便如阅兵阵,整肃且有动的气势。诗又多对偶,如:"鹤驾通宵凤辇备,鸡鸣问寝龙楼晓",在微妙的对应中衬出肃宗"皇帝"兼"太子"的双重身份,表达对皇室大统的隐忧。总之,全诗既得七古之长,又得排律之优,是为"尽得古今之体势,而兼人人之所独专"之新义。运古入律、律带古体,是杜诗中常见的形式。还有些尚属"实验"阶段的诗,如《曲江三章章五句》、《八哀诗》等,其创新处见集中详释。总之,毕杜甫之一生都在探索艺术形式的创造,为的是使自己的情感表达能达到最大限度的自由。不妨说,"集大成"的目的还在于"开世界"。

# 二

与西方"罪恶感"文化不同,与日本"耻辱感"文化也不尽相同,中华民族的"史官文化"的核心是"忧患意识"。该意识少空想而重实际,尤重经验及其总结。一部《资治通鉴》说尽"史"与"官"结合的"史官文化"的反思致用的性质。史,是反思之产物。从这一角度看,我民族虽然少有荷马史诗那样的叙事长篇,却有着比任何民族都多的带经验性的史的反思特质的诗篇。早在晚唐时,孟棨《本事诗》就说过:"杜逢

禄山之难，流离陇蜀，毕陈于诗，推见至隐，殆无遗事，故当时号为
'诗史'。"宋人胡宗愈则曰："先生以诗鸣于唐，凡出处，动息劳逸，悲
欢忧乐，忠愤感激，好贤恶恶，一见于诗，读之可以知世。学士大夫谓之
'诗史'。"（《成都草堂诗碑序》）合两说可见杜甫"诗史"的特质：能将
自己的经历与情感写入诗中，反映出当时的社会情境。这也就是清代的注
家浦起龙所指出的："慨世还是慨身"，以一己的流离与情感波澜，长江
大河般动态地反映出一个时代的气象。"诗史"者，心与迹合一也。"慨"
者，不但是感慨，也是"推见至隐"、"好贤恶恶"式的反思与评价。正
是因为这一特质，使杜诗因其发自同一情感主体而前后勾连，一索子贯。
所以浦氏主张读杜诗"须通首一气读，若一题几首，再连章一片读。还
要判成片工夫，全部一齐读。全部诗竟是一索子贯。"（《读杜提纲》）这
也是本选译采取编年体的原因。

　　大略说来，杜诗创作可分三期：一是"安史之乱"前（公元712—
755）；二是"安史之乱"发生后至入蜀前（公元756—759）；三是入蜀
后至死于由长沙往岳阳的途中（公元760—770）。

　　第一期又可分两阶段，即三十五岁以前，是他读书游历时期，"读书
破万卷"、"放荡齐赵间"二句可概括。时当开元盛世，通过南游吴越，
北放齐赵，携手高（适）、李（白），轻裘快马，杜甫身心浸润着盛唐气
象的那份浪漫，从此，"煌煌太宗业"成为他心中永不熄灭的一盏明灯。
紧接下来是十载困守长安，是时为天宝年间，盛唐施行的均田制、府兵制
等，已濒临瓦解，而"四纪为天子"的玄宗也日见昏庸，政治腐败，危
机四伏。此时的杜甫一方面怀抱"致君尧舜上"的理想；另一方面又过
着"朝扣富儿门，暮随肥马尘"的屈辱生活。社会下层的生活使他认识
了"朱门酒肉臭，路有冻死骨"的现实。他开始发扬汉乐府精神，写下
《兵车行》、《丽人行》诸杰作，终于建构了他那"真善一体"的独特的
情感本体，《赴奉先咏怀五百字》是其成熟的标志。

　　第二期是杜甫生命历程中最为激荡的岁月。其时杜甫身处"安史之乱"
的"台风眼"里，先是身陷叛军占据的长安，后又只身逃归唐肃宗的大本
营任拾遗。他既看到叛军的残暴，也看到官军将士的苦斗，更看到百姓在
战乱中遭受的苦难，且以高度的政治敏感嗅到朝廷内在危机与腐朽；他一
方面支持卫国战争，同时又揭露兵役的黑暗。责任感与对现实"无可奈何"

的痛感撕裂着他的心灵。内心的激情与惨烈的现实相撞击，使杜甫喷涌出诸如《悲陈陶》、《春望》、《羌村》、《北征》、《洗兵马》、"三吏"、"三别"等等一系列震烁古今的诗篇，他自己晚年还追思道："忆在潼关诗兴多"。然而肃宗的刚愎与自私使他忍无可忍，"唐尧真自圣，野老复何知！"他终于弃官远离朝廷，"一年四行役"，自华州西行越陇坂至秦州，再经同谷入蜀。一路写下一系列被誉为"图经"的纪行诗，在同谷县还写下兴会淋漓的《凤凰台》及"有血痕无墨痕"的"同谷七歌"。

第三期是杜甫"漂泊西南天地间"的生命最后十一年，斯时割据已成，外族入侵，中兴无望。按漂泊的地点又可分为三个阶段：一在蜀，二在夔，三在湖南、湖北。虽然在成都草堂老杜有过一段较为安定的日子，写下一些"朴野气象如画"的诗篇，但此后更见穷病潦倒，写诗几乎成为他唯一的慰藉。所留下的大量诗作，于形式创构上更见功力。其中如《茅屋为秋风所破歌》、《闻官兵收河南河北》、《又呈吴郎》、《秋兴》、《登岳阳楼》等等，都是堪称从内容到形式臻乎完美的代表作。

如前所论，"诗史"者，心与迹合一也。非"迹"无以寄其情，留其迹而遗其情，则无诗矣！所以浦起龙《读杜提纲》郑重地提醒我们："史家只载得一时事迹，诗家直显出一时气运。诗之妙，正在史笔不到处。若拈了死句，苦求证佐，再无不错。"极是，极是。苦求"无一字无出处"，或如刘克庄所讥评的："必欲史与诗无一事不合，至于年月日时，亦下算子"（《再跋陈禹锡杜诗补注》），都不是读杜诗的正确方法。即以"写实"著称的"三吏"、"三别"为例，也脱不了文学虚构的特质。《新婚别》中新娘子的私房话又"谁闻之欤？"钱钟书称"史家追叙真人实事，每须遥体人情，悬想事势，设身局中，潜心腔内，忖之度之，以揣以摩，庶几入情合理。"[1] 史家尚且要据往迹而补阙申隐，更何况诗家叙事抒情！所以萧涤非先生说："没有大胆的浪漫主义的虚构，杜甫根本不可能创作出这首诗。"[2] 然而这种虚构必须是"入情合理"，符合历史的基本事实与生活的逻辑。史载，当时河南河北有许多妇女如卫州侯四娘、滑州唐四娘等，"请赴行营讨贼"（《旧唐书·肃宗本纪》），新娘子的言行是符合当

---

① 钱钟书：《管锥编》，中华书局1979年版，第166页。

② 萧涤非：《杜甫研究》，第223页。

时许多妇女支持这场卫国战争这一基本事实的。至于新娘子的口吻，更是惟妙惟肖，是为艺术的真实。然而从"三吏"、"三别"中无论男女老少个个都深明大义有抗敌之心这一点看来，作者是有选择的（史册但言其时"东京士民惊骇，散奔山谷"），表达的是诗人自己对卫国之战所持的态度与感情。诗人好比酿酒人，要把史料酿而成诗，硬要从"五粮液"中品出粮食原味，不是真酒徒；要用"以史证诗"取代文学鉴赏，同样不是好主意。

让我们回到"主体性"的话题上来。无论"集大成"，无论"诗史"，"慨世还是慨身"，各种印象都指向一个方向，归拢成一个完整的形象，由模糊而趋明晰，那就是周祖譔先生所指出："一部杜诗为读者集中地塑造了一个具有时代特征的、崇高的人物形象，即诗人的自我形象。"①这也就是王嗣奭《杜诗笺选旧序》所称杜乃"以我为诗"者。是的，我们不但从杜诗中看到海立涛翻的唐代，看到须眉皆动的唐人，看到曲江歌舞，看到夔府秋色，更看到抒情主人公、中国文化托命之人——杜甫本人！诗中林林总总的一切事物都内化为诗人的"动息劳逸，悲欢忧乐，忠愤感激，好贤恶恶"而感动着一代又一代有良知的中国人。浦起龙说："小年子弟拣取百篇，令熟复，性情自然诚悫，气志自然敦厚，胸襟自然阔绰，精神自然鼓舞！"这就是日新不竭的创造源头、再生原点，也正是本丛书"冥契古今心灵，会通宇宙精神"的不懈追求之所在。于是沟通读者与作者、文本之间的联系便成为本新译的着力处。

然而，众所周知，"媒婆"的作用是很有限的，而且肯定还有副作用。用现代释义学眼光看，文本的意义是作者与读者共构的——作者写进意思，而读者则确定意义。读者也有其主体性。因此我们在必要时，也提醒读者诸君"自作主张"，当然是在充分尊重文本原有含义的基础之上。（作者按：以下删去一段关于《洗兵马》钱注的文字。）须知"诗史"反思致用的特质是不排除读者的参与的，我认为这对积极理解杜诗很重要。所以本册子也不以"唯一正确答案"自期许，而是提供参考之余尽量为读者留下想象之空间。

---

① 周祖譔：《百求一是斋丛稿》，厦门大学出版社 2005 年版，第 19 页。

## 三

杜甫诗歌艺术的总体风格是"沉郁顿挫",已为学人所认同。然而,"沉郁"又不仅仅是杜甫个人独特的艺术风格,它源远流长。要了解富有民族特色的沉郁风格之形成,就有必要上溯我民族先民共同的生活经验。从根本上说,黄河流域那并不裕如的生存环境与"靠天吃饭"的农业活动,决定了我们这个民族是具有深广的忧患意识的民族。《孟子·告子》一段话颇有代表性:

> 孟子曰:"舜发于畎亩之中,傅说举于版筑之间,胶鬲举于鱼盐之中,管夷吾举于士,孙叔敖举于海,百里奚举于市。故天将降大任于是人也,必先苦其心志,劳其筋骨,饿其体肤,空乏其身,行拂乱其所为,所以动心忍性,曾益其所不能……人恒过,然后能改;困于心,衡于虑,而后作;征于色,发于声,而后喻。入则无法家拂士,出则无敌国外患者,国恒亡。然后知生于忧患而死于安乐也。"

在这段话里,孟子将人生忧患与社会忧患、个体忧患与群体忧患结合起来思考,从而将忧患意识提升到关系到家国存亡的历史规律这一层面来认识,忧患意识被视为士大夫个体必备的修养,成为个体人格内在的东西。其中所含的使命感更多的只是一种意绪,通过作家的酝酿,可外化为审美情趣。屈原便是首位将此意绪外化为个人沉郁风格的大诗人。诚如林云铭《楚辞灯·离骚》所云:

> 屈原全副精神,总在忧国忧民上。如所云"恐皇舆之败绩"、"哀民生之多艰",其关切之意可见。

感情的纠结使之"'骚'而欲'离'不能也。弃置而复依恋,无可忍而又不忍,难留而亦不易去……'骚'终于'离'而愁将焉避!"[1] 正是

---

① 钱钟书:《管锥编》,中华书局 1979 年版,第 584 页。

这种"剪不断，理还乱"的情绪，造就了似往已回，悱恻缠绵的风格。屈原为"沉郁"定的调子就是"芳菲悱恻"，是怨不是怒。扬雄、阮籍诸人继承的便是这种调子。

经过长期的积淀，沉郁风格至杜甫而有了质的升华，这就是萧涤非先生所指出的：杜之"沉郁"不是悒郁，而是"沉雄勃郁"（前引）。此种风格之形成，既是现实的，也是历史的。说它是现实的，是因为杜甫所处的是一个由极盛跌入大乱的特定历史时期，盛世强烈的印象使之毕生不忘，即使在最困难的环境中仍能心存"煌煌太宗业"，有"中兴"的信心。说它是历史的，是因为杜甫从士大夫的集体无意识中汲取了力量。在杜甫情感主体的作用下，个性化的"沉郁"乃于"厚"、"深"之外又拓之使"阔"，沉郁风格之"三维"于是乎大备。盖杜诗境界阔大，古人早有定论，如王安石诗云："吾观少陵诗，谓与元气侔。力能排天斡九地，壮颜毅色不可求。浩荡八极中，生物岂不稠。丑妍巨细千万殊，竟莫见于何雕馊。"（《杜甫画像》）所谓"阔大"，不但指如"吴楚东南坼，乾坤日夜浮"、"锦江春色来天地，玉垒浮云变古今"之类气象雄浑、俯仰古今的意境，且指"上感九庙焚，下悯万民疮"（《壮游》）的胸襟与视野。也就是说，杜甫的"阔大"，是眼界能溢出"君臣之际"，及乎百姓，这就使文人诗的疆土得到大幅度的开拓，且升华为一种审美意识："或看翡翠兰苕上，未掣鲸鱼碧海中。"（《戏为六绝句》）它使杜诗的沉郁风格获得了与传统相区别而与时代相呼应的个性。

至于"顿挫"，应指与"沉郁"相应的从节奏、声律，到句式、联对、篇章结构，乃至意象的合成、组合，反讽、用典等语言形式方面的特点。杜诗之伟大，最终还是要落实在其诗歌的语言形式上。然而，如果以为应在语言自身只作"新批评"式的封闭研究则否，因为语言的符号化，要求其指向意味而超越语言自身，对真善美一体化的杜诗更是如此。因列其带有典型性的数端以见一斑，至于倒叙、对比、双动、反讽、借对、流水对、歧义句、假平行句、名词独立句等技法，在在皆有，则于本选集中随时揭示。

先看意象的合成与组合。意象，盛唐选家殷璠称之为"兴象"。兴者，起也；象者，出意者也。兴象之活力，就来自"兴"与"象"并列，两端确定而二者间关系则不确定，从而留下很大的空间，有很大的容量。或者说，兴象不但指兴与象的静态构成（鲜明生动的形象蕴含兴味神韵），而且指由诗人兴发感动而物我遇合的兴象合成的动态过程。杜诗的语言，便是这种创构情感意象的典型的诗语言。中国诗与直觉思维有着不解之缘，从来就不想离开这感性世界而去，所以杜甫首先追求的是语言的感觉化："山豁何时断，江平不肯流。"（《陪王使君晦日泛江》）"不肯流"是诗人此时此地对"江平"的特殊感觉。杜甫用词下字总是尽量将词语的指称功能隐去，凸现其表现功能，使之感觉化。"碧瓦初寒外"（《冬日洛城北谒玄元皇帝庙》），有形有质的"碧瓦"，如何置诸无象无形的"初寒"之"外"？但就感受而言，却是可能的。仰视巍巍玄元寺，觉得碧瓦之高已超然乎充塞于天地人间之寒气，则非"外"字不可。它将作者对高华壮丽的玄元寺的感受，借碧瓦之实体传达给读者，是所谓"逗于象，感于目，会于心"者。又《船下夔州郭宿雨湿不得上岸》有云："晨钟云外湿"。钟声安能为雨所湿？钟声又如何辨其湿？又《晚秋陪严郑公摩诃池泛舟》有句云："高城秋自落"。"秋"如何落？从何而落？叶燮《原诗》赞叹不已："所谓言语道断，思维路绝。然其中之理，至虚而实，至渺而近，灼然心目之间，殆如鸢飞鱼跃之昭著也。"这种"通感式"的虚而实，实而虚，是为杜诗感觉化之妙。为此，杜诗组词还有意将景物与情志紧密结合到"化合"的程度。"影著啼猿树"（《第五弟丰独在江左》），固然可释为：身羁峡内，每依于峡间之树，而峡间之树多著啼猿；但如此分解，"啼猿树"之意味又何在哉！如果我们将"啼猿树"看成一个合成意象，则味之无穷。"池要山简马，月静庾公楼"（《秋日寄题郑监湖上亭》）。马乃今日之马，楼乃今日之楼，却冠之以古人的名目，以名词做形容词，造成古今时空的交错，于是主如庾公之雅兴，客如山简之风流如见。

与杜诗语言的情感性质相配套的是：以形象直接取代概念、推理、判断。"万事已黄发，残生随白鸥"（《去蜀》）。万事如何？——"已黄发"。读者自能悟出"万事已休"的断语。残生又如何？——"随白鸥"。读者亦可悟出"漂泊无着"的断语。"身世双蓬鬓，乾坤一草亭"（《暮春题瀼西新赁草屋》）。密集的意象间无一动词，只让意象的张力互相支撑，在对称中形成反差，互相补明意义。从这些富有个性的"句法"中，我们感触到杜甫自家的"逻辑"与"秩序"。则杜诗句法，是以情感生命之起伏为起伏的。其诗句极力追摹生命的节奏，让诗的律动与人的内在生命之律动同步合拍，由此焕发出诗美。诗的律动与心理的律动、情感的律动同构，是杜诗独到之处。"青—惜峰峦过，黄—知橘柚来"（《放船》）。由第一眼的印象到引起感受的情绪，再到理性的判断，不正是"意识流"所追求的效果？"返照入江翻石壁"（《返照》），似乎是在追踪客观事象的因果过程，却正与"不可久留豺虎乱"那忐忑心绪同一轨迹。总归诗人服从的是强烈的主观感受而不是语法规则。清人徐增《而奄诗话》称：

> 论诗者以为杜甫不成句者多；乃知子美之法失久矣。子美诗有句、有读，一句中有二、三读者；其不成句处，正是其极得意之处也。

如果我们不拘于只从句读来理解这段话，那么"不成句处"杜自觉是"极得意处"，正是杜甫对诗要有诗自家特有的句法的自觉追求。对于迷恋既成事物的人来说，是不可理解的。杜诗"香稻啄余鹦鹉粒"（《秋兴八首》）一联竟至千古聚讼，甚至有认为"简直不通"、"全无文学价值"者。而为杜甫作辩的人则认为是"倒装句法"，是"语序颠倒"以便使读者在弄清其含义时心理上多一层阻力，产生"劲力"云。还是以惯常语法秩序做尺度。然而安知杜甫极得意处不在此？"倒装句"也罢，"以名词做形容词"也罢，"形容短语"也罢，杜甫诗中语序多"以意为之"，尽量感觉化，正是对形象思维的极力追摹。至如"即从巴峡穿巫峡，便下襄阳向洛阳"（《闻官军收河南河北》），并非实事，只是驰想，"双动"用法与流水对使还乡之思迅疾如飞，体现了诗人当时心灵的节奏。

杜诗不可及处，还在于"组合拳"式的意象群的构成，其指向乃在"沉郁"，以心理的方式重新编织从个人生活经验中蒸馏出的细节，经诗人主观感情的点化，以自己独特的用词、语句、意象、结构，再造一个全新的感觉世界。试读被胡应麟誉为"古今七言律第一"的杜甫名篇《登高》：

> 风急天高猿啸哀，渚清沙白鸟飞回。
> 无边落木萧萧下，不尽长江滚滚来。

> 万里悲秋常作客，百年多病独登台。
>
> 艰难苦恨繁霜鬓，潦倒新停浊酒杯。

"万里"一联含八九层意（或云他乡作客一可悲，经常作客二可悲，万里作客三可悲，况当秋风萧瑟四可悲，登台易生悲愁五可悲，亲朋凋零独去登台六可悲，扶病而登七可悲，此病常来八可悲，人生不过百年，在病愁中过却，九可悲），且不觉堆垛，为历来论者所推许。但尤需注意的是，这八九层意思是来自万里、悲秋、作客、百年、多病、独、登台诸多意象的交错组合，各种意象互相映照，你中有我，我中有你，如镜镜相摄的"华严境界"，意味叠出。甚至整首诗中风急、天高、渚清、沙白、猿啸、鸟飞、萧萧落木、滚滚长江……互为斗拱，交织共时；是秋的和弦，是秋的场景，是秋的气息。至此，诗中秋景已非夔州实景，而是"离形得似"的艺术幻境，诗中的悲秋之情也不仅仅是杜甫个人独有的情绪，而是从个人生活经验中提取的具有普遍性的审美经验，也就是经特定方式组合而成的一种感人形式，写现实而超越现实。

节奏、声律、句式等，更是造成顿挫感的重要元素。再以《江汉》为例：

> 江汉／思归客，乾坤／一腐儒。
>
> 片云／天共远，永夜／月同孤。
>
> 落日／心犹壮，秋风／病欲苏。
>
> 古来存老马，不必取长途。

第二句为全诗首脑，沉郁之情由此感发。前三联都是平行句式，节奏如上所示，是整齐的，而颔联句序颠倒，（顺序应为"片云共天远，永夜同月孤。"）颈联则有歧义，意思游移在："一片浮云像天那样遥远"和"天空下，我的心和片云一样万里飘游"之间。且前三联都有大小、强弱的对比，这些都造成一种不顺畅的隔离感，而末句却用流水对，"老马"既是第七句的宾语，又是第八句的主语。"这样，在全诗的四联中，表现了从最不连续到最连续的级差变化，同时节奏频率级差变化也是由句法实现的。"尤其是尾联由上面的意象语言忽然转入推论语言，"不必"二字使推论的力量得到最强烈的表现。① 句序、歧义、对比、意象、节奏，同时发力，在抑扬顿挫中造成情感的波澜，无疑强化了诗中因"乾坤一腐儒"所感发的沉郁情感，而且前六句那片断式的意象系列造就了往复悱恻的沉郁，又由尾联否定句式的颠覆而一泻直入勃郁的境界。

用典，也是杜诗造境的一大手段，不妨说是中国古典诗歌最独异的表现方式之一。首先，典故是浓缩的历史事件，杜甫精于此道，不但用典确切多变，且用得熨帖无痕。如："杜酒偏劳劝，张梨不外求。"（《题张氏隐居》）杜酒，杜康酒，曹操《短歌行》："何以解忧，惟有杜康。"张梨，潘岳《闲居赋》："张公大谷之梨"。酒乃吾家（杜氏）之酒，还要劳你来劝？梨本你家（张氏）的梨，自然是不必外求。切合宾主双方之姓氏，且说得机智幽默，平添不少趣味。

用典之妙，还在于造成古今的平行对比，以"古"逗出未曾言说的"今"，暗示言外之意。如"昨日玉鱼蒙葬地，早时金碗出人间。"（《诸将五首》）玉鱼、金碗皆汉时帝王墓葬之物，为人盗卖。然而具讽刺意味的是：汉陵被掘在西汉亡后，唐陵被掘却在唐军平"安史之乱"后的吐蕃入侵时，奇耻大辱尽显当朝帝王与诸将的无能。典故在这里具有很强烈的反讽意味。再如"对棋陪谢傅，把剑觅徐君。"（《别房太尉墓》）谢傅即晋太傅谢安，用指唐肃宗时的太尉房琯。谢好弈棋而房好赏琴，但谢安官崇位高受重用，不因好棋艺受责；而房琯却因琴师董某受贿贬官。"对棋陪谢傅"五字不但暗示作者与房关系之亲密，还写出对房之崇敬并为之抱不平的弦外之音。至如《凤凰台》，由台名而联想到"凤鸣岐山"，想到周文王的功业，全诗由此起兴而浮想联翩，将诗人为国为民不惜剖心血的激情和盘托出，诚如浦注所云："是诗想入非非，要只是凤台本地风光，亦只是老杜平生血性，不惜此身颠沛，但期国运中兴，剖心血，兴会淋漓。"一人名、一地名便能勾出如许多的联想，正是用典能再造艺术幻境的特殊功能。故陈寅恪《读哀江南赋》有云：

> 兰成作赋，用古典以述今事。古事今情，虽不同物，若于异中求同，同中见异，融会异同，混合古今，别造一同异俱冥、今古合流之

---

① 参考高友工、梅祖麟：《唐诗的魅力》，上海古籍出版社，1989 年版，第 38 – 40 页。

幻觉，斯实文章之绝诣，而作者之能事也。①

杜甫更是将庾信的"绝活"发挥到极致，让自然景物与历史意象错综起来，别造一同异俱冥、今古合流之艺术幻境。试读名篇《登楼》：

> 花近高楼伤客心，万方多难此登临。
> 锦江春色来天地，玉垒浮云变古今。
> 北极朝廷终不改，西山寇盗莫相侵。
> 可怜后主还祠庙，日暮聊为梁甫吟。

春色浩荡却心事重重，是王夫之所谓"以乐景写哀，以哀景写乐，一倍增其哀乐"。（《姜斋诗话》）又由自然景色之变幻引出世事的多舛，"北极"一联将对时局变幻不定的担忧从正面道出，说"终不改"，正是忧其改，遂引出尾联的历史意象。后主，就是刘备的不肖子阿斗；《梁甫吟》，孔明在隆中喜吟此曲，用指对大贤孔明的思念。此句感叹国事如此，君王平庸如此，正需诸葛亮那样的大贤来辅政。其中不无诗人报国无门的自嗟。然而此情此景所蕴含的意绪、情感，比上面的概括要丰富、细腻得多。蜀后主还祠庙面对祖宗时，犹懂得怀念孔明，看来还不是"陈叔宝全无心肝"，牵出诗人对唐代宗尚存的一丝希望，其拳拳之心依稀可见。全诗浮云变幻、世事变幻、意绪变幻，交错重叠，真是"混合古今，别造一同异俱冥、今古合流之幻觉"。典故之于杜诗，决非摩登人夸富炫丽之衣，实乃魔术师遮物障眼之布——蔽之偏能彰之。

读经典之作，好比潜海探珊瑚，要自家潜入百度寻觅，方能有得。故黄生《杜诗概说》云："惟读杜诗，屡进屡得。"注家云云，只是充当导游，读者有得，则登岸舍筏可也。谬误之处，尚乞海内外读者诸君正之。至于现译，更是吃力不讨好的活儿，只是极力使读者对该首诗有个完整的印象，得意忘言是已。

（录自《新译杜诗菁华》，该书近日将由台湾三民书局出版）

---

① 陈寅恪：《金明馆丛稿初编》，上海古籍出版社，1980 年版，第 209 页。

# 白居易自我调节机制的实现

白居易的诗论在文学批评史上有着崇高的地位，特别是他主张"文章合为时而著，歌诗合为事而作"，大力提倡写讽喻诗，更是广为人知。然而，令人惊奇的是，在提出以上主张的《与元九书》之前，白氏写下《秦中吟》、《新乐府》、《观刈麦》等大量讽喻诗，而此论一出，他的讽喻之作反而骤减，几乎不作。此后所写多是闲适、感伤一类。① 这是一个值得重视的文学史现象，姑称之为"白氏现象"。

要解释白氏现象，首先必须揭示白居易诗论的内在矛盾性。白氏在《新乐府序》中说：

> "篇无定句，句无定字，系于意不系于文，首句标其目，卒章显其志，诗三百之义也。其辞质而径，欲见之者易喻也；其言直而切，欲闻之者深诫也。其事核而实，使采之者传信也；其体顺而肆，可以播于乐章歌曲也。总而言之，为君为臣为民为物为事而作，不为文而作也。"

这段话表明白氏有很明确的创作目的，无论结构、语言、题材、形式，都从属于"为君为臣为民为物为事而作"的总目的。而"为君"与"为民"不是并列关系，如《寄唐生》诗所称："唯歌生民病，愿得天子知。""为民"乃从属于"为君"。为君与为民在封建社会一定条件下有其

---

① 据中华书局版，顾学颉校点《白居易集》附《白居易年谱简编》，《新乐府》系于元和四年，《秦中吟》系于元和五年，《与元九书》系于元和十年，并称："自此以后，居易避祸远嫌，居官常引病自免，不复谔谔直言。作诗态度，亦有所转变，讽喻之作渐少。"可资参考。本文所引白氏诗文未经注出者，咸用顾校本。

统一的一面，但更主要的是斗争的一面。由于白氏将"为君"置诸"为民"之上，故有"白氏现象"。容下文讨论。

白氏以"唯歌生民病"为己任，所以"闻见之间有足悲者，因直歌之。"（《秦中吟序》）如《道州民》、《卖炭翁》等不愧为民的佳作。为此，他不顾"执政柄者扼腕"，"握军要者切齿"，表现了"为民请命"的大义大勇。这一面已为研究者所阐明，恕我从略。必须提请注意的是，白氏要"歌生民病"的目的在于"愿得天子知"，写乐府不过是手段，这一面往往为研究者所忽略，而"白氏现象"的症结恰恰就在这里，有必要详论。《策林六十八》云：

> 且古之为文者，上以纫王教，系国风，下以存炯戒，通讽喻；故惩劝善恶之柄，执于文士褒贬之际焉；补察得失之端，操于诗人美刺之间焉。

《策林六十九》又云：

> "圣王酌人之言，补己之过，所以立理本，导化源也。将在乎选观风之使，建采诗之官，俾乎歌咏之声，讽刺之兴，日采于下，岁献于上者也。"

白氏认为应当恢复古代的采诗制度，让诗歌成为惩恶劝善、补察得失的工具，将诗的社会功能提高到治国平天下的高度。这在中唐朝野上下尚未失去"中兴"希望的时代，不能说是完全空想。《资治通鉴》卷二三八载谏臣李绛或久不谏，唐宪宗就会诘问"岂朕不能容受耶？将无事可谏也？"他还鼓励臣下力陈是非，"勿畏朕谴怒而遽止"。史载，白氏正是以其歌诗流闻乐府，被宪宗赏识，召入翰林为学士的。白氏大多数讽喻之作写于此期，不妨说是其"采诗"理想在某种程度上的另一种形式的实现。近年来一些研究者称白氏此类诗为"谏官诗"，不无道理。

既然"为君"是第一义，那么讽喻之兴衰就系于皇上的纳谏态度上了。如果"圣王"不肯"酌人之言，补己之过"呢？对此白氏总是耿耿于怀："君不见左纳言，右纳史，朝承恩，暮赐死。"（《太行路》）大凡一个皇帝在政权尚未巩固时，总比较地能纳谏，也就能较好地发挥其调节政府的功能，遏制官僚机构的腐化；一旦皇权得以稳固（或自以为稳固），专制也成正比，"圣王"也就不易纳谏了。唐宪宗自平淮西，使唐朝似有"中兴"气象以后，日见骄侈。李绛、裴度等著名谏臣先后去位，韩愈因谏迎佛骨几招杀身之祸。"直而切"的讽喻诗还写不写？

白氏在《序洛诗》中作了回答：

予历览古今歌诗，自《风》、《骚》之后，苏、李以还，次及鲍、谢之徒，迄于李、杜辈，其间词人，闻知者累百，诗章流传者鉅万。观其所自，多因逸冤谴逐，征戍行旅，冻馁病老，存殁别离，情发于中，文形于外，故愤忧怨伤之作，通计今古，什八九焉。

（予）在洛凡五周岁，作诗四百三十二首。除丧朋哭子十数篇外，其他皆寄怀于酒，或取意于琴，闲适有余，酣乐不暇；苦词无一字，忧叹无一声，岂牵强所能致耶？盖亦发中而形外耳，斯乐也，实本之于省分知足。

这段话可谓"如人饮水，冷暖自知"。白氏自觉地将自己与李、杜等优秀作家的创作态度作了比较：屈原、李白、杜甫诸人在逸冤遣逐、冻馁病老的逆境中，愤忧怨伤之作愈力；白氏在谪江州以后的逆境中，虽未必"苦词无一字"，但有意避而不写讽喻诗，大写其"知足省分"的闲适诗，却是事实。陆游曾指出"杜甫、李白激于不能自已"（《谈斋居士诗序》），甚是，甚是！屈原的自沉，李白的流放，杜甫的漂泊，是血肉之躯对生存意义的严肃的自我选择。"虽体解吾犹未变兮"！"吾庐独破受冻死亦足"！而白居易与李、杜的差别就在力图"自已"（自我克制），即有意地进行自我调节，追求内心的平衡（"省分知足"）。这就是"白氏现象"背后带有普遍意义的深层意识。

有人认为，对生命的价值思考，在哈姆莱特是"活着还是死去"，在中国士大夫则是"入世"还是"出世"。的确，出仕与归隐，一直是封建时代知识分子的生命二重奏。它构就了以儒家为主导思想的士大夫内心的矛盾双方。钱穆氏标举"宋学精神"称：

"盖自唐以来之所谓学者，非进士场屋之业，则释道山林之趣，至是

（指北宋）而始有意于为生民建政教之大本，而先树其体于我躬，必学术明而后人才出。"（《中国近三百年学术史·引论》）

这段话点明了由唐至宋士大夫通过自我调节机制的形成，实现个体（"我躬"）政教合一的封闭过程。所谓"进士场屋之业"，是指士人对外在的事功的追求；所谓"释道山林之趣"，是指士人对内在的心理平衡的追求。廊庙与山林，的确是唐代士子主要的生活内容，只有到宋人手中，才融合二者为"建政教之大本"，体现为"我躬"的内在修养，即"内圣外王"的功夫。事实上这是一个漫长的融合过程。廊庙与山林之间，在不同的历史阶段有着不同的转换关系，真是"说来话长"。

"三月无君则皇皇如也"的孔夫子，一开始就将儒学的构筑置于入世的基石上。门人子夏说得最透彻："学而优则仕"。（《论语·子张》）以"经世济民"为标帜，出将入相，成为封建时代知识分子普遍的追求，自不待言。问题只在于：孔孟之学中高扬个体人格的成分，与随着一体化带来的君权日甚之间，有着难于调和的矛盾。

> 子曰，三军可夺帅也，匹夫不可夺志。（《论语·子罕》）
> 富贵不能淫，贫贱不能移，威武不能屈。（《孟子·滕文公下》）

这是孔、孟所树立的完善的个体人格。然而，自秦皇汉武以来的帝王，却往往视文人为"俳优蓄之"。想为"帝王师"的理想与俳优般待遇的现实，叫人在心灵中如何得以平衡？于是乎求"帮忙"与"不得帮忙的不平"便成为千年古国文人的主题歌。[①]孔子本人就有过不得帮忙的不平，"道不行，乘桴浮于海"云。不过他有自控法："天下有道则见，无道则隐"。（《论语·泰伯》）"邦有道则仕，邦无道则可卷而怀之"。（《论语·卫灵公》）然而，这种"待价而沽"的态度远不能使内心平衡，心里还是要"三月无君则皇皇如也"。

由自控引向自调的，是孟子。《尽心上》说："故士穷不失义，达不离道"。又说："古之人得志，泽加于民；不得志，修身见于世。穷则独善其身，达则兼善天下。"有机会实现济世理想固佳，没机会也不随波逐

---

① 参看鲁迅《且介亭杂文二集·从帮忙到扯淡》。

流。既存理想，又保人格，于是乎"兼济"与"独善"成为后世儒者自控而又自调的处世原则。

然而，唐以前长期封建社会中，这一原则尚未形成普遍的可转换的关系。也就是说，兼济与独善并未形成一种对立而又互补的可转换的真正自调机制。二者由对立走向互补，乃至可转换的关系，是在六朝至盛唐这一漫长的历史时期内酝酿而成的。具体表现为隐逸本是与政治对立的产物，在历史发展过程中逐渐泯町畦而通骑驿，成为一种与参政（仕）可转换的互补关系。

从所谓"正史"的《晋书》与《唐书》隐逸传的对照中，不难窥见不同时代隐逸者不同的心理。残酷的政治迫害与晋人的隐逸动机有直接的因果关系。在晋代，隐逸是为了逃避政治迫害。《晋书·隐逸传》载，范粲不愿仕景帝，三十六年不发一言；杨轲、霍原身为隐士还难免一死；孙登、董京、夏统、鲁褒、陶淡、石垣等"不知所终"。所以《晋书》说，隐士们"藏身江海之上"，为的是"修身自保"。陶淡、戴逵、郭瑀为了不出仕，还逃跑过。陶潜《士不遇赋》说："彼达人之善觉，乃逃禄而归耕。""逃禄"二字说尽仕、隐间的隔阂。庾峻上疏晋武帝，说："莫若听朝士时时从志山林，往往间出，无使人者不能复出，往者不能复反。"（《晋书》卷五〇）朝士一旦归隐便不可"复反"正说明仕、隐之鸿沟。谁要是"复反"，谁就要遭受舆论的嘲弄。《世说新语·排调》曾记谢安隐东山，后出任桓温司马。有人送药草给桓温，中有"远志"。桓问谢："此药又名小草，何一物而有二称？"在座的郝隆便语带双关地说："处（隐）则为远志，出（仕）则为小草"。由隐而仕的谢安听了"甚有愧色"。这就是仕与隐在当时的不可转换性。

时至盛唐，隐逸动机由"藏声"一变为"扬名"。《新唐书·隐逸传》指出：时人谋隐是为"使人君常有所慕企"，"使人常高其风"。王昌龄《上李侍郎书》就说，"昌龄岂不解置身青山，俯饮白水，饱于道义，然后谒王公大人，以希大遇哉？"（《全唐文》卷三三一）"隐"成了"仕"的准备动作。吴筠举进士不第，索性当道士去，再由"终南捷径"直取宫廷，便是成功的一例。仕与隐之间的鸿沟让求仕者的脚给踏平了。然而，这种以隐求仕的关系还称不上互补关系，也还不算是士大夫心理平衡的自我调节。自调的关键是："隐"应是士大夫取得心理平衡的自觉退路，这才是互补关系。盛唐人有意识地以"隐"补仕的，是王维为代表的一批亦官亦隐者。这些人"迹崆峒而身拖朱绂，朝承明而暮宿青霭"，①一边当官，一边悠游在田庄里，内心取得某种平衡。此种生活，就是钱穆氏所谓"释道山林之趣"，它与"进士场屋之业"构成盛唐人静穆的观照与热烈的追求这生命之二元。也就是说，仕与隐此期已构成士大夫生命运动的形式，好比动脉与静脉，其转换关系便是其生命的节奏。所以美学家宗白华说："李、杜境界的高、深、大，王维的静远空灵，都植根于一个活跃的、至动而有韵律的心灵。"（《美学散步》页七四）只是李、杜、王均未能将这样的生命的逻辑形式——静穆的观照与热烈的追求纳于一身。特别是王维一派人缺乏对"兼济"的执着追求，缺乏孔、孟所高扬的那种"独善"的个体人格，所以很难成为后期封建社会"有意于为生民建政教之大本"的士大夫的典范。朱熹就曾批评王维、储光曦诗非不清远，但不能杀身成仁，"失身"于安禄山的伪期，"则平生之所辛勤而仅得以传世者，适足为后人嗤笑之资耳。"（《晦庵先生朱文公集》卷七六《向芗林文集后序》）真正能在廊庙与山林沟通的基础上，进一步将"达则兼济，穷则独善"的原则化为自身生活的实践，自觉地将它改造成心灵的调节器的，有待于重建宗法一体化过程中的白居易。

现在，问题又回到"白氏现象"。

"白氏现象"表明白居易以"兼济"，"独善"为调节器的自觉性。就在他提出"文章合为时而著，歌诗合为事而作"的口号的同时，他说：

> 古人云：穷则独善其身，达则兼济天下。仆虽不肖，常师此语。
> 大丈夫所守者道，所待者时。时之来也，为云龙，为风鹏，勃然突
> 然，陈力以出；时之不来也，为雾豹，为冥鸿，寂兮寥兮，奉身而
> 退。（《与元九书》）

"时之来"与"时之不来"的两种处理方法，显然承诸孔子的"邦有道则仕，邦无道则可卷而怀之"，但作了修正。孔子是孜孜以求的积极主动的态度，而在大一统一时代的白氏不能主动去择邦之有道与否，只能

---

① 《王右丞集笺注》卷十九，《暮春太师左右丞相诸公于韦氏逍遥谷宴集序》。

"奉身而退"。这里显然是明哲保身的成分居多。孟子的"独善",重在"士穷不失义"的人格;白氏的"独善",偏在保全自己的"奉身"。还在当翰林学士积极创作讽喻诗时,他已经提醒自己要"形骸委顺动"(《松斋自题》)了。白氏将释道空无的思想引入儒家"独善"原则之中,冲淡其"威武不能屈"的内容。在《效陶潜体诗十六首》中,他将屈原与刘伶("竹林七贤"的酒鬼)作了对比:"一人常独醉,一人常独醒。醒者多苦志,醉者多欢情。欢情信独善,苦志竟何成!"他将这种"欢情"也纳入"独善"之中,不能不说是对孟子的"修正"。正是白居易自己,解开了"白氏现象"之谜:

> 三十为近臣,腰间鸣珮玉。四十为野夫,田中学锄谷。何言十年内,变化如此速?此理固是常,穷通常倚伏。为鱼有深水,为鸟有高木;何必守一方,窘然自牵束?化吾足为马,吾因以行陆;化吾手为弹,吾因以求肉。形骸为异物,委顺心犹足。(《归田》)

这里用《庄子·大宗师》的武器,来解决"穷"、"达"的关系。他主张可进可退,"何必守一方"?他抽掉孟子"独善"中"穷不失义"的执着于个体人格的内核,注入道家的从天命的思想与无可无不可的态度。在《赠杓直》诗中更添上南禅一味:

> 早年以身代,直赴《逍遥》篇。近岁将心地,回向南禅宗。外顺世间法,内脱区中缘。进不厌朝市,退不恋人寰。自吾得此心,投足无不安。

此诗作于元和十年,时四十四岁。是年,被贬为江州司马,正处于一生重要的转折点上。"外顺世间法,内脱区中缘"表明他是靠"委顺"于他所不满的外部世界,来泯灭内心的愤懑,而取得心理上平衡的。一个封闭的自调系统于是乎形成。

这是一个与王维式取消"兼济"的"独善"不同的自调、互补机制。自始至终,白居易总是兼济之志与独善之意并存。《开龙门八节石滩诗》云:"七十三翁旦暮身,誓将险路作通津。"他施家财凿石滩开险路,解除舟人楫师"大寒三月，裸跣水中，饥冻有声，闻于终夜"的痛苦。《新制绫袄成感而有作》诗又表白自己民胞物与济世之心云："争得大裘长万丈，与君都盖洛阳城！"可见白氏兼济之志至死不渝。综观其一生，无论前、后期，都是兼济、独善并存，仅仅是双方之比例根据外部世界的"有道"或"无道"，"时之来"与"时之不来"而互为消长。兼济与独善的原则在白居易的生活实践中，已成为无可置疑的行之有效的自调机制。

生命之二元与文学之二元是同节奏的。白氏《与元九书》云："谓之讽喻诗，兼济之志也；谓之闲适诗，独善之义也。"既然兼济与独善互补，成为士大夫生命之节奏，那么作为这一节奏的文学形式的诗歌也就随之裂为二元，即：讽喻诗与闲适诗。

深受儒学影响的中国士大夫总是置"立功"于"立言"之上的。如曹植就十分向往"建永世之业，留金石之功"，而不愿"徒所翰墨为勋绩"。（《与杨德祖书》）陆游也耽心自己这辈子仅仅是个诗人："此身合是诗人未？细雨骑驴入剑门。"（《剑门道中遇微雨》）"独善"充其量只是"兼济"的一种无可奈何的补充，是士大夫对人生的妥协。而与之相应的诗歌创作，便成为入世情怀的排泄孔——不管是侃侃言志之作（如李白的诗），或是说一切都无所谓，自己是"日夜以青山白云为念"（李华语）的"闲适"之作。邻壁之光，堪借照焉。我们不妨用弗洛伊德的学说观照一下"诗可以怨"这一古老的命题，从中发现讽喻诗与闲适诗之间的内在联系。

弗洛伊德认为，得不到满足的愿望是幻想的驱动力，而诗人所致力的正是创造一个幻想世界。[①] 也就是说，诗歌创作与得不到满足的愿望有密切的关系。在《精神分析学导论》中，弗洛伊德又说："在艺术活动中，精神分析学一再把行为看作是想要缓解不满足的愿望——这首先体现在创造性艺术家本人身上，继而体现在听众和观众身上。"[②] 不但诗人在创作中得到满足，而且其作品也会使那些有着同样被抑制的愿望的读者同样地得到发泄——中国人所谓的"借他人之酒杯，浇胸中之垒块"便是。弗

---

① 参看《美学译文》（3），中国社会科学出版社，第328页，《诗人与幻想》。
② 张唤民等译《弗洛伊德论美文选》，知识出版社1987年版，第139页。

洛伊德的这一理论至少与中国古代文论中"诗可以怨"有某些相通之处。① 钟嵘《诗品·总论》说：

> "嘉会寄诗以亲，离群托诗以怨。至于楚臣去境，汉妾辞宫，或骨横朔野，魂逐飞篷……凡斯种种，感荡心灵，非陈诗何以展其义？非长歌何以骋其情？故曰：'诗可以群，可以怨。'使穷贱易安，幽居靡闷，莫尚于诗矣。"

按之以弗洛伊德的理论，则钟嵘只说出了"艺术家本人"缓解不满足愿望的一面，还有读者的另一面未提及。"诗可以怨"当可分解为：一是作者借诗自我排遣与补偿，"使穷贱易安，幽居靡闷"，二是读者因诗而郁借以舒、怒为之解，是《管子·内业》所谓"止怒莫若诗"。前者如陶潜写《桃花源诗》，后者或如白居易的一些"讽喻诗"。诗可"止怒"，在中国古代尤为统治者所重视。早在《国语·周语》中已有记载："为川者决之使导，为民者宣之使言。故天子听政，使公卿至于列士献诗。"民情似水，只能导不能塞，而诗便是个很好的导体。这是中国古代统治阶级的一条极其重要的经验。《汉书·礼乐志》说得更透彻：

> 夫民有血气心知之性，而无哀乐喜怒之常，应感而动，然后心术形焉。是以纤微瘵瘁之音作，而民思忧；阐谐嫚易之音作，而民康乐……流辟邪散之音作，而民淫乱。先王耻其乱也，故制雅颂之声，本之性情，稽之度数，制之礼仪，合生气之和，导五常之行，使之阳而不散，阴而不集，刚气不怒，柔气不慑，四畅交于中，而发作于外，皆安其位而不相夺，足以感动人之善心，不使邪气得接焉，是先王立乐之方也。

"乐"是感情发泄的重要渠道，所以"先王"要利用它来泄导人情，使"刚气不怒"，"皆安其位而不相夺"，"乱"也就不作了。

诗与乐一样，也是感情发泄的重要渠道，所以《毛诗序》称"正得

---

① 参看钱钟书《七缀集·诗可以怨》，上海古籍出版社 1985 年版，第 101 页。

失，动天地，感鬼神，莫近于诗。""先王"要利用它来泄导人情，"以是经夫妇，成孝敬，厚人伦，美教化，移风俗"。

儒家诗教正是从泄导人情这一角度来承认"情"这一诗歌要素的。"情动于中而形于言"，"发乎情，民之性也"。先儒们似乎是看准了人类有补偿愿望的心理机制而制定了"发乎情，止乎礼义"的诗教。对这一文艺政策有深刻领会并能在创作中身体力行颇见成绩的，是白居易。他在《与元九书》中批评说："洎周衰秦兴，采诗官废，上不以诗补察时政，下不以歌泄导人情。"在他看来，不但六朝诗六义刓缺，就是李白，"索其风雅比兴，十无一焉"，杜甫合格的"亦不过三四十首"。白居易所要恢复的诗道便是补察时政与泄导人情之二端。白氏《新乐府》创作典型地体现了诗歌的这二种功能。

所谓"补察时政"，无非是"存炯戒，通讽喻"，是所谓"美刺二端"。《新乐府》五十首中此类居多。如《七德舞》，不过是拾掇《贞观政要》的史料敷陈成篇。如《二王后》、《法曲》诸篇，也不过是为帝王提供一点"参考消息"而已。至如《卖炭翁》、《缚戎人》、《道州民》诸作，始以触目惊心的残酷现实，企图以此唤醒昏君来关心民病，属讽喻诗中的奇珍。还有一些则是从正面来歌倾"德政"，为帝王"扬善"之作，是"美刺"之"美"。如《昆明春》，是"思王泽之被也"；《城盐州》，是"美圣谟而诮边将也"；《骊宫高》，是"美天子重惜人之财力也"；《牡丹芳》，是"美天子忧农也"。此类作往往粉饰现实，违背了自定的"核而实"的原则。然而，只有加上这些"美"（歌颂）诗，才完整地体现了白氏对"补察时政"的讽喻诗的认识。无论"美"，无论"刺"；无论"为民"，无论"为事"，都以"为君"为终极目的。由此出发，我们可进一步感受到作者对"泄导人情"功能应用的自觉性。

白居易认为，感人心者莫先乎情，而诗者："根情，苗言，华声，实义"，"圣人知其然，因其言，经之以六义；缘其声，纬之以五音"。（《与元九书》）也就是说，诗歌不但可以为帝王提供鉴戒，还可以直接泄导人情，成为"致升平"的手段。这就是《寄唐生》诗所说的：

不悲口无食，不悲身无衣；所悲忠与义，悲甚则哭之。

　　其出发点与"男女有所怨恨，相从而歌：饥者歌其食，劳者歌其事"（《春秋公羊传》解诂）的出发点显然不同。讽喻诗也写百姓的痛苦，但这还不是终极目的，白氏之所以要悲其所悲，为的还是"忠与义"。就是"为君"、"为臣"。这一指导思想势必导致白诗在某种程度上走向自己的反面。如《新乐府》中，妇女往往被写成"祸水"（如《胡旋女》、《古冢狐》、《时世妆》、《李夫人》诸篇中的妇女形象），与作者在"感伤诗"中对妇女悲惨命运的无限同情相比（如《琵琶行》、《夜闻歌者》、《过昭君村》中的妇女形象），令人诧异同出于一人之手笔，而思想境界相去竟如是之远！究其原因，还在于《新乐府》创作专意在"泄导人情存鉴戒"，继承了传统的"惩尤物，窒乱阶"的腐见。又如《新乐府·杜陵叟》，在痛斥贪官污吏的虐人害物之后，说："不知何人奏皇帝，帝心恻隐知人弊；白麻纸上书德音，京畿尽放今年税"。就今天的读者看来，这一描写客观上暴露了皇帝的伪善，但并不能说明作者原意如此，这只要看看上引《牡丹芳》"美天子忧农也"的"首句标其目"，就会明白作者绝无讽刺天子之意。为此这一描写无疑缓冲了诗的撞击力，使读者的"怒"得到泄导而"止乎礼义"。

　　对统治阶级进行揭露、讽刺，本是不利于统治阶级的，然而中国古代统治者高明之处就在于：他们认识到"为川者决之使导"的规律，能将"诗可以怨"导向"止怒莫若诗"，于是乎本来对之不利的文艺作品（如《诗经》中多数民歌）反而为其所用。中国封建社会绵绵千年，成为超稳定结构，不能说与此无关。如果我们不正视这一事实，一味将封建时代文艺附属于政治的传统当作不可触犯的"民主性精华"，甚至将它与无产阶级功利主义视同一物，势必危及今日新文化之生成！《诗大序》称："乱世之音怨以怒"，中晚唐社会现实产生出怨怒文学是必然的。白居易诗歌理论与实践产生于这种怨怒文学之中，有其重时事，正视现实的一面；也有因为以"为君"为第一义，而将诗当作泄导人情之具的反现实的一面。矛盾当来自白氏的人生态度。

　　问题绕了一大圈，再次回到"白氏现象"。士大夫一方面努力按儒家入世原则进取，要"为君"、"为民"，要"兼济"；另一方面又在绝对皇权专制日甚的威压之下，企图保住个体人格的尊严，要"独善"。这一矛盾心态通过白居易独特的调节机制，便显现为"白氏现象"。无论白居易本着兼济之志大写讽喻诗，或是抱着独善之情而作闲适诗，都是一种自觉的行为，都是出于对心理平衡的需求。白居易自调机制的特点就在于：改造了孟子的"独善"，注入明哲保身的成分，使独善成为兼济的退路。"外顺世间法，内脱区中缘"，以"委顺"于他所不满的外部世界为代价，来泯灭内心的愤懑，取得心理上的平衡。反映于诗歌创作，则同样有"委顺世间法"的一面，即将"为民"从属于"为君"，将"怒"纳入"怨"，化郁结为通达，终于由"讽喻"转入"闲适"。这种"互补"关系并不平等，而是主从关系。"独善"、"闲适"充其量只是"兼济"、"讽喻"的无可奈何的补充。这就是白氏自调机制的实现。

# 泰伯祠意义的重构

## ——读《儒林外史》札记*

　　《儒林外史》中泰伯祠祭祀大典居于小说结构的顶点，起着担纲的作用。小说中泰伯祠这一意象的建构有着多重的意义。

　　民国《全椒县志》记载："江宁雨花台有先贤祠，祀吴泰伯以下五百余人，祠圮久。吴敬梓倡捐复其旧，赀罄则鬻江北老屋成之。"吴敬梓为修祠不惜卖掉全椒祖上老屋，心底里似乎还是为了祖上。所著《儒林外史》将祭祀五百人的南京先贤祠改写为独尊泰伯的专祠透露了消息，吴家是认泰伯为远祖的。泰伯是西周太王的长子，是王位的当然继承人，但得知周太王意欲将王位传给三弟季历之子姬昌时，泰伯便与二弟仲雍一起逃往吴地，将王位让与季历。《论语·泰伯》说："泰伯其可谓至德也已矣。三以天下让。"泰伯不但"让"而且"立"。《史记·吴太伯世家》载："太伯之奔荆蛮，自号句吴，荆蛮义之，从而归之千余家，立为吴太伯。"这个故事也就成为吴氏子弟建构自己家族成长史的原点故事。

　　故事还在延续。吴敬梓在《移家赋》中说："我之宗周贵裔，久发轫于东浙（按族谱：高祖为仲雍九十九世孙）。有明靖难，用宣力于南都（远祖以永乐时从龙）。赐千户之实封，邑六合而剖符。迨转弟而让袭，历数叶而迁居。"镜头拉近至明永乐时的高祖，还是一个"让"与"立"字。因为"让袭"的缘故，到了明代，吴家卜居于全椒程家市之西墅后即躬耕务农，跌入到社会的底层，直到四世祖吴沛开始专攻儒业情况才有改变。吴沛举业道路十分坎坷，为课书教子将毕生揣摩八股的经验归为十

---

　　* 本文是我根据吕贤平博士的论文稿片段改写的，当初是为了向他表明如何归纳材料，推导出论点；现在收到集子里，算是我俩一起探讨如何用文化诗学方法研究古代文学的纪念。

二字，即"题神六秘"、"作法六秘"，尽心教导子辈，最终使五子四进士。吴氏由布衣人家而改换门庭，走举业兴家道路是关键。这就是吴沛的"立"。当然这不仅是吴氏一族的事，从西周到清，历史几经沧桑，文化结构不断地变化，举业已成为士子的独木桥，"礼"的内涵也要被修正，"原点故事"的主题不能不有所改变。康熙年间汪琬写《重修泰伯庙碑记》说："文者礼之迹也，让者礼之基也，伯之用文教治吴也，盖实以三让为之本。"泰伯"三让天下"至是被悄然转换为"文教治吴"之"本"。透过字面，事实是：在新形势下，历史上的"礼"与当下的科举相嫁接，成为统治阶层稳定的因素，重构了"礼"的意义。

"礼"本是对社会个体进行约束的一种外在形式，"君君臣臣父父子子"各安其位，社会便安定。提倡"礼让"更是消解统治阶层内部争权夺利的有效宣传，所以1705年康熙南巡江浙曾亲笔书写"至德无名"于苏州泰伯庙，1751年乾隆巡幸江浙亦御书泰伯祠曰"三让高宗"。皇帝调和仕途奔竞乃至争权夺利矛盾的意图是明显的，但对儒士而言，"礼"的内核却是"仁"，故《论语》有云："人而不仁，如礼何？"又云："克己复礼为仁。一日克己复礼，天下归仁焉。""修己以安人"，"礼让"目的还在乎"治国平天下"，对此儒士们是"当仁不让"的。叫儒士们尴尬的是，这只是一厢情愿，还要看当权者买不买账。对当权者的依赖自然很快就演变为对权贵的依附、攀援、巴结，乃至丧失人格与理想。所以君子们又注重"礼"所蕴含的"德"的内涵，注重个体的道德修养以维护自尊。吴敬梓提倡的正是这种"礼"，并企图以此来挽救科举的时弊。

科举本是官僚政体实现人才纵向流动，打破贵族垄断的有效手段，但至明清时期已僵化为通过八股制艺批量生产奴才的机制，吴敬梓对此是明白的，所以其批判锋芒所向不是科举，而是八股选官。《儒林外史》借编选"乡会墨程"（即中式举人进士的范文）的马二先生之口说：

> "举业"二字，是从古及今，人人必要做的。就如孔子生在春秋时候，那时用"言扬行举"做官，故孔子只讲得个"言寡尤，行寡悔，禄在其中"——这便是孔子的举业。讲到战国时，以游说做官，所以孟子历说齐，梁——这便是孟子的举业。到汉朝用"贤良方正"开科，所以公孙弘、董仲舒，举贤良方正——这便是汉人的举业。到

唐朝用诗赋取士。他们倘若讲孔、孟的话，就没有官做了。所以唐人都会做几句诗——这便是唐人的举业。到宋朝又好了，都用的是些理学的人做官，所以程，朱就讲理学。——这便是宋人的举业。到本朝用"文章"取士，这是极好的法则。就是夫子在而今，也要念"文章"，做举业，断不讲那"言寡尤，行寡悔"的话。何也？就日日讲究"言寡尤，行寡悔"，那个给你官做？孔子的道也就不行了。

这是漫画化了的"儒士出仕流变史"，"举业"化的结果如杜少卿所言，使士人"横了一个做官的念头在心里"。书中范进、匡超人衮衮诸公莫不如是。如果有人当真出仕只为济世，便会为人所笑。吴敬梓的父亲吴霖起在赣榆县教谕任上经过九年的清苦生涯，只会规矩做人，而不知阿谀逢迎，生性正直反被罢除了县学教谕，回到故乡全椒后的第二年便郁郁而终。吴敬梓将父亲的这段经历也写到小说中，由高翰林评杜少卿的父亲说："到他父亲，还有本事中个进士，做一任太守，已经是个呆子了。做官的时候，全不晓得敬重上司，只是一味希图着百姓说好，又逐日讲那些'敦孝弟，劝农桑'的呆话。这些话是教养题目文章里的辞藻，他竟拿着当了真，惹得上司不喜欢，把个官弄掉了。"做官与行道济世、"敦孝弟，劝农桑"竟成水火，八股取士使儒士丢掉理想走向反面。清代大量文学作品都表现出对科举取士的失望与批判，清代前期的经典小说《聊斋志异》《儒林外史》《红楼梦》无不痛心疾首言之。但唯有《儒林外史》于批判的同时，对挽救科举制认真地做了正面的思考，想回到原点，以"礼"、以"德"来挽回世道人心，培育"真儒"以助政教。出于这一目的，吴敬梓在《儒林外史》中精心建构了南京泰伯祠祭祀大典，并赋与全新的意义。

《大清通礼》把礼仪参与者分为两类：第一类是行礼者，第二类是执事者。皇帝是最主要的行礼者，他和参加典礼的王公贵族及朝廷官员代表一起接受执事者的指导。撇开世袭的王公贵族，实际上站在方墙外的朝廷官员成为大祀行礼者的主要队伍。这个主要队伍多为科举出身的成功者。《儒林外史》建构的泰伯祭礼颠覆了官方秩序，它是在野者主持的仪式，主要参与者多为科举的失败者、失意者，在官方礼仪场合他们不可能成为其中的角色。现实中由君主权贵控制的特权，在小说《儒林外史》中，却成为举业失意之文人的"消遣"。显然，在单调的礼仪表演背后吴敬梓寄寓着深意。小说中泰伯祠大祭，可视为某一文人群体自我更新的礼仪。吴敬梓《移家赋》云："乃有青钱学士，白衣尚书，私拟七子，相推六儒，既长吟而短啸，亦西抹而东涂，咸能振翼于云汉，俱夸龙跃于天衢。"吴敬梓超越其深感失望的宗法制家族及官方权力话语体系，在小说中以修建泰伯祠为中心，构建他的理想国，赋予寻找归属的文人一个对抗俗世浊流的精神家园。这个以泰伯祠大祭为纽带所关联的文人群体，便是吴敬梓所属意的文人群体，而小说第三十三回迟衡山因"而今读书的朋友，只不过讲个举业，若会做两句诗赋，就算雅极的了，放着经史上礼、乐、兵、农的事，全然不问"，所以想要在南京与友人"春秋两仲，用古礼古乐致祭，借此大家习学礼乐，成就出些人才，也可以助一助政教"，这些想法便是深意之所在。

主持祭典的三个主要人物：主祭虞博士、亚献庄征君、三献马二先生，象征文士的三个不同的思想境界。被塑造成"上上人物"的虞育德即被看作当代的吴泰伯。虞育德的"让"，是淡泊名利，不论出处；虞育德的"立"，是树立了"真儒"的形象。据何泽翰考证，虞育德的形象是以吴培源（号蒙泉）为原型。吴培源曾与吴敬梓、程廷祚等人重修南京雨花台先贤祠。《无锡金匮县志》卷二五载："吴培源少孤露，章采（其母舅）抚而教之，后成进士"；《明清进士题名碑录》载吴蒙泉乾隆二年（1737）丁巳恩科三甲进士。暮年登第的吴蒙泉正思苦尽甘来时，却接到江宁府上元县学教谕这个七品以下微官闲职的任命，其《释褐后得教职感赋》诗两首便是他此时心境的反映。从"腐儒通籍犹如故，只合生涯在砚田"、"老尝蔗境甘犹少，春到梅边暖不多"、"相逢强相悦，悠悠谁可言"等叹老嗟卑诗句看，他的胸中充满抑郁牢骚，乾隆十七年吴培源告老辞职隐居故里无锡，未必不带有这种情绪。但小说中的虞博士却淡泊名利，不以宠辱介怀，当他中进士只补个国子监博士，他还"欢喜道：'南京好地方，有山有水，又和我家乡相近。我此番去，把妻儿老小接在一处，团圆着，强如做个穷翰林。'"（第三十六回）下面这段对话尤能见虞博士的"真"：

尤资深道："而今朝廷大典，门生意思要求康大人荐了老师去。"

虞博士笑道："这征辟之事，我也不敢当。况大人要荐人但凭大人的主意。我们若去求他，这就不是品行了"。尤资深道："老师就是不愿，等他荐到皇上面前去，老师或是见皇上，或是不见皇上，辞了官爵回来，更见得老师的高处。"虞博士道："你这话又说错了。我又求他荐我，荐我到皇上面前，我又辞了官不做。这便求他荐不是真心，辞官又不是真心。这叫做甚么？"说罢，哈哈大笑。（第三十六回）

陈美林教授评曰："无论其出或处，均是一副安详闲淡态度，既不以辞官为高，又不以出仕为耻，令人可亲可敬，实不负'第一人'之誉。"①这种"淡定"是对原型的提升，既可见作者的追求，也可见作者反对的不是科举出仕本身，而是经选官后被异化为官迷的普遍现象。与"真儒"相比，庄征士未免落第二义，但他能拒绝被权贵收为门生，且清廉行善，何况"道不行则卷"也是合"礼"的，是为二献。至三献马二先生则等而下之。但马氏虽沉浸于八股制艺，难免追名逐利，然而迂阔中尚能心存忠厚，时或济人危难，在当时士人中已属难得，故列为三献。不容忽视的还在于：其他参与者，包括看客，都是些被主流社会边缘化的人。

以上种种，无疑是对历史与现存礼教秩序提出的挑战，是对主流的权力话语之颠覆。文本中泰伯祠的意象，是新的礼教秩序的构建，通过虚构，吴敬梓以自己的方式阐释了世界，古老的泰伯故事也因此而走出历史获得诗学的意义。《儒林外史》不但有破，还有立；有讽刺，也有勉励。我们只要将泰伯祭典与最后一回"神宗帝下诏旌贤 刘尚书奉旨承祭"合读，便可发现作者意图建构的不只是南京泰伯祠之类的"小气候"，他还要借皇帝之手"下诏旌贤"，改变"萃天下之人才而限制于资格，则得之者少，失之者多"的局面，挽回世道人心，企盼、呼唤"用人不拘资格"时代的到来。所以"赐及第"名单中，不但有泰伯祭典中的虞育德诸人，还有被目为市井奇人的"四客"，他们或卖火纸筒子，或开茶馆，非儒士而咸列榜中。他对这些人寄予大希望，他们是开篇"楔子"出现的群星："天上纷纷有百十个小星，都坠向东南角去了"，王冕叹道："天可怜见，

① 《新批〈儒林外史〉》，陈美林批点，江苏古籍出版社1998年版，第412页。

降下这一伙星君去维持文运，我们是不及见了。"（第一回）"维持文运"
四字道出吴敬梓的苦心。其实这也是士林普遍关心的问题，《儒林外史》
与《聊斋志异》、《红楼梦》等大量抨击桎梏人才政策的文学作品，以及
其他非文学作品汇为一个深厚的"文化文本"，不断催人觉醒，犹如地火
运行，随时在寻找突破口。果然，吴敬梓逝世八十五年后，龚自珍《己
亥杂诗》爆出天摇地动的一声吼："九州生气恃风雷，万马齐喑究可哀。
我劝天公重抖擞，不拘一格降人材！"清王朝乃至整个封建官僚体制，至
是已濒临总崩溃，而泰伯祠的幻梦也随之如烟消逝。

文化诗学的先驱者

# "以诗为诗"模式的尝试

有的研究者指出，20世纪前七八十年间所用的基本上是"他律"的文学史模式，注重外部条件，而疏于"心灵史"与文学形式的内部研究，笔者颇有同感。然而传承中总有变异，从众多的文学史著作中归纳出特殊的东西，也就是变异的种子，或许将是我们新的起点。

人们曾说：有两个真懂文学又有兴趣准备写文学史的人，一是鲁迅，一是闻一多。[①] 二人虽然未及写成一部较为完备的文学史，但事实上已各自提供了具有理论意义的文学史研究的新视角。闻一多文学史研究虽然大略说来也还是"以史证诗"的类型，但是所重在文化，似乎也不忽视"心灵史"，并力图"进入"文学本体。我们今天研究他的文学史观，主要是指其20年代末到40年代初这段时期的文学史观。

闻一多在《神话与诗·匡斋尺牍》中有这样一段话：

> 汉人功利观念太深，把《三百篇》做了政治的课本；宋人稍好点，又拉着道学不放手——一股头巾气；清人较为客观，但训诂学不是诗；近人囊中满是科学方法，真厉害。无奈历史——唯物史观的与非唯物史观的，离诗还是很远。明明一部歌谣集，为什么没人认真的把它当文艺看呢！[②]

于是提出自己的方法：

---

① 参看季镇淮《来之文录》，北京大学出版社1992年版，第425页。

② 《闻一多全集》，三联书店1982年版，第356页。以下所引闻一多文字，除另注出处外，咸见此全集。

如果与那求善的古人相对照，你便说我这希求用"《诗经》时代"的眼光读《诗经》，其用"诗"的眼光读《诗经》，是求真求美，亦无不可。

那么如何用诗的眼光读诗？他在《楚辞校补·引言》中"给自己定下了三项课题：（一）说明背景；（二）诠释词义；（三）校正文字"。在《风诗类抄·序例提纲》中说得更具体：

缩短时间距离——用语体文将诗经移至读者的时代用下列方法带读者 到诗经的时代

考古学 关于名物尽量以图画代解说

民俗学

语言学

声韵 摹声字标者以声见义（声训）训正字不理借字

文字 肖形字举出古体以形见义（形训）

意义 直探本源

注意古歌诗特有的技巧

象征廋语 Symbolism

谐声廋语 puns

其他

以串讲通全篇大义

（《闻一多全集》第四册第7页）

以上纲领表明闻一多是用朴学的手段，文化学的方法，审美的眼光去研究中国文学史，去探求"这民族，这文化"。闻一多的挚友朱自清先生在《闻一多全集·序》中非常强调闻一多研究中国古代文学所用的文化视角。事实上，闻一多是将中国文学史放在整个世界文明史中来考察的。所以在《神话与诗·文学的历史动向》一文中，他这么描绘人类文明的进程：

人类在进化的途程中蹒跚了多少万年，忽然这对近世文明影响最大最深的四个古老民族——中国，印度，以色列，希腊——都在差不多同时猛抬头，迈开了大步……从此，四个文化，在悠久的年代里，起先是沿着各自的路线，分途发展，不相闻问，然后，慢慢的随着文化势力的扩张，一个个的胳臂碰上了胳臂，于是吃惊，点头，招手，交谈，日子久了，也就交换了观念思想与习惯。最后，四个文化慢慢的都起着变化。互相吸收，融合，以至总有那么一天，四个的个别性渐渐消失，于是文化只有一个世界的文化。

（《闻一多全集》第一册第 201 页）

朱自清将闻一多对中国文学史发展的认识概括为：本土文化接受"外来影响"与"民间影响"，而最终的发展是"世界性的趋势"。我们唯有认识、理解了闻一多这一博大的胸襟与宏伟的规划，才能正确评估他已做出的古典文学研究的成绩。事实上闻一多《诗经》、《周易》、《庄子》、《楚辞》研究，乃至唐诗大系，这些卓有成效的研究也只不过是其规划中的初级阶段。诚如季镇淮所说："总的看起来，闻先生的研究的主要还在朴学阶段，尚未到文学阶段。"[①] 但仅从这露出地面的基础工程，我们已可窥见闻一多的文学史模式。

闻一多首先重视的是在文化视角下文学环境的复原工作。他在《匡斋尺牍》中提醒我们："你该记得《诗经》的作者是生在起码二千五百年以前。用我们自己的眼光，我们自己的心理去读《诗经》，行吗？""你如何能摆开你的主见。去悟入那完全和你生疏的'诗人'的心理！"恢复文学环境的目的还是为了沟通古今那差异极大的审美心理结构。如释《芣苡》，揭示远古妇女急切求子的心理；释《野有死麕》，则揭示远古人们对性欲"蔽之即所以彰之"的心理等等。这种方法不但用于鉴赏，还用于"知人论世"。闻一多《少陵先生年谱会笺》与《杜甫》（片断）为我们留下了如何由恢复文学环境进而悟人诗人心理的轨迹。傅璇琮《闻一多与唐诗研究》曾指出《少陵先生年谱会笺》"眼光的非同一般"，说："宋代以来，为杜甫作年谱者不下几十家，但都没有像闻先生那样，把眼

---

① 《来之文录》页 422，北京大学出版社 1992 年版。

光注射于当时的多种文化形态。"① 的确,《年谱》不但辑入政治背景,还辑入音乐、绘画、文献典籍、宗教等资料。更重要的是,通过这些资料,他尽量恢复杜甫当时所处的文化环境,由此推断诗人的性格与诗心。所以我们在《杜甫》中看到那些资料复活了!看到杜甫四岁时骑在爸爸肩上看著名的艺人公孙大娘舞剑器;我们还看到杜预、杜审言、杜升、崔行芳,还有杜甫的姑母,这些血亲如何用血性铸造着杜甫那高傲的性格,如何影响着他那刚健诗风的形成。于是我们对杜诗中凤凰的意象,对"饮酣视八极,俗物皆茫茫"的诗句,有了更亲切的感受。再如《唐诗杂论·孟浩然》一文中,闻一多极力描绘襄阳的人杰地灵,为的是表明孟浩然向往家乡先贤的心理,"是襄阳的历史环境促成孟浩然一生老于布衣的"。从而将隐居提升为规律来认识,因为在士大夫生活中,"几千年来一直让儒道两派思想维持着均势,于是读书人便永远在一种心灵的僵局中折磨自己,巢由与伊皋,江湖与魏阙,永远矛盾着,冲突着,于是生活便永远不谐调,而文艺也便永远不缺少题材"。闻一多文学史观难能可贵之处,就在于将审美趣味与生活方式联系起来。据郑临川《闻一多先生说唐诗》所载,闻一多曾说:一般人爱说唐诗,我却要说"诗唐"。懂得诗的唐朝,才能欣赏唐朝的诗。② 其一方面原因是,唐人的生活是诗的生活,或者说他们的诗是生活化了的。闻一多这一非凡的见解使其与朴学拉开距离而近于历史唯物主义。接上面的话题说,闻一多因此而意识到王维为代表的田园山水诗派的意义。他认为此派之风格与六朝贵族诗是一脉相承的。就在那种生活里,诗律、骈文、文艺批评、书、画等等,才可能相继或并时产生出来。要没有那时养尊处优的贵族生活条件,谁有那么多时间精力创造出这些丰富多彩的文艺成绩?他进而指出:王维替中国诗定下了地道的中国的传统,后代中国人对诗的观念大半以此为标准,即调理性情,静赏自然,他的长处短处都在这里。这种真正的文学史家才具有客观、透辟的见解,既不陷于"道德评价",也不迷于"唯艺术论",是深知中国文化者言,至今仍属难得。由此又可见恢复文学环境不但是为沟通

① 《国学今论》,辽宁教育出版社,1991 年版,第 210 页。

② 请参看郑临川:《闻一多先生说唐诗》(上),(社会科学辑刊),1979 年第 4 期;(闻一多先生说唐诗)(下),《社会科学辑刊》,1979 年第 5 期。

古今之审美心理，更是为了"这民族，这文化"！

《唐诗杂论》还为我们提供了文学环境是如何化入文学形式内部的分析样本。如《类书与诗》一文，便是从唐太宗时期大量出现类书这一特殊的文化现象入手，指出"它既不全是文学，又不全是学术，而是介乎二者之间的一种东西，或者说兼有二者的混合体。这种畸形的产物，最足以代表唐初的那种太像文学的学术，和太像学术的文学了"。于是由此切入，展开论证，描画出六朝以来"沉思翰藻"的文风，唐太宗重实际的文艺政策，通过"学术化"潜入文学的内部机制，促成了初唐诗"堆砌性"的总体风格，这样的一道运动轨迹。在《宫体诗的自赎》一文中，则专注于文学形式是如何由于内容的变更而变更。"宫体诗"本属讲究词藻与声律美的一种新体式，但由于内容的病态而成为"一个污点"。庾信北上入周，给这一形式注入新的内容，于是"比从前在老作家作的同类作品，气色强多了"。至初唐卢照邻手中，内容更有所不同："似有劝一讽百之嫌。"而在"宫体诗中讲讽刺，多么生疏的一个消息"！卢照邻《长安古意》之成功，首先是"在思想上的成功"，"他是宫体诗中一个破天荒的大转变"。卢照邻与骆宾王因思想内容变更的需要，改造了宫体诗，形成大篇幅、大气势，使之血脉贯通，一改过去贫血的病容。刘希夷则以其健康的爱情内容使这一形容趋于正常的健康的状态，至张若虚手，则升华为一种"敻绝的宇宙意识"，于是乎造成"一个更深沉，更寥廓更宁静的境界"，使这一形式有了质的变化，这就是"诗中的诗"——《春江花月夜》的出现。由上述线索，我们可以归纳出如是的图式：

文化视野中文学环境的复原→审美意识的沟通、把握→文学内部机制（内容、形式之变化）

在这一探索的基础上，再去发现、总结文学史发展的规律。虽然对文学史规律的总结在《贾岛》一文中，对不同时代对贾岛的接受状况上，已露出端倪，但闻先生完整的思路毕竟已不可复见，其生命过早的终结使我们痛失了这一机会。是的，闻一多留给后人更多的是启发，他的一些思路也的确在后来一些研究者手中得到强化、补充，乃至某种程度的完善。

但闻先生的启发是多端绪、多走向的，其影响也是多方面的，本文只能选择与论题相关较密切的方面继续进行探讨。

林庚对中国文学史的大体看法与闻一多有相通之处，这一点从林著《中国文学史》目录与闻著《中国文学史稿》中《四千年文学大势鸟瞰》所列分期大纲的比照中，可以明了。① 闻著始于"黎明"，林著则始于"启蒙"；闻著结于"伟大的期待"，林著则结于"文艺曙光"。中间都以建安至盛唐为诗歌之"黄金时代"，都以宋为文学史转折期，此后乃小说戏剧之时代。总体框架相似，且细读内容，林著也是循闻一多以"民间影响"与"外来影响"为"本土文学"发展的"两大原则"。而更本质之相似还在于：都注重与生活之关系。如林著之第三章"女性的歌唱"，指出"诗经为生活中最古的一声歌唱"。引《卫风·淇奥》，并评曰："这里物与人与生活，整个在美化中打成一片。"他将许多风诗归结为"生活的美趣"，并总结道："这些可喜悦的诗篇，却往往出诸女子之手，'女曰观乎，士曰既且'、'折柳樊圃，狂夫瞿瞿'，活跃在纸上的，都以女子为主。国风中有名的篇章像风雨，子衿，绸缪，茉莒，君子阳阳，山有扶苏，以及长篇的谷风，氓，都莫非女性的歌唱，汉魏乐府偶有以女子口吻作为篇章的，像曹植的弃妇篇，甄后的塘上行，但都是客观的描写，而缺少真正的情操，是男子写女子的口吻，或者女子学男子的笔法，而没有直接的强烈的表现。……农业社会的田园的家的感情，乃是女性最活泼的表现。"⑦ 这里所强调的"女性的歌唱"、"家的感情"，在后来的《中国文学简史》及其修订本中已淡出，但恰恰是在这一点上，最神似闻一多解读《国风》，试读《匡斋尺牍》中对《茉莒》的讲解便知。⑧ 可以说，闻一多正是抓住"女性"对"家的感情"来剖析两千五百年前"都完全和你生疏的'诗人'的心理"的。不过，两人神似之处也仅此而已，在对具体的文学史现象的处理上，林庚有其独得之处。

闻一多处理生活与诗的关系，着力点是再现诗的环境，用一切方法"带读者到诗经的时代"，（《风诗类抄·序例提纲》）通过审美理解诗的本质，沟通古今；林庚处理生活与诗的关系，则偏重揭示时代精神如何透

---

① 闻一多（中国文学史稿），民国三十三年（1944）在昆明中法大学讲义，尚待整理，下引文转引自（闻一多全集）朱自清序。三联书店 1982 年版。

过生活进入诗的语言形式促成其演进，从而沟通古今。殊途而同归焉。

以唐诗为例。如上节所论，闻一多强调"诗唐"，即唐人的生活是诗的生活，唐诗是生活化了的诗。林庚在这一思路上继续拓进，对唐诗之语言形式尤为重视。其《中国文学史》专辟第十三章"主潮的形式"，大纲如下：

> 楚辞为七言的先河——三言与七言并行的时期——五言的倾向与七言的陌生——庾信继鲍照完成主潮的形式——歌行的盛行——七言诗的天下

此后两版《中国文学简史》虽然不再有这样的专章，但基本思想得到保留，并有明显发展。如原认为"二二二一"是七言的节奏，且"三言本身不是一个节奏"，后来转而认识到七言的"本质是三字节奏"。1964 年在《文学评论》第二期上发表的论文《唐诗的语言》所论甚详，是重要的补充资料，我们将在此基础上展开讨论。

闻一多对诗歌语言形式的演进有过两个重要的意见，一是认为"诗与乐一向是平行发展着的。正如从敲击乐器到管弦乐器是韵律的音乐发展到旋律的音乐，从三四言到五七言也是韵律的诗发展到旋律的诗。音乐也好，诗也好，就声律说，这是进步"（《诗与批评·时代的鼓手》）。又说："诗的所以能激发情感，完全在它的节奏，节奏便是格律。"（《诗与批评·诗的格律》）在他看来，节奏是关键，四言诗到五言、七言诗的演进，是从韵律向旋律的演进。"韵律"如敲击乐，节奏较短促，且节奏之间的顿挫比较明显；"旋律"如管弦乐，节奏较为舒缓，节奏之间过渡从容些，易造成行云流水的效果。二是认为《楚辞》中的"兮"字是"一切虚字的总替身"。他认为"诗的语言之异于散文，在其弹性，而弹性的获得，端在虚字的节省。诗从《三百篇》、《楚辞》进展到建安，（《十九首》包括在内）五言句法之完成，不是一件了不得的大事，而句中虚字数量的减少，或完全退出，才是意义重大"（《神话与诗·怎样读九歌》）。也就是说，诗的语言的演进与虚字的减省有关。林庚丰富、发展了闻一多这一意见，认为"诗歌是语言的艺术，而艺术的主要特征就是富于形象……诗歌语言为了适应这个要求，因此形成它自己特殊的语言形式：一种富于灵活性、旋律性的语言……也正是这内在的要求，才形成它外部完整统一而有节奏感的形式"（《唐诗的语言》）。他同样抓住《楚辞》这个关键，指出它是四言发展到五七言之间的桥梁：

> 它一方面打破原有的四言，一方面则促进了未来五七言的发展。《楚辞》因此既有散文化的过程，又有诗化的过程；散文化是为了打破四言旧有的局面，使之与当时的日常的生活语言更为接近；诗化是为了在这新的语言基础上重新建立统一的有普遍意义的诗行……一方面在语言上出现更为丰富的形象性，骈俪性；一方面也出现了全新的通篇形式完整的《国殇》、《山鬼》的诗行；这诗行的本质是以"三字尾"代替四言诗的"二字尾"，也就是说它的本质是"三字节奏"。（《唐诗的语言》）

"诗化"是个重要的概念，它使演进过程更加明晰。归纳起来，"诗化"有以下三个要点。

（1）语言的形象化。这个诗化过程自魏晋至南北朝，当时的文以及赋都随着逐渐与诗相近。六朝骈文是文的诗化，赋从王粲的《登楼赋》到庾信《哀江南赋》，渐近歌行。而诗歌语言的诗化最重要的是形象性的丰富，展开对形象的捕捉。从曹操《观沧海》起，诗歌开始将内心思想感情通过景物集中地表现出来。在用典上，也能将原来并没有形象的老典故非常新鲜地形象化了。甚至无足轻重的数字，也都起了鲜明的作用等等。

（2）形成诗歌自己的特殊语言。突出表现在散文中必不可缺的虚字，自齐梁以来的五言诗中，已经可以一律省略。如"妖童宝马铁连钱"这类诗中常见句法甚至省略了动词。像"一洗万古凡马空"，也只能是诗中语法。

（3）从日常语言中来，又回到日常语言中去。唐诗语言是唐文化生活中最有代表性的组成部分，它是诗的，也是生活的。唐诗语言高度诗化，基础是唐人的现实生活，其语言是日常生活的。唐诗具有丰富而健康的生活气息，反映着时代的生活本身就近于诗。所以唐诗语言不可及处在于"深入浅出"。

"唐代是七言诗的天下",这同样体现了"从日常语言中来,又回到日常语言中去"的原则。五言介于四言与七言之间,七言比五言更显俚俗而易上口。门阀全盛期的东晋,玄言诗多用文雅的四言;宋之寒门素族诗人鲍照,则通过俚俗的《行路难》推动七言诗的发展。北朝民歌以其从生活语言中来的新鲜活力促成七言的发展。"北斗七星横夜半"、"一贵一贱交情见",这么接近于生活口语而又如此形象的语言,便是唐诗语言最不可及之处。

这第三点尤为重要,它既是闻一多"诗唐"认识的继承,更是深化。这一认识之形成反映林庚文学史观质的进步。(我们将回到这一问题上来。)在新中国成立前出版的《中国文学史》自序中,林先生在提出一些问题后说:"这些乃都必须有一个一贯的解释,而要解释这一大串问题,又绝非一条线索所可以说明。把许多条线索搓成一根巨绳,这便是一个文学史上主潮的起伏。"但事实上林著此时并未给我们提供这几条"一以贯之"的明晰的线索。《中国文学简史》(上卷)则如作者后记所云,"是参照苏联《11世纪至17世纪俄罗斯古代文学教学大纲》拟定的"。其中"爱国主义精神"、"民主成分的发扬"等线索仍嫌不能融贯贴切。当历史又翻开新的一页,林庚则完成了《中国文学简史》上、下卷的全面修订工作,并于后记中说:

> 主要是加深描述了寒士文学的中心主题,语言诗化的曲折历程,这与浪漫主义的抒情传统,无妨说乃正是先秦至唐代文学发展中的三个重要组成部分,理应多费些笔墨。

这三个组成部分的确立,标志着林庚文学史观的成熟,它已走完一个正、反、合的全过程。

"寒士文学"早在《中国文学史》中已出现,但尚未成为重要线索。至《中国文学简史》上卷,导言中已列为专题讨论,在魏晋南北朝这段文学史的论述中,是条重要的线索,但这一概念是与"平民"、"民主性"、"人民性"乃至"布衣感"同在的。下引这段文字最集中典型:

> 我们如果以为在封建时代中,人民所有的只是痛苦的呻吟声,那

么我们就不会了解李白，而且我们也同样不会了解唐代那么壮丽飞动的壁画、雕刻等，是从哪里来的；事实上我们是在这里听见了古代人民胜利的声音。而人民在社会发展中原是不断胜利的，否则社会就不会一天一天进步；"美"正是孕生在人民的胜利之中，这就是我们所永远引为骄傲的。那从贵族文学中解放出来的平民的生动的歌唱，那从封建礼教中解放出来的自由的个性的歌唱，那与统治阶级不断斗争中的寒士阶层的歌唱；这些人民的骄傲，民主的思想，就是李白诗歌中的骄傲，这些统一为李白的布衣感，集中为一个政治的要求。①

在该书出版的当年，作者又在《光明日报》的《文学遗产》专栏发表了《诗人李白》，对李白的"布衣感"作了详尽的发挥，引起争鸣，甚至"批判"。然而，在修订本中，作者对李白的看法并没什么改变，上引文字几乎原封不动再版。这说明作者仍坚持用"寒士"、"人民性"、"布衣感"、"民主思想"、"浪漫主义"等概念来解释李白。我并不想在此讨论用这些概念解释中国古代文学现象的得失，而只是想指出：这种方法对作者而言，并非特定时代一时的风气的影响乃至"强加"，它完全是作者自己的选择。我们必须尊重作者的选择。

用今天的眼光看来，作者成功之处还不在于三个组成部分的确立，更在于无论"寒士文学"还是"浪漫主义"都是通过"生活"为中介进入文学形式而起作用这一深刻的认识。我们有必要回到上文关于"诗化"的论述上去。

在《北京大学学报》1958年第二期上发表的《盛唐气象》可视为林庚的代表作。在这里，作者"求解放"的一贯精神，相信"那能产生优秀文艺的时代，才是真正伟大的"，因此"只要求那能产生伟大文艺的社会"的理想，都得以充分展开，呈露其诗人兼文学史家的情怀。在这里，作者将"诗的唐代"归结为一种时代精神，用历史的眼光重新审视了"建安风骨"与"盛唐气象"之间的内在联系。二者虽处于一乱一治截然不同的社会中，但都处于一个"解放的时代"，从礼教束缚之下解放出来，从贵族文学中解放出来，从六朝门阀势力下解放出来……他认为

① 《中国文学简史》上卷，第289页。

"盛唐气象是一个具有时代性格的艺术形象",唐诗浑厚而开朗的风格乃"植根于饱满的生活热情、新鲜的事物的敏感"。所以"盛唐气象所指的是诗歌中蓬勃的气象,这蓬勃不只由于它发展的盛况,更重要的乃是一种蓬勃的思想感情所形成的时代性格"。由于作者将形式与艺术风格放在"时代精神"的大格局下考察,所以论及个体作家如陈子昂,具体风格特征如"深入浅出",都有极精彩的意见。《唐诗的语言》正是在这一宏观认识的基础上撰写的。两篇连读,可归纳出如是的图式:

如果以上归纳成立,则可看出林庚对"诗唐"的理解,既与闻一多有联系,又有其独到之处。首先是:林庚所称"时代精神"是一个历史形成的过程,如唐的时代精神是建安以来数百年历史渐进的过程,故唐诗成为这一整个潮流的高峰——"诗国高潮"。其总体特征"盛唐气象"于是有两个层次的内涵:(1)它包含了"建安风骨"乃至六朝"诗论"的丰富内容;(2)它包含了蓬勃的精神面貌、七言为主流的形式、雄浑明朗的风格等多方面特征,是个统一体。这就将内容与形式、外部因素与内部因素有机地结合起来。也正是由于对这一段历史理解的透彻,建安至盛唐文学史也就成为林著文学史中最系统最精彩的一段。

林庚与闻一多一样,"用诗人的锐眼看中国文学史"(朱自清:林著《中国文学史》序),但在"一以贯之"的文学史规律的探索方面有更大的投入,特别是在生活与语言形式关系上有新发现,使闻一多模式轮廓更为清晰,层次更加丰富。

李泽厚《美的历程》虽是美学史,[⑨]但其中四、五、七、八、十诸章连贯起来,也不失为一部文学史纲要。正是这位美学家,在新历史时期站出来呼吁回到闻一多的文学史模式上去,以审美趣味和审美范畴的变更作为观察文学史发展一以贯之的因素。

在第一节我们曾提到闻一多为沟通古今差异甚大的审美心理结构所做的努力,他所做的恢复文学环境的工作在很大程度上是为了使今人能悟入前人的心理,领会古人的审美情趣。比如"领如蝤蛴"(《卫风·硕人》）、"卷发如虿"（《小雅·都人士》），脖子细长像白色的幼虫，头发式样像蝎子尾巴往上钩，用这些吓人的意象去歌颂诗人所爱慕的女子正是现代人不可思议的古人的审美趣味。从审美趣味上去把握文学史现象，进而寻觅其中隐藏的逻辑关系，更是闻一多努力的方向。在《唐诗杂论·贾岛》一文中，他已开始尝试以此解释"贾岛现象"：他指出贾岛曾一度是僧无本，他形貌上是儒生，骨子里还有个释子，"所以一切属于人生背面的，消极的，与常情背道而驰的趣味，都可溯源到早年在禅房中的教育背景"。晚唐颓败的"时代相"正是通过他的个性，他的经历，他的趣味而起作用。他对那几乎狞恶的时代相"只感着一种亲切，融洽"，"于是他爱静，爱瘦，爱冷，也爱这些情调的象征——鹤，石，冰雪。黄昏与秋是传统诗人的时间与季候，但他爱深夜过于黄昏，爱冬过于秋。他甚至爱贫，病，丑和恐怖。"也就是说，贾岛诗风之形成与其特殊的审美心理结构有关，而这一结构又与时代、个人的生活内容有关。再进一步讲，其诗风体现出来的审美趣味又投合了时代的读者，使晚唐没落士大夫换了个口味，"正在苦闷中，贾岛来了，他们得救了"！其影响之广，"我们不妨称晚唐五代为贾岛的时代"。还要再深一层："每个在动乱中灭毁的前夕都需要休息，与都要全部地接受贾岛。""几乎每个朝代的末叶都有回向贾岛的趋势"。文学史的某种规律性的东西不是已呼之欲出了吗？李泽厚正是从这里出发，化入陈寅恪、宗白华的 一些成果，吸收闻一多、林庚的一些观点方法，完善了这一文学史模式。必须强调的是，这种吸收不是"鱼纹的象征意义"或"少年精神"之类的个别、枝节的东西，而是一种整合。比方，李泽厚用陈寅恪士族与庶族斗争的基本观点，[⑩]取代、改造、充实了闻一多关于"盛唐之音"乃是贵族诗的最高成就，以及林庚关于"寒士文学"、"布衣感"、"盛唐气象"论述的具体内容；用宗白华中国人的"空间意识"是节奏化、音乐化了的宇宙感，"节奏是中国艺术境界的最后源泉"的观点，[⑪]重新解释了"盛唐之音"，指出音乐性的表现力渗透盛唐各艺术部类，"成为它的美的魂灵"。尤为重要的是，他将林庚关于七言形式的意见提到"反映了世俗地主阶级知识分子上升阶段的时代精神"这一层面来认识，指出中唐以后"贵族气派"让位于"世俗风度"，此后的整个走向是"走向世俗"。而中唐以后形式的规范要求恰好是这一时代精神的体现。由于李泽厚用审美理想、审美趣味的变化为线索来把握文学史发展过程,并从盛唐向中唐过渡的诸现象史抓住"走向世俗"这一线索,所以这一段文学史、美学史的论述便更觉新鲜,更觉融贯。林庚虽然在《中国文学史》中已提出"晚唐为文坛的彩绘时代",词为"彩绘的自由园地";在《中国文学简史》中又进一步指出孟郊有些诗已"开始了强调感官的彩绘的笔触",但点到辄止,尚未成为"一以贯之"的因素。李泽厚则指出李商隐、温庭筠诸人诗所表现的审美趣味完全不同于盛唐,"而是沿着中唐这一条线,走进更为细腻的官能感受和情感彩色的捕捉追求中"。⑫并对这一审美趣味的形成从时代精神的变换等诸多方面予以解释;同时循此以求,追踪诗向词形式嬗变的轨迹。总之,在李泽厚手中,"审美心理"、"审美趣味"已成为揭示文学史规律的重要线索,从而补足了闻一多模式最后一环。

上述几种文学史大量吸收了"他律"的文学史模式的手段与成果,但始终将目标指向文学形式内部。它既是所谓"诗—史范式"的继承,又是其变异,或许可以成为我们一个新的起点。然而,从各个不同角度切入文学史,无论是用社会学方法、文化人类学方法、接受美学方法,还是原型批评方法,等等,都只能说是盲人摸象而各得一端——当然所得有大小之辨。然而盲人摸象虽不能认识其整体,毕竟是对其局部有所认识。要完整地再现文学史是不可能的,但采用尽量大的视野、尽量多的角度去认识文学史的方方面面,便是对文学史整体认识的逼近,就好比正多边形,当边数 $n$ 趋向无穷大时,周长的极限是圆。80 年代以来文学史研究呈现出多元并存的繁荣局面,正预示了这一趋势。也因其如此,从不同角度切入文学史的各种模式都有其存在的意义。

# 中西文化对撞中的林语堂

在近、现代中西文化对撞的历史中，林语堂代表了"五四"新生代知识分子的一种类型。本文作者认为，林语堂是一位有多方面成绩的学者、作家、翻译家，又是一个对乡土、民族、祖国有着深厚感情的人。他的著作可谓洋洋大观，但其多方面的成绩又都未能进入经典之列。原因之一就在于他对中国文化虽有局部的深入体悟，但却缺乏全面的理解，他偏好的只是中国文化中具有士大夫情调的那一部分。他去掉了中西文化中最深沉与最先进这"两端"而行"中庸"。这对于在新一轮中西文化对撞中有志于"脚踏东西文化"的后来者，当是一个不容忽视的借鉴。

中国近、现代史，从某种角度看可以说是中西文化对撞史。在对撞中的中国知识分子因其对两者的不同态度而产生裂变，或主张中体西用，或主张全盘西化，或主张马列主义，但都不能无视西方文化强有力之存在，以及中国文化传统之潜势。在二者对撞的激流轰浪中，林语堂先生是个"亦耶亦孔，半东半西"（林氏《四十自叙》题注）的奇人，代表了"五四"新生代知识分子的一种类型。唐弢《林语堂论》（万平近编《林语堂选集》代序）对林氏的"半东半西"有个批评意见，认为"他从自我出发，根据主观爱好评论一切，他的笔端带着一点情感，一点人道主义的精神和色彩。但这不是18世纪法国资产阶级革命时期的人道主义，也不是中国传统的仁爱思想。他嘴边挂着的似乎是一种悲天悯人似的说教。他谈儒家，谈道家，谈中国文化，我总觉得隔着一点什么"。隔着什么？唐先生思索的结果是："原来林语堂先生也和胡适一样，是用西方的眼睛来看中国人、看中国文化、看中国的儒家和道家的，但他有的不是一般西洋人的眼睛，而是西洋传教士的眼睛。这就使他和现代资产阶级区分开来，多少带点封建的气味，纵然怀有同情，却仍十分隔膜。"①这一观察无疑是深刻独到的，但也不无可议之处。让我们的讨论就从这里切入。

一

　　林语堂的笔端，的确是常常带着"一种悲天悯人似的说教"，看中国人、看中国文化也确实有时是"仍十分隔膜"。如《吾国与吾民》认为即便是在大饥荒省份的陕西农民"也还有能莞尔而笑的"，而"北平的洋车夫"也能"一路开着玩笑"，这些都是"知足精神"，是"中国传统思想的渗透结果"，是中国人"常热心于幸福问题，胜于物质进步问题"的明证。我想，这也许就是唐弢先生之所以会认为林氏是用"西洋传教士的眼睛"看中国的原因。然而，在林氏大量文本中，还有与之相反的一面，即对中国文化（尤其是属士大夫情趣的东西）有相当精微独到的认识，乃至有着融入式的体味与感悟。譬如他对"国民性"中"忍耐"的分析，认为"这样忍耐的态度，我想是由大家庭生活学来的……中国人家庭生活，子忍其父，弟忍其兄，妹忍其姐，侄忍其叔，媳忍其姑，妯娌忍其妯娌，自然成为五代同堂团圆的局面。"（《中国的国民性》）进而指出："只要家庭制度存生，只要社会建立于这样的基础上，即人不是一个独立的个体，但以一个分子的身份生活于和谐的社会关系中。"（《吾国与吾民》第二章第二节）这里固然用了西方社会学的眼光，但如果没有对中国大家庭耳闻、目睹、身受的切肤之痛，岂能写得如此深切！再如其论"狂士"，说："中国人太乏进取精神，然中国人谁容得下狂简进取者？一二仗义勇为，好管闲事之徒，在家则驱逐之于市井，在国则逼迫之入江湖。此江湖豪侠所以多气义之人。气义人入江湖入绿林，是气义人为社会所不容之明证。及中国人气义人皆入绿林，皆上梁山，社会的余剩者为昏庸庸奄奄无气息之德贼君子，然后欣羡之，景慕之，编为戏剧而扮演之，著为小说而形容之，于是武侠小说大盛行于德贼之社会，人人在武侠小说中重求顺民社会中所不易见之仗义之豪杰，于想象中觅现实生活所看不到之豪情慷慨。"（《狂论》）从林氏对盛行武侠小说的社会文化心理依据推求之深，可见其中国文化浸润之透，又岂是"洋教士眼睛"所能到？至如在国外依据一堆故纸写成的《苏东坡传》，一个士大夫味十足的文人形象是那么有血有肉活灵活现，更表现了林语堂是如何熟悉中国文化，其中对中国文艺感悟式的描述有时简直达到"精微穿溟涬"的地步。他极力称赞苏轼"捕捉诗意的片刻，化为永恒"的艺术天才，并举出《赤壁赋》与《记承天寺夜游》二文为例，说：

> "这两篇文章流传千古，因为短短几百个字就道出了人在宇宙中的渺小，同时又说明人在此生可以享受大自然无尽的盛宴，没有人写得比他更传神。……我们只看到一点点风景的细节，隐在空白的水天内，两个小人影在月夜闪亮的河上泛舟。从此，读者就迷失在那片气氛里。"（《苏东坡传》第十六章）

回头再读苏文，那"桂棹兮兰桨，击空明兮溯流光"的情景便会带上大江的雾气，湿润地让你感触到它的存在。这不是一个技巧问题，而是一个体味与感悟的问题。这样的"闪光"，在《生活的艺术》中俯拾皆是。

林语堂的问题并不出在"西洋传教士的眼睛。"

## 二

林语堂的问题我看是出在"士大夫的眼睛"。唐弢在上引文中已提到，林语堂与"现代资产阶级"有区别，"多少带点封建的气味"。这是从鲁迅《与斯诺谈话》中生发开来的。鲁迅说：

> "即便是林语堂，也不能划归为资产阶级作家，他更多地属于旧式经院派的文学传统，而不是现代资产阶级的观念，前者产生于封建主义的背景之下，而后者实际上是他冷嘲热讽的对象。"

封建主义可以是东方的，还可以是西方的。林氏的"封建气味"则是英国维多利亚时代的，加上中国道教式的，后者是其根柢。无论是提倡"幽他一默"，还是"玩笑主义"，还是"性灵"，或"生活的艺术"，其内在的情趣就是中国士大夫的情趣。中国士大夫的人格结构可归结为"兼济"与"独善"，支持这一人格结构的便是"儒道互补"。顺利时大讲"修齐治平"，逆境时则"下一转语"，倏忽之间便心平气和地讲究起明哲保身。这才是《吾国与吾民》辟专章大讲特讲的"知足精神"。"常热心于幸福问题，胜于物质进步问题"的不是"北平的洋车夫"，更不是"大饥荒省份的陕西农民"，而是士大夫中庸庸碌碌的大多数。这种"知足精神"长期积淀，便整合为封建社会后期士大夫一整套颇具魅力的生活方式与情趣。林语堂《生活的艺术》中赞叹不已的沈复《浮生六记·闲情记趣》、袁中郎《瓶史》、张潮《幽梦影》，以及《吾国与吾民》中举为"中国人生活艺术的指南"的李笠翁《闲情偶寄》，其中所云插花、赏石，衣饰、午睡、玩月、饮酒，无一不是典型的中国士大夫情调。所以林语堂虽自称"对外国人讲中国文化，而对中国人讲外国文化"（《林语堂自传》），但他真正感兴趣的，其实更在于"对外讲中"。他翻译许多难度很大的中国古典文学，却很少翻译外国优秀的（尤其是当代的）作品，远不如胡适、朱光潜介绍西方文化的执着。而他所喜谈的"中国文化精神"又是什么呢？在《中国文化之精神》一文中，他将中国民族特征概括为"在于执中，不在于偏倚，在于近人之常情，不在于玄虚理想。"中国文化精神就是一种"人文主义"精神，即"对于人生的目的与真义有公正的认识"，中国人纯然以此目的为指归，而"达此目的之方法，在于明理，即所谓事理通达，心气和平、即儒家中庸之道，又可称为'庸见的崇拜'。"通过中西比较，他也发现这种中庸之道的弊端乃在于不求上进，"不信一切机械式的法律制度"，因而中国难有法治的成功。但林语堂并不因此而弃绝中庸之道，而是"创造"出一种新的"中庸"——"我们把道家的现世主义和儒家的积极观念调合起来，而成为中庸的哲学"。他认为这是最优越的哲学，因为这是最合于人情的哲学（《生活的艺术》第五章第四节）。他是透过这副"新中庸"的眼镜看世界的。在这种眼光下，陶渊明、苏东坡都难免带点"玩世主义"，而袁中郎的《瓶史》、张潮的《幽梦影》、沈复的《浮生六记》这些第二流的东西也就放大为中国艺术的代表作。用这种眼光扫瞄国外，在讽刺大师萧伯纳身上也能发现"浑身庸见"（《读〈萧伯纳传〉偶识》）而现代艺术之父的毕加索也要遭受挖苦（《杂谈奥国》）。欧洲各国，"德人长于理论，法人长于审美"（《说通感》），但德人"一切都要循规蹈矩"，甚至桌上放案宗要用界尺划分筑起。"一切太规矩，人生就乏风韵了。"瑞士人太讲究清洁了，"人生何必自寻苦恼，整齐清洁到那样程度？还是自由自在，规矩中带点随便吧。"（《瑞士风光》）他最合意的是英国，盖"英人长于通感也就是长于实际。英国人在学理上，每每前后矛盾，以糊涂著名，似乎是一种缺憾，但是在实际上英人应付环境，却正因其不顾学理，而能只凭通感，糊涂渡过难关"（《说通感》）。这是林氏"新中庸"中的道家思想在起作用。他认为"中英民族相同之处甚多"，尤其赞叹英人讲礼义，讲忠信，"恐孔子见之，亦将浮居九夷之念，退之（韩愈）见之，亦将叹为三代之风。"（《中国人与英国人》）这又是用儒家眼光取舍。用这种"中庸"的眼光取舍，难怪会有样的"中西结合"："我深信中国人若能从英人学点制度的信仰与组织能力，而英人若从华人学点及时行乐的决心与赏玩山水的雅趣，两方都可获益不浅"。（《中国文化之精神》）这就是林语堂的"半耶半孔"，作为"中西结合"的"中方代表"，其实还是在庄不在孔。因此，即便是他所喜爱的西方哲人"尼溪"，也"尚难樊笼我"。（《四十自叙》，自注："尼溪即尼采，我少时所好。"）他摒弃了尼采哲学中的"悲剧精神"，只取其"崇尚生命狂欢"的"酒神精神"。其小说《奇岛》便是"桃花源"的海外版，"不知有汉，无论魏晋"的高士们都换上了古希腊祭神者的长袍，但所祭祀的"酒神"其实仍是东方的庄子。

# 三

林语堂的"新中庸"并非"折中"，而是用极端的方法"去其两端"，是所谓的"庸见崇拜"。他"脚踏东西文化"，却不是踏在二者最先进的两端。西方现、当代思潮未曾引起他强烈的反响，而中国文化精神他所理解的也并非最有生命力的部分，或最深层的东西。对此，林氏自己也是有所悟的。在批评辜鸿铭时，他曾说："孙中山则深得中国博大气质，辜只是狂生，而能深谈儒道。"（《辜鸿铭》）这是知言，也是自知。试将一部《吾国与吾民》与鲁迅的《看镜有感》、《中国人失掉自信力了吗》对读，便不难发现，林氏不及处，正在"博大"二字。正因其如此，故所倡性灵，所介绍的中国文化，都难免显得小家子气。

林语堂的失误，还在于对中国文化的深层缺乏深刻的理解。林氏生长于中国农村，对中国社会底层有一定的了解，但毕竟处在一个崇拜西洋文化的牧师家庭，且又就读于教会学校，生活于上层知识分子圈子里，并多年侨居国外，所以未能深入社会的底层，对中国文化中深层的东西缺乏透彻的理解。上文所引《吾国与吾民》将"北平洋车夫"、"大饥荒省份的陕西农民"纳入"知足精神"一例，便是明证。再如他将鲁迅"想做奴隶而不得的时代"与"暂时做稳了奴隶的时代"误记成"一为做奴才而不得时期，一为做上奴才时期"，并阐释曰："治者，大家有奴才可做，有油水可揩；乱者，奴才饭碗打碎，油水揩不着也。"（《中国何以没有民治》）"奴隶"与"奴才"，一字之差，却将沉痛化为厌恶，将双向批判化为单向嘲弄，更是表明了与中国文化深层的隔膜。

总之，林语堂是一个对乡土、民族、祖国有深厚感情的人，但又是一个对中国文化缺乏全面理解的人。他偏好的是中国文化具有士大夫情调的那一部分。在这个领域，林语堂对中国文化的局部有相当深入的体悟，这个领域的研究是不可或缺的，他的研究成果也是应当充分肯定的。但不用讳言，这种研究如果不是在中国文化博大精神的观照之下，就难免露出小家子气，而对中国非士大夫的那一面的理解就时或流于浅薄。林语堂先生又是一位有多方面成绩的学者、作家、翻译家，洋洋大观，但好比九十九度的水毕竟没有开，其多方面的成绩都尚未能进入经典之列。原因之一，我想就在于他去掉了中西文化中最深沉与最先进这"两端"而行"中庸"。这对新一轮中西文化对撞中有志于"脚踏东西文化"者，是一个不容忽视的借鉴。

由此，我想到了两件事。其一是中国知识分子身上的士大夫气味不可不涤荡。盖中国士大夫原有一个相当完善的自我调节机制，即："达则兼济天下，穷则独善其身。"它固然以儒家孟子所首倡，但在长期历史积淀过程中，已整合进道家的"无为"，释家的"委顺"，在逆境时为士大夫留下了一条堂而皇之的退路——"独善"。因此，士大夫无论在什么样的困境中，只要他想要，便能找到使自己心理平衡的退避理由——哪怕是亡国遗民，也可以退处山林书院而心安理得，不必"杀身成仁"。与"独善"相应，发展了一整套颇具魅力的"生活的艺术"，从起居、衣着、饮食、直至交往、写作，都有其独特的情趣，能沁人心肺，销人骨鲠，也是一种"安乐死"。鲁迅曾教人"不读中国书"，其用意是提醒人们注意这种不知不觉中使人消沉的东西。因此，在钻研、欣赏、提倡中国传统文化时，切莫不经意中将此类东西当成至宝，乃至选为立足点以创建全人类的新文化——那是建不成的。许多文化伟人，正因其保留这条"尾巴"——士大夫情调，终于"返祖"而走了回头路，为原先自己所反对的旧文化所吞噬，这也已经是不争的事实了。

其二是做东西文化比较时，切莫急于"东方化"（其实往往只是"中国化"），急于为东方文化"争口气"，而是应当先不存成见地、原原本本地认识西方文化，注重介绍其完整的原有蕴涵，原汤原汁，不予取舍。我曾看到一本日本人讲中国人的思维模式的小册子，作者认为中国人往往有"中体西用"的潜在意识，所以西方任何事物总是不能原原本本为中国人所接受，总是要按中国人的理解来"意译"之。比如 CocaCola，日人译音为"口咖口拉"，中国人则按饮料的美味效果译为"可口可乐"，真是信、达、雅，音义俱佳，但已非"原原本本"，翻译时已"中国化"了。鲁迅当年反对译外国人姓氏硬要套上中国的百家姓，女性还要加草头、女旁、丝旁之类，正是要防失真。又如 realism，我国译为"现实主义"；日人译为"离阿里子母"，要明白原意，就得翻字典，麻烦却近真。中国译法固然易懂，但也易"望文"而"生义"，未必合乎原意。事实上，几十年来我们对"现实主义"的理解早已偏离原意，并造成危害，这也是不争的事实。林语堂用中国士大夫的眼睛看西方文化，所以英语水平虽高，却往往看不到其最先进、最优秀、最具生命力的部分，这也已经不止是他一个人的经验教训了。

（原载《上海文化》，1996 年第 1 期）

# 评陈子谦著《钱学论》

鲁迅晚年最提防"捧杀",因为文坛总有那么一些"啃招牌边"的人,嗡嗡地围定一个或几个名人,礼赞拜谒。动机嘛,无非如钱钟书所示:"或出于尊敬,例如俗物尊敬艺术,就收集骨董,附庸风雅。或出于利用,例如坏蛋有所企图,就利用宗教道德,假充正人君子。"(《写在人生边上·说笑》)其实,"附庸"说到底还是为了"利用"。给热气球充气,还不是为了让它将自己也带上天?"显学"的下一步,便是"俗学"。难怪钱钟书听说要办专门研究他的杂志就心悸。(详《钱学论》四川文艺出版社 1992 年版,第 4 页,以下引该书只注页码)子谦则异于是,字字从"苦吟"中来。① 笔者与子谦同窗三载,后来虽天各一方,知他带病研究钱学,一直奋不顾身。今翻阅四十五万言的《钱学论》,能不为之一弹男儿泪!

## "欲言钱学,必先学钱"

《钱学论》论钱学有一特点:用极大气力倡"钱学品格"。其用意在清除附着于钱学上的锈斑霉垢,使之免遭庸俗化之厄。他将钱学品格归为"才、学、识、德",外加一"疑"字。所谓"才",禀性才情是也,与学力并举。二者联系关键在"化"——学问化为学识,方是真才实学。这就是钱钟书所说:"今日之性灵,适昔日学问之化而相忘,习惯以成自然者也。"何谓"相忘"?就是"使异物与我同体",已无所谓尔我。这便

---

① 此句为编辑者所误删,今补上。子谦写此书后,一直与病魔搏斗,2008 年八月卒于肺癌。余以"千古文章未尽才"弔之。

是子谦拈出的"读书消纳说"。(页19)它不但是读书之法,也是近百余年来争论不休的如何对待中西文化"体"、"用"问题的看法。中西体用之争,是中国人面对外来文化时特有的两难心态:学习西方先进技术,似乎便意味着传统道德的沦丧。钱先生"求同"、"消纳"的态度妥善地解决了这一问题。他所说的"化",正是要"化书卷见闻作吾性灵,与古今中外为无町畦"。古与今,中与西,都应当"化"到"相忘"的境界,有我无我,同条共贯,这才是一个欲自立于世界民族之林的健康民族应有的心态。如果不能"相忘",心中耿耿于谁为主体谁为用,就不会有博大的胸怀,不能得"异量之美",岂利乎更高层次文化之诞生?钱先生这一旧解,诚如子谦所称:"不亚于任何自然科学之发明。"(页122)《钱学论》就是这样从大处着眼,让人对钱钟书的治学原则有个基本认识。

然而,子谦并不停留于原则的标举,而是重视其学问与整个性情的陶融,从每一个琐细的事实中看到其心血的沉浸与滋养。他说:"一部《管锥编》可以看天下,正人心。""学术在他那里,已是德行的修养,人格的升华。"(页128)从"背师"、"文如其人"之评,到"后儒以理杀人"、"有新事物而无新理致"之说,事无巨细,经子谦阐明,则无不剖腹见心,透出钱学不容任何假、丑、恶的批判精神——而"德"也就在其中了。此"真理之勇",便是钱学品格骨鲠之所在,也正是子谦有会于心之所在。

## 钱学是"实学",非"比较文学"

子谦一向力主钱学非比较文学,在此书中又期期辩明之。"比较"是认识事物的一种方法,并非文学研究之专利。"用比较"岂便是"比较文学"?子谦认为,钱钟书确实出色地用了比较的方法,但目的不在"比",而在"求同"。(详页693)第十九章是很精彩的一章。现在言钱学者无不言"打通",事实上"比较"也正是为了"打通",而"打通"还有它更深的追求:"化古今中外为无町畦"。因此,子谦认为:"与其说各学科'打通',毋宁说各学派'打通',各学科之可通,乃因各学派之能通。"(页695)而"首先要'打通'的是自家门墙,欲使门户相通,不使'兄弟阋墙',即各宗各派'诗眼'相通,'文心'默契。"(页696—697)真真是一针见血之论！只有胸中"无町畦"，才能"化古今中外为无町畦"。没有了偏见，才能有真知灼见。也许，这就是钱学那"超越的入世"？子谦进一步指出：钱钟书数十年如一日（他不取"天天都有新发展"的模式），追求的"终极目的"是求天下"共同的诗心、文心"，因为他认定"文心、诗心之能同，是因为客观事物决定的'理'之可同，反映客观事物的情感心理之可同。"只有"物同理同"，才能有"物通、理通、情通、思路通。"（页696）这才能"推一本以贯万殊，明异流出之同源，"（页39）寻得人类文化的共同规律。因之，所谓"打通"，也只是凿井及泉，是发现也，非发明也。由"比"而"通"，"通"则能"化"，"化"而求"同"，于是乎"忘"。"凡是以应我需、牵我情、供我用者。亦莫非我有，"（《谈艺录》中华书局1984年版，页206）"己"便在其中。钱钟书正是站在这样的文化视角，胸无蒂芥孜孜以求中华文化与人类文化之大同。这种大气魄，是中华民族走向世界的先知先觉者才具有的气魄！

　　然而，也正因钱学具有超前性，而为时人所不易理解，不但将钱学视为仅仅是文学批评圈中的一种比较方法，甚或将《管锥编》视同类书。对此，子谦由于胸中洞然钱学之终极目的，故于钱学广征博引的撰述方法有独到的见解：

　　　　钱钟书每拈出一个概念或每论述一个问题，总是"触类旁通"、"连类举似"以至"充类至尽"：从古至今，从中至西，犹颜师古所说"四出而行"……在大量的例证里，结论自明。（页696）

　　子谦认为钱钟书"打通"而能"圆通"，正在于他能"方览圆闻"，能"集思综断"，所以无偏枯、固陋之弊。如果我们将这种具体而微的撰述方法与其大而深远的终极目的相联系，就不难看到钱钟书是如何在行动。其"方览圆闻"是鸟瞰式的"以大观小"。如《管锥编》，小至一字之训，亦不因"木屑竹头"而稍放松，在认真严肃的辨析中，滤出有用的东西。《管锥编》如子谦所说，"只选择十部典籍，按照历史本来的和应有的面貌进行辨析，从传统文化和文化传统中去发掘文化心理"。（页127）于是，我们看到，一片规模庞大的新文化工程正在施工。这便是《钱学论》揭幕的景象。

是的，这种"例证多于论证"的撰述方式在时下"比基尼"式的作手眼中无疑是"笨办法"，而子谦却处处在力倡这种"最聪明的人偏要下最笨的功夫"的治学方法。他干脆给钱学下了这样的"定义"：

> "钱学"是这样一门学问：它面对整个中国传统文化，用"真"、用"心"、用"诚"、用"神"去感知，去分析、去批判评说的"实学"。（《引论》页7）

我曾思索过，何以"钱学"一经学界数贤标识，无异陈涉之揭竿，不几时便海内外风行，竟至溢出文化圈？读了子谦这一定义，似有所悟。固然，"学问之事不是大喊大叫的东西"，但作为一个时期乃至一个时代学术的旗帜，它必定与大众的总体利益、总体精神有沟通的地方，它迟早会由"少数人才能理解和接受"渐变为多数人所能理解与接受的——鲁迅精神便是一例。"钱学"之所以成为新时期学界之标识，就在于它是"实学"。钱钟书曾引康德驳"本体论证"文云："一百元之概念，终不如一百元之实币能增财富也。"（序页2，另参"不尽信书"一节）它不禁令人联想起"猫论"。是的，这是一个"求实"的时代，是教条主义、形式主义猖獗后的反拨。这就是钱学与时代精神相沟通的地方。子谦从"钱学品格"入手，不惮其繁地以许多实例示范，力证了郑朝宗先生所归纳的"以实涵虚"的批评方法，令人信服地揭示了"钱学是实学"的本质。这一论证本身，不啻在倡导与求实时代相称之学风，而这一学风应当成为求实时代的主流！

## 钱学"得子谦而发挥透彻"

常听一些爱钱学或与人一道爱钱学的人叹惋道："钱学好是好，就是不成体系，没几多理论。"这固然出于对钱学治学方法及其终极目的的无知，也还由于钱学自身的量大而散出，一些见解又往往点到辄止，并未展开，造成读者理解上的困难。《钱学论》就此做了大量的整理与铺平道路的工作。

首先是钱学辩证法的阐明。"钱学"，如果说"品格"为其骨，"实学"为其肉；那么，"辩证法"则为其神——灵魂之所在。记得毕业之际，笔者曾建议子谦写一部《文心辩证》，以发钱钟书治学之秘。可惜，子谦去四川后，这部书的详细写作提纲不翼而飞，他曾为此痛惜不已，不得不另起炉灶。现在令人欣喜的是，《钱学论》包举了这层意思。钱学辩证法无处不在，《钱学论》阐明其法也近乎无处不在。书中例证几乎都是钱学辩证法的示范，子谦时时处处在提醒读者注意这些成功的辩证，他所做的大量工作，是在理清这些辩证关系，并补充了不少相应的哲学知识，为读者铺平道路，使之脉络分明，度人以金针。如此者，触处皆是，读《钱学论》者切勿轻轻放过。

《钱学论》不但力破世人对钱学的不解、误解与曲解，还极力阐明钱学蕴含的理论性，其中中编好比是那聚光镜，将钱学中四处闪烁的光芒收集成几束强光。郑朝宗先生曾以"但开风气不为师"品目钱学，我深以为得钱学之心。鲁迅曾赞颂过甘当土壤的人，这样的人，钱钟书应当算一位。他用他学贯中西的博学与敏锐的眼光，面对浩如烟海的文化遗产，坚毅不懈地从事那艰辛的采矿式的劳作。他不奢望在有生之年亲手完成人类文化大同的工程，他只是勤勤恳恳地为这一工程的奠基付出全部心血。这，也是"钱学品格"！黄河，可蒸馏出几多杯清水？钱学，又可整理出几多条至理？子谦在学习、证悟之中，从钱学之海舀取数瓢醇酒以飨读者，其甘如饴。

最见子谦阐说钱学使之蔚成体系功夫的，当推"钱学比喻论"一篇。子谦从全部的钱学出发，经细密的针法组织了从各个角度对"比喻是文学语言的根本"这一带规律性的重大命题的论证。经子谦的发挥，人们不得不对钱钟书关于比喻的见解刮目相看，而"类书"之说已不攻自破矣。这项工作必将引起爱"钱学"者的注意，导致好学者在钱学提供的无比丰富的现象及其规律之中沉思、反省，从而得到启发，理出思路，获得新的灵感。

是的，子谦是成功的，因为他的《钱学论》是以钱说钱，富有启示性，这比任何抽象、归纳更能体现钱学精神。郑朝宗先生曾经有一个建议："我建议今后我们对钱著（包括《管锥编》以外的其他专书和论文）的研究，不再作一般的评述，而以专题的形式出现，即一篇文章只谈一个问题，力求深透和符合作者的本意。这样做自然难度更大，但毕竟有助于使自己及读者更进一步地了解钱著。"（《钱学二题》）子谦知难而进，《钱学论》虽然不能说无可挑剔，但他毕竟作了富有成效的实践，应该充分肯定的。

（原载《文学评论》，1993 年第 4 期）

# 附录：水深鱼极乐，林茂鸟知归

（李圣传 整理）

## 一　转益多师：路漫漫而上下求索

李圣传（以下简称"李"）：林先生，您好！非常感谢您抽空接受我的访谈。我们先从您的求学经历谈起。您从小生长于医生家庭，后来为什么会喜欢上文学，并走上中国古典文学研究的道路呢？

林继中（以下简称"林"）：我从小喜欢唐诗、小说，爱好听故事。中学时代，鲁迅的小说、杂文我几乎都读过。其他如当时流行的《林海雪原》、俄罗斯文学、裴多菲以及海涅的作品，等等，我都喜欢读。因此，我是慢慢地走上了文学研究的道路。

李：据说您大学毕业后有一段特殊的经历，就是被安排到军垦农场劳动，后来又进深山教中学，并在这段异常艰苦的岁月中通读了《明史》等大量历史文献。这对您此后的学术研究产生了怎样的影响？

林："文革"我在福建师院（今为福建师大）读本科，后期是"逍遥派"，静心读书。当时，毛主席号召说要多读历史。其实我之前也一直在读马恩的书籍，恩格斯《反杜林论》及《家庭、私有制和国家的起源》等著作我尤其喜欢。1972 年前后的几年，我在福建华安县组织组当过材料员，还当过政工，带民工修过铁路，这些都离文学非常遥远，却让我更深地了解了社会，对文学研究很有帮助。

李：1978 年，您考入厦门大学中文系师从周祖撰先生攻读唐代文学。因"文革"沉寂十多年，您当时的学术心态和志向如何？作为清华国学

研究院浦江清先生的弟子，周祖撰先生在唐代文学研究领域又给了您怎样
的学术训练？

林：当时，因"文革"看怕了，觉得古典文学相对离政治稍微远些，
兴许以后也会"保险"些，所以选择走这条路。（笑）其实，我读本科时
喜欢的是写散文和新诗之类。硕士期间，导师每周上一次课，采取"沙
龙"的形式，主要是我们谈读书的心得体会，然后导师穿插点拨。周先
生主要强调和布置我们读历史，《新唐书》、《旧唐书》、《资治通鉴》必
须在短时间内读完指定部分，工作量很大。尤其是《资治通鉴》"隋唐五
代"段，必须做到熟悉，而《新唐书》、《旧唐书》则重点看一部分"列
传"、"表"、"志"等文献，强调要熟悉研究对象的历史背景。我当时还
听了著名史学家厦门大学韩国磐先生的课，他是隋唐五代史方面的专家，
侧重政治经济学。我当时选择研究王维，就是专门从庄园经济的角度去解
读王维。其实，文史不分家，郑朝宗先生也是"清华派"，外文非常好，
对西方文学也很通，但也重视文献实证。受郑、周两位先生中西合璧思想
的影响，我自己的研究道路也是一面抓文献古籍，注重考据、义理、辞
章，一面读钱钟书先生的《管锥篇》、《谈艺录》及西方文论，注重中西
互证。"东海西海，心理攸同"嘛，"文化自觉"不仅是对民族文化的认
识，还要将民族文化置于全人类文化里面，多元统一。正所谓"各美其
美，美其所美，美美与共，天下大同"。我想：这种中西融合的心态，会
慢慢成为社会的主流。

李：林先生，您硕士毕业后，1983 年又考入山东大学师从萧涤非先
生攻读唐宋文学博士学位，与莫砺锋、王富仁等先生一起成为新中国首批
文学博士。您能否简要回忆当时的读书情形并谈谈萧涤非先生指导博士学
位论文的方法？

林：像林语堂一样，闽南人都有思乡情结。我硕士毕业后先是返乡到
师专任教，然后再考入山东大学。导师萧涤非先生重视"实地考察"。王
国维主张"二重证据法"，而萧先生还注重实地查证与体验，他受鲁迅、
毛泽东的影响比较深。他搞杜诗研究的一大发明就是：组织"杜甫组"
先"万里行"，沿着杜甫的足迹走一遍，在"实地感悟"中"感悟杜
甫"。这可谓是"三重法"，即：地面上的文献、地下的文献以及现实中
活的文献。我的博士论文题目也是导师给的，目的是强化我的基础训练。

李：您由萧涤非先生指导的博士学位论文《杜诗赵次公先后解辑校》共计一百多万言，获程千帆、陈贻焮等学界巨擘大力推崇，并被列入上海古籍出版社的"中国古典文学丛书"中。在短短两年时间内，从史料搜集，到辑佚校勘，再到运思写作，您究竟是如何做到的？

林：我的体会不知道对不对。我觉得这不是很难的事情，关键是要细心，冷板凳要坐得住。这种"考镜源流"的工作与其他理论式的研究不同，做得好不好，起决定作用的不是你是不是学术天才，而是你细心不细心、认真不认真。考镜源流、追查出典、核实原文，大量工作都不是体现在"出校"上，因为核对以后如果原文没错，就一点也体现不出你的劳动。我写几条校正，那是因为他出错了，这才有痕迹表现出来。但绝大部分都是你查对以后没痕迹表现，"也无风雨也无晴"的。博士论文写作过程中，我每天花的时间很多、很辛苦，冬天最好计算，一直要等到整个窗户都结满了冰花、都白了，才去睡觉，大概要到晚上两点多吧。第二天早上七点多又要起床，读读外语。当时也就是在宿舍、食堂、资料室"三点一线"的跑。这种工作不用经常去麻烦导师，因导师年纪大了。但萧先生做了一个非常好的事情——我们常说"站在巨人的肩膀上"，他组织"杜甫组"时，学校和各出版社均大力支持，当时各单位图书资料封锁还很厉害，但凭借萧先生的声望、人民文学出版社的资助以及山东大学自身深厚的历史积淀与学术资源，当时从全国各个地方弄来了200多种版本的杜诗杜注。这样我就至少省掉了十年的学术准备工作，因为在那个时代，你个人根本不可能找来那么齐全的资料。比如说赵次公的注本，我也是从资料室才看到的，而这个注本也是从北图复印过来的，其他人怎么可能看到呢？

李：听说您博士论文答辩时带来的笔记材料堆的有1米多高，把整个人都挡住了。能否回忆一下您当时答辩的情景？

林：（笑）一两尺高吧，全是一些复印稿，我的博士论文原稿都留在了山东大学图书馆，我自己也没有。其实，这也只是证明"笨功夫"下得够，不能证明其他什么。研究古典文学就是要历史打底，加上"坐功"。大概因受先后两位导师的影响，传统中最基本的东西在我的论文中都有体现：一个"史"；一个"证"。可能在收集材料的功夫上还欠缺一些。

## 二 诗国观潮:"文献实证"与"中西合璧"

李:林先生,您专攻中国古典文学,但在您此后的著作中(比如《诗国观潮》),除"考据、义理、辞章"外,还大量运用精神分析、文化人类学以及接受美学等西方理论。您认为,运用这些"西方理论模式"来烛照剖析唐宋诗歌现象时,其意义价值在哪里?

林:我认为中国文化的精义在于"道法自然"。正所谓"物无非天也。天也者,自然者也"。我对文论虽然没有专门性研究,但对钱钟书的《管锥篇》、《谈艺录》还是认真研读过的。此外,当时厦门大学还有一个优势,就是理论上的"得风气之先"。所以,当时厦门大学能出刘再复、林兴宅等理论家是有道理的。那时台湾的书还很难在大陆流通,但在厦大却有很多,叶维廉的书啊,钱穆的书啊,等等,还专门设有台湾研究所。当时舒婷等人在那段时间也刚好"崛起",所以"新风气"就蔓延整个厦门。我也在那种氛围中阅读了叶维廉等人的许多新理论。受这些理论新风的影响,我也就较为容易用西方理论来烛照、激活古典文学。包括后来我还看了许多日本的书,因我读硕士时就跟日本学者入谷仙介通信,他还送了我一本《王维研究》。我当时学日语,读了些日本书籍。我的文论也较杂糅,加上过去的爱好以及郑先生"钱钟书研究"的指导影响,我的研究路子也就基本定调了。可以说,我的研究始终是中西"双修"的,我并不刻意为了研究而去学习西方理论,而是"中学—西学"比较地思维。它的意义无非是拓宽视野,减少偏执。

李:在《情感意象的一种构图方式》一文中,您正是运用了苏珊·朗格《艺术问题》一书中关于"感性的意味"与"诗的形式"等观点从情感结构角度对杜诗"碧瓦初寒外"、"香稻啄余鹦鹉粒"等诸种不可表达之"物"与"图形"进行了生动诠释。但是,中学与西学毕竟文化土壤不同,因而才产生诸如"中学为体,西学为用"与"西学为体,中学为用"之辩。那么,就唐宋诗歌而言,在引进"西方理论模式"进行阐释激活时,为防止"过度阐释"或"文本误读",应该注意哪些问题?

林:这个我觉得应该向鲁迅的"韧"的精神学习。也就是说,很多事情都不要想一次性解决,真理可以无限逼近,但永远不可能到达其终点。很多东西不可能完美，所谓"大成若缺，其用不弊"。追求美满作为一种目的可以，但是你要明白它永远是有缺陷的。理论与实践一定要"同步共振"，边实践边得出结论，结论再回实践，实践检验后再产生并修正理论，二者交流电似的几乎同时发生、发展。就像结构主义引出后结构主义一样，这并非"后浪推前浪"，而是像我说过的"蔓状生长"。这是一种"生态的关系"。我们当代人老是喜欢用一种"物理性"思维去解释文论，这就很容易"机械化"。实际上，中西学的问题不要去考究谁为"体"谁为"用"，"体"与"用"是相关联的，牛的"体"、牛的四肢就是为牛服务的，而马的体、马的四肢只是为马服务，这两个绝不能分开。因此，我们还得回到"原点"——"太极图"。"阴"和"阳"是"一"，"一"分为"二"不是"真分"，"阴在阳内"，只是互动，在相互转化的过程中相互促成。中与西其实也是"一"：同属人类。所以我认为要把人类看为一体。中国最古老的东西是最现代的，分析、归纳到极点，就回到了原点。"回到原点"不是回到西方的柏拉图、亚里士多德，而是回到东方的老子、孔子。东西方文化都是全人类的共同的财产，所以"回到原点"不一定西欧就必须回到西欧，也可以回到东方。同理，我们将来发展到一定程度，说不定也回到印度去啦，这些东西都说不准，"十年河东十年河西"嘛。人类思想总在不断发展、不断交汇。所以，我常说"道法自然"，自然的本质就是多元统一的，"杂"就是一种多元、一种常态。当然，多元到和谐、融一，还要长期磨合，误读之类难免。

李：林先生，在您的治学方法中，"文献实证"与"以大观小"是非常重要的两极。"文献实证"倾向于微观的史料与考证，讲究"考据、义理、辞章"，而"以大观小"则注重宏观的文化考察。您常强调将研究对象置于大的历史文化场景中，再通过文本的文献学考察，进而做到在"以大观小"中又"小中见大"。您能否简要谈谈？

林：我的导师周祖撰先生的书架上有一套闻一多的书，我看到后也买了一套。我觉得这个问题和前面讲的差不多，"阴"和"阳"是"一"，这个问题也是"一"。闻一多先生就是这么做的。他的考证跟古人很不一样，虽然在"文献"、"出土文物"的考证上也一样，但"统帅"却换了，他的推理思维是非常现代的。他将之融化到文化语境中去。比如说对《茉苢》的考证，闻一多以传注训诂之学与民俗学、神话学、社会学相结合，辨明了茉苢的象征意义，以及以现代人的妇女观观照那个时代妇女在生育问题上所承受的巨大压力。闻一多这种以现代学术意识为主导，将传注训诂纳入文化大视野，赋予它以多维度的文化阐释功能，使"考据、义理、辞章"的旧框架发生了范式性变革，激活了这门古老的传统学科。这种"文献实证"与"文化考察"的结合，不仅将训诂学从封建伦理道德的束缚中解放出来，释放出空前的能量，还在"文学主体性"的回归中既恢复了语境和诗意，并将之融入了现代学术。这就是一种自觉的"中国文化诗学"。闻一多先生的研究路径绝妙地演示并解决了这些问题——将对象置诸文化场域的整体性语境中去考察研讨，这就是"文献实证"和"以大观小"的统一。

## 三　文学史观："蔓状生长"与"文化建构"

李：从 80 年代后期起，您开始酝酿写作《文化建构文学史纲》，1993 年出版了中唐到北宋部分（海峡文艺出版社），接着 2005 年又补充出版了魏晋到盛唐部分（北京大学出版社）。这本书出版后颇得学界好评，您能否谈谈这本书的写作初衷以及您希望达到的文学史目的？

林：我在写赵次公的时候，就开始有意识地将各种材料放在一起，后来写作出四万多字的博士论文前言，其中一部分发表在《中华文史论丛》上。当时我就从材料中感受到：就像"文化迁徙"一样，文学价值与意义也是在流动中或升或降。受时代影响，我又开始看姚斯的接受美学，我后来的研究视角也是从接受美学入手，但底子还是"文化模式"论，主要是受布克哈特《意大利文艺复兴时期的文化》与本尼迪克特《文化模式》两书影响。我当时就想将布克哈特与本尼迪克特的研究模式引入到文学研究中。因为我预感到：就像闻一多的研究一样，"文化模式"也是一种认识事物的思维方法；杜甫不管成就再大，将他置于整个中国文学史上也只是一点，而将之放诸人类文化史上则更是一点，这就是所谓的"以大观小"，而我就是想要将这种动态关系呈现出来。我是 1983 年考取山东大学文学博士的，1985 年我的博士论文就已完稿，但因导师萧涤非先生生病住院，我只能推迟答辩。这段时间我除了将博士论文反复校对、修改外，就开始收集材料，主要是北宋，因为唐代部分我读硕士课程时已经下过功夫了。当时单篇文章也已经写作出来，但我觉得单篇文章还说不清楚，于是决定写作一本书，中唐至北宋部分大概一年多就写完了。当时书出版比较难，直到 1993 年才由海峡文艺出版社出版。我的初衷也不过是换个角度认识一下文学史而已。

李：您从"文化模式"角度去思考文学史的动态建构，除受布克哈特、本尼迪克特以及闻一多先生的影响外，是否还与当时"文化热"的时代学术氛围有一定的关联？

林：当时"文化研究热"已经引起人家反感了，你看南京大学张宏生先生当时对我这本书的评论就知道了。文章中提到当时有学者就和他说"谁要是再同他谈文化，他就和谁拼命"，因为"文化"二字已经被炒得令人大倒胃口，以至于在公众中产生了强烈的逆反心理。从主观上说，我的书与当时的文化研究热潮没有必然关联。我的研究主要来自于自己的兴趣以及长期探索与实践。

李：在撰写中国文学史时，从时限说，学界一般都是写通史，或断代史，但您书中却是以"魏晋—盛唐"以及"中唐—北宋"这一逻辑脉络与界限去书写，这种划分的理据是什么？

林：叶燮在《已畦集》卷八《百家唐诗序》就指出：贞元、元和之际，后人称诗，谓为"中唐"，"不知此'中'也者，乃古今百代之'中'"。日本学者内藤湖南在《概括的唐宋时代观》一文中也说，"唐宋时期"一词从学术上说"有更改的必要"，并指出"六朝至唐中叶，是贵族政治最盛的时代"。"中唐"是整个大历史的分界线，我们现在继承的主要是宋明理学的影响，而前面的汉唐却很生疏。事实上，汉唐、南北朝的多元文化，与后半段历史的文化心态不一样，特别是南宋以后受侵略的逆反心理，文化心理结构起了很大的变化。这些都是我"文化建构文学史"所要思考和解决的问题。当年，葛兆光、陈伯海诸先生都嫌我的书名"涩"，但我没改（笑）。到现在，已经很多人都在谈"文化建构"啦。其实，重点就在"建构"两个字，"文化—文学"不是"两张皮"，而是"太极"，相互轮转驱动。文化变了，文学不能不变，而文学变了反过来也会影响文化的变化。因此，"文化—文学"是"双向建构"的关系。至于分期问题，如何"切"（划分依据），我也是从宏观入手，"以大观小"，从矛盾最大的地方切入，一边是"盛唐"，一边是"中唐"；前面是"前不见古人"，后面是"后不见来者"。而我就紧紧抓住这个"交界点"，其实什么事情都是一样，一定要把握住节点。

李：对，所以您在《文化建构文学史纲》以及《文学史新视野》中，反复提到两个关键词，即："蔓状生长"与"文化建构"。这其实在一定程度上也正是关注"突变"与"交叉"的部分。您能否进一步谈谈其中所包孕的文化哲理？

林：这在物理学家普里高津那里说得很清楚：我们的时代是各种理念与方法相互冲突的时代，这些理念与方法各自经历了长期相互隔绝的发展过程之后，突然遭遇，便产生蔚为大观的进展。其实，浪花最精彩的，就是当洪水遇到石头，相撞的那一刹那。为什么"民国"、"南北朝"在文学史上会异常精彩？这就是正处于"变"与"不变"之间。民族转型的"十字路口"，就好比日本的"明治维新"，直接决定着未来走向。花将开未开，美就在于"富于包孕的那一顷刻"。

李：我在读您《文化建构文学史纲》的时候，发现其核心骨架其实就是两种"文化构型"的嬗变，即"士族地主文化"与"世俗地主文化"构型，并在这两种文化构型的内在驱动与递变中审视文学的生产机制。您这种"文化建构文学史"的视角或许更强调"文化"的中介作用，但文学史的发展除"文化建构"的驱动构型外，还有其自身独特的内部发展规律，您是如何处理的？

林：文学的内部规律就表现在"质"与"文"、"雅"与"俗"的关系上，《文心雕龙·通变》也提到："斟酌乎质文之间，而櫽栝乎雅俗之际"，这就是文学通变的内部规律。我书中也提到了文化构型中"由雅入俗"和"化俗为雅"的文学史嬗变规律。

李：对，您书中指出，北宋年间的文坛大势是"由雅入俗"，其表征一是重叙事，二是重感官；您还意识到了另一条"化俗为雅"的螺旋过程：一是以苏轼为代表将"感情走私"的词改造为与诗一样的"言志"之具；一是以周邦彦为代表，偏重将"俗腔"改造成"雅调"。您认为古代文人在文学"雅俗"观念的精神态度上与今人有何异同？

林：北宋文坛大势应该是"化俗为雅"。至于古今异同，我过去也常和学生开玩笑说，我们当代人来研究古代中国是很幸运的。为什么呢？因为我们基本上思维没变。西方的今人要感悟古人很难，但我们中国不难，基本上没怎么变。朝鲜也一样，老子传儿子天公地道，现代中国人也基本能接受。现在复兴得最厉害的"最当代的古代"就是——族谱。所以说，我们距古不远。这是一种落后的表现，但对于我们古典文学研究来说是很便利的，变化不是很大。所以我常说，要借西方的水来反复冲洗我们的传统思维，积淀太深、太丰富了，需要"减肥"一下。我们心里头需要装着这样一个大的历史文化视野，正如王国维先生在《国学丛刊序》中所言："中西二学，盛则俱盛，衰则俱衰，风气既开，互相推助。且居今日之世，讲今日之学，未有西学不兴而中学能兴者，亦未有中学不兴而西学能兴者"。王国维那么早就说西方不可能单独前进，东方没有西方也不可能独自发展，我们连王国维的脚后跟都望尘莫及。很多原点不必企望太远，回到民国那些大师就可以。我的《文化建构文学史纲》其实就是回到陈寅恪那里，因为"士族""庶族"就是他说的，但是我将"庶族"改为"世俗地主"，因为"士族"没了，你还有什么"庶族"，对吧？

李：对。您《文化建构文学史纲》写"魏晋—北宋"，但其实魏晋与唐宋在文艺特征及美学艺术风格上有着显著的变化。如：钟嵘《诗品》与刘勰《文心雕龙》侧重讲文艺的特征和创作规律、讲"神与物游"、讲人格理想的树立；但到司空图《诗品》与严羽《沧浪诗话》则更进一层，讲艺术作品的审美风尚和意境、讲"思与境偕"、注重人生态度的追求。这种文学艺术内部的变迁从"文化建构文学史"的角度，该怎样解释？

林：我认为没有纯粹的文学的内部规律，因为形式是依内容而存在的，内容也是依附于形式，没有没形式的内容，也没有没内容的形式，形式与内容是相互依存无法分割的。从文学规律来说，从"兴象"慢慢发展过渡到"韵味"，这中间的"催化剂"就是禅宗，没有禅宗是不会有这样的变化。禅宗本身虽不参与反应，但它促成了这种转化。就好比"悠然见南山"与"悠然望南山"对于陶渊明本身是无所谓的，经我统计发现，陶渊明用过十几个"望"字都是用于远景，而近景都是用"见"字。从白居易与韦应物所引陶诗看，"望南山"与"见南山"当时是并存的，但经过苏东坡的解释后，许多读者接受了，（因为）它符合时代的潮流与审美趣味，这就是禅宗所谓的"现量"，这个"见"就是从"不假思索"的"现量"中来。盛、中唐出现的"兴象"是接力跑用的棒，"兴"与"象"形成张力，指向"象外之象"。"象外之象"强调要将所见之"象"

撇开，指向"意义"。但撇开实际上是不可能的，不讲形象就没有文学，禅宗的"水中之月"解决了这个问题，《沧浪诗话》就讲这事。这不就是文化与文学的双向建构？

李：对，这其实不仅是一种"审美趣味"的风尚流变，还是日常生活中对"禅境"的追寻。另外，李泽厚在《美的历程》中曾提出两种"盛唐之音"的观点：一种以李白、张旭为代表的"盛唐"，是对旧的社会规范和美学标准的冲决和突破；另一种以杜甫、韩愈、颜真卿为代表的"盛唐"，是对新的艺术规范、美学标准的确定和建立。李泽厚还认为后者才是真正的"盛唐之音"。作为唐宋文学专家，您怎么评价李泽厚先生的这一文学史观点？

林：说实话，李泽厚先生的这一观点说得太死啦，有些思想是慢慢成熟的，明而未融嘛。估计李泽厚也是为了表述上的方便。其实"中唐"的特征在"盛唐"时就开始孕育，即使在李白、杜甫身上，两方面也都有所体现，只不过含量不同、时间段不同罢了。杜甫表现突出，还没经历"安史之乱"就已经开始改变思维了，《兵车行》、《丽人行》就已经出来了。这种交错实际上就像"接力赛"一样是边跑边接的。将盛唐与中唐一刀切下去，哪怕刀锋再利，在显微镜下看，这个切口也并非光滑齐整，而是犬牙交错、参差不齐。杜甫早已开始调转思维，只不过他的根还是在"盛唐"的土地上。就像庭院角落种的梅花一样，它的树根、枝干都在院里，但它的花却开到了庭院外。没有"盛唐"就没有杜甫，但花毕竟开在院子外嘛。所以，有人（好像是吉川幸次郎）开玩笑说，"杜甫是学宋诗的"。（笑）再者，"盛唐气象"是大时代的特征，从初唐到晚唐，可以说它都存在。颜字大气，自然是属盛唐，但它的规范化又开启了中唐，"不出不入，亦出亦入"是也。

## 四　文化诗学："双向建构"与"激活传统"

李：林先生，您在1995年《杜诗学——民族的文化诗学》一文中就较早地提出了"文化诗学"的命题。您当时是在怎样的学术语境中提出并使用"文化诗学"这一概念的？

林：这个纯粹是古代的表述方法。因为当时还没有这样的词汇出现，为了方便，省掉那些介词啊、修饰语啊，等等之类。中国文化与诗学就是"文化诗学"。当时，我的思考也不很清晰，即使到了现在，"文化诗学"在学界的使用也是"五花八门"。但话又说回来，有些事情就是这样，需要模糊数学，反而更准。凡是宏观的东西之所以准确，正是因为它能够在模糊中显现出它的中心是清晰的。

李：此后很长一段时期，您不仅先后写作出《文化诗学刍议》以及《在双向建构中激活传统——从"文化诗学"说开去》等论文，还积极策划并召开了"全国第一次文化诗学研讨会"以及"文化诗学漳州论坛"，在学界形成了较大反响。您能否简要谈谈您目前对于"文化诗学"的理解与构想？

林：我们要突破过去文学是文学、文化是文化的思维模式，它必须像文化人类学一样，像萧涤非先生搞"杜诗"研究那样，把文学放到现实的文化当中去实地考察，然后再回归到理论层面上来。我本来打算将"书画艺术之乡"——诏安的书画艺术，打造成"文化诗学"的实地考察基地，从政治、经济、文化乃至美食等角度作全方位的实地整体考察，然后研究其中的艺术理论与意涵。为什么诏安会成为全国两个"书画艺术之乡"之一？包括它的美食以及分布于世界各地的艺术学子，这些我都想研究一下。通过这些实地考察，希望能够从这些书画艺术中发现其诗意。因为"文化诗学"的核心就在于"诗意"，尤其突出在一个"诗"字。你看中国的文学，钱钟书说"史有诗心"，我将之扩大到"无不有诗心"（笑）。中国最高的哲学，也是"诗意"，《老子》、《庄子》哪个不是诗？都是散文诗。再看评论，钟嵘的《诗品》、司空图的《二十四诗品》，本身就是"诗"。《红楼梦》你说它是不是诗？戏曲也是一样，我们可以不看，叫作"听戏"，听音乐节奏——戏文是早就读熟了的。中国的音乐与西方的那些交响曲、进行曲不同的地方就在于它是与词结合在一起。《西厢记》好在哪里？里面的词精彩到好多老戏人都会背诵啊！比如"碧云天，黄花地，西风紧，北雁南飞"、"待月西厢下，迎风户半开。拂墙花影动，疑是玉人来"，等等，这些词句句深入人心。其实，我们心里叨念的也不是那些曲子，而正是这些词。汤显祖也是一样，"朝飞暮卷，云霞翠轩。雨丝风片，烟波画船"（《牡丹亭·惊梦》），这就是追寻诗意。倘若将《红楼梦》中那些诗与对联删掉，它就减色三分。人的生活也要追求诗意，连吃个饭局也要注重美，叫"美食"。林语堂讲过，就是"艺术生活"，他看不惯西方工业对人的异化，没有诗意。中国人虽然穷困潦倒，但是"穷开心"。以往农村人虽然家境不好，但是家家户户都在墙壁上贴几张"杨柳青"，对吧？其实，中国古人的生活是很"写意"的，平淡中追寻生活的诗意。文人画，就是这样，其要害在"文"，强调"人文"。而中国"人文"表现形式的最高境界就是"天地境界"，这也就是一种"诗意"。我们"文化诗学"开了好多次研讨会，北京师范大学李春青先生认为文化诗学主要是"追求真相"，很多人也认同。但我认为"诗学"毕竟不是"历史"，它还有一个更高的东西，那就是——人性的完美，人性中的诗意。为什么呢？因为"审美"是文学的归宿啊，而文化也是为了人更好地生存，从野蛮走向文明，让人性的光辉绽放得更美。上面我举了很多诗人作家的例子，也都是追寻诗意。我想漳州这个地方估计是可以开拓文化诗学的诗意，林语堂是漳州人，他写的《生活的艺术》与这种文化环境的涵濡是有很大关系的。

李："文化诗学"作为一种实践阐释学方法，自20世纪90年代初中期提倡至今已近三十年，但其发展建构却始终难以获得大的突破与进展。您认为"文化诗学"要想获得进一步推进纵深，我们还需做好哪些方面的工作？

林：我觉得关键还是得回到一种全新的思维模式上来。但条条大道通罗马，我们可以通过各种研究路径与模式进行探索。理论的、实践，文献实证的、理论建构的，等等，都可以。但就我自身而言，我还是想追求一种费孝通先生所谓的"文化自觉"，这就要走文化人类学的研究模式，因为文化诗学本身也是指向文化人类学，并受其启发影响。文化诗学不是简单地将各个学科拼凑在一起，而是要将各学科知识方法有机融合起来，既使其"化合一体"又保证其"多元个性"。文化诗学的建构不是为了回顾过去，而是希望有一个更美好的未来。文化诗学的"诗意化"也是一样，通过对真的追寻（因为没有真，就无所谓善与美；其中这个"真"是我们中国古代人"真性情"的"真"），使"真"与"善"结合成"美"。此外，我还主张文化诗学的实地检验，比如找"艺术之乡"的诏安县，全面铺开研究其历史、文化，并在文化考察中研究其文艺史、社会史或思想史，并追究其建构过程。方法路径与"民族志"类似，但倾向与追求不同，我更侧重于考察其审美趣味、审美经验的流变及其建构历程，并进一步研究这种审美形态通过我们的理论研究可以引导到一个什么样的更高的社会层面上去。

李：林先生，访谈最后，我非常冒昧地问您一个学界也十分想知道的问题——作为新中国首批文学博士之一，您为何安心几十年如一日屈居于一所地方院校？

林：这个问题你要想多了就解释不清楚，我自己也解释不清楚，简单讲也没什么大不了。当年主要是山东大学挽留我，我导师萧先生是非常通达的人，他没有阻拦我们。他认为他培养的人才不是只属于山东大学的人才，而是属于国家。所以，萧先生总共培养的两个博士都没有留在山大。其实，这个问题的关键不是你在哪里，在哪个国家，而是你自己干了什么，是做好事还是坏事而已。只要你踏踏实实做好事，哪怕你在外国，你也是在为国家、为全人类做贡献，是吧？这也是我为什么对费孝通先生"各美其美、美其所美、美美与共、天下大同"之"文化自觉"理论一接触就"心向往之"的机缘所在。其实，人有各种骄傲，就像跳高一样，想怎么跳就怎么跳，只要不是跳木马将别人按在底下。我自信，只要给我一支笔，一叠稿纸，一杯茶，就能写文章。我们搞文学不像搞物理、化学需要实验室，外面的大社会就是我的实验室。所以，我最近要出一本书，将我的一些文章收入其中，包括文化诗学的文章，我的书的副标题就叫"文化诗学的实验报告"。人生就是这样，"五里一短亭，十里一长亭"，江山代有才人出嘛，不要老是想着给自己建立丰碑。我总是说，做学问不一定著作等身，蔡元培、赵元任对学术贡献大不大？你说他们有多少巨著？但又为什么所有学人都将他们当丰碑，对不对？学问与学术贡献真不在于你在哪里和你有多少专著、论文，还包括其他很多东西。我自己现在除了带领一个由十来位教授、博士组成的"文化诗学"研究团队外，我已经不写学术文章了，而是转换到文艺实践上，比如画画、写字、写随笔之类了，试图体会并做一些中国古代"文人画"方面的研究。学术也可以生活化嘛。

李：好的，非常感谢林先生。

2014 年 11 月 14 日